Título do original inglês:
**Son of the Shadows**


**Filho das Sombras**



Coordenação editorial: **Ronaldo A. Sperdutti**
Tradução: **Yma Vick**
Capa, projeto gráfico e editoração: **Ricardo Brito | Estúdio Design do Livro**
Imagens da capa: **John Wollwerth | Shutterstock**
**Seamartini | Dreamstime**
Produtor gráfico: **Vitor Alcalde L. Machado**
Preparação: **Larissa Wostog Ono**
Revisão: **Katycia Nunes**

**Dados Internacionais de Catalogação na Publicação (CIP)**
**(Câmara Brasileira do Livro, SP, Brasil)**

Marillier, Juliet.
Filho das sombras / Juliet Marillier ; tradução Yma Vick. – São Paulo : Butterfly Editora, 2013. – (Trilogia Sevenwaters ; 2)

**Título original: Son of the shadows.**
**ISBN 978-85-88477-99-5**

1. Ficção neozelandesa I. Título II. Série

13-05015 CDD-823

**Índice para catálogo sistemático:**
1. Ficção : Literatura neozelandesa em inglês 823

Butterfly Editora Ltda.
Rua dos Ingleses, 150 - Morro dos Ingleses
CEP 01329-000 - São Paulo - SP
Fone: (0xx11) 2684-6000
www.flyed.com.br | flyed@flyed.com.br

Impresso no Brasil, no inverno de 2018

4-8-18-2.000-18.000

Trilogia Sevenwaters
Livro 2

# Filho das Sombras

Juliet Marillier

Tradução
YMA VICK

BUTTERFLY
EDITORA

São Paulo – 2013

VENCEDOR do AUREALIS AWARD
MELHOR LIVRO DE FANTASIA

A Godric, viajante e homem do mundo;

e a Ben, um verdadeiro filho de Manannán mac Lir.

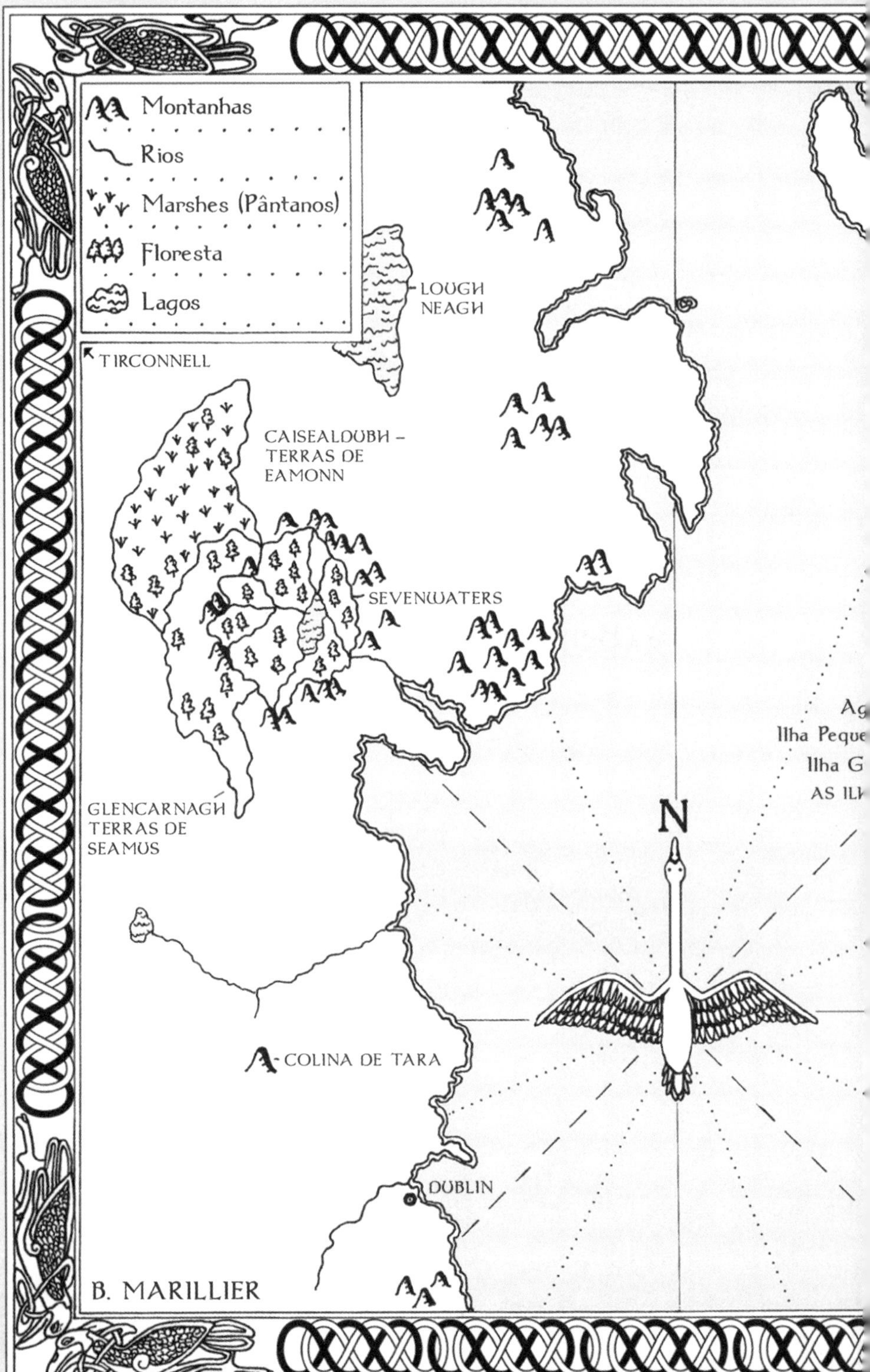

Montanhas
Rios
Marshes (Pântanos)
Floresta
Lagos
LOUGH NEAGH
TIRCONNELL
CAISEALDUBH – TERRAS DE EAMONN
SEVENWATERS
GLENCARNAGH TERRAS DE SEAMUS
N
COLINA DE TARA
DUBLIN
B. MARILLIER

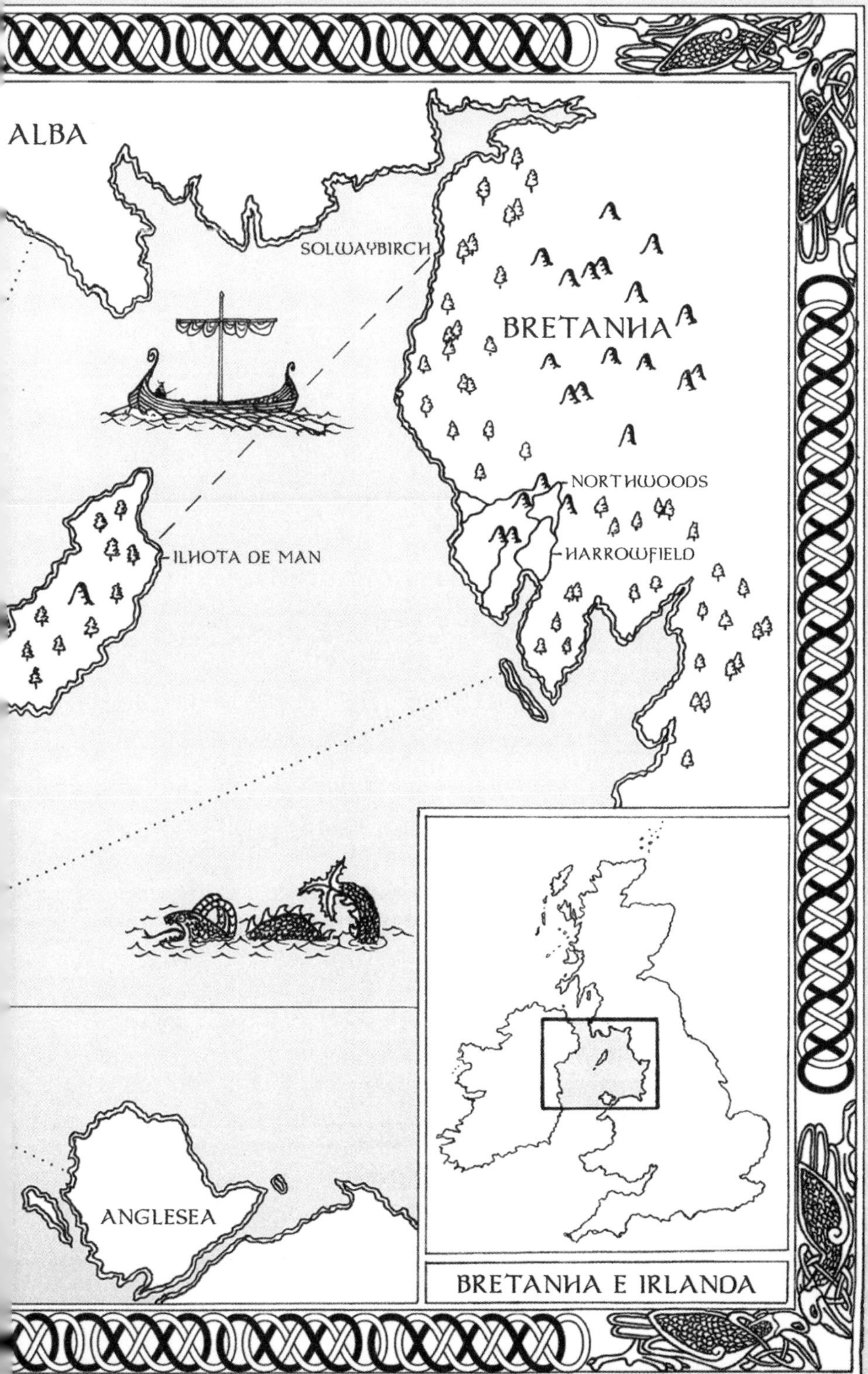
ALBA
SOLWAYBIRCH
BRETANHA
NORTHWOODS
HARROWFIELD
ILHOTA DE MAN
ANGLESEA
BRETANHA E IRLANDA

# Observações da autora

## Deidades celtas

Este livro faz referência a diversos deuses, deusas e heróis da mitologia irlandesa. Por isso, pensei que seria interessante iniciar com uma pequena apresentação de cada um e da pronúncia das palavras do Gaélico Irlandês, lembrando que há diversas variantes dessa pronúncia, todas válidas.

Túatha Dé Danann (*tu-a-ha dei danan*)
(*Os seres da floresta*)

O povo da deusa Dana ou Danu foi a última espécie de seres de Outro Mundo a habitar a Irlanda. Derrotaram duas raças ainda mais antigas — os Fir Bolg e os Fomhóire —, nas duas batalhas de Moytirra, mas acabaram relegados às áreas mais escondidas da região, como as cavernas e as montanhas, em virtude da chegada dos primeiros celtas.

Fomhóire (*fo-vo-re*)
(*O povo antigo*)

Uma raça antiga que surgiu do mar e habitou a Irlanda. Em contos e lendas foram inadequadamente descritos como seres desfigurados e de aparência medonha. Derrotados pelos *Túatha Dé Danann*, acabaram exilados.

Brighid (*bri-id*)

Uma jovem deusa da primavera associada à fertilidade e à criação. Em antigos textos cristãos veio a ser associada a Santa Brígida, fundadora de um convento em Kildare.

Dana ou Danu (*dan-a* ou *dan-u*)

Deusa-mãe dos *Túatha Dé Danann*, associada à terra.

Morrigan (*móri-gan*)

Uma deusa da guerra e da morte que adotava diversas formas, sendo sua favorita a de um corvo.

Lugh (*lū*)

Deus-sol dos celtas, nascido do sangue de *Túatha Dé Danann* e Fomhóire. Um herói possuidor de dons e habilidades diversos.

Dagda (*dag-da*)

Um líder respeitado e chefe de *Túatha Dé*.

Díancécht (*di-an-quiecht*)

Deus da cura e médico-chefe de *Túatha Dé*. Criou uma mão de prata para Nuada, que perdeu a sua em uma batalha.

Manannán mac Lir (*mãnan-nan mac lir*)

Um deus do mar, marinheiro e guerreiro que também possuía o dom da cura.

## Celebrações celtas

As deidades celtas são associadas às principais festividades que marcam o ano druida. Não são meros rituais, e sim datas relacionadas aos ciclos das plantações, das colheitas e do armazenamento da produção, bem como aos ciclos de vida de homens e de animais.

Samahain (1º de novembro) (*souan*)

Marca o início do ano celta. Durante os primeiros meses, de menor luminosidade no hemisfério norte, as sementes aguardam para germinar. É o momento de armazenar provisões e também de reflexão; o momento ideal para honrar os mortos, pois os portais que ligam os mundos estão mais tênues, permitindo uma comunicação mais fácil entre as esferas humana e espiritual.

Imbolc (1º de fevereiro) (*Imulk, Imbulk*)

Celebração da lactação das ovelhas, associada à deusa Brighid. Um dia sagrado e de novos começos, quando normalmente se inicia o trabalho de arar a terra.

Beltaine (1º de maio) (*Bialtena*)

O primeiro dia mais claro do ano no hemisfério norte, e de grande importância, relacionado tanto à morte quanto à fertilidade. O dia em que a Thúath Dé Danann chegou à Irlanda. Diversos costumes e práticas foram associados ao Beltaine, como os mastros enfeitados e as danças em espiral ao seu redor, o hábito de fazer oferendas de leite, ovos e cidra aos habitantes do Mundo Espiritual e, assim como no Imbolc, de reacender o fogo que ilumina as casas.

Lugnasad (1º de agosto) (*Lúnasa*)

A celebração sagrada da colheita, dedicada ao deus Lugh, teve origem nos rituais funerários que ele fazia em homenagem à sua mãe adotiva, Tailtiu. A deusa-mãe Dana também é homenageada no Lugnasad. Diversos rituais são praticados nesta celebração para garantir uma boa colheita, entre eles cortar o último feixe de cereais da plantação. Há também vários jogos e competições associados ao Lugnasad.

Além dessas cinco datas comemorativas, os solstícios e equinócios, que marcam os ciclos do ano, também são celebrados. Os rituais realizados no hemisfério norte são:

Meán Geimhridh (21 de dezembro) solstício de inverno.
Meán Earraigh (21 de março) equinócio da primavera.
Meán Samhraidh (21 de junho) solstício de verão.
Meán Fómhair (21 setembro) equinócio de outono.

Outros termos e nomes usados:

Aengus Óg (*ein-gus óg*)
Caer Ibormeith (*quire i-vor-mei*)
Cuo Chulainn (*quo co-lin*)
Scáthach (*scau-tuk*)
Aisling (*ash-ling*)
Ciarán (*qui-ur-aun*)
Fionn Uí Néill (*fiun i nei-il*)
Liadan (*li-a-dan*)
Niamh (*ni-av*)
Sídhe Dubh (*xi douve*)

Bogle
Criatura semelhante a um duende.

Bran mac Feabhail (*bran mac fev-il*)
Um documento do século 8 descreve a viagem deste herói a terras fantásticas e distantes. Quando ele retornou à Irlanda, descobriu que centenas de anos do tempo terreno haviam se passado.

Churi chaun (*Clu-ri-caun*)
Um pequeno e perverso espírito semelhante a um leprechau.

Deosil (*gesh-il*)
Na direção do sol, sentido horário.

Fianna (*fin-ia*)
Grupo de jovens caçadores-guerreiros. Segundo as lendas, um desses grupos fianna era comandado pelo famoso herói Fionn MacCumhaill. O termo era utilizado para denominar grupos de lutadores errantes que viviam segundo suas próprias regras.

Filidh (*fil-li*)
Poetas e visionários da tradição druida.

Grimoire
O livro dos feiticeiros.

Nemeton
O bosque sagrado dos druidas.

Riastradh (*ri-a-strat*)
Desvarios de guerra.

Selkie
Termo que pode ser usado para denominar focas ou leões-marinhos que podem despir a pele e se tornar humanos por algum tempo. Mas se a pele se perde ou é roubada, o selkie não pode mais retornar ao oceano.

Tir Na n'Og (*tir-na-nog*)
A Terra da Juventude; um reino de outro mundo além dos mares ocidentais.

# Capítulo 1

Minha mãe conhecia todos os contos e histórias que já haviam sido narrados à luz das lareiras de Erin e muito mais. Todos adoravam se sentar ao seu redor depois de um longo dia de trabalho para se maravilhar com sua habilidade de tecer o fio das palavras, formando belas histórias. Mamãe contava as aventuras de Cuo Chulainn, o herói, e de Fionn MacCumhaill, um grande e astuto guerreiro. Em algumas famílias, essas histórias eram contadas somente entre homens. Mas não na nossa, pois minha mãe as contava de uma maneira muito especial que cativava a todos. Algumas faziam rolar de rir e outras arrepiavam até os homens mais corajosos. A única história que ela nunca contava era a sua. Quando jovem, livrou seus irmãos de uma terrível maldição e quase perdeu a vida. Os seis passaram três longos anos transformados em cisnes selvagens e só retomaram a forma humana graças ao sofrimento e silêncio de sua irmã caçula. Não havia necessidade de contar essa história. Ela estava gravada na mente de todos no povoado. Em cada vila alguém tinha visto de passagem o irmão que retornara com uma gigantesca asa branca no lugar do braço esquerdo. E mesmo quem não o tinha visto sabia que se tratava de uma história real. Onde quer que minha mãe passasse, sua pequena figura carregando uma cesta de unguentos e preparados era cumprimentada e recebida com todo o respeito.

Quando eu pedia a meu pai que contasse uma história, ele ria e dizia que não tinha o dom das palavras. As poucas histórias que conhecia já havia contado. Olhava então para minha mãe, que retribuía o olhar como se os dois não precisassem de palavras para se comunicar, e mudava de assunto. Meu pai me ensinou a entalhar madeira com um canivete, a plantar árvores e a lutar. Meu tio achava aquilo estranho. Para ele, era normal que meu irmão Sean aprendesse as artes da guerra, mas não via motivo para Niamh e eu desenvolvermos a habilidade de nos defender usando os punhos, os pés, varas ou facas. Para que desperdiçar tempo com isso quando tínhamos tantas coisas para aprender?

— Filhas minhas não sairão por aí indefesas — meu pai respondia a tio Liam. — Não se pode confiar nos homens. Não pretendo transformá-las em guerreiras, mas insisto que saibam ao menos se defender. Surpreende-me que você estranhe tanto. Sua memória é bem curta, não?

Nunca perguntei a ele por que dizia isso. Desde pequenos percebemos que era melhor sair de perto quando os dois começavam a discutir.

Eu aprendia rápido. Andava com minha mãe pelos vilarejos e logo descobri como dar pontos em um corte aberto, fazer uma tala e curar dores de garganta ou urticária. Observando meu pai, aprendi a entalhar corujas, cervos e ouriços em pedaços de carvalho. Praticava artes de combate com Sean quando ele já era mais velho e aprendi todos os truques para derrotar até os oponentes mais fortes e maiores do que eu. Na verdade, acho que todos eram maiores que eu em Sevenwaters. Meu pai fez para mim uma vara do tamanho adequado para minha altura e me deu de presente sua pequena adaga favorita.

Meu irmão ficou muito bravo com isso, mas não era do tipo que guardasse ressentimento. Além do mais, como todo garoto de sua idade, tinha suas próprias armas. Já com minha irmã Niamh, nunca se sabia o que passava em sua cabeça.

— Lembre-se, pequenina — meu pai me dizia em tom sério. — Esta pequena faca pode matar uma pessoa. Espero que jamais precise usá-la para isso, mas se for necessário, use-a com destreza. Aqui em Sevenwaters não há tanto perigo, e eu torço para que você jamais precise se defender de um homem. Mas por precaução mantenha esta adaga sempre limpa e afiada, e pratique as técnicas de defesa.

Seus olhos pareceram tristes e distantes ao me dizer isso, como, aliás, ficavam de vez em quando. Fiz que sim com a cabeça, em silêncio, peguei a adaga e a guardei na bainha.

Aprendi tudo isso com meu pai, a quem todos chamavam de Iubdan. Mas seu nome não era esse. Nos antigos contos, o nome Iubdan era associado a piadas, mas ele aceitou o apelido sem se incomodar. A personagem Iubdan era um homem pequeno e baixinho que caiu em um tacho de mingau e quase não conseguiu sair. Já meu pai era bem alto e forte. Tinha os cabelos da cor das folhas de outono ao pôr do sol. Era bretão, mas todos já haviam se esquecido disso. Ele agora fazia parte de Sevenwaters, e muitos também o chamavam de Grandão.

Eu gostaria de ter crescido um pouco mais, mas acabei ficando pequena, magrinha, e sempre tive cabelos escuros; o tipo de menina que não chama a atenção dos homens. Não que me importasse com isso. Tinha muito mais com que me ocupar. Já Niamh era diferente. Todos a olhavam. Alta, de ombros largos como papai, seus cabelos longos eram claros e brilhantes como os dele, e seu corpo tinha curvas generosas nos lugares certos. Não percebia que até seu jeito de andar chamava a atenção dos homens.

— Essa menina é um problema — resmungava Janis, nossa cozinheira, mexendo a comida nas panelas.

Mas Niamh era bastante crítica consigo mesma.

— Como se já não bastasse ter sangue bretão — dizia com rispidez — ainda tenho que me parecer com eles. Veja isso — mostrava a trança roliça e os cachos brilhantes que escapavam dela. — Quem pode dizer que sou uma filha de Sevenwaters? Pareço-me mais uma inglesa com esses cabelos! Por que não posso ser pequena e graciosa como mamãe?

Eu a observava enquanto escovava energicamente os cabelos. E embora dissesse sempre que não gostava da própria aparência, passava horas fazendo penteados diferentes, trocando de vestido e de laços para combinar.

— Você tem vergonha de ser filha de um bretão? — um dia perguntei.

Ela ficou me olhando.

— Lá vem você, Liadan. Sempre indo diretamente ao ponto. Mas, no seu caso, não há com que se preocupar, não é? Afinal, você é uma cópia exata de mamãe, linda como ela. Não é à toa que papai a adora tanto. Para você tudo é muito mais fácil.

Suas palavras me feriam. Ela era assim de vez em quando, como se tivesse sentimentos acumulados no peito que precisavam ser despejados. Mas eram só palavras. Fiquei em silêncio, esperando.

Ela continuou a escovar os cabelos de uma maneira tão violenta que parecia querer se punir.

— E Sean também — disse, olhando para o espelho de bronze polido. — Você ouviu o que papai disse? Que ele é o filho que Liam não teve. Claro. Sean sabe exatamente o que quer ser, e como ser. É o herdeiro de Sevenwaters, o filho amado de não apenas um, mas de dois pais. Até se parece com ambos. Fará tudo direitinho: casar-se com Aisling, agradando a todos, ser o líder dos homens de nosso povo e, quem sabe, até conquistar de volta nossas Ilhas perdidas. E seus filhos seguirão seus passos, assim como seus netos, e assim por diante. Que Brighid me livre disso. É um tédio! Tudo previsível demais.

— Não se pode ter tudo — eu respondi. — Você tem que escolher entre se encaixar no esquema das coisas ou não. E gostemos ou não, nós somos as filhas de Sevenwaters. Tenho certeza de que, quando chegar a hora, Eamonn irá se casar com você com muito gosto, independentemente da cor de seus cabelos. Até agora não me pareceu fazer qualquer objeção.

— Eamonn? Credo! — fez ela, indo para o centro do quarto, onde um raio de sol que batia nas tábuas do chão de carvalho se refletiu em seus cabelos, quando ela se virou para mim, fazendo-os parecer uma nuvem dourada. — Você não gostaria que algo diferente acontecesse, algo tão novo, intenso e especial que a carregasse para longe como uma onda? Que transformasse sua vida em um acontecimento brilhante como o fogo que o mundo inteiro pudesse ver? Algo que a tocasse e lhe desse muita alegria ou mesmo medo, mas que a tirasse do caminho comum e a levasse para uma jornada inesperada, para lugares que ninguém imagina? Você não sonha com algo assim, Liadan?

Ela girava e girava, abraçando a si mesma como se fosse a única maneira de conter sua euforia.

Fiquei sentada ali, na beira da cama, observando em silêncio. Depois de um tempo, respondi:

— Cuidado. Se os Seres da Floresta ouvirem o que você está dizendo, podem acabar querendo interferir em sua vida. Basta ver o que aconteceu com mamãe. Ela teve a escolha de se aventurar, mas foi somente por sua coragem, e a de papai, que conseguiu sair viva. É preciso ter muita força para sobreviver aos jogos dos Seres da Floresta. Para nossos pais acabou tudo bem. Mas nem todos nessa história tiveram tanta sorte. Veja os seis irmãos. Só dois ou três ainda estão por aqui. O que aconteceu foi tão grave que abalou a todos. E várias outras pessoas também foram atingidas. É melhor viver com tranquilidade e um dia de cada vez. Para mim, já basta a alegria de ajudar uma ovelha a nascer ou de ver os pequenos carvalhos crescendo e se desenvolvendo cada vez mais com as chuvas da primavera; mirar e atingir o alvo com minhas flechas certeiras ou mesmo curar uma criança doente. Para que mais quando se tem coisas tão boas?

Niamh passou as mãos pelos cabelos, tirando o efeito da escova. Suspirou. — Seu jeito de falar, igualzinho ao de papai, às vezes me irrita — disse, mas em tom mais afetuoso. Eu conhecia muito bem minha irmã e não a deixava me chatear com facilidade.

— Jamais entendi como ele conseguiu. Desistir de tudo assim tão fácil. Terras, poder, posição, família. Deixou tudo para trás, mesmo sabendo que jamais seria o chefe de Sevenwaters. O chefe aqui é e sempre será Liam. Seu filho será o herdeiro, sem dúvida, mas ele continuará sendo apenas Iubdan, o Grandão, aquele que cuida das árvores e dos rebanhos enquanto o tempo passa e as coisas acontecem. Como alguém pode deixar a vida passar assim? Ele nem se dá ao trabalho de visitar Harrowfield.

Sorri para mim mesma. Será que ela era tão cega a ponto de não ver o que acontecia entre Sorcha e Iubdan? Como podia viver ali, na mesma casa que nós, e não perceber a maneira como os dois se olhavam; não entender claramente o motivo que o levou a fazer tudo o que fez? Além do mais, sem sua presença Sevenwaters seria apenas um forte bem guardado. Foi com o trabalho dele que nossas terras prosperaram. Todos sabiam que os melhores rebanhos e as maiores colheitas de cevada de Ulster eram os nossos. Esse trabalho de papai foi o que ajudou tio Liam a estabelecer suas alianças e planejar suas campanhas. Mas eu não me daria ao trabalho de explicar tudo isso à minha irmã. Se ela ainda não tinha entendido isso, muito provavelmente jamais compreenderia.

— Ele a ama demais — respondi. — É só isso. Ou melhor, é muito mais que isso. Mamãe nunca toca no assunto, mas com certeza os Seres da Floresta tiveram grande participação nessa história. E continuarão a ter.

Niamh parecia finalmente estar prestando atenção. Seus belos olhos azuis me fitaram.

— Agora você está falando como mamãe — disparou, em tom de acusação. — Já vem querendo me contar uma história daquelas em que há sempre uma lição a se aprender.

— Não, não vou — respondi. — Você não teria paciência para ouvir. Só ia dizer que somos totalmente diferentes, você, Sean e eu. Foi pela influência dos Seres da Floresta que nossos pais se conheceram e se casaram. E o resultado foi o nosso nascimento. A segunda parte da história muito provavelmente será nossa.

Niamh pareceu se arrepiar. Sentou-se ao meu lado e ajeitou as saias.

— Porque não somos nem bretões e nem de Erin, e ao mesmo tempo somos os dois — disse devagar. — Você acha que um de nós é o filho da profecia? Aquele que irá devolver as Ilhas ao nosso povo?

— Já ouvi dizer que sim.

Na verdade, era o que mais se dizia, principalmente agora que Sean já era quase um homem e estava se tornando um bom lutador e um líder como tio Liam.

O povo estava mais do que pronto para ação. A disputa pelas Ilhas vinha de muito tempo, bem antes de minha mãe nascer, da época em que os bretões tomaram o lugar mais sagrado que nos pertencia. E o ódio crescia a cada dia, principalmente agora que estávamos mais próximos de recuperar o que era nosso por direito. Quando Sean e eu ainda éramos bem pequenos, nosso tio Liam e dois de seus irmãos, ajudados por Seamus Redbeard, iniciaram uma campanha que atingiu o centro do território disputado. E estiveram muito perto de conseguir. Chegaram à Pequena Ilha e montaram um acampamento em um lugar mais escondido. Viram os grandes pássaros que sobrevoam a região fazendo acrobacias no ar, acima da Ilha da Agulha, com seu cume liso, desmatado pelos ventos gelados que chegam do oceano. Organizaram um ataque feroz pelo mar, atingindo o acampamento dos bretões na Ilha Grande e, pela primeira vez, eles se viram realmente acuados. Porém, na batalha, pereceram dois irmãos de minha mãe. Cormack foi derrubado por um golpe certeiro de espada no coração e morreu nos braços de Liam. E Diarmid, desesperado para vingar a morte do irmão, lutou como louco até ser capturado pelo inimigo. Os homens de Liam encontraram o corpo algumas horas depois, boiando perto do barco, quando o grupo decidiu partir com os poucos homens que restavam, todos exauridos e derrotados. Tinha morrido por afogamento, mas percebia-se que o inimigo o havia ferido muito. Não deixaram mamãe vê-lo.

Os bretões eram o povo de meu pai. Mas Iubdan não tomava partido na guerra. Jurou jamais levantar a espada contra os seus, e cumpria sua palavra. Já com Sean era diferente.

Meu tio Liam não se casou, e minha mãe dizia que ele jamais o faria. Tinha se apaixonado por uma jovem. Mas o feitiço que caiu sobre ele e seus irmãos destruiu qualquer possibilidade. Três anos é tempo demais quando se tem dezesseis anos. Ao voltar à forma humana, Liam descobriu que sua amada já era mãe. Obedecendo aos desejos do pai e acreditando que Liam já estivesse morto, ela se casou. Então ele decidiu que ficaria solteiro. Mas nem precisava ter um filho, pois amava demais seu sobrinho e, sem perceber, participou tão intensamente de sua criação que Sean se tornou sua própria imagem. Meu irmão e eu éramos gêmeos, mas ele nasceu antes. Agora que estávamos com dezesseis anos, era bem mais alto que eu, já parecendo um homem, com ombros largos, corpo esguio e forte. Liam fez questão que Sean dominasse completamente as artes da guerra. E também que aprendesse a organizar uma campanha, emitir julgamentos corretos em casos de disputas e entender a maneira de pensar tanto de nosso povo quanto do inimigo. Reclamava da impaciência e da impetuosidade do sobrinho, natural em sua idade, mas não havia dúvida de que Sean era um líder nato.

Quanto a meu pai, sorria e os dois se entenderem. Reconhecia o peso da herança que Sean havia de carregar um dia. Mas jamais deixou de cuidar muito bem de seu filho. Sempre havia tempo para uma cavalgada ou uma caminhada com ele pelas plantações, currais e celeiros; para lhe ensinar a cuidar do povo, das terras e a proteger a todos. Conversavam sempre e se respeitavam muito. Mas, às vezes, eu percebia que mamãe ficava olhando para Niamh, para Sean e para mim com ares de preocupação, e sabia no que ela estava pensando. Cedo ou tarde os Seres da Floresta iriam decidir que seria hora de interferir em nossas vidas novamente, enlaçando os fios da trama ainda por terminar e dando mais alguns pontos. Quem escolheriam desta vez? Será que um de nós era a criança da profecia, que finalmente estabeleceria a paz entre os bretões e o povo de Northwoods e reconquistaria as Ilhas de cavernas mágicas e árvores sagradas? Preferia não ser a escolhida. Os Seres da Floresta eram sorrateiros e agiam de maneira imprevisível. Seus jogos eram complicados, e suas escolhas, nem sempre óbvias. Além do mais, não havia um detalhe da profecia que as pessoas pareciam haver esquecido? Algo relacionado a carregar a marca do corvo, se não me engano. Ninguém sabia exatamente o que era aquilo, mas não parecia ser uma característica que um de nós tivesse. E com certeza havia outros casamentos como o de nossos pais, entre as duas raças. Não éramos os únicos filhos de uniões assim. Isso era o que eu dizia a mim mesma cada vez que via mamãe nos olhando daquele jeito, com seus olhos verdes, intensos e penetrantes. E um arrepio me percorria a espinha. Eu sabia que era hora de as coisas começarem a acontecer novamente.

Naquela primavera tivemos visitas. No coração da floresta, onde vivíamos, as tradições antigas ainda eram fortes apesar das várias comunidades de homens e mulheres que agora se espalhavam por nossas terras com suas cruzes cristãs, símbolo de uma nova fé. De tempos em tempos, um ou outro viajante nos contava o que acontecia além-mar com aqueles que ousavam manter as tradições. Eram severamente punidos ou até mortos, simplesmente por fazer uma oferenda aos deuses das colheitas, um encantamento para ter boa sorte ou por usar uma poção para ter de volta um amor perdido. Os druidas também tinham sido quase todos assassinados ou banidos. O poder da nova fé era grande. Mas como não havia de ser, já que era sustentado por bolsos generosos e se impunha através do poder das armas?

Em Sevenwaters, entretanto, neste cantinho de Erin, éramos um povo diferente. Os poucos padres que chegavam às nossas terras eram homens silenciosos e eruditos que discutiam sobre qualquer assunto com mente aberta e sabiam ouvir tanto quanto falar. Com eles os meninos aprendiam a ler Latim e Irlandês, a escrever com destreza e a pintar intrincados padrões coloridos em papel ou couro. E com as freiras as meninas aprendiam a arte da cura ou a cantar como anjos. Em suas casas de contemplação havia sempre um lugar para os pobres e os desalojados. Eram, afinal, pessoas de bom coração. Mas ninguém em nossa família estava destinado a abraçar sua fé. Quando meu avô morreu e meu tio Liam passou a ser o governante de Sevenwaters, com todas as responsabilidades que a posição exigia, uma série de fatos fez aumentar a força e a união de nossa comunidade. Liam reuniu as famílias próximas, estabeleceu uma força de trabalho e de defesa mais sólida e se tornou o líder de que nosso povo tanto necessitava. Meu pai, com seu talento de administrador, organizou as fazendas e tornou as plantações mais produtivas. Plantou carvalhos onde havia solo vazio e esperança nos corações de um povo que já vivia à beira do desespero. Minha mãe era o símbolo do que se pode conquistar tendo fé e forças; uma lembrança viva do mundo que existe além do nosso. Por meio dela, os aldeões vivenciavam todos os dias as verdades sobre suas origens e tradições. Ela era a mensagem curadora do mundo espiritual.

E havia também seu irmão Conor. Como contam as histórias, eram seis irmãos. Liam, de quem já falei, e os dois mais novos que ele, mortos na primeira batalha pelas Ilhas. O mais jovem, Padriac, era um eterno viajante e raramente nos visitava. Conor, o quarto irmão, era um druida. Apesar de a antiga fé ter sido aos poucos esquecida em outras terras, em nossa floresta ela só se fortaleceu. Era como se cada celebração das datas da passagem das estações, com músicas e rituais, fizesse aumentar a união de nosso povo, algo que durante algum tempo quase se perdeu. A cada dia nos sentíamos mais preparados; prontos para reclamar o que era nosso e que nos havia sido tirado pelos bretões. As Ilhas eram o coração de nosso misticismo, o berço de nossa crença. Profecia ou não, o povo começou a acreditar que Liam as reconquistaria, ou então meu irmão gêmeo Sean, seu sucessor no comando de Sevenwaters. A festividade se aproximava e o povo estava mais consciente de sua importância. Os sábios da floresta chegariam em breve para celebrar o início da nova estação. Lembro-me bem daquele Imbolc, no ano em que Sean e eu completamos dezesseis anos. Foi um ano que ficou marcado em minha memória. Conor chegou com um grupo de homens e mulheres, alguns vestidos de branco, e outros, que ainda estavam em treinamento, com túnicas mais simples e um tanto puídas, para conduzir a cerimônia que daria início à festa de Brighid no centro da floresta de Sevenwaters.

Chegaram no final da tarde, silenciosos como sempre. Dois eram homens de idade, e também uma senhora. Usavam sandálias simples e os cabelos presos em várias tranças com fitas coloridas. Os que estavam em treinamento eram bem mais jovens e acompanhavam os de meia-idade, entre eles meu tio Conor. Iniciado um pouco mais tarde que o comum no aprendizado dos grandes mistérios, ele agora era o líder; um homem de expressão séria, estatura média, longos cabelos castanhos com pequenas mechas brancas e olhos profundos e serenos. Cumprimentou a todos com gentileza e gestos simples: minha mãe, Iubdan, Liam e nós três. E também aos convidados que vieram para as festividades. Seamus Redbeard, um homem de idade, mas vigoroso, cujas barbas brancas agora negavam seu nome (Redbeard, em nossa língua, significa barba vermelha). E sua nova esposa, uma jovem doce e delicada, não muito mais velha do que eu. Niamh ficou chocada ao ver o casal.

— Como ela *consegue*? — sussurrou em meu ouvido, cobrindo parcialmente a boca com a mão. — Como consegue se deitar com ele? Um homem tão velho. E gordo. E com um nariz tão vermelho. Veja, ainda sorri para ele! Eu, no lugar dela, morreria!

Olhei para ela, irritada.

— Então o melhor que você tem a fazer é aceitar a proposta de Eamonn e ficar feliz, já que o que deseja é um homem belo e jovem — respondi, sussurrando também. — Não encontrará coisa melhor. E, além do mais, ele é rico.

— Eamonn? Nem pensar!

Esta era a resposta que eu ouvia toda vez que lhe dava essa sugestão. Ficava imaginando o que Niamh realmente desejava. Não conseguia ler seus pensamentos. Já entre Sean e eu era diferente. Talvez pelo fato de sermos gêmeos, nunca tivemos problemas em nos comunicar sem palavras. Claro, às vezes tínhamos de fechar a mente para que o outro não lesse tudo. Era uma ferramenta ao mesmo tempo útil e inconveniente.

Olhei para Eamonn, que estava ao lado da irmã, Aisling, cumprimentando Conor e seu grupo. Não conseguia entender qual era o problema de Niamh. Eamonn tinha a idade certa, um ou dois anos a mais que ela, boa aparência e era um tanto sério demais, porém isso podia ser mudado. Era bonito de corpo, tinha cabelos castanhos e brilhantes e belos olhos escuros. E bons dentes. Deitar-se com ele... bem, eu não tinha muita experiência nessa coisas, mas deitar-se com ele não devia ser algo assim tão repulsivo. Além disso, o casamento entre os dois seria bom para as duas famílias. Eamonn tinha se tornado herdeiro ainda muito jovem. Seu território era bastante amplo, rodeado por pântanos perigosos, a leste das terras de Seamus Redbeard, estendendo-se até o norte. O pai de Eamonn, de quem ele tinha herdado o nome, havia sido assassinado em circunstâncias misteriosas. Meu tio Liam e meu pai discordavam em muitas coisas, mas ambos se recusavam a falar sobre o assunto. E a mãe de Eamonn morreu durante o parto de Aisling.

O jovem cresceu muito rico, poderoso e rodeado de pessoas para aconselhá-lo: Seamus, seu avô; Liam, que já havia sido noivo de sua mãe; e meu pai, que era bastante ligado à família. Mas apesar de tanta influência externa, ele se tornou bastante independente e, a despeito da pouca idade, assumiu logo o controle de seu Estado e de seu grande exército. Isso talvez explicasse o fato de ser tão sério. Só percebi que o estava observando tempo demais quando ele se virou em minha direção, após cumprimentar um dos jovens druidas, e deu um meio sorriso, estranhando e desafiando meu olhar. Eu olhei para o outro lado e senti meu rosto ficar vermelho. Niamh era muito boba, pensei. Não encontraria partido melhor e já estava com dezessete anos. Se não tomasse logo uma decisão, alguém tomaria por ela. Seria uma aliança muito boa, especialmente pelo parentesco com Seamus, dono das terras que ficavam no meio do território. Aquele que controlasse toda essa região teria uma vantagem imensa sobre os bretões quando chegasse o momento de enfrentá-los.

Os druidas terminaram de cumprimentar a todos. O sol logo iria se pôr. No terreiro atrás de nosso celeiro, os arados, as forquilhas e os demais instrumentos de trabalho para a próxima estação já estavam prontos, esperando.

Seguimos então pela trilha, ainda escorregadia por causa das chuvas de primavera, e formamos um grande círculo no espaço aberto. Nossas sombras se esticavam, longas, no chão, com o resto de sol. Aisling se afastou do irmão e reapareceu ao lado de Sean, como que por acaso. Se imaginou que ninguém notaria, enganou-se, pois seus cabelos castanho-avermelhados chamavam demais a atenção, mesmo trançados com fitas. Quando parou ao lado de meu irmão, uma mecha de seus cabelos escapou da trança com o vento e caiu sobre seu pequeno rosto. Sean esticou a mão e a colocou delicadamente no lugar. Nem precisei olhar muito para ver a dela mão indo em direção à dele, que a segurou com possessividade. Bem, pensei, pelo menos alguém aqui sabe o que quer. Já nem me importava tanto a opinião de Niamh, pois parecia que a aliança seria estabelecida de uma maneira ou de outra.

Os druidas formaram um semicírculo ao redor dos instrumentos de trabalho, e Conor, com sua túnica que tinha um bordado em ouro na barra, colocou-se no espaço vazio entre eles. Jogou para trás o capuz e agora se via o *torc* que usava no pescoço, um símbolo de liderança em sua irmandade mística. Era jovem ainda, mas seu rosto e seus olhos transmitiam uma serenidade e uma sabedoria maiores que a de muitos anciões, algo adquirido em bem mais que uma vida. E os dezoito anos que passou na floresta também haviam lhe conferido muito conhecimento.

Liam, como chefe da casa, deu um passo à frente e entregou ao irmão um cálice de prata com nosso melhor hidromel, feito com o mel mais puro e a água de uma fonte cujo local era um segredo guardado a sete chaves. Conor agradeceu com um gesto sóbrio e deu início à cerimônia, caminhando entre os arados, as foices, as forquilhas de feno, as pesadas pás e as tesouras, derramando algumas gotas da bebida sagrada em cada ferramenta.

— Um bezerro sadio no ventre de cada vaca prenhe. Um rio de leite vertendo de cada úbere. E uma colheita farta resultante das chuvas da primavera.

Ele caminhava em passo ritmado, e sua túnica branca o envolvia, balançando com o vento como se tivesse vida própria. Segurava o cálice em uma mão e o cajado de bétula na outra. Permanecíamos todos em silêncio, e até os pássaros pareciam ter parado de cantar nas árvores ao redor. Atrás de mim, alguns cavalos se aproximaram e vieram olhar sobre a cerca, os olhos fixos acompanhando o homem de voz calma.

— Que as bênçãos de Brighid se espalhem sobre nossos campos nesta estação. Que sua mão acompanhe o processo de renascimento. Que ela traga vida a nossas terras, e que nossas sementes germinem com força. Que prevaleçam o coração e a energia da terra, da qual todos nós fazemos parte.

Ele continuou caminhando e derramando sobre cada ferramenta algumas gotas do precioso líquido. A luz do sol, que agora se escondia por trás dos carvalhos, ficou mais dourada. A cerimônia estava quase no fim.

Aproximou-se, por último, do arado de oito bois construído há muitos anos com a orientação de Iubdan. Com este arado até mesmo os terrenos mais pedregosos acabaram se tornando macios e férteis. Havíamos colocado sobre ele guirlandas de atanásias amarelas e urzes. Conor parou, erguendo a taça e o cajado.

— Que nenhuma doença atinja nossos trabalhadores — continuou — e nenhuma praga afete nossas plantações ou nossos rebanhos. Que o trabalho deste arado e de nossas mãos traga uma colheita farta e uma estação próspera. Agradecemos à terra, que é nossa mãe, pela chuva que traz a vida. Honramos ao vento, que traz as sementes dos grandes carvalhos, e reverenciamos o sol, que aquece a vida que nasce. Honramos a Brighid, que acende o fogo da primavera.

O círculo dos druidas repetiu em coro esta última frase, com voz forte e vibrante. Conor foi então até seu irmão e lhe devolveu a taça. Liam anunciou que dividiria o que havia sobrado nela entre todos, como símbolo de boa sorte, após o jantar.

Conor se virou, deu três passos para frente e estendeu a mão direita. Um dos iniciantes, alto, de cabelos ruivos e cacheados, veio rápido, pegou seu cajado e se posicionou ao lado dele, olhando-o de maneira tão intensa que cheguei a me arrepiar. Conor levantou as mãos.

— Vida nova! Luz nova! Fogo novo! — disse, agora não com a voz calma de sempre, mas em tom alto e claro, que ecoou pela floresta como um sino. — Fogo novo!

Suas mãos estavam bem no alto, erguidas em direção ao céu. Então o espaço entre elas começou a brilhar, ouvimos uma espécie de zumbido e de repente uma chama se acendeu, com um brilho intenso que quase cegava. Ele foi abaixando os braços, mas a chama permaneceu acesa entre suas mãos. Era fogo de verdade, mas não o queimava.

O jovem iniciado foi em sua direção com uma tocha apagada e, enquanto observávamos, maravilhados, Conor a tocou e ela se acendeu, com uma chama dourada. Ele então afastou as mãos e agora não havia mais fogo nelas. Eram simplesmente as mãos comuns de um homem. O rosto do jovem era de puro orgulho, espanto e admiração enquanto ele seguia na direção da casa para reacender a lareira. A cerimônia havia terminado. No dia seguinte, os trabalhos da nova estação se iniciariam.

Fui ouvindo trechos das conversas ao meu redor enquanto caminhávamos de volta para a casa, onde a festa começaria ao pôr do sol.

— ... que foi certo? Vários outros certamente poderiam ter sido escolhidos para essa tarefa.

— Já estava na hora. Ele não pode ficar escondido para sempre.

Eram Liam e Conor conversando.

Meu pai e minha mãe caminhavam juntos à minha frente. De repente, ela escorregou na lama, cambaleou e ele a segurou imediatamente, quase ao mesmo tempo em que ela escorregava. Sua agilidade era incrível. Passou o braço ao redor dela e os dois se olharam. Senti uma nuvem escura sobre eles e tive um mau presságio. Sean passou correndo por mim, rindo. E Aisling, logo atrás. Seguiam o jovem alto que carregava a tocha. Meu irmão nem precisava falar. Captei sua felicidade enquanto ele passava ao meu lado. Ainda que nada durasse para sempre, naquela noite ele tinha apenas dezesseis anos, estava apaixonado e tudo estava bem em seu mundo. Mas senti um calafrio novamente. O que havia de errado comigo? Como podia pensar que algo de ruim pairava sobre minha família em um dia tão lindo de primavera, com tanta alegria ao meu redor?

– *Você também sente.*

Gelei. Só havia uma pessoa com quem eu conseguia me comunicar daquele jeito, sem palavras: meu irmão Sean. Mas não era a mente dele que estava falando comigo naquele instante.

*— Calma, Liadan. Não vou invadir seus pensamentos. Se há algo que aprendi nesses anos todos é a controlar esta habilidade. Você não está bem. Está preocupada. Mas o que acontecerá não é culpa sua, lembre-se disso. Cada um escolhe seu caminho.*

Continuei caminhando em direção à casa, e todos ao meu redor conversavam e riam. Os rapazes carregavam juntos as foices e os implementos mais pesados sobre os ombros, enquanto as moças levavam as pás e as foices. Alguns já iam se despedindo e seguiam seu caminho na floresta.

E lá na frente ia meu tio, caminhando devagar, os bordados dourados da barra de sua túnica brilhando com os últimos raios de sol.

*— Não... não sei direito o que estou sentindo, tio. É uma espécie de escuridão, algo terrível. E, ao mesmo tempo, parece que eu é que estou atraindo coisas ruins por pensar assim. Como posso fazer uma coisa dessas com tantas coisas boas acontecendo e com essas pessoas tão felizes ao meu redor?*

*— Chegou a hora —* ele virou levemente a cabeça para trás para mostrar que estava realmente falando comigo. *— Está surpresa por eu estar falando com você por pensamento? Tente falar assim com Sorcha. Quem sabe ela não responde? Sua mãe e Finbar eram especialistas nisso. Mas as lembranças podem ser dolorosas para ela.*

*— O senhor diz que chegou a hora. Hora de quê?*

Ele continuou caminhando e fez mentalmente um som que me pareceu um suspiro.

*— Hora de eles intervirem. Hora de começarem a mexer e tecer a trama de nossas vidas. Hora de suas vozes começarem a cantar a música de nossos destinos. Não precisa se sentir culpada, Liadan. Eles nos usam, a todos, e não há muito que possamos fazer a respeito. Descobri tudo isso da maneira mais dolorosa. E, infelizmente, creio que você também descobrirá dessa maneira.*

*— Como assim?*

*— Você logo saberá. Mas agora por que não se diverte e aproveita sua juventude enquanto ainda há tempo?*

E foi só isso. Ele terminou a frase, fechou a mente como se fosse a porta de um castelo, sem me dar qualquer chance de perguntar ou dizer mais nada. Parou, então, à frente, esperando minha mãe e Iubdan o alcançarem; e os três entraram juntos na casa. E eu continuei confusa, sem entender o que ele quis dizer.

Minha irmã estava muito bonita naquela noite. As lareiras da casa foram reacendidas, e também a fogueira do lado de fora. Todos bebiam cidra e dançavam. Estava bastante frio. Peguei um xale e me enrolei, mas continuei gelada. Já Niamh estava usando um vestido azul marinho que deixava seus ombros à mostra, e seus cabelos estavam presos com fitas de seda e pequenas violetas. Enquanto ela dançava, sua pele brilhava à luz do fogo e seus olhos pareciam desafiar os que a observavam. Os rapazes não conseguiam deixar de olhar para ela enquanto dançava com um e com outro. Até mesmo os druidas, de postura sempre séria e sóbria, pareciam estar se controlando para não se embalar com o ritmo da música e não fixar demais os olhos em minha irmã. Seamus trouxera seus músicos, que eram muito bons: um flautista, um violonista e outro que tocava qualquer coisa que lhe caísse nas mãos, de um bodhrán[1] a uma flauta, e ainda acompanhava assobiando. Os druidas se sentaram com os comensais nos bancos espalhados ao redor das mesas montadas no jardim, conversando, contando histórias e observando os jovens que se divertiam.

Um deles, porém, se mantinha afastado. Era o jovem druida de cabelos ruivos que havia segurado a tocha em que foi aceso o fogo místico. Não parecia interessado em comer ou beber, não ria nem se divertia como os outros, que explodiam de alegria ao seu redor. Não cantava e seus pés não batiam no chão, acompanhando a música. Estava apenas ali, em pé, observando a festa. Poderia estar vigiando, o que fazia sentido. Alguém tinha de ficar sóbrio e atento para iden-

1. Instrumento de percussão irlandês semelhante a um tamborim. (Nota da Tradutora)

tificar possíveis invasores ou qualquer perigo. Liam havia colocado guardas em pontos estratégicos ao redor da casa, além das sentinelas que normalmente já faziam a vigília. Um ataque a Sevenwaters naquela noite poderia causar, de uma só vez, o extermínio dos chefes das três famílias mais poderosas da região nordeste e dos principais líderes espirituais de nosso povo. Não podíamos nos arriscar.

Mas aquele jovem não era um guarda. Não tinha porte para isso. Seus olhos se fixavam em um ponto apenas: minha bela e risonha irmã, que dançava à luz do fogo com seu cachos dourados esvoaçando ao redor. Mantinha-se imóvel e parecia devorá-la com o olhar. "Mas que ideia tola", pensei. Aquele era um druida, e eles deviam ter seus desejos como qualquer homem. Era algo natural. Mas eram treinados para lidar com esses instintos. E o assunto não era da minha conta, afinal. Olhei então para minha irmã e vi que ela também lançava olhares para o druida, com seus belos e atraentes olhos. "Dance com Eamonn, sua boba", disse a ela em pensamento. Mas não conseguia ouvir minhas mensagens mentais.

A música foi se tornando mais lenta e agora parecia mais um lamento. Bêbados, os convidados cantavam, acompanhando a letra.

— Dança comigo, Liadan?

— Ah! — Eamonn me assustou, aproximando-se por trás de repente. Seu rosto estava sério como sempre. Se estava se divertindo, não dava sinais. E eu ainda não o tinha visto dançar naquela noite.

— Bem, você... você pode pedir à minha irmã. Ela dança bem melhor do que eu — respondi de repente, em um tom quase grosseiro. Olhamos os dois para o grupo que dançava, entre eles Niamh, que sorria e passava a mão pelos cabelos, rodeada de admiradores. Parecia um facho de luz dourada refletindo o brilho da fogueira.

— Mas estou pedindo a você — ele respondeu, sem sequer esboçar um sorriso. Por sorte Eamonn não conseguia ler meus pensamentos como meu tio Conor. Eu o havia observado naquela tarde e fiquei vermelha quando ele percebeu. Mas como filha de Sevenwaters, eu tinha de seguir algumas regras sociais. Levantei-me e ia tirando o xale dos ombros quando ele me surpreendeu mais uma vez. Pegou o xale, dobrou cuidadosamente e colocou sobre uma mesa ao lado. Levou-me então pela mão até o grupo que dançava.

Era uma música lenta e os pares se aproximavam e se distanciavam, circulando de costas uns para os outros e tocando as mãos ao se aproximarem. Uma dança apropriada para a celebração de Brighid, que festeja a nova vida e o sangue que lhe dá forma. Sean e Aisling giravam um ao redor do outro em perfeita sintonia, respirando e se movendo no mesmo compasso. O olhar dos dois era tão intenso que meu coração quase parou. "Deixe que se divirtam, deixe que aproveitem o momento", algo em mim disse, mas não sei para quem foram as palavras.

— O que houve, Liadan? — Eamonn percebeu a mudança em minha expressão ao se aproximar. Pegou minha mão e me girou sob seu braço. — O que aconteceu?

— Nada — menti — Acho que estou cansada, só isso. Começamos a preparar a festa logo cedo, colhendo flores, fazendo os arranjos, a comida e todo o resto.

Ele fez que entendeu com um gesto de cabeça.

— Liadan — ele começou a dizer algo, mas foi interrompido por um casal que veio girando vigorosamente em nossa direção. De maneira ágil, me puxou e me tirou do caminho antes que eles se chocassem contra nós. E, por um instante, seus braços envolveram minha cintura e nossos rostos se aproximaram.

— Liadan, preciso falar com você. Há algo que tenho que lhe dizer.

Mas o momento passou. A música continuou a tocar, ele me soltou e voltamos ao círculo de dança.

— Bem, diga — eu pedi, meio sem graça. Olhei em volta, mas não vi Niamh. Ela com certeza ainda não tinha se recolhido. — O que é?

Chegamos ao outro lado do círculo. Fizemos uma breve pausa, ele colocou a mão em minha cintura, eu coloquei a mão em seu ombro, executamos alguns passos e giros e passamos pelo corredor de braços estendidos. Então ele pareceu se cansar da dança. Segurou minha mão e me puxou para fora do círculo.

— Aqui não — disse. — Não é o lugar e nem o momento. Amanhã. Quero falar com você a sós.

— Mas...

Ele colocou o xale sobre meus ombros. Senti o toque de suas mãos. Enquanto estávamos ali, bem próximos um do outro, senti uma espécie de aviso; algo me alarmou. Mas não entendi a mensagem.

— Você costuma cuidar do jardim de manhã, não? Virei falar com você. Obrigado pela dança, Liadan. Minha opinião sobre suas habilidades como dançarina é bem diferente da sua.

Olhei para ele tentando captar suas intenções, mas seu rosto não dava qualquer sinal. Nesse instante, alguém o chamou. Ele se despediu com um gesto e foi embora.

Fazia frio na manhã seguinte, mas o céu estava limpo. Fui então para o jardim, pois sempre havia ervas para colher e unguentos e remédios para preparar. Estranhei que minha mãe não tenha vindo me acompanhar, como costumava fazer. Imaginei que estivesse cansada após a noite de festa. Fui arrancando o mato, apanhei algumas ervas, depois fiz um chá de malva-da-Índia para levar ao vilarejo mais tarde e coloquei algumas flores para secar. Acabei me ocupando a manhã toda e até me esqueci de Eamonn. Só lembrei quando meu pai veio até a sala de ervas por volta do meio-dia, sentando-se na beira da janela e esticando as longas pernas. Também havia trabalhado a manhã toda e ainda não removera as botas cheias de terra.

— Vejo que esteve ocupada, hein? — perguntou, vendo os maços de ervas secando, os frascos cheios e prontos para serem levados e minhas ferramentas de trabalho sobre a bancada.

— Bastante — respondi, abaixando-me para lavar as mãos no balde que deixava sempre perto da porta. — Senti falta de mamãe hoje. Ela ficou descansando?

Ele franziu a testa, preocupado.

— Ela se levantou cedo. Ficou conversando com Conor e depois com Liam. Mas precisa descansar.

Guardei as facas, o pilão, as colheres e o rolo de barbante nas prateleiras.

— Ah, ela não descansa — retruquei. — E sabe como é quando Conor vem nos visitar. Parece que os dois têm sempre muito para conversar e nunca há tempo suficiente. É como se tentassem compensar todos os anos que perderam.

Ele concordou balançando a cabeça, mas ficou em silêncio. Peguei a vassoura e comecei a varrer.

— Vou até a vila mais tarde. Ela não precisa ir. Tente convencê-la a dormir um pouco — eu disse.

Iubdan deu seu meio sorriso.

— Jamais digo à sua mãe o que fazer. Você sabe disso.

Sorri e respondi:

— Bem, então eu direi. Os druidas ficarão aqui mais um ou dois dias. Ela terá muito tempo para conversar.

— Por falar nisso — ele disse, levantando os pés para eu varrer o chão sob a janela. Mas, ao colocá-los no chão, suas botas deixaram cair terra e sujaram tudo novamente — Tenho um recado para você.

— Recado?

— Sim, de Eamonn. Ele pediu para lhe dizer que foi chamado em casa com urgência e teve de sair cedo, muito cedo para vir falar com você. Mas que virá procurá-la assim que voltar. Não entendi. Do que se trata?

— Também não sei — respondi, varrendo o lixo para fora. — Ele não me disse o que era. Mas por que o chamaram com tanta urgência? Aisling foi com ele?

— Aisling ficou. Está mais protegida aqui conosco. Eles o chamaram para tomar alguma decisão importante. Ele levou o avô e alguns de seus homens. Parece que houve um ataque na fronteira de suas terras, mas não se sabe quem foi. Algum inimigo sem escrúpulos, mas habilidoso, pois conseguiu chegar sem ser visto e pegou todos de surpresa. O homem que trouxe a notícia parecia bem assustado. Mas Eamonn deve nos dar mais detalhes quando voltar.

Fomos para o jardim. Nessa época mais fria do ano, a primavera era apenas um sonho distante. As únicas coisas que se via eram uns tímidos brotos de açafrão surgindo do solo ou alguns minúsculos ramos nascendo entre os galhos do jovem carvalho. As poucas flores amarelas de atanásia que apareciam aqui e ali davam um tom de amarelo vibrante à paisagem cinza-esverdeada da madeira e da lavanda. O ar tinha um cheiro fresco e limpo.

As trilhas de pedra agora não tinham ervas verdes em seus vãos. As plantas estavam hibernando sob a terra.

— Vamos nos sentar um pouco, Liadan — disse meu pai. — Ainda não precisam de nós lá dentro. E não vamos conseguir convencer sua mãe e seus tios a almoçar mais cedo. Quero lhe perguntar uma coisa.

— Você também? — indaguei enquanto nos sentávamos no banco de pedra. — Parece que todo mundo quer falar comigo.

— Minha pergunta é simples. Você já pensou em seu casamento? Em seu futuro?

Eu não esperava aquilo.

— Ainda não. Achei... achei que por ser a irmã mais nova poderia ficar mais alguns anos aqui em casa — respondi, sentindo um calafrio. — Não tenho a menor pressa em sair de Sevenwaters. Penso... penso em ficar mesmo aqui, sabe, cuidando de vocês em sua velhice. Não preciso procurar um marido. Além do mais, Niamh e Sean farão bons casamentos, estabelecerão boas alianças. Será que preciso me casar também?

Papai me olhou, sério. Seus olhos, de um azul intenso, fitaram os meus tentando decifrar se o que eu tinha dito era sério ou brincadeira.

— Você sabe que eu ficaria feliz em tê-la aqui para sempre, querida — ele respondeu, lentamente. — Não será fácil me despedir. Mas pedirão sua mão, com certeza. E não quero podar sua vida deixando que fique aqui por nossa causa.

Franzi a testa.

— Por que não deixamos isso de lado por enquanto? Afinal, Niamh se casará primeiro. Ninguém pedirá minha mão até lá.

Fiquei me lembrando de minha irmã dançando em seu vestido azul à luz do fogo, com seu cabelo brilhante esvoaçando, rodeada de belos rapazes.

— Niamh irá se casar primeiro — repeti convencida. Aquilo parecia importante, embora eu não soubesse direito por quê.

Ele ficou em silêncio, como se estivesse esperando eu concluir meus pensamentos e chegar a uma conclusão.

— Por que você diz isso? Que ninguém pedirá sua mão enquanto sua irmã não se casar?

A conversa estava ficando difícil, bem mais do que eu imaginava, pois meu pai e eu sempre fomos muito próximos e nunca tivemos problema em falar honestamente um com o outro.

— Que homem irá me querer quando pode ter Niamh? — perguntei. Mas não havia inveja em meu coração. Para mim aquilo era algo tão óbvio que não me passava pela cabeça que para ele não fosse também.

Ele ergueu as sobrancelhas.

— Experimente fazer esta pergunta a Eamonn caso lhe peça para se casar com ele.

Havia certo sarcasmo em sua voz. Fiquei pasma.

— Eamonn? Pedir que me case com ele? Não acredito que fará isso. Ele não está prometido para Niamh? Você deve estar enganado.

Lembrei-me então da cena da noite anterior. A maneira que ele havia falado comigo, dançado comigo. E uma dúvida surgiu em minha mente. Balancei a cabeça, sem poder acreditar.

— Não seria certo, papai. Eamonn deve se casar com Niamh. É o que todos esperam. E... Niamh precisa de alguém como ele. Um homem que... que a tome com mãos firmes, mas gentis ao mesmo tempo. É com Niamh que ele deve se casar.

Tentei desviar os pensamentos para me acalmar.

— Além disso — continuei — Eamonn jamais pediria a mão de uma moça sem a permissão do pai. Queria falar comigo hoje de manhã, mas com certeza era sobre outra coisa.

— E se eu lhe disser — ele iniciou a frase com certa cautela — que ele também queria falar comigo hoje de manhã? Só não pôde porque foi chamado com urgência.

Fiquei em silêncio.

— Que tipo de homem você escolheria para se casar, Liadan? — ele perguntou.

— Alguém de confiança e honesto consigo mesmo — respondi sem pensar. — O tipo que fala o que pensa sem temer. Que possa ser tanto um marido quanto um amigo. Esse é o tipo de homem que eu escolheria.

— Mesmo que ele fosse velho, feio e não tivesse uma moeda sequer no bolso? — ele perguntou, parecendo se divertir. — Você é mesmo diferente, filha.

— Para ser honesta — respondi com ironia — se ele também fosse jovem, belo e rico, seria ainda melhor. Mas isso é o que menos importa. Se eu pudesse ter a sorte, simplesmente a sorte de me casar por amor, como você e mamãe... mas isso é muito improvável, eu sei.

Lembrei-me de meu irmão e Aisling dançando, apaixonados. Era demais achar que comigo aconteceria algo igual.

— É uma satisfação imensa — disse Iubdan, em tom alegre. — Mas traz também um grande medo. Quem ama assim, torna-se refém do destino. É difícil aceitar o que ele nos reserva. Tivemos sorte até agora.

Concordei com um aceno de cabeça. Entendi o que ele queria dizer. Não falávamos abertamente sobre o assunto; não ainda.

Então nos levantamos e começamos a caminhar pelo jardim, passando sob o arco e seguindo para o pátio. Mais adiante, sob a sombra de um abrunheiro, minha mãe estava sentada sobre um banco de pedra; sua pequena e pálida figura envolta em uma grande massa de cachos escuros. Liam estava ao seu lado com um pé encostado à parede e o cotovelo apoiado no joelho, explicando algo com pequenos gestos. E do outro lado estava Conor, imóvel sob seu manto branco, escutando. Decidimos não interrompê-los.

— Quando Eamonn voltar, você descobrirá se eu estou certo ou não — disse meu pai. — Ele é, sem dúvida, um excelente partido tanto para sua irmã quanto para você. Peço que pense nisso.

Não respondi.

— Veja bem. Eu jamais a forçaria a tomar essa decisão, Liadan, e nem sua mãe. Quando você decidir se casar, a escolha será sua. Pedimos apenas que você pense sobre o assunto, prepare-se e pondere todas as ofertas que receber. Sabemos que fará uma boa escolha.

— Mas e quanto a Liam? Você sabe como ele quer que seja. Temos de pensar em nosso Estado e na força de nossas alianças.

— Você é filha de sua mãe e minha, não de Liam — ele respondeu. — Ele terá de se contentar com o fato de Sean ter escolhido uma moça que ele mesmo teria escolhido. Quanto a você, aceitaremos o que decidir, minha pequena.

Tive uma sensação estranha naquele instante. Foi como se uma voz sussurrasse "ele irá se arrepender de suas palavras". Senti um arrepio e a sensação passou. Olhei para papai e sua expressão era calma, tranquila. O que quer que tenha sido, ele não ouviu.

Os druidas ficaram vários dias em Sevenwaters. Conor conversou muito com a irmã e o irmão. E, às vezes, sentava-se a sós com ela, os dois em total silêncio. Estavam se comunicando em segredo, pela linguagem da mente, sem que ninguém soubesse o que falavam. Ela também se comunicava assim com Finbar, o irmão com quem mais tinha afinidade e que havia retornado com uma asa no lugar do braço e a mente perdida em algum local distante. Mamãe possuía com ele o mesmo elo que eu tinha com Sean. Sentia a dor ou a alegria dele sem precisar de palavras. Conseguia enviar mensagens para ele através da mente independentemente da distância que estivéssemos um do outro, sem que ninguém percebesse. Por isso eu imaginava como devia ser para minha mãe, Sorcha, ter perdido um irmão tão querido que fazia parte de seu ser. Segundo o que se dizia, Finbar jamais conseguiu ser o mesmo homem de antes. Uma parte dele ainda era animal, tinha as necessidades e os instintos da criatura que voava pelo céu. Por isso, uma noite, ele simplesmente caminhou para dentro do lago, deixou-se envolver pelo abraço das águas. Seu corpo jamais foi encontrado, mas as pessoas juravam que ele havia se afogado. Como alguém poderia nadar com o braço direito de um homem e, no lugar do braço esquerdo, uma asa de penas brancas?

Eu entendia a tristeza de minha mãe e o vazio que ela provavelmente tinha em seu coração mesmo após tantos anos, embora nunca tivesse falado sobre isso, nem com Iubdan.

Mas acredito que tenha desabafado com Conor durante as longas conversas silenciosas que os dois tiveram. Pareciam utilizar seu dom para dar forças um ao outro, dividindo o peso de sua dor para suportá-la melhor.

Jantávamos todos juntos após o longo dia de trabalho, depois dançávamos, cantávamos, bebíamos e contávamos histórias. Nossa família era conhecida e respeitada por sua habilidade de contar histórias. E mamãe era a que tinha mais facilidade para usar as palavras. Fazia seus ouvintes viajarem para outros mundos. Mas todos nós parecíamos ter esse dom. Conor também nos fascinava com seus contos. E até Liam, de vez em quando, nos entretinha com histórias de heróis e suas batalhas, contando detalhes da luta, das técnicas e das armas usadas. Os homens o ouviam com toda a atenção. Já Iubdan não contava histórias; apenas ouvia. Às vezes nos lembrávamos que ele era um bretão, mas seu senso de justiça, sua generosidade e capacidade de trabalho eram tão grandes que ninguém o acusava pelos ancestrais que tinha.

No entanto, na noite de Imbolc não foi um de nós, da casa, que contou histórias. Pediram à minha mãe, mas ela respondeu, com doçura:

— Com alguém tão culto entre nós creio que não serei eu a brindá-los com as palavras. Conor, sabemos de seu talento. Pode nos contar uma história hoje, neste dia de Brighid?

Notei que minha mãe parecia cansada. Seus olhos verdes estavam um tanto enevoados. Sempre teve a pele pálida, mas naquela noite a transparência era tal que chegou a me incomodar. Sentou-se em um banco ao lado de Iubdan. Ela envolveu sua pequena mão na dele, ele colocou o braço ao redor de seus ombros e mamãe se recostou nele. As mesmas palavras vieram à minha mente: "Deixe-os aproveitar o momento para guardá-lo na lembrança". Fiquei agitada por um instante, mas tentei me acalmar e dizer a mim mesma para esquecer aquilo. O que eu pensava ser, afinal? Uma vidente? Só podia ser coisa da minha mente fértil de menina.

— Obrigado — disse Conor, em tom sério, mas sem se levantar. Olhou para o outro lado da sala e fez um pequeno gesto com a cabeça. Obedecendo ao comando, quem se levantou e se propôs a nos entreter foi o jovem druida de cabelos ruivos que havia segurado a tocha para que fosse reaceso o fogo das lareiras. Era realmente um rapaz de boa aparência, alto, de porte ereto como todos os druidas e de cabelos ondulados, porém não tão vermelhos como os de meu pai ou de Niamh, e sim um pouco mais escuros, lembrando o tom de um pôr de sol de inverno. Tinha olhos escuros como amora, difíceis de decifrar, um furinho no queixo e covinhas no rosto, que apareciam somente nas raras vezes em que ele sorria. Pensei comigo: se não pertencesse à irmandade, com certeza as jovens de Sevenwaters o estariam disputando. E eu podia jurar que, no fundo, ele gostava disso.

— Nada melhor para o Imbolc — disse ele então — que a história de Aengus Óg e do grande Caer Ibormeith. Uma história de amor, mistério e transformação. Se me permitem, é a que irei lhes contar.

Imaginei que ele ficaria nervoso ao ser convocado para a tarefa, mas sua voz era firme e confiante, provavelmente o resultado de anos e anos de privação e estudo. É necessário muito tempo para um druida aprender tudo que lhe é ensinado, e não há livros para ajudar. No outro lado da sala, pude ver, com o canto dos olhos, que Liam observava Sorcha. Tinha a testa levemente franzida, e seus olhos pareciam questionar algo. Ela respondeu com um leve gesto de cabeça indicando que o rapaz podia prosseguir. Pois aquela não era uma história que costumássemos contar em Sevenwaters. Era muito forte e profunda. Imaginei que o rapaz não conhecesse muito sobre nossa cultura, caso contrário, não teria escolhido aquele conto. Com certeza Conor não imaginava que ele iria querer contá-la. Teria discretamente sugerido outra. Mas continuou aparentemente impassível, sentado ao lado da irmã.

— Até mesmo um filho da *Túatha Dé Danann* — começou o rapaz — pode se apaixonar perdidamente. Foi isso que aconteceu com Aengus. Jovem, forte, belo, guerreiro conhecido por suas vitórias, bem se podia pensar que estava acima da categoria de simples mortal. Mas em uma tarde, enquanto caçava cervos, sentiu uma forte sonolência e se deitou na grama sob a sombra das árvores. Adormeceu imediatamente e teve um sonho. E que sonho! Via uma mulher tão linda, que brilhava mais que as estrelas do céu; uma mulher capaz de fazer qualquer coração em pedaços. Caminhava descalça em uma praia deserta. Era alta, esbelta, de colo alvo como a luz da lua sobre a neve de seios fartos, ocultos sob o vestido escuro que usava. Seus cabelos tinham a cor das folhas de faia no outono; o dourado avermelhado do cobre. Seu jeito de caminhar o fascinou. Acordou e decidiu que, se não tivesse aquela mulher, morreria.

Pensei que aquele trecho tinha um toque pessoal do druida. Porém, ao olhar em volta, percebi que só eu pensava assim. Eu e mais uma pessoa. Sean estava com Aisling perto da janela, e os dois pareciam prestar atenção à história, mas eu sabia que estavam mesmo é concentrados um no outro, na mão dele que pousava casualmente na cintura e na mão dela, esta que brincava com a manga da camisa dele. Iubdan ouvia o jovem druida, mas seus olhos pareciam distantes. Minha mãe estava com a cabeça em seu ombro e com os olhos fechados. Conor parecia tranquilo; Liam, abstraído em pensamentos. O resto ouvia educadamente. Mas minha irmã, Niamh, parecia hipnotizada, sentada na ponta do banco, face enrubescida e olhos brilhando de fascinação. O druida a estava descrevendo detalhadamente enquanto contava a história. Era óbvio. Mas por que só eu percebi isso? Parecia que ele conseguia controlar nossas reações com suas palavras.

— Aengus sofreu durante um ano e um dia. Todas as noites, ela aparecia em seus sonhos, muitas vezes ao lado de sua cama, vestida com leves túnicas, tão perto que ele tinha a impressão de poder tocá-la. Debruçava-se sobre ele a ponto de seus cabelos de fogo roçarem no peito nu de Aengus. Mas quando esticava a mão, eis que ela desaparecia! A paixão por aquela mulher o devorava a tal ponto que ele adoeceu, com febre alta, e seu pai, o Dagda, começou a temer por sua vida e por sua sanidade. Quem era ela? Uma mulher real ou uma visão criada pela mente de Aengus, jamais possível de ser encontrada?

"Aengus estava morrendo. Seu corpo ardia, seu coração estava disparado como um tambor de guerra, seus olhos, lânguidos com a febre alta. O Dagda decidiu então pedir ajuda ao Rei de Munster. Saíram todos procurando pelo leste e pelo oeste, pelas longas estradas e atalhos de Erin até descobrir o nome da donzela. Era Caer Ibormeith, Yewberry, filha de Eathal, senhor da *Túatha Dé,* uma província em Outro Mundo chamada Connacht.

Quando contaram a Aengus, ele se levantou da cama e saiu para procurá-la. Fez longa viagem até um local chamado Boca do Dragão, o lago onde viu pela primeira vez sua amada. Esperou três dias e três noites, sem beber ou comer, até que ela apareceu, caminhando descalça pela areia – como ele a havia visto pela primeira vez em seu sonho –, os longos cabelos com cachos de fogo esvoaçando ao vento que vinha do lago. O desejo o consumia, mas ele se controlou o máximo que pôde, aproximou-se e apresentou-se educadamente.

Percebeu então que a donzela, Caer Ibormeith, usava um colar de prata no pescoço, e que dele saía uma corrente que a prendia a outra donzela, e outra, e mais outra. Havia três vezes cinquenta mulheres caminhando pela praia, todas unidas pela corrente de prata. Porém, quando Aengus pediu a Caer que se entregasse a ele, quando disse o quanto a desejava, ela desapareceu rápida e silenciosamente, da mesma maneira que chegou, com as outras que a acompanhavam. Ela era a mais alta e a mais bela de todas. Era realmente a mulher de sua vida."

O rapaz fez uma pausa, mas em nenhum momento olhou na direção de Niahm, que permanecia imóvel como uma estátua, os olhos azuis maravilhados. Jamais a tinha visto ficar parada tanto tempo assim.

– Então o Dagda foi até o pai de Caer, em Connacht, e exigiu saber a verdade. Como seu filho poderia conquistar aquela moça, pois sem ela com certeza não viveria? Como conquistar uma criatura tão estranha? Eathal não quis cooperar, mas a pressão foi tão grande que ele acabou cedendo. A doce Caer, disse seu pai, escolheu alternar entre a forma humana e a de cisne a cada ano. No Samhain, ela irá se transformar novamente em pássaro e, no momento da transmutação, Aengus deve tomá-la para si, pois é o momento em que ela está mais vulnerável. Mas ele deve se preparar, avisou Eathal. Essa conquista terá seu preço.

"E tudo aconteceu como ele havia dito. Na noite de Samhain, Aengus foi até a Boca do Dragão e encontrou na praia três vezes cinquenta belos cisnes, todos ligados pelos colares de prata no pescoço.

Três vezes cinquenta e um, pois ele sabia que o cisne com o pescoço mais longo e gracioso era sua amada Caer Ibormeith. Aengus se aproximou e se ajoelhou diante do belo pássaro, que recostou o pescoço em seu ombro e abriu suas grandes asas. Naquele instante, ele sentiu algo estranho. Um arrepio percorreu seu corpo dos pés à cabeça, e sua pele começou a ficar diferente, mais brilhante. De seus braços surgiram plumas, e sua visão se tornou mais clara e aguçada. Percebeu que também havia se transformado em cisne.

"Voaram então ao redor do lago, três vezes, cantando de felicidade, e a música era tão bela que embalou todos os moradores da região, adormecidos em paz. Assim, Caer Ibormeith foi para casa com Aengus, mas se os dois usavam a forma humana ou de pássaro, não se sabe. O que diz a lenda é que, se alguém for até o lago da Boca do Dragão na noite de Samhain e ficar em total silêncio na beira da água ao anoitecer, conseguirá ouvir suas vozes chamando no lago. E é um som que a pessoa jamais esquecerá enquanto viver."

O silêncio que se fez na sala foi um sinal de respeito demonstrado apenas aos melhores contadores de histórias. Ele tinha realmente grande habilidade com as palavras. Foi quase tão bem quanto os de nossa família. Nem olhei para Niahm. Torci para que sua face vermelha não chamasse atenção. Minha mãe se pronunciou, então.

— Venha até aqui, meu jovem — disse com voz suave, levantando-se, uma das mãos ainda segurando a mão de meu pai.

O jovem druida caminhou até ela, um tanto pálido. Apesar de demonstrar grande segurança, aquilo provavelmente tinha sido uma tarefa difícil para ele. Por sua aparência, não devia ter mais que vinte anos.

— Você contou a história com grande energia e imaginação. Obrigada por nos entreter tão bem — sorriu carinhosamente.

Mas estranhei que continuava segurando a mão de meu pai, como a se apoiar.

O jovem se inclinou levemente.

— Eu é que agradeço, *milady*. Um elogio vindo de uma contadora de histórias tão proeminente é, de fato, um prêmio. E devo tudo ao melhor dos professores — disse, olhando para Conor.

— Qual é o seu nome? — perguntou Liam, que estava sentado do outro lado, junto a seus homens. O rapaz se virou.

— Ciarán, *milorde*.

Liam fez um gesto com a cabeça.

— Você é bem-vindo à minha casa, Ciarán, sempre que meu irmão quiser trazê-lo. Valorizamos muito nossas histórias e nossa música, coisas que, infelizmente, estão se perdendo em nossas terras. Bem-vindos todos os irmãos e irmãs que vieram estar conosco nesta noite de Brighid. E agora convido os músicos a tocar a harpa e a flauta, e todos a cantar conosco as músicas que embalam as grandes batalhas, vencidas ou perdidas.

Percebi no discurso de meu tio, um grande estrategista, que ele estava tentando nos levar para um terreno mais seguro. O jovem Ciarán se juntou novamente ao grupo de túnicas cinza e sentou-se quieto em um canto. Ao som da música e das canecas de hidromel, a noite prosseguiu em perfeita harmonia.

Depois de algum tempo, pensei que estava sendo tola. Minha imaginação devia estar passando dos limites. Era natural que Niamh se interessasse pelos rapazes. Fazia aquilo sem pensar. Não havia má intenção. E lá estava ela, agora, rindo e conversando com um grupo de jovens guerreiros de Liam. E quanto à história, era comum que se contassem fábulas sobre heróis e donzelas usando a imagem de alguém que se conhecia. Um rapaz como aquele, criado nos bosques sagrados, longe do senhorio e do povo, com certeza não tinha muita referência de belas donzelas em quem pudesse se inspirar para contar uma história desse tipo. Como eu tinha sido injusta! Os druidas logo voltariam para a floresta, Eamonn retornaria para se casar com Niahm e tudo seria como tinha de ser. Como tinha de ser. Já estava realmente me convencendo disso quando a meia-noite chegou e nos recolhemos para dormir. Já estava praticamente convencida.

Quando me aproximei das escadas, com a vela na mão, olhei por acaso ao redor e me deparei com o olhar de meu tio Conor, que estava parado próximo a um grupo de pessoas que conversavam, riam e acendiam um candelabro. Estava tão imóvel que parecia ser feito de pedra. Somente seus olhos continuavam vívidos.

*– Lembre-se, Liadan. Tudo acontece como deve acontecer. Siga seu destino com coragem. É o máximo que você pode fazer.*

*– Mas... mas?*

Ele já havia se misturado ao grupo e não pude mais ler seus pensamentos. Mas vi que Sean olhou para mim, sentindo minha confusão, sem entender o que estava acontecendo. Eram emoções demais. Comecei a me sentir mal, a ter calafrios e maus pressentimentos. Naquele momento eu só queria ir para o meu quarto, tomar um gole d'água e ter uma boa noite de sono; minha rotina tranquila de sempre. Agarrei firme a vela, segurei minhas saias para subir as escadas e me retirei para a segurança e o aconchego de meu quarto.

# Capítulo 2

Fazer tintura de celidônia não é algo exatamente fácil. O método é até simples; acertar a quantidade é o problema. Minha mãe me ensinou a fazer de duas maneiras: com folhas frescas e com folhas secas. Com suas mãos pequenas e ágeis, ela moía as folhas secas no pilão enquanto eu cortava as que tínhamos colhido e colocava em uma tigela com um pouco da mistura que Conor havia usado para pedir a bênção de Brighid para nossas plantações. Eu seguia as instruções, aliviada por não ter que mexer diretamente com aquele tipo de erva, que causava dor e inchaço na pele. As mãos de minha mãe eram delicadas, pálidas e macias, apesar de ela trabalhar exaustivamente na sala de ervas. O único adorno que usava era o anel que seu marido havia entalhado para ela há muitos anos. Estava usando um vestido antigo que já tinha sido azul, e seus cabelos estavam presos com uma fita simples de linho. O vestido, o anel e aquelas mãos tinham uma história, e era nessa história que eu pensava enquanto preparava a tigela com a infusão de ervas.

— Muito bem — disse mamãe me observando. — Quero que você aprenda bem isso para usar os ingredientes da maneira correta.

Esta tintura cura a maior parte dos males do estômago, porém é muito forte. Dê ao paciente apenas uma vez, caso contrário, fará mais mal do que bem. Agora, cubra a tigela com a toalha e deixe-a guardada. Isso, assim mesmo. Ela deve permanecer em descanso por vinte e uma noites, depois a filtramos e guardamos em uma garrafa bem tampada com rolha em um local escuro. Dura muitas luas. Dará para todo o inverno.

— Sente-se um pouco, mãe.

A tigela estava fervendo no fogo. Peguei duas xícaras de cerâmica para fazer chá.

— Você está me mimando, Liadan — ela disse sorrindo. Mas se sentou. O sol entrava pela janela, e minha mãe, com sua pequena figura no vestido azul, sentada ali, me pareceu mais pálida que de costume. Fiquei observando o minúsculo bordado na gola de seu vestido, mais visível agora com a luz. Eram folhinhas com florezinhas aqui e ali e desenhos de pequenos insetos. Coloquei água quente nas xícaras.

— Mistura nova?

— Sim — respondi enquanto lavava as facas, tigelas e talheres que tínhamos usado.

— Ah, quero saber o que há nessa mistura.

O cheiro da infusão se espalhava no ar frio da sala. Ela aspirou levemente e disse:

— As flores secas parecem ser de cura-tudo com um pouco de escrofulária, um toque de erva-de-são-joão e... goldenwood?

Peguei um pote de nosso melhor mel e coloquei um pouco em cada xícara.

— Vejo que não perdeu o jeito com as ervas — comentei. — Mas não se preocupe. Sei como combinar e usar cada uma.

— Realmente. A combinação que fez é muito boa, filha.

Olhamos uma para a outra.

— Você já sabe, não? — ela perguntou.

Não consegui falar. Respondi com um gesto de cabeça. Coloquei uma das xícaras com o chá curativo na pedra ao lado dela, e a outra ao meu lado, enquanto trabalhava.

— Escolheu bem as ervas, com certeza. Mas é muito tarde para esse tipo de cura. As ervas agora me dão, no máximo, um pouco de alívio. Mas você também sabe disso.

Ela tomou um gole, contorceu um pouco a boca e sorriu.

— É amargo mesmo.

— Bastante — respondi, tentando controlar o tremor em minha voz e tomando um gole do meu chá, que era de pimenta, apenas.

— Vejo que consegui ensiná-la bem, Liadan — ela disse observando-me. — Você herdou minha habilidade de cura e o dom de seu pai, que é o do amor. Ele protege a todos que ama como uma grande árvore que abriga as pessoas em sua sombra. Sinto a mesma força em você, filha.

Nem tentei responder. Não tinha palavras.

— Será difícil para ele — ela prosseguiu — muito difícil. Ele não é um de nós, embora nem sempre nos lembremos disso. Não entende que não se trata de uma separação, mas sim de uma simples sequência, uma mudança.

— A roda gira, mãe.

Ela sorriu mais uma vez. Colocou de lado a xícara praticamente sem tomar o chá.

— Vejo algo de Conor em você também. Sente-se aqui, Liadan. Quero lhe dizer uma coisa.

— Você também? — respondi rindo.

— Sim. Seu pai me contou sobre Eamonn.

— E o que você acha?

Ela franziu levemente a testa.

— Não sei — respondeu. — Não sei que conselho lhe dar. Mas... mas não tenha pressa. Ainda vamos precisar muito de você por enquanto.

Nem perguntei por qual motivo.

— Você já contou ao papai? — eu quis saber.

Ela suspirou.

— Não. E ele não me pergunta, pois sabe que vou dizer a verdade. Não preciso colocar em palavras. Não para Red. Ele sabe de tudo só pelo toque de suas mãos, pela pressa que tem de largar o arado ao final do dia e vir para casa, pela maneira que se senta ao meu lado na cama, pensando que estou dormindo, e segura minha mão olhando para o nada. Ele sabe.

Senti um arrepio.

— O que você queria me contar?

— Algo que mantive até hoje em segredo. Mas creio que está na hora de passar a você. Sinto que tem andado preocupada, vejo isso em seus olhos. E não é só... só isso. É algo mais.

Segurei a xícara entre as mãos para aquecê-las.

— É que, às vezes... às vezes, tenho uma sensação estranha. Sinto frio e... ouço uma voz.

— Sim. Continue.

— Vejo... sinto que algo muito ruim está para acontecer. Olho para as pessoas e sinto... que o destino lhes reserva algo terrível. Conor sabe. Ele disse que não devo me sentir culpada. Mas isso não ajudou muito.

Ela fez que sim com a cabeça.

— Meu irmão tinha a sua idade quando sentiu isso pela primeira vez. Meu irmão Finbar. Conor também lembra. É um dom difícil e que poucas pessoas gostariam de ter.

— Mas o que é? — perguntei trêmula. — É o dom da Visão? Mas por que não tenho convulsões, grito ou desmaio como Biddy O'Neill, na Travessia? Ela tem o dom da Visão e previu a grande inundação dois invernos atrás, e também a morte daquele homem, cuja carroça virou na beira do barranco em Fergal. O que sinto é... diferente.

— Diferente, mas igual. A maneira pela qual isso se manifesta depende de sua força e de seus dons. E o que você vê pode enganá-la. Finbar sempre via coisas reais e se sentia culpado por não poder evitar que acontecessem. Mas não era fácil interpretar essas visões. É um dom cruel, Liadan. E com ele vem outro que você ainda não desenvolveu.

— E qual é? — perguntei, sem ter certeza de que queria mesmo saber. Um dom, se é que se podia chamar aquilo de dom, já não era suficiente?

— Não posso lhe explicar muito bem. Ele o usou em mim uma vez. Ele e eu... ele e eu tínhamos a mesma ligação que você tem com Sean, que lhes permite conversar de mente para mente e saber o que o outro sente no mais profundo de seu ser. Em Finbar esse dom era mais forte do que em mim. Se bem que, no final, ele se fechava; não me deixava saber o que se passava em sua mente. Mas ele também tinha outro dom: a habilidade de usar o poder da mente para curar. Quando eu... quando eu fui ferida e achei que nunca mais me recuperaria, ele usou sua mente para bloquear todos os pensamentos negativos que eu tinha e ficou me transmitindo imagens e sentimentos bons durante uma noite inteira. E usou essa mesma habilidade para ajudar meu pai, quando sua mente foi quase destruída pela feiticeira, *Lady* Oonagh. Ela o manteve sob seu jugo durante três longos anos, enquanto meus irmãos enfrentavam a maldição que ela lhes lançou. E isso porque Lorde Colum não era um homem fraco. Lutou muito com a culpa e com a vergonha, mas não conseguiu se livrar dela. Quando voltamos para casa, ele praticamente não nos reconhecia. Foram necessários noites e dias para trazê-lo de volta à realidade. O preço a se pagar por esse poder de cura é bem alto. Finbar ficou esgotado, acabado. Passou por todo tipo de suplício físico e espiritual. Só os mais fortes sobrevivem a esse tipo de coisa.

Olhei em seus olhos e ela percebeu que havia uma dúvida em minha expressão.

— Você é forte, Liadan. Não sei dizer quando e como terá que usar seu dom. Talvez nunca. Mas é melhor que esteja preparada. Ele com certeza poderá lhe dizer mais sobre isso.

— Ele? Você quer dizer... Finbar? — a conversa estava indo para um terreno frágil.

Mamãe se virou e olhou pela janela.

— Ele cresceu tão bonito — disse. — O pequeno carvalho que Red plantou para mim. Um dia será uma enorme árvore, frondosa e nobre, bela como todas as plantas e ervas. A feiticeira não conseguiu nos destruir. Juntos nos tornamos fortes demais para ela.

Olhou novamente para mim.

— A magia é forte em você, Liadan. E há algo que lhe favorece.

— E o que é? — perguntei. Suas palavras eram ao mesmo tempo maravilhosas e assustadoras.

— Ele me mostrou uma vez. Finbar. Perguntei a ele o que o futuro me reservava. Ele me mostrou uma cena. Era Niamh, dançando e seguindo por uma trilha na floresta com seus cabelos de fogo dourado. Uma criança com o dom da felicidade. E Sean, correndo para alcançá-la. Vi os filhos que teria com Red. E... havia mais uma criança. Uma criança que ficava mais afastada na visão. Eu quase não consegui vê-la. Mas não era você, filha. Disso eu tenho certeza. Se fosse, eu teria sabido no momento em que você nasceu e a colocaram em meus braços.

— Mas... mas por que eu não estava na visão? Sean e eu temos a mesma idade. Por que eu não estaria?

— Eu já tinha tido essa visão — ela explicou devagar. — Quando eu... mas em nenhuma das vezes você aparecia; somente aquela criança, distante e excluída. Creio que você é de um padrão diferente de seus irmãos, Liadan. E isso lhe dá muito poder. Um poder perigoso. Talvez você tenha o dom de.... mudar as coisas. Essas visões não mc mostraram que outra criança nasceria junto com Sean. Isso a coloca em um patamar diferente. Aprendi a crer que os Seres da Floresta guiam nossos passos. Que é através de nós que eles concretizam seus grandes planos. Mas você não faz parte desse esquema. Talvez você seja especial.

Era muita informação para eu captar. Não conseguia acreditar naquelas palavras, embora minha mãe dissesse sempre a verdade, independentemente da situação.

— Mas e essa terceira criança? — perguntei. — Essa que fica à margem, nas sombras?

— Não sei quem é. Só sei que ela havia perdido toda a esperança. E isso é terrível. Por que eu tive essa visão também não sei. Talvez você descubra, com o tempo.

Senti novamente um arrepio.

— Não sei se quero descobrir.

Mamãe sorriu e se levantou. — Essas coisas acontecem, gostemos ou não. Conor está certo. Não adianta se sentir culpada ou se preocupar com o que ainda está por vir. Dê um passo de cada vez e siga seu caminho. É só o que você pode fazer.

— Hum — olhei para ela. Comecei a perceber que meu caminho era mais complicado do que eu imaginava. Nunca pedi muito; apenas a segurança e a paz de Sevenwaters, a oportunidade de usar minhas habilidades e o carinho de minha família. Não me imaginava fazendo algo diferente ou sendo capaz de alterar o destino. Sean com certeza riria muito se eu lhe contasse aquilo.

As semanas se passaram e Eamonn não voltou. Os druidas foram embora, caminhando silenciosamente para a floresta, ao anoitecer. Só estranhei que Niamh andava muito quieta. Passava horas no telhado, olhando para além das árvores e cantando baixinho. E quando precisava dela, para me ajudar com alguma costura ou com a preparação de frutas secas, não conseguia encontrá-la. Não conversava mais comigo à noite. Ficava na cama, perdida em pensamentos, sorrindo, e adormecia como um bebê. Já eu... não dormia assim tão bem. Recebemos notícias de que havia confronto ao norte. Eamonn estava defendendo nossas fronteiras. Tinha avançado sobre o território vizinho. Depois voltou para o nosso território. Os escandinavos pareciam estar tentando conquistar uma parte de nossas terras que acreditávamos que jamais atacariam. Montaram acampamento no extremo sul, perto de um grande rio, e foram avançando pela costa, invadindo parte de nosso território. No início acreditou-se que eram escandinavos, depois, que eram bretões. Mas não eram. Pareciam ser de outras terras. Ocultavam suas identidades usando desenhos em sua pele que pareciam representar um código entre eles. Desenhos de pássaros estranhos, felinos selvagens ou javalis mascaravam seus rostos. Atacavam em silêncio e matavam friamente. Um deles tinha o rosto negro como a noite. Pareciam mais guerreiros do Outro Mundo. Suas armas também eram estranhas: tubos com dardos venenosos, que eram lançados a grandes distâncias, pequenas bolas de metal com pinos pontiagudos que voavam rápido e feriam terrivelmente, e cordas finas usadas estrategicamente. Não usavam espadas ou armas honestas.

Não sabíamos se deveríamos acreditar em todas aquelas histórias. Sean e Liam preferiam crer que se tratava de escandinavos, pois atacavam rápido e se escondiam — algo típico de homens do mar —, que podem fugir em seus barcos invencíveis. E talvez seus capacetes cheios de ornamentos fossem os causadores de tantas histórias estranhas. Além do mais, tinham mesmo o hábito de atacar abertamente usando espadas de lâmina larga, bastões e machados. E não eram exatamente bons em lutar em terra firme. Preferiam ficar próximo da costa, em vez de se aventurar mais para o interior. Essas suspeitas, porém, acabaram se mostrando infundadas.

Algumas semanas depois, quando o dia e a noite passaram a ter a mesma duração e papai estava plantando, Eamonn enviou emissários pedindo ajuda. Liam enviou uma tropa de trinta homens bem armados para o norte. Sean queria ir, assim como meu tio, mas acabaram ficando. Aisling ainda estava em nossa casa, para sua segurança, embora preocupada com o irmão. Sean não a deixaria naquele momento. E Liam considerou imprudente ir para o *front* com Eamonn e seu tio Seamus enquanto a história não estivesse totalmente esclarecida. Preferia esperar até ouvir deles próprios o que estava acontecendo. Então decidiria qual ação seria mais eficaz.

Mas os dois conversavam todas as noites, estudando os mapas. E Iubdan também. Havia jurado jamais se envolver em combates contra os homens de sua raça, porém Liam era um bom estrategista e sabia reconhecer e utilizar as habilidades do esposo de sua irmã quando se tratava de mapas e planejamento de ofensivas e defesas. Ouvi quando ele disse ser uma pena que Padriac não estivesse ali com eles. Havia partido há muito tempo em seu navio, em busca de novas terras e de aventuras. Aquele, sim, era um homem capaz de pensar em dez soluções diferentes para um problema, de construir um barco e de velejar melhor que qualquer escandinavo. Mas já não se tinha notícias dele há três anos. Nem existia muita esperança de que estivesse vivo após tanto tempo.

Eu lembrava bem daquele tio. Quem poderia esquecer? Vinha nos visitar de vez em quando, cheio de histórias maravilhosas para contar, e depois partia em busca de novos mares. Era bronzeado como uma noz e tinha os cabelos longos, sempre trançados. Usava três brincos em uma orelha e tinha um pássaro estranho que subia em seu ombro e perguntava educadamente: "quer fazer amor, querida?" Minha mãe provavelmente achava que ele e Finbar ainda estavam vivos. Tentava me colocar no lugar dela, imaginando o que eu sentiria caso Sean fosse para a guerra e morresse pela espada de um estranho. Será que sentiria o momento em que seu sangue estivesse deixando de correr nas veias, sua respiração cessasse e seus olhos deixassem de brilhar, olhando fixos e sem vida para o céu?

Nunca tive intenção de espionar Niamh. O que minha irmã fazia com seu tempo livre era problema dela. Estava apenas preocupada. Ela vinha agindo de maneira muito estranha, sempre quieta e sozinha. Até Aisling estranhou e comentou comigo.

— Niamh anda tão quieta — disse certa tarde, enquanto estávamos indo colher endívias para uma sopa. Em algumas casas, as filhas dos senhores não faziam esse tipo de trabalho, considerado digno apenas dos empregados. Mas em Sevenwaters não éramos assim. Todos trabalhavam. Claro, Janis e suas auxiliares faziam o serviço mais pesado, como cuidar da gigantesca panela de ferro que era usada para fazer os caldos e as sopas, limpar o chão ou matar galinhas. Mas Niamh e eu tínhamos nossas rotinas e tarefas, e éramos perfeitamente capazes de cumprí-las. Nisso seguíamos o exemplo de nossos pais. Sorcha passava o dia entre a sala de ervas e o vilarejo, cuidando dos doentes; e meu pai, que já havia sido o senhor de Harrowfield, não tinha problemas em pegar o arado e cuidar das terras. Niamh e eu seríamos boas esposas. Sabíamos mesmo como administrar uma casa. Afinal, como se pode administrar o trabalho dos empregados se não se conhece o ofício deles? Mas como Niamh tinha aprendido tudo isso, eu não fazia ideia, já que ela nunca completava uma tarefa. Porém, era muito inteligente. Quando se esquecia de algo, fazia charme e convencia Janis ou outra empregada a ajudá-la.

Contudo, nesse dia não estava conosco colhendo endívias. Aisling ia colhendo com cuidado, parando de vez em quando para prender os cachos de cabelo que escapavam e caíam em seu rosto. Os dias estavam mais quentes agora, e seu nariz estava começando a ficar cheio de sardas com o sol.

— Deixe um pouco para formar sementes — eu pedi.

— Sim, mãe — ela respondeu, brincando, enquanto enchia a cesta.

Aisling sempre me ajudava com as tarefas. Talvez achasse que assim estava se preparando para ser o tipo de esposa que meu irmão preferia. Mas isso não fazia a menor diferença, não para Sean. Ele já a tinha escolhido para se casar.

— Mas é sério, Liadan. Você acha que Niamh está bem? Estou achando... estou achando que tem algo a ver com Eamonn.

— Eamonn? — perguntei sem pensar.

— Bem — ela disse — ele está fora há um bom tempo e ninguém sabe o que está acontecendo. Não sei como estão as coisas entre os dois, mas acredito que ela esteja preocupada. E eu entendo, pois também estou.

Dei-lhe um abraço reconfortante.

— Não precisa se preocupar. Se há alguém que sabe como se cuidar, esse alguém é Eamonn. Logo, logo ele entrará cavalgando por aquele portão e anunciando sua vitória.

E pensei comigo mesma: "aposto que não é isso que preocupa minha irmã. Duvido que tenha sequer se lembrado dele. É mais fácil eu ter me lembrado".

Terminamos de colher as endívias, voltamos para casa, mergulhamos as folhas em vinho com mel e jasmim para cortar o amargor e as colocamos no escuro para absorver a mistura. E Niamh não apareceu.

Subimos então para lavar as mãos e o rosto, penteamos e trançamos os cabelos uma da outra e tiramos os aventais de trabalho. Estava quase na hora do jantar. Lá fora, o sol se punha e o céu se enchia de tons cinza e violeta.

Finalmente a vi, pela janela estreita do quarto, saindo da floresta e correndo pelo campo, olhando furtivamente para os lados, com receio de ser vista. Sumiu do campo de visão da janela e chegou alguns instantes depois à porta, esbaforida, segurando as saias com uma mão, e as bochechas vermelhas. Olhamos para ela, Aisling e eu, mas não dissemos uma palavra.

— Que bom, não estou atrasada — disse ela.

Foi direto para o baú de carvalho, levantou a tampa e revirou as roupas, procurando um vestido para se trocar. Encontrou o que queria e começou a se despir, apressada. Aisling se aproximou disfarçadamente da janela e espiou para fora. Peguei uma tigela de água e uma escova de cabelos enquanto ela terminava de trocar as roupas de baixo e se enfiava rapidamente no vestido limpo. Virou-se e eu comecei a abotoá-lo. Sua respiração ainda estava ofegante, o que não facilitava muito minha tarefa.

— Pronto. Ela já está decente, Aisling — eu disse, com sarcasmo. — Você pode ajudar com o cabelo? Já deve estar quase na hora do jantar.

Aisling era mais hábil com a escova e provavelmente conseguiria dar um jeito naquele emaranhado de cachos nos poucos minutos que ainda tínhamos. Começou, então, a escovar os longos cabelos de minha irmã.

— Onde você esteve, Niamh? — ela perguntou, estranhando. — Há palha em seu cabelo, e folhas também. E de onde vieram essas florzinhas azuis?

Ela continuou sentada, imóvel, com o semblante inocente de sempre.

— Sentimos sua falta esta tarde — eu disse, ainda ajeitando seu vestido. — Fizemos o preparado de vinho sem você.

— É impressão minha ou você está me criticando? — disse Niamh, ajeitando as saias e se contraindo cada vez que a escova de cabelos se enroscava em um nó.

— Não foi uma pergunta; apenas um comentário — respondi. — Creio que ninguém notou sua ausência, só Aisling e eu. Pelo menos é o que eu acho. E demos conta do trabalho, portanto, não precisa se sentir culpada.

Ela se virou e olhou direto para os meus olhos, mas não diria o que estava pensando, não com Aisling ali no quarto. Aisling era uma menina que só via bondade nas pessoas. Inocente ao extremo, não tinha noção de segredos ou artifícios. Não que lhe faltasse inteligência; era apenas ingênua.

Fiquei incomodada mais uma vez durante toda a noite, especialmente durante o jantar. A família estava toda à mesa, como sempre, reunida para uma refeição simples. O tipo de alimento que costumávamos comer se devia, em parte, ao fato de minha mãe não comer carne. Nossos pratos eram compostos basicamente de grãos, verduras e legumes cultivados em nossas terras. E Janis tinha um cardápio excelente de sopas e pães, o que nos deixava sempre satisfeitos. Os homens, às vezes, comiam galinha ou carneiro assado, pois com seu trabalho, mais pesado nas terras e no estábulo, nem sempre se satisfaziam com só com nabos, feijão e pão de centeio.

Naquela noite, fiquei feliz ao ver que mamãe conseguiu tomar um pouco de sopa e comer um pedaço de bolo. Estava tão magra que até o vento podia derrubá-la, mas ninguém conseguia convencê-la a comer. Enquanto a observava, percebi que Iubdan me olhava. Disfarcei e olhei em outra direção, pois não suportaria ver a expressão em seus olhos. Era como se ele estivesse se despedindo dela, pouco a pouco, e se confessando incapaz de lidar com a situação, sentindo que, aos poucos, ela lhe escapava das mãos impotentes.

Niamh estava quieta como um gato, tomando sua sopa, com os olhos baixos. Seus cabelos agora estavam impecáveis. O rubor das faces também havia desaparecido e sua pele tinha a suavidade de sempre, à luz dos lampiões. No outro lado da mesa estavam Sean a Aisling, um ao lado do outro, cochichando e segurando as mãos por baixo da mesa.

Depois do jantar, não contamos histórias, não naquela noite. Liam pediu que fôssemos para uma pequena sala onde poderíamos ter mais privacidade. Os empregados foram para a cozinha cantar suas canções e tomar cerveja, aquecidos pelo calor do fogão a lenha.

— Você tem notícias — meu pai disse assim que nos sentamos.

Peguei uma garrafa de vinho que estava sobre a mesa e servi minha mãe, meu tio, meu pai, Sean e as meninas.

— Obrigado, Liadan — disse Liam. — Sim, tenho notícias e as guardei para este momento, pois queria que Aisling fosse a primeira a ouvir. São boas notícias, minha menina.

Ela olhou para Liam, tensa, ainda esperando algo ruim.

— Seu irmão está bem e deve vir buscá-la antes de Beltaine. Já não há ameaça agora.

— Mas e quanto ao inimigo misterioso? — perguntou Sean avidamente. — E a batalha?

Liam franziu a testa.

— Não sei dos detalhes. Tivemos algumas perdas. O homem que trouxe a mensagem também não tinha muitas informações. Parece que Eamonn conseguiu garantir suas fronteiras, mas como e contra quem, não se sabe. Temos que esperar até ele voltar. Eu também estou ansioso. Essa batalha pode mudar totalmente nosso plano de ação quanto aos bretões. E seria tolice esperar uma vitória no mar contra os escandinavos.

— É verdade — disse Sean. — Eu não me aventuraria a tanto sem ter a habilidade deles. Mas os escandinavos não têm interesse em nossas Ilhas. Se tivessem, já as teriam tomado dos bretões há muito tempo. É um local impróprio para o cultivo, muito isolado para estabelecerem colônias e esquecido por todos, com exceção dos Antigos. Os bretões só mantêm essas Ilhas como ponte para nossas terras.

— E como forma de provocação — disse Iubdan. — Ouvi dizer que foi uma estratégia para instigar o povo de Erin. A melhor maneira de se iniciar uma luta com um homem é tirar dele o que lhe é importante: seu cavalo ou sua esposa. E de começar uma guerra, é tirar de um povo o que lhe é mais sagrado: suas heranças e seus mistérios. Provavelmente é apenas por esse motivo que eles mantêm as Ilhas sob seu domínio.

— Com certeza. Seus esforços para estabelecer uma base na costa não deram certo — disse Liam. — Assim como nós, eles não têm os conhecimentos necessários para guerrear no mar. Ainda assim, vêm mantendo as Ilhas sob seu domínio há três gerações. Mas agora, com aliados bem armados e as habilidades dos escandinavos, quem sabe o que farão?

— É uma parceria incerta — disse Sean pensativo, coçando a cabeça. — Os bretões da orla ocidental não têm motivos para confiar nos escandinavos. Já sofreram ataques mais sérios do que os nossos.

Os vikings vivem atacando suas terras, e são invasores selvagens e imprevisíveis. Não seria mesmo uma boa pareceria.

— Podemos tomar como exemplo nosso inimigo Richard de Northwoods — brincou Liam. — Os bretões são capazes de qualquer coisa.

— Devemos esperar — disse minha mãe, em tom diplomático. — Eamonn nos dará mais informações quando chegar. Mas fico contente em vê-la sorrir novamente, querida — disse, olhando para Aisling.

— Sua preocupação com seu irmão só me faz ver que é uma moça inteligente — disse Liam. — Ele é um líder nato. Só espero que não tenha havido muitas perdas entre seus homens. Mas tenho outra notícia. Algo que lhe interessará, Niamh.

— Hein?... O quê? — respondeu ela, perdida em pensamentos.

— Uma carta — disse meu tio, em tom sério — De um homem que não conheço, mas de quem ouço falar muito. Você provavelmente o conhece, Iubdan. Chama-se Fionn, da divisão do clã Uí Néill, que se estabeleceu ao noroeste. Eles têm conexão com o Rei de Tara. Mas não há dissidências entre os dois braços da família. Fionn é o filho mais velho do líder do clã em Tirconnell, um homem de grande influência e fortuna considerável.

— Sim, já ouvi falar dele — disse papai. — É bem conceituado. Mas, como nós, não se sente exatamente à vontade entre os dois clãs de Uí Néill. Todos ali têm sede de poder.

— Mas isso é o que torna as coisas ainda mais interessantes — respondeu meu tio. — Esse Fionn e seu pai desejam estabelecer uma aliança mais forte com Sevenwaters. Estão mesmo dispostos a ficar ao nosso lado.

— Esse rodeio todo é só para nos dizer que ele quer se casar com uma de nossas filhas?

Minha mãe tinha um jeito todo especial de ir direto ao ponto quando seu irmão começava a fazer discursos mais formais.

— Ele pediu a mão de uma delas?

— Sim, pediu. A carta diz que ele ouviu falar de uma moça de beleza excepcional e excelente educação nas terras de Sevenwaters, que busca uma esposa e que seu pai vê nessa aliança benefícios para ambos. Faz também uma referência discreta à nossa indisposição quanto aos bretões de Northwoods, colocando à disposição suas forças, já que estamos tão próximos. Menciona ainda a posição estratégica de Sevenwaters em relação à de seus parentes mais ao sul caso haja invasões vindas daquela região. Uma carta curta, porém de grande conteúdo.

— Que tipo de homem é esse Fionn? — perguntou Aisling, demonstrando grande coragem. — É jovem ou velho? Tem boa saúde e aparência?

— É um homem de meia-idade — disse Liam. — Uns trinta anos, provavelmente. Bom guerreiro. Mas não sei sobre sua aparência.

— Trinta!? — espantou-se Aisling, chocada com a ideia de que uma de nós pudesse se casar com um homem tão velho.

Sean retrucou:

— Uma filha de beleza excepcional. Só pode ser Niamh.

E olhou para mim, fazendo um gracejo. Respondi com uma careta.

— Sim, parece ser a Niamh que ele se refere — concordou Liam, sem perceber a brincadeira. — Então, o que diz, minha sobrinha?

— Eu... — Niamh não conseguia falar, o que era raríssimo nela. Estava extremamente pálida. — Eu...

Mas a notícia não deveria ser um choque tão grande. Era até uma surpresa que aquela fosse a primeira proposta que ela recebia, pois já tinha dezessete anos.

— É muita informação para uma garota digerir de uma só vez, Liam — minha mãe interviu rapidamente. — Niamh precisa de algum tempo para pensar, e nós também. Gostaria de ler esta carta para ela com calma, depois, se você não se importar.

— Sem problemas — disse Liam.

— Vamos discutir o assunto.

Meu pai estava quieto até aquele instante, mas seu tom deixou bem claro que ninguém ali tomaria decisões por ele.

— Esse Fionn nos deve uma visita formal. Ou teremos que imaginar suas qualidades apenas por sua habilidade de escrita?

Nesses momentos nos lembrávamos de quem nosso pai era e de quem já havia sido.

— Ele quer saber primeiramente o que achamos da ideia. Se a resposta for favorável, virá para cá antes do solstício de verão para se apresentar e se casar logo, na hipótese de entrarmos em acordo.

— Não há motivo para pressa — disse Iubdan. — Decisões desse tipo são sérias e só devem ser tomadas após muita reflexão. O que pode parecer ser a melhor escolha agora pode não ser daqui a algum tempo.

— Mas sua filha já irá completar dezoito anos — disse Liam. — Já era para estar casada há pelo menos dois verões. Devo lembrá-lo que, na idade dela, Sorcha já estava casada e tinha três filhos? Uma oferta de um líder desse calibre não ocorre com frequência.

Niamh se levantou de repente. Percebi então que ela estava ouvindo tudo atentamente e que tremia dos pés à cabeça.

— Vocês querem parar de falar de mim como se eu fosse uma... uma cabeça de gado premiada que se vende com lucro? — disse, com voz aguda. — Não vou me casar com esse Uí Néill, não vou. É isso mesmo. Por que não oferecem Liadam a ele? É a melhor proposta que ela pode chegar a receber. E agora, se me dão licença... — saiu da sala, e eu percebi que seus olhos se enchiam de lágrimas enquanto se afastava, deixando a todos em silêncio e estupefatos.

Nos dias que se seguiram, ela se recusou a falar comigo, com mamãe e mesmo com papai, o melhor ouvinte com quem poderia contar naquele momento. E evitava qualquer contato com Liam. A situação ficava cada vez mais tensa à medida que o tempo passava e a carta de Fionn ficava sem resposta. Ela não dava o menor sinal de querer reconsiderar a proposta, o que deixava meu tio cada vez mais nervoso. Todos concordavam que a reação de Niamh ia além daquilo que normalmente se esperava (o típico choque com a surpresa, disfarçando uma lisonja, seguido de uma aparente recusa virginal e finalmente de uma ruborizada concessão). O que ninguém entendia era o porquê. Minha irmã já estava ficando, como bem havia dito Liam, um tanto velha para se casar, ainda mais sendo tão bela. O normal seria ter ficado exultante com a oferta. Uí Néill! O futuro líder de um clã tão poderoso! Os boatos eram de que Eamonn é quem ela realmente queria e que estava esperando sua chegada. Eu poderia ter explicado que não era bem isso, mas preferi ficar em silêncio. Já imaginava o que se passava na cabeça dela. E aonde ia quando passava o dia todo fora. Mas seus pensamentos eram impenetráveis. O máximo que eu conseguia era imaginar o que estava acontecendo e torcer muito para estar errada.

Tentei me aproximar, conversar, mas nada funcionou. No início, fui mais gentil, pois ela só chorava e passava o dia deitada na cama, olhando para o teto, e a noite observando a floresta através da janela, os olhos marejados. Quando vi que ser sutil não estava adiantando, fui mais direta.

— Não acho que você tenha dom para ser druida, Niamh — disse, finalmente, uma noite em que estávamos sozinhas no quarto. Havia apenas uma vela acessa sobre o baú, entre nossas camas estreitas.

— O quê?

Vi que tinha conseguido a atenção dela.

— O que foi que você disse?

— Você entendeu o que eu disse. Não há cobertores quentinhos, empregados ou vestidos de seda nos acampamentos em solo sagrado. É uma vida de pura disciplina, aprendizado e privação, voltada para o espírito, não para o corpo.

— Cale a boca! — a resposta furiosa mostrou-me que eu estava certa. — Você não sabe o que está dizendo. O que sabe da vida, afinal? Minha irmãzinha querida, que vive enfiada na sala de ervas, envolta em suas poções e seus pequenos afazeres domésticos! Que homem irá querê-la a não ser um fazendeiro de mãos grandes e botas sujas?

Jogou-se na cama, as mãos no rosto. Parecia estar chorando.

Respirei fundo e continuei.

— Mamãe escolheu um fazendeiro de mãos grandes e botas sujas. E muitas mulheres o achavam um ótimo partido em Sevenwaters, quando era mais jovem. É o que sempre se ouviu dizer.

Ela não se moveu e não emitiu um som sequer. Imaginei como devia estar se sentindo para me responder daquele jeito.

— Pode se abrir comigo, Niamh — continuei. — Vou tentar entender. Você sabe que não dá mais para continuar assim. Todos estão preocupados. Nunca vi a casa em polvorosa desse jeito. Por que não me conta? Talvez eu possa ajudar.

Ela levantou a cabeça e olhou para mim. Fiquei chocada com sua palidez e com suas olheiras.

— Ah, agora a culpa é minha — ela disse, com a voz embargada. — Deixei todos chateados, não é? Quem foi que decidiu me oferecer em casamento para ganhar uma guerra idiota? Não fui eu, com certeza!

— Nem sempre as coisas são do jeito que queremos — respondi. — Você acabará tendo que aceitar, por pior que possa parecer no momento. Esse Fionn pode nem ser tão ruim assim. Você pode ao menos conhecê-lo.

— Olha quem fala! Você nem sabe identificar um homem de verdade se ele aparecer na sua frente. E não vivia dizendo que Eamonn era uma boa escolha para mim? Eamonn?

— Sim, era... plausível.

Ficamos em silêncio por um bom tempo. Continuei imóvel, sentada de pernas cruzadas em minha cama, olhando para minha camisola simples. O que ela tinha dito a meu respeito podia ser verdade. Meu pai devia estar enganado a respeito de Eamonn. Tentei me ver como um homem me viria, mas era difícil. Eu era muito baixinha, muito magrinha, muito pálida e muito quieta. Era verdade. Mas eu não era infeliz com o corpo e o rosto que havia herdado de minha mãe. E me contentava com o que ela chamava de pequenos afazeres domésticos. Não tinha sede de aventura. Um fazendeiro para mim seria mais que suficiente.

— Do que você está rindo? — ela perguntou, fuzilando-me com o olhar. Sua sombra parecia gigantesca e ameaçadora na parede enquanto ela se sentava, enxugando as lágrimas. E mesmo com os olhos inchados, ela ainda era linda.

— De nada.

— Como você pode rir, Liadan? Não se preocupa mesmo comigo, não é? Como espera que eu lhe conte alguma coisa? Assim que eu lhe contar, Sean irá saber e espalhar para todo mundo.

— Isso não é verdade. Nem tudo Sean e eu ficamos sabendo um do outro.

— Ah, sério?

Não respondi e ela se deitou novamente, virada para a parede. Depois de alguns instantes falou, porém com um tom diferente, mais hesitante e lacrimoso.

— Liadan?

— Sim?

— Perdoe-me.

— Pelo quê?

— Desculpe-me por dizer aquilo. Dizer que você é sem-graça. Não é verdade.

Suspirei.

— Está tudo bem.

Ela sempre fazia aquilo. Dizia palavras cruéis quando estava com raiva e depois vinha se desculpar. Niamh era como um dia de outono, cheio de surpresas. Sol e chuva, tudo ao mesmo tempo. Mesmo quando dizia palavras ásperas ninguém conseguia ficar zangado, pois não havia maldade nelas.

— Não estou procurando um marido — respondi. — Não faz diferença.

Ela fungou, cobriu a cabeça com o travesseiro e assim terminou nossa conversa.

Os dias foram se passando e já estávamos próximos de Beltaine. O trabalho nas terras e na casa continuava e Niamh se retraía cada vez mais. O ambiente na casa estava alterado. Ouviam-se discussões acaloradas aqui e ali, a portas fechadas. Quando Eamonn finalmente chegou, foi recebido de braços abertos, pois todos estavam felizes em ter uma novidade para apaziguar as tensões. E a história que ele tinha para contar era mesmo estranha, tanto quanto os rumores que haviam chegado até nós antes dele.

Sentamo-nos todos com ele após o jantar. Apesar de a estação ser quente, fazia frio naquela noite, então Aisling e eu ajudamos Janis a preparar vinho.

Nossa casa era segura e confiávamos em todos ali. Eamonn pôde contar a história abertamente, pois sabia de nosso interesse sobre o que acontecia com ele, com Seamus e com seus homens. Dos trinta guerreiros de Liam, vinte sete haviam retornado. As perdas de Eamonn tinham sido ainda maiores, bem como as de Seamus Redbeard. Mulheres choravam nas três casas. Mas Eamonn havia saído vitorioso, ainda que não da maneira que esperava. Observei-o contar a história, usando gestos para ilustrar algumas passagens. Uma mecha de seus cabelos caía de vez em quando sobre sua testa enquanto falava, que ele afastava com um movimento automático da mão. Seu rosto parecia ter agora mais linhas de expressão do que antes. Era muita responsabilidade para um rapaz tão jovem. Não era para menos que alguns acreditassem que ele não tinha senso de humor.

— Bem — disse ele — perdemos mais homens do que podíamos nessa batalha. Mas posso assegurar que suas vidas não se foram em vão. Estamos lidando com um inimigo diferente de tudo que conhecemos: dos bretões, dos escandinavos e até mesmo dos chefes mais hostis de nossa própria região. Dos vinte e um guerreiros que pereceram em batalha, nenhum foi abatido da mesma maneira.

Todos se manifestaram na sala.

— Algumas notícias já devem ter chegado até vocês — ele continuou. — Eles mesmos podem ter ajudado a espalhar rumores para aumentar o medo na população. Mas os boatos têm fundamento, pois nós nos surpreendemos ao encontrar esse inimigo.

E continuou a contar histórias, entre elas a de um vizinho do norte com quem tinha diferenças há muito tempo. Já havia sofrido ataques, retaliação e perda em seu rebanho.

— Ele sabia até onde eu teria forças para lutar. Antes, jamais teria atacado daquela maneira. No máximo, tentaria roubar algumas cabeças de meu rebanho ou atear fogo próximo de minhas torres de vigia. Sabia que não tinha como me vencer em batalha e que qualquer atitude mais séria lhe causaria sérios problemas. No entanto, cobiça uma parte de minhas terras que margeiam as dele e que são muito férteis. Tentou comprá-las, e como eu não quis vender, começou a tentar pela força.

Tomou um gole de vinho e passou a mão pela boca. Seus olhos tinham uma expressão sombria.

— Mas surgiu, então, um inimigo mais poderoso, invisível e que agia de maneira estranha. Não atacava as torres, não saqueava os vilarejos nem incendiava os galpões. Somente matava. E de maneira muito eficiente. Abordava primeiro um posto isolado, matando um ou dois homens. E depois estabelecia tocaias. Chegou a dizimar uma tropa inteira de meus guardas que vigiavam a margem oeste dos pântanos; um verdadeiro pesadelo. Irei poupar as senhoras dos detalhes.

Olhou rapidamente em minha direção e continuou.

— Não era exatamente crueldade. Não torturava os homens... simplesmente atacava de maneira extremamente eficaz... e diferente. Não sabíamos como lidar com aquilo; como nos proteger. Em meus vilarejos e minhas fazendas, todos estavam em pânico. Diziam que esses matadores silenciosos eram um fenômeno do Outro Mundo, criaturas que apareciam e desapareciam como raios, mistura de homem e besta, sem qualquer noção de certo ou errado. Qualquer um poderia imaginar — ele disse finalmente — que em nosso próprio território, e com o apoio dos homens de Seamus, não teríamos dificuldade em expulsar qualquer invasor. Meus homens são bem treinados, experientes. Dominam aquele pântano como a palma de suas mãos; conhecem cada trilha na floresta, cada esconderijo e cada armadilha em potencial. Dividimo-nos em três grupos para tentar isolar o inimigo em uma área específica, onde achávamos que suas forças se concentravam. E funcionou no início. Capturamos vários dos homens de meu vizinho e pensamos que a ameaça havia acabado. Mas nossos prisioneiros pareciam assustados. Ficavam olhando para os lados o tempo todo. Percebi, então, que o ataque não vinha de um inimigo apenas. Meu vizinho havia contratado homens com quem jamais devia ter se associado. Era uma força que ninguém deve ter ao seu dispor.

— Mas quem são eles? — perguntou Sean, que parecia beber cada palavra. Dava para sentir sua emoção. O desafio parecia fasciná-lo.

— Vi-os apenas uma vez — disse Eamonn, pausadamente. — Estávamos seguindo pela área mais perigosa do pântano, retornando para nosso acampamento principal com os corpos de nossos homens mortos. Conhecemos bem aquela região. Não é possível organizar um ataque ali. Ou pensávamos que não era. Um movimento em falso e um homem pode ser engolido pela água lamacenta sem sequer fazer barulho. Nós, que conhecemos bem o caminho, sempre conseguimos atravessar sem problemas.

"Éramos em dez. Seguíamos em fila, pois a trilha é estreita. Levávamos os corpos amarrados sobre as selas dos animais. Era o final da tarde, mas a névoa ali faz sempre parecer que é noite. Os cavalos conhecem bem o caminho e nem precisavam ser guiados. Caminhávamos em silêncio, mantendo os olhos abertos mesmo sabendo que se tratava de uma região hostil para possíveis inimigos. Eu tenho bons ouvidos, muito boa visão e estava com meus melhores homens, mas ninguém percebeu quando eles se aproximaram. Ouvimos apenas um ruído que parecia ser o de pássaros do pântano, ou de sapos. Era um sinal. Em poucos instantes nos cercaram. Surgiram do nada, todos exatamente ao mesmo tempo. E cada um atacou um de nossos homens, matando-os em silêncio e com surpreendente precisão. Um com uma faca, outro com uma corda e outro com um movimento preciso da mão, deslocando seu pescoço. E para mim escolheram um castigo especial. Não cheguei a ver o homem que surgiu atrás de mim. Usei toda minha força, mas não consegui me livrar de seu braço apertando meu pescoço. Achei que meu momento tivesse chegado. Mas não era esse o objetivo deles. Ele me manteve ali, preso e imóvel para assistir a morte de um por um de meus homens. Os cavalos entraram em pânico, saíram da trilha e foram engolidos pelas águas barrentas. Apenas o meu permaneceu imóvel, e eles não o atacaram. A estratégia era me deixar indefeso diante da morte de meus homens e depois me soltar para que eu tivesse que retornar sozinho."

— Mas por quê? — perguntou Sean, quase sem respirar.

— Até agora não entendi — disse Eamonn, em tom desanimado. — O homem que me segurou tinha uma faca afiada apontada para meu pescoço e agilidade suficiente para acabar comigo. Tinha uma habilidade fora do comum. Lutei com todas as forças, mas ele era mais rápido. Foi horrível assistir aquilo, ver um por um de meus homens sendo friamente assassinados. Quase acreditei que os rumores sobre aqueles homens eram verdade, pois, apesar da névoa densa, pude enxergar um pouco os rostos deles.

— São mesmo metade homem metade animal? — perguntou Aisling com voz tensa, obviamente com medo de parecer ingênua.

Mas ninguém riu.

— São homens — disse Eamonn, em um tom não muito convincente. — Mas estavam usando capacetes ou máscaras, algo que lhes dava uma impressão fantasmagórica. Alguns pareciam águias ou gazelas. E outros tinham marcas na pele acima da sobrancelha e do queixo que lembravam as plumas ou os pelos de um animal selvagem. Estavam cobertos com mantos que tinham penas de pássaros e pele de animais. E seus olhos... eram tão frios. Tranquilos como a morte. Eram... pareciam seres sem sentimentos humanos.

— Mas e o homem que o segurou? — perguntou Liam. — Como ele era?

— Muito esperto. Não me deixou ver seu rosto. Mas ouvi sua voz, da qual não me esquecerei. E quando tirou a faca de meu pescoço, pude ver seu braço. Era todo desenhado, do ombro até a mão; uma trama de penas e linhas espirais que se interligavam. Um desenho permanente na pele. E é através desses desenhos que irei reconhecê-lo quando o encontrar e me vingar do assassinado de meus bons homens.

— O que ele disse? — não consegui me conter diante daquele relato terrível, mas fascinante.

— Era uma voz calma, tranquila. Em meio àquele cenário de morte, ele falava como se estivéssemos discutindo uma transação de negócios. Foi muito rápido. Soltou meu pescoço e, enquanto eu recuperava o fôlego e me virava para pegá-lo, ele desapareceu na névoa e disse: "Aprenda com essa lição, Eamonn. Aprenda. Ainda não terminei com você".

Fiquei então ali, sozinho, com meu cavalo assustado e trêmulo, e os corpos de meus homens espalhados pelo chão.

— Você acha mesmo que não são... criaturas do Outro Mundo? — perguntou minha mãe. Eu podia ver que sua voz fraquejava a cada dia, o que me assustava.

— São homens — disse Eamonn, em um tom controlado, mas raivoso. — Homens de uma habilidade incomum, que faz inveja a qualquer guerreiro. Apesar de toda a força de nossa tropa, não conseguimos matar ou capturar um deles sequer. Mas não são imortais. Descobri isso através de seu líder.

— Mas você não disse que não o viu? — perguntou Liam.

— Não o vi, mas ele me mandou um recado algum tempo depois. Os reforços que você enviou chegaram, e juntos derrotamos o pequeno grupo de homens de meu vizinho. Honramos e enterramos nossos mortos e enviamos ajuda às viúvas. Os ataques cessaram e a ameaça pareceu terminar, mas o povo ainda se arrepia com as lembranças do que aconteceu. Deram um nome ao assassino. Apelidaram-no de Homem Pintado. E quando eu achava que o bando havia finalmente deixado meu território, a mensagem chegou.

— Que mensagem?

— Algo mais que um simples desafio. E nada honesto, bem característico desse tipinho. A mensagem era... bem, talvez não seja adequado dizer aqui. Não é algo que as senhoras devam ouvir.

— É melhor dizer logo — eu o interrompi. — Vamos acabar sabendo de uma forma ou de outra.

Ele olhou para mim novamente.

— Sim, você está certa, Liadan. Mas... não é agradável. Aliás, nada nessa história é bom. Recebi... me trouxeram uma bolsa de couro, que foi deixada em um local fácil de ser encontrado por meus homens. Dentro dela havia uma mão. Uma mão cortada com extrema precisão.

Fez-se silêncio na sala.

— Pelos anéis nos dedos, percebemos que era de um de nossos homens. Interpreto essa mensagem como um desafio. Ele está tentando me dizer que é muito forte. E pode-se ver que é extremamente arrogante também. Parece estar oferecendo seus serviços e os dos homens a quem lidera a toda a região. Devemos tomar muito cuidado.

Ficamos aturdidos por alguns instantes, e então meu pai disse:

— Você acredita que esse homem teria coragem de nos oferecer seus serviços depois do que fez? E de pedir pagamento?

— Ele sabe o valor do que tem — disse Liam, com ironia. — E não está errado. Muitos líderes sem escrúpulos aceitam esse tipo de oferta, se têm dinheiro para pagar. Mas imagino que o preço seja alto.

— Não é possível que alguém leve isso a sério — disse minha mãe. — Como confiar em um homem assim? Ele pode mudar de lado a qualquer momento.

— Mercenários não estabelecem alianças — disse Eamonn. — Servem a quem os paga primeiro.

— No entanto — disse Sean, lentamente, raciocinando — eu gostaria de saber se a habilidade deles na água é a mesma que demonstram em terra. Esse tipo de força, aliado a uma tropa bem treinada, pode ser extremamente útil. Você faz ideia de quantos homens ele tem?

— Você não está pensando em contratar um tipo vagabundo como esse, está? — disse Liam chocado.

— Vagabundo? Segundo o que Eamonn acaba de nos contar, não se trata de um bando qualquer. Atacam com precisão absoluta e planejam tudo de maneira muito inteligente.

Sean parecia realmente concentrado em seu raciocínio.

— Podem ser inteligentes, mas são piores que os fianna. Desempenham sua tarefa sem orgulho e sem qualquer objetivo que não seja o pagamento — disse Eamonn. — Esse homem me subestima. Quando morrer, será por minhas mãos. Pagará com sangue se pisar em meu território ou tocar qualquer coisa que seja minha. Juro. E vou fazer com que isso chegue aos seus ouvidos. Sua vida será curta se cruzar meu caminho novamente.

Sean percebeu que era melhor se calar, mas percebi que estava fascinado com a ideia.

Eamonn tomou mais um gole de vinho e foi cercado de perguntas. Provavelmente era o que ele menos queria naquele momento, depois de contar tantos detalhes e ter que se lembrar das mortes de seus homens. Apesar de perceber seu sofrimento, eu não tinha como ajudar.

Era a primeira vez que eu via Eamonn tendo que admitir que não estava no controle de uma situação. Suas maiores qualidades eram a autoridade e o total comprometimento com suas crenças. Por isso, a precisão e a audácia do ataque do Homem Pintado, assim como os resultados desse ataque, o haviam atingido em cheio. Queria partir no dia seguinte e levar sua irmã para casa, pois tinha muito a fazer. Por isso fiquei surpresa quando ele apareceu em meu jardim logo cedo, assim que iniciei meus afazeres, como se nossa última conversa mal tivesse sido interrompida.

— Bom dia, Liadan — ele disse, em tom formal.

— Bom dia — respondi, cortando os brotos de uma antiga roseira brava. Quando aparada no tempo certo, este tipo de planta floresce muito mais no verão. E os brotos servem para fazer sucos refrescantes e podem ser usados em diversas receitas, inclusive para geleia.

— Vejo que está ocupada. Não quero atrapalhar. Mas vamos embora e gostaria de falar com você antes.

Olhei para ele. Parecia mais pálido, e seu semblante estava sério. Aquela batalha o tinha envelhecido.

— Você já deve imaginar sobre o que é.

— Acredito que sim.

Não tive escolha, a não ser parar de fingir que estava tão ocupada e escutar. Só não sabia o que responder.

— Quer se sentar um pouco?

Fomos até o banco de pedra, e eu me sentei com a cesta e a faquinha nas mãos. Ele permaneceu em pé. Começou a andar de um lado para outro e a torcer as mãos. Como podia ficar nervoso com algo tão simples, depois de passar por tudo que tinha passado? Mas estava visivelmente inquieto.

— Você ouviu a história que contei ontem à noite. O assassinato de meus homens me fez pensar muito. Morte, vingança, sangue. Assuntos realmente pesados. Jamais pensei que pudesse sentir tanto ódio. É uma sensação muito ruim.

— Esse homem lhe causou realmente um grande mal — eu disse, pausadamente. — Mas talvez você deva esquecer tudo isso e seguir em frente. O ódio pode acabar com você, se continuar a alimentá-lo. Pode destruir sua vida.

— Não quero que isso aconteça — ele disse, virando-se para mim. — Meu pai transformou em inimigos os homens que podiam ser seus aliados e isso causou sua própria destruição. Não quero ser consumido pelo ódio. Mas também não consigo esquecer. Talvez... se eu recomeçar minha vida de uma maneira diferente...

Olhei para ele.

— Preciso me casar — disse ele, em um impulso. — É importante. Pode... pode me ajudar a equilibrar esses sentimentos negativos. Estou cansado de voltar para uma casa fria e vazia. Quero filhos para garantir o futuro de meu nome. Tenho muitas terras, como você sabe, e uma fortuna estável. Com exceção desse bando de malfeitores, que pretendo extinguir em breve, minha situação é confortável. Tenho muito a oferecer. Há bastante tempo... tenho grande admiração por você, desde quando ainda era jovem demais para estabelecer uma aliança. Sempre admirei sua força, seu comprometimento com suas tarefas, sua doçura e sua lealdade para com sua família. Seríamos um casal perfeito. E nossas terras não estão distantes uma da outra. Você poderia visitar esta casa com frequência.

Aproximou-se, então, e se ajoelhou ao meu lado, me deixando bastante sem graça.

— Quer ser minha esposa, Liadan?

Era o que eu podia chamar de uma proposta quase comercial. Seu discurso era perfeito. Mas senti que faltava algo. Talvez eu estivesse acostumada demais com os contos e as histórias de meu povo.

— Vou lhe fazer uma pergunta — respondi, com calma. — E ao responder, lembre-se de que eu não sou do tipo de mulher que precisa de falsos elogios ou de bajulação. De você, espero somente a verdade, sempre.

— Pois irá tê-la.

— Diga, então — continuei. — Por que não pediu a mão de minha irmã, Niamh, em vez da minha? É isso que todos esperam.

Eamonn pegou minha mão e a levou delicadamente aos lábios.

— Sua irmã é realmente muito bela — ele disse, com um leve sorriso no rosto. — É muito fácil para um homem sonhar com uma mulher como ela. Mas é o seu rosto que ele irá querer ver em seu travesseiro ao acordar.

Senti minhas faces ruborescerem e fiquei sem palavras.

— Perdão. Eu a ofendi — ele disse afobado.

Mas não soltou minha mão.

— Não... claro que não — respondi sem jeito. — Só estou surpresa.

— Já falei com seu pai. Ele não se opõe ao casamento. Mas disse que a decisão é sua. Vejo que ele lhe dá bastante liberdade.

— E você não aprova isso?

— Tudo depende de sua resposta.

Respirei fundo, tentando encontrar inspiração.

— Se isto fosse uma de nossas fábulas — eu disse com calma —, lhe pediria para completar três tarefas ou matar três monstros para mim. Mas não há necessidade de testá-lo dessa maneira. Sei que você se sairia muito bem.

Eamonn soltou minha mão e ficou olhando para o chão, ainda ajoelhado.

— Estou entendendo o discurso — disse, franzindo a testa. — Sinto que você tem reservas. Diga o que é.

— Ainda é cedo — eu respondi sem rodeios. — Não tenho como responder; não ainda.

— Por que não? Você já tem dezesseis anos, é uma mulher. Estou certo do que quero. E você sabe o que eu tenho a oferecer. Por que não responde agora?

Respirei fundo.

— Você sabe que minha mãe está muito doente. E que não se recuperará.

Eamonn me olhou e se sentou ao meu lado. A tensão diminuiu um pouco.

— Já percebi que ela anda mesmo muito pálida — ele respondeu, demonstrando preocupação. — Não sabia que era tão sério. Peço que me perdoe, Liadan.

— Nós sequer tocamos no assunto em casa — respondi. — Quase ninguém percebe, mas estamos contando as estações, as fases da lua e cada dia que se passa. É por esse motivo que não posso me comprometer com você ou com quem quer que seja.

— Existe outro homem? — ele perguntou, agora com voz firme.

— Não, Eamonn — respondi de imediato. — Você não precisa se preocupar com isso. Sei que tenho muita sorte em receber proposta de alguém como você.

— Você se subestima, como sempre.

Ficamos em silêncio. Eamonn olhou para suas mãos, a testa franzida.

— Quanto tempo terei de esperar? — ele perguntou, finalmente.

Era muito difícil. Responder àquilo era como estabelecer um prazo para a vida de minha mãe.

— Pela saúde de minha mãe, não quero tomar qualquer decisão antes de Beltaine, no ano que vem — eu disse. — Acho que é tempo suficiente.

— É muito tempo — ele respondeu. — Como um homem pode esperar tanto?

— Tenho que ficar aqui, Eamonn. Eles precisarão cada vez mais de mim. Além disso, não tenho certeza de meus sentimentos. Perdoe-me se isso o magoa, mas estou sendo tão sincera com você quanto você foi comigo.

— Um ano inteiro — ele disse. — O que você está me pedindo é um grande sacrifício.

— Sim, é um tempo bem longo. Mas não vou prendê-lo por quatro estações. Você não tem obrigações para comigo. Se encontrar outra durante esse tempo e mudar de ideia, sinta-se livre para se casar ou seguir sua vida como achar melhor.

— Não há a menor chance de isso acontecer — disse ele, com voz firme. — Não há a menor chance.

Naquele momento foi como se uma nuvem passasse sobre mim. Fiquei gelada de repente. Não sei se foi a intensidade da voz dele ou algo em seu olhar, mas naquele instante o jardim belo e calmo ao meu redor me pareceu escuro e estranho. E minha expressão provavelmente revelou o que eu estava sentindo.

— O que foi? — perguntou ele preocupado. — O que você tem?

Balancei a cabeça.

— Nada. Fique tranquilo. Está tudo bem.

— Já está quase na hora de eu ir — ele disse, levantando-se. — Devem estar me esperando. Eu partiria mais contente se tivéssemos ao menos... chegado a um acordo. Ficarmos noivos, ao menos, e esperar até... até você estar pronta. Será que... *Lady* Sorcha não gostaria de vê-la bem antes de... será que não gostaria de estar em sua festa de casamento?

— Não é assim tão simples, Eamonn— de repente me senti extremamente cansada. — Não posso concordar com o noivado. Não quero estabelecer um compromisso. Já disse quando poderei responder. Um ano não é tanto tempo assim.

— Parece uma eternidade. Muita coisa pode mudar em um ano.

— Vá — eu disse. — Aisling já deve estar esperando. Vá para casa, retome suas atividades. Seu povo precisa de você. Eu ainda estarei aqui na noite de Beltaine. Vá para casa, Eamonn.

Pensei que, com essas palavras, ele simplesmente iria embora, mas ficou parado, com os braços cruzados e olhando para baixo, pensativo.

— Só estarei em casa quando a vir me esperando na porta com nosso filho nos braços. Só então estarei em casa — ele respondeu.

E saiu, sem olhar para trás.

# Capítulo 3

Nem tive mais tempo de pensar no assunto, pois as coisas começaram a acontecer em nossa casa com tanta rapidez que ficamos sem fôlego. Já tínhamos o problema de Niamh: sua insistência em recusar o pedido de seu pretendente e em não revelar o motivo. Isso deixava Liam cada vez mais furioso, e meu pai, frustrado por não conseguir estabelecer a paz entre os dois. Minha mãe ficava arrasada por ver aquilo tudo acontecendo. Sean sentia saudades de Aisling e ficava irritado por qualquer motivo. Aflita com toda aquela situação, decidi ir à floresta em uma tarde de verão, para descansar um pouco. Havia um lugar a que costumávamos ir quando éramos crianças. Era uma pequena piscina natural, isolada do lago, rodeada de plantas nativas e samambaias, e refrescada pela sombra dos salgueiros. Lembrava-me de nós três nadando ali, nos dias mais quentes do verão, brincando na água e enchendo o ar com nossos risos e gritinhos. Mas já estávamos crescidos para isso, neste momento. Como o próprio Eamonn havia dito, eu agora era uma mulher. Não tinha mais idade para aquelas brincadeiras. Mas me lembrei das ervas que cresciam ali: salsa, agrião e outros condimentos. Pensei em colher algumas e fazer uma torta com ovos e queijo para abrir o apetite de minha mãe. Peguei uma cesta, prendi os cabelos e segui para a floresta, feliz em poder me afastar um pouco da atmosfera pesada da casa.

O dia estava quente e fui colhendo as ervas, cantarolando e andando. Logo a cesta estava cheia. Sentei-me junto a um salgueiro e me encostei para descansar. A floresta estava cheia de sons: o farfalhar dos esquilos, o barulho das asas dos pássaros voando ao redor e estranhas vozes sussurrando levemente no ar palavras que eu não conseguia captar. Se havia uma mensagem nelas, com certeza não era para mim. Achei até que conseguia vê-los: formas etéreas, sutis, passeando entre os galhos, a imagem tênue de um véu, uma asa transparente e frágil como a de uma libélula, filamentos brilhantes de cabelos dourados e prateados. Até uma pequena e esguia mão fazendo um aceno. E risos que lembravam sinos tocando. Pisquei e olhei novamente. O sol provavelmente me confundiu os olhos, pois não havia nada ali. Eu precisava voltar logo para casa para fazer minha torta e, quem sabe, ver minha família em paz novamente.

Mas, de repente, tive a impressão de que havia alguém ali, entre os troncos das sorveiras. Vi um lampejo azul e tive a impressão de ouvir som de passos na trilha. Levantei-me, peguei a cesta e segui silenciosamente pela trilha, que levava morro abaixo até a piscina, zigue-zaguando entre grandes arbustos. Não gritei nem fiz barulho. Podia ter sido impressão minha.

Desde pequena tinha aprendido a andar sem fazer ruído. Era uma habilidade essencial para a sobrevivência em emergências, segundo papai.

Então vi o vulto azul novamente, passando à minha frente entre as sorveiras. Parecia ser o brilho de um tecido. Vi também o vulto de algo que parecia uma mão, branca e delicada, fazendo gestos para chamar alguém. Continuei a descer pela trilha.

Niamh jamais acreditou que eu não a segui de propósito para descobrir seu segredo. Fui me aproximando silenciosamente e parei, chocada com o que vi. Ela não percebeu minha presença. Nem ele. Os dois só tinham olhos um para o outro, mergulhados na água até a cintura, a imagem de seus corpos refletida na água. E sua pele brilhava com os raios de sol que atravessavam os galhos das árvores. Ela passou os braços ao redor do pescoço dele. O brilho ruivo de seus cabelos se acentuou com o sol enquanto ele beijava o pescoço dela, que se arqueava graciosamente com o toque de seus lábios. Seus longos cabelos se espalhavam por suas costas, mas não escondiam sua nudez.

Um tumulto de emoções tomou conta de mim: choque, medo e uma vontade imensa de jamais ter ido ali colher aquelas plantas. E a noção de que, por mais que eu quisesse, não conseguia desviar meus olhos daquela cena. Por mais errado que aquilo fosse, a imagem dos dois ali era linda demais. A luz refletindo na água, na pele aperolada dos dois, a dança de seus corpos, a maneira como pareciam se fundir um com o outro. Era uma cena maravilhosa e, ao mesmo tempo, perturbadora. Se era isso que eu deveria sentir por Eamonn, então tinha feito bem ao pedir que ele esperasse.

Mas chegou um momento em que as mãos do druida foram descendo pelo corpo de minha irmã, ergueram e puxaram-na com firmeza para junto de seu corpo, uma, duas, várias vezes. A partir daí não conseguia mais olhar e saí silenciosamente, caminhando na direção de casa, com a mente em grande confusão. E não havia mais qualquer sinal dos seres que me guiaram até os dois.

Foi pura falta de sorte ou simplesmente o momento errado. Mas quem sabe o destino não quis que a primeira pessoa que eu encontrasse a caminho de casa fosse meu irmão, enquanto a imagem dos dois ainda estava nítida em minha mente; aqueles corpos unidos como se fossem um só. Talvez os Seres da Floresta tivessem preparado tudo aquilo ou, quem sabe, como Niamh disse mais tarde, tenha sido tudo culpa minha por espiar.

Já mencionei o que acontecia comigo e com meu irmão. Quando éramos pequenos, transmitíamos diretamente os pensamentos e segredos um para o outro, sem necessidade de falar. Gêmeos normalmente são muito unidos, mas entre nós a ligação era mais intensa. Podíamos nos comunicar em segundos, como se nossas mentes fossem uma só e nossos espíritos tivessem se fundido antes de chegar ao mundo. Mas com o tempo, estabelecemos um pacto mútuo e não verbal de encerrar aquele tipo de comunicação. Os segredos de um jovem que corteja sua primeira amada são por demais delicados para serem divididos com sua irmã. E eu não tinha intenção de dividir com ele minha preocupação com Niamh ou com o futuro. Mas naquele momento não foi possível evitar, pois quando duas pessoas têm esse tipo de ligação, toda vez que uma passa por algum tipo de aflição, dor ou alegria intensa, a energia é tão forte que a outro a capta imediatamente. Não havia como controlar ou estabelecer um escudo em minha mente. Meu irmão viu e sentiu, ao mesmo tempo que eu, a imagem cristalina de minha irmã e do druida refletidos na água, enlaçados nos braços um do outro.

— O que é isso? — exclamou Sean horrorizado. — Foi hoje? Agora?

Respondi com um movimento de cabeça, totalmente arrasada.

— Por Dagda, vou matar esse homem com minhas próprias mãos! Como ousa desonrar minha irmã?

Ele queria correr pelo pasto em direção à floresta.

— Pare. Pare, Sean. Seu ódio não ajudará. A situação pode não ser tão ruim assim.

Sean me pegou pelos ombros e me fez olhar para ele. Seus olhos eram o reflexo de seus pensamentos: choque, fúria e indignação.

— Não posso acreditar — ele exclamou. — Como Niamh pode fazer algo tão absurdo? Não sabe que está colocando em risco nossa aliança? Deuses, como não percebemos? Estávamos todos cegos. Cegos! Venha, Liadan. Temos de contar a todos em casa.

— Não! Não conte, não ainda. Deixe-me ao menos falar com Niamh primeiro. Eu vejo... vejo coisas terríveis ligadas a isso. Um mal muito maior do que você pode imaginar. Sean. Pare, Sean.

— Agora é tarde, muito tarde — ele já estava decidido e não quis me escutar. Seguiu na direção de casa e fez um gesto para que eu o acompanhasse. — Eles têm que saber, e agora. Nem tudo está perdido se isso for mantido em segredo. Por que você não me falou? Há quanto tempo sabe disso?

Enquanto andávamos, Sean à frente, reclamando, e eu atrás, relutante, senti que uma sombra vinha sobre nós; uma sombra muito densa.

— Eu não sabia. Imaginava que algo estivesse acontecendo, mas não que fosse tão sério. Sean, você tem mesmo que contar a eles?

— Não tenho escolha. Elai se casará com Uí Néill. Todos os nossos planos dependem dessa aliança. Nem consigo imaginar o que essa notícia fará com mamãe. Como Niamh pode fazer algo assim? Só pode ter perdido o juízo.

Papai estava fora, trabalhando na plantação. Mamãe estava descansando. Mas Liam estava em casa, e foi o primeiro a receber a notícia. Eu estava preparada para uma reação violenta, de indignação. No entanto, surpreendi-me ao ver a expressão no rosto de meu tio enquanto Sean lhe contava o que eu tinha visto. Era mais do que choque. Um misto de repugnância e medo? Não. Liam não era homem de sentir medo.

Quando ele finalmente conseguiu falar, viu-se que estava fazendo um grande esforço para se controlar e manter o tom de voz.

— Sean. Liadan. Preciso de sua ajuda. Esse assunto não pode ser comentado com qualquer pessoa que não seja de nossa família. Isso é extremamente importante. Sean, quero que traga Conor aqui. E que vá sozinho buscá-lo. Diga a ele que é urgente, mas não faça qualquer comentário com outra pessoa. Vá agora mesmo. E controle sua raiva, para o bem de todos. Liadan, lamento envolvê-la nisso, pois não é assunto para uma jovem. Mas você é da família e estamos juntos nisso, gostemos ou não. Graças aos céus Eamonn e sua irmã não estão mais em Sevenwaters. Agora desça e vá esperar Niamh. Fique em seu jardim observado a entrada até vê-la chegar e a leve direto para minha sala. E repito: você não pode falar sobre isso com quem quer que seja. Vou mandar chamar seu pai e lhe darei eu mesmo a notícia.

— Mas e mamãe? — não pude deixar de perguntar.

— Ela tem de saber — ele disse, em tom grave. — Mas não agora. Deixe que descanse um pouco antes.

Fui esperar Niamh e vi quando Sean partiu, galopando em direção ao centro da floresta onde os druidas viviam. As patas de seu cavalo levantavam poeira.

Foi uma longa espera, até quase anoitecer. Comecei a sentir frio, minha cabeça doía e um medo intenso se apoderou de mim, algo que parecia desproporcional em relação ao problema. Não conseguia parar de pensar. Talvez ela o amasse, e ele a ela. Era o que parecia. Talvez ele fosse filho de uma boa família, e não importava se continuaria a ser um druida ou não. Mas me lembrei da expressão no rosto de Liam e algo me disse que não devia ser algo assim tão simples. Havia mais do que eu conseguia entender naquele momento.

Foi muito difícil contar a Niamh. Ela estava radiante, sua pele brilhava e seus olhos pareciam duas estrelas. Tinha um pequeno arranjo de flores silvestres nos cabelos e vinha caminhando descalça.

— Liadan! O que você está fazendo aqui fora? Já está quase escurecendo.

— Eles descobriram — eu disse, sem rodeios, e a luz em seu rosto se apagou imediatamente como se extingue a chama de uma vela. — Eu... eu fui colher ervas, e vi você, e...

— Você contou! Você contou a Sean! Liadan, como você pôde? — ela me pegou pelos braços e enfiou as unhas em minha pele até eu gemer de dor. — Você estragou tudo! Tudo! Eu a odeio!

— Niamh. Pare. Eu não contei, juro. Você sabe o que acontece comigo e com Sean. Não tinha como ele não saber — eu disse arrasada.

— Espiã! Bisbilhoteira! Está usando essa coisa ridícula de conversa mental como desculpa. Está com inveja porque não consegue ter um homem! Mas não importa. Eu amo Ciarán, ele me ama e ninguém irá nos impedir de ficar juntos! Está ouvindo? Ninguém!

— Liam me pediu para esperar você e levá-la direto para conversar com ele — respondi, segurando-me para não chorar. Engoli as lágrimas. Elas não ajudariam naquele momento. — Ele disse que temos de manter isso em segredo, somente em família.

— Sim, claro, a honra da família. Que maravilha! Não podemos perder a chance de estabelecer uma aliança com Uí Néill, certo? Mas não tem importância, minha irmã. Agora que eu envergonhei nossa grande e importante família, talvez seja você quem deva se casar com o ilustre Fionn, senhor de Tirconnell. Pode ser o par ideal para você.

A reação de Liam tinha sido muito estranha. Aquilo estava me causando muito medo; um medo que eu não conseguia entender. Tentei ficar calma e ser forte para ajudar minha irmã, mas suas palavras me magoaram e eu não consegui controlar minha raiva.

— Que Brighid nos ajude! — gritei. — Quando você aprenderá que existem outras pessoas no mundo além de você? Não percebe que está encrencada? Parece que não. Parece que está mais preocupada em machucar quem quer ajudá-la. Agora venha. Vamos acabar logo com isso.

Entrei pela porta da sala de ervas. Ela também dava acesso à escada dos fundos, que ia até a sala que Liam usava para suas reuniões. Era um caminho mais discreto, para não sermos vistas. Niamh estava em silêncio. Olhei para trás e me virei, esperando não ter que arrastá-la comigo.

— Você vem ou não?

Ouvimos então o som de cavalos chegando. E de botas pisando no cascalho pelo jardim. Não havia como não perceber que era Sean.

— Liadan — disse minha irmã, em voz baixa.

— O que é?

— Prometa. Prometa que ficará lá dentro comigo. Prometa que irá me defender.

Voltei até ela e a abracei. Ela estava tremendo, e vi uma lágrima caindo de seus longos cílios.

— É claro que vou, Niahm. Agora vamos. Estão esperando.

Quando chegamos à sala, todos já estavam lá, menos mamãe. Liam, Conor, Sean e meu pai, os quatro em pé. Seus rostos sérios tinham uma aparência ainda mais grave sob a luz do único lampião na sala, aceso sobre a mesa. Já havia escurecido lá fora.

O ambiente estava tenso. Dava para perceber que eles estavam conversando, mas pararam quando entramos. Porém, o que mais me assustou quando entrei foi o rosto de Conor. Tinha a mesma expressão de meu irmão algumas horas antes, quando falou comigo. E algo que também parecia ser medo.

— Feche a porta, Liadan.

Obedeci e depois fui ficar ao lado de minha irmã, que estava parada, quieta, de queixo erguido, parecendo uma daquelas princesas aprisionadas dos contos antigos. Seus cabelos brilhavam à luz do fogo e seus olhos estavam marejados.

— Ela é sua filha — disse meu tio. — Talvez seja melhor você falar primeiro.

Papai estava no fundo da sala, no escuro.

— Você sabe por que está aqui, Niamh — disse com voz firme.

Niamh não respondeu, apenas endireitou a coluna e ergueu ainda mais a cabeça.

— Sempre ensinei meus filhos a dizerem a verdade, e agora quero ouvir a verdade de você. Esperávamos lhe arrumar um bom casamento. Sempre lhe dei liberdade, talvez até demais, como me diziam. Liberdade para tomar suas próprias decisões. Mas, em troca, esperava ao menos honestidade de sua parte. E bom-senso em suas atitudes.

Ela continuou sem responder.

— Agora é melhor você falar e nos contar a verdade. Você se entregou àquele rapaz? Deitou-se com ele?

Eu conseguia sentir o tremor que percorria o corpo de minha irmã. E era um tremor de raiva, não de medo.

— E se eu tiver feito isso? — ela respondeu irônica.

Fez-se um pequeno silêncio, que Liam quebrou com aspereza na voz.

— Responda à pergunta que seu pai lhe fez.

Niamh se virou na direção dele e seus olhos o desafiavam.

— O que isso tem a ver com você? — respondeu, a voz se elevando. E apertou minha mão com tanta força que achei que fosse quebrá-la. — Não sou sua filha e nunca fui. Não estou preocupada com sua honra de família e com suas alianças imbecis. Ciarán é um bom homem e me ama. É só o que importa. O resto não é de sua conta e não vou macular o amor que sinto revelando minha intimidade a um bando de homens! Onde está minha mãe? Por que não está aqui?

"Oh, Niahm", pensei. Puxei minha mão e me afastei. Senti um peso e uma grande tristeza naquele momento.

Sean deu um passo à frente. Jamais tinha visto tanto ódio em seus olhos ou sentido aquela mistura de raiva e aflição em seu coração. Não havia a menor possibilidade de eu impedi-lo de se manifestar naquele momento.

— Como você ousa?! — ele disse, com voz fria e aguda. Levantou a mão e esbofeteou o rosto de Niamh, deixando uma marca vermelha em sua face molhada de lágrimas. — Como ousa nos perguntar isso? Como espera que ela enfrente uma tragédia dessas? Você tem ideia do que essa sua atitude idiota causará a mamãe? Não percebe que ela está morrendo?

Por mais incrível que pareça, ela não havia percebido. Sean, Iubdan, meus tios e eu assistíamos Sorcha definhar a cada dia e nos condoíamos por saber que sua vida se extinguia a cada lua minguante. Mas Niamh, fechada em seu próprio mundo, não havia se dado conta. Ficou pálida como pergaminho, a marca vermelha se acentuou ainda mais em seu rosto e ela comprimiu os lábios.

— Chega, Sean — Iubdan pareceu envelhecer anos naquele momento. Linhas de expressão e sombras preencheram seu rosto à medida que ele se adiantou e saiu do canto escuro em que se encontrava.

Pegou meu irmão pelo braço e o puxou, deixando minha irmã, perplexa, parada sozinha no centro da roda. — Já basta, filho. Um homem de Sevenwaters não levanta sua mão contra uma mulher. Sente-se. Vamos todos nos sentar.

Meu pai era um homem forte. Tão forte que, às vezes, nos fazia sentir envergonhados de nós mesmos.

— Talvez seja melhor você sair, Liadan. Podemos ao menos poupá-la disso tudo.

— Não! — disparou Niamh, parecendo entrar em pânico. — Não! Quero minha irmã aqui comigo!

Papai olhou para mim e ergueu as sobrancelhas.

— Eu vou ficar — respondi, com uma voz que não parecia a minha. — Prometi a ela.

Olhei zangada para Conor, agora sentado, o rosto pálido e sério. Ele havia me dito para não me sentir culpada pelo que aconteceria, mas provavelmente não teve como prever tudo.

*— Você não me disse que seria algo assim!*

*— Eu não sabia. Se soubesse, teria feito de tudo para impedir. Parece que o destino está se conduzindo por si só neste momento.*

Quando todos nos sentamos, Niamh e eu no mesmo banco, pois ela agarrou minha mão com tanta força que eu não podia soltá-la, papai continuou.

— Bem, vejo que não vamos conseguir conversar com você hoje. Mas já percebo que tenho uma resposta para minha pergunta, muito embora você não a tenha dado diretamente. E está claro para mim que você não entende as implicações do que fez. Se fosse simplesmente um impulso, uma aventura induzida pela sedução da celebração de Imbolc ou a entrega aos desejos incontroláveis do corpo, seria algo até aceitável, talvez perdoável. É um erro que pode até ser esquecido quando se trata de um deslize ocorrido apenas uma vez na vida.

— Mas... — Niamh quis responder.

— Silêncio, menina — interrompeu Liam, e os olhos dela o fixaram com raiva. — Seu pai tem razão. E agora vamos ouvir o que

Conor tem a dizer. Ele também tem responsabilidade nisso. Foi seu erro de julgamento que acabou causando essa tragédia. O que tem a nos dizer, irmão?

Eu jamais tinha ouvido meu tio lançar uma palavra de crítica sequer com relação a seus irmãos e irmã. Mas, naquele momento, percebi que parecia haver uma velha mágoa escondida ali.

– Realmente – disse Conor, em tom sério, olhando diretamente para Niamh com seus olhos verdes que pareciam ver tudo e guardar para si cada mensagem e aprendizado. – Fui eu que decidi trazê-lo aqui; que acreditei ser hora de ele ser visto. E apesar deste problema e de sua origem, Ciarán é um bom rapaz e sempre se mostrou apto a seguir os ensinamentos de nossa irmandade.

– Muito apto – resmungou Sean. – Bastou aparecer em público para seduzir uma das filhas da casa. Muito apto mesmo.

– Chega, Sean – interrompeu Iubdan, tentando controlar o tom de voz. – Não deixe que os arroubos de sua pouca idade o iludam. Niamh é tão culpada quanto o rapaz. Ele foi criado em um ambiente recluso. Provavelmente nem percebe as consequências do que fez.

– Ciarán está conosco há muito tempo, mas ainda tem 21 anos. – Conor continuava olhando para Niamh e, à luz do lampião, via-se que sua face de asceta estava tão pálida quanto seu manto. – Como disse, vem se mostrando um aluno exemplar. Até agora. Apto a aprender, determinado e disciplinado. Hábil com as palavras e com outros talentos que ainda nem percebeu que tem. Niahm, este rapaz não é para você.

– Mas ele disse – explodiu Niamh. – Ele disse que me ama. E eu o amo. Não há coisa mais importante que isso. Não há!

Sua voz era forte, desafiadora, mas por dentro algo a havia assustado. Seu medo era do que Conor não havia dito.

– Não pode haver relacionamento entre vocês dois – disse Liam, em tom grave e pesaroso. – Você se casará o mais breve possível e deixará Sevenwaters. Ninguém deve saber o que aconteceu.

— O quê?! — gritou Niahm enfurecida. — Casar-me com outro homem, depois de... você não pode estar falando sério! Não pode! Diga a eles, Liadan! Não me casarei com um homem que não seja Ciarán! E o fato de ele ser druida não é problema. Ele me disse. Ele me disse que pode se casar e...

— Niamh.

Ao ouvir a voz de papai, ela parou subitamente.

— Você não se casará com esse homem. Não é possível essa união. Pode lhe parecer injusto. Pode lhe parecer que estamos tomando uma decisão apressada, sem considerar as possibilidades. Mas não é isso. Não podemos lhe explicar realmente o motivo, pois isso lhe causaria ainda mais sofrimento. No entanto, Liam tem razão, filha. Vocês dois não podem se relacionar. E agora que você se entregou aos seus desejos físicos, deve se casar assim que possível, caso contrário... caso contrário, um mal ainda maior pode cair sobre esta casa.

Seu discurso era estranho, e seu tom de voz, mais ainda. Minha irmã podia ter agido de forma tola e impensada, mas não merecia um tratamento tão duro. Meu pai sempre fora um homem muito equilibrado. Ponderava com calma sobre todas as possibilidades antes de tomar uma decisão.

— Posso falar? — perguntei um tanto hesitante.

A reação deles, porém, não foi das melhores. Sean me olhou atravessado e Liam franziu a testa. Papai nem olhou para mim. Niahm continuou imóvel; apenas as lágrimas rolavam em seu rosto.

— Sim, Liadan — respondeu Conor, que havia erguido um escudo de proteção ao redor de seus pensamentos. Eu não conseguia saber o que se passava em sua mente, mas sentia nele uma profunda mágoa. Havia muitos segredos ali.

— Não me cabe defender Niamh ou o druida — comecei falando. — Mas vocês não acham que estão julgando a situação com dureza demais? Ciarán me pareceu um homem de boas maneiras, inteligente e honesto. E tratou minha mãe com muito respeito. Será que vocês não podem sequer considerar a possibilidade dessa união? Parecem já ter decidido sem ao menos pensar a respeito.

— Não permitiremos.

Pelo tom de Liam, aquela era a palavra final. Seria inútil argumentar.

— Como disse seu pai, temos de fazer todo o possível para contornar a situação. É muito grave. Não podemos lhes explicar, mas vocês não têm ideia das implicações de tudo isso. Esta conversa não pode sair desta sala. É preciso manter segredo absoluto.

Senti como se uma nuvem escura envolvesse aquela sala. Podia vê-la na marca vermelha no rosto de minha irmã, no tom de crítica de Liam para com o irmão e nas linhas do rosto de meu pai. E nos olhos de Niamh ao se virar para mim, enfurecida.

— É tudo culpa sua! — ela gritou, entre lágrimas. — Se você tivesse ficado fora disso, não tivesse me seguido, não tivesse se intrometido, ninguém ficaria sabendo. Teríamos ido embora, ficaríamos juntos...

— Cale-se, Niamh — disse Iubdan, em um tom de voz que jamais o tinha visto usar.

Ela parou de falar e desatou a chorar convulsivamente, os ombros sacudindo.

— Quero falar com mamãe — disse baixinho.

— Não esta noite — disse papai, agora em tom mais calmo. — Contei a ela o que aconteceu enquanto esperávamos Conor chegar e ela está muito agoniada. Consegui convencê-la a tomar um chá para dormir e descansar. Mas ela quer falar com você, Liadan. Eu disse que você iria vê-la antes de dormir — sua voz demonstrava agora um grande cansaço.

— Eu quero falar com ela — Niamh repetiu, como uma criança teimosa.

— Você perdeu o direito de tomar suas próprias decisões — disse papai, em um tom quase cruel.

Jamais o imaginei dizendo algo assim. Ele falava do fundo da alma, com dor, e meu coração se condoeu por ele. Niamh ficou calada, imóvel.

— Vamos continuar esta conversa em outra hora — ele continuou. — Agora vá para o seu quarto e fique lá até decidirmos o que fazer. Decidiremos logo e você irá obedecer. Vá. Chega por hoje. E nem pense em falar sobre isso com mais alguém, está claro? Liam tem razão. Isso tem que ficar entre estas quatro paredes ou poderá se transformar em uma tragédia ainda maior.

— E quanto ao rapaz? — perguntou Liam.

— Falarei com ele ainda hoje — respondeu Conor, que também parecia exaurido. — E, dependendo de sua reação, saberei realmente qual é o seu caráter.

Sentei-me ao lado de mamãe e esperei até ela cair em sono profundo. Não tocamos no assunto, mas percebi que ela havia chorado. Fui então para o meu quarto e encontrei Niamh sentada na cama, olhando para a parede. Não adiantaria tentar falar com ela. Deitei-me e fechei os olhos, mas foi impossível dormir. Estava me sentindo péssima e, apesar das sábias palavras de Conor, uma parte de mim se sentia como se eu tivesse traído minha irmã. E havia aquela grande nuvem negra sobre a casa, como se a sombra de um grande mal do passado tivesse ressurgido de repente. Eu não sabia exatamente o que era aquilo, mas sentia um grande peso em meu coração e conseguia ver claramente o peso de toda aquela carga no rosto pálido e molhado de lágrimas de minha irmã.

— Liadan! — ela sussurrou.

Abri os olhos. Niamh estava olhando pela janela.

— Ele está aqui! Ciarán. Veio me buscar!

— O quê?

— Veja. Ali, perto das árvores.

Estava escuro e eu quase não enxergava, mas ouvi o galope de um cavalo vindo muito rápido da floresta e parando na frente da casa. E então o som de botas no chão, e batidas na porta. Alguém acendeu um lampião.

— Ele está aqui — disse ela novamente, com a voz cheia de esperança.

— Isso porque Liam queria manter tudo em segredo — comentei, com ironia.

— Tenho que descer. Tenho que falar com ele.

— Parece que você não ouviu mesmo o que eles disseram, não? Não pode descer. Não pode mais falar com ele. Está proibida. Papai não lhe disse para ficar aqui no quarto?

— Mas eu tenho que vê-lo! Liadan, você tem que me ajudar! — ela pediu, olhando-me com aqueles grandes olhos lacrimosos, como tantas vezes fez.

— Não, Liadan. Você está enganada. Ele não veio aqui para buscá-la em segredo. Não bateria à porta desse jeito. Está aqui porque soube da notícia e não quer entender. Está aqui porque está magoado e revoltado, e veio em busca de respostas.

Abriram a porta, ele entrou e a casa ficou em silêncio novamente.

— Eu tenho que saber — sussurrou Niamh, pegando-me pelos braços no mesmo lugar em que havia me machucado. — Vá você, então. Desça e escute a conversa. Descubra o que está acontecendo e me diga. Eu preciso saber.

— Niamh...

— Por favor, Liadan. Por favor. Você é minha irmã. Não estou desobedecendo às ordens. Vou ficar aqui, prometo. Por favor.

Apesar de tudo, eu amava minha irmã e sempre tive dificuldade em negar os favores que me pedia. E tinha que admitir que também queria saber o que estava sendo dito lá embaixo, a portas fechadas. Era terrível saber que havia segredos na família. Mas tinha visto o olhar de Liam e ouvido as palavras de meu pai. Tinha medo de ser pega ouvindo.

– Por favor, Liadan. Você tem que me ajudar. Tem que me ajudar.

Ela continuou falando e implorando, a voz cortada pelas lágrimas, até me cansar.

Joguei um xale sobre os ombros e fui pé ante pé até o hall. Havia uma fresta de luz saindo pela porta da sala onde havíamos conversado. Mas o corredor estava vazio. Parecia que Liam havia sido rápido para evitar uma cena diante dos empregados.

Havia vozes na sala, mas eu não conseguia ouvir o que estavam dizendo. Pareciam ser quatro pessoas. Liam, em tom mais alto, e Conor, um pouco mais baixo. E também a voz de meu pai, profunda e mais suave. Sean provavelmente havia sido excluído. Tinham medo de que, por ser tão jovem e impulsivo, perdesse a calma e colocasse tudo a perder. Fiquei ali, parada, tremendo, no alto da escada. Ouvi então a voz de Ciarán, mas não consegui entender o que ele dizia. Falava em um tom hostil, parecendo demonstrar pesar e indignação. Depois de algum tempo, houve movimentação na sala e eu corri para me esconder. Mas não fui rápida o suficiente. A porta se abriu com violência e o druida saiu pisando firme, o rosto pálido e os olhos flamejantes. E ouvi Liam dizer:

– Não. Deixe que ele vá.

Ciarán estancou ao me ver e ficou olhando a figura parada à sua frente, de robe e xale. Seus olhos nem pareciam ter foco. Sua mente estava muito distante. Mas ele me reconheceu.

– Tome – ele disse, pegando algo na bolsa presa ao cinto. – Diga a ela que estou indo embora. Diga... dê isso a ela.

Colocou o pequeno objeto em minha mão e saiu em silêncio, descendo a escada e desaparecendo na escuridão.

Quando retornei à segurança de meu quarto, entreguei a Niamh a pequena pedra branca e lisa com um furo no meio, e dei a ela o recado. Abracei-a e ela chorou sem parar enquanto meu espírito ouvia o galopar do cavalo de Ciarán se afastando mais e mais de Sevenwaters, levando-o para bem distante antes do amanhecer.

Antes do solstício de verão, minha irmã se casou com Fionn, filho do líder de Uí Néill. Sua intenção era levá-la no mesmo dia para Tirconnell. E eu iria com eles até sua nova casa, na vila de Littlefolds. Era isso que havíamos combinado. Naquele período de sofrimento frio, silencioso e impenetrável que se antecedeu ao casamento, Niamh havia pedido apenas um favor: que eu a acompanhasse e ficasse um pouco com ela, ao menos durante uma parte da viagem.

— Tem certeza que não há problema? — perguntei à mamãe.

— Sim, nos viraremos sem você — ela respondeu rindo, mas com uma sombra de tristeza nos olhos. — Além disso, você também precisa viver sua vida, filha. Ficaremos bem.

Pensei em perguntar a ela o que tudo aquilo significava e se não podia ter sido um guia do Outro Mundo que me levou a descobrir o segredo de minha irmã para afastá-la de Sevenwaters e da floresta. Eu tinha certeza de que havia a mão dos Seres da Floresta naquela história; só não conseguia entender o motivo. Minha mãe com certeza saberia, pois tinha estado mais de uma vez face a face com eles e fora guiada por seus desejos. Mas não perguntei. Ela tinha o bastante com que se preocupar. Além disso, já era tarde. Tarde demais para Niamh e para Ciarán, que partira sem ninguém saber para onde.

Papai não ficou contente com a ideia de eu viajar com eles, mas pelo estado de Niamh, acabou concordando.

— Só não demore, querida. Cinco ou seis noites no máximo. E não saia da casa sem a companhia dos guardas. Liam enviará homens armados para trazê-la de volta em segurança.

Antes do casamento, fiz um cordão para minha irmã usar no pescoço. Enquanto o tecia, fui contando para mim mesma a história de Aengus Óg e do grande Caer Ibormeith, com lágrimas nos olhos. Coloquei na trama um dos fios de ouro da bata de meu tio Conor junto com fibras de urze, lavanda, quelidônia e zimbro. A intenção era protegê-la o máximo possível. Adicionei ainda fios de minha roupa e do vestido azul que minha mãe tanto amava. E também do manto de lã que Sean usava em suas cavalgadas; o fecho de couro que prendia as pontas do cordão veio de pequenas tiras que cortei escondido de um velho par de botas de trabalho de Iubdan. As botas sujas de um fazendeiro. Fui tecendo tudo junto para dar um toque harmonioso e macio ao cordão. E uni a trama de maneira que nem um puxão com muita força o arrebentaria.

Coloquei-o na mão de Niamh sem dizer uma palavra, e ela também não fez comentários. Sabia para o que servia. Tirou do bolso a pequena pedra branca, passou o cordão pelo furo, eu afastei para o lado seus longos e belos cabelos e amarrei as tirinhas de couro, prendendo o cordão em seu pescoço. E ela colocou a pedrinha para dentro do vestido, onde ninguém a veria.

Desde aquela noite em que aprendeu que são os homens que tomam as decisões e que às mulheres cabe apenas obedecer, minha irmã não pronunciou mais o nome de Ciarán. Na verdade, praticamente nem falou mais. Chorou suas últimas lágrimas e demonstrou seus últimos sinais de fraqueza. Em seus olhos havia apenas ressentimento quando disse a Liam que se casaria com Fionn, como ele queria. E em seu rosto uma expressão de muita dor enquanto recolhia suas roupas, sapatos e véus para a viagem e observava as mulheres fazerem seu vestido de noiva. Olhava, triste, pela janela, contemplando o suave verão na floresta de Sevenwaters. Falava apenas o necessário, até mesmo com mamãe. Papai tentou conversar com ela, mas sua reação era se fechar cada vez mais. Nem parecia ouvir as suaves palavras dele, tentando convencê-la de que, com o tempo, perceberia que aquela era a melhor solução. Depois de algumas tentativas, ele passou a ficar até cada vez mais tarde trabalhando nas plantações para não ter que passar muito tempo conosco. E Sean se dedicava quase que exclusivamente ao treinamento de seus homens no pátio e pouco falava com minha irmã e comigo.

Quanto a mim, amava Niamh e queria muito ajudá-la. Mas ela não deixava. Somente na noite anterior ao casamento, enquanto tentávamos inutilmente dormir, compartilhando o mesmo quarto pela última vez, ela me chamou, baixinho:

— Liadan?

— O que foi, Niamh?

— Ele disse que me amava. Mas foi embora. Mentiu para mim, Liadan. Se me amasse realmente, jamais teria me deixado. Não teria desistido tão facilmente.

— Não acho que tenha sido fácil — respondi, lembrando-me da expressão no rosto do jovem druida quando falou comigo no corredor, e do tom de dor em sua voz.

— Ele disse que me amaria para sempre — a voz dela estava contida e fria. — Os homens são mesmo mentirosos. Eu disse que seria somente dele. Mas ele não mereceu esta promessa. Espero que sofra quando descobrir que me casei com outro e fui embora. Talvez, então, sinta como é amargo o gosto da traição.

— Ah, Niahm, ele a ama, sim. Não tenho a menor dúvida disso. Deve ter tido suas razões para partir daquela maneira. Há mais coisas nessa história que não sabemos; segredos que ninguém quer contar. Não odeie Ciarán por ter feito o que fez.

Mas ela se virou para a parede e não sei se me ouviu ou não.

Fionn era um homem de mais de trinta anos, como meu tio havia dito. Bem-educado, de maneiras firmes e acompanhado por um séquito, como se espera de alguém de sua posição. Seguia minha irmã com os olhos e não fazia muita questão de esconder seu intenso desejo por ela. Mas suas palavras eram frias. Não gostei dele. O que o resto de minha família pensou não sei, mas nossa recepção foi bastante convincente. O casamento teve bastante música, flores e festejo, e todos fingimos nos divertir. Os Uí Néills eram católicos, e por isso foi um padre cristão que celebrou a cerimônia. Aisling veio, Eamonn também. Foi um alívio não termos tido tempo de conversar a sós. Ele teria notado a tristeza em meus olhos e exigiria saber o motivo. Conor e os druidas não compareceram. Por trás de todo aquele festejo via-se que havia algo errado. Mas não havia o que fazer. Partimos então para o noroeste: Niamh, seu marido, os homens de Tirconnell e os seis homens de nossa guarda ao meu redor. Sentia-me um tanto ridícula com aquilo.

A vila de Littlefolds fica na base de uma colina, em um vão de um vasto e ondulado terreno rodeado por uma densa floresta, a oeste do território de Eamonn e a noroeste do de Seamus Redbeard. Nossa viagem tinha sido tranquila até aquele ponto, e estava chegando a hora de eu me despedir de minha irmã e voltar para casa. Era o terceiro dia. Montamos acampamento para descansar e tudo foi providenciado com esmero. Niamh, a criada que a acompanhava e eu ficamos em uma barraca, enquanto os homens se abrigaram sob as árvores.

Torci para que Fionn esperasse ao menos até a chegada a Tirconnell para consumar o casamento, pelo bem de minha irmã.

No dia seguinte, nos despedimos. Mas não nos deram tempo nem privacidade para conversar. Fionn estava ansioso por partir. Abracei Niamh, olhei em seus olhos e eles estavam vazios como os de uma imagem esculpida em pedra.

— Eu irei visitá-la — sussurrei. — Assim que puder. Seja forte, Niamh. Você estará sempre em meu coração.

— Até logo, Liadan — ela disse com voz fraca, virando-se para que Fionn a ajudasse a montar em seu cavalo; e eles partiram, sem mais palavras. Não chorei. Minhas lágrimas não ajudariam.

À medida que os homens de Tirconnell iam se afastando, a atmosfera se acalmou um pouco. Os seis homens que me acompanharam seguiram literalmente as instruções de Liam. Posicionaram-se ao meu redor, de olhos atentos, prontos a me proteger de qualquer ameaça. Mas enquanto recolhiam os pertences para deixar o acampamento e preparavam os cavalos, um deles fez uma piada e os outros riram. E outro veio me perguntar se estava tudo bem, se não havia problemas para mim em partir em seguida, se estava cansada e se aguentaria cavalgar o resto do dia até podermos parar para descansar. Concordei em partir, pois o que mais queria era voltar logo para casa e dar um jeito de nos recuperarmos daquilo tudo. Sentei-me sobre uma pedra e fiquei observando enquanto eles se preparavam. Nuvens escuras cobriam o céu. Com certeza choveria antes do pôr do sol.

— *Milady*!

Era uma das mulheres de um vilarejo próximo. Tinha o rosto marcado por linhas de expressão e os cabelos presos em um velho lenço verde.

— *Milady*! — disse ela, correndo em minha direção, já quase sem fôlego.

Os homens de Liam eram muito eficientes. Antes mesmo que ela se aproximasse, dois deles já estavam ao meu lado, com as mãos nas espadas, prontos para sacá-las. Levantei-me.

— O que foi? O que aconteceu?

— Oh, *milady* — ela repetiu, tentando respirar. — Ainda bem que a senhorita ainda não partiu. Cheguei a tempo. É meu filho, Dan. Ouvi dizer que a senhorita é filha de uma grande curadora. *Milady*, Danny está com uma febre muito alta que não quer baixar. Treme o tempo todo e fala coisas sem sentido. Estou com medo, estou com muito medo por ele. A senhorita não poderia vir vê-lo por um instante antes de partir?

Antes mesmo de ela terminar, eu já pegara minha sacola, pois jamais viajava sem um suprimento básico de ervas e unguentos.

— Não é uma boa ideia, *milady* — disse o chefe de armas, franzindo a testa. — Temos de partir agora para encontrar um local seguro e acampar antes do anoitecer. Liam nos deu ordens expressas de vir e voltar, sem desvios ou paradas desnecessárias.

— Vocês não têm curandeiros em sua vila? — perguntou outro homem.

— Ninguém como a senhorita — disse a mulher, com um tom de esperança na voz. — Dizem que ela tem mãos mágicas.

— Não estou gostando disso — repetiu o líder.

— Por favor. Ele é meu único filho e já não sei mais o que fazer.

— Não vou demorar — disse a ele com voz firme, pegando a sacola e seguindo em direção à vila. Os homens olharam um para o outro.

— Vocês dois acompanham *Lady* Liadan — disse o líder. — Fique um em cada porta, e ninguém entra ou sai da casa a não ser ela e esta mulher. Olhos e ouvidos atentos e armas na mão. Você, monte guarda no início da trilha que leva até o vilarejo. E você, no final. Fergus e eu ficaremos tomando conta dos cavalos. Por favor, seja breve, *milady*. Todo cuidado é pouco. Há muitos bandidos por aí.

O casebre era de barro, escuro e sem janelas, com um telhado de palha já desgastado. Havia uma vela acesa ao lado da cama do menino. Os guardas obedeceram às ordens. Um foi para a porta dos fundos, onde eu não o via, e o outro ficou na porta da frente, onde podia prestar atenção em mim e ao redor. Coloquei a mão na testa do garoto e os dedos em seu pulso, para verificar o batimento.

— Nada tão sério que um bom chá, administrado corretamente, não cure — eu disse. — Tome estas folhas. Coloque em uma xícara grande de água quente. Deixe em infusão até ficar com um tom amarelo forte. Filtre bem e deixe esfriar até conseguir mergulhar o dedo sem queimar. Dê a ele uma xícara cheia duas vezes ao dia. E não tente fazê-lo comer. Ele irá sentir fome quando estiver mais recuperado. Esta febre de verão é muito comum. Fico surpresa por ver que você...

Os olhos do garoto se arregalaram, de repente, ao ver algo atrás de mim. A mulher deu um passo para trás, em silêncio, me olhando como se estivesse pedindo desculpas. Fui levantando para me virar, mas uma mão enorme veio por trás, tapando minha boca, e um braço musculoso me agarrou na altura do peito. Era uma armadilha. Iubdan havia me treinado desde pequena para situações assim. Cravei os dentes na mão dele, o suficiente para que soltasse um pouco o braço por um instante, e levantei o pé para trás, acertando-o entre as pernas. Mas se eu esperava que ele me soltasse com o golpe, estava enganada.

Ele só inspirou com força, nada mais. Senti gosto de sangue. Com certeza machuquei bastante sua mão. Mas ele continuou em silêncio, sem xingar ou dizer uma palavra sequer. Só me segurou com mais força. Onde estavam meus guardas? Como ele havia entrado? A mulher desapareceu. O homem quis me puxar para trás, em direção à porta. Comecei a me debater. Ele teria que me carregar se quisesse me tirar dali. Senti que a pressão da mão sobre minha boca diminuiu um pouco enquanto ele mudou a posição do braço. Puxei o ar para gritar, mas senti uma pancada na cabeça e tudo escureceu.

Minha cabeça parecia estar em chamas. E minha boca estava seca como palha ao vento. Meu corpo inteiro doía e eu parecia ter sido largada no chão de qualquer jeito, com um braço esticado embaixo de mim e o rosto encostado à terra. Não estava amarrada. Assim que conseguisse entender o que estava acontecendo, tentaria escapar. Eles tinham pegado a faquinha que eu carregava no cinto. Era de se esperar. Permaneci imóvel, olhos fechados. Ouvia o som de pássaros, muitos pássaros, o vento passando pelas árvores e também o barulho de água correndo entre pedras. Parecia ser um local aberto, provavelmente na floresta, longe do vilarejo. E já estava escurecendo. Abri levemente um dos olhos e vi que o sol estava se pondo. Quanto tempo levará, pensei, até que deem por minha falta? Quanto tempo até virem me procurar? O golpe em minha cabeça tinha sido preciso; calculado para me fazer desmaiar e ficar em silêncio por um bom tempo, porém sem causar danos permanentes. Menos mal. Mas a questão era: por quanto tempo eu havia ficado assim?

– Eles voltarão quando escurecer.

– E daí?

– Quem contará ao Chefe? Quem irá explicar o que aconteceu? Eu não vou, pode ter certeza.

— É pena que não possamos deixar de contar. Seria bom se ele fosse chamado para alguma tarefa bem longe daqui. E ela? Algum sinal de ter acordado?

— Nada. Tem certeza de que não a matou, Dog?

— Quem? Eu? Matar uma mocinha dessas? Com este coração mole que tenho?

Ouvi então alguém gemer alto, como se estivesse para morrer. O choque foi tão grande que esqueci estar fingindo e me levantei de repente. Grande erro. A dor em minha cabeça foi tanta que senti náusea e só vi estrelas ao meu redor. Coloquei as mãos nas têmporas e fechei os olhos até aquele mal-estar diminuir um pouco. O gemido continuou.

— Tome — alguém me disse. Abri os olhos com cuidado.

Um homem estava agachado perto de mim, com uma caneca de metal escuro na mão. Mas sua mão era ainda mais escura. Olhei para seu rosto e ele sorriu, mostrando uma arcada dentária imaculadamente branca, com exceção de um ou dois dentes que faltavam. Seu rosto era negro como a noite. Fiquei tão surpresa que continuei olhando para ele, de maneira até indelicada.

— Você deve estar com sede — ele disse. — Tome.

Peguei a caneca e bebi de um gole só. Fui melhorando um pouco. Estávamos em uma área aberta, perto de uma correnteza de água, onde a mata parecia ser menos densa. Havia grandes rochas cobertas de musgo e samambaias ao redor da margem. Tinha chovido, mas estávamos protegidos sob grandes salgueiros.

Dois outros homens, agora em pé, mãos na cintura, olhavam para mim. Os três ali eram extraordinários; figuras típicas de histórias imaginárias. Um tinha metade da cabeça raspada e a outra metade com cabelos longos e presos, de cor escura, exceto por uma mecha branca na têmpora. Tinha no pescoço uma tira de couro trançada com três garras, provavelmente de um lobo, mas tão grandes que devia ser o maior animal de sua espécie que já existiu. A pele de seu rosto era toda esburacada, cheia de pequenas cicatrizes, e seus olhos, de um tom claro de mel, de expressão selvagem. Seu queixo era tatuado com um padrão de losangos cruzados, indo dos lábios até a linha da mandíbula. O outro tinha tatuagens nos pulsos que lembravam serpentes entrelaçadas e, sobre a túnica, usava uma peça estranha que parecia ser de pele de cobra. Sua testa também era tatuada. Era uma trama de escamas muito bem desenhada e uma língua de aspecto malévolo que ia até perto do nariz. Parecia ser mais jovem. Devia ter menos de vinte e cinco anos, porém, assim como os outros, tinha um olhar feroz que poucos ousariam enfrentar. Já o de pele escura usava roupas mais simples e, se tinha tatuagens na pele, não pude vê-las. Seu único diferencial eram os cabelos, bem encaracolados, longos e presos em finas tranças até a altura dos ombros. Atrás da orelha esquerda, uma pena contrastava com sua pele negra. Ele percebeu que eu o encarava.

— Gull[2] — disse. — Uso este nome para me lembrar do mar. — e foi apontando para os outros com um gesto de cabeça. — Dog[3], Snake[4]. Não usamos outros nomes aqui.

— Muito bem — respondi, tentando dar à minha voz um tom educado e firme. Não queria que percebessem que eu estava com medo. — Então não preciso informar meu nome também. Qual de vocês é o responsável por esta dor de cabeça que estou sentindo?

Os dois olharam para o que usava as garras de lobo no pescoço. Dog. Ele era mesmo bem grande.

— Não esperava que você lutasse — respondeu de maneira ríspida. — Tenho um trabalho para você e tinha que trazê-la aqui, mas não podia me arriscar a deixá-la gritar. Mulheres sempre gritam.

O gemido começou novamente. Vinha das pedras atrás de nós.

— Alguém está ferido — eu disse, levantando-me com cuidado.

2. Gaivota, em Inglês. (N.T.)

3. Cão, em Inglês. (N.T.)

4. Cobra, em Inglês. (N.T.)

— Sim — disse Gull. — Você é a curandeira, não? A que disseram que iria passar pela vila?

— Tenho algum conhecimento — respondi cautelosa, não querendo dar muitas informações. Se eles eram o que eu estava pensando, teria de tomar todo cuidado. — O que aconteceu com esse homem? Posso vê-lo?

— É para isso que a trouxemos — disse Dog. — E é melhor ser rápida. O Chefe está para chegar e precisamos ter uma boa resposta para ele ou esse homem não verá o dia amanhecer.

Eles falavam de maneira estranha; uma mistura de Irlandês e a língua dos bretões. Usavam uma sequência de palavras diferente da normal. Mas se comunicavam com relativa fluência. Snake provavelmente era de Ulster, porém os outros não pareciam ter nosso idioma como língua materna. Por sorte eu tinha os dois idiomas na família. Assim podia entendê-los razoavelmente bem, embora não captasse o sentido de algumas palavras, que pareciam ser de um idioma que eu não conhecia.

Eu já havia tratado muitos tipos de ferimentos, alguns bastante sérios. Um corte de faca inflamado, um acidente com um ancinho e vários outros, mas nunca tinha visto algo assim. O homem estava deitado em uma área reclusa da rocha; uma espécie de minicaverna, protegido da chuva, do vento e do calor do sol. Até um colchão improvisado fizeram para tentar lhe proporcionar algum conforto. E um banquinho rústico para ficar ao lado dele. No chão havia um cantil, uma caneca de metal e alguns panos sujos. Ele estava pálido, ofegante e suado, e virava a cabeça de um lado para o outro, desesperado de dor. Seu braço direito estava enfaixado do ombro à ponta dos dedos, mas a faixa estava ensopada de sangue. Dava para ver, sem precisar tirá-la, que não se tratava de simples fratura. E o ombro também estava vermelho e machucado.

— Vocês deram a ele alguma coisa para diminuir a dor? — perguntei logo, enrolando minhas mangas.

— O estômago dele não segura nada — respondeu Dog. — Há vinho forte no cantil. Tentamos, mas ele mal engole e vomita tudo.

— Nós aqui cuidamos uns dos outros — disse Gull. — E até nos viramos bem, mas desta vez está difícil. Você acha que pode ajudá-lo?

Fui tirando a faixa que envolvia o braço do rapaz, tentando não fazer careta com o cheiro que exalava do ferimento.

— Quando isso aconteceu? — perguntei.

— Há dois dias — respondeu Snake, olhando ao mesmo tempo para mim e para fora, provavelmente para ver se o Chefe estava chegando. — Ele normalmente é cuidadoso, mas desta vez foi um acidente. Estava descarregando a carroça sozinho e uma peça quebrou. O metal caiu sobre ele e esmagou seu braço. Teria morrido se Dog não o tivesse puxado em tempo.

— Mas acho não fui tão rápido — disse Dog, coçando o lado raspado da cabeça.

Terminei de tirar a faixa, que estava mesmo com um cheiro terrível, enquanto ele mordia o lábio e me olhava, com aparência febril. Estava consciente, mas não parecia entender muito bem o que estava acontecendo nem o que estávamos falando. Observei os restos esmagados e destruídos de seu braço e disse:

— Este homem não tem muita chance. Os humores[5] do ferimento já estão se espalhando por seu corpo. Não há como salvar o braço, e ele ainda irá sentir muita dor e agonizar. Não há como evitar. E acho que não viverá. Teria sido melhor se tivesse morrido na hora do acidente. Mas vejo que vocês estão fazendo o possível para tentar salvá-lo. No entanto, é um caso difícil até mesmo para os melhores curadores.

Os dois ficaram em silêncio. Lá fora já estava escurecendo.

— Posso pelo menos tentar diminuir seu sofrimento — completei. — Espero que vocês tenham tido o bom-senso de trazer minhas coisas.

5. Humores: fluidos do corpo responsáveis pela saúde humana segundo a ciência da Idade Média. (N.T.)

Meu coração gelou só de pensar em ter que lidar com um homem naquele estado sem ferramentas ou misturas de ervas fortes como as que eu precisaria.

— Aqui está — disse Dog, trazendo minha sacola nas mãos, cuidadosamente embrulhada, e colocando-a aos meus pés.

— O que aconteceu com meus guardas? — perguntei, agachando-me para pegar o eu precisaria.

— Melhor você não saber — respondeu Snake, de seu posto de guarda. — Quanto menos souber, melhor. Se quiser voltar para casa.

Levantei-me. Os três ficaram me olhando. Era uma situação apavorante, não fosse minha resolução de ajudar aquele homem ferido.

— Esperávamos que você pudesse fazer mais — disse Gull, de repente. — Salvar a vida dele e o braço também. Ele é um bom homem. Forte. Firme.

— Não faço milagres. Já disse o que penso sobre a condição dele. O máximo que posso fazer é aliviar um pouco o sofrimento nesses seus últimos dias de vida. Agora preciso de água quente. E vocês têm panos limpos? Levem estes que estão aqui e queimem, pois não há mais como lavá-los. Vou precisar de um pote também, e de algum tipo de tigela.

— Bem, não poderá ser agora — disse Snake, em tom grave. — O Chefe está chegando.

— Maldição! — Dog e Snake saíram como dois raios, enquanto Gull ficou parado à porta, parecendo não saber o que fazer.

— Parece que esse Chefe não irá estender um tapete vermelho para me receber, não é? — perguntei, tentando não demonstrar medo. — E vejo que vocês quebraram as regras me trazendo aqui.

— Todas as regras — respondeu Gull. — Foi um erro meu. Agora o melhor que você pode fazer é ficar de boca fechada. O Chefe não tem paciência com mulheres. Deixe que eu falo.

E saiu.

Ouvi as vozes deles conversando lá fora.

Meu paciente pareceu suspirar, inspirou de repente e começou a tremer.

— Está tudo bem. Calma — eu disse, amaldiçoando o fato de estarmos tão longe de tudo e eu não ter material ou condições de ajudá-lo melhor. Idiotas. Pedir que eu o curasse em um lugar como aquele era como solicitar a um homem que plantasse e colhesse sem ferramentas. Como podiam fazer isso comigo? E com esse pobre coitado, que afinal era um deles?

— Ajude... me ajude... — disse o homem, olhando para mim agora. Parecia estar entendendo o que se passava. Mas estava tão pálido e debilitado que não havia como saber como ele era antes ou mesmo qual sua origem. Era alto e forte como os outros. O braço esquerdo era musculoso, e o peito, rígido como um barril, o que me fazia ter ainda mais pena ao observar aquela massa de carne e ossos despedaçada em que seu braço direito havia se transformado. Ele levaria um bom tempo para morrer.

— ... moça... ajude....

As vozes foram se aproximando e agora eu conseguia entender o que estavam dizendo.

— Será que eu ouvi direito? Muito contra a vontade, concordei em lhe dar dois dias para provar que podia lidar melhor que eu com essa situação. O tempo acabou e nada aconteceu. Você só conseguiu adiar o inevitável. E ainda trouxe uma mulher para cá; uma qualquer que sequestrou na estrada. Nem sabe quem é. Creio que apostei demais em você, Gull. Parece que não dá tanto valor assim ao fato de fazer parte de meu grupo.

— Chefe...

— Estou errado? Ele fez alguma coisa direito? A mulher fez algum milagre de cura?

— Não, Chefe, mas...

— Onde está seu juízo, Gull? E o seu? O que vocês têm na cabeça? Sabem muito bem o que deviam ter feito na hora em que ele se feriu. Eu não devia ter permitido que se intrometessem. Se vocês não têm estômago para tomar esse tipo de decisão, não merecem estar aqui.

Eles estavam bem próximos da entrada agora. Segurei a mão de meu paciente e me obriguei a respirar fundo e devagar.

— Chefe, Evan não é meramente um de nossos homens.

— É o que, então?

— Um amigo. Um homem muito bom e amigo — disse Dog. — Além do mais, quem irá consertar nossas armas? É o melhor ferreiro de Gaul. Você não pode simplesmente... — e sua voz se enfraqueceu, como se algo terrível tivesse tomado conta de seus pensamentos.

Houve uma pausa.

— Um ferreiro de um braço só que praticamente não terá mais utilidade — o tom era frio. — Vocês já se perguntaram o que ele pode querer agora?

Eles foram se aproximando, circundaram as rochas e entraram na parte onde eu estava com o homem ferido. Levantei-me e fiquei o mais ereta possível, tentando parecer calma e confiante. Mas não fez a menor diferença. Os olhos do Chefe passaram rapidamente por mim e se fixaram no homem deitado no colchão. Foi como se eu não estivesse ali. Observei enquanto ele se aproximava do ferreiro e tocava sua testa. Sua mão era inteira tatuada, do pulso às pontas dos dedos, com um padrão de penas, espirais e desenhos se entrelaçando. Um desenho fascinante que lembrava os entalhes nas rochas das civilizações antigas. Olhei então para seu rosto e ele se virou para mim. Fiquei boquiaberta. Jamais tinha visto algo assim, nem em sonho. Seu rosto era uma obra de arte, alternando entre desenhos claros e escuros como o dia e a noite, como este mundo e o Outro Mundo.

No lado esquerdo, a face era de um homem jovem; a pele bronzeada pelo sol, mas intacta, os olhos verdes-claros, a boca bem desenhada e de aspecto sério. E no lado direito, partindo do centro de seu rosto, uma linha que ia se curvando, se espalhando e formando um padrão de penas como a máscara de uma ave de rapina. Uma águia? Um falcão? Não. Observando melhor, vi que lembrava mais um corvo pela forma circular do olho e do desenho do bico. Era realmente o desenho de um corvo. Não fosse o medo terrível que sentia naquele momento, teria rido diante da ironia da situação. O desenho descia por seu pescoço e se escondia sob seu colete de couro e a camisa que ele usava por baixo. Sua cabeça era completamente raspada e o couro cabeludo exibia o mesmo padrão, metade homem, metade pássaro. Somente um grande desenhista conseguiria fazer um trabalho como aquele. Fiquei imaginando quantos dias aquilo devia ter levado, e à custa de quanta dor. Que tipo de homem precisava de algo assim para encontrar sua verdadeira identidade? Não conseguia deixar de olhar.

Mas ele provavelmente já estava acostumado com isso. Aos poucos, e com dificuldade, consegui desviar o olhar para Gull, Dog e Snake, que estavam no canto com um grupo de outros homens. Suas roupas eram feitas dos mais diferentes materiais, exatamente como Eamonn havia descrito: retalhos de peles felpudas, couro, faixas de tecido e enfeites de penas, correntes, colares de prata, braceletes e pulseiras evidenciando as áreas de pele e músculos à mostra. Só então me ocorreu que aquele não era exatamente um bom lugar para uma mulher jovem e sozinha. Quase ouvi a voz de meu pai: "será que você não ouve uma palavra minha, Liadan?"

O líder tirou uma faca da cintura. Era fina e extremamente afiada.

— Vamos acabar com essa brincadeira — ele disse. — Vocês deviam ter me deixado fazer isso logo no início. Este homem não tem mais utilidade, seja aqui ou em qualquer lugar. Vocês só prolongaram seu sofrimento sem necessidade.

Foi movendo as mãos de maneira disfarçada para que o homem não as visse, e se aproximou dele. Os outros ficaram em silêncio. Ninguém se moveu ou disse uma palavra sequer. Ele ergueu a faca.

— Não! — avancei e coloquei as mãos sobre o homem, protegendo seu pescoço. — Você não pode fazer isso! Não pode simplesmente acabar com ele como se fosse... um coelho ou uma ovelha, pronto para o abate. Isto é um homem. E um de vocês.

O Chefe levantou um pouco a sobrancelha, mas o resto de sua expressão continuou intacto. Os olhos eram de uma frieza indescritível.

— Você não faria o mesmo se seu cão, seu falcão ou seu cavalo estivessem feridos de morte? Deixaria que o sofrimento se prolongasse sem razão? Não, é claro. Alguém como você sempre tem um homem para fazer o trabalho sujo em seu lugar. O que uma mulher entende disso? Tire as mãos daí.

— Não tiro — respondi, irritando-me. — Você diz que este homem não tem mais utilidade como se fosse... uma simples ferramenta; uma arma a mais em sua coleção. Diz que ele não tem mais como trabalhar. Talvez não para alguém como você. Mas ainda está vivo. Pode amar uma mulher, ser pai de uma criança. Rir, cantar e contar histórias. Pode colher os frutos da terra e celebrar à noite com uma caneca de cerveja. Pode ver seu filho crescer e se transformar em um bom ferreiro, aprendendo com ele a profissão. Este homem pode ter uma vida inteira pela frente, um futuro de verdade mesmo... — e olhei em volta, para todas aquelas carrancas me observando — depois de tudo isso.

— Onde você aprendeu sobre a vida? — o homem-corvo me perguntou, com toda frieza. — Em um conto de fadas? Aqui vivemos segundo um código de regras. Não temos nome, não temos passado e nem futuro. Temos apenas nosso trabalho, e nisso somos os melhores. Não há um futuro, uma vida para este homem fora daqui. Não mais. Agora afaste-se dele.

Estava escurecendo e um dos homens havia acendido um pequeno lampião. As sombras que batiam nas rochas eram fantasmagóricas, e a fraca luz dava ao rosto do líder um tom de ameaça tão real quanto a faca em sua mão. Pude imaginar o terror que ele devia provocar a um inimigo à meia-luz, pois naquele momento parecia mesmo um ser fantasmagórico, meio homem, meio corvo, os olhos brilhantes e perigosos se destacando em meio ao complexo padrão no rosto tatuado.

— Saia — ele repetiu.

— Não saio — insisti.

Ele levantou a mão esquerda para me bater no rosto. Reunindo todas as minhas forças, mantive-me imóvel. Encarei seus olhos e rezei para que não percebesse que eu tremia de medo. Ele continuou a me olhar, mas baixou lentamente a mão.

— Chefe — arriscou-se Gull, o único que conseguiu falar naquele instante.

— Cale a boca! Você está ficando muito sentimental, Gull. Primeiro me pede dois dias de misericórdia para um homem que não tem chance de sobreviver e que não iria querer continuar vivo mesmo que pudesse. E depois traz essa garota idiota. Onde a encontrou? Tem a língua mais afiada do que minha faca. Agora, será que podemos continuar? Temos trabalho a fazer.

Ele achou que havia me intimidado com suas palavras.

— Ele tem uma chance, sim — eu disse, aliviada por ele ter decidido não me bater, pois minha cabeça ainda doía com a pancada que havia levado. — Uma pequena chance, mas ela existe. Terá que perder um braço, isso eu não posso evitar. Mas posso tentar salvar sua vida, não creio que ele deseje morrer. Pediu que o ajudasse. Deixe-me ao menos tentar.

— Por quê?

— Por que não?

— Porque... Ah, maldita mulher. Não tenho tempo nem paciência para ficar aqui discutindo com você. Não sei de onde veio, para onde vai, e não quero saber, mas aqui você não passa de um estorvo e de um problema. Isso não é lugar para mulheres.

— Ah, é? Pois acredite, não estou aqui por escolha própria. Mas agora que seus homens me trouxeram para este fim de mundo, deixe-me tentar. Vou lhe mostrar do que sou capaz. Sete, oito dias no máximo, é o que lhe peço para dar a ele uma chance de viver. É só o que peço.

O olhar de Gull era de surpresa. Afinal, eu tinha acabado de contradizer meu diagnóstico anterior. Talvez eu fosse mesmo uma idiota. Dog também parecia ter esperança no olhar. E os outros olhavam para as pedras, para o chão, para as mãos; para qualquer lugar menos para seu líder. Um deles deu um pequeno assobio, lá atrás, como a dizer: "ela não é fácil".

O homem-corvo ficou em silêncio por um instante, olhando de lado para mim, e depois guardou a faca com um gesto casual.

— Sete dias — respondeu. — Acha que é suficiente?

O silêncio na caverna era total. Só se ouvia a respiração difícil do ferreiro e a voz cínica do líder.

— O braço terá que ser cortado — eu disse. — Agora, neste instante. Precisarei de ajuda. Posso dar todas as instruções, pois sei exatamente como fazer, mas não tenho força suficiente para cortar. Depois disso, posso cuidar dele sozinha. Mas creio que serão necessários uns dez dias.

— Seis dias — ele disse, em tom neutro. — Em seis dias partiremos. Não podemos ficar mais. Há trabalho nos esperando e temos um longo caminho pela frente. Se Evan não estiver bem o suficiente para nos acompanhar, será deixado para trás.

— Você está me pedindo o impossível — retruquei. — E sabe disso.

— Você queria um desafio. Aí está. Agora, se nos der licença, temos muito o que fazer. Você, Gull, e você — acenou para Dog — já que tiveram a insanidade de trazê-la até aqui, ajudem-na com a tarefa. Busquem o que ela precisar e façam tudo que ela disser. E quanto ao resto de vocês — disse, olhando ao redor, enquanto todos se mantinham em absoluto silêncio. — Ninguém encosta um dedo nesta mulher. Quem se atrever a chegar perto dela terá muita dificuldade para pegar suas armas no dia seguinte. Ela ficará aqui com um guarda o tempo todo na porta. Se eu desconfiar que alguém ousou me desobedecer, o culpado irá se arrepender amargamente.

# Capítulo 4

Tentei manter um semblante calmo, mas por dentro estava morrendo de medo. Justo eu, a menina que só queria ficar em casa cuidando de seu jardim de ervas. Eu, a menina que adorava ficar contando e ouvindo histórias com a família depois do jantar, agora daria instruções para aqueles homens estranhos arrancarem o braço de um homem à beira da morte e cauterizarem o ferimento com ferro em brasa. Eu, a filha de Sevenwaters, sozinha no covil do Homem Pintado e de seu bando de assassinos cruéis; pois já estaria muito claro para mim que aqueles eram os bandidos de que Eamonn havia falado. Eu, Liadan, negociando com o homem que, como Eamonn havia descrito mesmo? Com o homem que fazia serviços contratados, sem o menor respeito ou comprometimento. Só não tinha certeza, agora, se a descrição de Eamonn era tão correta. O homem era mesmo desagradável. Mas por que aceitou minha proposta se achava que eu estava errada?

Fiquei pensando nisso enquanto pedi a Dog que acendesse um braseiro lá fora e mantivesse o fogo alto. E para manter uma adaga aquecida, se possível com o metal vermelho de tão quente. Gull foi pegar as outras coisas que pedi: uma tigela com água morna e uma faca dentada e bem afiada. Snake trouxe mais lampiões e os colocou em vários pontos da caverna para iluminá-la melhor. Sentei-me ao lado de Evan, o ferreiro, e tentei conversar com ele. Parecia oscilar entre o estado de lucidez e o de alucinações, falando coisas sem sentido e, de repente, olhando para mim com uma mistura de esperança e medo. Tentei explicar, nos momentos em que ele parecia mais lúcido, o que faríamos.

— ... não há mais como salvar seu braço... para salvar sua vida teremos que cortá-lo... vou tentar sedá-lo o máximo que puder, mas pode ser que você sinta. E pode ser uma dor forte... tente ficar imóvel. Confie em mim. Sei o que estou fazendo...

Não sabia se ele estava entendendo ou mesmo se confiava em mim. Na verdade, nem eu tinha certeza se acreditava em tudo o que estava dizendo. Lá fora, eles pareciam continuar seu trabalho. Eu ouvia o ruído de cavalos, de baldes sendo carregados e de armas sendo afiadas. Mas quase não conversavam.

— Estamos prontos — Gull disse.

Peguei uma pequena esponja que estava no fundo da sacola e a coloquei na tigela para absorver a água por um instante. Gull comentou:

— Isso me traz lembranças de minha mãe e suas poções. Muito fortes. Amora, meimendro, suco de lúpulo, mandrágora... Onde uma senhorita assim aprendeu a fazer poções deste tipo? Mata ou cura um homem, essa coisa.

— Por isso precisamos do vinagre — respondi, olhando para ele curiosa. Um homem como aquele, sem passado, tinha mãe?

— As ervas são secas na esponja. É muito útil quando se viaja. Então, você conhece poções?

— A maior parte já esqueci. É coisa de mulher.

— Mas seria útil para você aprender novamente. Para homens que correm tantos riscos, parece que vocês têm poucos recursos para se curar.

— Não acontece muito — disse Dog. — Somos os melhores. Na maioria das vezes, saímos da luta sem qualquer arranhão. Este foi um acidente. Puro e simples.

— E culpa dele — concordou Gull. — Você ouviu o Chefe. Temos nossa própria maneira de lidar com isso. Ninguém aqui é carregado ou transportado.

Tremi dos pés à cabeça.

— Vocês já fizeram isso? Cortar a garganta de um homem em vez de tentar salvá-lo?

Dog me olhou de lado.

— Mundo diferente. Você não entende. Não pode ficar no bando se está machucado e não pode fazer seu trabalho. E não há lugar para ir se está fora do bando. O Chefe está certo. Pergunte a qualquer de nós. Todos nós. No lugar de Evan, todos iríamos implorar para morrer.

Fiquei remoendo isso enquanto fazia o ferreiro tomar algumas gotas da água da esponja enquanto a espremia sobre sua boca.

— Não faz sentido — respondi. — Pode fazer parte de seu código de regras, não sei. Mas, então, por que estão tentando salvar este homem, mesmo indo contra seu líder? Por que não acabar logo com isso, como ele teria feito?

Eles pareciam relutantes em responder. Apertei mais a esponja, gotejando um pouco mais da mistura de ervas na boca de Evan. Seus olhos se fecharam. Então Gull finalmente falou:

— É diferente, veja. Evan é ferreiro, não guerreiro. Tem profissão. Tem chance lá fora. Só precisa juntar dinheiro para ir embora. Se conseguir, pode ir para Armorica, Gaul, do outro lado do mar. Tem mulher esperando por ele na terra dos bretões. Pode ir assim que tiver prata para comprar uma viagem segura. Há preço por sua cabeça, assim como pela de todos nós. Mas ainda tem motivos para ter esperança.

— Não pode contar isso ao Chefe — sussurrou Snake. — Mas foi muito difícil convencê-lo a lhe dar alguns dias. Espero que consiga fazer milagres, moça, porque precisará de um.

— Meu nome é Liadan — respondi sem pensar. — Pode me chamar por meu nome. Será mais fácil para todos nós. Agora vamos começar. Quem irá cortar?

Gull olhou para Dog, Snake olhou para Dog e este olhou para a faca dentada.

— Parece que terá de ser eu — ele disse.

— Tamanho e força não são tudo — eu respondi. — Você precisa ter bom controle também. O corte tem que ser rápido e preciso. E ele irá gritar. A poção é forte, mas não o suficiente.

— Deixe, eu faço.

Ninguém viu o Chefe entrar. E apesar de seus homens serem bons, ele parecia ser o mais preparado para a tarefa. Olhou em volta com frieza, depois se aproximou e pegou a faca. Dog fez uma expressão de alívio.

— Mas você não escapará tão fácil — eu disse. — É o maior de todos, então irá segurar os ombros dele. Mantenha as mãos longe de onde... de onde ele cortará. Vocês dois, segurem as pernas. Ele parece inconsciente, mas se debaterá com a dor. Quando eu disser, usem toda sua força para segurá-lo.

Eles se posicionaram rápido, demonstrando estarem acostumados a receber ordens.

— Você já fez isso antes? — perguntei ao líder.

— Assim, nunca. Você terá que me dizer como fazer, se não se importa.

Respirei fundo para não perder a paciência com sua arrogância.

— Vou guiá-lo passo a passo, mas tem que fazer exatamente o que eu disser. E será mais fácil se você me disser seu nome. Não vou chamá-lo de Chefe.

— Use o nome que quiser — ele disse, erguendo as sobrancelhas. — Não temos nomes aqui a não ser aqueles que você já ouviu.

— Bem, já ouvi histórias de um homem chamado Bran — respondi. — Que significa corvo. Vou usá-lo, então. A adaga está quente? Você terá que trazê-la rápido quando eu pedir, Dog.

— Está pronta.

— Muito bem. Bran, está vendo este ponto perto do ombro onde que o osso ainda está inteiro?

O homem a quem eu havia dado o nome de um viajante lendário fez que sim com a cabeça, os lábios contraídos e a expressão contrariada.

— Você terá de cortar aqui, e de maneira precisa. Não deixe que a faca escape e vá para este outro ponto, pois o ferimento não irá sarar se ficarem fragmentos do braço. Concentre-se e não se preocupe. Deixe que eles o segurem. Vou fazer o corte inicial com minha faca menor... onde está minha faquinha?

Gull esticou a mão e a tirou do cano de sua bota.

— Obrigada. Vou começar.

Mais tarde, fiquei me perguntando como consegui manter o controle. Como consegui ficar calma com meu coração batendo três vezes mais rápido do que o normal e meu corpo suando frio. Eu estava apavorada, com receio de errar. Com medo das consequências de um erro, não apenas para o pobre Evan, mas para mim também. Ninguém disse o que aconteceria se eu errasse, mas eu podia imaginar.

A primeira parte não era tão difícil. Cortar e separar a pele cuidadosamente, deixando uma sobra até a altura em que haviam amarrado uma atadura, abaixo do ombro. Minhas mãos ficaram ensanguentadas até os pulsos, mas correu tudo bem. O homem se contorceu e tremeu, mas não acordou.

— Muito bem — eu disse. — Agora corte, Bran. Bem aqui. Dog, segure firme. Mantenha-o imóvel. Isso precisa ser rápido.

Às vezes, o melhor assistente é aquele sem coração. Um homem que consegue cortar ossos vivos com a mesma tranquilidade que corta um pedaço de madeira. Um homem que sequer pisca diante de uma vítima se retorcendo toda e lutando contra as mãos fortes que a seguram, soltando um lamento que vem do fundo da alma.

— Jesus Cristo — sussurrou Snake, colocando todo o seu peso sobre as pernas do ferreiro para segurá-lo. E o barulho horrível da serra continuava. Mas o corte estava saindo reto e perfeito, como se fosse de uma espada. Ao meu lado, Dog segurava o braço esquerdo e o peito do homem com a força de seus imensos bíceps.

— Cuidado, Dog — comentei. — Ele ainda precisa respirar.

— Acho que ele está respirando bem — ele disse, segurando firme. — Mas está difícil mantê-lo imóvel. Você não pode dar a ele um pouco mais do...?

— Não — respondi.— Já dei a quantidade máxima. Mais que isso é perigoso. Já estamos acabando. O som do corte da última parte do osso foi horrível, mas os destroços do braço finalmente se soltaram e caíram no chão.

Bran levantou a cabeça. Seus braços e a parte da frente de sua camisa estavam encharcados de sangue. Mas seu semblante permanecia inalterado. Apenas suas sobrancelhas se ergueram, como se ele questionasse alguma coisa.

— Pegue a adaga no fogo — pedi. "E que Díancécht me ajude, pois devo fazer esta parte sozinha". Eu sabia o que viria então. Reuni todas as minhas forças. Bran saiu e voltou com a arma na mão, embrulhada em um pano, a lâmina brilhando como se tivesse acabado de ser forjada. Havia uma pergunta em seus olhos.

— Não — eu disse. — Dê para mim. Esta parte eu mesmo preciso fazer. Solte a faixa. Sangrará bastante, mas não se preocupe. Dê a volta e venha ajudar Dog a segurá-lo. Ele gritará. Segurem firme. Mantenham-no imóvel.

Ele tirou a bandagem e o braço expeliu sangue, porém muito menos do que eu imaginava. Não era um bom sinal. Significava que a carne já estava morrendo. Sem precisar falar, fui para o outro lado e Bran veio para onde eu estava, pronto para segurar o ferreiro caso ele se movesse.

— Agora — eu disse, e encostei a faca quente na ferida aberta. O barulho e o cheiro de queimado eram desagradáveis. O homem gritou. Era um grito terrível, daqueles que se ouve em pesadelos e não se esquece mais. Seu corpo inteiro convulsionou em agonia. O peito se ergueu, os membros sacudiram, e a cabeça e os ombros só se mantiveram imóveis com grande esforço de Dog e Bran. O grande e feio Dog estava branco como um fantasma.

— Jesus Cristo — sussurrou Snake, novamente.

— Desculpe, mas falta um pouco ainda — eu disse, segurando as lágrimas e encostando novamente a adaga no ferimento, passando-a de um lado ao outro para que toda a área fosse cauterizada por igual e segurando-a para terminar. Ele gritou mais uma vez, enchendo de terror a pequena caverna.

Tirei finalmente a adaga e ele ainda gemeu um pouco. Os quatro homens o soltaram, devagar, e se levantaram. Eu continuei ali, sentada, sem conseguir me mexer. Depois de alguns instantes, Gull se aproximou, tirou a adaga de minha mão e saiu. Dog foi catando os objetos do chão e jogando-os em um balde. Snake pegou a caneca de vinagre e, a um gesto afirmativo meu, molhou um pouco a esponja e a espremeu sobre os lábios de Evan.

— Não vou perguntar onde você aprendeu isso — disse Bran. — Está feliz por fazê-lo passar por esse sofrimento? Ainda acredita que está certa?

Olhei para ele. Os traços de sua tatuagem pareciam borrados e se moviam com a luz do lampião. Só então percebi que estava zonza.

— Mantenho minha decisão — respondi, com voz fraca. — O tempo que você me deu é muito curto. Mas sei que estou certa.

— Penso que você mudará de ideia depois de passar seis dias neste acampamento — ele disse, a voz ameaçadora. — Quando começar a ter contato com o mundo real, virá que todos são dispensáveis. Não há exceções, seja o habilidoso ferreiro, o grande guerreiro ou a pequena curandeira. Todos sofrem, morrem e são logo esquecidos. E a vida continua.

Engoli em seco. As paredes de rocha giravam ao meu redor.

— Eles logo virão me procurar — sussurrei. — Meu tio, meu irmão, meu... já devem estar me procurando, e têm armas e homens.

— Não irão encontrá-la — disse ele, com um tom que não deixava dúvidas.

— E a guarda que viajava comigo? — fiz a pergunta, mas já suspeitava que estavam mortos. — Não devem estar longe. Alguém deve ter visto o que aconteceu e tomará uma atitude.

Minha voz começou a falhar e eu estiquei o braço, tentando me equilibrar, pois comecei a ver estrelas ao meu redor.

— Perdoe-me — balbuciei, desculpando-me como se estivesse diante de pessoas educadas.

Alguém pegou meu pulso com força e me sentou sem muita cerimônia no banquinho de madeira.

— Snake. Deixe-o agora. Ainda está respirando. Ficará bem por enquanto. Traga roupas limpas para ela, se é que temos peças tão pequenas. E também um cobertor e água para que possa se lavar. Vá até a fogueira, coma alguma coisa e depois traga algo para ela comer. Já não é muito útil em bom estado. Se a deixarmos sem comida, então, será menos ainda.

E virou-se para mim.

— Primeira regra de combate: somente os melhores conseguem se manter em forma com pouca comida e pouco sono. Isso exige tempo e prática. Se quer fazer seu trabalho direito, prepare-se para isso.

Eu estava cansada demais para argumentar.

— Esta noite você terá dois guardas. Um do lado de fora e um para cuidar dele enquanto você dorme. Mas não se acostume. Você escolheu esta tarefa, portanto, terá de se virar sozinha de amanhã em diante.

Então ele saiu, finalmente. Fechei os olhos, cambaleando de cansaço, sentada no banco. O ferreiro continuava descansando, quieto.

— Ah, e mais uma coisa.

Abri os olhos assustada.

— O que você fez hoje lhe deu certo... respeito perante os homens. Mas não deixe isso lhe subir à cabeça. Qualquer um que ouse desrespeitar minhas regras pagará um alto preço. E você não irá querer mais um peso em sua consciência.

— E o que alguém como você pode saber sobre consciência? — resmunguei, enquanto ele se virou e saiu. Se me ouviu, não deu sinais de reação.

Foi uma noite estranha. Sempre ouvi histórias de homens e mulheres que foram levados pelos Seres da Floresta em noites de lua cheia para a floresta, em uma jornada para o Outro Mundo tão diferente e maluca que, ao serem trazidos de volta, já não sabiam mais a diferença entre sonho e realidade. O Homem Pintado e seu estranho bando de seguidores não eram exatamente como os seres que eles descreviam, mas ainda assim eu me sentia muito longe do padrão de minha vida normal. E, por incrível que pareça, enquanto eu estava naquele acampamento, não pensei muito em minha casa, meus pais ou em como minha irmã devia estar se sentindo ao dividir a cama com um estranho. Em alguns momentos, quase morri de medo, lembrando o que Eamonn dissera. Sabia que estava correndo grande perigo. Os guardas de Liam que estavam comigo muito provavelmente foram eficientemente exterminados. Esta era a única maneira pela qual esses homens sabiam agir. E quanto às ordens do líder, eles podiam obedecê-las ou não. Minha sorte agora parecia depender exclusivamente da sobrevivência do ferreiro. Mas meu pai havia me dito certa vez que o medo não vence batalhas. Arregacei as mangas e decidi que não havia tempo para temores ou superficialidade. A vida de um homem estava em jogo. Além do mais, eu tinha algo a provar e estava determinada a cumprir minha promessa.

Na primeira noite e no primeiro dia, os guardas me vigiaram tão de perto que eu tinha medo de pisar neles cada vez que dava um passo. Precisei lembrar a eles que mulheres também têm necessidades físicas e que precisam ser satisfeitas com certa privacidade. Estabelecemos um pacto, então. Eu poderia ficar durante algum tempo fora do campo de visão deles, contanto que não me demorasse e que voltasse direto para onde Dog, Gull ou Snake estivessem me esperando, de arma na mão. Nem foi preciso dizer que seria bobagem tentar escapar.

Eles me traziam comida, bebida e uma tigela com água para eu me lavar. Acabei vestida em uma velha camisa de baixo tão grande que ia até bem abaixo de meus joelhos e, por cima, em uma espécie de túnica larga e cheia de bolsos que acabou sendo bastante útil. Prendi os cabelos em uma trança bem firme que ia até embaixo, nas costas, para não me atrapalhar, e me pus a trabalhar. Misturei cuidadosamente as ervas para diminuir a dor e as cozinhei no braseiro para que os humores nocivos saíssem do corpo do ferreiro. Preparei curativos para o ferimento, além de compressas para colocar em sua testa. Passava boa parte do tempo sentada ao lado do colchão, segurando a mão de Evan, conversando com ele ou cantando, como se faz com crianças febris.

Na segunda noite, deram-me permissão para ir até à fogueira. Dog me levou pelo acampamento e pude ver os pequenos abrigos que eles fizeram entre as árvores e os arbustos. Chegamos, então, a uma pequena clareira onde havia uma fogueira sem fumaça, acesa entre as pedras. Ao redor dela estavam vários homens, alguns agachados, outros em pé, comendo em suas pequenas cumbucas, daquelas que os viajantes costumavam levar em suas mochilas. O cheiro era de coelho cozido. Como eu estava faminta, não pensei duas vezes e aceitei a tigela que jogaram em minhas mãos. Estavam todos em silêncio. Só se ouvia o barulho dos grilos e de um ou outro pássaro que se preparava para dormir nos galhos das árvores.

— Tome — disse Dog. Era uma pequena colher de osso, que por sinal não estava exatamente limpa. Todos me olhavam.

— Obrigada — eu disse, percebendo que se tratava de um grande privilégio. Os outros estavam comendo com as mãos ou com a ajuda de um pedaço de pão duro. Ninguém conversava ou ria. Mesmo quando trouxeram cerveja e canecas, quase não se ouvia a voz deles. Terminei de comer e recusei uma segunda porção. Aceitei apenas uma caneca de cerveja.

— Foi um bom trabalho o que você fez — alguém disse.

— Bom mesmo — outro comentou. — Não é fácil. Já vi um desses, só que muito malfeito. O homem sangrou que nem um... bem, é um trabalho que tem que ser feito direito.

— Obrigada — respondi, em tom sério.

Olhei para o círculo de rostos que me observavam. Todos mantinham boa distância. Fiquei imaginando se isso fazia parte das regras. Era um grupo realmente estranho. Os sotaques indicavam que eles vinham das mais diferentes regiões, mas pareciam se entender bem. Provavelmente estavam juntos há bastante tempo. Apenas dois ou três pareciam ser de Erin.

— Mas tive ajuda. Não conseguiria sozinha — completei.

Um deles, bem alto, que me observava quieto, comentou:

— Mas sem suas instruções o trabalho não teria sido bom. Certo?

Olhei ao redor rapidamente, sem querer me prolongar para não causar problemas.

— Talvez.

— Ele tem uma chance agora, não tem? — perguntou ele, inclinando-se e esticando os braços sobre os joelhos magros.

Todos ficaram em silêncio, esperando minha resposta.

— Sim — respondi, escolhendo as palavras. — Mas é só uma possibilidade. Vou fazer tudo que estiver ao meu alcance.

Todos responderam que sim, com um gesto de cabeça. Então, alguém fez um som parecido com um assobio e todos olharam para mim.

— Tome, Chefe — alguém lhe passou uma tigela cheia.

— Vocês são muito quietos — eu disse, depois de alguns instantes. — Não costumam cantar ou contar histórias depois do jantar?

Alguém começou a rir, mas se calou rápido.

— Histórias? — perguntou Dog, perplexo, coçando o lado raspado de sua cabeça. — Não conhecemos histórias para contar.

— Você quer dizer aquelas histórias de monstros e sereias? — perguntou o homem alto e magro. Seus olhos pareceram brilhar de repente.

— Sim, e muito mais — eu disse, tentando encorajá-los. — Há também histórias de heróis, de grandes batalhas e de viagens a terras distantes e fantásticas. Há muitas histórias para se contar.

— E você conhece alguma dessas histórias? — perguntou o homem alto.

— Cale a boca, Spider[6] — alguém disse baixinho.

— Conheço tantas que posso contar uma a cada noite do ano e ainda sobra — respondi. — Querem que eu conte uma?

Todos fizeram silêncio, entreolharam-se e foram se ajeitando no chão.

— Você está aqui para fazer um trabalho, não para nos divertir — nem precisei olhar para o lado para saber quem estava falando. — Estes homens não são crianças.

O mais interessante é que, sempre que se dirigia a mim, ele falava Irlandês fluente, praticamente sem sotaque.

— Por acaso, contar histórias também é contra o código de regras de vocês? — perguntei, sem me virar.

— Qual é a história desse Bran que você mencionou? — Gull perguntou, demonstrando coragem. — Aposto que é uma história interessante. Gostaria de ouvir.

— É um conto bem longo — eu disse. — Levará muitas noites para contar. Não vou ficar aqui tempo suficiente. Mas há muitas histórias interessantes que posso contar.

6. Aranha, em Inglês. (N. T.)

– Vamos lá, Chefe. Que mal há?

– Que tal assim: eu começo e, se vocês sentirem que a história desagrada ou que pode ser perigosa, basta me interromper. É justo, não?

– Justo?

Bem, ele não disse que não, e como o clima de ansiedade ao redor daquela fogueira só fazia aumentar a cada instante, comecei.

– Para um grupo de lutadores como vocês, nada melhor do que contar sobre a lenda do maior dos guerreiros, Cuo Chulainn, o campeão de Ulster. Sua história é longa também e resultou da união de vários contos. Mas vou lhes relatar como ele se tornou um grande guerreiro, adquiriu suas habilidades e as honrou, de maneira que ninguém o vencia no campo de batalha, e se tornou herói em sua tribo. Cuo Chulainn não era um homem comum. Muito se falou a respeito dele, e algumas dessas lendas podem ter um fundo de verdade. Dizem que era filho da união de Lugh, o deus-sol, com uma mortal. Ninguém tinha muita certeza de como isso acontecia, mas cada vez que Cuo Chulainn se preparava para lutar, algo acontecia com ele. Chamavam o efeito de *riastradh*, o frenesi da luta. Seu corpo inteiro tremia e se aquecia, seu rosto ficava vermelho como o fogo e seu coração batia forte como um tambor dentro do peito. E seus cabelos se erguiam e brilhavam como faíscas. Era como se seu pai, o deus-sol, o inspirasse nesses momentos, pois os inimigos diziam que uma luz terrível e intensa o circundava enquanto ele atacava, de espada na mão. E quando a batalha terminava, era preciso mergulhá-lo em três barris de água gelada do rio para acalmá-lo. O primeiro barril se rompia, arrebentando as tábuas. A água do segundo fervia e a do terceiro ia se transformando em vapor até ele se acalmar e voltar ao normal.

"Sempre demonstrou habilidades incríveis, desde criança. Saltava como um salmão e nadava como uma lontra. Conseguia correr mais rápido que uma gazela e ver no escuro como um gato. Ainda assim, houve um momento em que ele desejou desenvolver ainda mais suas habilidades para conquistar o coração de uma linda donzela chamada Emer. Ao pedir sua mão, o pai dela afirmou que ele ainda não era tão bom guerreiro e que devia buscar treinamento com o melhor de todos para se qualificar. A moça o teria aceitado imediatamente, pois quem resistiria a um homem como aquele? Mas era uma filha obediente e aceitou as condições do pai. Então, Cuo Chulainn saiu perguntando até descobrir que o melhor instrutor nas artes da guerra era uma mulher, Scáthach, uma criatura estranha que vivia em uma pequena ilha na costa de Alba."

— Uma mulher? — alguém perguntou, rindo com desdém. — Como pode?

— Ah, mas ela não era uma mulher comum, e isso nosso herói logo descobriu. Ao chegar à margem de Alba e observar as águas revoltas do lugar em que ela e suas guerreiras viviam, encontrou um obstáculo antes mesmo de pôr os pés na ilha. A única maneira de chegar ao local era através de uma ponte alta e muito estreita, com espaço que mal dava para um homem passar. E no momento em que pisou nas tábuas, elas começaram a balançar e entortar. Cuo Chulainn observou bem o comprimento da ponte e concluiu que qualquer um que ousasse tentar seria facilmente jogado sobre as pedras pontiagudas ou sobre as águas revoltas.

— Por que ele não usou um barco? — perguntou Spider, com a testa franzida.

— Você não ouviu o que Liadan disse? — debochou Gull. — Águas revoltas? Aposto que um barco não atravessaria.

— Realmente, não atravessaria — respondi sorrindo. — Muitos já haviam tentado e todos pereceram, engolidos pelo mar ou pelas imensas criaturas de dentes afiados que habitavam o lugar. Bem, então, o que Cuo Chulainn decidiu fazer? Ele não era do tipo que desistia facilmente e, além disso, desejava Emer com todas as forças de seu ser. Mediu a distância da ponte com seus olhos aguçados e depois inspirou, expirou e inspirou novamente. O *riastradh* tomou conta de seu corpo, e seu coração pareceu querer explodir. Suas veias se esticaram como cordas de cânhamo. Cuo Chulainn deu um grande salto, como um salmão que pula em uma grande cachoeira, e pisou no centro da ponte. Ela balançou, tentando lançá-lo longe, mas ele foi mais rápido e usou a ponte somente como impulso, saltando mais uma vez e pousando em segurança na orla da ilha de Scáthach. Na torre do forte, feita de puro e sólido granito, a guerreira aguardava, com sua filha.

"— Muito bem — ela comentou. — Ele já sabe alguns truques. Posso ensinar a ele mais alguns.

— Creio que também posso lhe ensinar algumas coisas — disse a filha, que tinha algo um pouco diferente em mente."

Todos riram. Apesar de não estarem acostumados a ouvir histórias, pareciam se divertir. Quanto a mim, estava apenas me aquecendo para retomar minha tarefa e fiquei imaginando o que Niamh diria se me visse agora. Continuei a contar a história.

"— Bem — disse a mãe. — Se você quer o rapaz, fique com ele primeiro. Tem três dias para ensinar a ele as artes do amor. Depois, ele é meu.

Então a filha de Scáthach foi até o herói, e sua recepção foi tão intensa que depois de três dias ele conhecia praticamente todas as necessidades de uma mulher e sabia perfeitamente como satisfazê-la. Para a sorte de Emer. Então, foi a vez de a mãe ensiná-lo. Logo que as lições começaram, percebeu que ela era a melhor das instrutoras. Ensinou a ele durante um ano e um dia, e foi com ela que aprendeu a dar seu salto de batalha, que lhe permitia voar acima dos arpões. Aprendeu também a barbear um homem com pequenos e rápidos movimentos da espada; uma técnica de pouco uso prático, mas capaz de instilar terror em qualquer inimigo."

Dog passou a mão na parte raspada de sua cabeça, ansioso.

— Com o treinamento, Cuo Chulainn agora podia cortar o chão sob os pés de seus adversários com um golpe tão rápido da espada que mal se podia ver. E, em seguida, saltar suavemente para o campo deles. Aprendeu a montar e conduzir com maestria uma carruagem com facas nas rodas, de maneira a atingir seus oponentes tão rapidamente que eles nem perceberiam o que os matou. Passou a dominar também a arte do malabarismo, só que com facas afiadas ou tochas flamejantes além das bolas de couro tradicionais. E, enquanto estava na ilha, deitou-se com uma guerreira, Aoife, que lhe deu um filho, Conlai, o qual originou outro conto, mas este de grande tristeza. Então, Cuo Chulainn voltou para casa, depois de um ano e um dia, e foi novamente pedir a mão da jovem Emer em casamento.

— E então? — perguntou Gull, impaciente, enquanto eu fazia uma pausa. Já era tarde. A fogueira estava quase apagando e uma rede de estrelas havia se espalhado no céu escuro. A lua estava em seu quarto minguante.

— Bem, Fogall, o pai de Emer, não esperava que o rapaz retornasse. Achava que Scáthach o mataria, se a ponte não o liquidasse antes. Então, Cuo Chulainn foi recebido com resistência armada. Mas ele não havia estudado com a melhor instrutora em vão. Com seu pequeno grupo de guerreiros escolhidos a dedo, derrotou os homens de Fogall sem a menor dificuldade. Depois, perseguiu Fogall até as montanhas e lutou com ele. Fogall não resistiu e caiu morto sobre as rochas do penhasco. Assim, Cuo Chulainn tomou Emer para sua noiva e os dois viveram muito felizes.

— E, com certeza, ele ensinou algumas coisinhas a ela — disse alguém, em voz baixa.

— Já basta — disse Bran, levantando-se. Todos fizeram silêncio imediatamente. — Fim da história. Aqueles que forem montar guarda, estejam a postos. E quanto ao resto, hora de dormir. E não esperem mais historinhas assim para lhes dar sono.

Todos se levantaram sem dizer nenhuma palavra. Fiquei imaginando como viviam, temendo aquele homem a ponto de jamais questionar suas ordens. Devia ser uma existência muito infeliz.

— E você, volte ao trabalho.

Levou alguns instantes para eu perceber que Bran estava falando comigo.

— O que devo responder? Sim, Chefe? — respondi, levantando-me.

Dog estava logo atrás de mim, como uma sombra.

— Que tal ficar de boca fechada e fazer o que estou mandando? Facilita para todos nós.

Olhei para ele, irritada.

— Acho que nem preciso responder. Farei o trabalho que vim aqui para fazer. Nada mais. Não recebo ordens como seus homens. Se eles querem segui-lo como escravos assustados, é problema deles. Mas eu não consigo trabalhar em um ambiente de medo e de restrições. E você mesmo disse, se não me engano, que eu deveria me preparar para desempenhar minha tarefa de maneira eficiente.

Ele não respondeu de imediato. Algo que eu disse provavelmente mexeu com ele, embora aquele rosto estranho, de inverno e verão ao mesmo tempo, quase não demonstrasse emoções.

— E ajuda se você me chamar pelo nome: Liadan — completei, ainda irritada.

— Essas histórias — disse ele, aparentando estar com a mente em um lugar distante — são perigosas. Fazem os homens sonharem com o que não podem ter. Com o que não podem ser. Fazem com que eles se questionem sobre quem são e o que desejam. Isso não é bom para os meus homens.

Fiquei sem saber o que dizer.

— Ah, Chefe — retrucou Dog. — Mas e a história de Cuo Chulainn e seu filho, Conlai? Uma história de grande tristeza, é o que ela disse. E as histórias de sereias, de monstros e de gigantes?

— Você fala como um menino — disse Bran, em tom de reprovação. — Isto aqui é uma tropa de homens rígidos e sérios. Não temos tempo para essas bobagens sem sentido.

— Talvez vocês devessem arrumar tempo — eu disse, determinada a expressar minha opinião. — Se o que vocês querem é vitória, nada melhor para inspirá-los do que uma história de heróis e de grandes batalhas, vencidas com habilidade e coragem. E se seus homens estiverem cansados ou desanimados, o que pode ser melhor para levantar seu ânimo do que um conto simples como o de Iubdan e o prato de mingau ou do fazendeiro que tinha três pedidos a lhe serem concedidos e desperdiçou os três? Ou um conto de amor para lhes dar esperança?

— Você se arrisca muito ao falar de amor neste lugar. É tão inocente assim que não imagina o efeito de palavras desse tipo sobre um grupo de homens como o nosso? Mas talvez seja isso mesmo que você queira. Pode escolher um por noite. Ou dois, quem sabe.

Senti meu rosto empalidecer.

— Você mostra exatamente o tipo de homem que é ao me insultar assim — respondi, lentamente.

— E que tipo de homem eu sou?

— Um homem sem noção de certo ou errado. Um homem incapaz de rir, que lidera pela força e pelo medo. Um... um homem sem respeito pelas mulheres. Pode ter certeza de que muitos se vingariam de você com prazer só por ouvi-lo falar assim comigo.

Ele ficou em silêncio por um instante.

— E em que você se baseia para dizer tudo isso a meu respeito? — ele perguntou, finalmente. — Passou tão pouco tempo em minha companhia e já me considera um monstro. É bem rápida ao fazer suas avaliações, não?

— Tanto quanto você para julgar as mulheres — respondi de pronto.

— Não preciso conhecê-la para saber de que tipo você é — ele disse, com frieza. — Vocês são todas iguais. Prendem o homem em suas redes, o envolvem e depois o fazem perder o juízo e a razão. Ele se perde tão rápido que nem tem tempo de perceber o perigo. E, depois, vão prendendo outros, e mais outros, e o padrão de sofrimento se amplia cada vez mais. Nem os inocentes escapam... — ele parou de repente, claramente se arrependendo de suas palavras.

— Você — ele disse, se dirigindo a Dog, que estava ouvindo aquilo tudo de boca aberta — leve-a de volta ao trabalho e vá dormir. Gull montará guarda esta noite.

— Eu posso ficar, Chefe. Aguento bem mais uma noite de vigia.

— Gull montará guarda.

— Sim, Chefe.

Este foi o segundo dia. Evan, o ferreiro, estava mais calmo, mas eu não estava contente ao ver seu corpo tremendo e a febre que não baixava, apesar de todas as compressas de água fria e endívia do mato e outras plantas que eu colocava na esponja para aplicar nele. E quanto a meus três assistentes, pareciam estar competindo. Todos se apressavam a me ajudar nas tarefas e, embora fossem um tanto desajeitados, era um alívio ter homens fortes por perto cada vez que eu precisava mover ou virar o paciente.

O bando todo estava sempre ocupado treinando e praticando golpes, cuidando dos cavalos, dos arreios ou limpando e afiando as armas. Em uma coisa Eamonn estava errado: eles usavam armas convencionais como espada, arpão, arco e adaga. Mas havia outras armas cujos nomes e funções eu nem tinha vontade de descobrir. O acampamento possuía apenas o necessário, mas era muito bem organizado. Fiquei surpresa ao encontrar, na manhã do terceiro dia, meu vestido e minha combinação cuidadosamente lavados e dobrados sobre as rochas do lado de fora da caverna, quase como se tivessem sido manuseados por lavadeiras profissionais. E com certeza ao menos um deles cozinhava bem, e havia bons caçadores no grupo, pois tínhamos sempre uma boa porção de carne fresca para as refeições. Mas de onde vinham as cenouras e os nabos, eu não fazia ideia.

O tempo era curto. Faltavam apenas quatro dias. O homem ainda sentia muita dor e precisava das ervas soporíferas para controlá-la. Mas se tivesse que partir com o grupo sem mim, eu teria que dizer a verdade a ele. Às vezes, ele levantava a cabeça e olhava para o espaço onde antes havia um braço. Mas seus olhos febris não pareciam entender totalmente o que se passava. Ainda assim, eu lhe falava o tempo todo, explicando o que havia acontecido e como as coisas seriam dali por diante.

No terceiro dia, atravessei o acampamento com Snake me acompanhando de perto. As roupas que eles haviam me emprestado precisavam ser lavadas, pois estavam todas manchadas com o sangue do meu paciente e com respingos, aqui e ali, dos preparados que eu lhe dava para beber, mas que não permaneciam em seu estômago por mais de dez segundos.

Quando chegamos perto da margem do lago, encontramos Spider, o homem alto e magro, e outro, que eles chamavam de Otter[7], lutando na grama. Otter estava vencendo, pois nesse tipo de esporte o peso não é muita vantagem se o oponente for ágil e esperto. Spider foi lançado à água, visivelmente irritado, e Otter enxugou as mãos em suas calças de couro. Estava sem camisa e pude ver que tinha no peito um desenho bastante complexo, com linhas interligadas em formato circular.

— Bom-dia, Snake. Bom-dia, senhorita. Vamos, bobão. Levante-se. Você precisa praticar mais — disse Otter, esticando o braço para ajudar Spider, que agora estava bastante sem graça.

— Seus idiotas — comentou Snake. — Deixem o Chefe ver os dois assim à toa, brincando.

Desenrolei as roupas que trouxe para lavar e comecei a esfregá-las nas pedras lisas à beira d'água.

7. Lontra, em Inglês. (N.T.)

— É melhor voltar para o acampamento — completou Snake. — O Chefe não gostará nem um pouquinho se vir vocês aqui conversando com ela.

— Já estou indo — reclamou ele, sem graça por ser pego naquela situação, molhado e derrotado. — Como é que você ganhou esse posto de guarda permanente da moça?

— Não é da sua conta.

— Por que vocês têm tanto medo dele? — perguntei, parando de lavar a roupa. Era uma pena não haver pés de planta saponária ali por perto. Fiquei me perguntando como eles conseguiram lavar tão bem meu vestido.

— Medo? — Spider perguntou perplexo.

Snake franziu a testa.

— Você não entendeu. O Chefe é um homem para se respeitar, não para se temer.

— O quê? — exclamei estupefata. — Então, por que ele aqui tem sempre a última palavra? Por que ameaça punir a todos que transgridam um código de regras que ele mesmo inventou? Por que vocês vivem nessa irmandade estranha da qual parecem não poder escapar? O que é tudo isso senão uma forma de liderança baseada em força e medo?

— Shhh — sussurrou Snake assustado — Fale baixo.

— Estão vendo? — provoquei, embora em tom mais baixo. — Vocês sequer ousam falar sobre o assunto por medo que ele ouça e os castigue.

— Bem, isso é verdade — disse Spider, espichando-se desengonçadamente perto de mim, embora mantendo a distância de praxe. — Ele sabe como estabelecer regras e fazer que sejam cumpridas. Mas é justo. O código existe para nos proteger. Uns dos outros. De nós mesmos. Todos entendem isso. Se quebramos as regras, é por livre escolha, e temos que aceitar as consequências.

— Mas o que os prende aqui a não ser o medo que sentem dele? — perguntei perplexa. — Que tipo de vida é essa? Matar por dinheiro, viver sem nunca sair para o mundo real, sem poder... amar, ver suas crianças crescerem, ver uma árvore que tenham plantado crescer e refrescar seu jardim ou lutar para defender algo que seja realmente seu? Isso que vocês têm não é vida.

— Você não entenderia — disse Snake, parecendo envergonhado.

— Experimente explicar. Quem sabe? — respondi.

— Sem o Chefe — e dessa vez quem falou foi Otter — nada seríamos. Nada. Estaríamos todos mortos, presos ou coisa pior. Somos a escória do mundo. Você está errada ao dizer que isso não é vida. Ele nos deu uma chance de viver.

— Otter está certo — disse Snake. — Pergunte a Dog. Peça a ele para lhe contar sua história, para mostrar as cicatrizes em suas mãos.

— Nós éramos homens sem utilidade — disse Spider. — O Chefe nos tornou úteis; deu-nos um motivo para viver.

— E quanto a Gull? — Snake continuou. — Ele vem do estrangeiro. Vem de um lugar quente como o inferno, cheio de areia. Uma terra de negros como ele. E alguém fez muito mal a eles. Gull viu seu povo morrer diante de seus olhos. Esposa, filhos, amigos. Depois disso, ele só queria morrer. Mas o Chefe o salvou. Conseguiu convencê-lo a seguir em frente. Foi difícil. Mas hoje ele é o melhor entre nós. Chega até a enfrentar o Chefe.

Acabei até me esquecendo das roupas que estava lavando e elas começaram a flutuar na água, indo embora. Snake se aproximou, pegou uma por uma na água, entregou em minhas mãos e se afastou três ou quatro passos novamente.

— Cada homem aqui tem uma história — disse Otter. — Mas tentamos esquecê-la. Sem passado, sem futuro. Vivemos somente o dia de hoje. É bem melhor assim. Não somos mais bem-vindos nos lugares de onde viemos; não há como voltar. O ferreiro talvez seja a única exceção. Nosso lugar agora é aqui na floresta ou lá fora, executando algum trabalho, e sabendo que somos os melhores no que fazemos. Esta é a nossa identidade: o bando do Homem Pintado. Ele cobra bem pelo serviço e divide tudo que ganha. Prefiro mil vezes trabalhar aqui com ele do que fazer parte da guarda de algum desses lordes ricos e arrogantes.

— E quem iria querer contratar alguém como você? — riu Snake. — Cheio dos truques como é, arrumaria encrenca antes mesmo de receber a primeira ordem.

— Pois prefiro receber as ordens do Chefe — respondeu Otter, com ar sério. — Ele salvou minha vida. Mas minha vida não é nada. Devo a ele algo muito mais valioso: minha dignidade.

— Mas... — fiquei totalmente confusa. Fui enxaguando e torcendo a roupa. — Não estou entendendo. Vocês não percebem que estão fazendo algo... monstruoso? Maléfico? Matar sem escrúpulos, por dinheiro. Como podem chamar a isso de trabalho? Comparam seu negócio a... criar porcos ou construir barcos.

— Bem, as pessoas criam porcos para comê-los — respondeu Otter. — Não há muita diferença.

— Ah — era como bater em uma parede de pedra. — Estamos falando de gente, não de animais criados para o abate. Não os incomoda o fato de viverem para matar? Matar a quem o Chefe determinar? Matar para quem pagar mais? Em um dia, trabalham para um bretão e, no outro, para um lorde de Connacht ou para um chefe Pict. Isso não faz o menor sentido.

— Não pertencemos a um lado ou ao outro — disse Spider, aparentemente surpreso. — Não temos uma base fixa, entende? Somos de toda parte. Um de nós é saxão, o outro é pitc, o outro é sulista, e temos até Gull, que vem de um lugar que nem se consegue pronunciar o nome. Somos todos uma grande mistura; é isso.

— Mas isso não significa que vocês... ah! — desisti, frustrada.

— E quanto a Cuo Chulainn? — perguntou Snake. E sua pergunta me pegou de surpresa. — Não matou o pai de sua própria namorada? O que será que ela achou disso? E seus homens mataram os guardas dele. Para quê? Só para ele se apossar de uma mulher? Satisfazer seus desejos? Mostrar que era mais forte? Será que isso é assim tão diferente de matar por dinheiro? Eu não acho.

Eu não soube responder. Além do mais, já estava na hora de voltar. Dog não podia ficar muito tempo sozinho com o ferreiro. Não tinha muita habilidade como curador.

Mas quando nos aproximamos da pequena caverna, ouvi uma voz que não era a de Dog. Fiz sinal para que Snake se calasse.

— ... um homem. Você não precisa saber seu nome... de Lundenwic, Wessex, do outro lado de Gaul... pode arranjar tudo para você viajar para... não. Não se preocupe com isso. Ele cuidará de tudo...

— Chefe — a voz de Evan estava fraca, mas ele parecia ter entendido. Estava acordado e lúcido. Snake ficou para trás e acabou se distraindo com algo. Fiquei ali, meio escondida, curiosa demais para saber o que estava acontecendo.

— Por que não terminou? — perguntou Evan. — Quando viu o que restou de mim, por que não terminou o trabalho?

Houve um instante de silêncio.

— Não vou mentir, Evan — respondeu Bran. — Ia terminar, sim. E ainda não estou convencido de que não devia ter feito.

Outra pausa. O ferreiro devia estar cansado.

— A moça é brava, não? — ele disse, então, parecendo rir. — Gosta de mandar. E não tem papas na língua. Não sei ao certo se estava acordado ou dormindo esse tempo todo, mas ouvi direitinho o que ela disse. O braço terá que ser tirado, afirmou sem rodeios. Não é o fim do mundo. Disse também que eu podia viver sem ele e muito mais. Colocou ideias em minha cabeça; coisas que eu jamais havia sonhado. Se alguém me perguntasse há alguns dias se eu queria viver, eu diria que não. E xingaria você por não ter acabado comigo. Mas agora já não tenho certeza.

— Descanse — disse Bran. — Se ela me vir aqui falando com você, me acusará de estar atrapalhando o trabalho dela, pode apostar.

— Tem ideias próprias, essa moça. É o tipo certo para você, Chefe. E bonita, também.

Bran demorou um pouco para responder. E quando finalmente falou, usou um tom bem diferente, totalmente frio.

— Você me conhece, ferreiro. Sabe que não caio nesse jogo.

— Hã, hã.

Ele saiu e me encontrou subitamente ocupada, espalhando as roupas para secar nos arbustos de pilriteiro, perto das rochas. Parou.

— Onde está Dog? — perguntei, sem me virar.

— Por aí. Vou ficar até ele voltar.

— Não precisa — respondi. — Um guarda já é suficiente. Sou de confiança. Não vou fugir e abandonar o que é de minha responsabilidade. Não me comprometeria a ajudar o homem a se curar para escapar na primeira oportunidade — virei-me em sua direção e vi que me olhava, sério. Era realmente estranho observar aquele homem de feições duplas. Os desenhos no lado direito de seu rosto lhe conferiam uma aparência ameaçadora. Seu nariz e sua boca tinham um ar rígido, austero. Mas o outro lado, se alguém o observasse isoladamente, tinha a pele lisa, o nariz reto e de perfil belo, e o olho verde como a água de uma manhã de inverno. Apenas a boca era a mesma: reta e rígida. Era como se fossem dois homens no mesmo corpo. Nem me dei conta de que estava ali parada, observando-o minuciosamente como fiz na primeira vez em que o vi. Forcei-me a olhar para o lado.

— Confiança? — ele perguntou. — Não conheço essa palavra.

— Se a carapuça lhe serve... — respondi, indo em direção ao abrigo.

— Ainda não — ele disse. — Imagino que você tenha ouvido o que o ferreiro disse, não?

— Ouvi um pouco, sim. Fico feliz que ele esteja lúcido. É um sinal de melhora.

— Hum — ele resmungou, não muito convencido. — Graças a você, ele agora parece ter esperança de um futuro. Imagino que tenha colocado a ideia na cabeça dele com suas belas palavras, da mesma maneira que fez com meus homens ontem à noite. Um novo começo, cheio de amor, de vida e de sol. É incrível como alguém de ideias tão belas possa nos julgar com tanta rigidez.

— Como assim? — perguntei. — Só disse a ele a verdade, nada mais. Não escondi os fatos, não menti a ele sobre a gravidade de seu ferimento e nem sobre as limitações que ele terá daqui em diante. Como eu já disse, a vida desse homem não precisa acabar. Há muitas coisas que ele pode fazer.

— Falsas esperanças— disse ele, friamente, franzindo a testa e chutando a terra com o bico da bota. — Isso não é vida para alguém ativo como ele. Com esse seu jeitinho doce, você é muito mais cruel que o assassino que tira a vida de maneira rápida e eficaz. A vítima não sofre. Já esse homem pode passar o resto da vida consciente de que jamais será o mesmo.

— Eu nunca disse a ele que sua vida continuaria igual. Poderia ser boa, mas diferente. O que eu disse é que teria de ser forte, mais forte na mente do que no corpo. Que não poderia se entregar ao desespero. Você me julga mal. Eu fui honesta com ele.

— Quem é você para falar de julgamento? — disse Bran. — Acha que eu sou uma espécie de monstro. Dá para ver isso em seu rosto.

Olhei para ele fixamente.

— Nenhum homem é monstro. Pode fazer coisas monstruosas, isso sim. E eu não o julguei impensadamente. Já sabia de sua existência bem antes de ser raptada e trazida para este lugar à força. Como você bem sabe, sua reputação já se alastrou.

— O que você ouviu e de quem?

Comecei a me arrepender de ter falado.

— Conversas aqui e ali em minha casa — respondi, escolhendo as palavras. — Rumores sobre matanças aparentemente aleatórias, executadas de maneira precisa e... excêntrica. Histórias sobre um bando de mercenários que fazem qualquer coisa para quem os paga e para quem lealdade, honra ou justiça não contam; que se preocupam apenas em fazer seu trabalho. Homens com aparência de bestas selvagens ou criaturas do Outro Mundo, lideradas por um ser misterioso a quem chamam de Homem Pintado. Essas histórias já se espalharam por toda parte.

— Mas que casa é essa em que você ouviu as histórias?

Fiquei em silêncio.

— Responda — ele disse, a voz ainda suave. — Já é hora de você me contar quem você é e de onde veio. Meus homens não me contaram direito como a encontraram na estrada, ou quem a acompanhava. Estou esperando uma explicação.

Continuei em silêncio, olhando-o direto nos olhos.

— Responda, maldita!

— Irá me bater desta vez? — perguntei, sem levantar a voz.

— Não me tente. Qual é seu nome?

— Achei que ninguém tivesse nomes aqui.

— Você não faz parte do grupo, e nem fará — disse Bran. — Posso arrancar essas informações, se precisar. Será mais fácil para nós dois se simplesmente me disser. Ainda não percebeu qual é sua situação? Acho que sua cabeça não funciona muito bem.

— Muito bem — respondi. — Sejamos justos. Eu lhe digo qual é o meu nome e de onde eu vim, e você me diz qual é o seu. O nome verdadeiro, claro, e onde você nasceu. Deve ter sido na Grã-Bretanha, imagino, apesar de você falar fluentemente nosso idioma. Mas nenhuma mãe dá ao filho o nome de Chefe.

Ele se calou por um instante, e depois continuou:

— Você só está piorando as coisas.

— Pois deixe-me lembrá-lo — respondi, o coração disparado — que não vim parar aqui por vontade própria. Com certeza os homens de minha família já estão me procurando. São homens habilidosos e bem armados. Você acredita mesmo que irá impedi-los me fazendo dizer quem são e de onde vêm? Minha cabeça pode até não funcionar tão bem, mas não a tal ponto. Já lhe disse que meu nome é Liadan e isso basta até você me dizer qual é o seu.

— Não posso imaginar por que alguém se daria ao trabalho de vir procurá-la — ele disse, em tom de cansaço. — Esse seu hábito de morder como um cão traiçoeiro não faz sua família querer distância de você?

— Na verdade, não — respondi, com a voz mais doce que pude. — Em casa sou bastante quieta, dedicada, esforçada e obediente. Parece que você é que desperta em mim esse lado menos cordial.

— Hum. Dedicada. Duvido muito — ele disse. — Não consigo mesmo imaginar. É bem típico de seu povo mentir quando convém. E nada mais fácil para uma contadora de histórias.

— Você me insulta — respondi em tom calmo, mas estava ficando cada vez mais difícil me conter. — Preferia que tivesse me esbofeteado. As fábulas não são mentira nem verdade, e sim um meio termo. Podem ser aquilo que o ouvinte escolher ou que o contador desejar. Você estabelece um círculo ao seu redor e não deixa as pessoas entrarem. É por isso que não entende essas coisas. E eu não minto com essa facilidade que você diz. Jamais mentiria por razões tão superficiais.

Ele me fuzilou com os olhos. Pelo menos eu havia conseguido causar nele alguma reação.

— Por Deus, mulher! Você consegue transformar algo importante em um assunto banal com essa sua lógica maluca! Chega dessa conversa. Temos trabalho a fazer.

— Com certeza — respondi, virando-me e entrando no abrigo sem olhar para trás.

Evan havia melhorado. Estava totalmente consciente e dormia bem. Claro, não deixei que percebessem o quanto aquilo me surpreendia. Gull montou guarda naquela noite. Perguntei a ele como fariam para transportar o doente quando chegasse a hora, mas ele só deu respostas evasivas. Depois de algum tempo, pedi que saísse para eu poder me lavar e me trocar antes do jantar. O ferreiro estava quase dormindo, os olhos cerrados e a respiração mais calma depois da dolorosa troca de curativos. Tinha tomado um pouco da sopa que lhe servi.

— Sei que parecerá estranho — eu falei. — Mas feche os olhos, vire a cabeça para o outro lado e não se mova até eu dizer que pode.

— Imóvel como um cadáver — brincou ele, e fechou os olhos.

Tirei rapidamente a roupa, tremendo enquanto me esfregava com a água do balde e me ensaboava com o sabão em barra que Dog havia arrumado para mim. Quando fui me enxaguar, arrepiei-me inteira, apesar de estarmos em pleno verão. Ao me virar para pegar a toalha áspera e me enxugar o mais rápido possível, dei de cara com Evan me olhando escancaradamente e com um grande sorriso que ia de orelha a orelha.

— Você não tem vergonha?! — exclamei, sentindo-me enrubescer dos pés à cabeça. Não havia muito o que fazer agora, a não ser me enxugar às pressas e me enfiar o mais rápido possível em minhas roupas de baixo, depois na combinação e finalmente no vestido, dando graças por conseguir alcançar o fecho nas costas sem precisar de ajuda. — Um homem desse tamanho, se comportando como um garoto safado que espia meninas. Não lhe pedi para...

— Sem ofensa, moça — disse Evan, agora com um sorriso surpreendentemente doce no rosto. — Era impossível não olhar. E que vista bonita, devo dizer.

— Não, não deve dizer coisa alguma — disparei, embora já o tivesse perdoado. — Não faça mais isso, entendeu? Já é muito difícil ser a única mulher por aqui e você ainda...

Ele ficou sério de repente.

— Nenhum de nós aqui jamais lhe faria mal, moça — respondeu com voz calma. — Esses homens ali fora não são bárbaros que estupram ou ferem por simples prazer. Quando querem mulheres, não precisam tomá-las à força. Não faltam candidatas para dormir com eles, e a maioria nem pede pagamento por isso, acredite. Além do mais, sabem muito bem que não podem se aproximar de você.

— Por causa do que ele disse? O Chefe?

— Sim, ele deixou isso bem claro, pelo que me disseram. Mas nem era preciso. Qualquer um que tenha olhos logo vê que você é mulher para casamento, não para uma estadia rápida, se me perdoa o jeito. Já tem um homem em casa, não?

— Não exatamente — respondi, sem saber como explicar.

— Como assim? Ou tem ou não tem. É marido? Namorado?

— É um... um pretendente, por assim dizer. Mas ainda não concordei em me casar. Não ainda.

Evan respirou fundo enquanto eu ajeitava o cobertor sobre ele e soltava um pouco a faixa do curativo.

— Pobre rapaz — disse, já um tanto sonolento. — Não o faça esperar muito.

— Da próxima vez que eu lhe disser para fechar os olhos, fique com eles fechados, entendeu? — respondi, em tom ríspido.

Ele resmungou algo e se ajeitou para dormir, ainda com um resto de sorriso malicioso no rosto.

Naquela noite, eu contei histórias que os fizeram rir. Histórias bobas e leves, como a de Iubdan e o prato de mingau, que os fez rolar. E também a do homem a quem os Seres da Floresta concederam três desejos. Ele podia pedir saúde, riqueza e felicidade, mas foi enganado por eles e acabou ganhando apenas uma linguiça.

Os homens não se aguentavam de rir e pediram que eu contasse mais. Com exceção do Chefe, é claro. Mas eu simplesmente o ignorei.

— Mais uma — eu disse. — Só mais uma. Mas agora é hora de voltarmos à seriedade e de pensar sobre a fragilidade das criaturas. Ontem lhes contei a história de um de nossos maiores heróis, Cuo Chulainn, de Ulster. Lembram-se que ele se deitou com uma guerreira chamada Aoife, e que ela engravidou e teve um filho dele depois que ele partiu? Pois ele não a deixou totalmente desamparada. Deu a ela um pequeno anel de ouro para que usasse em seu dedo mínimo, antes de partir para se casar com sua amada Emer.

— Grande coisa — um deles comentou.

— Aoife não se incomodou. Era uma mulher independente, forte e que não se preocupava com o egoísmo dos homens. Teve o filho em um dia e no outro já estava caçando e lutando. Deu ao menino o nome de Conlai e, como vocês já devem imaginar, ele se tornou mestre na arte do combate. Poucos se comparavam a ele em um campo de batalha.

Quando completou doze anos, sua mãe, a guerreira, lhe deu o anel de ouro para usar em uma corrente ao redor do pescoço e lhe disse o nome de seu pai.

— Não foi uma boa ideia. — arriscou Snake.

— Depende. Todo menino precisa saber quem é seu pai. Além do mais, a história não teria o mesmo final se Aoife tivesse mantido segredo. Era o sangue de Cuo Chulainn que corria em suas veias, tendo ele seu sobrenome ou não. Estava destinado a ser um guerreiro e a correr riscos, pois herdara a coragem e a impetuosidade de seu pai. Ela o manteve em casa enquanto pode, mas quando Conlai completou catorze anos e se sentiu um homem feito, decidiu procurar o pai e mostrar a ele que filho maravilhoso ele havia tido. Aoife ficou preocupada e quis protegê-lo. Tentou argumentar dizendo que ele precisava tomar cuidado e não revelar que era filho do maior herói que Ulster já havia visto, pelo menos não até chegar à casa de seu pai. Lá estaria seguro, mas no caminho podia encontrar alguém cujos filhos, irmãos ou pai pudessem ter inimizade com Cuo Chulainn. Eles poderiam querer se vingar matando seu filho. Fez, então, com que ele lhe prometesse que não revelaria sua identidade a quem quer que fosse. Ele concordou, uma vez que era um pedido de sua mãe. E assim selou seu destino, embora a intenção dela fosse apenas protegê-lo.

O silêncio na clareira era absoluto. Só se ouvia o barulho do vento nas árvores. Era uma noite bem escura, sem lua.

— Conlai cruzou então o mar de Alba e as terras de Erin, e seguiu em direção a Ulster até chegar ao lar de seu pai, o grande herói

Cuo Chulainn. E como era alto, forte e usava trajes de batalha, todos imaginaram que se tratasse de um guerreiro experiente.

"Ele se aproximou dos portões, ergueu a espada e Conall, irmão adotivo de Cuo Chulainnn, veio ver do que se tratava.

— Qual é seu nome, indivíduo ousado? — gritou Conall. Quero saber de quem é o filho que cairá aos meus pés em duelo!

Mas Conlai não respondeu, mantendo a promessa que havia feito à mãe. Seguiu-se então uma pequena, mas violenta luta entre os dois, à qual Cuo Chulainn e seus homens assistiram atentos, seguros na torre. E não foi o que desafiou que caiu, combalido."

Contei a eles como o rapaz enfrentou e derrubou todos os que avançaram para atacá-lo com espadas e adagas até que o próprio Cuo Chulainn decidiu aceitar o desafio, pois viu nos ombros largos e na precisão dos movimentos dos pés daquele jovem guerreiro um pouco de si mesmo.

"— Vou acabar, eu mesmo, com esse guerreiro — ele disse. — É um bravo lutador, embora um tanto arrogante. Vejamos como se sai lutando comigo. Se sobreviver até o sol se pôr e se refletir no último galho de árvore, receberei-o em minha casa e convidarei-o a fazer parte de meu grupo de homens.

Então ele desceu e, ao cruzar os portões, disse ao rapaz quem era e o que desejava. 'Este é meu pai', pensou o rapaz. Mas não disse uma palavra, ainda preso à promessa. Cuo Chulainn se sentiu ofendido diante da recusa do rapaz a se identificar e o atacou ferozmente."

Os homens me olhavam atentamente, concordando com cada palavra. Observei Bran, pois era impossível não vê-lo, sentado próximo de mim. A expressão em seu rosto, iluminado pela luz do fogo, estava diferente agora. Aquela história parecia despertar nele algo que eu não tinha visto em seu semblante até aquele instante. Quem não o conhecesse poderia até dizer que era medo. Mas logo descartei a ideia, pensando que era apenas efeito da luz.

— Bem, foi uma luta daquelas que quase não se vê: o espadachim experiente contra o jovem forte e impetuoso. Lutaram com espada e adaga, circulando, avançando e recuando, abaixando, gingando e girando com tanta rapidez que às vezes era difícil saber quem era quem. Um dos homens que assistia chegou a comentar que os dois eram fisicamente muito parecidos. O sol foi baixando até deixar de iluminar o galho mais alto do mais alto olmo. Cuo Chulainn pensou em dar por terminada a contenda, pois estava somente brincando com o rapaz. Suas habilidades eram bem superiores, e sua intenção era apenas testar o rapaz e depois lhe oferecer a mão, em sinal de amizade.

"Mas Conlai, desesperado para provar suas habilidades, deu um golpe preciso com sua faca e incrível!: cortou uma mecha dos cabelos de Cuo Chulainn, bem rente à raiz. Então, por um instante, Cuo Chulainn foi tomado por uma terrível fúria e, sem pensar, cravou a espada no peito de seu oponente."

Os homens se agitaram ao meu redor. Alguns já imaginavam o desfecho, mas outros se espantaram com o que ouviram.

— Assim que desferiu o golpe, Cuo Chulainn percebeu o que acabara de fazer. Tirou rapidamente a espada do corpo de Conlai e seu sangue começou a se espalhar rapidamente pelo chão. Os homens da guarda se aproximaram, tiraram o capacete da vítima e viram que era apenas um jovem, os olhos se esmaecendo diante da morte e a face pálida, quase sem brilho à luz do entardecer. Cuo Chulainn abriu as roupas do garoto para tentar ajudá-lo a respirar e encontrou o pequeno anel de outro pendurado na corrente em seu pescoço; o anel que ele havia dado a Aoife, quinze anos antes.

Bran colocou a mão na testa, escondendo os olhos, e continuou na mesma posição, de frente para o fogo. O que eu havia dito de tão grave?

— Ele matou o próprio filho — alguém sussurrou. — Seu próprio menino.

— Era tarde demais — respondi. — Tarde demais para explicações ou para se despedir. No momento em que percebeu o que fizera, Conlai deu seu último suspiro e seu espírito deixou o corpo.

— Que horror — disse Dog chocado.

— É uma história triste — concordei, imaginando se algum deles não havia se identificado com o conto. — Dizem que Cuo Chulainn carregou o filho nos braços para dentro do castelo e o enterrou com toda cerimônia. Mas o que ele disse ou sentiu a história não conta.

— Um homem não faz uma coisa dessas e se esquece — disse Gull, em tom triste. — É algo que fica com ele para sempre, queira ou não.

— E quanto à mãe? — perguntou Dog. — O que ela disse ou fez depois disso?

— Ela era uma mulher. A história não se preocupa com ela — respondi com ironia. — Acredito que tenha sofrido a perda e continuado sua vida, como as mulheres fazem.

— De certa maneira, foi culpa dela — alguém mencionou. — Se ele tivesse dito seu nome logo no início, teria sido bem recebido, e não atacado.

— Foi a mão de um homem que atravessou o corpo dele. E foi o orgulho de um homem que o faz matá-lo. Não se pode culpar a mãe. Ela só tentou proteger o filho, pois conhecia a natureza dos homens.

Todos se calaram. Ao menos a história os havia feito pensar. Se no começo eles riram, depois das histórias divertidas, agora estavam todos em silêncio, remoendo cada palavra.

— Acham que eu os julgo com severidade demais, não? — perguntei, levantando-me.

— Nenhum de nós aqui matou o próprio filho — respondeu Spider indignado.

— Mas mataram filhos de outros homens — respondi. — Cada um dos que já sucumbiram às suas facas, suas mãos ou seus instrumentos de morte era o filho de uma mulher que sofreu demais com sua perda. Cada um deles.

Ninguém respondeu. Parecia que eu os tinha ofendido. Um deles se levantou, encheu novamente as canecas com cerveja e outro jogou um pedaço de madeira na fogueira, mas ninguém se pronunciou. Esperei Bran falar. Com certeza me mandaria calar a boca e deixar de perturbar seus guerreiros. Mas ele simplesmente se levantou, se virou e saiu, sem dizer uma palavra. Quando olhei em sua direção, já havia sumido como uma sombra que desaparece entre as árvores. A noite estava bem escura. Aos poucos, eles começaram a conversar, em voz baixa.

— Sente-se mais um pouco, Liadan — disse Gull, com voz branda. — Tome mais um pouco de cerveja.

Sentei-me, devagar.

— O que há com ele? — disse baixinho, olhando em volta. — O que foi que eu disse de errado?

— É melhor deixá-lo sozinho — resmungou Dog, que também me ouviu. — Ele montará guarda hoje.

— O quê?

— Noite sem lua — disse Gull. — É ele quem vigia em noites assim. Já nos avisou para descansar. Deve ter ido tomar o lugar de Snake. Mas faz sentido. Já que não dorme mesmo, melhor que vigie.

— Por que ele não dorme? Não me digam que se transforma em algum tipo de monstro com a luz da lua; meio homem, meio lobo ou algo assim.

Gull riu.

— Não. Só não dorme. Não sei o motivo. É assim desde que o conheço, há seis, sete anos. Fica acordado até o amanhecer.

— Será que tem medo de dormir?

— Medo? Ele? Você nos faz rir.

Gull me acompanhou até o abrigo e foi embora. Bran estava sentado ao lado do ferreiro, com a mão em sua testa, falando baixinho. Havia um lampião aceso, espalhando luz dourada nas paredes e sobre os dois. Mas era suave e deixava as feições de Bran mais brandas.

— Ele está acordado — disse quando eu entrei. — Precisa de alguma coisa antes de eu sair?

— Não. Pode ir — respondi.

Snake, a meu pedido, já havia preparado uma tigela com água e as ervas. Peguei-a e coloquei sobre o banquinho, ao lado da cama.

— Você é uma boa moça — disse Evan baixinho — Já lhe disse isso, mas não me canso de repetir.

— Bajulação não funciona comigo — respondi, desabotoando sua camisa suada.

— Não sei o que é isso — ele respondeu, com um sorriso torto. — Não é todo dia que uma mulher linda assim tira minhas roupas. Quase vale o preço de perder um braço.

— Pare com essa besteira! — eu disse, esfregando um pano úmido em seu corpo. Ele tinha emagrecido muito. Dava para sentir suas costelas sob a pele, e ver os ossos na região da clavícula. — Além disso, você está magro demais para o meu gosto — brinquei. — Vou ter que engordá-lo, isso sim. E você sabe o que isso significa: tomar mais caldo antes de dormir.

Seus olhos demonstravam confiança em mim, como os de um cão para com seu dono enquanto eu o esfregava.

— Bran, ainda precisarei de você. Snake deve ter deixado a panela de caldo esfriando perto do braseiro. Você pode colocar um pouco em uma caneca e trazer para ele?

— Caldo? — disse Evan, fazendo cara de nojo. — Caldo de novo? Será que eu não posso fazer uma refeição decente?

Mas já era difícil para ele engolir uma ou duas colheres de caldo. E Bran precisou me ajudar, levantando a cabeça dele enquanto eu levava a mistura com a colher até sua boca. E apesar de seus esforços para manter a comida no estômago, era tomar um gole e vomitar, tomar outro e vomitar novamente.

— Respire devagar, como lhe ensinei — eu disse. — Você tem que tentar. Mais uma colher.

Mas ele logo se exauriu. E quase não se alimentou. Sua testa começou a suar. Seria preciso queimar ervas aromáticas, pois não podia mais lhe dar preparados para aliviar a dor. Aliás, ele nunca reclamava de dor, mas eu sabia que era muito intensa.

— Você pode trazer o braseiro mais para a entrada?

Bran não respondeu. Foi até lá fora e fez o que pedi. Ficou me observando em silêncio, enquanto eu pegava as ervas em minha sacola e as espalhava sobre o carvão. Meu estoque já estava acabando, mas devia dar para mais três dias. Eu não queria pensar no que viria depois. O cheiro forte das ervas começou a se espalhar pelo ar. Zimbro, pinho e cânhamo. Se eu conseguisse fazê-lo beber um pouco de chá, ainda que fosse alguns goles de uma infusão de lavanda e folhas de bétula, ele já sentiria menos dor e dormiria bem. Mas, além de eu não dispor destas ervas, Evan não tinha condições de engolir. E já estávamos na metade do verão. As folhas de bétula só servem para isso quando estão frescas, na primavera. Queria que minha mãe estivesse ali. Ela, com certeza, saberia o que fazer. O ferreiro continuava quieto, os olhos semicerrados, mas sua respiração era difícil. Torci a toalha e comecei a arrumar as coisas que havia usado.

— E se Conlai jamais soubesse quem era seu pai? — perguntou Bran, de repente, parado na entrada do abrigo. — E se tivesse crescido na família de um agricultor, por exemplo, ou tivesse sido criado por padres em uma casa de oração? O que teria acontecido?

Fiquei tão surpresa que não consegui responder. Minhas mãos continuaram automaticamente seu trabalho, esvaziando a tigela, enxugando e desdobrando minha manta para colocá-la no chão, onde eu dormiria.

— Você disse que o sangue de seu pai corria em suas veias, assim como o dom para ser guerreiro era latente em seu ser. Mas foi sua mãe quem o treinou nas artes da guerra e o guiou nesse caminho mesmo antes de lhe dizer quem era Cuo Chulainn. Quer dizer então que, independentemente de sua criação, o garoto estava destinado a ser como o pai? Que seu destino e sua morte já estavam escritos no momento em que ele nasceu?

— Não, de modo algum! — exclamei. Suas palavras me chocaram. — Isso seria como dizer que não temos escolha quanto a nosso destino. O que essa história conta é que carregamos em nós características de nossos pais e mães, independentemente de nossa vontade. Se Conlai tivesse crescido entre os padres, por exemplo, levaria muito mais tempo para que a coragem e o espírito guerreiro se desenvolvessem nele. Porém, cedo ou tarde, ele os descobriria dentro de si. Eram características suas e nada modificaria isso.

Bran se encostou à parede de pedra, o rosto escondido pela sombra.

— Mas e... a... a essência, a fagulha, o que quer que seja... Esta pequena parte de seu pai que ele carregava consigo... poderia se perder ou ser destruída antes que ele soubesse que ela existia. Poderia ser... tirada dele.

Senti um calafrio estranho e minha nuca se arrepiou. Era como se uma nuvem negra tivesse surgido ali, envolvendo a mim e a ele. E, de repente, imagens começaram a passar diante de meus olhos, tão rápido que eu quase não conseguia distingui-las.

— *... escuro, muito escuro. A porta se fecha. Não consigo respirar. Fique quieto, segure as lágrimas, não faça barulho. Dor, câimbras. Tenho que me mexer. Mas não posso. Se fizer qualquer movimento, eles podem acabar ouvindo... Onde está você? Onde está... para onde você foi?*

Forcei minha mente a voltar à realidade. Meu corpo tremia. Meu coração batia descompassado.

— O que foi? — Bran perguntou, saindo da sombra e olhando fixamente para mim. — O que aconteceu?

— Nada — sussurrei. — Nada.

Virei-me para o outro lado. Não queria olhar em seus olhos. O que quer que fossem aquelas imagens, tinham vindo dele. Parecia haver, em seu interior, algo estranho e perigoso como águas escuras e submersas.

— Você precisa dormir — ele disse. Quando finalmente me virei, ele já tinha ido. O braseiro continuava queimando. Diminuí a luz do lampião, mas não o apaguei, pois o ferreiro podia acordar e precisar de mim. Deitei-me para descansar.

# Capítulo 5

Algo me acordou. Sentei-me de um salto, o coração disparado. O braseiro já havia apagado e a luz do lampião era bem fraca. Lá fora a escuridão era completa. E o silêncio também. Levantei-me e me aproximei da cama, com o lampião na mão. Evan estava dormindo. Ajeitei as cobertas sobre ele e voltei a me deitar. Para uma noite de verão estava levemente frio.

Ouvi o barulho, então. Era como um gemido sufocado, um suspiro estranho. Como fui acordar com um som tão baixo? Saí, hesitante, descalça e vestida apenas com a camisa emprestada que usava para dormir. Tremia, e não era somente de frio. A escuridão era tão grande que assustava. Até os pássaros noturnos estavam em silêncio. Segui, então, com meu pequeno lampião oscilante, sentindo-me a única criatura viva naquele mundo impenetrável.

Dei alguns passos devagar, pé ante pé, e vi Bran sentado nas pedras logo na entrada do abrigo, olhando para frente. Achei que também tivesse ouvido o barulho. Abri a boca para lhe perguntar, mas ele esticou a mão e me agarrou violentamente pelo braço sem olhar para mim e sem dizer uma palavra. Prendi a respiração para não gritar, tentando me equilibrar para não derrubar o lampião. Sua mão apertava meu braço com tanta força que achei que ele o quebraria. Ele continuou em silêncio, mas eu ouvi em minha mente, novamente, aquela voz de criança apavorada; a voz de um menino que havia chorado tanto que não tinha mais lágrimas. "Não vá. Não vá embora". Então, à luz do lampião que balançava perigosamente de um lado para outro, percebi que Bran não estava me vendo. Continuava me segurando, mas seus olhos pareciam sem foco, cegos na escuridão daquela noite sem luar.

A dor no braço era insuportável, mas já não importava. Afinal, eu era uma curandeira. Fui me abaixando devagar. Sua respiração era rápida e inconstante. Ele estava tremendo. Parecia ter um pesadelo de olhos abertos.

— Está tudo bem — eu disse baixinho, tentando não assustá-lo para não piorar as coisas. Coloquei o lampião no chão. — Eu estou aqui. Está tudo bem agora.

Mas sabia que não era a mim que chamava em pensamento. Ainda assim, eu estava ali, ao seu lado. Fiquei imaginando quantas noites assim ele passava; noites sem dormir com medo de essas visões dominarem sua mente. Tentei soltar seus dedos de meu braço, mas não consegui. Quando toquei sua mão, ela me apertou ainda mais, como alguém que está prestes a se afogar e acaba levando consigo a pessoa que tenta salvá-la. Lágrimas de dor encheram meus olhos.

— Bran — sussurrei. — Você está me machucando. Está tudo bem. Pode me soltar.

Mas ele não respondeu. Continuou apertando cada vez mais, apesar de eu já estar tremendo de dor. Não queria acordá-lo daquele transe, pois podia ser perigoso. Essas visões têm um propósito e não se deve interrompê-las. No entanto, ele não precisava passar por tudo aquilo sozinho. Mas é o que parecia querer. Então fiquei ali, sentada, respirando devagar e repetindo para mim mesma o que já havia dito a inúmeros doentes: "respire, Liadan. A dor irá passar". A noite continuava silenciosa e a escuridão parecia ter tomado vida e se insinuava ao nosso redor. Senti a tensão em seu corpo, o terror que se apossava de sua mente e a força que ele fazia para lutar contra aquilo. Não queria invadir sua mente para acalmá-lo, e também não queria mais ver aquelas imagens terríveis. Mas podia falar, e as palavras pareciam ser a única ferramenta que eu tinha naquele momento.

— Já irá amanhecer — falei baixinho. — A noite pode estar escura, mas eu ficarei com você até o sol nascer. Essas sombras não podem lhe fazer mal enquanto eu estiver aqui. Logo veremos os primeiros raios de luz no céu, acinzentados no início, e depois mais claros, e os pássaros irão acordar, cantando no topo das árvores, anunciando o dia e a liberdade. Então, tudo ficará colorido e brilhante novamente, e será um belo dia. Ficarei com você até lá.

Aos poucos seus dedos pareceram relaxar levemente e a dor em meu braço ficou mais suportável. Eu estava com muito frio, mas não me aproximaria dele. Com certeza isso iria contra seu código de regras. E acharia tudo aquilo muito estranho quando saísse de seu transe. O tempo foi passando, e eu continuei falando de coisas boas e descrevendo imagens de luz e de conforto. Usei as palavras para construir uma teia brilhante de proteção e manter afastadas as sombras. Mas a madrugada foi ficando cada vez mais fria e eu não aguentei mais. Encostei-me nele, deitei a cabeça em seu ombro e coloquei minha mão livre sobre seus dedos, no ponto em que ele estava apertando meu braço. Na caverna, Evan continuava a dormir. Ficamos ali durante um bom tempo, eu falando com calma e Bran quieto, respirando ofegante e sussurrando uma ou outra palavra de vez em quando. Era difícil crer que dentro daquele selvagem fora-da-lei havia um menino com medo de ficar sozinho no escuro. Eu queria muito entender, mas jamais teria como perguntar qualquer coisa.

Então, no momento que eu havia descrito, quando o céu mostrou seus primeiros sinais de luz, ele voltou a si de repente. Os tremores pararam e ele ficou imóvel, forçando a respiração a se acalmar. Percebeu que não estava sozinho. Provavelmente, sentiu o toque de minha mão, o peso de minha cabeça em seu ombro e o calor de meu corpo encostado ao seu. O lampião estava à nossa frente, com sua pequena luz bruxuleante, lutando contra a escuridão antes do amanhecer. Ficamos os dois em silêncio. Ninguém se moveu.

Ele foi o primeiro a se pronunciar:

— Não tenho ideia do que você esteja fazendo aqui ou o do que espera ganhar com isso, mas sugiro que se levante bem quieta e vá para dentro cuidar de seu serviço. E daqui por diante, que se comporte menos como uma prostituta barata de estrada e mais como a curandeira que deveria ser.

Meus dentes batiam de frio. Não sabia se ria ou se chorava. Tive uma vontade imensa de esbofeteá-lo, mas nem isso pude fazer.

— Se você fizer o favor de soltar o meu braço — respondi no tom mais sereno que pude, mas não consegui evitar o tremor na voz. — Vou ficar muito feliz em atendê-lo. Está frio demais aqui fora.

Ele olhou para sua mão como se nunca a tivesse visto. Foi abrindo devagar os dedos, soltando o braço em que havia se agarrado ferozmente a noite toda. Minha garganta estava seca de tanto falar, minha mão estava adormecida e meu braço doía terrivelmente. Será que ele não se lembrava de nada?

Ele se virou e me olhou, agora à luz dos primeiros raios de sol, sentada ali descalça, com aquela camisa velha, mexendo e sacudindo a mão para fazê-la voltar à vida. Por Díancécht, como doía! Fui me levantando como pude, pois não pretendia passar mais um segundo em sua presença.

— Não, espere — ele disse. E quando o primeiro pássaro começou a cantar, quebrando o silêncio do ar da manhã, levantou, tirou o manto e o colocou sobre meus ombros.

Por um pequeno instante, eu levantei o rosto e olhei em seus olhos, mas o que vi me aterrorizou mais que os demônios que habitavam a mente dele. Virei-me sem dizer uma palavra e voei para dentro, em tempo de o ferreiro começar a acordar. Já era outro dia: o quarto.

Foi uma manhã corrida. Dog me ajudou a levantar Evan, a lavá-lo e a trocar suas roupas encharcadas de suor. Os dois comentaram que eu estava bocejando demais, mas eu nem respondi. Meu braço doía e minha mente era pura confusão. Tentei imaginar o que aconteceria quando eu finalmente pudesse voltar para casa. Seria alguém totalmente diferente voltando para Sevenwaters. O que papai, mamãe e Sean diriam ao me ver? O que Eamonn diria? Lembrei-me de sua figura, andando agitada de um lado para o outro no jardim, tentando me dizer como se sentia. Mas não conseguia lembrar claramente de seu rosto. Era como se eu tivesse me esquecido de suas feições. Minhas mãos tremeram e a água começou a derramar dos dois lados da tigela que eu estava segurando.

— Ei! Pare aí mesmo! — disse Dog, pegando-a e segurando, com sua mão imensa, meu braço no mesmo ponto em que Bran o havia segurado. Arquejei e gemi de dor. Os dois me olharam e Dog colocou cuidadosamente a tigela sobre o banquinho.

— O que foi? — a voz de Evan estava fraca, mas seus olhos me estudavam atentamente.

— Nada. Acho que foi um mau jeito, mas irá passar.

— E *que* mau jeito, hein? — disse Dog, levantando e arregaçando delicadamente a manga de minha camisa, mostrando as marcas roxas na pele pálida de meu braço.

— Quem fez isso com você, Liadan? — disse o ferreiro, em um impulso de se levantar, mas sem forças.

— Ninguém — eu disse. — Esqueçam.

Os dois se olharam, com expressão séria demais.

— Por favor. Foi só um acidente. Não houve intenção de machucar.

— Um homem deve evitar esses... acidentes — disse Evan, em tom feroz. — Deve guardar sua força para si.

— Isso não é coisa que se faça — concordou Dog, no mesmo tom. — Ainda mais com uma mocinha delicada como você, que até o vento pode carregar; que se machuca com facilidade. Não se faz uma coisa dessas.

— Já estou bem, acreditem — respondi. — Vamos esquecer isso e continuar nosso trabalho, está bem? Temos que fazer um caldo e mergulhar nele alguns pedaços de pão.

Evan franziu a testa e reclamou:

— Tenha piedade! Você acabará me matando com esses caldos e sopas.

Ele tomou um pouco do caldo e dormiu novamente. Fiquei conversando com Dog e mostrei a ele um jogo que eu conhecia, com pedrinhas e círculos desenhados no chão. Não era um jogo fácil. Pegamos as pedras mais lisas que conseguimos encontrar, mas elas não caíam do jeito que precisávamos e acabamos ambos perdendo e nos matando de rir. Sentei-me no chão e fui empilhando as pedrinhas e apagando os círculos. Quando olhei para Dog, ele estava sério novamente.

— Ouvi dizer que você tem um homem em casa.

— Não exatamente — respondi, escolhendo as palavras. — Recebi uma proposta, só isso.

— Então pode receber outra — ele disparou, parecendo escolher as suas também. — Tenho dinheiro guardado. Estou com o Chefe já faz três ou quatro anos. Dá para comprar um bom terreno, gado e construir uma casa. Ou um barco para sair navegando e começar uma vida nova. Nunca vi uma mulher como você. Posso cuidar bem de você. Comigo ficará protegida. Não sou bonito, mas sou forte. Posso trabalhar. O que acha?

Colocou a mão em seu colar de garras, um tanto hesitante, enquanto seus olhos cor de mel me fitavam, estudando minhas reações.

Fiquei boquiaberta, sem saber o que dizer. Imaginei-me chegando a Sevenwaters com Dog a tiracolo. E a expressão no rosto de meu pai ao ver aquela figura de cabeça metade raspada, o queixo tatuado, os olhos de aspecto selvagem, o rosto marcado, o manto de pele de lobo e o colar no pescoço.

— Você está rindo de mim.

Aquele homem altivo, de aspecto ameaçador, estava agora cabisbaixo.

— Sabia que você diria não, é claro. Besteira perguntar.

— Desculpe-me — respondi, pegando sua mão. — Não estou rindo, juro. Não quero ofendê-lo. Fico honrada com seu pedido, pois sei que você é um bom homem. Mas ainda não quero escolher um marido, não até o próximo verão. Nem você, nem qualquer outro.

Senti que a palma de sua mão era rígida e cheia de marcas. Virei-a e olhei as grandes cicatrizes que a cortavam de um lado ao outro.

— O que aconteceu com sua mão?

Lembrei-me que alguém havia me dito para perguntar a ele qual era sua história. Mas jamais imaginei que fosse algo assim.

— Um barco viking — ele respondeu. — Sou de Alba, o mesmo lugar de Scáthach, a guerreira de sua história. Eu e meu irmão tínhamos um barco de pesca de arenque. Era uma vida honesta.

"Mas os escandinavos chegaram na nossa vila e, vendo que éramos fortes, levaram os homens para serem remadores em seus barcos. Você sabe como eles são. Foi uma época difícil — disse ele, com os olhos enevoados, passando a mão pelo lado raspado da cabeça. — Ficamos um bom tempo remando para eles. Muito tempo. Normalmente usam seus próprios homens nos barcos, mas como estavam com pouca gente, nos prenderam com correntes e nos faziam trabalhar sem parar. Eu e Dougal estávamos sempre arrumando encrenca. Mas eles nos davam comida e nos deixavam vivos. Diziam que éramos os mais fortes ali. Dougal acabou xingando um deles um dia e levou uma chicotada no rosto. Sangrou muito e morreu. Acho que foi melhor assim. Eles pegaram a mulher e as filhas dele e ele nunca esqueceu aquilo. Ficou cheio de raiva. E eu continuei ali. Minha força acabou sendo ruim para mim."

— E como você escapou?

— Ah, isso é uma boa história. O Chefe me tirou de lá. Pensei que ele era louco na época. Estávamos em um porto no leste. Quente como um forno. Dava para cortar o ar com uma faca. Nós estávamos algemados, como sempre, quando o barco aportou, e não nos deixaram descer. Quase morremos de calor e sede. Numa noite estávamos tentando dormir, pois era difícil ali. Não tinha lugar para encostar ou deitar direito. E o lugar cheirava a urina e suor, se me perdoa falar assim. De repente ouvimos barulho de chaves e vimos um homem negro chegando perto de nós e perguntando quem queria fazer um acordo. Ficamos olhando para ele, esperando os escandinavos voltarem e darem um fim nele. Mas eles não vieram. O barco começou a se movimentar, como se estivesse saindo do porto. Mas ninguém estava remando. Ninguém respondeu, mesmo porque alguns ali não entendiam a língua dele. Éramos todos de lugares diferentes. Então o homem (que era Gull, esse que você conhece, com a pena na cabeça) disse que o Chefe estava ali, e pronto para ir embora. E que não veríamos mais os escandinavos. Que tínhamos uma escolha. Era só levar o barco até Gaul e, quando chegássemos, ganharíamos um punhado de prata e a liberdade. Nem ficaríamos mais presos em correntes, desde que não causássemos problemas.

"Então respondi: 'E que outra escolha nós temos?'

Nesse momento, outro homem apareceu atrás dele. Era o Chefe, mas não tinha o rosto tão pintado na época. Era apenas um rapazinho, e fiquei pensando: 'o que esse garotinho pensa que é?'. Ele respondeu que tudo dependia do que a gente queria fazer, presos ali. Os escandinavos não voltariam mais. Podia demorar bastante para alguém descobrir um viking e seus companheiros mortos, servindo de comida para os ratos. Aquilo era um porto grande. Ninguém prestaria atenção. Aquela era nossa escolha.

Ele falava e fazia sinais com as mãos para todos poderem entender.

— Remem direito e estarão livres antes da nova lua cheia.

Pensei mesmo que ele era louco. E se fossemos atacados no caminho? E se os escandinavos resolvessem recuperar o barco? Além do mais, eles eram só em dois, e nós, em doze. Tinham colocado um irlandês de rosto comprido no lugar do meu irmão. Nada nos impediria de jogá-los na água assim que tirassem nossas correntes. Respondemos que sim, claro. Nada como uma chance de ter liberdade para mexer com nossas cabeças.

Mas ele manteve sua palavra. Tivemos algumas aventuras no caminho de Gaul, mas chegamos lá e ele me deu a escolha de ficar com ele ou ir embora. Estou no bando desde aquela época."

— Quantos anos... quantos anos tem o Chefe? Você disse que está com ele há três ou quatro anos, mas que ele era um rapazinho quando o conheceu.

Dog fez as contas nos dedos.

— É isso mesmo — ele respondeu, depois de algum tempo. — Vinte e dois, vinte e três. Mais ou menos isso. Não é muito mais velho que você.

— Mas... — fiquei pensando. — Ele parece muito mais velho. Quero dizer... como alguém tão jovem pode ser assim; Como se tivesse vivido uma vida inteira? É jovem demais para ser um líder desse tipo. Jovem demais para ser tão... amargo.

— Esse homem é velho desde criança — respondeu Dog.

Por volta do meio-dia, uma movimentação começou no acampamento. Todos foram pegando suas coisas, as armas e o equipamento. Não conseguia ver tudo que estava acontecendo ali da pequena caverna, mas algo me arrepiou. Desmontaram as camas improvisadas, guardaram tudo nas mochilas e foram cuidadosamente apagando os rastros e sinais de que haviam acampado ali. Estavam indo embora e ninguém me avisou. Tinham me prometido seis dias, e nem isso seria suficiente para o ferreiro se recuperar.

— É melhor você ir ver o que está acontecendo — pedi a Dog, tentando manter o tom de voz calmo, embora o pânico e a raiva estivessem tomando conta de mim.

Fui para dentro e continuei a fazer minhas coisas, mas com ouvido atento. Vi o olhar ansioso de Evan, mas ele não fez qualquer comentário. O tempo foi passando e Dog não retornou. Eu estava ajoelhada, lavando louça no balde e tentando concentrar meus pensamentos em meu jardim, em Sevenwaters, quando ouvi uma voz atrás de mim.

— Houve uma mudança de planos.

Levantei-me devagar, as mãos molhadas e as mangas da camisa arregaçadas.

— Estou vendo. Aliás, estou vendo que é muito fácil para você quebrar suas promessas. Este homem não pode viajar, eu já tinha dito. E nada mudou.

Bran olhou para o ferreiro, que estava acordado e escutando.

— Ele tem que ir ou será deixado aqui — disse, em tom frio. — Não há opção. Temos que partir hoje.

— Tínhamos um trato. Seis dias, você prometeu. Mas já vi que você não tinha intenção de cumprir.

— Você julga demais e depressa, como sempre. Sou responsável por esses homens. Não vou deixar que fiquem aqui e sejam pegos se posso tirá-los em segredo antes que alguém chegue. E não vou deixá-los parados se há serviço urgente esperando. Sacrificar a tropa inteira por causa de um homem é tolice.

Fiquei pensando por um instante.

— O ferreiro não tem como viajar — repeti. — Veja como ainda está fraco. Mal consegue se sentar. Como irão transportá-lo? Quem cuidará dele?

— Isso já não é mais problema seu — ele respondeu, olhando para trás. — Pegue as coisas — disse a Dog, que chegou atrás dele, esbaforido.

— Espere um instante. Eu fiquei aqui cuidando dele porque tínhamos um acordo. E um acordo justo. Você não quer cumprir sua palavra, mas eu sou tão responsável por ele quanto você pelo resto da tropa. É o que eu me propus a fazer. Não vou jogar fora todo o meu trabalho por causa de um capricho seu.

Bran nem parecia me ouvir. Só conseguia olhar para meu braço, onde a manga arregaçada mostrava as marcas roxas que seus dedos haviam deixado.

Puxei, com raiva, a manga do vestido para cobrir o arroxeado. Dog já estava arrumando tudo, o rosto neutro e sem expressão.

— Sente-se — ordenou Bran.

Fiquei olhando para ele.

— Sente-se — ele repetiu, agora em tom mais calmo, cruzando os braços e encostando o ombro na parede de rocha.

Sentei-me.

— Não é capricho. Não estou agindo por impulso. Não posso me dar a esse luxo. Não tinha intenção de quebrar o acordo. Para que o faria, então? Simplesmente aconteceram outras coisas que mudaram tudo. Veja, eu e meus homens não somos muito bem-vindos aqui e em muitos outros lugares. Temos muitos inimigos. Por isso mudamos constantemente de lugar. Por causa do ferimento do ferreiro e por sua presença, permanecemos aqui muito mais do que gostaríamos, e corremos grande risco. Mas, agora, fiquei sabendo que há um grupo bem grande de homens vindo pela estrada e tenho pouco tempo para sair em segurança. Ficar seria assinar uma sentença de morte. Por mim, fico e luto sem o menor problema. Mas não arriscarei a vida de meus homens por um motivo tão pequeno. Além disso, nossa próxima missão é ao norte, e quem nos contratou pediu que fôssemos rápido. Já tomei minha decisão e ela será acatada. Ao anoitecer não se verá neste lugar o menor vestígio de nossa estadia.

Fiquei em silêncio por um instante.

— Um motivo tão pequeno — respondi. — Você considera a vida de Evan e a minha segurança algo tão pequeno.

— Por ser mulher — ele respondeu, escolhendo as palavras. — Você não entende. Uma ou duas vidas não valem muito. Não arriscarei meus homens por você ou por ele, e muito menos minha próxima missão. Já perdi muito tempo ouvindo seus argumentos repetitivos. Não fosse por você, nós já estaríamos a caminho e a salvo há muito tempo. Eu jamais devia...

— Chefe — o ferreiro tentou se sentar. Seu rosto estava pálido e coberto de suor.

— O que é?

— Posso cavalgar. Ainda tenho forças. Amarre-me na garupa de Dog que eu aguento a viagem. Mas... e quanto à moça?

Ele ficou em silêncio. Dog parou o que estava fazendo e encarou o líder com olhar ameaçador.

— Isso mesmo. E quanto a ela?

Bran continuou a me olhar.

— Entendeu o que eu digo? — perguntou, com uma paciência exagerada e didática. — Foi uma decisão cuidadosa. Avaliei todas as opções. Nunca ajo por impulso.

Dei de ombros.

— Entendi que alguém como você só vê os homens como peças de um jogo mortal, que você usa ou descarta conforme sua vontade e só têm valor enquanto lhe interessa. E que às mulheres só cabe esperar até o fim do jogo para catar os restos e tentar salvar o que sobrou.

— Ah, não — respondeu ele, em tom frio. — Isso é só meia verdade. Aliás, é só essa metade dela que você deixa vir à tona. São as mulheres que fazem o maior estrago; que guiam seus homens para a destruição. Conheço muito bem essa estratégia. Não venha me falar sobre os poderes curadores das mulheres. Vocês não sabem e não entendem as coisas como elas realmente são.

Seus braços cruzados aparentavam tranquilidade, mas seus punhos estavam cerrados com força total.

— Evan fez uma pergunta — continuei, com todo cuidado. — O que acontecerá comigo? Posso ir para casa agora?

Seus olhos frios se fixaram nos meus.

— Percebe-se que você não conhece mesmo a realidade. Ainda não entendeu. Talvez isso explique sua falta de medo. Diga a ela, Dog.

— Chefe.

— Diga a ela.

— É assim... — ele se preparou. — O que o Chefe quer dizer é que temos um problema. Não podemos levá-la conosco. Não é seguro. Só nos atrasaria, distrairia os homens, etc. E também não podemos largá-la aqui. O acampamento do Homem Pintado não recebe visitas. E se alguém tem que vir, chega vendado e sai vendado. Você viu e ouviu demais. Esse é o problema.

— Mas... — meu coração disparou. Eles não podiam estar dizendo que... não podiam querer dizer que... Por Dana, o Chefe estava certo. Era eu que realmente não tinha entendido. — Você está dizendo — sussurrei. — Que a solução é a mesma que ia dar a Evan, não fosse minha intervenção? Uma faca afiada, um corte certeiro e rápido, é isso? É o que planeja para mim?

— Só por cima do meu cadáver — disse o ferreiro.

— Acredite, pensei nisso também — disse Bran, sem se alterar. — Vocês dois são um estorvo e eu me arrependo muito de ter lhes dado uma chance. Mas você — olhou para Evan. — Você mostrou ser forte, sobrevivendo até agora. Virá conosco. Já quanto a você — olhou para mim. — Fez meus homens me colocarem em uma posição bem complicada. Eles querem que você fique conosco por enquanto. E deixaram bem claro que minha recusa poderia resultar em um motim. É esse o resultado da influência dessas suas histórias, de seu domínio da arte feminina da persuasão, de uma mulher que usa o corpo, o rosto e doces palavras para levar um homem a fazer o que não deve.

— Isso é ridículo! — gritei, sentindo o medo ser rapidamente substituído pela raiva. — Como você ousa me criticar? Não fiz nada do que está insinuando! Só tentei ajudar o máximo que pude. Em tudo. Jamais fui desse... tipo sedutor. Olhe para mim. Como pode achar que...? Você é que não cumpriu sua palavra. Colocou a si mesmo nessa situação.

— Ah, não — respondeu ele, a voz calma. — Estou cumprindo minha parte no trato. Você fica e cuida de seu paciente, se ele sobreviver à viagem. E, independentemente do que você possa pensar, respeito a vontade de meus homens sempre que possível. Um bom líder deve que estar preparado para isso. Mas você tem que saber que terá que tomar uma decisão, cedo ou tarde. Quanto mais tempo passar conosco, quanto mais vir e ouvir, menos chance de voltar para casa terá. É isso que quer?

— E quando foi que eu tive escolha? — repliquei, com lágrimas de ódio ameaçando cair. Engoli cada uma delas e somente então percebi o quanto queria ver minha mãe novamente. O que Bran queria dizer com aquilo, que eu jamais poderia voltar para casa? Lembrei-me da figura frágil de Sorcha, de seus olhos tristes e da expressão forte e segura de meu pai. Fiquei pensando em Sean, em Aisling e nos longos e tranquilos dias que passávamos rodeados pelo silêncio da floresta e na rotina doméstica de que eu tanto gostava: assar, costurar, secar ervas. Olhei ao meu redor. Aquele acampamento sinistro não era uma casa; aquela existência perigosa e secreta não era vida. Pela primeira vez, o peso de tudo que eu podia estar causando à minha família caiu sobre mim e uma lágrima furtiva escapou de meus olhos.

— Você não irá me impressionar com isso — disse Bran. — Lágrimas de uma mulher vêm e vão como a chuva. Sou imune a elas.

Mas os outros não pareciam ser. Senti a mão imensa de Dog em meu ombro, e Evan disse:

— Não chore. Quando isso terminar, você voltará para casa e seu homem estará lá, esperando por você.

Bran estava olhando para Dog.

— Tire essa mão dela agora — ele disse, em um tom que me arrepiou de medo.

Dog tirou a mão tão rápido que parecia ter levado uma chicotada.

— Estamos perdendo tempo — eu disse, enxugando o rosto. — Mostrem-me como transportarão este homem. Talvez eu possa orientar sobre a melhor maneira. Espero que não me façam cavalgar com os olhos vendados. Podem precisar de mim no caminho.

— Então você sabe cavalgar?

— Sim. E estava cavalgando muito bem até seus homens me trazerem para cá. Aos poucos você irá descobrir que eu não sou assim tão inútil.

Ele não respondeu. Só fez um sinal com a cabeça, me chamando para segui-los. Fiquei tentada, e não pela primeira vez, a dizer algo de que podia me arrepender depois. Mas engoli a raiva e segui com eles. Nada importava naquele momento, a não ser a vida de Evan. Eu era uma curandeira e tinha um trabalho a fazer. O resto teria que ficar para depois.

A viagem foi um pesadelo. Mantive a boca fechada e os olhos abertos. Sabia que estávamos indo na direção norte, mas não sabia dizer qual a distância. Mantínhamos um ritmo forte de caminhada, o mais rápido que o caminho entre as árvores e trilhas escondidas nos permitia. Seguíamos por correntezas e terras pantanosas para esconder nosso rastro. Um homem sempre ia à frente, e outro, atrás de todos. Já havia escurecido, mas continuávamos a cavalgar. Minhas costas doíam e eu tinha sede, mas fiquei quieta e continuei firme. Meu desconforto era nada se comparado ao de Evan, amarrado às costas largas de Dog e balançando todo com o trotar do cavalo sobre o solo irregular. Seu ferimento tinha sido coberto às pressas com uma faixa antes de sairmos. Queria que tivéssemos parado para eu poder cuidar um pouco dele, mas isso não aconteceu. E eu não podia pedir. Todos seguiam em silêncio, comunicando-se apenas por sinais. Quando chegamos ao topo de um morro entre as árvores, depois de uma campina, avistamos um grupo bem armado à nossa frente, cavalgando em direção oposta. Bran nos fez parar com um pequeno gesto da mão e ficamos todos em silêncio até eles estarem bem longe. Os homens usavam túnicas verde-escuro com o símbolo de uma torre negra, as cores de Eamonn. Se estavam procurando a mim ou a outra coisa, não sei dizer. Lembrei-me do que Eamonn dissera sobre o Homem Pintado e seu desafio arrogante e percebi quanto perigo corria.

Então, quando eu já estava quase caindo da sela de tão cansada, e Evan totalmente curvado e imóvel, com o rosto completamente pálido e sem expressão, paramos.

Era um lugar entre árvores altas, perto de algum tipo de pedreira, ou de estrutura, e parecia que acamparíamos ali. Algumas instruções silenciosas foram passadas e os lampiões foram acesos. Dog desmontou e os outros vieram ajudar a colocar o corpo praticamente desmaiado de Evan sobre uma manta. Quis descer, pois eles iriam precisar de mim, mas as câimbras em meus membros eram tão fortes que não consegui. O cavalo ficou parado, pacientemente, sob mim.

— Venha — mãos firmes me pegaram pela cintura e me tiraram do cavalo com a facilidade que se tira uma criança. E me soltaram assim que eu pisei no chão. Minhas pernas não me seguraram e eu me agarrei aos arreios do animal para não cair, gemendo de dor.

— Você chora pelos outros, mas não por si mesma — disse Bran. — Por que isso? Alguém lhe ensinou a ter autodisciplina.

Inspirei e exalei o ar uma, duas vezes, para recuperar as forças.

— O que não faz muita diferença, não é? — sussurrei, a boca tão seca que quase não conseguia falar. — Diga-me para onde eles levaram o ferreiro. Precisarão de ajuda.

— Consegue andar?

Tentei dar um passo, ainda me segurando nos arreios. O cavalo se afastou.

— Não estou convencido. Segunda regra de combate: não blefe se não estiver em condições de continuar. O inimigo fareja fraqueza a distância. Se não tem forças para lutar, admita e bata em retirada até estar em condições ou use a cabeça. E aceite ajuda quando precisar. Venha.

Ele me deu a mão e me ajudou a seguir em direção a um grande portal com batentes de pedra e uma velha passagem que parecia levar direto a uma colina com gramado. Era uma noite muito estranha. Uma coruja piou e eu olhei para cima. Mal se via a lua delicada no céu, entre os frondosos e altos galhos. Senti o peso do olhar de Bran, enquanto ele me ajudava, mas não disse uma palavra. Quando chegamos à passagem, por onde os outros já tinham seguido, algo me fez parar de repente.

— Não deveríamos estar aqui — eu disse, arrepiando-me e sentindo como se uma névoa escura nos cercasse. — Este lugar pertence aos Antigos. Foi construído há muito tempo. Não devemos ficar aqui.

Bran franziu a testa.

— Esta colina já nos abrigou diversas vezes — disse, colocando a mão no batente, onde minúsculas e estranhas faces nos olhavam entre os desenhos entalhados na pedra. E nada combinava mais com aqueles desenhos que as tatuagens dele. — Quem quer que tenha usado este lugar já se foi há muito tempo. Agora ele é ideal para nós. Escondido, seguro, fácil de vigiar e cheio de saídas secretas em caso de uma fuga rápida. É perfeito.

Mas eu tive um mau presságio; uma sensação que não conseguiria explicar, pelo menos não para ele.

— Há morte aqui — eu disse. — Dá para sentir; para ver.

— Como assim?

Olhei então para ele e, por um instante, em vez do rosto de um homem forte, jovem e metade tatuado, vi uma máscara cinzenta de medo, a boca semiaberta, como alguém que está prestes a morrer, os olhos verdes parados e sem vida. E pareci ouvir uma criança gritando: "solte-me... solte". E uma mão pequena esticada, tentando alcançar algo em desespero, mas sem conseguir, como se o estivessem levando embora.

— *O que é? O que você está vendo?* — ele disse, segurando meus ombros com força. O movimento dele me fez voltar à realidade.

— Eu... eu...

— Diga. O que você viu?

Tentei fazer a respiração voltar ao normal. Eu tinha trabalho a fazer. Não podia deixar aquilo me atrapalhar.

— N... nada. Nada.

— Você não sabe mentir. Diga. O que a perturba tanto? Toda vez que me olha você vê... algo que a assusta. O que é?

— Morte — sussurrei. — Terror. Sofrimento. Tristeza e perda. Não o sei se é o passado ou o futuro que vejo, ou ambos.

— Passado ou futuro de quem?

— Seu. Meu. É uma sombra que envolve nós dois. Vi seu pesadelo. E vejo um caminho sendo destruído. Vejo um caminho que leva para a escuridão.

Ficamos ali em silêncio por um instante, com a noite atrás de nós e uma porta aberta à nossa frente.

— Este é seu único abrigo aqui — ele disse, depois de algum tempo. — Não há escolha senão entrar.

Concordei, com um gesto de cabeça.

— Desculpe-me.

— Não há do que se desculpar — disse Bran. — Isso a perturba muito, posso ver. Você está em segurança aqui conosco. Mas não é o fato de estar conosco que a assusta, é?

— Segurança — repeti. — Não estou preocupada com minha segurança.

— E com a de quem, então? Não pode estar falando de mim. Por que se preocuparia comigo?

Não consegui responder.

— Você vê minha morte? Isso a preocupa? Não, não tenha medo disso. Às vezes, eu mesmo penso que seria bom se eu morresse.

— Pois você deveria se preocupar — eu disse, agora em voz mais calma. — Morrer sem conhecer a si mesmo é a pior coisa que pode acontecer.

Jamais havia sentido o peso de meu dom como naquela noite. Quando passamos pelo portal, a caminho da câmara subterrânea, fiz um sinal no ar, o mesmo que Conor usava, reverenciando os antigos espíritos que habitavam o local.

"Honramos este lugar e cada sombra que há nele. Não desejamos mal nem desrespeitamos este abrigo. Iremos utilizá-lo somente para nos proteger."

Ouvi, então, bem no fundo de meu ser, a voz de minha mãe. "Você é de um padrão diferente de seus irmãos, Liadan. E isso lhe dá muito poder. Um poder perigoso. Talvez você tenha o dom de mudar as coisas".

Seguimos por uma passagem até uma grande ala central, toda construída de pedra. Devia estar vazia, pois agora havia apenas sacos de dormir, sacolas e mochilas organizadas perto das paredes. E todos já se preparavam para a hora de partir. Depois de receber sua porção de pão, carne-seca, água e cerveja, puseram-se a consultar mapas, checar e limpar suas armas. Pareciam realmente muito acostumados a viajar. Enquanto eu estava exausta a ponto de cair, eles pareciam já ter se recuperado.

Ouvi o ferreiro gemer, recuperando a consciência. Fui imediatamente até ele e passei boa parte daquela longa noite acordada. Ele demorou muito para dormir. Tive que lhe dar a infusão mais forte que podia. Fiquei sentada ao seu lado, no chão de terra, com as pernas cruzadas, vigiando seus movimentos e passando a esponja com água fresca em sua testa pálida e suada. A pele de seu peito e ombro estava muito vermelha. Alguns dos homens se deitaram para descansar e outros foram montar guarda. O cheiro dos cavalos era forte, pois haviam sido trazidos para dentro. Ficaram presos por cordas, no outro lado do salão. Otter lhes trouxe um balde com água.

Dog se sentou perto de mim com uma expressão séria no rosto. Apesar da luz relativamente fraca, pude ver Gull e Snake do outro lado, falando com seu líder em voz baixa. Pareciam discutir algo importante. As mãos escuras de Gull se moviam com gestos expressivos, mas eu não consegui captar o sentido. Snake olhou em minha direção e disse algo a Bran, franzindo a testa. O semblante de Bran era sério, como sempre. E deu de ombros, como a dizer "se você não gosta, problema seu".

— Sairemos logo de manhã — disse Dog. — Não a verei por alguns dias. Você ficará aqui, claro. Acha que ele ficará bem?

Ficamos ouvindo, por alguns instantes, a respiração irregular de Evan.

— Farei todo possível para mantê-lo vivo. Mas devo dizer que o aspecto dele não é bom.

Dog suspirou.

— Tudo culpa minha. Olha só a encrenca em que eu coloquei você. E para nada.

— Nada disso — respondi, tocando sua mão. — Somos todos responsáveis. Principalmente ele — olhei para Bran, que ainda estava no outro lado do salão.

— Não culpe o Chefe — disse Dog. — Ele não queria vir ainda. Mas recebeu um recado de que alguém estava vindo nos atacar no acampamento. Quando isso acontece, temos que sair correndo, não adianta. Já estaríamos todos mortos se não tivéssemos feito isso.

— Eu provavelmente não — disse com ironia. — Talvez estivessem à minha procura.

— Ou não. Não há como saber. Não podíamos deixar você ali sem ter certeza.

Meu pequeno lampião era agora a única luz acesa na grande câmara subterrânea. Sob o arco no teto, onde as pedras se encaixavam cuidadosamente, resultado de um trabalho perfeito, uma grande teia de aranha abrigava uma imensidão de criaturinhas. O chão era de terra batida. Em um dos lados do salão havia uma grande chapa de pedra escura, de superfície lisa e gasta, como se tivesse sido muito usada. Fiquei imaginando para que serviria. E acima dela, em um canto anguloso, uma estreita e pequena abertura entre as pedras. Um dia do ano certamente o sol entrava por aquela fenda e iluminava um ponto sobre a pedra lisa abaixo. Era o dia em que os antigos poderes daquele lugar provavelmente ressurgiam. Mas não estavam distantes. Eu os sentia ao meu redor, naquelas paredes entalhadas com pequenos e sutis símbolos. Lembrei-me então no jovem druida, Ciarán, saindo às pressas de Sevenwaters, magoado e enfurecido. Às vezes, é melhor não sentirmos muito. Não querermos muito. Não viver no passado nem no futuro. Ficar simplesmente no presente. É bem mais seguro. A menos que o passado resolva bater à nossa porta sem ser convidado.

— Você está cansada — disse Dog. — Mas nós vamos embora de manhã. Ia pedir uma coisa, mas acho melhor não.

— O que é? Peça.

— Você já está muito cansada. Foi uma viagem longa para você. Gostaríamos muito de ouvir outra história; outro conto antes de... mas já é tarde. Esqueça.

— Não há problema — respondi, contendo um bocejo. — Posso dormir amanhã, eu acho. Aguento contar uma história, com certeza.

Embora estivéssemos falando baixinho, parecia que todos sabiam do que se tratava. Em pouco tempo estavam todos ao meu redor, alguns encostados na parede, outros agachados e outros de pernas cruzadas, afiando suas facas. Spider se esticou todo e me estendeu uma caneca de cerveja. Bran e Gull ficaram mais atrás. Bran me observava com os braços cruzados e a expressão neutra, sem sinais de cansaço. E já estava sem dormir há bem mais tempo que nós, algo que eu sabia.

— Já que vocês estão para partir em uma nova missão, pensei em contar outra história de heróis, daquelas que envolvem coragem e sacrifício no campo de batalha. Mas acho que não tenho coragem, pois os homens que vocês atacarão podem ser do meu próprio povo. Além do mais, já ouvi dizer que vocês são os melhores naquilo que fazem.

Então, vou diverti-los com uma história de amor. É a história de uma mulher que manteve sua fé mesmo em meio à adversidade.

Tomei um bom gole de cerveja. Estava muito saborosa, mas coloquei a caneca ao meu lado para não exagerar. Mais um gole e eu dormiria ali mesmo, sentada. Olhei para o círculo de rostos sérios pensando quantos deles eu viria novamente. Quantos estariam vivos a essa hora no dia seguinte?

— Janet era uma garota comum, filha de um fazendeiro. Seu amado a chamava de Jenny. Era um nome especial para ela, pois ninguém mais a chamava assim. Quando ele pronunciava este nome, Janet se sentia a mulher mais linda do mundo. E Tom achava que ela era mesmo. Tom era seu amado, e também ferreiro, como Evan; um jovem forte, de ombros largos e muito habilidoso. Não era muito alto nem muito baixo. Tinha cabelos castanhos, cacheados e um rosto alegre. Mas o que Jenny mais gostava nele eram seus olhos acinzentados. Ela os chamava de olhos confiáveis. Sabia que, independentemente de qualquer coisa, Tom jamais a desapontaria.

"Jenny era uma boa menina. Quieta, obediente a seu pai, ajudava muito sua mãe e dominava todas as tarefas que uma boa esposa deve conhecer. Sabia costurar, preparar conservas e cerveja. Depenava galinhas, tecia e cuidava das ovelhas doentes. Tom tinha muito orgulho dela e mal podia esperar até o dia em que eles se casariam, no verão. Amava seus cabelos loiros, que iam até a cintura e que ela soltava, de vez em quanto, para que ele os visse, brilhando como um campo de trigo ao sol. E adorava o fato de ela ter a altura certinha para ele colocar o braço sobre seus ombros enquanto os dois caminhavam. Ela fazia seu coração bater mais forte e seu corpo estremecer, e ele cantava, alegre, enquanto martelava o ferro quente, moldando arados e ancinhos, só esperando o verão chegar.

Jenny era muito calma, mas havia algo que conseguia tirá-la do sério: bastava outras garotas olharem para Tom ou tentarem conversar com ele na estrada.

— Tire os olhos dele — dizia, furiosa — ou irá se arrepender. Ele é meu.

Tom ria e dizia que ela mais parecia um cão de guarda protegendo o osso. Não sabia que ele jamais teria olhos para outra? Que ela era a única dona de seu coração?

Ah, mas eles não contavam com a astúcia dos Seres da Montanha, um povo que adora raptar mocinhas ou rapazes e usá-los a seu bel-prazer, mantendo-os cativos por um dia e um ano, ou mesmo para sempre. Dependendo de seu humor, jogam os pobres mortais de volta quando se cansam deles, e os coitados jamais voltam a ser como antes. Certa noite, depois de trabalhar até tarde na fornalha, Tom resolveu pegar um atalho na floresta até a casa de Jenny para roubar alguns beijos de sua amada antes de ir para casa. Como foi tolo. Bastou pisar em um círculo de cogumelos e, mais rápido que um raio, surgiram à sua frente os Seres da Floresta, vestidos em belos trajes e, à frente deles, a rainha das fadas em seu cavalo branco. Um simples olhar dela bastou para que ele se perdesse. Ela o levou em sua garupa e os dois galoparam para longe, para bem distante do mundo dos mortais. Jenny esperou e esperou naquela noite, com uma vela acesa na janela, mas Tom não apareceu."

Parei por um instante para ver se eles não estavam achando aquela história boba ou fantástica demais. Não era exatamente um conto para homens daquela idade. Mas todos estavam em silêncio, prestando toda a atenção. Tomei mais um gole de cerveja.

— Continue — disse Snake. — Você disse que ele era um homem em quem se podia confiar. Como pôde ser tão burro? Devia ter ido pela estrada e levado um lampião.

— Quando os Seres da Floresta decidem que querem alguém, não há muito o que fazer — respondi.

"Bem, mas Jenny não era boba. Na manhã seguinte, logo cedo, seguiu pela floresta em direção à fornalha e encontrou marcas de ferradura na grama, um pouco do que havia restado do círculo de cogumelos e o cachecol vermelho que Tom estava usando; o cachecol que ela mesma havia fiado, tingido e tricotado para ele. Soube imediatamente quem o tinha levado e decidiu que iria tê-lo de volta. Foi até a mulher mais velha da vila, tão velha que só tinha rugas e pelancas, não possuía mais dentes e cujas mãos já tinham as unhas curvadas e retorcidas de tanto trabalhar. Sentou-se com Jenny, lhe ofereceu uma tigela de mingau que havia feito especialmente para ela e lhe perguntou o que fazer.

A mulher estava relutante. Há coisas sobre as quais é melhor não falar. Mas como Jenny sempre lhe fazia favores, ajudava a arrumar sua casa e lhe trazia presentes, decidiu auxiliá-la. Disse então que, a cada lua cheia, os Seres da Floresta caminhavam pela trilha clara que ficava no centro da mata até o cruzamento com outra trilha, em direção ao brejo. E que ela deveria esperar nesse cruzamento, em silêncio, até a meia-noite. E quando eles passassem, teria que puxar Tom pela mão e segurá-lo até o amanhecer. Só assim o encanto seria quebrado e ele voltaria a ser dela.

— Parece fácil — disse Jenny. — Posso fazer isso.

Mas a velha começou a rir.

— Fácil? Essa é boa! Acredite: é a coisa mais difícil que alguém já fez, menina. Você terá que desejá-lo muito e segurá-lo com todas as suas forças. Esteja preparada para algumas surpresas. Tem certeza de que quer tentar?

Mas Jenny estava decidida.

— Ele é meu. E vou trazê-lo de volta."

Snake se aproximou novamente e encheu minha caneca. A língua bifurcada tatuada em seu nariz pareceu se mover à luz do lampião, como se estivesse pronta para atacar.

— Então, ela fez como a velha havia dito. À meia-noite da lua cheia foi sozinha esperar na encruzilhada, com seu vestido velho, suas botas e um manto encapuzado que escondia seus cabelos. Ficou ali quietinha, como uma pequena sombra. E em seu pescoço estava o cachecol que fizera para o amado. Depois de algum tempo, avistou-os; um grande desfile de imponentes cavaleiros em seus cavalos brancos, todos vestidos com túnicas ricamente bordadas e joias, os longos cabelos enfeitados com pedras e estranhas folhas de brilho prateado. A rainha das fadas seguia no meio da procissão; alta, imponente, pele clara como leite, fartos cabelos castanho-avermelhados e um belo vestido curto e com fendas, que mostrava as elegantes curvas de seu corpo. E logo atrás dela vinha Tom, o ferreiro, os olhos cinzentos agora apagados, e o rosto, antes alegre, agora distante e sem expressão. Usava uma estranha túnica, calças de um brilho prateado e botas da mais fina pele de bode. Jenny se enfureceu, mas permaneceu imóvel até a rainha chegar ao centro da encruzilhada e Tom estar bem à sua frente, onde poderia facilmente pegá-lo. Saltou, então, agarrou sua mão e o puxou com toda força. Ele caiu aos seus pés, na trilha.

"Os Seres da Floresta voltaram rapidamente e, em um instante, circundaram-na com seus cavalos, impedindo-a de levar Tom. A rainha das fadas falou com uma voz terrível, ao mesmo tempo doce e assustadora:

— O que você pensa que está fazendo? Quem lhe disse que pode fazer isso? Este homem é meu! Tire suas mãos sujas de cima dele! Nenhuma mulher me desafia!

Mas Jenny continuou firme, segurando Tom, que continuava sentado aos seus pés, atordoado. Olhou sem medo para a bela criatura sobre o cavalo branco, desafiando-a. A rainha soltou uma risada macabra e disse:

— Podemos nos divertir, pelo menos. Vamos ver quanto tempo você aguenta, menininha da fazenda! Acha que é forte? Esses mortais nunca aprendem.

Jenny não entendeu muito bem o que ela quis dizer, pois a mão de Tom continuava fria e passiva entre as dela. Mas, de repente, os dedos dele se transformaram em garras afiadas como navalhas, pelos grossos começaram a surgir em sua pele e, em vez de um homem, ela se viu segurando um gigantesco lobo, que começou a rosnar, mostrando os afiados dentes. Encolheu-se toda diante do hálito fétido do animal em sua face e de seu corpo forte, debatendo-se para se soltar de suas mãos. Mas se segurou com ainda mais força nos longos pelos da criatura, que começou a arrastá-la pela trilha. Sentiu o cascalho rasgando sua roupa e raspando sua pele. Os seres no círculo assistiam surpresos. Então, a Rainha pronunciou uma palavra em uma língua estranha e a pele peluda do lobo se transformou em uma superfície tão lisa que suas mãos começaram a escorregar. Era muito difícil segurá-la. O corpo foi mudando de forma e, em um piscar de olhos, ela percebeu que agora tinha nas mãos uma reluzente serpente com escamas da cor das joias do fundo da terra; um monstro que se contorcia e lutava para envolvê-la em seu abraço fatal. Jenny foi obrigada a agarrar a criatura com os dois braços e a prender uma mão com a outra, encostando o rosto naquelas escamas frias, lutando para não desmaiar de medo enquanto a cabeça medonha do animal tentava alcançá-la, a língua bifurcada chegando bem perto de seus olhos e emitindo um som terrível.

'Este é Tom', ela repetia para si mesma, o coração batendo descompassado. 'É o meu amor. Não vou soltá-lo. Ele é meu.'

Mais uma palavra foi dita e a serpente se transformou em uma aranha gigante, de pelos eriçados, com muitos olhos e pernas longas, que envolveram rapidamente a pobre menina. Suas presas venenosas foram se aproximando de seu rosto, enquanto os esporões de seu corpo perfuravam sua pele a tal ponto que ela mordeu os lábios para não gritar de dor. Depois da aranha, veio um javali gigante de grandes presas amarelas e olhos minúsculos e então uma estranha criatura que ela nunca tinha visto, de imensas mandíbulas e pele retorcida e cheia de nódulos. Mas Jenny continuou agarrada a ela, embora suas mãos estivessem sangrando e quase não a obedecessem mais, de tanta dor. Olhou para o alto e achou que tinha visto uma leve luz no céu noturno. Os Seres da Floresta ao seu redor assistiam a tudo em silêncio. Então, a Rainha riu novamente.

— Muito bem! Você nos deu boa diversão, mas agora temos que ir. Solte meu garoto, por gentileza.

Fez um movimento com a mão e Jenny sentiu seus ombros sendo agarrados por centenas de facas afiadas. Quase soltou Tom. Ouviu, então, um bater de asas e sentiu que suas mãos seguravam agora os pés de um pássaro gigante. Seu bico era maior que a cabeça de um cavalo e suas garras se debatiam. Um dos pés escapou e agarrou seu braço e ombro. A criatura monstruosa pulava, batia as asas, guinchava e tentava a todo custo bicá-la. A fada-rainha ria.

'Este é meu homem', Jenny repetia para si mesma. 'Eu o amo demais. Ela não ficará com ele. Não vou deixar'. E por mais que lutasse, o pássaro não conseguia se soltar. Então, finalmente, ela ouviu o barulho dos cascos dos cavalos se afastando, algumas palavras distantes e os Seres da Floresta desapareceram, pois os primeiros raios de luz surgiram no céu. Em seus braços estava seu amado, desfalecido, como se estivesse morto, e suas brilhantes roupas voltaram a ser simples como antes.

— Tom, ela sussurrou. — Tom. Não tinha mais forças para falar. Depois de algum tempo sentiu que ele se moveu. Passou os braços ao redor de sua cintura, deitou a cabeça em seu colo e perguntou:

— Onde estamos? O que aconteceu?

Jenny tirou o cachecol vermelho e o colocou ao redor do pescoço de seu amado. E o ajudou a se levantar, apesar das mãos feridas e sangrando. Os dois se abraçaram e, enquanto o sol nascia, foram caminhando lentamente para casa. A história não diz, mas imagino que os dois tenham vivido felizes para o resto de suas vidas, pois um era o complemento perfeito do outro."

Todos soltaram a respiração. Ninguém fez comentários. Depois de alguns instantes, foram voltando para suas camas improvisadas e se ajeitando para descansar. Percebi que não teria privacidade. Diminuí ao máximo a luz do lampião e me deitei, vestida como estava. Pensei em tirar as botas, mas estava tão exausta que meus dedos já não me obedeciam. Estava até com vontade de chorar, por tudo e por nada. Seria bem mais fácil odiar a todos eles, como Eamonn fez.

— Espere — Dog se ajoelhou ao meu lado e, com suas mãos gigantes, mas de movimentos delicados, desamarrou e tirou minhas botas. — Que pés pequenos você tem.

Agradeci com um gesto de cabeça, sentindo que havia olhos atentos nos observando do outro lado do salão. Estava praticamente escuro agora. Ouvi um pequeno barulho, senti um objeto liso e pontiagudo sendo colocado em minha mão e vi Dog se afastar. Uma grande tristeza foi tomando conta de mim enquanto eu guardava a garra de lobo no bolso. Eles são matadores de aluguel. Por que devo me preocupar com o que lhes acontece? Por que a vida não pode ser mais simples, como nas fábulas? Por que não... caí em um sono profundo e sem sonhos.

Pisquei e fui abrindo os olhos. A luz estava entrando pela porta. Já era manhã. Sentei-me. O lugar estava vazio, sem qualquer objeto ou sinal de presença humana. Só restaram meu cobertor, minha pequena sacola e minhas ferramentas, além do ferreiro deitado perto de mim, respirando com dificuldade.

Olhei em volta. Nada. Tinham ido, todos. Deixaram-me ali, sozinha, para cuidar do ferreiro. "Nada de pânico", pensei, enquanto meu coração disparava. Evan logo acordaria e iria precisar de mim. Precisava encontrar água. E tentar acender uma fogueira. Sem isso nada podia ser feito.

Havia uma pequena tigela e um balde ao lado de minha sacola. Peguei os dois e saí pela passagem estreita, esfregando os olhos ao me deparar com aquela maravilhosa manhã de verão.

— Há uma fonte de água na beira da colina e uma pequena piscina onde você pode se lavar.

Ele estava de costas para mim, com um arco sobre o ombro. Mas a cabeça raspada e as tatuagens não deixavam dúvida de quem se tratava. O choque e a indignação foram mais fortes que o alívio, e acabei falando sem pensar:

– Você!? Não acredito. Você é o último homem que eu esperava encontrar aqui.

– Prefere outro? – ele perguntou, virando-se para mim. – Alguém que a bajule e lhe diga palavras doces?

– Não diga bobagem! – repliquei, decidida a não deixá-lo perceber que eu achava que estivesse sozinha. Não iria demonstrar medo. – Nenhum dos dois. Por que não está com seus homens? Eles precisam de sua orientação. O grande Chefe, quase um deus. Não entendo como pôde enviá-los para uma missão e ficar para trás. Qualquer um poderia ter ficado para me vigiar.

Ele me olhou com ar feroz. O sol da manhã sobre os lados claro e escuro de seu rosto aliviava um pouco suas feições carregadas.

– Não há um só de meus homens a quem eu confiaria esta tarefa – ele disse. – Vi a maneira como eles a olhavam.

– Não acredito em você – o que ele dizia não fazia sentido para mim.

– Além disso – ele continuou, colocando o arco em uma fenda nas rochas. – É um bom treinamento. Eles precisam aprender a lidar com o inesperado, a assumir o comando, se necessário, e a não questionar. Têm de estar sempre prontos. Mas entre eles há alguns que já são naturalmente líderes. Será uma boa experiência para todos.

– Quanto... quanto tempo eles irão demorar?

– Tempo suficiente.

Como eu não conseguia pensar em outra coisa para dizer, virei-me e fui procurar a fonte para lavar as mãos e o rosto e pegar água para meu paciente. Havia uma pequena piscina natural entre as rochas e, ao mergulhar a tigela, lembrei-me de minha irmã mergulhada até à cintura, nos braços de seu amado, e com os longos cabelos cobrindo sua pele branca. Pobre Niamh. Quase nem havia mais pensado nela desde nossa despedida. Naquele momento, ela devia estar tentando aprender a conviver com estranhos, em Tirconnell. Um arrepio percorreu minha espinha. Não conseguia me imaginar vivendo longe de Sevenwaters, longe de tudo aquilo que fazia parte de mim. Talvez as pessoas que amam alguém profundamente consigam se afastar de suas raízes sem sentir tanto. Mas a floresta se apodera de todos os que nascem próximo dela e é impossível se afastar sem sentir desejo de voltar rapidamente. Eu temia por minha irmã. Já quanto a Ciarán, não havia como saber para onde ele podia ter ido.

O dia foi passando e Evan continuava a sentir muita dor, a suar, a ter ânsia de vômito e a delirar de febre. Bran aparecia e desaparecia. Falava pouco, mas me ajudava a levantar e virar o ferreiro, a aquecer água e com tudo mais que precisasse. Eu tinha que admitir, mesmo contra vontade, que ele estava sendo bastante útil. Mais tarde, quando Evan parecia um pouco mais tranquilo, ele me chamou para fora, me fez sentar e me serviu um prato de ensopado, pão e uma caneca de cerveja.

— Não fique tão surpresa — ele disse, sentando-se no chão, do lado oposto ao meu, e se preparando para iniciar sua refeição. — Você precisa comer. E não há outra pessoa além de mim para lhe fornecer alimentos.

Eu não respondi.

— Ou você acha que conseguiria dar conta de tudo? É isso? A pequena curandeira e fazedora de milagres. Não pensou mesmo que a deixaríamos aqui sozinha, pensou?

Não olhei para ele. Continuei me concentrando no caldo, que por sinal estava muito bom. O arco que ele estava segurando provavelmente era para caça.

— Pensou — ele concluiu, sem parecer acreditar — que tínhamos ido embora e deixado você aqui com um homem praticamente à beira da morte. Deve acreditar que somos mesmo um bando de selvagens.

— E não é isso que você quer? — respondi, em tom de desafio, encarando-o direto nos olhos. Percebi então, por um instante, uma expressão diferente em seus olhos cinzentos antes de ele desviar o olhar. — O Homem Pintado, uma criatura que inspira temor e veneração? Um homem que faz praticamente qualquer coisa desde que seja bem pago? Um homem sem consciência? Por que um homem desses se importaria em deixar uma mulher sozinha, especialmente se considerarmos seu desprezo pelo gênero feminino?

Ele abriu a boca para falar, mas pensou melhor e se calou.

— Por que nos odeia tanto? Que mulher o magoou tanto a ponto de você querer descontar em todas nós? Esse ressentimento provavelmente o está corroendo por dentro como uma ferida. Não seja tão tolo a ponto de deixar que o destrua. Não vale a pena. O que aconteceu que o deixou assim tão amargo?

— Não é da sua conta.

— Quem mandou ficar aqui? — repliquei, com firmeza. — Agora terá de me ouvir. Lembra-se da história de Jenny, a filha do fazendeiro? Pode ser verdade ou não. Mas há muitas mulheres fortes e dedicadas como ela no mundo, tanto quanto as que não valem a pena. Somos tão humanas como você, e cada uma de nós é um ser único. Você só vê o mundo através de sua dor e julga sem saber.

— Não é bem assim — sua fisionomia agora parecia triste, e os olhos, distantes. Comecei a me arrepender de ter falado com ele daquela maneira. — Foi a malícia de uma mulher e seu poder sobre um homem que me tiraram a família e o nome de meu pai. Foram o egoísmo de uma mulher e a fraqueza de um homem por ela que me jogaram nesse caminho; que me transformaram na criatura que você tanto despreza. Mulheres têm o dom de destruir. Os homens devem tomar cuidado para não se aproximar demais, ou são envolvidos em sua teia.

— Mas eu sou uma mulher — respondi, depois de alguns instantes. — E não seduzo, aprisiono ou faço maldades desse tipo. Falo o que penso, mas isso não é errado. Recuso-me a ser categorizada como... qual é a palavra que você usou? Destruidora? Minha mãe sempre foi um exemplo para mim: frágil e ao mesmo tempo forte.

Não conhece outra realidade que não seja ajudar e servir. E minha irmã é linda e completamente sem maldade.

— Você está chorando.

— Não estou! — passei a mão pelo rosto, com raiva. — O que estou dizendo é que você deve ter conhecido pouquíssimas mulheres para ter uma visão tão estreita das coisas.

— Talvez para você eu possa abrir uma exceção — ele resmungou. — Não se enquadra muito bem em minha classificação.

— Você me acha parecida com um homem, então?

— Ah — não sabia se ele estava achando engraçado ou demonstrando desdém. — Não mesmo. Mas você tem algumas qualidades que eu não imaginava. Pena que não saiba manejar armas ou usar o arco e a flecha. Poderia fazer parte da tropa.

Agora foi minha vez de rir.

— Não aceitaria. Mas quanto às armas e ao arco, sei usá-los, sim.

Ele ficou me olhando.

— Não acredito.

— Pois eu lhe mostro.

Iubdan havia me treinado bem. O arco era maior e mais pesado do que eu estava acostumada a usar e por isso não consegui esticá-lo totalmente. Mas não era problema. Bran ficou me observando em silêncio, as sobrancelhas erguidas e um olhar de escárnio.

— Escolha o alvo — pedi.

— Que tal o buraco daquele tronco de olmo?

— Até uma criança consegue acertar aquilo — respondi com sarcasmo. — Assim você me insulta. Que alvo escolheria para um jovem que quisesse se juntar a seu grupo de guerreiros?

— Ele não chegaria até esse ponto sem passar por muitas provas. Mas já que você insiste, sugiro aquela macieira entre as pedras. Deixe-me mostrar.

Ele pegou o arco, esticou-o completamente, olhos fixos no alvo. Foi muito rápido. Disparou a flecha e uma pequena maçã verde caiu no chão, partida ao meio.

— Sua vez — ele disse, com ironia na voz.

Esse era um jogo que Sean e eu praticávamos sempre. Estiquei o arco o máximo que pude, respirei e disparei.

— Sorte de principiante — disse ele, observando a maçã cair. — Não consegue acertar novamente.

— Consigo, sim. Mas não me importo se você acredita ou não. Agora, temos trabalho a fazer. Consegue encontrar algumas ervas para mim se eu descrevê-las? Meu suprimento está quase acabando e Evan está com dor.

— Diga quais são.

Por sorte, eu dormira bem na noite anterior, pois vi que descansaria muito pouco nos dias seguintes. O ferreiro piorou bastante. A carne ao redor de seu ferimento passou de vermelho intenso a um tom azulado. Bran trouxe as ervas que pedi e eu fiz um chá. Fui dando de gota em gota a Evan até ele se aquietar.

— Onde está você, mulher? — ele balbuciava, movendo a cabeça de um lado para outro. — Biddy, onde está você? Não consigo vê-la.

— Calma — eu disse, passando a esponja em suas faces febris. — Estou aqui. Durma.

Mas ele demorou muito a dormir e, apesar das ervas, logo despertou com a dor. Bran estava lá fora, mas não o chamei. De que adiantaria? Não havia o que ele pudesse fazer. Sentei-me ao lado de Evan, à luz do lampião, e segurei sua mão. Pedi a ele que não falasse, mas ele continuou.

— Ainda está aqui? Pensei que já tivesse ido para casa.

— Não. Ainda estou aqui, como você pode ver. Não se livrará de mim assim tão facilmente.

— Achei que fosse minha mulher que estivesse aqui. Que bobagem. Ela é três vezes maior que você, minha Biddy.

— Ela está esperando por você, pode ter certeza — respondi.

— Acha que ela ainda irá me querer? Acha que não irá se importar que eu não tenho mais... acha mesmo?

Apertei sua mão.

— Um homem grande e forte como você? É claro que irá querer. Ela e todas as outras.

— Não quero ficar reclamando. Sei que você está fazendo o melhor que pode, mas Deus, como dói...

— Tente tomar um pouco mais deste chá.

— Precisa de ajuda? — Bran entrou em silêncio com um pequeno cantil na mão. — Gull deixou isto. É uma bebida de seu país, muito forte. Ele guarda para ocasiões especiais.

— Não sei se conseguirá engolir. Talvez um gole. Coloque neste chá. Você tem razão. É hora de tomar medidas mais drásticas. Pode levantar a cabeça e os ombros dele? Obrigada.

Era um cantil de prata, revestido de madeira fina, entalhada com um desenho espiral. A tampa era de vidro âmbar, no formato de um pequeno gato.

— Não muito. Tem que ficar em seu estômago ao menos por algum tempo.

Pouco a pouco, em pequenos goles, consegui fazer que Evan tomasse aquela mistura forte enquanto Bran, sentado atrás dele, o segurava.

— Já entendi sua estratégia, Chefe — disse o ferreiro, com voz fraca. — Esperou até eu ficar assim para me envenenar, não é? Mas deixe que ela mesmo me envenene.

— Sim, afinal, para que estou aqui senão para fazer os caprichos dela?

— Chegou sua hora, Chefe.

— Agora fique quieto — eu disse. — Já falou demais. Beba isto e pare de falar.

— Está ouvindo? — disse Bran. — Ela gosta de dar ordens. Nossos homens não viam a hora de ir embora.

Os olhos de Evan se fecharam.

— Eu disse que ela era o seu tipo, Chefe — ele disse, quase sem voz.

Bran não respondeu.

— Durma — eu disse, colocando de lado a caneca de chá, que agora estava só pela metade. Ele tinha conseguido tomar mais do que eu imaginava.

— Descanse. Pense em sua Biddy. Quem sabe ela não consegue ouvir, além-mar? Às vezes, isso é possível. Diga a ela que logo irá vê-la. Que ela não precisará esperar tanto.

Depois de algum tempo, Bran o deitou novamente e colocou sob sua cabeça uma manta dobrada para facilitar sua respiração.

— Tome — disse ele, estendendo-me o cantil prateado.

— Não sei se é uma boa ideia — respondi, pegando o cantil e observando o padrão do desenho que saía de sua mão e subia pelo braço, agora que sua camisa estava com a manga arregaçada até o cotovelo. — Tenho que estar pronta para acordar quando ele precisar.

— Mas você precisa dormir.

— E você também.

— Não se preocupe comigo. Tome um bom gole. Irá ajudá-la a descansar.

Encostei o cantil na boca e engoli. A bebida era forte como fogo. Inspirei com dificuldade e senti um calor no corpo todo. Devolvi o cantil.

— Tome um pouco, você também.

Ele tomou, tampou o cantil e se levantou.

— Pode me chamar quando ele acordar — pela primeira vez senti um pouco de retraimento em sua voz. — Você não precisava fazer tudo sozinha.

Uma profunda tristeza tomou conta de mim e pedi as bênçãos de Brighid para me ajudar. Arrogância, escárnio e indiferença eram coisas com as quais eu sabia lidar bem. E até com autoridade excessiva. Discutir com ele era quase divertido. Mas aquelas palavras ternas me desmontaram. Eu provavelmente já estava um pouco bêbada. Dormi com a imagem de Sevenwaters em minha mente: as árvores frondosas e escuras, a luz do sol adquirindo os mais diferentes matizes e as águas claras do lago. Tudo tão perfeito... e tão distante.

# Capítulo 6

Acabamos por estabelecer uma rotina e nos acostumando a trabalhar juntos. Enquanto eu dormia, Bran vigiava e cuidava do doente. E enquanto ele dormia, o que era raro, me fazia ficar dentro do abrigo, e eu obedecia. Os dias foram se passando e a febre ia tomando conta do corpo de Evan, tirando pouco a pouco a vida de seus olhos. Seria fácil para Bran me dizer que eu é quem havia insistido em manter aquele homem vivo, fazendo-o passar, desnecessariamente, por todo aquele sofrimento e ter uma morte lenta. Para mim, é fácil culpar Bran por fazer o doente viajar sem estar pronto. Mas não falamos sobre essas coisas. Na verdade, quase não falávamos. Não era necessário. Comecei a perceber, naturalmente, quando ele precisava ficar sozinho, então eu ia para dentro ou para perto da piscina, sentar-me nas pedras e aquietar a mente. Havia pedras esculpidas ao redor da água, placas monumentais semicobertas por líquen e samambaias. Não restavam dúvidas que os construtores daquele abrigo eram guardiões das antigas tradições, e eu os reverenciava, com respeito, ao passar.

Bran e eu agora nos comunicávamos de uma maneira diferente. Não era mais preciso jogar com as palavras. Evan continuava no mesmo estado e, no fundo, eu me permitia ter esperanças que ele podia melhorar. Tivemos um momento de descanso uma noite, enquanto ele dormia, e nos sentamos no lado de fora, sob a lua crescente e um manto de centenas de estrelas, comendo coelho assado com alho, ouvindo os sons das pequenas criaturas na vegetação rasteira ao redor e o pio solitário de uma coruja. Estávamos em completo silêncio. Eu percebi, então, que confiava em Bran, algo que jamais julguei possível.

— Diga a verdade — ele disse, quando terminamos de comer. — Ele tem alguma chance?

— Irá sobreviver até amanhã de manhã. Estou tentando não antecipar as coisas.

— Você aprende rápido.

— Sim. Este é um mundo totalmente diferente. Velhos conceitos e convenções não funcionam aqui.

— Agora me diga: você conhece bem a arte das ervas e poções. O que usou para fazê-lo dormir quando cortamos o braço dele? Era bem forte. Ainda tem um pouco dessas ervas?

Não conseguia ver direito seu rosto no escuro, mas ele me olhava fixamente.

— Sim. Gull comentou sobre elas. Pegou um pouco, cheirou e disse o nome de praticamente todos os ingredientes. Foi uma surpresa para mim.

— A mãe dele era herbalista, famosa em seu país. Alguns a chamavam de bruxa, o que levou a perseguições e a sua morte. Gull já passou por situações muito difíceis.

Não resisti:

— Pensei que esses homens não tivessem passado.

— Eles aprendem a se esquecer dele. Para o trabalho que fazemos, um homem não pode carregar fardos e lembranças. E nem esperanças. Para ser o que somos, temos que pensar apenas no momento presente.

— Eu já conhecia a história de Gull.

— Ele lhe contou?

— Os outros me contaram. Cada um tem sua história. Não estão assim tão esquecidas. E cada um tem sua esperança. Ninguém vive sem ela.

— Não?

Vi que não adiantava continuar com aquele assunto.

— Nunca se sentiu tentada? — ele perguntou. — Quando seu paciente está sentindo dores extremas e você sabe que ele não tem chance de sobreviver? Em de continuar sofrendo, ele não pode simplesmente entrar em sono profundo e não acordar mais?

Eu já havia pensado nisso.

— É preciso tomar cuidado — respondi. — Mexer com coisas assim é perigoso, e não apenas para a vítima. Todos nós temos a hora certa de partir. A deusa é quem decide. Eu só faria algo assim se sentisse que é a mão dela que está me guiando.

— Você segue mesmo a fé antiga?

Fiz um gesto afirmativo, relutante em falar sobre as tradições de minha família.

— Tem certeza de que não consegue fazer isso se ele continuar a piorar?

— Se eu fizer isso, serei igual a você, com sua faca. Com sua solução conveniente. Eu curo, não mato.

— Mas faria, se tivesse que fazer.

— Não faria algo que ofendesse a deusa, a menos que tivesse certeza que é a vontade de Evan. Não posso dizer o que faria ou não antes que as coisas aconteçam.

— Bem, você terá a chance de descobrir.

Não respondi.

— Você acredita, então — ele continuou — que eu teria feito isso com você? Usado minha solução conveniente porque você estava me atrapalhando?

— Acho possível. Tudo que ouvi de você só me faz crer que sim.

— Eu jamais teria feito isso.

— Hoje eu sei.

— Não me leve a mal. Não sou uma pessoa sensível. Minha consciência não me perturba. Tomo decisões rápidas e não me permito me arrepender delas. Mas não saio por aí destruindo e matando inocentes sem mais nem menos.

— Então por que você... — já era tarde. Tinha falado demais.

— Por que eu fiz o quê? — o tom de sua voz agora era ameaçador. Ele havia me enganado com suas palavras gentis.

— Nada.

— Conte. O que ouviu falar de mim?

— Eu...

Não adiantava mais ficar em silêncio. E ele perceberia caso eu mentisse.

— Fiquei sabendo, há algum tempo, de um grupo de homens que foram vítimas de uma cilada em suas próprias terras. E que o líder desse grupo foi pego e o seguraram, forçando-o a assistir seus amigos sendo mortos, um por um. E tudo isso por nada, simplesmente como uma demonstração de habilidades. Segundo ele... segundo a descrição que me deram, ficou claro que você foi o responsável.

— Ah, sim? Quem lhe contou isso? Onde você ouviu esta história?

— Quem é seu pai? Onde você nasceu? Vamos jogar limpo, então.

— Você sabe que não vou lhe dizer.

— Um dia irá dizer, sim.

Senti novamente aquele calafrio, como se um fantasma tivesse passado e me tocado. Não sei por que disse essas palavras, mas sabia que eram verdade.

— Sentiu também? — ele perguntou, com voz estranha.

Olhei para ele.

— Senti o quê?

– Um frio, de repente, como uma corrente de vento. Talvez o tempo esteja mudando.

– Talvez.

Aquilo estava ficando ridículo. Primeiro, eu via seus pesadelos e agora ele sentia quando a Visão me tocava. Estava mais do que na hora de eu ir para casa.

– Ele se chama Eamonn – ele disse, devagar. – Eamonn de Marshes. Seu pai já tinha má fama e o filho só fez piorá-la. Meus homens a pegaram em Littlefolds, não foi? Na divisa das terras de Eamonn? O que ele é seu? Primo? Irmão? Amado?

– Claro que não – respondi, o coração disparado.

Não podia revelar a ele quem eu era. Não podia deixar minha família vulnerável.

– Ele é apenas um conhecido. Ouvi quando contou a história, só isso.

– Onde?

– Não é da sua conta.

– Pois lhe digo para não se aproximar daquele homem. É da pior espécie. Ninguém que mexa com ele escapa ileso.

– Você deve estar falando de si mesmo, não de Eamonn.

– E você está sendo muito rápida em defendê-lo. É ele que espera ansiosamente por seu retorno, como dizem meus homens?

– Seus homens sofrem de excesso de imaginação, provavelmente por falta de entretenimento. Não tenho um homem me esperando em casa, somente minha família. Foi assim que escolhi.

– Acho muito pouco provável.

– Pois é a mais pura verdade.

Ficamos em silêncio por alguns instantes. Ele encheu novamente minha caneca e a dele. Eu já estava ficando sonolenta.

– Não foi um ato impensado – ele disse, finalmente. – E não foi um massacre de inocentes. Somos homens; fazemos trabalho de homens. Pergunte a seu querido Eamonn quantos eles já matou sem motivo. Fomos bem pagos por um velho e poderoso inimigo dele para fazer o que fizemos. Seu pai fez grandes estragos quando era jovem e o filho está pagando o preço. Claro, dei um toque meu ao trabalho. Mas ouvi dizer que ele não ficou impressionado.

— A mim pareceu apenas um massacre sem sentido. E o gesto arrogante de um homem que se considera intocável.

O silêncio foi gelado. Comecei a me arrepender de minhas palavras, por mais verdadeiras que fossem. Quando ele falou novamente, seu tom estava diferente, um tanto sem jeito:

— Pois espero que você tome cuidado. Não confie nesse Eamonn. Se aceitá-lo como marido, ele acabará com você. Não desperdice sua vida assim. Conheço bem o tipo: diz-lhe belas palavras e o faz acreditar nele. Mas só sabe sugar as pessoas.

Olhei para ele estupefata.

— Não consigo acreditar! Você me dando conselhos sobre como viver minha vida? E quem disse que eu sou do tipo que gosta de ouvir belas palavras?

— Toda mulher quer ser bajulada — ele respondeu, em tom de desdém.

— Pois eu não. Prefiro muito mais a honestidade. Palavras de afeto, palavras de... amor ou palavras doces não têm valor se usadas somente para atingir objetivos. Eu saberia se um homem não estivesse sendo sincero comigo.

— Imagino que tenha muita experiência no assunto.

Não sabia se ele brincava ou falava sério. Mas estava certa de que ele não tinha senso de humor.

— Eu saberia, sim. No fundo de meu coração eu saberia.

Alguns dias depois, Evan não conseguia mais manter alimentos no estômago. Sua garganta estava totalmente inchada e a febre deu lugar a uma letargia terrível, anunciando seu fim. Sem as infusões de ervas, a dor teria sido insuportável, mas ele estava agonizando. Mas forte como era, sofria sem reclamar.

Não havia chá ou erva que pudesse ajudá-lo a passar com tranquilidade deste mundo para o outro. Ele sabia que a hora tinha chegado e enfrentou tudo com coragem.

O dia passou lentamente e a tarde chegou. O ar dentro da câmara agora estava mais frio e eu ouvia vozes e sons sutis, como se forças invisíveis estivessem se preparando para levar consigo o ferreiro.

— Diga-me a verdade — disse Evan. — Minha hora chegou, não chegou?

Eu estava sentada no chão ao seu lado, segurando sua mão.

— A deusa o está chamando. Talvez seja hora de você partir. Mas como é um homem corajoso, enfrentará tudo com tranquilidade.

— Você foi muito boa para mim. Fez o seu melhor.

— Tentei, mas lamento não ter sido suficiente.

— Ah, não. Não chore por mim... — sua respiração estava irregular agora. — Enxugue essas lágrimas. Você tem muito tempo pela frente. Não desperdice lágrimas com um alguém como eu.

Isso só fez aumentar minhas lágrimas, não só pela perda daquele bom homem, mas também por minha mãe, que estava no mesmo caminho, e pela pobre Niamh, que não pôde atender aos apelos de seu coração. E também pelo mundo, que fazia os homens desperdiçarem seus melhores anos lutando, se escondendo e matando. Chorei porque não tinha a menor ideia de como consertar tudo aquilo.

Evan ficou em silêncio por um bom tempo e depois começou a falar de sua esposa, Biddy. Ela tinha dois filhos de outro homem, e eram bons garotos. O pai é que não prestava, batia nela. Tinha sido uma vida dura. Mas o safado morreu. Ele achou melhor não dizer como foi a morte. E agora, ela era dele. Estava esperando ele desistir de tudo aquilo e voltar para casa. Assim que ele chegasse, mudariam-se e ele construiria uma pequena fornalha em alguma vila, talvez em outro país. Sempre haveria trabalho para um homem habilidoso. E Biddy também sabia trabalhar como ninguém. Evan ensinaria aos garotos sua profissão, lhes daria um futuro. Enquanto falava, às vezes eu tinha a impressão que ele achava que era Biddy que estivesse ali, segurando sua mão. Sorri assim mesmo e fiz que sim com a cabeça.

Eu tinha agora a chance de lhe fazer uma pergunta e aproveitei o momento.

— Evan, preciso dizer uma coisa enquanto você ainda está me entendendo.

— O que é?

— Não temos muito tempo, você sabe disso. A dor é grande e irá aumentar. Eu... queria lhe dar uma poção forte para você dormir, que o ajudaria no final. Mas você não conseguirá tomá-la. Portanto, se quiser... se quiser abreviar isso, eu posso pedir a Bran... posso pedir ao Chefe para... para... — não conseguia dizer as palavras.

— ... sabe o que eu quero. Chame o Chefe... assim falo com os dois... poupo fôlego.

Saí e fui chamar Bran, enxugando o rosto para tentar disfarçar as lágrimas. Ele estava perto, encostado em uma parede de pedra, olhando para um ponto distante, aparentemente perdido em pensamentos. Sua expressão era séria.

— Você pode... pode entrar comigo um instante?

Ele deu um pulo como se eu tivesse batido nele e depois me seguiu, sem dizer uma palavra.

— Tenho algumas perguntas. Sente-se, Chefe. Não tenho muito fôlego. Tenho que falar logo.

— Estou aqui. Estamos os dois aqui.

— Sabe o que ela me perguntou? — disse ele, com uma sombra de sorriso no rosto.

— Não faço ideia.

— Se eu não quero que você acabe logo comigo. Não consegue fazer isso sozinha. Acredita? Que menina.

Os dois olharam para mim com a mesma expressão no rosto. Brighid, por que não me ajudou a conter aquelas lágrimas?

— Não, não quero, mas agradeço a oferta. Não é fácil. Quero... quero ir lá para fora, sob as estrelas, perto do fogo. Sentir o cheiro das pinhas queimando, a brisa da noite no rosto. E um gole de bebida forte, talvez, para diminuir o frio. Conte uma história, uma história boa e longa. É isso que eu quero.

— Bem, acho que podemos providenciar — disse Bran, olhando para mim, novamente com aquela expressão no rosto, só que desta vez ela permaneceu por mais tempo. Os olhos cinza-claros e sinceros; olhos de uma pessoa de bem. E os traços suaves, demonstrando consideração, e algo mais.

Senti que aquele Bran sem máscara era infinitamente mais perigoso para mim do que o Homem Pintado jamais seria.

— E mais uma coisa — sussurrou Evan. — Chefe. Sobre minha mulher. Gull sabe onde minhas coisas estão escondidas. Precisa cuidar dela e dos filhos. Economizei bastante. Deve dar. Gull sabe onde ela está.

Bran fez um gesto afirmativo.

— Não se preocupe. Garanto que eles estarão bem protegidos e em boa situação. Já tinha planos para isso.

O rosto pálido dele se iluminou, e ele olhou para mim.

— Bom homem o Chefe — murmurou.

— Eu sei — respondi.

Bran carregou o ferreiro para fora sem esforço, apesar de seu grande tamanho e peso. E eu peguei as mantas, a água e os panos. Estava anoitecendo, finalmente, depois de um dia longo e interminável. Acomodamos Evan entre as rochas do lado de fora, meio sentado e bem agasalhado nas mantas. Escolhemos um lugar em que estaria abrigado do vento forte, mas onde ainda poderia sentir a brisa. O ar tinha cheiro de chuva. Torci para que não caísse antes do amanhecer.

Bran acendeu uma pequena fogueira, cercada por pedras que trouxe da fonte de água, e desapareceu. Evan estava em silêncio agora. A movimentação havia drenado o restante de suas forças.

Fiquei pensando que tipo de história seria apropriada para a última noite de um homem neste mundo. Ele havia pedido que fosse uma história longa. Sentei-me abraçando os joelhos, olhando para a chama da fogueira. Teria de ser uma história que lhe desse esperança. E que eu pudesse contar sem chorar. Bran retornou em silêncio, segurando algo dentro da camisa, que despejou na frente da fogueira. Eram pinhas. Peguei algumas e as joguei no fogo, fazendo uma oferenda silenciosa à deusa. O cheiro trazia a imagem de altas montanhas, de neve e de grandes pássaros voando em círculos no céu.

— Chefe — sua voz agora estava muito fraca.

— Estou aqui — Bran se sentou ao lado dele, o que o colocou, apesar de o ferreiro estar no meio, mais próximo de mim do que os três ou quatro passos que seu código de regras estabelecia.

— A moça. Você tem que me prometer que ela voltará para casa, e em segurança, quando tudo isso acabar. Prometa, Chefe.

Bran não respondeu. Ficou olhando para o fogo.

— Estou falando sério, rapaz.

Por mais fraco que estivesse, sua voz foi firme e exigia uma resposta.

— Não sei que valor pode ter a promessa de um homem como eu. Mas lhe dou minha palavra, ferreiro.

— Bom. Conte a história agora, menina.

Comecei então. Tentei dar à fábula o máximo de mistério, mágica e encantamento que pude. Mas não me esqueci das coisas simples, que também têm seu lado maravilhoso apesar de serem cotidianas. O herói da história se apaixonou, se casou e teve seu primeiro filho. Conheceu a amizade e a lealdade dos companheiros de combate. Viajou para terras distantes e misteriosas e teve a alegria de voltar para casa. Fiquei olhando o fogo na maior parte do tempo, mas de vez em quando observava o rosto de Evan, com seus traços esmaecidos e sinceros, enquanto ele fitava as estrelas. Bran pegava o cantil de vez em quando, despejava algumas gotas da bebida nos dedos e molhava os lábios do ferreiro. Mas depois de algum tempo, guardou-o no bolso e ficou só ouvindo. A história continuou.

Fui emprestando trechos de alguns contos e criando outros. A lua crescente surgiu no céu e jogou sua leve luz sobre nós. A brisa veio, com cheiro de mar, e a noite ficou mais fria. Bran se levantou e foi pegar seu manto.

— Tome — disse, com um pouco de timidez na voz, colocando-o sobre meus ombros. E, algum tempo depois, trouxe-me uma caneca d'água. Foi uma história muito longa. Seria bom se Sean, Niamh ou Conor estivessem ali para me ajudar, mas não estavam. Eu tinha que me controlar para não começar a chorar novamente. As estrelas brilhavam como joias no céu aveludado. Parecia um manto ricamente bordado.

— Mas chegou o momento — eu disse — em que a deusa chamou Eoghan para junto de si, pois havia chegado o dia de ele seguir em frente; de seu espírito se libertar de seu corpo e partir para a etapa seguinte. E quando a deusa chama, não há como deixar de atender. Mas Eoghan pensou em sua esposa, em seu filho, que ainda era pequeno, e se sentou nas pedras entalhadas quando percebeu que sua hora havia chegado. E perguntou:

"— Como iria deixá-los? Como ficariam sem ele? Quem cortaria lenha para sua esposa, quem iria ensinar seu filho a caçar?

Então, a deusa lhe mostrou, por meio de uma visão, e tocou seu coração. E ele entendeu.

— Sua esposa irá chorar sua morte, mas o amor que tem por você a manterá firme. Ela colocará um pouco deste amor em cada ponto, em cada vestido que fizer (pois ela era costureira). E seu filho refletirá a sua imagem ao praticar a arte que você lhe ensinou. Com o tempo ele também será um homem, amará e será feliz, carregando consigo o coração ávido por vida e aventuras que herdou de você; que se maravilhava cada vez que você lhe contava suas histórias. Um dia seu espírito estará com eles novamente; talvez na forma de uma grande árvore frondosa, em cuja sombra seus netos brincarão. Ou talvez na de uma grande águia, voando tranquila no céu, observando sua amada enquanto ela estende seus tecidos para secar. E ela olhará para cima, protegendo os olhos da luz do sol. Você estará com eles, e eles saberão. Não sou tão cruel. Da mesma forma que tiro, eu lhes dou."

Coloquei os dedos no pulso de Evan para ver se o sangue ainda pulsava sob a pele.

— Ainda está respirando — Bran disse baixinho. — Mas bem pouco. Não sei se ainda a ouve.

Mas ele havia pedido uma história longa. Eu tinha que continuar. Pelo menos mais um pouco. Meu corpo estava rígido e dolorido. Estava tão cansada que não tinha mais certeza se minhas palavras faziam sentido.

— Naquele mesmo dia, o filho de Eoghan foi olhar as ovelhas e, ao retornar, passou pelas pedras entalhadas no caminho, pois gostava de brincar com as formas dos desenhos, passando o dedo entre elas: uma longa espiral, uma corrente de formas sinuosas, um lobo rindo e um pequeno rosto enigmático. Mas quando se aproximou, deu de frente com o corpo de seu pai, deitado tranquilo no chão, os olhos abertos para o céu. Ele não tinha completado doze anos ainda, mas era o filho daquele homem. Colocou, então, as mãos de seu pai cruzadas sobre o peito, fechou seu olhos sem vida e correu para o vilarejo, trazendo dois homens e uma tábua. Só então foi para casa e deu a notícia à mãe. E foi como se a deusa tivesse falado. Os dois sofreram, mas continuaram sua vida. O amor de Eoghan os tornou fortes. Envolvia-os como um grande manto brilhante, aquecendo seus corações e clareando suas mentes. E sua morte só fez torná-los mais fortes ainda. Este amor permaneceu também nos espíritos de seus amigos, que honraram sua memória com grandes feitos e jornadas de descoberta.

Eoghan partiu para o Outro Mundo, para o outro lado da existência e para sua nova vida. Mas o que ele fez e tudo que ele foi continuou a brilhar e a ajudar a todos por muitos anos ainda. Este é o legado de um grande homem.

Ouvimos então um ruído áspero. Evan inspirou e teve um espasmo. Bran passou o braço em seus ombros e o ergueu um pouco.

— Vire-o nesta direção — eu disse. — Para o oeste.

Havia chegado a hora. Minha história durou o tempo certo. Levantei-me, olhando para o céu cheio de estrelas.

— Manannán mac Lir, filho do mar! — chamei com o resto de voz que eu ainda tinha. — Acompanhe este homem em sua jornada! Ele trabalhou e lutou bravamente. Está pronto para partir. Permita que ele navegue com ventos bons e mar tranquilo.

Levantei os braços na direção oeste. Uma nuvem passou, cobrindo a lua, e as folhas se moveram ao nosso redor. Com o vento que passou por nós eu senti uma leve vibração, quase inaudível, como a nota de um instrumento gigante. Como a eterna voz da Terra. Fiz um sinal de proteção no ar.

— Que a deusa Danah nos guarde. Que guie nossos passos.

Enquanto isso, Bran deitou o corpo do ferreiro novamente sobre a manta. Não havia mais o que dizer. Estava acabado. O dia havia terminado. Eu não queria pensar no amanhã. Minhas costas doíam, meu coração estava cheio de lágrimas e o cansaço era tão grande que eu não conseguia sair do lugar. Fiquei ali, olhando para o oeste, sem ver coisa alguma. O que eu precisava naquele momento era impossível. Em casa com certeza haveria alguém para me abraçar com carinho e dizer "está tudo bem, Liadan. Já acabou. Você fez tudo que pôde. Chore se tiver vontade". Mas ali não havia quem pudesse fazer isso. Só ele estava comigo. E um gesto como esse da parte dele seria impensável.

Forcei meu corpo a se mover. Evan estava com o semblante tranquilo, o braço esticado ao seu lado e os olhos fechados. Talvez seu espírito ainda não tivesse partido, mas não iria demorar. Ajoelhei-me ao seu lado, beijei e afaguei lentamente seu rosto e observei a expressão de paz que ele tinha agora, depois de tanto sofrimento.

— Adeus — sussurrei. — Você morreu da mesma maneira que viveu: com bravura e coragem. Descanse em paz.

Quando fui me levantar, minhas pernas ficaram bambas e as estrelas começaram a girar no céu. Bran me pegou rapidamente pelos braços antes que eu caísse.

— Você precisa descansar. Vá para dentro. Leve o lampião. Eu fico cuidando dele. Teremos tempo para fazer tudo que for necessário de manhã.

Balancei a cabeça.

— Não, não vou entrar ali. Não sozinha — minha voz estava estranha, distante.

— Deite-se aqui, então — disse ele, guiando-me para o outro lado da fogueira. Ajudou-me a deitar sobre uma manta e me cobriu com seu manto.

— Eu não... você precisa me acordar quando...

— Shhh! Durma um pouco. Eu a acordo de manhã.

Cansada demais para chorar ou mesmo para pensar, obedeci.

Não queria mais chorar. Sentia agora um vazio, como se nada fizesse sentido e eu estivesse sendo carregada, como uma folha seca, à mercê dos ventos. Já não tinha mais lágrimas. Durante meu breve sono, tive sonhos estranhos, intensos, dos quais não conseguia lembrar direito. Estava à beira de um despenhadeiro tão alto que só via a névoa abaixo, e uma voz me dizia "pule. Você sabe que tem o dom de modificar as coisas. Vamos lá, pule". Foi um alívio acordar logo ao amanhecer e me ocupar lavando o corpo do ferreiro com água fresca e algumas folhas de poejo que cresciam em abundância perto da água. O cheiro era fresco e doce.

Trabalhava rápido, mas com respeito. Logo o corpo começaria a enrijecer. Tínhamos que tirá-lo dali antes. Bran estava mais abaixo, no morro, cavando com uma pá. Não perguntei onde ele a conseguiu ou o que estava fazendo. Percebi, agora que minha tarefa estava quase terminada e eu tinha mais tempo de olhar ao meu redor, que o lugar não era tão tranquilo quanto eu imaginava. Assustei-me com o ruído de um cavalo saindo de trás dos arbustos e se aproximando de mim, enquanto estava ali, ajoelhada. Era uma égua atarracada, de crina longa e pelagem acinzentada. Usava um freio simples, mas estava solta. Imaginei que pertencesse a Bran e fosse bem treinada para não se afastar muito dali.

O sol nasceu e começou a ventar mais forte. O céu foi ficando coberto de nuvens. E dava para sentir o cheiro do mar. Provavelmente choveria antes do anoitecer. E talvez eu já nem estivesse mais ali. Terminei, arrumei tudo e chamei Bran.

— Vamos enterrá-lo.

Eu preferiria esperar, para ter certeza. O espírito pode levar até três dias para partir. Qualquer outro morto ficaria em paz por três dias em uma câmara escura, com velas ao redor, enquanto os parentes e amigos se despedissem. Mas ele teria que ser enterrado agora, enquanto ainda tínhamos condições, e seu túmulo não teria qualquer sinal de identificação. O Homem Pintado não deixava rastros.

Colocamos Evan na cova, com a cabeça virada para o norte. Bran havia calculado bem a profundidade e a largura. A terra retirada estava bem ao lado, pronta para ser recolocada. Olhei para ele. Estava calmo, mas um tanto pálido. O esforço não parecia ter sido tão grande. Já devia ter feito aquilo muitas vezes, daí a facilidade para calcular as medidas necessárias. O que era a perda de mais um homem em uma vida cheia de mortes?

A luz dourada do sol iluminava a expressão cansada de Evan. O vento balançava os arbustos ao nosso redor.

— Eu gostaria de fazer isso da maneira correta. Se você não se importar, claro.

Ele concordou com um gesto de cabeça. Caminhei então, lentamente, ao redor da cova, e parei de frente para o leste, sentindo a brisa em meu rosto.

— Seres do ar, honramos vossa presença. O espírito deste homem se liberta agora de seu corpo e se encaminha para o Outro Mundo. Levai-o consigo, em suas asas brandas, abrigai-o e auxiliai-o em seu voo para que ele siga rápido e preciso como uma flecha.

Fui para o outro lado, desta vez de frente para o oeste.

Uma sombra desbotada se espalhou pelo chão. E uma gota solitária de chuva caiu, formando um pequeno círculo na terra.

— Seres de Manannác, vós que habitais as águas misteriosas e profundas, invoco vossa presença neste momento. Encaminheis este homem em sua jornada, guiando-o como se estivesse em uma embarcação do mais puro carvalho, enfrentando as ondas com força e orgulho. Porque foi assim que ele viveu sua vida.

Dei mais alguns passos, agora me posicionando de frente para o norte, de costas para a colina e para a cova.

— Vós que habitais a terra, cujas secretas canções vibram e que são acalentados pelo coração de nossa grande mãe, ouvi-me. Recebei o invólucro deste bom homem. Que ele possa fazer parte do novo e do antigo, que convivem em harmonia neste recanto de profundo mistério.

Faltava pouco agora. Fui para a cabeceira da cova, onde estava Bran, posicionei-me ao lado dele e me virei para o sul.

— E por último, invoco a vós, luminosas salamandras, espíritos do fogo! Surgi e brilhai, conduzindo a este que é um de vossos semelhantes. Pois este foi um grande ferreiro, considerado o melhor de Gaul e de toda a região. Em sua profissão, manipulava o fogo, sempre com grande habilidade e respeito por seu poder. Com fogo e o suor de seu trabalho, forjava armas e ferramentas, moldando o metal até obter a forma desejada. Fagulha a fagulha, chama a chama, que seu espírito suba aos céus como uma grande labareda.

No alto do morro, nossa pequena fogueira ainda ardia. Dava para sentir o cheiro da fumaça, chegando com o vento. E o cheiro do pó que eu havia espalhado sobre o carvão; uma quantidade bem pequena, mas pura e concentrada, de raízes de acônito e cerefólio, macerados até se transformar em puro pó. Sempre tinha um pouquinho em minha sacola para emergências desse tipo. Jamais havia realizado esse tipo de cerimônia e esperava nunca mais ter de fazer de novo.

Ficamos em silêncio durante alguns instantes. Abaixei-me, então, peguei um pouco de terra e joguei sobre a cova. Descobri que ainda tinha lágrimas para chorar, mas as contive e fiquei apenas observando enquanto Bran pegava a pá e terminava o serviço. Foi rápido e bem feito. Ele nivelou o solo, espalhou folhas sobre o local e jogou alguns galhos. Ninguém diria que havia um corpo enterrado ali, apenas rastros de esquilos e de eventuais ratos, procurando abrigo. Do pó vieste, ao pó retornarás.

O espírito já havia partido. Fiz tudo que pude para apressar sua jornada.

Agora que havia acabado, não conseguia mais evitar a pergunta. Não conseguia mais viver apenas o momento presente e fingir que o futuro não importava. Precisava falar com ele e perguntar o que aconteceria agora com nós dois.

Mas não conseguíamos falar. Voltamos para perto do fogo, eu arrumei minhas coisas e ele preparou uma rápida refeição. Nem lembro direito o que era. Apenas nos sentamos e comemos em silêncio. Depois, ele pegou o cantil, destampou, tomou um pouco e me passou. Tomei um bom gole. A bebida forte me ajudou a sentir um pouco melhor. O fogo já tinha apagado e agora só havia carvão em brasa, mas o cheiro das ervas continuava. Passei o cantil de volta para ele. Não olhávamos um para o outro. Nem falávamos. Provavelmente, um estava esperando o outro tomar a iniciativa. O tempo foi passando e o sol ia se encaminhando para o oeste. Nuvens foram se formando no céu. O ar estava úmido, pesado. "Minha casa", pensei. "Tenho que ir para casa. Tenho que perguntar". Mas não perguntei. Uma tristeza tomou conta de mim, uma sensação de abandono, de estar em um caminho distante, em um lugar desconhecido e estranho. Mas em vez de tentar me recuperar, de resolver o problema, continuei sentada, em silêncio, pegando o cantil cada vez que ele me passava, tomando um gole e devolvendo. Depois de algum tempo, a bebida acabou, mas nós continuamos ali, sentados, sem dizer uma palavra. Minha mente estava nebulosa, vazia.

Como alguém pode viver sem calor humano? Não é esta a primeira sensação que temos ao vir ao mundo, quando nossa mãe nos toca? Sentimos sua mão deslizando em nosso rosto, em nossas costas, enquanto ela sorri, derramando lágrimas de exaustão e contentamento. Esse toque de amor é a primeira coisa de que temos consciência. E da sensação de seus braços nos envolvendo, enquanto ela canta para nos acalmar. É algo simples e tão antigo quanto a existência humana. Então uma canção me veio à mente; fragmentos da letra de uma canção de ninar. Comecei a cantá-la baixinho. Era uma música que minha mãe cantava para Sean e para mim, e que ficou guardada em minha memória. Parecia combinar com o momento e com aquele lugar antigo em que nos encontrávamos. Enquanto eu cantava e o vento passava pela colina, uma voz pareceu entremear a canção, fundindo-se a ela. Era como se viesse das profundezas da terra. "Pule", dizia. "Pule agora". Senti algo escorrer em meu rosto. Seria uma lágrima ou uma gota de chuva? Se eu estava chorando, não entendia o motivo. A canção terminou, mas a voz profunda no vento continuava, enquanto as nuvens escuras aumentavam no céu. Olhei para Bran, pensando em sugerir que entrássemos. Até a égua cinza já tinha ido se abrigar sob as árvores.

Mas ele estava dormindo, o que não era tão absurdo, uma vez que não tinha tirado sequer um cochilo, como eu. Sua figura, repousando ali, era bizarra. A pele desenhada, o cinto de couro cheio de pequenos apetrechos e a arma ao seu lado não combinavam com sua postura: pernas dobradas, joelhos para cima, cabeça apoiada em um braço e o pulso da outra mão encostado na boca. Dormindo assim, parecia vulnerável como uma criança. Seus olhos tinham olheiras profundas. Até um homem forte como ele sentia os efeitos da privação de sono por muito tempo. Levantei-me devagar para não fazer barulho, peguei o manto e o coloquei cuidadosamente sobre ele. Não queria me arriscar a acordá-lo, pois sabia que não iria querer ser visto daquela maneira, sem sua perene postura de vigília. Melhor seria deixá-lo sozinho. Na verdade, melhor mesmo seria pegar o cavalo, uma faca afiada, e partir. Ir para casa. Seguir na direção sul, na direção de Sevenwaters. Conseguiria chegar à estrada antes do entardecer se me apressasse.

Mas não fui. Somente saí de perto para lhe dar um pouco de privacidade. Peguei uma manta, embrulhei-me nela para me proteger caso chovesse, peguei o lampião para acender mais tarde e fui para perto da piscina natural. Sentei-me sobre as pedras lisas observando as nuvens escuras que tingiam o céu de cinza-rosado. Um trovão ecoou a distância.

"Covarde", pensei comigo mesmo. "Por que não escapa enquanto pode? Quer ir para casa, não quer? Então por que não aproveita a oportunidade? Idiota". Mas por trás dessas palavras havia uma estranha calma; a sensação de estar pisando em território desconhecido. A estranha sensação que temos quando tudo ao nosso redor se modifica e nossa mente está tentando entender. Fiquei sentada durante um bom tempo. O céu foi escurecendo cada vez mais e apenas um pouco de luz se refletia na água. Gotas grossas de chuva começaram a cair. Hora de entrar, pensei. Mas não consegui me mexer. Algo naquelas rochas esculpidas me mantinha ali, me dizia para continuar sentada naquele lugar onde a voz da terra me chamava com o vento. Minha vontade era ficar ali a noite toda e me fundir com a paisagem para que de manhã houvesse em meu lugar apenas mais uma pedra desenhada e esculpida.

Estava frio. A tempestade estava próxima. Em minha casa, a essa hora, minha mãe provavelmente estava descansando, e papai, sentado na cama, revisando os registros da fazenda à luz de vela, molhando a pena na tinta e olhando para ela, deitada como uma pequena sombra, com suas mãos pequenas e frágeis, mais pálidas que o linho dos lençóis. Meu pai não chorava. Não na frente das pessoas. Guardava toda a dor em seu peito. Somente os mais próximos sabiam o que se passava em seu coração. Levantei-me e coloquei os braços ao redor do corpo. Eu devia ir para casa. Minha família estava precisando de mim. E eu dela. Não havia mais motivo para eu permanecer naquele lugar. Seria muita burrice minha pensar que... que....

— Liadan — chamou Bran, com voz suave. Virei-me devagar. Ele estava bem próximo, a menos de dois passos de mim. Era a primeira vez que me chamava pelo nome. — Pensei que tivesse ido embora.

Balancei a cabeça e passei a mão pelo rosto.

— Está chorando. Mas você fez o melhor que pôde. Não havia como salvá-lo.

— Eu... não devia...

— Foi uma morte tranquila. Você ajudou. E agora pode... pode ir para casa.

Fiquei parada, olhando para ele, sem conseguir falar. Ele respirou fundo.

— Gostaria... gostaria de poder enxugar essas lágrimas — ele disse, com a voz desconcertada. — Queria poder ajudá-la a se sentir melhor. Mas não sei como.

Não sei dizer o que me fez dar aquele passo para frente. Talvez a hesitação em sua voz. Sabia como era difícil para ele dizer aquelas coisas. Ou talvez a imagem dele sentado, dormindo, desprotegido. Mas uma coisa era certa: eu me destruiria se não o tocasse naquele momento. "Pule", dizia a voz no vento. "Pule agora". Fechei os olhos, me aproximei, abracei sua cintura, encostei a cabeça em seu peito e deixei as lágrimas cair. "Viu?", disse a voz dentro de mim. "Viu como foi fácil?" Bran se manteve imóvel por um instante, depois colocou os braços ao meu redor com todo cuidado, como se jamais tivesse feito aquilo e não soubesse exatamente como proceder. Ficamos ali, parados, e a sensação foi muito boa. Foi como voltar para casa depois de tanta dificuldade. Mas, até tocá-lo pela primeira vez, eu não tinha ideia de quanto precisava daquele toque. Não fazia ideia de que ele tinha a altura certa para colocar o braço ao redor de meus ombros. E para minha cabeça se apoiar em seu peito, perto do pescoço, e sentir a pulsação sob sua pele. Um encaixe perfeito.

Não sei dizer em que momento aquele abraço, que começou simplesmente como um gesto de conforto, se transformou em algo diferente. Não sei dizer o que veio primeiro: seus lábios descendo para tocar meus olhos, minha têmpora, a ponta de meu nariz, o canto de minha boca ou minhas mãos subindo e se enroscando em seu pescoço, meus dedos deslizando para dentro de sua camisa e tocando sua pele macia.

Ambos percebemos o momento de perigo. E quando seus lábios tocaram os meus não houve como nos distanciarmos. Não foi um beijo fraterno, e sim um encontro desesperado e insaciável de lábios, dentes e línguas que nos deixou trêmulos e sem fôlego.

— Não podemos fazer isso — sussurrou ele, enquanto sua mão deslizava em meu seio, sobre a velha camisa.

— Não podemos — sussurrei de volta, enquanto meus dedos acompanhavam as espirais e as voltas do desenho no lado raspado de sua cabeça. — Temos... temos de esquecer que isso aconteceu... e ....

— Shhh — fez ele, respirando em meu ouvido, as mãos descendo pelo meu corpo.

Foi-se, então, a última chance de recuar. Nossos corpos foram tomados por uma fúria, por uma onda intensa e violenta, daquelas que destroem tudo por onde passam; uma onda gigante, maravilhosa e ao mesmo tempo assustadora. A chuva caiu com força e as pedras onde nos deitamos, encrustados um nos braços do outro, se encheram de água, nos encharcando. Mas a água passou despercebida, pois naquele momento mãos exploravam cada ponto da pele macia, lábios descobriam lugares secretos e nossos corpos se moviam como um só; como metades de um único ser, completando-se com perfeição.

Quando o puxei para dentro de mim, senti uma dor aguda e devo ter emitido algum som, pois ele perguntou:

— O que foi? O que houve?

Silenciei seus lábios com a ponta dos dedos e logo esqueci a dor, pois me sentia derretendo como ouro com o calor de suas mãos. Abracei seu corpo e o agarrei com todas as forças. Não queria soltá-lo nunca mais. Mas não disse uma palavra. Aquele homem não tinha aprendido o significado do termo "carinho". Nunca tinha aprendido a amar. Como ele mesmo dissera, não sabia dizer palavras suaves. Mas suas mãos, seus lábios e seu corpo musculoso e rígido falavam com toda a suavidade por si só. Quando rolou no chão, me colocando sobre ele, olhei em seus olhos e vi, na semiescuridão, uma mistura de assombro e desejo que partiu meu coração. Curvei o corpo, beijando sua pele, e me descobri seguindo um ritmo forte, como o de um lento tambor, que me impelia a mover o corpo contra o dele, retesando e relaxando os músculos, tocando e me afastando cada vez mais rápido, até que, pela doce e poderosa Brighid, experimentei algo muito mais forte do que jamais imaginei. Ele gritou e me puxou para si e eu gemi com todo o calor que invadiu meu corpo. A profunda vibração que senti naquele instante me fez ver que as coisas jamais seriam como antes. Os contos descrevem a angústia dos amantes que o destino separa, mas que acabam se reencontrando e são felizes para sempre. Porém, nenhuma história se comparava a aquilo. Quando tudo acabou, deitamos, abraçados, sem saber o que dizer.

Depois de algum tempo, levantamos e fomos para dentro, acendemos o lampião e começamos a tirar as roupas ensopadas um do outro, a nos secar, e ele me disse, meio sem jeito, que eu era a coisa mais linda que ele já tinha visto. Deixei-me acreditar naquilo por um instante. Ele se ajoelhou para me secar e, depois de alguns instantes, disse:

— Ei, você está sangrando. O que foi? Eu a machuquei.

Não quis deixar transparecer minha surpresa.

— Não estou machucada — respondi. — Isso acontece na primeira vez, pelo que ouvi dizer.

Ele não respondeu, só olhou para mim e em seu olhar vi um homem totalmente diferente daquele que me ameaçava e insultava. Mas, ao mesmo tempo, era o mesmo homem. Ele afagou meu rosto com suavidade. E sua voz saiu trêmula:

— Não sei o que lhe dizer.

— Então não diga — respondi. — Só me abrace. Só me afague. Já é suficiente.

Fiz então algo que queria fazer há muito tempo. Comecei no alto de sua cabeça, onde se iniciava a complexa tatuagem. Fui passando os dedos pelo desenho, lentamente, descendo pelo nariz, deslizando pelo centro de sua boca de linhas firmes e retas, e pelo queixo forte. Toquei sua pele com os lábios e fui descendo. O desenho cobria todo o lado direito de seu corpo. Era uma verdadeira obra de arte, não apenas pelo desenho finamente detalhado, mas pela identidade do homem que ele expressava. Bran não era alto nem baixo, tinha ombros largos e o corpo forte, típico de alguém que levava uma vida de treinamento e luta. Mas a pele do lado esquerdo era jovem e sedosa.

— Pare, Liadan — ele disse, parecendo incomodado. — Não... não faça isso, a não ser que...

— A não ser?

— A não ser que queira que eu a tome novamente — ele respondeu, afastando minhas mãos com um gesto carinhoso.

— Bem, isso seria... bastante interessante — eu disse. — A menos, claro, que você não queira mais.

Ele se ergueu e, com um único movimento, me envolveu em seus braços, respondendo com voz imperiosa, beijando meus cabelos:

— Jamais. Impossível deixar de querê-la.

Deitamo-nos novamente, mas desta vez foi algo mais lento, diferente, mas tão bom quanto a primeira vez. Nós dois nos tocamos, sentimos e descobrimos mais e mais o corpo um do outro.

Não dormimos muito naquela noite. Sabíamos que o tempo estava passando rápido demais, quando o dia raiasse, o amanhã seria hoje e teríamos de tomar decisões. E enfrentar algo em que nem queríamos pensar naquele momento. Quem desperdiçaria uma noite tão preciosa dormindo? Passamos as poucas horas que tínhamos nos tocando, sussurrando no ouvido um do outro e nos movendo juntos na escuridão. Meu coração estava tão repleto que parecia querer explodir, e pensei: este sentimento eu levarei sempre comigo, aconteça o que acontecer. Mesmo que... mesmo quando...

Pouco antes do amanhecer, ele adormeceu com a cabeça em meu peito, começou a sonhar e a sussurrar palavras que eu não conseguia entender e movimentou o braço no ar com violência, como se estivesse afastando alguma coisa.

— Calma — eu disse, o coração aos pulos. — Calma, Bran. Estou aqui. Você está em segurança. Está tudo bem.

Envolvi-o em meus braços, observando o arco no teto e percebendo que os primeiros raios de luz começavam a entrar pela fenda. "Por favor, que não seja o amanhecer", implorei em silêncio. "Por favor, ainda não." Mas a chuva havia passado, o sol estava surgindo e os pássaros já estavam voando e cantando pelo céu. Não havia mais como fingir que aquele lugar secreto que nos abrigava era real e o mundo lá fora um simples sonho.

Depois de algum tempo, levantamos e nos vestimos em silêncio. Eu dobrei as mantas enquanto ele saiu para cuidar do cavalo e procurar madeira seca. O que diríamos um ao outro? Qual dos dois teria coragem de começar a falar? Com a fogueira acesa e a água fervendo, não nos sentamos em lados opostos como antes, mas bem perto um do outro, corpos se tocando, mãos entrelaçadas.

O dia já estava claro e ali não havia brasões ou demarcações de terra. Estávamos em território neutro e à deriva.

— Bem, você pediu que fizéssemos um trato justo — Bran disse, finalmente, parecendo se esforçar para fazer as palavras saírem. — Uma pergunta de cada vez?

— Depende. Quem faz a primeira pergunta?

Ele tocou meu rosto com os lábios.

— Você primeiro, Liadan.

Respirei fundo.

— Bem, você me dirá seu nome agora? O nome verdadeiro? Confia em mim?

— Gosto do nome que você me deu.

— Isso não é resposta.

— E se eu lhe disser que já esqueci meu nome verdadeiro? — senti a tensão em sua mão, segurando a minha. — Que fui tão chamado de escória, desgraçado, vagabundo e lixo que acabei me acostumando a não ter nome? Ter nome é ter orgulho; é ter um lugar. Uma criatura sem valor não tem nome; tem apelidos, e apelidos depreciativos.

Minha voz quase não saiu.

— É por isso que você... mas diga-me quando...

Passei suavemente os dedos na parte interna de seu pulso, onde havia um pequeno intervalo na sequência da tatuagem. Era um espaço em branco, oval, que tinha, no centro, um pequeno desenho de um inseto que parecia ser uma abelha. Um desenho simples, mas perfeito em cada detalhe; as asas com seu padrão semelhante a veias, as pernas delicadas e o corpo arredondado e listado. Era o único ponto em seu corpo com um desenho tão detalhado.

— Parece que você entendeu — ele disse, com tristeza. — Carreguei esse peso por muito tempo. Quando completei nove anos, decidi que já era um homem e... simplesmente me libertei daquela vida. Segui em frente. Desde então, faço meu próprio destino. Isto — disse ele, mostrando o desenho do inseto — foi o início. Ouvi falar de um artesão que fazia este tipo de trabalho por dinheiro e fui procurá-lo. Ele disse que eu era jovem e pequeno demais para isso. Expliquei, então, que tudo que eu tinha na vida era este corpo e estas mãos. Que meu passado havia ficado para trás; que eu o apagara de minha mente. E que precisava... bem, ele ouviu tudo que tinha para dizer e me pediu que voltasse lá quando tivesse quinze anos e fosse mais crescido. Concordei, mas insisti que ele fizesse ao menos um desenho e ele acabou aceitando. "Está bem", disse ele. "Mas um só. O resto fica para quando você for um homem." "Mas eu sou um homem", respondi. Pelo menos ele não riu de mim. E fez este desenho, bem pequeno, mas já era um começo. O resto veio mais tarde e aos poucos.

— Foi você quem escolheu este desenho? Este... pequeno inseto?

Ele respondeu que sim com um gesto.

— E por que justo isso?

— Você já fez quatro perguntas — ele disse, com um meio sorriso. — Não... não tenho certeza. Talvez tenha visto um desenho assim em algum lugar. Não sei dizer.

Ele se levantou e foi cuidar do fogo. A refeição era espartana: ameixas tostadas e pão duro, mas que dava para comer mergulhando-se os pedaços em água quente. Comida típica de viajantes.

— Agora é minha vez — ele disse.

Concordei, imaginando que ele me perguntaria quem eu era e de onde vinha. Teria que dizer a verdade. E precisaria confiar nele.

— Por que eu? — ele finalmente perguntou, olhando para um ponto distante. — Por que, entre tantos homens que você podia ter escolhido, deixou que justo eu fosse o primeiro? Por que escolher um renegado, alguém cujas atitudes você tanto despreza? Por que desperdiçar sua honra com alguém tão sem valor?

Fiquei em silêncio, ouvindo o som dos pássaros nas árvores.

— Você deve responder. E saberei se estiver mentindo — disse ele, em tom sério, sentado a certa distância, abraçando os joelhos.

Como eu responderia? Será que ele não sabia? Será que não havia percebido a maneira como o toquei, como o olhava? Como expressar tudo aquilo com palavras?

— Não... não planejei fazer algo assim — balbuciei. — Mas... não tive escolha.

— Você fez isso por pena? Entregou-se a mim pensando que me modificaria; que eu me tornaria algo mais aceitável? Uma tentativa de cura?

— Pare com isso! — gritei, levantando-me de um salto. — Como pode pensar assim? Como pode dizer isso depois da noite que passamos juntos? Jamais menti para você, seja com palavras ou atos. Eu o escolhi por vontade própria, sabendo muito bem o que você é e o que faz. E não quero outro. Jamais terei outro. Será que você não enxerga? Não percebe o que estou dizendo?

Olhei em sua direção e ele tinha coberto o rosto com as mãos.

— Bran? — eu disse, agora em tom mais calmo, me ajoelhando à sua frente e tirando suas mãos de seu rosto. Não era à toa que ele havia escondido os olhos. Eles agora estavam totalmente desarmados, mostrando uma mistura angustiante de esperança e terror. — Você acredita em mim? — perguntei.

— Você não tem motivo para mentir. Mas eu não acho... não consigo acreditar... Fique comigo, Liadan — disse ele, segurando minhas mãos com uma violência que fez meu coração disparar.

— Não é exatamente uma sugestão prática — respondi, com a voz trêmula.

Bran respirou fundo e falou, com dificuldade, sem me olhar nos olhos.

— Essa não é vida para uma mulher, sei disso. E jamais a faria viver assim. Mas tenho economias. Tenho também um lugar meu e penso que você iria gostar dele. Posso mantê-la com dignidade.

— Não posso — respondi sem pensar. — Tenho que voltar para casa, em Sevenwaters. Minha mãe está muito doente. Tem pouco tempo de vida. Minha família precisa de mim. Tenho que ficar lá pelo menos até o Beltaine. Depois disso, posso decidir o que fazer.

No instante em que disse essas palavras, percebi que algo mudou. O rosto dele se modificou como se uma máscara tivesse sido colocada sobre ele. Foi retirando as mãos das minhas, devagar. Tinha se transformado novamente no Homem Pintado. Mas sua voz mostrava choque e dor.

— O que você disse?

— Que... que preciso ir para casa agora. Precisam de mim... Bran, o que foi? O que há de errado?

Meu coração batia aos pulos. Os olhos dele agora estavam frios, distantes.

— Sevenwaters. Foi isso que você disse?

— S... sim. É de onde eu sou.

Seus olhos se tornaram ainda mais frios.

— Seu pai... o nome dele é Liam, Lorde de Sevenwaters?

— Você o conhece?

— Responda a pergunta.

— Liam é meu tio. Meu pai se chama Iubdan. Mas meu irmão é o herdeiro de Sevenwaters. Somos todos da mesma família.

— Explique melhor. Este homem... Iubdan. É irmão de Liam? Ou primo?

— Que diferença isso faz? Por que está tão zangado comigo? Nada mudou. Nada.

— Não me toque. Só responda. Esse Iubdan tem outro nome?

— Sim.

— Então diga logo, mulher!

Gelei.

— Este é o nome que ele usa agora. É um apelido que lhe deram quando se casou com minha mãe. Seu nome verdadeiro é Hugh.

— Um bretão. Hugh de Harrowfield — ele pronunciou o nome de meu pai com escárnio, como se fosse um xingamento.

— Ele é meu pai.

— E sua mãe é...

— Ela se chama Sorcha — respondi, começando a me irritar. — É irmã de Liam. Tenho orgulho de ser filha deles, Bran. São pessoas boas. Honestas.

— Ah! — explodiu ele, novamente com desdém. Levantou-se de repente e foi para perto das árvores. Começou a falar, então, porém com voz mais baixa, e não era comigo.

— *... bom demais para alguém como você, filho de uma vadia... seu fraco, inútil. Só serve mesmo para viver nas sombras... como pode acreditar que... volte para o buraco de onde nunca devia ter saído, seu mer...*

— Bran — falei com a voz firme, apesar de meu coração estar disparado. — O que é isso? Ainda sou a mesma mulher que dormiu em seus braços. Você precisa me dizer o que está acontecendo.

— Pelo visto, ela lhe ensinou tudo muito bem — ele respondeu, de costas para mim. — Sua mãe lhe ensinou passo a passo como fazer com que um homem se perca, se torne um fraco e se renda aos seus desejos, não? Ela é especialista nisso.

Fiquei sem palavras.

— Pois, quando chegar em casa, diga a ela que eu não sou tão fraco quanto Hugh de Harrowfield. Agora entendi os seus truques. Cheguei a acreditar... fui burro suficiente para confiar... Não, não cometerei o mesmo erro novamente.

Nada do que ele dizia fazia sentido para mim.

— Minha mãe jamais... Se a conhecesse, saberia que ela...

— Ah, não tente defendê-la — ele respondeu rispidamente, virando-se para mim. — Aquela mulher e o homem que ela enfeitiçou é que me transformaram na criatura que sou hoje; o homem sem consciência, sem nome e sem qualquer habilidade que não seja a de matar. E sem identidade, exceto a que está gravada em sua pele. Eles me tiraram minha família, meu direito de existir e o meu nome. Talvez tenham lhe contado uma história diferente. Mas ela tirou seu pai do lugar a que ele pertencia. Ele abandonou suas obrigações para segui-la. E por isso eu perdi tudo. Por causa deles eu... não tenho valor... sou a escória da escória.

— Mas...

— A grande ironia do destino. Parece que alguém está brincando conosco. Como pode alguém... alguém que quase me fez esquecer de tudo... ser justamente a filha daquela mulher? Não pode ser mero acaso. Com certeza é um castigo para mim. Um castigo por ousar acreditar que posso ter um futuro.

— Bran...

— Cale-se! Não ouse me chamar por este nome! Pegue suas coisas e vá embora. Não quero mais vê-la um instante sequer.

Fiquei petrificada.

Não havia muito que embalar. Peguei as poucas coisas que tinha, coloquei em minha sacola e depois fui até a cova de Evan. Mas já não conseguia saber exatamente onde era. O disfarce fora tão bem feito que não se percebia qualquer sinal.

— Adeus, meu amigo — sussurrei.

Bran me trouxe a égua, que agora tinha uma manta como sela, firmemente amarrada, com minha sacola, uma garrafa de água e seu manto, enrolado e preso em uma corda. Era estranho.

— Ela a levará em segurança para casa. Não precisa se preocupar em me devolver. Que fique como... pagamento pelos serviços prestados.

O sangue me subiu à cabeça. Dei-lhe uma bofetada no rosto, que logo ficou com uma grande mancha vermelha. Ele não se moveu ou tentou evitar o golpe.

— É melhor você ir — disse, em tom frio. — Vá para o leste e logo irá encontrar a estrada. Siga então para o sul e chegará a Littlefolds. Não é muito longe.

Levantou-me então pela cintura, colocando-me sobre a sela, mas deixou com uma das mãos em minha coxa, como se não conseguisse me soltar.

— Liadan — sussurrou ele, olhando para o chão.

— O quê? — respondi.

— Não se case com Eamonn. Pode dizer a ele que, caso insista, é um homem morto.

Seu tom de voz deixou bem claro que se tratava de um juramento.

— Mas...

Ele deu um tapa na anca da égua, que, obediente, saiu galopando. Antes que eu pudesse olhar para trás e dizer adeus, ele já tinha desaparecido.

Não adiantava me zangar. Estava acabado. Eu jamais veria o Homem Pintado novamente. Era hora de ir para casa. Antes do anoitecer, tudo aquilo seria somente lembrança, como um sonho fantástico. Fui falando baixinho com a égua enquanto ela galopava sob as árvores, entre os pequenos riachos do caminho, desviando-se cuidadosamente das pedras. Não precisei guiá-la. Ela parecia conhecer bem o território.

Quando o sol ficou mais forte, paramos perto de uma fonte de água. Ela bebeu e comeu um pouco de grama. E eu abri o pacote que ele havia amarrado à sela e encontrei um pedaço de pão seco e de queijo. Para alguém que não queria mais me ver por perto, ele tinha sido bastante zeloso. Mas, provavelmente, era o procedimento padrão de decisões e partidas rápidas tão típicas dele e de seu bando. Aquela era sua vida, aguentando um golpe atrás do outro, mas seguindo sempre em frente. Tentei não pensar muito. Agora precisava me concentrar em ir para casa. Quando estivesse a uma boa distância, poderia enviar uma mensagem mental a meu irmão Sean, para que ele fosse me encontrar no caminho. Mas devia calcular a distância certa, caso contrário me arriscaria a entregar ele e a seus homens às mãos de Bran e seu grupo. Senti, durante o tempo que passei no acampamento, que Sean me chamava: *Liadan! Liadan! Onde você está?* Mas mantive a mente fechada. Se alguém tivesse que trair o grupo do Homem Pintado, não seria eu.

Continuei cavalgando, mas já estava ficando cansada. Quase não tinha dormido e minha mente não parava de repetir as palavras que ele tinha dito: "não me toque, não quero mais vê-la. Que fique como pagamento pelos serviços prestados". Tentei me acalmar e não me enganar. Quem eu pensava que era para mudar a vida dele da maneira como ele havia mudado a minha?

Procurei me concentrar no caminho e em minha casa. O que diria à minha família? Certamente não poderia dizer onde tinha estado nem como havia sido rendida pelos fora-da-lei que precisavam de minha ajuda e que acabaram se tornando meus amigos. E muito menos sobre o homem a quem tinha me entregado tão impulsivamente. Afinal, não tinha cometido o mesmo erro que minha irmã? Ocorreu-me então que, caso soubessem, eu teria o mesmo tratamento que ela: um casamento às pressas e o afastamento completo de minha família, de meus amigos e de minha amada floresta. Um arrepio me percorreu o corpo. Sevenwaters era meu lar. Cada canto daquele território estava gravado de maneira indelével em meu espírito. Mas as coisas haviam mudado. Eu havia me deitado com o Homem Pintado e, independentemente de suas palavras cruéis antes de se despedir, ele agora também era parte de mim. Minha vontade era dizer a verdade. Queria perguntar a meu pai que segredo negro de seu passado havia condenado aquele homem a odiar tanto a mim e aos meus. Caso contrário, jamais saberia por que Bran tinha me mandado embora daquele jeito. Mas não podia contar o que havia acontecido.

De repente, ouvi som de cascos de cavalos trotando delicadamente próximo de mim, dos dois lados. Minha égua estremeceu e começou a mexer as orelhas, demonstrando nervosismo. Olhei em volta, mas estava sozinha, rodeada apenas pelas sombras das árvores, balançando ao vento. Ouvi então algo que parecia ser uma risada. E o bater dos cascos, como se criaturas invisíveis estivessem me acompanhando.

Meu coração disparou. Puxei as rédeas, parei o animal e esperei. Silêncio. O som parou.

— Muito bem — eu disse, tentando me acalmar e lembrar de tudo que Iubdan havia me ensinado sobre autodefesa. — Onde estão vocês? Quem são? Vamos, apareçam!

Tirei do cinto a pequena faca que meu pai havia me dado e a segurei, pronta para o que viesse.

Silêncio.

— Você não precisará disso. Não ainda.

Ao meu lado direito estava um homem sobre um cavalo. Ou algo que era uma mistura de homem e cavalo. Mas não se materializou de uma vez. Era como se já estivesse ali há algum tempo, mas só agora me permitisse vê-lo. Seus cabelos eram da mesma cor e textura da cauda de sua montaria, vermelho-papoula, e seus trajes pareciam ter vários tons, que mudavam de acordo com a luz. Era extremamente alto.

— Continue andando — disse alguém do outro lado. E minha égua começou a andar sem que eu ordenasse. — É um longo caminho até a floresta.

A mulher que falou tinha cabelos longos e negros e usava um belo manto azul-claro. Sempre tinha imaginado se um dia os veria, como minha mãe: a Dama da Floresta e o Lorde de cabelos vermelho-fogo, seu companheiro. Engoli e tomei coragem para falar.

— O... o que vocês querem de mim? — perguntei, olhando estupefata para aquelas formas altas, majestosas e para os frágeis animais que eles cavalgavam, que não eram exatamente cavalos.

— Obediência — disse o Lorde, observando-me com seus olhos brilhantes. Na verdade, seu corpo inteiro brilhava tanto que era como olhar para o centro de um grande fogo. Podia cegar quem fixasse demais a vista.

— Bom-senso — disse a Dama da Floresta.

— Estou indo para casa.

Não conseguia imaginar que interesse aqueles seres magníficos pudessem ter em mim.

— Tenho um bom cavalo para me levar, um agasalho e uma arma que sei como usar. E vou chamar meu irmão de manhã. Tudo isso não é ter bom-senso?

O Lorde riu. O som de sua risada era tão forte e estrondosa que o chão tremeu. Senti a pequena égua tremer, mas ela seguiu em frente, corajosamente.

— Não é suficiente — disse ela, em tom mais suave, porém ainda sério. — Queremos que nos faça uma promessa, Liadan.

Não gostei daquilo. Uma promessa feita aos Seres da Floresta era sempre uma promessa que não se podia quebrar. As consequências podiam ser inimagináveis. Aquele povo tinha poderes ilimitados, muito bem descritos nas histórias e nos contos de minha terra.

— Que promessa?

— O futuro de Sevenwaters e das Ilhas pode estar em suas mãos — disse o homem de cabelos brilhantes.

— O futuro de sua raça, e também da nossa, pode depender de você — completou a Dama.

— Como assim? — perguntei, em tom um tanto rude. Aquele estava sendo um dia longo demais.

Ela suspirou.

— Esperávamos ver, entre os filhos de Sevenwaters, um que tivesse a combinação de força e paciência de seu pai e os raros dons de sua mãe. Um que tivesse, finalmente, todas as características que há tanto tempo buscamos. Mas você nos desaponta. Parece ser do tipo comum, que não vê muito além dos limites da carne. Sua irmã se deixou seduzir e se perdeu de seu caminho. E a sua escolha foi ainda mais insensata. Não devia ter ouvido aquelas vozes.

— Vozes?

— As vozes da terra, naquele Lugar Antigo. Não devia ter prestado atenção a elas.

Comecei a tremer de medo e de raiva.

— Perdoem-me — respondi — mas eles não são exatamente como vocês, Seres da Natureza?

Ela balançou a cabeça, erguendo as sobrancelhas diante de minha falta de conhecimento.

— Uma raça mais velha. Primitiva. Já os banimos, mas eles insistem em sobreviver. E irão fazê-la se perder de seu caminho também, Liadan. Na verdade, já fizeram. Não se deixe envolver pela bajulação deles.

Desta vez fui eu quem franziu as sobrancelhas.

— Sou perfeitamente capaz de tomar minhas próprias decisões sem necessidade de "bajulação", como vocês dizem. Não me arrependo do que fiz. Por falar nisso, e quanto à profecia? Nunca se realizará? Vocês podem não me querer, ou à minha irmã, mas ainda têm meu irmão, Sean, um jovem valente que jamais cometeu um erro. Por que simplesmente não me esquecem e me deixam seguir com minha vida?

— Ah, não podemos fazer isso. Não agora.

— Como assim, não agora?

— Profecias não acontecem sozinhas. Precisam de uma forcinha.

O Lorde me olhou com uma expressão estranha nos olhos.

— Estávamos esperando uma criança com características especiais. Mas devemos confessar que não estávamos esperando alguém como você.

Lembrei-me das palavras de minha mãe. Ela havia me dito que eu fui uma surpresa para todos; a gêmea inesperada. E como isso me deu o poder de modificar as coisas.

— Tenho uma pergunta — eu disse.

Eles me esperaram falar.

— Por que vocês me fizeram flagrar minha irmã e... seu amante na floresta? Ela foi mandada para longe e está muito infeliz. E Ciarán também. Isso fez minha família se dividir e trouxe muita tristeza. Por que fizeram algo assim?

Os dois ficaram em silêncio. Ele olhou para ela e ela para ele.

— O velho mal despertou — ela disse, por fim, em tom sombrio. — Devemos usar toda nossa força para contê-lo. O que fizemos foi o melhor. Sua irmã queria algo que não podia ter. Os humanos têm sempre esses ressentimentos sem importância. Mas servem aos nossos propósitos quando precisamos. Agora, a criança, sim, é o que realmente importa.

— O velho mal? — perguntei, ainda trêmula de raiva.

Ela provavelmente não percebeu como me irritou com sua indiferença pelo sofrimento humano.

— Sim, ele retornou — ela disse em tom solene, os olhos azuis fixos nos meus. — Acreditamos que estivesse derrotado, mas estávamos enganados. Isso pode ser o nosso fim. Estamos cada vez mais acuados e, sem a criança, não temos chance. Você precisa voltar para casa, Liadan. E rápido. Esse romance acabou.

— Eu sei disso — respondi, lutando contra as lágrimas que surgiam em meus olhos. — Já disse que estou indo para casa.

O Lorde pigarreou.

— Há dois jovens que a desejam: aquele que você está deixando e aquele que está indo encontrar. E nenhum deles serve. Você tem péssimo gosto para escolher parceiros. Mas não há necessidade de se casar. Esqueça os dois. Volte para a floresta e fique lá.

Olhei para ele, boquiaberta.

— Ficaria mais fácil se você me explicasse melhor. Que mal é esse? E como pode destruir vocês?

— Vocês humanos não entendem — ele respondeu com desdém. — Sua compreensão é muito limitada. Ainda têm de aprender a se desligar da luxúria e dos anseios do coração. São coisas insignificantes, que acabam com o tempo. O que realmente importa é o bem maior.

— Vocês me insultam e ainda esperam que eu os obedeça — respondi.

— E você perde tempo quando não há tempo a perder — a voz do Lorde tinha agora um tom de ameaça. — Está se encolhendo como um animal assustado, pego em uma armadilha. Seria muito mais fácil simplesmente reconhecer sua fraqueza e seguir em frente. Podemos ajudá-la, protegê-la. Mas não enquanto continuar com essa teimosia. O caminho que você está seguindo é mais perigoso do que imagina.

Ele levantou a mão, desenhando um arco no ar, e tive a impressão que uma sombra passou por nós. A grama pareceu se aplainar, e as árvores e os arbustos balançaram como se um forte vento os tivesse atingido. E os pássaros emitiram um som agudo e depois ficaram em absoluto silêncio.

— Enfrentamos hoje um inimigo que nos ameaça há muito tempo — disse a Dama. — Como disse, acreditamos que já estivesse derrotado. Mas ele se desvencilhou de nossa guarda e escapou tanto dos Seres da Floresta quanto dos humanos. E agora espalha seu mal, ameaçando o futuro de nossa raça.

Fiquei olhando para ela, assustada.

— Mas... mas eu sou uma simples mortal, como vocês podem ver. Como minhas escolhas podem interferir ou afetar coisas tão grandes e perigosas? Por que preciso prometer ficar em Sevenwaters?

O Lorde respirou fundo.

— Como eu já disse, isto está além de sua compreensão. Não vejo razão para resistir tanto, a não ser pura teimosia. Faça o que estamos dizendo.

Ele pareceu aumentar de tamanho enquanto falava agora, e uma luz flamejante percorria todo o seu corpo, como se estivesse pronto para entrar em combustão. Seus olhos fitavam os meus com intensidade, e minha cabeça começou a pulsar e doer.

A Dama falou em tom mais brando, porém ainda inflexível:

— Não nos desobedeça, Liadan. Você coloca todos em perigo.

— Prometa — disse o Lorde, e seu cabelo pareceu se elevar acima de sua cabeça, como uma coroa de fogo.

— Prometa — repetiu ela, com uma tristeza na voz que me apertou o coração.

Soltei as rédeas da égua, que avançou, inquieta. Mas eles não me acompanharam. Permaneceram onde estavam. Ouvi apenas suas vozes, em tom de comando e de súplica. — *Prometa. Prometa.*

— Não posso — sussurrei, com uma força que veio de dentro do meu ser.

Era muito estranho. Minha intenção, antes de encontrá-los na estrada, era fazer exatamente o que eles queriam: voltar para Sevenwaters, retomar minha vida de antes e fazer de tudo para esquecer o Homem Pintado e seus seguidores. Mas algo dentro de mim mudou naquele instante. Eu me recusava a obedecer cegamente àqueles seres que tratavam a mim e aos meus semelhantes com tão pouca consideração. Não podia fazer o que eles me pediam. "Tenho que tomar minhas próprias decisões e seguir meu caminho", pensei. "Estou indo para Sevenwaters e não vejo motivo para não permanecer lá. Mas o futuro, isso eu não tenho como garantir. Quem sabe o que pode acontecer? Não farei promessas".

Suas vozes voltaram novamente, desta vez com uma intensidade feroz que me fez sentir um calafrio. A égua sentiu também, e estremeceu toda.

— Você fará o que estamos mandando, Liadan. Tem de fazer.

Mas eu não respondi e, quando olhei para trás novamente, eles haviam desaparecido. Já era o fim da tarde e estava quase escurecendo. Alcancei a estrada e segui na direção sul, observando o sol se pôr com seus tons dourados e rosados. Lembrei-me de um antigo dito que ouvia de meu pai desde pequena: sol vermelho ao se pôr, alegria do pastor; sol vermelho ao nascer faz o pastor temer. Aquilo me fez rir, pois me veio à mente a imagem dele, segurando-me no colo, no alto do morro, me mostrando como o sol se põe no oeste, sobre as terras de Tir Na n'Og, além-mar. Toda noite, ao entardecer, o céu mostra como será o dia seguinte. "Aprenda a interpretar os sinais, minha pequena", ele dizia. Os Seres da Floresta o haviam escolhido para ser pai de uma criança que eles queriam ver nascer, e o escolheram por sua força e paciência. Bran estava completamente enganado sobre ele. O Grande Homem, tão quieto e profundo, com sua reverência por tudo que vive e cresce, jamais teria cometido um ato tão malévolo a ponto de destruir a existência de alguém.

A égua relinchou baixinho e parou. Havia barulho à nossa frente, na estrada. Vozes de homens, de cavalos e bater de metal. Fomos para baixo das árvores e eu desmontei para nos escondermos. Os sons foram se aproximando. Com a pouca luz que ainda havia no céu pude ver quatro ou cinco homens vestidos de verde-escuro e um bem maior que eles, vestido em roupas estranhas de couro e pele de lobo, com a metade da cabeça raspada e lutando como um louco a ponto de quase derrubar os quatro de uma só vez. Seu tamanho lhe dava grande vantagem, mas, naquele momento, ele estava desmontado de seu cavalo e sem muitas armas. Seus oponentes gritavam com escárnio, xingando-o e desafiando-o. Entre um grito e outro pude entender algumas palavras como desforra e vingança, enquanto eles se debatiam. Mas depois de algum tempo, os gritos cessaram e restaram apenas os sons de golpes e chutes no homem que agora estava agachado, os oponentes ao seu redor em círculo. E eu não podia ajudar. Como me apresentaria ali, como evitaria aquela barbaridade sem revelar onde tinha estado todos aqueles dias? Que motivo a mocinha de família teria para defender um fora-da-lei? Além do mais, no auge da luta e com o sangue quente, eles podiam nem me reconhecer ou não me dar tempo para explicar e acabar me golpeando. Fiquei ali, completamente imóvel, com o cavalo quieto ao meu lado, até que um deles disse:

— Chega. Deixe-o se afogar em seu próprio sangue.

Os homens vestidos de verde montaram em seus cavalos, pegaram o do oponente pelas rédeas e seguiram na direção sul. Saí de meu esconderijo, então, com cuidado. Já estava praticamente escuro. Fui me guiando mais pelos gemidos do homem do que pela visão. Ajoelhei-me ao seu lado.

— Dog?

Ele estava deitado de lado, o rosto contorcido, em agonia, as mãos na barriga e algo espalhado no chão, ao seu lado. Sangue e... por Díancécht... seu ventre tinha sido partido ao meio. Seus órgãos estavam saindo e ele tentava, desesperadamente, segurá-los.

Começou a sussurrar alguma coisa, desesperado, mas não tinha forças. Entendi apenas uma palavra: faca.

Percebi que não havia escolha. Com as mãos trêmulas, tirei do cinto a pequena faca que meu pai havia me dado.

— Feche os olhos — eu disse, com a voz trêmula.

Aproximei-me de seu corpo em convulsão e toquei com a adaga o ponto abaixo de sua orelha. Fechei então os olhos e apertei com força a lâmina, cortando seu pescoço. Meu coração disparou, minha garganta se fechou e meu estômago se revirou. O sangue quente jorrou em minhas mãos, e o cavalo, que agora estava próximo de mim, se agitou. O corpo de Dog parou de se mexer, seus braços caíram para os lados, soltando a barriga e eu... me levantei rápido, me afastei e fiquei durante um bom tempo encostada em uma árvore arfando, vomitando e chorando, enlouquecida de raiva. Não conseguia raciocinar. Agonia e desespero tomaram conta de mim. O Homem Pintado. Eamonn de Marshes. Eram ambos sanguinários. Para eles não fazia diferença se aquele homem tivesse ou não um amanhã. Seria eu quem carregaria essa cicatriz em meu espírito enquanto eles continuariam com seus joguinhos, caçando um ao outro.

A lua finalmente iluminou um pouco a estrada e, de repente, eu senti a égua esfregando o focinho em meu ombro, de leve, mas insistentemente.

— Está bem — eu disse. — Já entendi.

Era hora de partir, de seguir em frente. Mas eu não podia deixá-lo ali, daquele jeito. E também não conseguiria movê-lo. Era pesado demais. À luz tênue da lua, a expressão de seu rosto parecia ser de paz, os olhos cor de mel fechados. Tentei não olhar para o corte aberto em seu pescoço.

— Danah, leve este homem com carinho — murmurei, enquanto tirava a camisa que estava usando sobre o vestido. Vi então algo brilhando. A tira de couro estava cortada. Toquei o colar e meus dedos se molharam de sangue. — Feroz como um lobo — prossegui, enquanto as lágrimas caíam. — Forte como um cão de caça destemido que dá a vida por seu dono. Carinhoso como o cão mais fiel que uma mulher pode ter como companhia. Descanse em paz, agora.

Coloquei a camisa sobre seu rosto e peito. Levantei-me, então, fui até a égua, montei-a, quase sem forças e seguimos na direção sul até eu sentir que já tínhamos caminhado o suficiente. Encontrei um lugar protegido do vento, atrás de uma pilha de palha. Peguei o manto de Bran, enrolei-me nele e deitei. A égua ficou bem perto de mim, como se soubesse que eu precisava de proteção. Queria muito dormir e não mais acordar.

Na manhã seguinte, continuei no sentido sul e cruzei com alguns fazendeiros em suas carroças e alguns viajantes. Todos me olharam, curiosos, mas ninguém se aproximou. Eu devia estar com uma aparência horrível: os cabelos soltos, despenteados, e as roupas sujas de sangue e vômito. Provavelmente pensaram que se tratasse de uma mulher louca, perdida na estrada.

Somente quando achei que já estava bem perto de Littlefolds, parei e abri a mente para meu irmão. Mostrei poucas imagens, apenas o suficiente para que pudesse me encontrar. Ele não devia estar muito longe. Antes de o sol nascer totalmente, ouvi o som de cavalos se aproximando e logo vi Sean saltando do cavalo e me abraçando forte, procurando respostas em meus olhos. Mas eles estavam tão impenetráveis quanto meus pensamentos. Eamonn veio também, com alguns de seus homens. Tinha uma expressão estranha no rosto, os olhos brilhantes, e estava muito pálido. Não me abraçou, pois não seria apropriado. Mas sua voz estava trêmula quando falou:

— Liadan! Achamos que... você está bem? Está ferida?

— Estou bem — respondi, observando os homens vestidos de verde parando atrás dele.

— Mas não parece — disse Sean. — Onde esteve? Quem a levou? Onde passou todo esse tempo?

Percebendo que eu não o deixava ler meus pensamentos, meu irmão começou a usar todos os truques que conhecia para encontrar uma brecha.

— Estou bem — repeti. — Podemos ir para casa agora?

Eamonn ficou observando meu cavalo e o manto cinza que eu estava usando; um manto de homem. Franziu a testa. E Sean olhava para meu rosto e minhas mãos, sujas de sangue.

— Vamos até Sídhe Dubh — ele disse. — Você pode descansar lá.

— Não! — eu disse, quase gritando. — Não — disse novamente, agora controlando a voz. — Quero ir para casa.

Os dois se olharam.

— É melhor você ir na frente, com seus homens — disse Sean. — Avise Iubdan. Ele irá querer nos encontrar. Vamos seguir mais devagar, parando para descansar no caminho.

Eamonn respondeu com um gesto e saiu galopando. Seus homens o seguiram. Ficamos apenas meu irmão, dois de nossos homens e eu.

Sean foi me interrogando o caminho todo: onde eu tinha estado? Quem havia me raptado? Por que eu não falava? Será que eu não entendia que deveria haver vingança, caso alguém tivesse me molestado? Será que eu havia me esquecido que ele era meu irmão? Mas eu não respondi. Bran estava certo. Não se podia confiar, nem nos mais próximos.

Voltei para Sevenwaters no cavalo do Homem Pintado, com seu manto me aquecendo, levando um colar de garras de lobo no bolso e sangue nas mãos. Estava cansada de poder mudar as coisas. Cansada de Seres da Floresta, de vozes de espíritos antigos e de visões de morte. O que eu era além de uma simples mulher em um mundo de homens irracionais? Nada havia mudado. Nada além de meu mundo interior, que ninguém podia ver.

# Capítulo 7

No dia seguinte à minha chegada, fiz uma vela. Nada de especial nisso. Fazer velas era algo corriqueiro, parte de nosso trabalho em Sevenwaters. Mas todos queriam que eu ficasse descansando.

Mamãe entrou em meu quarto e encontrou o chão varrido, a cama arrumada e foi me procurar na sala de ervas. Eu estava lá, trabalhando, os cabelos lavados e presos, entrelaçados com uma fita de linho. Se reparou em meus lábios rachados e feridos ou nas marcas de mordida em meu pescoço, não fez comentários. Ficou apenas observando minhas mãos enquanto eu torcia e moldava a cera em um padrão espiral de um lado da vela e alisava o outro. Fiquei em silêncio enquanto terminava. Quando achei que estava no formato que eu queria, coloquei-a em um apoio bem firme, amarrei a correia de couro com as garras de lobo em sua base e, em volta, fiz uma guirlanda. Só então minha mãe falou:

— Isto é um talismã poderoso. Folhas de corniso, milefólio e junípero. Maçã e lavanda. E as penas parecem ser de corvo, não? Onde você acenderá esta vela, filha?

— Em minha janela.

Ela só respondeu com um aceno de cabeça. E suas perguntas não tinham sido muito específicas.

— Você usou ervas de proteção e de amor. Entendo isso. Mas seu pai e seu irmão não entendem. Você fechou a mente para Sean, e ele está magoado.

Olhei para ela. Seus traços demonstravam preocupação, mas seus olhos estavam calmos, como sempre. De todos na casa, foi a única a acreditar quando eu disse que estava bem. Os outros observaram cada detalhe em mim: as marcas em meus pulsos, as mordidas, as manchas em minha roupa, e logo chegaram a conclusões. E se enfureceram.

— Não tenho escolha — eu disse.

— Hum — ela murmurou. — Mas parece que não é para você a proteção que esta vela invoca. Você tem uma capacidade muito grande de amar e de proteger, filha. Mas por agir assim, como seu pai, você se expõe e pode ser atingida.

A vela estava pronta. Queimaria durante várias noites. Seria uma luz constante, iluminando o caminho de casa.

— Não tenho escolha — repeti, inclinando-me para beijar sua testa. Ao tocá-la, senti seu ombro, sob a roupa, magro e frágil como o de um pássaro.

Todos tinham muitas perguntas para me fazer, Liam, principalmente.

— Como a sequestraram? Como eram os homens que a levaram? Você sabia que os três guardas que a acompanhavam foram assassinados? Para onde a levaram? Para o norte? Que Morrigan amaldiçoe sua teimosia, Liadan! Essas informações são muito importantes!

Sean também me fez muitas perguntas no começo, mas depois parou. Senti sua dor e preocupação como se fossem minhas, como sempre acontecia entre nós dois. Mas, dessa vez, eu não tinha como ajudá-lo.

E quanto a meu pai, tive de fazer um esforço tremendo para me manter em silêncio. Ele se sentou no jardim, me observando trabalhar, e disse:

— Fiquei todo esse tempo sem saber se você estava viva ou não. Já perdi uma filha, e sua mãe está cada vez mais fraca. Farei qualquer coisa que estiver ao meu alcance para mantê-la em segurança, Liadan. E espererarei até você estar pronta para me contar, querida.

— Pode ser uma espera longa.

Ele concordou com um gesto de cabeça.

— Contanto que você esteja em casa, em segurança, posso esperar.

Eamonn veio me ver, mas me recusei a recebê-lo. Não foi uma atitude muito educada, mas ninguém insistiu. Eu ainda estava emocionalmente exaurida depois de toda aquela experiência e precisava descansar. Não sei o que Eamonn disse aos que o atenderam em casa, mas seus rostos demonstravam preocupação depois que ele saiu.

Minha recuperação foi bastante rápida e logo me senti com mais energia, comecei a me alimentar melhor e a dormir como um bebê enquanto a vela queimava em minha janela, fazendo sombras estranhas nas paredes ao meu redor. Mas de uma coisa eu não conseguia me recuperar; um sentimento novo e estranho para mim: a necessidade de ser abraçada, de tocar, de estar perto e de voltar a sentir aquela onda de alegria invadindo meu ser. E, sem dúvida, agora havia o desejo em meu corpo, o impulso natural de uma criatura buscando seu par. E também algo que me preocupava: eu tinha visto a sombra da morte sobre Bran e sobre mim naquela construção antiga. E nossos destinos se entrelaçando. Era algo mais que a simples união carnal ou amorosa; era um vínculo que transcendia a própria morte, invisível e indestrutível. E que ficava cada dia mais claro em minha mente, uma certeza que eu não tinha como questionar. Não importava se ele me mandara embora. O vínculo não se desfaria. E quanto aos Seres da Floresta, se queriam fazer um acordo comigo, precisariam me dar mais explicações. Não fazia sentido para mim obedecer cegamente aos seus desejos.

Sentia saudades de Niamh. Há coisas que somente se pode contar a uma irmã. Queria muito poder dizer a ela que a entendia agora, que sabia por que ela tinha agido daquela maneira, que eu estava cega e fui muito egoísta. Que imaginava como era terrível ficar longe de Ciarán, entregar-se a outro homem, viver entre estranhos, pensando dia após dia onde ele poderia estar, se corria perigo, e sonhando com o toque das mãos que nunca mais teria.

A vida voltou a seu padrão normal, o mesmo de sempre, e ao mesmo tempo diferente. Todos nós sentíamos a falta de Niamh, mas ninguém tocava no assunto. O que estava feito estava feito. Não havia como rescrever o passado. E quanto a mim, parecia que todos ao meu redor estavam distantes. Não entendiam meu silêncio e minha necessidade de estar sozinha com meus pensamentos. Já com mamãe era diferente. Ela tinha ideias próprias sobre a verdade e fez que Liam parasse de me interrogar.

Uma noite, logo após o Lugnasad, com o frio que chegava com a nova estação, um mensageiro veio a Tirconell trazendo notícias. Haveria uma reunião no sul. Os chefes de vários clãs se encontrariam em Tara a pedido do Rei, e Fionn iria, representando seu pai. Apesar de as duas facções de Uí Néill não estarem exatamente em harmonia, não havia como recusar um chamado do Rei. As gerações passavam e o título de Ard Ri, ou Rei Maior, ainda continuava forte. Liam também foi convocado. A boa notícia é que Fionn traria minha irmã, pelo menos até Sevenwaters, e eu a veria novamente.

A casa foi toda limpa, o chão, varrido, e o pessoal nas cozinhas se agitava com os preparativos para receber os visitantes. Tentei ser útil, ajudando Janis e suas mulheres com os temperos. Mas o cheiro forte de cerveja me deu enjoo e eu precisei me desculpar e sair correndo para esvaziar o estômago sob um arbusto. Pensei que tinha comido demais naquela manhã, pois meu apetite andava voraz. Porém, me senti melhor depois e ignorei o fato. Mas quando aquilo começou a acontecer todos os dias, decidi ficar longe das cozinhas e passava as manhãs trabalhando no jardim, limpando e guardando sementes, secando e armazenando as ervas. Trabalhava muito e me obrigava a passar praticamente o dia todo ocupada para não pensar.

As noites passavam e eu não conseguia mais dormir. Sentava-me perto da janela, onde a vela ainda queimava, pensando na criança que estendia a mão para mim no escuro, em meus pesadelos. Imaginava--me pegando o bebê, que era um menino, e protegendo-o nos braços, perto de meu coração, até o dia raiar. E embora nunca falasse em voz alta, dirigia constantemente o pensamento a ele através das sombras que o cercavam. "Estou aqui. Você está a salvo agora. Estou com você. Não vou deixá-lo. O sol sempre chega, e com ele um novo dia". E quando já estava claro suficiente para ele enxergar, eu apagava a vela, tocava de leve a pena de corvo do arranjo e saía, bocejando, para iniciar mais um dia de trabalho.

Foi um ano de boa safra. Iubdan, alto e de cabelos ruivos e brilhantes, ia a toda parte, e era fácil identificá-lo no meio dos homens, supervisionando a lida com as plantações, com o gado, o abate das ovelhas para salgar e secar, os consertos de telhados e paredes das casas dos aldeões e a proteção dos animais contra o frio do inverno. E ao seu lado, a figura de Sean, um pouco mais baixo e magro e de cabelos negros e fartos como o de nossa mãe. Aisling não estava ao seu lado para distraí-lo, pois sua família agora estava ocupada com a plantação em suas próprias terras, o que os mantinha longe de Sevenwaters naquele período. Para mim, era um alívio. Liam se preparava para sua viagem ao sul, enviando e recebendo mensagens, planejando e se consultando com seus capitães. E embora participasse dos preparativos, Sean não iria à reunião. Como o bom estrategista que era, Liam ainda não queria expor o sobrinho à influência de um círculo tão perigoso. Acreditava que meu irmão ainda era muito jovem para se arriscar nos delicados jogos de poder. Na hora certa, ele se tornaria o novo senhor de Sevenwaters. Precisava aprender a estar sempre um passo à frente de seus vizinhos, que podiam se aliar a um inimigo a qualquer instante. Liam o ensinava e cumpria seu papel até que Sean perdesse a impetuosidade da infância e pudesse se mostrar um verdadeiro líder.

E eu estava contente ao ver todos na casa tão ocupados com a colheita e com a reunião com o Grande Rei, pois assim ninguém prestava muita atenção em mim. Niamh e o marido chegariam no Meán Fómhair, quando as noites e os dias têm a mesma duração e se inicia o período de escuridão. É um portal do nascimento e da morte que, segundo a lenda, tem a aparência de uma bruxa velha, mas com conhecimentos além da compreensão humana. Nesse período, dizem que ela se dispõe a aconselhar aqueles que têm a coragem de abrir a mente à sua voz. E eu precisava de aconselhamento, e como, mas não dos Seres da Floresta. Já sabia o que eles diriam e o que podia haver por trás de suas palavras. Estava começando a me sentir vítima de uma grande armadilha, e isso me irritava muito.

Encurtei o manto de Bran, cortando e fazendo a barra mais para cima para poder usá-lo, quando saía, sem que arrastasse no chão e ficasse sujo de barro. Lavei o pedaço que sobrou, cortei em quadrados e os coloquei sobre a cômoda em meu quarto. Já tinha outros pedaços de tecido guardados também; o de uma velha camisa de meu pai e o de um vestido usado de Niamh, em tom rosa. Era o preferido dela, até que um dia ela o trocou por outro. Eu mesma o havia tingido. E também pedaços de meu vestido de montaria, que cortei das costas, pois a frente estava tão suja de vômito, sangue e outras coisas impensáveis que não havia como aproveitar. Tirei o que podia e queimei o resto, sem chorar. Tentei não pensar no assunto e me concentrei apenas em meu trabalho. Acredito que a sala de ervas nunca teve um estoque tão completo e o jardim nunca esteve tão limpo. Não havia uma só erva daninha ou uma folha seca nas plantas. Ao final da tarde, antes de escurecer, minha mãe entrou enquanto eu estava separando pétalas de rosa para secar. Só então percebi que estava cantarolando uma velha canção de ninar.

— Não pare — disse Sorcha, acomodando-se no assento da janela. Estava tão magra que, com seus olhos grandes, parecia uma corujinha. — É gostoso ouvir você cantar. Sinal de que está bem, apesar de tudo. Uma mulher infeliz não canta.

Olhei para ela e depois continuei a separar as rosas. Eram vermelhas como sangue. Onde ele poderia estar agora? Em que terra distante estaria, arriscando a vida por um saco de moedas de prata, sentado sob uma árvore com a arma na mão, esperando em silêncio pelo amanhecer?

— Liadan.

Virei-me para ela.

— Sente-se, Liadan. Eu trouxe uma coisa para você.

Sentei-me surpresa. Ela abriu um pequeno pacote que estava segurando.

— Você conhece este vestido, claro. É muito velho. Tão velho que nem dá mais para usar.

Suas mãos deslizaram sobre o tecido azul, os dedos finos tocando o bordado antigo, agora quase invisível.

— Pensei que você pudesse salvar alguns pedaços. Terá de fazer uma bainha neles, mas como tem facilidade para costurar isso não será problema. O mar e a areia já tocaram estas saias. Foi um dia inesquecível. E também fogo e sangue. Não preciso mais guardar o vestido, pois as lembranças estão marcadas para sempre em meu coração. Mas já que você está fazendo uma manta de retalhos para seu filho, este tecido deve fazer parte dela.

Ficamos em silêncio. Eu me levantei, preparei um chá de menta e servi em duas xícaras. Coloquei uma ao lado de minha mãe, na beirada da janela, e não consegui mais evitar seu olhar.

Ela estava sorrindo.

— Você me contaria, filha, ou estava esperando que eu lhe dissesse?

Afoguei as emoções em meu chá, tomando um gole demorado.

— Claro... claro que lhe diria, Mãe. Não é de você que eu tenho medo.

Ela concordou.

— Tenho apenas uma pergunta — disse. — E não é o que você está pensando. Só quero saber se esta criança foi concebida com alegria.

Olhei bem em seus olhos e ela leu a resposta em meu rosto.

— Hum — ela murmurou. — É o que eu imaginava. Seu andar, seus pequenos sorrisos e seu comportamento não são de uma mulher ferida ou assustada. E ele não quis ficar ao seu lado? Como é possível?

Sentei-me de frente para ela, em um banquinho de três pernas, segurando a xícara para aquecer as mãos.

— Ele não sabe da criança. Não tinha como. Mas me pediu para ficar com ele. Eu é que recusei.

Ela fez uma pausa e tomou um gole do chá, aparentemente mais para me agradar do que por ter vontade.

— Pensei — ela disse, cautelosamente. — ...que talvez o pai da criança fosse alguém do Outro Mundo, e que por isso você tivesse desaparecido sem deixar rastro, de tal maneira que Liam e Eamonn não conseguiram encontrá-la, apesar de todos os esforços. É por isso que você guarda este segredo a sete chaves, Liadan?

Uma criança do Outro Mundo. Fiquei muito tentada a dizer que sim. Seria uma solução perfeita.

— Não viajei além das margens deste mundo, mãe. Mas... mas vi os Seres da Floresta e eles falaram comigo. O pai desta criança é um mortal. E eu não direi o nome dele.

— Entendo — ela disse, devagar. — Você os viu. Então, isso é parte do esquema deles. Mas você sabe que, cedo ou tarde, precisará nos dizer quem a engravidou, não? Ele não pode simplesmente sumir sem se responsabilizar. Seu pai irá querer que ele preste contas, e Liam e Sean provavelmente desejarão vingança.

Eu não respondi. Uma leve brisa passou lá fora, balançando os galhos e folhas secas encostados na parede de pedra. O sol de outono brilhava, dando a falsa impressão de calor.

— Mãe — eu disse, a voz oscilando.

— Está tudo bem, Liadan. Conte-me, se puder.

— Mas é este o problema. Não posso contar nem a você. Mãe, como falarei sobre isso com papai? Não posso. Não me casarei com um estranho, como Niamh fez. E não terei este filho em silêncio, com vergonha. Como vou explicar a ele? Como vou explicar a Sean, a Liam e... e...

— E a Eamonn? — ela perguntou, ajudando-me.

Respondi que sim com um gesto.

— Seu homem não virá vê-la? — perguntou mamãe, o rosto ainda tranquilo. — Por certo, um homem que mereça seu amor não deixará de vir.

— Ele... sua vida é muito arriscada, cheia de perigos — murmurei. — Não há lugar para uma mulher e uma criança. Além disso... na verdade, não importa. Ele não é um homem do tipo que papai acharia... apropriado. É só o que posso lhe dizer.

— Seu pai e Liam irão querer que você se case — disse Sorcha. — Você sabe disso. Não aceitarão que você crie um filho sozinha.

— Para isso eu tenho uma resposta. Os Seres da Floresta me deram instruções específicas para permanecer aqui em Sevenwaters. Para sempre, pelo que entendi. E disseram que não preciso me casar, seja com Eamonn ou com qualquer outro. Quando me disseram isso, eu não entendi. Mas agora faz sentido.

Mamãe fez que sim com a cabeça, parecendo não se surpreender.

— A criança — ela disse. — A criança é que deve permanecer na floresta. Eles querem que você a crie aqui. Faz sentido, sim, Liadan. Quando... quando aquilo aconteceu com Niamh, percebemos que um grande mal, que achamos já estar extinto, havia retornado. Talvez seu filho seja a arma que eles precisam para lutar contra ele.

— O velho mal. É assim que ele o chamam. Mas que mal é esse? O que pode ser tão terrível a ponto de ameaçar os Seres da Floresta?

Sorcha suspirou.

— Não temos certeza. Esse tipo de força pode tomar qualquer forma, mas você deve seguir o conselho que eles lhe deram.

Franzi a testa.

— Não gosto disso. E deixei bem claro para eles. Recuso-me a prometer. Não serei usada por eles como mero instrumento. E nem meu filho.

Eu não tinha dúvidas de que seria um menino. Seu pai era bem do tipo que produzia meninos.

— Não é prudente ignorar os pedidos deles — disse mamãe, com ar preocupado. — Somos os mais fracos nesse jogo. Eles enxergam muito além de nós, Liadan. Só com o tempo conseguimos entender seus motivos. E me preocupa o fato de você não querer dizer o nome desse homem. Como alguém pode abandoná-la assim, sem que pensemos que ele não merece sua confiança? Ou será vergonha que a impede de dizer?

Meu rosto se enrubesceu.

— Não, mãe — respondi firmemente. — É verdade. No começo, eu quis negar tudo isso. Não por vergonha, mas porque sabia que seria muito difícil. Fingi não estar percebendo as mudanças em meu corpo. Tentei ignorar as fases da lua. Mas esta criança crescendo dentro de mim me trouxe uma alegria tão grande, um poder tão intenso que nem consigo explicar. É como se... como se eu pudesse ouvir o coração da terra batendo aqui dentro.

Sorcha ficou quieta por um instante.

— Acredite, filha. Esta criança é tão preciosa para mim quanto para você. Suas palavras me alegram e ao mesmo tempo me assustam. Vou lhe fazer uma promessa e você precisa confiar em mim. Prometo que ainda estarei aqui na primavera para fazer o parto deste bebê. Estarei aqui, Liadan.

Comecei a chorar e ela me abraçou com a pouca força que tinha. Senti, mais uma vez, quão pequena e frágil ela estava. Mas a energia dela era tão forte que me envolveu e passou através de mim. Naquele instante tive certeza que Bran estava totalmente enganado a respeito de Sorcha e de Hugh de Harrowfield, que era meu pai. Não havia mal neles. A história que ele conhecia havia sido distorcida por alguém, e eu queria muito consertar aquele erro. Algum dia eu ainda conseguiria.

— Não chore, filha. Não por mim.

— Desculpe-me — enxuguei as lágrimas do rosto.

— É difícil entender sua lealdade a esse homem. Ele a ama, mas não virá vê-la. Dá esta criança a você e desaparece. E você ainda faz de tudo para protegê-lo. Mantém seu nome em segurança com uma parede impenetrável de silêncio que expele até seu irmão. E ainda teme que não seja suficiente. Tudo isso por algo que lhe tira o sono.

Não respondi.

— É amor o que a prende a esse homem? — ela perguntou.

Havia uma imagem clara em minha mente. Eu, sentada sobre o cavalo, e Bran, em pé ao meu lado, com rosto sério, olhando para o chão, sua mão contrariando a seriedade de sua expressão, os dedos tatuados apoiados em minha coxa, tocando-me pela última vez. "Não se case com Eamonn. Pode dizer a ele que, caso insista, é um homem morto".

— O que foi, Liadan? — a voz dela mostrava preocupação. Leu a expressão em meu rosto.

— Ele e eu... temos uma ligação muito forte. E não é exatamente amor. Vai muito além. Ele é meu, disso estou tão certa quanto sei que o sol segue a lua no céu. Já era meu mesmo antes de eu saber de sua existência. E será meu até o fim de sua vida, e depois da morte também. Neste momento, sei que está correndo perigo, tanto pela ameaça de outros quanto de si mesmo. Se eu pudesse fazer algo para protegê-lo, com certeza faria. Mas não direi quem e o que ele é. Isso eu não posso.

Sorcha concordou com um gesto.

— Mas você não pode adiar isso por muito tempo, pois as coisas irão piorar cada vez mais. Creio que o melhor é você mesma dar a notícia a Red.

— Eu... não quero que ele fale comigo como fez com Niamh. Não quero que me mande embora sem sequer uma palavra de carinho, como se fôssemos estranhos um para o outro.

Ela suspirou.

— Foi muito difícil para os dois. Ele sempre viu características de si mesmo em Niamh. Creio que se sentiu responsável por sua fraqueza. Tentou fazer as pazes. Queria explicar, ao menos em parte, o motivo de sua decisão, mas ela se recusou a ouvi-lo. Fechou-se e isolou-se de nós dois. Seu pai se arrependeu muito de não ter esperado mais um pouco e tentado encontrar outra saída para o caso de Niamh. Conor exigiu nosso silêncio, Liadan. Não podíamos lhe contar toda a verdade, e ainda não podemos. Meus irmãos acreditam que, revelando tudo a vocês, exporemos todos nós a um mal ainda maior. E têm bons motivos para crer nisso. Talvez, com o tempo, possamos explicar. Mas justamente pelo que aconteceu com Niamh, que o perturbou tanto, é que provavelmente não será tão duro com você. Seu pai vê em você e em Sean a força de minha família, o povo da floresta. E sempre respeitou as suas opiniões, tanto quanto as minhas. Seja honesta com ele e, com certeza, fará de tudo para compreendê-la.

— Nem tenho ideia de como começar essa conversa.

Ela se levantou para sair.

— Diga logo a ele. E deixe que eu digo a Liam e a Sean. Assim você não terá que repetir tudo várias vezes.

— Obrigada — eu disse. Minha garganta estava seca e, de repente, me senti muito cansada. — Gostaria de esperar mais um pouco. Esperar até Niamh chegar e contar a ela primeiro.

Mamãe franziu de leve a testa.

— Seu pai consegue captar com facilidade meus pensamentos, especialmente agora. E não temos segredos um para o outro. Não contarei, mas ele irá perceber que algo está acontecendo, então é melhor você não demorar. Mesmo porque logo todos irão notar.

Nenhuma de nós mencionou Eamonn, mas eu ainda não tinha esquecido a cena na estrada, dos homens de verde e do amigo cuja garganta eu tive que cortar na escuridão. Há coisas que não se consegue esquecer.

Nossos convidados chegariam por aqueles dias. Estava tudo preparado. As noites ficavam cada vez mais frias e todos se fartavam com o vinho forte que Janis preparava, mas eu tomava apenas água, pois o cheiro da bebida me fazia enjoar. Janis me observava, assim como as mulheres da cozinha, mas ela sabia manter sob controle as fofocas. Já os homens, não prestavam atenção em mim. Sua conversa era sobre estratégias de guerra, e às vezes a discussão se acirrava. Havia um clima tenso entre Sean e Liam, e uma noite isso veio à tona.

A lareira estava acesa na pequena sala onde a família se reunia para conversas mais íntimas. Minha mãe estava sentada em um banco com Iubdan, que a envolvia em seu braço. Ele estava quieto, provavelmente cansado depois de um longo dia no campo. Sean e Liam estavam conversando, mas eu estava costurando minha manta sem prestar atenção ao assunto. Era uma peça pequena, formada de quadrados de tecido: um cinza, outro rosa, um pedaço de vestido usado e um pedaço de vestido azul bem pálido com bordados delicados de folhas e um pequeno inseto. Minha agulha costurava com precisão, unindo todos. E meus pensamentos estavam longe. Mas, de repente, a voz de Sean chamou minha atenção.

— Talvez você esteja ficando velho — ele disse, em tom seco. — Não vê que seu excesso de precaução está atrapalhando a solução nesse caso?

— Sean — disse Iubdan. — Você ainda não é o chefe da casa.

— Deixe-o falar — disse Liam, com expressão tensa.

Sean começou a caminhar pela sala, com os braços cruzados. Captei um sentimento de frustração vindo dele, mas não sabia o motivo.

— Já não tentamos tantas vezes e fomos sempre derrotados? Perdemos bons homens, os substituímos e perdemos novamente.

Esse conflito está acabando conosco há gerações. Lutamos, lutamos e nada muda. Qualquer um que olhasse tudo isso de fora diria que não faz o menor sentido.

— Alguém de fora não entenderia o que as Ilhas significam para nossa família e para nosso povo — disse minha mãe, a voz suave. — Não haverá paz ou harmonia em nossas terras enquanto não as obtivermos de volta. São os Seres da Floresta que exigem isso de nós.

— E quanto à profecia? — perguntei.

— Que profecia, que nada — Sean respondeu, com desdém. — Alguém aqui já ouviu falar desse misterioso indivíduo que irá nos liderar? Não. Nem em Erin e nem na Bretanha inteira. Sem sombra dos ditos sinais do corvo, seja lá o que isso for. Provavelmente, é tudo invenção de alguém que bebeu cerveja demais. Não, precisamos de algo diferente. Não adianta insistir em ataques diretos. Temos de ir além da noção que só iremos vencer tendo estratégias ou homens mais bem treinados e deixar de lado as estratégias ultrapassadas de nossos avós. Devemos estar preparados para correr riscos; para vencer os Bretões usando seu próprio jogo. Eles estão em posição de vantagem. Nossas derrotas só deixam isso cada vez mais evidente. Para resolver o problema, temos que pensar no impensável, tocar o intocável.

— Jamais — disparou Liam, em tom grave. — Você não sabe o que diz. É sua impetuosidade de jovem que fala. Já ouvi essa história e continuo a discordar. Esta família jamais usou métodos escusos para ganhar uma luta. E me envergonha o fato de justamente você, meu herdeiro, sugerir algo assim. Além do mais, não estamos sozinhos nessa batalha. E quanto a nossos aliados? E quanto a Seamus Redbeard?

— Podemos convencê-lo — disse meu irmão, sem a menor sombra de dúvida na voz.

— Duvido.

— Ele pode ser persuadido a concordar. A coisa mais importante para nós é recuperar as Ilhas. E estamos prontos para a ação, pois Fionn com certeza irá se aliar a nós e...

— E quanto a Eamonn? Seu apoio é crucial para nós. Ele não concordará com essa loucura, assim como eu. Ficará irredutível. Nada neste mundo o fará considerar essa possibilidade.

— Eu posso convencê-lo.

— Eamonn? — Liam gargalhou com cinismo. — Você não conhece tão bem seu amigo como eu imaginava. Ele jamais irá concordar. Jamais.

Comecei a me sentir incomodada com aquela conversa.

— O que Sean está sugerindo? — forcei-me a perguntar, mas com medo da resposta. Havia uma sombra ao redor de meus pensamentos, e eu não queria que ela se aproximasse.

— É muito simples. — Sean veio até onde eu estava sentada e se abaixou ao meu lado. Estava tão eufórico que sua energia se espalhava pelo ar. Mantive o escudo fechado ao redor de minha mente. — Não se pode vencê-los com um ataque direto, isso já percebemos. Dois de nossos tios já fracassaram nessa tentativa, levando muitos bons homens à morte com eles. Foram tantos que levou quase uma geração inteira para nos recuperarmos. Isso porque nossas tropas eram fortes e disciplinadas, e tivemos apoio de nossos aliados. Os bretões sequer tiveram condições de estabelecer uma base na orla marítima. Mas então por que fracassamos? Primeiramente, porque eles têm a vantagem da posse do território. Seus postos de observação nas Ilhas lhes conferem uma visão privilegiada da região. Só existe uma entrada segura para nós, e eles já a cercaram. Em segundo lugar, porque eles têm uma rede impecável de informantes. E sabemos quem ajudou a organizá-la há alguns anos. Talvez a traição que o pai de Eamonn cometeu seja o motivo para ele ser tão inflexível quando se trata desse assunto. Toda vez que planejamos uma estratégia, os bretões ficam sabendo antes sequer de iniciarmos a ação.

O que temos a aprender com isso? — concluiu ele, movendo as mãos para ilustrar o raciocínio. — Que não adianta usar táticas previsíveis. Que não temos como esconder informações de nosso inimigo. Quanto mais alianças estabelecemos deste lado, mais ele se prepara e se fortifica. Está sempre em vantagem. Nenhum de nós aqui tem habilidade ou conhecimento suficiente para desenvolver uma estratégia alternativa capaz de nos fazer recuperar as Ilhas. — ele fez uma pequena pausa, olhando firmemente para todos. — Estamos muito bem posicionados neste momento. Seamus tem uma força bem disciplinada e anos de experiência. Conhecemos a capacidade de Eamonn. E temos também os Uí Néill, pois a família de Fionn pode ser facilmente convencida a nos ajudar. Ele precisa da segurança de nossas terras e das de Eamonn para se proteger de possíveis ataques de seus parentes do sul. Podemos negociar com ele. Portanto, hoje nossos recursos são os maiores que já tivemos.

— Sim, tão bons que podemos recuperar as Ilhas sem a necessidade de trapacear — respondeu Liam, em tom severo.

— Não, tio. E, no fundo, o senhor sabe que tenho razão. O povo de Northwoods consegue facilmente reunir forças e todos os nossos planos chegam aos seus ouvidos antes de chegarmos à costa. Precisamos de duas coisas. A primeira, é de alguém que tenha grande conhecimento sobre navegação; algo que ninguém aqui tenha visto até hoje. Embarcações que consigam passar despercebidas à vigilância, durante noite, e que possam navegar por lugares inimagináveis. Homens que consigam se infiltrar nos campos dos bretões sem serem notados. Uma força que esteja bem embaixo de seus narizes e os pegue de surpresa. Um aliado com a capacidade de detectar e destruir sua rede de informantes.

— E a segunda?

Meu coração disparou. Senti o que estava por vir.

— Para conseguir a primeira, precisamos da segunda. E a segunda, é deixar de lado nossos escrúpulos. Devemos contratar os serviços do Homem Pintado, independentemente de quem ele seja.

Minha mãe prendeu a respiração. Iubdan olhava para ele sem acreditar. Mas Liam só acirrou o olhar. Com certeza já ouvira aquilo.

— Já investiguei — Sean continuou. — Entre os homens de seu bando, há um de pele negra que tem um conhecimento sobre navegação como jamais se ouviu falar. E também escandinavos e picts que podem nos ensinar tudo de que precisamos. Já ouvi falar de suas proezas e só acreditei porque conheço bem quem me contou. O líder do grupo é um homem que tem muito a nos oferecer. É especialista em técnicas de ataque e já derrotou grandes estrategistas. Com esse homem e seu bando, acredito que temos toda chance de sucesso.

— Ele jamais aceitaria — eu disse, sem pensar, e com a voz trêmula.

Quatro pares de olhos me fitaram curiosos.

— Eamonn — emendei rápido e fazendo cara feia, pois espetei o dedo na agulha, com o nervosismo. — Ele jamais concordará em se aliar ao... ao Homem Pintado. Vocês se lembram do que ele disse? Foi algo do tipo "se aquele homem algum dia pisar em minas terras, será um homem morto". Vocês jamais conseguirão convencê-lo.

Todos ficaram em silêncio.

— Entendo a relutância de Liam — disse Iubdan, por fim. — E vejo que você está animado com a ideia. Eu mesmo já ouvi as pessoas falarem desse mercenário com uma mistura de terror e admiração. Talvez seja verdade o que dizem sobre suas habilidades. Mas não se pode confiar em alguém assim, pois seu trunfo é justamente a capacidade de enganar e de ser infiel. É um trapaceiro, sem consciência ou escrúpulos. Pode tanto nos ajudar a colocar nossos planos em prática quanto nos trair. É capaz de mudar de lado a qualquer instante.

Liam concordou.

— Pode nos cobrar adiantado por seu trabalho e simplesmente ir embora. Aliás, deve cobrar um preço alto.

— Mas será que existe um preço alto demais para um trabalho tão importante quanto esse? — perguntou Sean determinado.

Naquele instante senti uma sombra ao meu redor. A sala se dissolveu ao meu redor e vi dois homens em combate, lutado um com o outro. Atrás deles, pilares escuros, entalhados com formas de criaturas fantasmagóricas: pequenos dragões e grifos de garras afiadas. Um deles, que usava verde, segurava o pescoço do outro com força, apertando cada vez mais. Percebi por sua mandíbula, de formato anguloso, e pelos cabelos castanhos ondulados caindo sobre os olhos, que era Eamonn. E parecia estar vencendo a luta. Por que então estava sem ar e tão pálido? A sombra passou sobre os dois, em seu abraço de morte. Vi então uma adaga atravessando a túnica verde, na altura do peito, segurada por uma mão de dedos tatuados com um delicado padrão de espirais.

Não precisava olhar para o homem que estava sendo estrangulado para reconhecê-lo. Mas olhei. Então, a cena se tornou difusa, e o rosto de um se transformou no do outro, os olhares de ódio se fundiram e eu não conseguia mais distinguir ambos. Tentei sufocar um grito, mas devo ter emitido algum som. A sombra se dissipou e eu estava novamente na sala. Devo ter caído do banco ou tido uma espécie de desmaio, pois estava meio deitada no chão, Sean me segurando, o braço ao redor de meus ombros. Liam estava olhando para minha mãe, e ela para ele, como se a cena lhes fosse bem conhecida. Meu pai me trouxe uma caneca d'água e eu tomei. Em alguns instantes me recuperei, pelo menos externamente. Mas não contaria a eles o que vi.

— Sean apresentou muito bem seus argumentos — disse meu pai. — Merece que, ao menos, pensemos no assunto. Talvez esteja certo. Já houve derramamento de sangue suficiente.

— E você acha que o Homem Pintado não trará mais derramamento ainda? — perguntou Liam, sobrancelhas erguidas. — Suas mãos são banhadas em sangue. Lembre-se da história que Eamonn nos contou.

— Todos nos já matamos em algum momento de nossas vidas. E também há muitas histórias. Não estou apoiando ou rejeitando a ideia de Sean, apenas sugerindo que a considerem. Aproveitem que seus aliados estarão todos reunidos aqui. Claro, eu não tocaria no assunto em Tara, mas aqui em Sevenwaters seria seguro. Falem com eles antes de partir para o encontro com o Grande Rei. Assim saberão o que eles pensam.

Liam ficou em silêncio.

— Fale com Conor — disse minha mãe. — Ele estará aqui amanhã. Pergunte a ele se não é hora de colocarmos de lado a questão da profecia.

— Conor! — disse Liam, em tom frio. — O julgamento dele não conta mais.

— Você está sendo duro demais — disse Iubdan. — Todos temos culpa no caso de Ciarán. Não adianta tentar jogar a culpa sobre ele.

— Eu sei disso, bretão — disparou meu tio. — E a falta de autocontrole de sua filha também contribuiu para o desastre.

Meu pai se levantou lentamente. Era uma cabeça mais alto que Liam. Sorcha, que estava ao seu lado, levantou a mão para encobrir um delicado bocejo.

— Já é tarde — ela murmurou. — Hora de dormir. Liadan, você não está bem. Venha, vou levá-la para a cama. Red, você pode trazer uma vela, por favor?

Levantou-se e foi em direção ao irmão, que ainda tinha a expressão carrancuda.

— Boa noite, Liam — disse, colocando-se nas pontas dos pés e beijando seu rosto. — Que a deusa lhe dê bons sonhos e o faça acordar com a mente clara. Boa noite, Sean.

Os três ficaram em silêncio, e a raiva desapareceu de seus olhos. A deusa Danah é quem teria que cuidar daqueles homens depois que minha mãe se fosse.

Antes do amanhecer do dia seguinte, fomos até o grande carvalho na floresta para realizar o ritual de Meán Fómhair. Conor estava lá com os druidas, mas desta vez não havia o aprendiz de cabelos ruivos seguindo seus passos.

Segurávamos nas mãos os frutos da farta colheita daquele ano, um exemplar de cada. Uma maçã perfeita, um repolho de folhas impecáveis, um punhado de grãos, um cantil de hidromel e também cidra, mel e ervas frescas. Em minha mão havia uma noz de carvalho, protegida em sua casca brilhante e resistente. Fomos aproximando-nos da árvore, tremendo com o frio do amanhecer. Liam, com seu ar solene e pálido, tinha ao seu lado Sean, uma versão mais jovem dele. Meu pai, que não tinha crenças específicas, permaneceu em silêncio próximo do gigantesco tronco, envolvendo minha mãe em seus braços. Ela estava usando roupas pesadas e um manto grosso para se agasalhar. Não conseguimos convencê-la a ficar em casa e descansar. As mulheres da cozinha e os soldados também se aproximaram, em silêncio, assim como os ajudantes de meu pai e os responsáveis pela cocheira. Por sorte, Fionn e sua companhia ainda não haviam chegado. Ele sabia que nossa família seguia as tradições antigas, mas não era aconselhável deixar claro o quanto aquilo era importante para nós, já que poderia ir contra a fé cristã de seu povo. Se o queríamos como aliado, era melhor não tocar no assunto.

Conor iniciou a cerimônia assim que os primeiros raios de luz tocaram as copas das árvores, e colocamos nossas oferendas sobre as raízes espessas e entrelaçadas do habitante mais antigo da floresta, tocando seu tronco rugoso e fazendo silenciosa reverência. Esta cerimônia não tinha efeitos de pirotecnia ou de magia. Meu tio simplesmente falou com a voz de seu coração.

— Nossa gratidão é grande demais para ser expressa em palavras. Reverenciamos da maneira mais singela tudo que recebemos, diante destes carvalhos. Agradecemos ao sol, que traz vida à terra. E aos guardiões da floresta, que protegem e ajudam tanto as plantas em seu crescimento quanto a todos os seres que nascem, vivem, morrem e seguem adiante. Em vós está a sabedoria dos tempos. Honramos vossa presença e oferecemos os melhores frutos da abundante estação. Pois nós também somos habitantes da floresta, também somos o povo de Danah, ainda que mortais. E seguimos os passos que abris diante de nós, do primeiro sopro de vida ao último instante dela, e muito além.

Conor parecia cansado, como se estivesse fazendo um grande esforço para continuar. Havia um peso em seus pensamentos, algo que o preocupava. Senti toda a sua agonia, embora não soubesse do que se tratava. Mas seu rosto permanecia sereno como sempre, e os olhos cinzentos, profundos e calmos com a luz que surgia no céu.

— Honramos também a escuridão que se aproxima. Todos os seres precisam de descanso. Todos precisam sonhar e se tornar mais sábios. Bem-vinda, rainha e maga, vós que nos abre a visão aos segredos. Agradecemos pela sabedoria que nos dá, algo a que ansiamos e, ao mesmo tempo, tememos. Vós trazeis a vida, e vós trazeis a morte. Acolhemos vosso retorno e nos preparamos para a estação da escuridão.

Permanecemos em silêncio durante alguns instantes, cabeças baixas em sinal de saudação, enquanto o sol nascia e o mundo cinzento da madrugada se transformava, aos poucos, em tons de amarelo e dourado. Iubdan ainda abraçava minha mãe, com olhos tristes. O que Conor disse era verdade. A morte chega e não há como impedir. O movimento da roda não cessa. Tudo se modifica, tudo segue seu caminho. E um bretão podia aprender isso vivendo entre nós. Mas ele jamais aceitaria.

Ritual terminado, voltamos pela trilha, ansiosos pelo calor da lareira e um prato de mingau. Quando vi, estava caminhando ao lado de Conor e, mais adiante, notei que os outros haviam seguido o caminho de casa e só nós dois pegamos uma trilha diferente na floresta.

— Ainda bem que você está usando um manto quente e botas — disse ele. — Temos um bom caminho pela frente.

Não fiz comentários. Não era necessário. Mas depois de algum tempo, não pude evitar:

— Meu pai pode ficar preocupado.

Ele deu um pequeno sorriso.

— Iubdan sabe que você está comigo. Claro, pode achar que isso não é tão bom. Não confia mais em mim como antes. E você parece ter o dom de atrair... problemas.

Nossos pés pisavam um carpete de folhas úmidas.

— E se Niamh chegar hoje? — perguntei. — Posso não vê-la em tempo. Preciso estar em casa quando ela chegar.

Ele respondeu com um gesto afirmativo.

— Entendo, Liadan. Entendo melhor do que você imagina. Mas para você isso será mais importante. Voltaremos antes do anoitecer.

Ergui as sobrancelhas, mas não respondi.

Depois de algum tempo, ele disse:

— Você é muito habilidosa, não? Nem eu consigo penetrar o escudo que você ergue ao redor de seus pensamentos. Onde aprendeu a fazer isso tão bem? E por quê? O que está guardando com tanto cuidado? Já vi este tipo de controle antes, quando Finbar fechou a mente para sua mãe, há muito tempo. Isso a magoou muito.

— Faço o que tenho de fazer.

Ele olhou para mim.

— Hum — foi só o que disse.

Continuamos a andar em silêncio, mantendo um ritmo rápido enquanto o sol brilhava e a floresta respirava vida ao nosso redor. Folhas douradas caíam das árvores, em espiral, com a brisa, e os esquilos corriam ocupados de um lado para outro, preparando-se para a estação escura.

Aproximavámo-nos das águas cinzentas do lago, próximas da sétima correnteza, agora mais cheia com as chuvas de outono. Subimos uma ladeira íngreme, cheia de pedras com superfície estranhamente desenhada como se alguém tivesse escrito algo nelas, na antiguidade, em uma linguagem secreta cujo código estivesse apenas em sua mente e com ele tivesse sido enterrada. Chegando ao topo, paramos para descansar e ele abriu um pacote que trazia com uma refeição frugal, pão e frutas secas. Bebemos água da correnteza, que estava tão fria que fez minha cabeça doer. Era uma manhã estranha, mas eu estava gostando do passeio.

— Você nem perguntou para onde estamos indo — ele disse, quando começamos a caminhar novamente, entre os arbustos e árvores frutíferas.

— Não, não perguntei — respondi.

Ele riu novamente e pude ver, por um instante, o menino que ele já tinha sido, correndo livre com seus cinco irmãos e a pequena irmã pela floresta. Mas a máscara serena de mestre druida logo encobriu suas feições novamente.

— Bem, o que estamos fazendo hoje é importante para você. Explicaria isso mente a mente, mas vejo que você não deixará. Com certeza está guardando um grande segredo. Precisarei falar então. Existem aqui uma fonte e uma piscina natural tão bem escondidas que poucos sabem de sua existência. É para onde estamos indo agora. Você precisa entender seus dons e o que pode fazer com eles, caso contrário pode acabar sendo engolida por eles. Mostrarei a você.

— Você me subestima — respondi. — Não sou criança. Conheço o perigo de dons mal administrados, sem bom-senso — palavras ousadas, mas eu não estava tão segura assim.

— Talvez — ele disse.

Fomos caminhando e nos desviando dos galhos pendentes de salgueiro que cresciam, até chegarmos, finalmente, a uma pequena piscina entre pedras cobertas de musgo e uma fonte natural. Um lugar tão pequeno e insignificante que qualquer um passaria sem perceber.

— Este lugar não se revela a qualquer um — disse Conor, fazendo um pequeno sinal no ar e parando a dois passos da margem.

— E agora? — perguntei.

— Sente-se nas pedras. Olhe para a água. Ficarei aqui perto. Este é um lugar em que os segredos estão sempre bem guardados, Liadan. Estas pedras guardam centenas deles desde o início dos tempos.

Fiquei em silêncio e fui ouvindo palavras. Esta pedra é sua mãe. Ela a guarda na palma da mão. Meu tio se afastou e não o vi mais.

Tentei limpar a mente de palavras e imagens, mas uma delas não seria apagada. Eu me recusava a relaxar e baixar o escudo de minha mente. Se alguém encontrasse o Homem Pintado, não seria através de mim, traindo-o com meus pensamentos. Eu não podia confiar em quem quer que fosse, nem em um mestre druida.

A água se movimentou. Mas o lugar era protegido do vento pelas árvores e pelas rochas. Ainda assim, pequenas ondas iam se formando. Vi algo branco surgindo no fundo, por um instante, e desaparecendo. Forcei-me a continuar ali, olhando para a piscina. O ar estava pesado como se uma chuva de verão estivesse para cair, mas estávamos em pleno outono.

A água se movimentou mais um pouco e depois parou.

Vi que havia alguém parado no outro lado da piscina, mas não era meu tio Conor.

– *Você se parece muito com sua mãe* – quem quer que fosse, tinha atravessado o escudo em minha mente com uma precisão incrível, bem maior que a de Conor. Não tive como impedir. – *Parecida e ao mesmo tempo diferente* – continuei sentada, sem conseguir olhar para frente. – *Você não precisa olhar. Sabe quem eu sou* – a água ficou opaca e depois voltou a brilhar. E agora com a imagem dele refletida.

Parecia Conor, mas as roupas eram diferentes. Em vez do manto branco, aquele homem estava coberto com vestes de forma indefinida de tons entre cinza e marrom. E tinha os pés descalços. Seus cabelos escuros e ondulados, até a altura dos ombros, estavam presos com pequenas tranças como as dos druidas. Os olhos de Conor tinham um tom acinzentado, eram calmos e tranquilos. Já os deste homem tinham uma expressão tão forte que impressionava, e não era possível dizer de que cor eram. Eu não conseguia olhar diretamente para ele.

– *Você sabe quem eu sou* – ele se moveu e a imagem branca surgiu de novo. Abriu o manto escuro e surrado, jogando-o sobre um ombro. Percebi, então, do que se tratava. Meus olhos não haviam me enganado. No lugar do braço esquerdo havia a asa de um grande pássaro, volumosa e branca. Então, ele a cobriu com o manto, novamente.

– *Tio* – se é possível para a voz da mente ser trêmula, a minha estava.

– *A filha de Sorcha. E tão parecida com ela. Qual é o seu nome?*

– *Liadan. Mas...*

– *Olhe para mim, Liadan.*

Pensei que iria olhar e não ver. E quase não dava para enxergá-lo direito, pois suas roupas se confundiam com o musgo das pedras e com as plantas ao redor. Não era jovem nem velho e tinha todos os traços de minha mãe, mas em vez de verdes, os olhos dele tinham a cor da água. O reflexo na água havia sido fiel. Era um homem de meia estatura, proporções bem equilibradas e porte ereto. E carregava a marca do que havia acontecido com ele e com seus irmãos.

– *O que você é? Um druida?*

– *Meu irmão é druida.*

– *E você? É um dos sábios?*

– *Sou o bater de asas de um cisne no ar. Sou o segredo das pedras. Sou a ilha no meio do mar agitado. Sou o fogo que paira sobre a cabeça do profeta. Não pertenço a este mundo nem ao outro. E, ao mesmo tempo, sou um homem. Tenho sangue em minhas mãos. Já amei e já perdi. Sinto sua dor e conheço sua força.*

Olhei para ele, boquiaberta.

– *Todos pensam que você morreu. Todos. Dizem que se afogou.*

– *Alguns sabem da verdade. Não posso viver neste mundo nem no outro. Vivo entre os dois. É o destino de um mago.*

Eu não sabia o que pensar.

– *Minha mãe... você sabe que ela está muito doente?*

– *Ela já está no fim de sua jornada* – ele parecia muito calmo.

– *Você não irá vê-la antes que ela parta? Não pode visitá-la?*

– *Não preciso ir até lá para que ela me veja* – apesar da aparente tranquilidade, ele transmitia uma profunda tristeza. *Lady* Oonagh havia realmente causado muita destruição.

– *Então ela sabe? Sabe onde você está?*

*– No começo, não. Mas agora é diferente. Todos eles sabem: minha irmã, meus irmãos e também os que já se foram. Mas é melhor que o resto não saiba. Os iniciados de Conor vêm me visitar de tempos em tempos.*

*– Deve ser... deve ser muito difícil para você. Nem consigo imaginar o quanto.*

*– Deixe-me mostrar. Aquiete sua mente, Liadan. Mais. Respire fundo. Isso. Espere. Agora, sinta o que eu sinto. Sinta meus pensamentos se mesclando aos seus. Eles a envolvem e a fazem sentir em segurança. Sinta minha mente se fundindo à sua. Deixe-me fazer parte de você por alguns instantes. Veja o que eu vejo.*

Fiz o que ele me pediu, sem medo, pois senti que não havia perigo naquele lugar. Respirei com ele; senti sua mente penetrar a minha, sutil como uma sombra, me envolvendo. Mas não era uma energia que me restringia, pois, apesar de estar nos pensamentos dele, eu ainda mantinha minha identidade e, ao mesmo tempo, me sentia como se fosse o jovem Finbar, parado diante de um lago, em uma manhã enevoada, olhando direto para o mal, sentindo-me cada vez mais diferente, até que minha mente só compreendia o que uma criatura selvagem compreende: frio, fome, perigo. Alimento, sono. Os ovos no ninho, a companheira com seu pescoço graciosamente arqueado e penas brilhantes. Nascimento, morte. Perda. O frio, a água, o pavor da transformação. Era esse o sentimento que ele vivenciava. E o sentimento que eu vivenciei. Então, ele foi me soltando, lentamente, e eu fiquei tremendo, à beira das lágrimas.

*– Não entendo. Não entendo por que fui trazida aqui. Por que escolheu se revelar a mim? Não sou druida.*

*– Pode não ser, mas tem dons. Os dons poderosos e perigosos de minha família. A Visão. O poder curativo da mente, que não começou a usar ainda. Vejo-a em perigo. Vejo-a como elo de uma corrente, do qual muita coisa depende. Você deve aprender a utilizar seus dons ou eles se transformarão em um peso cada vez maior em sua vida.*

*– Usar como? Minhas visões acontecem espontaneamente. E não sei se são verdade, se revelam o passado ou mesmo o futuro.*

Desta vez ele falou em voz alta, mas esta saiu rouca e estranha, como se não tivesse sido usada por muito tempo.

— Algumas vezes parecem enigmas, indecifráveis e confusos. Em outras, são terrivelmente claras. Aqui, neste lugar de proteção, é mais fácil controlá-las. Mas lá fora as sombras podem tomar conta de tudo. Deixe-me mostrar. O que você carrega em seu coração? O que mais a atormenta e você gostaria de ver? Olhe para a água. Aquiete a mente.

Olhei em volta primeiramente para ver se Conor não estava por ali, espiando. Não estava. Aquietei a mente, respirando calma e profundamente, sentindo o tempo e o lugar ao meu redor se modificarem. Vi uma luz colorida na água e uma imagem foi ficando cada vez mais nítida, oscilando e mudando. O local estava totalmente escuro, exceto pela luz de um pequeno lampião sob árvores estranhas e frondosas. Dois homens estavam ali, um dormindo, enrolado em um cobertor, os cabelos trançados e a pele negra. Tentou ficar acordado para fazer companhia a seu amigo durante a noite, mas o cansaço acabou por vencê-lo. O outro estava sentado, de pernas cruzadas, com uma faca em uma mão e uma pedra na outra, afiando-a. Os olhos seguiam o movimento da arma, mas ele não a via. De vez em quando, olhava para cima, esperando que talvez o dia já estivesse amanhecendo e, resignado, continuava sua tarefa. A lâmina estava ficando tão afiada que podia atravessar um homem e sua armadura.

Estiquei a mão, sem querer, e emiti um leve som. Naquele instante, o homem na água levantou a cabeça e olhou diretamente para mim. Sua expressão atingiu meu coração. Amargura, ressentimento, saudade. Não sabia dizer qual deles era mais claro em seu semblante. Seus olhos se abriram mais. Assustado, ele colocou de lado a faca, bem devagar, e foi levantando a mão tatuada em minha direção. Estiquei o braço mais um pouco, mais um pouco...

— *Não toque a água.*

Mas eu toquei. A superfície se ondulou e a imagem de Bran desapareceu. Recuei e me sentei, os olhos cheios de lágrimas.

— Você precisa disso, Liadan. Deve aprender enquanto está aqui. Tem que aprender rápido, praticar e desenvolver suas habilidades. Em breve, a caminhada até aqui será praticamente impossível para você, pelo menos por algum tempo.

Olhei para ele. Como sabia? Será que nada ali era segredo?

— Os segredos são bem guardados aqui.

— Você viu, não? Viu o que eu vi.

— Sim. E ele a viu, pode ter certeza. Mas isso não é novidade para ele, pois sua imagem está em sua mente a cada batalha, a cada luta, a cada golpe e a cada longa noite que ele passa. Você o conquistou com sua coragem e com seus contos. Ele é seu agora. Você conquistou uma criatura selvagem, embora não tivesse onde mantê-la. Mas ele não tem mais como escapar, não importa o quanto tente.

— Você está errado. Ele disse que não me queria. E me mandou embora. Tento apenas mantê-lo a salvo; tento iluminar seu caminho. Ele não tem quem faça isso por ele.

Suas palavras estavam me deixando incomodada. Ele me fez sentir como uma sedutora que toma posse de um homem contra sua vontade.

— É verdade, sim. Você é responsável. Mudou o caminho dele. E agora o afasta. Vai lhe negar seu filho?

Finbar falava em tom sério, mas não havia julgamento em suas palavras, apenas indignação.

— O que posso fazer? Nem sei quem ele é. Além disso, ele me despreza. Jamais pisaria em Sevenwaters. E nos culpa... a meu pai e minha mãe pelo que lhe aconteceu. Está sugerindo que eu vá procurá-lo?

— Não estou sugerindo. Estou simplesmente mostrando o que é para ser visto.

— Eu... vi os Seres da Floresta. A Dama da Floresta e o homem com cabelos de fogo. Eles me disseram... disseram para desistir desse homem. Queriam que eu prometesse ficar na floresta e não me casar. Mas eu não prometi.

— Ah.

— Não sei o que pensar. Havia também outras vozes naquele lugar. Vozes de seres mais antigos, e eles me diziam... pareciam me dizer que minhas escolhas estavam certas. Agora, eu não sei o que fazer.

— Não chore, menina.

— Não sou... eu...

Meus sentimentos estavam me sufocando. Eu queria muito ver Bran, mas vê-lo despertou em mim uma grande tristeza por não poder fazer o que eu tinha vontade.

— Eu também já tive a chance de mudar os acontecimentos, muito tempo atrás — disse Finbar. — A chance de salvar a vida de um homem e de ser livre, embora correndo grandes riscos. Aproveitei a oportunidade e fico feliz por tê-lo feito, mas até hoje não sei se foi certo ou errado. Talvez, o que aconteceu depois tenha sido para me punir por acreditar que eu podia fazer algo diferente. Pois, como você pode ver, não faço mais parte deste mundo. Vivo à margem, entre uma realidade e outra, sem lugar certo.

Por trás de sua expressão de calma e resignação eu sentia uma grande tristeza.

— Gostaria muito que você tomasse algumas atitudes, mas não vou aconselhá-la. Você já tem uma carga muito grande para alguém tão pequena. Deixe-me apenas ajudá-la neste momento. E deixe-me mostrar como usar seus dons, pois você precisará usá-los com o tempo. Sente-se e relaxe. Deixe de lado tudo que a incomoda.

As imagens foram chegando à minha mente: a lua cheia sobre um lago formando um rastro de prata na água. Uma cotovia voando no céu da manhã, cantando alegre. A sensação de ser envolvida em braços fortes, quentes e aconchegantes. Sean e eu correndo na beira do lago, o coração batendo, os cabelos ao vento e o riso farto que vem da alegria de ser jovem e livre. Uma plantação de carvalhos, com o sol batendo nas folhas novas, fazendo-as brilhar. A risada de um bebê.

E muitas outras, todas lindas e que lembravam bons momentos de minha vida; que me deixavam feliz por fazer parte de Sevenwaters e de minha família. Aquilo me encheu de esperança e de bem-estar.

A visão se escureceu por um instante e diante de mim estava um par de olhos cinza, fortes como uma rocha e reconfortantes. Ouvi uma voz que não era a de Finbar, dizendo:

— *Você não tem que enfrentar tudo isso sozinha, sabia?*

Então, da mesma maneira suave que vieram, as imagens se dissolveram e minha mente voltou ao momento presente. Abri os olhos e diante de mim estava a água e a figura de meu tio, olhando calmamente para mim no reflexo da piscina.

Havia tantas perguntas em minha mente. Eu nem sabia por onde começar.

— Você aprenderá a fazer como eu faço. Exige um esforço de vontade. Você precisa se tornar mais forte do que a outra pessoa para mudar os pensamentos dela.

— Você acha que terei que fazer isso um dia? Quando?

— Sim, acho. Não sei dizer quando, mas você saberá quando a hora chegar. Mas, mudando de assunto, e quanto à criança, Liadan?

O medo tomou conta de mim.

— Esta criança é minha — eu disse, em tom firme. — Sou eu quem irá decidir seu futuro e seu caminho, não os Seres da Floresta ou os seres humanos.

— Sim, a criança é sua. E você quer aquele homem, também. Vi isso em seus olhos quando você esticou a mão para tocar a imagem dele. Mas esse homem não pode ser domado, Liadan. Você não conseguirá mantê-lo em Sevenwaters. E a criança deve permanecer aqui, para o bem de todos nós. Ela pode ser a chave de tudo. Com certeza, os Seres da Floresta também lhe disseram isso. Já lhe ocorreu que talvez você não possa ter os dois?

— Claro que já — respondi, não gostando do rumo da conversa.

— Seu homem tem a marca do corvo.

— Ele é bretão, acredito. Posso jurar que não há uma gota sequer de sangue irlandês em suas veias. Não há como ele ser o da profecia. É pura coincidência.

— Você fala com muita certeza — disse Finbar, com expressão séria. — Tem pensado bastante no assunto. Mas está certa. O rosto dele tem a imagem do corvo e assusta até os mais corajosos. Mas sua descrição não é a mesma da profecia. Não será bretão e nem será de Erin, mas sim dos dois. Seu homem não tem esta característica, mas seu filho tem.

Fiz um gesto com a cabeça, tentando negar o que estava ouvindo.

— Calma, Liadan. Estou apenas tentando alertá-la. O filho tem a marca do pai em seu sangue. Não há como negar isso. Seu filho será o filho do corvo. E terá a linhagem tanto da mãe quanto do pai. Um bretão e uma mulher de Erin, que também é filha das duas raças. Faz sentido. Chegou a hora. É o que todos dirão se souberem quem é o pai.

Gelei.

— Você está dizendo que é melhor ninguém saber de quem ele é filho?

— Eu não disse isso. É terrível para uma criança jamais conhecer o pai. E um pai não conhecer seu filho. Pergunte a si mesma por que escolheu aqueles contos enquanto estava entre os fianna. Não quero influenciá-la. Sei que não irá adiantar. Você tomará suas próprias decisões, assim como esse homem com a máscara de corvo que nem sabe que é pai. Talvez você continue a quebrar os padrões. Mas ainda é preciso tomar precauções para proteger a criança. Certas forças, que acreditávamos estarem extintas, despertaram. Há aqueles que não querem que esta criança viva. Aqui na floresta seu filho estará a salvo.

— Como você sabe tudo isso?

— Não sou tão sábio. Digo apenas o que vejo.

Franzi a testa.

— Todos agora falam nisso: você, mamãe, Conor e até a Dama. Só sabem falar desse mal antigo. Algo que retorna e deve ser combatido. Que mal é esse, afinal? Por que ninguém me explica?

Ele me olhou como se estivesse com pena.

— Não lhe contaram, então?

— Contar o quê?

— Acho que não sou eu quem deve contar. Conor nos pediu silêncio. Talvez você fique sabendo, com o tempo. Enquanto isso, mantenha a vela acesa. Seu homem está muito longe. E está cercado por sombras.

— Sou forte — respondi. — Forte o suficiente para dar forças a ele e a meu filho. Ajudarei os dois. Não desisto facilmente.

Minhas palavras me surpreenderam. Não demonstravam muito bom-senso, mas algo me dizia que era a mais pura verdade.

Ele fez uma pausa e começou a rir. E era o mesmo tipo de riso de seu irmão, que não se encaixava no rosto frágil e sombrio.

— Como posso duvidar? Você é a filha de sua mãe.

Sem fazer qualquer ruído, Conor surgiu de repente ao meu lado, colocando a mão em meu ombro e me fazendo sentir reconfortada.

— Temos que ir — ele disse. Se ouviu algo que seu irmão e eu havíamos dito, não demonstrou. — Seu pai deve estar roendo as unhas.

A piscina agora estava plana como um espelho.

"Vá para casa, Liadan. Estarei aqui se precisar de mim. Pratique seus dons".

Fiz um gesto afirmativo e iniciamos nossa longa jornada de volta para casa. Aproveitei para perguntar a Conor:

— Tio, o que aconteceu com o jovem druida, Ciarán? Retornou para o solo sagrado?

Ele fez uma pausa e disse:

— Não, Liadan. Não retornou.

— Para onde ele foi?

Conor suspirou.

— Foi fazer uma longa jornada. Escolheu um caminho de grande perigo em busca de seu passado. Jurou jamais retornar à irmandade. Foi uma grande perda. Maior do que ele imagina.

— Tio, isso tem algo a ver com o grande mal de que mamãe fala; uma sombra do passado que retornou?

Ele suspirou e permaneceu em silêncio.

— Por que você não me conta? — perguntei, com uma mistura de raiva e medo. — Por que ninguém me conta?

— Isso não é para ser contado. — respondeu ele, em tom grave.

Voltamos a ficar em silêncio.

Já estava escurecendo quando chegamos à beira da floresta e caminhamos em direção à casa. Havia lampiões acesos do lado de fora da porta principal e as pessoas estavam conversando no jardim.

— Você parece cansada — disse Conor, quando chegamos à trilha de cascalho da entrada. — E eu também estou exaurido. Mas creio que não iremos dormir cedo. Pelo visto os Uí Néill e sua irmã devem chegar ainda hoje. Você aguenta mais algumas horas?

— Sempre aguento.

— Já percebi.

Entramos no *hall* e Conor estava certo. Estavam esperando a chegada deles para antes do jantar. Durante nossa ausência, os convidados já tinham chegado e a casa estava cheia de luz, de pessoas conversando e de cheiro de boa comida. Seamus Readberd já estava aquecendo sua farta circunferência diante da lareira, e sua jovem esposa ria timidamente enquanto ele cochichava em seu ouvido. Sean e Aisling estavam de mãos dadas, radiantes com a presença um do outro. Meu pai franziu a testa, olhando para Conor. E Eamonn. Eamonn se levantou assim que entramos, o rosto pálido e os olhos fixos em mim, como se estivesse esperando aquele momento. Corri para cima para me trocar.

Jamais desejei tanto me aconchegar sob as cobertas e dormir. Haviam acendido o fogo em meu quarto. Janis com certeza já tinha previsto a hora em que eu chegaria. Sobre a cama havia um vestido verde, pronto para eu vestir. Tirei o que estava usando e lutei para entrar nele. Minha barriga estava um pouco mais pronunciada, mas ainda não dava para notar (a menos que se prestasse muita atenção). Terminei de abotoar e fui lavar o rosto na tigela com água que haviam deixado para mim. Peguei então uma vareta, fui até o fogo e me abaixei para acendê-la. Mais da metade da vela na janela já tinha queimado. Logo precisaria fazer outra. Acendi o pavio e o cheiro de ervas começou a se espalhar. Ervas de amor e de cura. Fique bem onde quer que esteja. Continue firme.

Quando desci não houve como evitar Eamonn. Antes mesmo de eu cumprimentar Aisling ou a jovem esposa de Seamus, ele já estava ao meu lado, puxando-me pelo braço, levando-me para um banco e me trazendo uma taça de vinho.

— Só água, por favor.

— Você está muito pálida — disse ele, pegando outra taça. Sentou-se ao meu lado e seus dedos tocaram os meus ao me entregar a água. — Não tem se cuidado direito, Liadan. O que está acontecendo? Por que não quis me ver?

Respirei fundo e não respondi.

— Liadan, o que foi? — sua voz era de preocupação, assim como a expressão em seu rosto.

— Desculpe-me, Eamonn. É melhor não falarmos disso agora. Estou muito cansada. Andei muito hoje.

Ele franziu a testa.

— Alguém precisa cuidar melhor de você.

Não sabia como responder. Em meio a toda aquela agitação festiva, nós dois estávamos em uma ilha de silêncio.

— Não aceito — ele disse de repente. — Você não pode fazer isso.

— Fazer o quê? — pedi mentalmente ajuda a Brighid. Estava tão cansada. O toque de sua mão me trazia lembranças que era melhor deixar guardadas.

— Isolar-me desse jeito — disse ele irritado. Já não gaguejava, como quando era criança. — Você me deve explicações. Quero falar com você a sós antes de ir embora.

Prendi a respiração e lágrimas começaram a encher meus olhos. Como contaria a ele? Como lidaria com aquela situação? Falei sem pensar:

— Estou cansada. Muito, muito cansada.

Sua expressão mudou imediatamente. Olhou em volta para se certificar de que ninguém estava vendo e enxugou rapidamente com os dedos a lágrima em meu rosto.

— Oh, Liadan.

A intensidade de sua expressão me assustou. Parecia haver ali apenas uma fina linha divisória entre amor e ódio, entre paixão e fúria. Por sorte, fui salva pelo ruído de cascos de cavalos do lado de fora, e todos se apressaram para sair e ver quem chegava. Quando nos levantamos, Eamonn me protegeu do movimento colocando de leve a mão em minhas costas. Logo eu teria que contar a ele. Precisava encontrar um meio de falar.

Mais cavalos foram se aproximando, e também tochas fumegantes na escuridão. O céu estava totalmente escuro, carregado de nuvens. Os homens de Uí Néill foram entrando aos pares, as costas eretas, sem sinal de cansaço. Um trazia o estandarte com o símbolo vermelho e uma serpente em forma de círculo, engolindo o próprio rabo. Então, finalmente, Fionn entrou, semblante sério e formal; ao lado dele, minha irmã. Estava tão ansiosa para vê-la, justamente Niamh, aquela que havia me atormentado durante toda a infância. Aquela que se enfurecia comigo em um instante e logo depois vinha, chorosa, me contar seus segredos. Niamh com seu sorriso e seus cachos dourados, girando sem parar sob a luz do sol em seu vestido branco. "Você não gostaria que algo diferente acontecesse, algo tão novo, intenso e especial que a carregasse para longe como uma onda? Que transformasse sua vida em um acontecimento brilhante como o fogo, e que o mundo inteiro pudesse ver? Não gostaria, Liadan?" Minha saudade era tão grande que mal podia esperar para vê-la, mesmo exausta. Então fui para fora, desci os degraus e fiquei ao lado de Liam, que esperava para recepcionar os convidados. O cavalo de minha irmã parou à minha frente. Olhei para ela e senti, no mesmo instante, que não poderia dividir com ela meu segredo. Fiquei parada ali, em meu vestido verde, brilhando com minha vida nova que se iniciava. Ela mal me olhou e tinha uma expressão fria no rosto, os olhos azuis totalmente vazios, sem qualquer sinal da paixão e dos sonhos de antes. Fionn lhe deu a mão e ela desmontou com elegância. Seu manto de cavalgar, forrado de pele nas bordas, estava impecável, assim como suas botas. Os cabelos brilhantes estavam cobertos com um véu de linho branco para aquecê-la. Ela parecia uma concha vazia, a vida em seu interior extirpada para sempre por uma violenta tempestade. Dei um passo à frente e estendi os braços para abraçá-la, tentando ignorar o que tinha acabado de ver, mas ela se esquivou de mim.

— Liadan — foi só o que ela disse, e ainda aparentando esforço para ser agradável.

— Oh, Niamh. Oh, Niamh. É tão bom vê-la.

Mas não estava sendo bom. Nem um pouco. Observando seu belo e frio rosto, tive um mau pressentimento.

# Capítulo 8

Havia algo muito errado e eu não sabia o que era. Ela começou a me evitar. Recusava-se a falar, como se não aceitasse o fato de estar em casa. E sua expressão era tão mórbida e tão vazia que dava a impressão de ela não ter forças sequer para me evitar. Mesmo quando os homens se reuniam em torno da grande mesa de carvalho para conversar sobre estratégias, eu não a encontrava na casa. Aliás, não a encontrava em parte alguma.

— Niamh não está bem — observou Aisling preocupada. — Será que está grávida?

Na terceira noite da visita, pedi um favor a Conor:

— Vê o estado de Niamh, tio? Parece exausta, desanimada. Não pode ir para Tara desse jeito. Fionn com certeza entenderá. Peça a ele que a deixe ficar conosco enquanto vocês vão para a reunião.

Liam me olhou com severidade.

— Diga-me, minha sobrinha, por que eu deveria fazer algo em favor de Niamh?

— Como assim? Não está vendo o que esse casamento fez com ela? Não se lembra de como Niamh era?

— O que você está dizendo não é justo, Liadan. Uma mulher deve se submeter às ordens de seu pai e, depois de casada, às de seu marido. É a ordem natural das coisas. Fionn é um homem respeitado, de prestígio. É um filho de Uí Néill. Niamh deve crescer e se adaptar, caso deseje contribuir com algo de valor para a família deles. Deve deixar seu passado para trás.

Ele falava como se estivesse tentando convencer a si mesmo e a mim.

— Tio, por favor, peça a ele.

— Muito bem. Não vou negar que seja uma ideia prática. Eamonn já havia sugerido que você e sua irmã fossem passar um ou dois dias com Aisling. Prefiro assim. Você ficará em segurança na casa dele, fazendo companhia a Aisling enquanto seu irmão está fora. Isso já diminui um pouco a viagem para Niamh. E você tem razão. Ela não parece bem.

Sean apresentou seu plano de ação aos aliados na segunda manhã. Por razões de privacidade, eles se reuniram na sala pequena. Enquanto levava roupas de cama para o andar de cima, ouvi vozes alteradas, não de raiva, mas de surpresa e entusiasmo. Captei a ansiedade de Sean e seu esforço para convencê-los.

O almoço esfriou na mesa, pois eles continuaram na sala fechada, debatendo o assunto. E quando desceram, Fionn e Sean continuaram a conversar animadamente enquanto Eamonn estava pálido e silencioso, com uma expressão de desagrado no rosto. A conversa continuou durante toda a refeição. O grupo parecia estar dividido. Fionn estava aberto à ideia, Seamus ainda parecia indeciso e Liam mantinha sua posição. Não se aliaria a um fianna, a um mercenário sem rosto. Não concordaria com uma missão da qual não estivesse no comando. E todos sabiam que não se podia controlar o Homem Pintado. Ele fazia suas próprias leis, se é que se pode dizer isso de um fora da lei. E confiar nele era como colocar a cabeça dentro da boca de um dragão, ou seja, pura bobagem. Além disso, Seamus argumentou, como encontrá-lo? O homem mudava de lugar o tempo todo. Ninguém sabia exatamente onde era seu quartel-general. Era escorregadio como uma enguia. Como enviar um mensageiro até ele para informar que pretendiam contratar seus serviços? Sean respondeu que havia como encontrá-lo, mas não entrou em detalhes. Eamonn quase não falou. E quando a refeição terminou, não retornou com os outros para continuar a reunião. Saiu para ficar sozinho.

Muito a contragosto, fui atrás dele. Não adiantava esperar que viesse me procurar. Era melhor eu dar logo as más notícias e pronto. E quanto antes, melhor. Não era exatamente o que eu havia combinado com minha mãe, mas ele não me dava outra opção.

Encontrei-o perto dos estábulos, observando a égua cinzenta que havia me trazido para casa, enquanto um dos rapazes a exercitava no pátio. Ela se movia com a graça de uma dançarina. Seu pelo, cauda e crina agora estavam brilhantes, limpos e bem tratados.

Aproximei-me e parei ao lado dele.

— Liadan — disse ele, contendo a voz.

— Você queria falar comigo — respondi. — Bem, aqui estou.

— Não sei se... talvez não seja o melhor momento. Estou muito... seu irmão me desapontou. Estou chocado com o que ouvi. Não sei se quero comentar o que se passa em minha mente.

— Sei que não é uma boa hora, Eamonn. Mas tenho algo a lhe dizer e deve ser agora, enquanto tenho coragem.

Ele se virou para mim com toda atenção.

— Você está... está com medo de mim? Não, Liadan, não há o que temer. Eu jamais faria mal a quem estimo tanto.

Suas palavras não ajudaram. Fomos andando devagar para detrás dos estábulos, onde podíamos nos sentar nos degraus, ao sol. Era um local onde muitos segredos de infância haviam sido compartilhados. Ninguém podia nos ver ali, a não ser um druida, talvez.

— O que é, Liadan? O que pode ser tão terrível a ponto de você ter medo de contar a um amigo? — perguntou ele, segurando minhas duas mãos para que eu não pudesse me afastar. — Diga, minha querida.

Pedi a ajuda de Brighid. Tremia dos pés à cabeça.

— Eamonn, nos conhecemos há muito tempo. Sempre o respeitei e quero lhe contar a verdade, ou pelo menos o que pode ser contado. Você me... me pediu para ser sua esposa e eu disse que lhe daria uma resposta no Beltaine. Mas vou responder agora.

Fiz uma pausa.

— Parece que a pressionei demais — ele disse, escolhendo as palavras. — Posso esperar, se você preferir. Leve o tempo que precisar para tomar sua decisão.

Engoli em seco.

— Pois é exatamente isso. Não tenho mais tempo. E não posso me casar com você, não agora, nem no futuro. Estou grávida de outro homem.

Houve um longo silêncio. Eu fiquei parada, olhando para o chão, e ele permaneceu imóvel, ainda segurando minhas mãos. Depois de algum tempo, ele falou, com uma voz calma e estranha.

— Creio que não entendi. O que você disse?

— Você ouviu, Eamonn. Não me obrigue a dizer novamente.

Mais silêncio. Ele soltou minhas mãos. Eu não conseguia olhar para ele.

— Quem fez isso?

— Não posso lhe dizer, Eamonn.

Ele me segurou firmemente pelos ombros.

— *Quem fez isso? Quem ousou tomar o que é meu?*

— Você está me machucando. Eu já lhe disse o que precisava dizer e agora você está livre de mim. Não vou lhe contar mais.

— Não irá contar? Como assim, não irá contar? O que seu pai e seu irmão pensam disso? Deveriam estar caçando o desgraçado para fazê-lo pagar por esse... esse insulto!

— Eamonn...

— No momento em que a vi, no momento em que Sean e eu a encontramos, temi que algo assim tivesse acontecido. Mas você não falou comigo e parecia calma, até demais... e ninguém comentou sobre o assunto, então pensei... mas eu mesmo irei atrás de vingança se eles não forem. Farei com que esse homem pague. Esse... esse filho deveria ser meu.

— Eles não sabem — respondi, a voz trêmula. — Sean, Liam e meu pai. Ainda não sabem. Você é o primeiro a quem estou contando, depois de minha mãe.

— Mas por quê?

Ele agora estava andando de um lado para o outro, abrindo e fechando as mãos como se pudesse agarrar alguém.

— Por que não contar? Por que não dar aos homens de sua família a satisfação de uma vingança justa?

Respirei fundo.

— Porque... — eu disse devagar e com clareza para que ele não entendesse errado. — Porque aconteceu com o meu consentimento. A criança foi concebida com amor. Sei que isso irá feri-lo mais do que se eu tivesse sido submetida a violência. Mas é a verdade.

Eu ainda não tinha coragem de encarar seus olhos.

Ele continuou a andar para cima e para baixo. Pelo menos agora sabia a verdade, e seu terrível conceito de propriedade não lhe daria opção a não ser me deixar em paz. Inventaria uma desculpa qualquer, partiria para Tara, curaria seu orgulho ferido e procuraria outra esposa.

— Não acredito em você.

Ele parou na minha frente, pegou minhas mãos e me puxou, fazendo que me levantasse. Desta vez fui obrigada a encará-lo e percebi, por seu olhar, que estava dizendo a verdade.

— Conheço-a muito bem. Você seria incapaz de algo assim. É a mulher mais sensata e prudente que conheço. Recuso-me a acreditar que se entregaria assim, sem se casar, e prometida a outro. Não pode ser verdade.

Ele estava dificultando cada vez mais as coisas.

— Eamonn, é a verdade — eu disse. — Amo esse homem. Carrego o filho dele dentro de mim. Não há mais o que dizer. Além do mais, eu não havia me comprometido com você.

— Ele se casará com você? Dará seu nome a esta criança?

Balancei a cabeça. Só queria que ele parasse, que fosse embora. Cada palavra que eu dissesse só iria machucá-lo mais.

— Esse miserável se aproveitou de sua inocência e agora você o protege com seu senso de lealdade. Vou caçá-lo e estrangulá-lo com minhas próprias mãos. Vê-lo morrer me dará muito prazer.

A imagem voltou à minha mente: as mãos no pescoço, a faca, o sangue. Depois desapareceu, e eu fiquei zonza.

— Liadan, o que foi? Sente-se. Deixe-me ajudar. Você não está bem.

— Quero que você vá, agora. Por favor, vá embora — pedi, apoiando a cabeça nas mãos para não ter que olhar para ele.

— Você precisa de ajuda...

— Vou ficar bem. Só me deixe sozinha. Por favor, vá, Eamonn — minha fraqueza me fazia agir com crueldade.

— Se é assim que você quer — ele respondeu, a voz sob controle. E se afastou.

— Espere.

Ele prendeu a respiração, mas eu não disse o que ele queria ouvir.

— Preciso lhe pedir um favor. Ainda não dei a notícia a eles. Peço que me dê tempo para contar a meu pai, a Sean e a meu tio. E... Eamonn... perdão por tê-lo magoado.

Ele não respondeu.

— Eamonn?

— Você aceitaria, não é? — ele falou de repente, muito provavelmente sem pensar. — Em Beltaine. Você teria aceitado meu pedido caso isso não tivesse acontecido, não teria?

— Ah, Eamonn. Que diferença fará para nós, ou mesmo para mim, pensar nisso agora? Tudo mudou. Tudo está diferente. Agora vá, por favor. Não há motivo para ficarmos discutindo. Já aconteceu. Vingança ou derramamento de sangue não mudarão isso.

— Preciso de tempo — ele respondeu, para minha surpresa. — Tempo para entender tudo isso.

— Os outros também precisarão — eu disse com ironia. — Devo contar a muita gente. Só lhe peço novamente que não comente sobre o assunto até...

— É claro que não vou. Você sempre teve o meu mais profundo respeito, e continua a ter.

Ele fez uma pequena reverência, girou sobre os calcanhares e foi embora.

O jantar à noite foi estranho, cheio de olhares, gestos e palavras não ditas. Niamh estava usando um vestido discreto, de tecido levemente dourado, gola alta, mangas longas, e permaneceu muda, sentada ao lado do marido enquanto ele discutia estratégias com Liam. Comeu pouco. Minha mãe não desceu para jantar. E meu pai estava pensativo. De vez em quando, olhava para Niamh, depois para Fionn, e seu rosto mostrava uma amargura que refletia meus pensamentos. E eu quase não comi. Pela primeira vez em muito tempo, não estava com fome. Tinha cruzado minha primeira ponte. E quanto a Eamonn, foi obrigado a comparecer e fingir tranquilidade, pois, assim como meu pai, sua ausência poderia ser considerada ofensa. Bebeu vinho, deixou que sua taça fosse novamente cheia e bebeu novamente. Seu prato foi colocado e retirado sem que ele o tocasse. Seus olhos mostravam sua preocupação.

O dia seguinte amanheceu tranquilo. Eu me levantei cedo, coloquei um vestido de sair e o casaco cinza sobre ele, uma combinação nada elegante, mas bastante prática e que me aqueceu bem. A água na tigela estava gelada. Saí e encontrei meu pai. A maioria de nossas ovelhas havia nascido na primavera, mas algumas vieram somente no outono, o que poderia ser um problema caso a estação fosse fria demais.

Iubdan estava no pasto, checando os estoques com um velho pastor e dois rapazes que o ajudavam. Uma ovelha nova estava fraca, mal conseguindo manter-se em pé, e eles estavam tentando decidir se a levavam para o celeiro para tentar salvá-la ou a sacrificavam ali mesmo para acabar com sua dor.

— Deem uma chance a ela, ao menos — eu disse, aproximando-me. — Ela pode acabar nos surpreendendo e nos dando vários filhotes daqui a algum tempo. Deem a ela alguns dias.

— Não sei, não. É muito sofrimento — disse o velho, coçando o queixo de barbas brancas. — E perda de tempo.

— Vamos lá. Dê a ela uma chance — insisti, enquanto o animal me olhava com seus olhos ingênuos.

Iubdan, que estava agachado ao lado do animal, levantou-se e disse:

— Levem-na para o celeiro. Já sabem o que fazer, não?

— Ah, sim senhor. Tirar a pele da ovelha que morreu, esfregar nesta e tentar colocá-la com os filhotes da mãe. Ela pensará que é filhote dela e o criará com os outros — respondeu o rapaz, querendo demonstrar seu conhecimento.

— Bem, faça isso então — disse meu pai, rindo.

— Papai, podemos conversar?

— Claro, querida. Do que se trata?

Eles pegaram a ovelha morta, colocaram sobre uma tábua e seguiram em direção ao celeiro. E o velho foi atrás, levando o pequeno filhote nos braços.

— O que aconteceu, filha? É sobre Niamh?

— Estou preocupada com ela, sim. Mas é sobre outro assunto que quero falar. Muito sério, pai. E não pode esperar. Acredito... acredito que não lhe agradará.

— Venha cá, Liadan. Sente-se. Parece sério mesmo. Mas é preciso algo muito grande para me desagradar, você sabe.

Sentamos lado a lado sobre uma pedra. De onde estávamos, era possível ver a parte baixa da floresta se espalhando pela fortaleza de Sevenwaters. Os muros se ocultavam sob a grande quantidade de carvalhos, faias, romãs e bétulas. O ar estava claro, exceto pela fumaça de lenha dos fogões, que já estavam em pleno trabalho.

— Será um dia bonito — disse Iubdan.

— A ovelha — eu disse, começando a frase no meio. — Você a deixou viver mais alguns dias, embora pudesse tê-la sacrificado. Por quê?

Ele pensou por um instante.

— Seguiria o conselho do velho pastor. Ele já era pastor muito antes de eu nascer. Mas a deixei viver porque você me pediu. Talvez ela viva, talvez não. Mas por que a pergunta?

— Quando... quando eu estava fora, matei um homem. Cortei... cortei sua garganta com minha faca e ele morreu. Nunca tinha feito uma coisa dessas.

Meu pai ficou em silêncio, esperando-me terminar.

— Era a coisa certa a fazer naquele momento, entende? Ele estava morrendo, foi abandonado e estava em agonia, sofrendo demais. Eu não tinha outra escolha. Sei que você sempre torceu para que eu nunca tivesse que usar as técnicas que me ensinou com a faca, o arco e as armas. Chegou a dizer isso para mim. Bem, eu usei e não foi uma experiência agradável. Mas era a única coisa que eu podia fazer.

— Era isso que você tinha para me dizer?

— Uma parte — minha garganta ficou seca. — Houve também outro homem, que eu tentei curar. Como a ovelhinha. Insisti em mantê-lo vivo e ele sofreu e acabou morrendo. Fiz a escolha errada, mas naquele momento... eu tinha tanta certeza.

Meu pai fez um gesto de concordância.

— Você fez o que precisava fazer. Nem todas as escolhas são certas. E você não tem como saber se a decisão que tomou estava errada. Sua mãe costuma dizer que há sempre a mão de forças além de nós agindo nesses momentos. Você tem grandes habilidades de cura. Se alguém podia salvar aquele homem, com certeza era você. Talvez a vida dele tenha sido prolongada por algum motivo.

Fiquei calada.

— Sabe — continuou ele — se há algo que aprendi vivendo com o povo de Erin todos esses anos foi que as histórias aqui nunca têm apenas dois elementos. São sempre três. Três pedidos, três dragões, três homens.

Respirei fundo.

— Pai, você me disse, há pouco tempo, que quando chegasse a hora de me casar, eu poderia escolher. Lembra-se?

Ele parou um instante.

— Bem, não era sobre isso que eu imaginava que você quisesse conversar.

O sol estava mais alto no céu, e a luz da manhã iluminou seus cabelos, deixando-os da mesma cor dourado-avermelhada dos de Niamh. Vermelho de outono; vermelho das folhas de carvalho.

— Mas sim, eu lembro — ele concordou.

— Eu... — não conseguia encontrar as palavras. — Pai, eu...

— Você tem alguém em mente? Talvez aquele velho pobretão de quem falamos certa vez? — brincou ele, embora seus olhos azuis estivessem me observando, atentos.

— Tenho que contar de uma vez, pai. Irá machucá-lo, e isso é a pior coisa para mim. Estou esperando um filho. Não posso revelar o nome do pai desta criança e não me casarei com ele ou com qualquer outro. Não fui forçada nem maltratada. Esse homem é... é aquele a quem eu escolheria entre todos. Mas criarei meu filho sozinha, pois ele jamais virá para Sevenwaters. Já contei a mamãe e a Eamonn. Agora estou lhe contando, mas estou morrendo de medo, pois... pois, acima de tudo, não quero perder seu respeito. Se perder sua confiança, começarei a duvidar de mim mesma. E não posso fazer isso neste momento. Precisarei de todas as minhas forças agora.

Ao contrário de Eamonn, meu pai ficou sentado, quieto, absorvendo as informações. Olhou em direção à floresta, mas seus olhos não transmitiam qualquer sentimento. Não me pediu para repetir nem ficou andando de um lado para o outro. Só me perguntou, depois de algum tempo:

— O que sua mãe disse?

— Que quer esta criança tanto quanto eu. E que estará aqui para fazer o parto com suas próprias mãos na primavera.

— Entendo — ele disse, com amargura na voz e uma expressão no rosto de quem estava se esforçando muito para controlar a raiva. — Acho que você deve me contar. Acho que deve me dizer qual é o nome desse homem. O amante de Niamh, por pior que tenha sido a escolha dela, teve ao menos a coragem de me encarar e de se explicar. Já o seu parece ser do tipo que simplesmente toma aquilo que deseja e parte para a próxima oportunidade.

Senti o sangue esquentar.

— Você faz o que houve entre mim e ele parecer imundo — respondi, surpresa por estar discutindo com meu pai, a quem eu respeitava mais que tudo no mundo. — Não foi um encontro casual, uma simples aventura. Foi...

— Deixe-me lembrar. Quanto tempo faz que você desapareceu? — ele perguntou.

— Pare! Não é isso! O que está acontecendo conosco? Estamos todos ferindo uns aos outros. Ninguém parece se entender mais!

Ele ficou em silêncio por um instante e depois respondeu, a voz mais suave:

— Muito bem. Vi o resultado do erro de Niamh e o quanto ela mudou. Isso está me fazendo muito mal. Ouvirei o que você tem a dizer. Talvez o nome dele nem seja tão importante. O que não entendo é a atitude dele. Você diz que ele não virá para Sevenwaters. Por quê? Que homem não seguiria uma mulher como você e não faria qualquer coisa para torná-la sua esposa? Que homem não gostaria de conhecer o próprio filho? A menos que seja casado ou não seja digno de você. Mas não acredito que seja isso. Você sempre teve muito bom-senso, filha.

— Ele... quis que eu ficasse com ele, mas eu recusei. Mamãe... eu precisava voltar para casa. E ele também... quando descobriu quem eu sou, quis se livrar de mim o mais rápido possível — meus olhos estavam se enchendo de lágrimas.

— Não estou gostando... Que razão ele alegou?

Eu não planejava contar a meu pai. Mas acabou escapando.

— Algo que aconteceu há muito tempo. Quando você saiu de Harrowfield. Ele disse que algo de errado foi feito. Disse... disse que você tirou o direito de ele existir, ou algo assim. Papai, por favor, você não pode comentar sobre isso com quem quer que seja, entendeu?

Ele franziu a testa.

— Há muito tempo? Que idade tem esse seu homem?

— Não é velho. Tem a idade de Eamonn, talvez um pouco menos.

— E é um bretão?

Não respondi, pois não estava preparada para admitir que não sabia.

— Ele podia ser um bebê quando eu deixei Harrowfield. Há algo errado nessa história.

— Você nunca fala sobre aquele tempo. Aconteceu algo, qualquer coisa que seja que explique o que ele disse? Alguém causou mal a uma criança? Há algo em seu passado que o atormenta demais.

Iubdan balançou a cabeça.

— Havia crianças em Harrowfield, é claro, na casa, nas vilas e nas fazendas. Mas deixei o Estado em boas mãos. Certifiquei-me de que tudo estava em ordem antes de vir para cá. Meu povo estava bem protegido, com futuro garantido mesmo nesses tempos difíceis. Talvez eu possa falar com ele...

— Não — respondi de pronto. — Isso não será possível.

— Você tem vergonha dele? Ou de mim?

— Claro que não, pai. Nem pense uma coisa dessas. Ele não pode vir. Leva uma vida de... de perigo e lutas constantes. Não há espaço para mim ou para esta criança ao lado dele. O melhor mesmo é eu criá-la sozinha.

— E não se casará com Eamonn?

— Se não posso ter aquele homem, não quero outro.

— Já contou a Niamh?

— Contar a ela como? Você viu como ela está. Mal fala comigo desde que chegou.

Levantamo-nos e começamos a descer a colina em direção aos estábulos. Ficamos em silêncio por algum tempo e então ele disse:

— Desde que Niamh chegou eu não consigo falar com ela, Liadan. Nem sua mãe, que queria tanto ajudar a curar a mágoa que ficou pelo fato de ela não ter podido ficar com aquele rapaz. É como se outra mulher tivesse voltado no lugar dela; como se algo tivesse transformado aquela garota feliz em uma sombra de si mesma. Perdi uma filha, e sua mãe enfraquece cada vez mais. Não quero perdê-la também.

Passei meu braço pelo dele.

— Sempre quis ficar aqui. Você sabe disso.

— Sim, minha filhinha habilidosa com as artes domésticas, sempre feliz por estar com seu povo. Você é o coração desta casa, Liadan. Mas tem certeza de que é isso que quer?

Não respondi. Meu pai e eu jamais mentíamos um para o outro.

— E se esse homem aparecer amanhã e lhe pedir para ir com ele? O que você dirá?

Se ele aparecesse enquanto Eamonn estivesse em casa, teria que ter muita sorte para sair vivo.

— Não sei. Não sei mesmo.

Paramos sob as árvores, de onde dava para ver as paredes brancas do celeiro, à nossa frente.

— Tenho uma proposta para você, mas depende de sua mãe concordar.

Ele falava como se estivesse arquitetando um muro ou um jardim, mas seus olhos mostravam inquietude.

— Quando Aisling for para casa, vá com ela e fique em Sídhe Dubh enquanto Eamonn estiver em Tara. Leve Niamh com vocês e descubra o que está acontecendo com ela. Desconfio que seja algo mais sério do que imaginamos. Tentei de todas as formas me aproximar, mas ela me vê como inimigo e não fala comigo. E como se já não bastasse a dor e a fraqueza de sua mãe, agora ela está desolada ao ver a filha assim e se recusando a receber ajuda. Segundo ela, se Niamh tiver que se abrir com alguém, será com você. Peço que faça isso por mim, só até Fionn voltar. Então pode vir para casa. Sei que não irá querer ficar lá depois que Eamonn chegar. Você disse que já contou a ele. Deve ter sido muito difícil para os dois. Eamonn é um homem orgulhoso. Não aceita facilmente uma derrota.

— Foi horrível.

Meu pai passou o braço ao redor de meus ombros.

— Então? O que me diz?

— Se é o que você quer, eu irei.

Senti meu coração apertar. Não tinha certeza se queria descobrir o que havia por trás da frieza de Niamh. E, menos ainda, queria ir para a casa de Eamonn, ainda que durante sua ausência.

— Faça isso por mim e por sua mãe. Em troca, ofereço proteção para você e para meu neto. Contarei a Liam antes de ele partir. E também a Sean e a Conor.

— Mamãe disse que ela mesma...

— Eu mesmo farei isso. E será de uma maneira que ninguém lhe fará perguntas ou lhe exigirá explicações. Você é minha filha. Estará a salvo com sua criança, contanto que escolha ficar aqui em Sevenwaters.

— Ah, meu pai.

Abracei-o com todo carinho.

— Não quero vê-la desesperada como sua irmã. Um dia também quebrei regras para ter o que queria, Liadan. Jamais me esqueci do que deixei para trás quando vim para cá. Mas nunca pensei, por um segundo sequer, que minha escolha tenha sido errada. Você é filha de Sorcha. E também não acredito que tenha feito uma má escolha.

Com certeza, algo de bom resultará disso. Chore, filha, deixe que as lágrimas a confortem. E, mais tarde, vá falar com Aisling para organizar os detalhes de sua viagem. Talvez seja melhor você ir de carroça. Não é bom cavalgar no estado em que você se encontra.

— Carroça?! — parei imediatamente de chorar. — Não estou inválida! Posso perfeitamente cavalgar minha égua. Irei devagar.

Ele concordou.

Não sei como meu pai conseguiu, mas, na noite em que partiram para Tara, Liam e Sean já sabiam de minha gravidez. Conor também foi avisado, embora muito provavelmente já soubesse. Minha experiência foi bem diferente da de Niamh. Ela foi criticada, isolada e forçada a se casar, enquanto meu filho foi simplesmente aceito como se já fizesse parte da família em Sevenwaters. Mas minha transgressão foi bem mais grave do que a dela. Eu não entendia por que todos haviam rechaçado a ideia de Ciarán ficar com Niamh. Ela não estava grávida. Uma onda de segredo pairava sobre o assunto. Já no meu caso, todos me acolheram. Eu achava aquilo muito injusto.

Niamh andava pela casa como se tivesse uma barreira ao seu redor; o rosto sério, os olhos sem expressão, os braços sempre cruzados, e muito tensa, como se não pudesse baixar um instante sequer a guarda por estar entre inimigos.

Apesar de considerar a situação injusta, fiquei profundamente grata a meu pai por me ajudar.

Algumas notícias se espalham rápido. Desci pouco antes do jantar e encontrei Janis verificando a mesa para se certificar de que havia taças, pratos e facas para todos da casa e os convidados. Janis parecia não envelhecer. Havia sido ama-seca de minha mãe e, apesar da idade, seus olhos brilhavam com interesse por tudo que fosse novidade. Seus cabelos, sempre escovados para trás e bem presos na altura da nuca, eram negros e brilhantes como a asa de um corvo. Vinha de uma família de viajantes, mas se estabeleceu em Sevenwaters. Seu lugar era em nossa casa, conosco.

— Bem, mocinha — ela disse, sorrindo. — Parece que não precisa mais guardar segredo.

— Meu pai lhe contou?

— Contou, assim, por alto. Nada que eu já não soubesse. Uma mulher sente essas coisas. Mas fico feliz por ver que você está bem. Será uma gravidez tranquila, apesar de você ser tão pequena.

Sorri, meio sem graça.

— Irei ajudá-la quando a hora chegar. Ela pode não ter mais forças para isso até lá. Mas me dirá o que fazer. Minhas mãos serão as mãos dela. Não chore, querida. A notícia de seu filho colocou um sorriso no rosto de sua mãe. E deixou seu pai feliz. Não há do que se envergonhar.

— Não é por isso que estou chorando — respondi. — Não estou com vergonha. É por minha mãe... e Niamh... e o que está acontecendo. Tudo está mudando, e tão rápido. Não consigo acompanhar tanta mudança.

— Calma, querida — ela disse me abraçando. — As mudanças sempre a acompanham. Você as atrai. Mas é uma menina forte. Saberá sempre o que é melhor para você e para seu bebê. E para seu homem.

— É o que eu espero — sussurrei.

Olhando ao redor naquela noite, me ocorreu que podia ser a última vez que estávamos todos reunidos. Liam estava sentado em sua cadeira entalhada, as suas feições sérias atenuadas pelos dois cãezinhos que corriam em volta de seus pés. Meu irmão, sentado ao lado dele, era sua cópia. O rosto longo, a mandíbula bem desenhada e os traços de um líder nato. Conor tinha o mesmo semblante, mas era um pouco diferente, pois tinha sempre o olhar sereno, de sabedoria e luz interior. Niamh estava sentada ao lado do marido, as costas eretas e a cabeça erguida, sem olhar para os lados. Seus cabelos estavam cobertos e o vestido que usava era recatado ao extremo, como o outro. Sua luz, sempre tão intensa e que brilhara tanto enquanto ela dançava na festa de Imbolc, parecia ter se apagado. Fionn simplesmente a ignorava. Ao lado de minha irmã estava Aisling, mantendo uma conversa unilateral com ela sem maiores dificuldades. E Eamonn estava sentado do outro lado, no canto mais escuro, com a caneca de cerveja entre as mãos. Eu estava evitando olhar para ele.

Minha mãe estava visivelmente cansada e angustiada ao ver a filha mais velha tão modificada. Olhava na direção dela e depois para frente, a testa franzida. Mas sorria e conversava com Seamus Readberd, esforçando-se para fingir que estava tudo bem.

Papai estava cuidando dela, ao seu lado, e quase não falava. Quando terminamos a refeição, ela sorriu e disse a Conor:

— Precisamos de uma boa história esta noite. Algo que inspire Liam e nossos aliados em seu caminho para Tara. Na verdade, serão dois grupos, pois Sean levará as meninas para o oeste daqui a alguns dias e nós ficaremos aqui. Escolha bem, Conor.

— Sim — disse ele se levantando. Conor não era muito alto, mas havia algo de imponente, quase majestoso nele, em seu manto branco. A gola dourada brilhava com a luz das tochas, realçando suas feições claras e calmas. Ficou em silêncio durante um instante, pensando qual seria a melhor história para aquela noite.

— Nesse momento de partida, de novas aventuras, uma boa história é aquela que envolve o passado, o presente e o futuro — começou ele. — Que cada um ouça e faça desse conto o melhor que seu espírito desejar, pois cada um carrega, neste mundo, sua própria visão e suas lembranças. Qualquer que seja sua crença ou sua fé, que minha história fale direto com seu espírito. Esqueça este mundo por um instante e deixe sua mente viajar ao passado, para o tempo em que estas terras ainda não conheciam nosso povo; quando os *Túatha Dé Danann*, os Seres da Floresta, pisaram pela primeira vez às margens de

Erin e encontraram inesperada resistência por parte daqueles que já se encontravam aqui.

— Boa, boa história — disse Seamus Readbeard, estrondosamente, colocando sua taça sobre a mesa à sua maneira, não muito delicada.

— Os *Túatha Dé* eram um povo de grande influência, todos deuses e deusas — disse Conor. — Entre eles havia poderosos curadores, guerreiros dotados de grande capacidade de regeneração, praticantes de magia que podiam secar um lago, transformar um homem em um peixe ou mudar o caminho de uma alma com um estalar dos dedos. Eram fortes e obstinados. Ainda assim tiveram que tomar Erin à custa de muita luta.

"Não foram os primeiros a aportar nessas orlas. Outros vieram antes deles. Os Fomhóire eram um povo estável, de pés no chão. Algumas lendas os descrevem como seres feios e deformados; outras, como seres demoníacos. Mas estas lendas foram criadas por aqueles de entendimento limitado à superfície das coisas. Os Fomhóire não eram deuses, mas tinham suas artes e sua própria forma de poder. Usavam uma forma de magia antiga: aquela que vem das profundezas da terra, das cavernas profundas, dos poços secretos e das misteriosas águas dos rios e lagos. São deles as pedras que usamos em nossos rituais, e os marcadores das trilhas do sol, da lua e das estrelas. E também as tumbas e os abrigos. Esse povo é mais antigo que o tempo. Não viviam, simplesmente, na terra de Erin; *eram* eles a própria terra.

Então os Seres da Floresta vieram, e outros depois deles, instigando batalhas ou pagando sua amizade com atos de traição até que chegou um tempo em que se estabeleceu uma espécie de paz, uma sutil trégua e uma divisão de terras tão desigual que os Fomhóire teriam rido dela não estivessem tão enfraquecidos e sem condições de arriscar o pouco que lhes restava. Concordaram com as condições de paz e se recolheram aos poucos lugares que lhes foi permitido habitar. Os *Túatha Dé* tinham a posse das terras, ou pensavam que tinham, e reinaram sobre elas até que a chegada de nosso povo os fez, também, se recolher aos locais sagrados, de Outro Mundo, sob a superfície, no meio das florestas, nas cavernas solitárias sob os morros ou no fundo do oceano que eles cruzaram para chegar a Erin. Foi assim que ambas as raças de seres mágicos desapareceram deste mundo.

Mas o tempo traz mudanças. Os povos vão chegando e tomando o poder, um após o outro. Nós mesmos estamos testemunhando isso geração após geração. Nossa fé vem sendo apagada. Até mesmo aqui, na grande floresta de Sevenwaters, as tradições sagradas quase foram extintas. Permaneceram, durante algum tempo, apenas na lembrança dos mais velhos, como as frágeis asas de uma borboleta ou como uma sutil teia de aranha. Quase as deixamos escapar por entre os dedos. Por pouco não desapareceram totalmente."

Conor abaixou a cabeça e o silêncio reinou na sala.

— Mas você as resgatou, as trouxe de volta, Conor — disse minha mãe, a voz suave. — Você e seus seguidores são um grande exemplo para nós. Nesses tempos de dificuldade vocês sobreviveram exatamente como fizeram os que vieram bem antes de nós, e transformaram a pequena fagulha em uma chama brilhante e forte.

Olhei para Fionn. Ele era cristão. Talvez aquela não fosse a melhor história para se contar. Mas ele não parecia se incomodar. Na verdade, nem estava prestando atenção. Segurava a mão de Niamh, esfregando o polegar em seu pulso. E a olhava de lado, com leve e estranho sorriso no rosto. Ela parecia petrificada, sentada com a coluna ereta, os olhos azuis arregalados como os de uma criatura aprisionada, olhando fixamente para uma das tochas na parede.

— Mas nos esquecemos, às vezes — disse Conor, retomando a história — que ambas as raças, os Seres da Floresta e os Fomhóire, viveram aqui por muito tempo; tempo suficiente para deixar sua marca em todo o território de Erin. Cada fonte, cada poço, cada caverna escondida tem sua história. E há também os seres menores, menos poderosos, mas que também têm seu lugar na teia da vida. Os silfos, no alto das árvores, os seres estranhos que se parecem com peixes e habitam a água e os oceanos e os pequenos que habitam os cogumelos e os troncos. Eles são parte da terra tanto quanto os grandes carvalhos e a grama, quanto o brilhante salmão e a delicada gazela. São todos uma coisa só, estão interligados. Se um sofre, os outros se tornam vulneráveis. É como uma abóbada na qual cada pedra serve de apoio às outras. Se uma é retirada, todas caem.

"Já lhes contei como nossa fé se enfraqueceu e foi escondida. Mas esta não é uma história sobre como o cristianismo chegou e como ganha força e influência em nossas terras. É uma história de liderança e de responsabilidade. É uma história em que se ignora o perigo para se tornar um aliado de Sevenwaters."

Ele fez uma pausa.

— Muito otimista — murmurou Liam, brincando com um de seus filhotes de cão. — Parece que a história não começou ainda, irmão.

— Você me conhece bem — respondeu Conor com um meio sorriso.

— Conheço os druidas — respondeu o irmão, com ironia na voz.

Conor estava parado justamente onde Ciarán estivera ao contar a história de Aengus Óg e Caer Ibormeith, criada à imagem de minha irmã, com seus longos cabelos acobreados e a pele branca como o leite. Olhei para ela, imaginando que podia estar pensando a mesma coisa, e vi os dedos de seu marido brincando com a palma de sua mão, amassando, esfregando e apertando com tal intensidade que ela se esquivou, com expressão de dor.

— Venha se sentar comigo um pouco, Niamh — eu disse, quebrando o silêncio enquanto Conor organizava mentalmente a história. — Quase não fiquei com você desde que chegou. Fionn com certeza não se importará em dividi-la um pouco comigo.

Os lábios de Fionn se contraíram, demonstrando surpresa.

— Você é corajosa, irmãzinha — ele disse, arqueando as sobrancelhas escuras. — Parto para Tara amanhã logo cedo. Ficarei sem minha querida esposa durante uma lua inteira ou até mais, já que ela foi convencida a me abandonar todo esse tempo. E você quer me privar de sua companhia ainda mais cedo? Ela me... me faz sentir tão bem.

— Venha, Niamh — eu disse, ignorando o calafrio que corria em minha espinha e olhando-o direto nos olhos enquanto esticava a mão para minha irmã. Todos olhavam, mas ninguém se pronunciou.

— Eu... eu... — disse Niamh, com voz quase inaudível, enquanto seu marido segurava firmemente seu pulso. Levantei-me, então, fui até ela e coloquei a mão em seu outro braço.

— Por favor — disse com suavidade, sorrindo para o marido de minha irmã, com um jeito calmo, embora suspeitasse que meus olhos estivessem transmitindo outro tipo de mensagem.

— Está bem. Terei a noite toda, depois — ele disse, soltando o pulso de Niamh.

— *Ele é Uí Néill, Liadan* — Sean me olhava com a testa franzida. E sua voz mental foi ríspida. — *Não se intrometa na vida dele.*

— *Ela é minha irmã. E sua, também.*

Como ele pôde se esquecer disso? Bem, parecia que todos haviam se esquecido, a ponto de mandá-la embora com aquele casamento.

Niamh se sentou comigo e Conor retomou a história. Senti minha irmã inspirar com dificuldade, trêmula, e soltar o ar de uma só vez. Segurei sua mão, mas com suavidade, pois sentia que teria que pisar em ovos para reconquistar sua confiança.

— Esta é a história do primeiro homem a pisar em Sevenwaters — disse Conor, em tom sério. — Seu nome era Fergus, e é dele que nosso povo descende. Fergus veio de Laigin, no sul, e era o terceiro filho da família, com pouca chance de herdar as terras de seu pai. Era um fianna; um desses jovens que vendem seus serviços de guerra. Bem, em uma bela manhã de verão, ele se perdeu de seus amigos na entrada de uma grande floresta e, por mais que tentasse, não conseguia encontrar o rastro deles. Depois de algum tempo, distraído com a beleza das árvores, das trilhas e da luz que brilhava entre os galhos, pensou: "seguirei para onde esta trilha me levar e descobrir que aventuras ela me reserva".

"Continuou cavalgando mais e mais para o centro da floresta e, quanto mais avançava, mais o lugar o fascinava com sua beleza e seus encantos. E apesar de estar perdido, não sentia medo, muito pelo contrário. Tinha mais vontade de seguir em frente, subindo os morros coroados de enormes carvalhos, freixos e pinheiros, e descendo pelos vales escondidos, repletos de sorveiras e castanheiras, passando pelas nascentes cercadas de salgueiros e sabugueiros até chegar à beira de um magnífico lago, brilhando com a luz dourada do entardecer. Ele não sabia se sua viagem tinha levado um, dois ou três dias. Não estava cansado. Sentia-se, na verdade, renovado, como se algo em seu espírito que ele desconhecesse até aquele momento houvesse despertado.

Fergus parou à beira do lago e desceu de seu cavalo. Abaixou-se, fechou as mãos em concha, pegou um pouco de água e bebeu. Era muito boa. Aguçou sua mente e fez bater forte seu coração.

— O que você mais deseja no mundo, Fergus?

Ele olhou para trás, assustado. Ali estavam um homem e uma mulher, tão próximos que ele não entendia como haviam se aproximado sem que ele percebesse. Ambos eram muito altos; mais altos que qualquer mortal. O homem tinha os cabelos da cor do fogo, que se moviam e cintilavam como se fossem chamas. E a mulher era clara, tinha longos cabelos ondulados e olhos bem azuis, da mesma cor do manto fluido que usava.

Fergus logo imaginou que eles eram do povo de *Túatha Dé Danann* e que deveria responder a pergunta. Mas o que mais estranhou é que sua resposta foi totalmente diferente do que seria se alguém lhe fizesse a mesma pergunta alguns dias antes.

— Quero ficar aqui e fazer deste lugar o meu lar — ele disse. — Quero fazer parte disto. Quero que meus filhos cresçam sob estas árvores e bebam da água fresca do lago para terem a mente e o espírito fortes e claros.

Realmente, em pouco tempo aquelas terras haviam se impregnado em sua alma.

— Sabe quem somos? — perguntou a mulher.

— Acho... acho que sim — respondeu Fergus, confuso, pois jamais havia visto seres como aqueles. — Não quero parecer presunçoso, cara *Lady*. Imagino que estas sejam suas terras. Não posso exigir que sejam minhas. Só respondi à sua pergunta.

O homem de cabelos de fogo riu.

— São suas, filho. Por isso você foi trazido aqui.

— Minhas? — Fergus perguntou boquiaberto. — A floresta, o lago... meus?

Só podia ser um sonho.

— Seus para que você seja seu guardião, se a ideia lhe agradar. Como um zelador. Construa seu lar aqui, próximo ao lago de Sevenwaters. A floresta é antiga. É um dos últimos locais seguros para as pessoas e para... os outros. A floresta o protegerá, e aos seus. E você terá muito poder e prosperidade enquanto mantiver sua lealdade. Mas terá que cumprir sua parte. As velhas tradições estão morrendo e os locais secretos não são mais seguros. Estão sendo invadidos e saqueados. Você e seus herdeiros serão o povo de Sevenwaters, e sua influência no mundo mortal deverá ser usada para guardar a floresta e seus habitantes. Todos os seus habitantes. Restam poucos refúgios em Erin e deverá haver menos a cada giro da roda. Não costumamos pedir ajuda a seu povo. Mas o mundo está mudando, e agora precisamos de você e dos seus, Fergus. Quer ser nosso guardião? Acredita que tem forças para isso?

O que mais ele podia dizer? Então Fergus construiu sua fortaleza de pedra, trouxe alguns amigos fianna, convocou os fazendeiros da região e cortou algumas árvores; o suficiente para abrir espaço para pastoreio e algumas casas. E se casou, não com uma filha de fazendeiros ou com a irmã de um de seus amigos, como se podia esperar. Fergus a encontrou um dia enquanto caminhava pelos morros acima do lago, procurando um bom lugar para uma torre de vigia. Ao passar por algumas sorveiras, encontrou-na sentada sobre algumas rochas, usando um vestido velho da cor de folhas de salgueiro, trançando os cabelos negros e observando a copa das árvores, na direção do lago. Bastou ver aqueles olhos claros e ele se perdeu de paixão. Ela nunca disse de onde veio ou para onde ia. De estatura pequena como uma menina, não poderia ser uma *Túatha Dé*. Fergus se lembrava, às vezes, do que a Dama misteriosa havia dito sobre 'os outros' que habitariam a região além dele e seus descendentes, mas nunca perguntou sobre isso à sua amada.

Seu nome era Eithne. Foi uma boa esposa para ele, e lhe deu três corajosos filhos e três destemidas filhas. Ao primeiro, ele ensinou as artes da guerra; ao segundo, a arte da pecuária para que os dois pudessem preservar a floresta e o lago de Sevenwaters. E quanto ao terceiro, um ancião que mancava e usava tranças nos cabelos surgiu um belo dia, vindo da floresta, apoiando-se em uma vara de carvalho, e pediu para levá-lo para transmitir a ele sua sabedoria. Este filho se tornou um druida, e foi assim que a antiga tradição foi resgatada pelo povo de Sevenwaters."

— Mas e quanto às filhas? — não resisti, embora fosse de mau tom interromper o conto de um druida.

— Ah, as filhas — disse Conor sorrindo. — As três eram pequenas como a mãe, tinham cabelos negros, olhos belos e estranhos, e um séquito de pretendentes se apresentou quando chegou a hora de se casarem. Como bom estrategista, Fergus casou a primeira com o proprietário da túath a oeste da floresta, e a segunda com o filho de outro vizinho, que morava no centro nas terras pantanosas, beirando o norte. A terceira continuou em casa, pois suas habilidades com as ervas e a cura a transformaram no coração de Sevenwaters.

— E quanto às Ilhas? — perguntou Sean, ansioso para ver como a história se desenrolava.

— Ah, sim — disse Conor, agora em tom solene. — As Ilhas. Essa é a próxima parte do conto. Mas talvez minha audiência já esteja cansada. É uma história longa, que pode levar duas noites.

E olhou em volta, as sobrancelhas erguidas, questionando os ouvintes.

— Conte o resto — disse mamãe.

— Como eu disse, Fergus jamais perguntou a Eithne de quem ela descendia ou de onde viera. Nem sabia se ela era uma simples mortal ou algo mais. Ela envelheceu como todos os mortais. Mas dizem que se alguém do povo do Outro Mundo decide se casar com um mortal, perde sua imortalidade. Se isso for verdade, Eithne devia amar muito seu homem e talvez seja esta a origem do tipo de amor característico do povo de Sevenwaters até hoje. Eithne deu ao marido bons motivos para crer que suas origens eram no Outro Mundo. Dizem que os Fomhóire são um povo do fundo do mar que emergiu há muito tempo e veio habitar as terras de Erin. O segredo de Eithne era um segredo do mar. Ela comentou com Fergus sobre três ilhas, três rochas na grande água que separa nossas terras das de Alba e da Britânia. Disse que se tratava de ilhas secretas, muito pequenas e difíceis de encontrar, a não ser por aqueles que soubessem. "Mas que soubessem o quê?", perguntou Fergus. "Que soubessem como encontrá-las", disse Eithne. E explicou a ele que as Ilhas eram o coração, o centro da roda. E que Fergus tinha que ir até lá; só assim poderia entender. Quando tudo mais desse errado, quando tudo estivesse perdido, as Ilhas seriam o Lugar Derradeiro. Mais que o lago, mais até que a floresta, as Ilhas tinham que ser mantidas a salvo.

"Isso intrigou Fergus, mas ele não pediu a ela que explicasse. Pediu a seus homens que construíssem um barco resistente, bom para navegar, seguiu o mapa que Eithne o orientou a fazer e partiu para a costa leste, em direção à Ilha de Man. Foi uma viagem terrível, nada tranquila ou fácil para um barco manejado por um bando de lenhadores e fazendeiros.

Eithne não acompanhou o marido. Estava com um filho no ventre e disse que viagens pelo mar a faziam enjoar. Então Fergus e seus homens partiram e se dirigiram para o leste e um pouco para o sul. Ao se aproximarem da costa de Man, depararam-se com uma neblina tão forte que não conseguiam enxergar um dedo à frente do nariz. Recolheram os remos e diminuíram a velocidade, mas o barco continuou, movido por uma corrente invisível, enquanto a tripulação tremia de frio, imaginando monstros marinhos de dentes gigantescos e rochedos pontiagudos. Depois de um bom tempo, a quilha da embarcação encontrou as areias ásperas de uma praia cheia de conchas e a neblina desapareceu tão rapidamente quanto surgiu. Eles estavam na margem de uma pequena ilha rochosa, um pequeno ponto saliente na imensidão do mar, um local desolado e certamente habitado apenas por focas e pássaros marinhos. Os homens ficaram desapontados. Fergus tentou animá-los, embora, no fundo, também estivesse desapontado com a situação.

Havia algo estranho ali, como se alguém os estivesse observando. Fergus ordenou aos homens que montassem acampamento sob as rochas salientes, que ofereciam abrigo, enquanto ele escalaria mais para o alto e observar o terreno.

Enquanto subia, ficou surpreso ao ver a diversidade de vida que habitava aquele local abandonado: trepadeiras, arbustos, caranguejos, crustáceos e outros animais minúsculos. E também muitos, muitos pássaros sobrevoando o lugar. Fergus chegou ao topo da ilha e olhou ao redor. Conseguiu ver a Ilhota de Man a pouca distância. E ao leste, bem mais próximo, outra ilha rochosa, bem maior que aquela em que haviam aportado. Uma ilha com baías e chão coberto de grama, com despenhadeiros ao sul; um local em que alguém poderia se estabelecer se houvesse água fresca. E ao norte estava a terceira ilha. Fergus percebeu no mesmo instante que era a ilha de que Eithne havia falado. Parecia um grande pilar de rocha em meio ao mar; escarpada e majestosa. Sua base era uma massa de rochas sobre as quais o mar borbulhava. E o mais incrível: uma escada de degraus toscos havia sido construída da base até o topo. Havia também uma espécie de saliência e árvores ao redor. Árvores! Ele mal podia crer, mas enxergou algo que parecia um grupo de sorveiras no cume, e sobre ele, pássaros voando.

Fergus pensou por um instante, depois voltou para onde os homens estavam e os ajudou a fazer uma fogueira, prometendo a todos que iriam para casa no dia seguinte. Eles ficaram aliviados. Tinha sido realmente uma viagem estranha.

— Mas primeiro — ele disse — quero que vocês me levem até lá.

— Aonde? — perguntaram os homens.

— Lá — disse ele, apontando.

Como só se via o topo da terceira ilha de onde eles estavam, eles concordaram. Mas na manhã seguinte, quando entraram no barco, começaram a remar e viram as enormes rochas e o mar revolto balançando o barco, foram tomados pelo terror.

— Continuem remando — ordenou Fergus com firmeza, e todos obedeceram apesar do medo.

Então a correnteza foi levando o barco, eles recolheram os remos e a embarcação foi se aproximando cada vez mais das rochas. Os homens começaram a gritar e a pedir que Manannán mac Lir os salvasse. No instante em que estava prestes a colidir contra uma rocha e se desfazer em pedaços, a embarcação foi puxada para uma espécie de caverna onde a água formava um turbilhão. Ao lado dessa caverna havia uma pequena rampa, uma abertura e degraus. Antes que alguém pudesse falar, Fergus pulou do barco para a rampa e amarrou o barco a uma estaca de metal que havia ali, firmemente encrustada entre as rochas.

— Não demoro — ele disse, subindo os degraus.

Os homens se sentaram, quietos, e aguardaram. Estava escuro na caverna e a água se movimentava de uma maneira estranha perto da quilha, como se houvesse criaturas nadando logo abaixo da superfície. O mar entrava por uma abertura e saía pela outra e, mesmo recolhido, o mastro quase tocava o teto. Tentavam não pensar no que poderia acontecer com a subida da maré. Ou em quem assumiria o comando caso Fergus não retornasse.

Esperaram e esperaram. A agitação da água e as sombras nas pedras os faziam imaginar as piores coisas.

Então, finalmente, Fergus voltou, com uma expressão estranha no rosto, como se tivesse visto algo inimaginável, que não pudesse ser descrito com palavras. Pulou na embarcação, soltou o nó e os homens novamente se apavoraram enquanto a corrente os levava pela baixa abertura de volta ao mar aberto. Ergueram então o mastro e a vela, pegaram os remos e voltaram à toda velocidade para casa. Não fizeram qualquer pergunta a Fergus até chegarem, a salvo, às margens de Erin.

Ele não contou a eles o que viu, talvez apenas a Eithne. Era segredo, dizia. Mas o que Eithne havia dito a ele era verdade: as Ilhas eram o Lugar Derradeiro, e a mais alta, a que ele passou a chamar de Agulha, era a mais preciosa. Nela se encontravam as cavernas da verdade, guardadas pelas sorveiras sagradas que cresciam em um solo onde nenhuma árvore comum sobreviveria. As Ilhas precisavam mesmo ser protegidas do resto do mundo com todo cuidado. Se fossem invadidas, tomadas, o equilíbrio estaria ameaçado e, ainda que se cuidasse muito bem da floresta e da segurança de Sevenwaters, as coisas começariam a dar errado e a se perder. Quando Fergus explicou isso a seu povo, eles acreditaram, pois havia um brilho em seu olhar e uma reverência tão grande em sua expressão que eles sentiram que algo maravilhoso, além da imaginação, residia naquele local.

Desde então eles passaram a vigiar, montaram acampamento na Ilha Grande e observavam o mar ao sul de Man para que nem os escandinavos, nem os bretões, nem sequer um pescador curioso pudesse se aproximar. Fergus teve que aprender rápido. O povo de Sevenwaters não tinha conhecimento de navegação e vários homens morreram ao longo dos anos, pois as Ilhas ficavam a uma boa distância, exatamente no meio, entre a costa dos bretões e a de Erin. Mas a determinação deles era maior. Até mesmo os druidas da floresta se aventuraram no mar até a Agulha para celebrar o ritual de Samhain no cume, entre as sorveiras. Ah, sim, fizeram isso — disse Conor, suspirando e com os olhos cheios de emoção. — Durante gerações a família em Sevenwaters manteve sua promessa, cuidando da floresta, do povo e das Ilhas. E a floresta, em troca, lhes deu proteção e impediu que os inimigos se aproximassem. Cada geração tinha um druida e um ou dois para administrar o forte, manter o povo alimentado, os rebanhos sadios e garantir que todos pudessem se defender. E também sempre havia um curador. Fora da floresta, a fé cristã se espalhou, às vezes pela violência, mas quase sempre de maneira calma e sutil. Vieram então os escandinavos e outros povos, e ninguém mais estava em segurança, nem os vilarejos, nem a fortaleza do rei e nem mesmo o claustro das casas de oração. As pessoas já não acreditavam mais nos *Túatha Dé* ou nas manifestações do Outro Mundo, pois em seu medo viam apenas os bárbaros com seus machados, espalhando o sangue de seus entes mais queridos. Sevenwaters, no entanto, continuava a ser um lugar seguro, assim como as terras ao seu redor, com os aliados estabelecidos por casamentos e associações, todos unidos contra os inimigos. Mas, com o tempo, as famílias foram se acomodando. E houve uma geração em que nenhuma criança foi educada pelos druidas. As filhas se casaram com homens de famílias distantes e morreram cedo. Os líderes se distraíram e seus fazendeiros desenvolveram maus hábitos. E uma vez estabelecido esse tipo de comportamento, tudo se degringola rapidamente.

Os inimigos logo se aproveitaram dessa liderança mais frouxa, principalmente os bretões, o povo de Northwoods, na Cumbria, que desejavam estender seu controle além-mar. Iniciou-se, então, uma fase sombria para Sevenwaters. Os inimigos vieram com uma frota de navios cheios de bons guerreiros e tomaram posse das Ilhas. A guarda havia relaxado e foi fácil dominá-la. Foi realmente muito fácil para o povo de Northwoods. Foi assim que os bretões ancoraram na Ilha Grande e que as botas dos bretões contaminaram o solo sagrado com suas vozes ecoando nas cavernas da verdade. Até as árvores eles assassinaram para acender suas fogueiras. E foi como Eithne havia dito.

Daquele momento em diante, as coisas começaram a ir mal em Sevenwaters. Muitos homens morreram em batalha contra os bretões, mulheres começaram a morrer durante os partos, árvores foram cortadas sem necessidade e houve mais incêndios e enchentes que o normal. Aliados começaram a se desentender, colheitas ficaram escassas e os animais eram cada vez mais atingidos por doenças. A família lutava para manter o controle. Defendiam Sevenwaters ataque após ataque, mas os de Northwoods resistiam, assim como seus descendentes. Isso continuou por muito tempo, até o tempo do avô de meu pai, cujo nome era Cormack. Este também era o nome de meu irmão, outro que deu a vida pela causa, e eu honro sua memória ao contar esta história – a voz de Conor permanecia calma, mas seus olhos tinham uma nuvem de tristeza ao se lembrar de seu irmão gêmeo. Eu nem queria imaginar a dor que uma perda dessas pode causar. – O Cormack desta história era um homem forte como seu ancestral Fergus. Lutava, trabalhava e ainda assim não progredia. Um dia resolveu ir até o centro da floresta buscar ajuda do mais velho dos druidas, um homem de idade tão avançada que seu rosto era cheio de rugas e seus olhos já não enxergavam. Cormack perguntou a ele:

– Como posso salvar meu povo? Como preservar a floresta e seus habitantes? Não desistirei de minha tarefa. Sou o guardião destas terras e de tudo que vive nela. Sou senhor de Sevenwaters. Tem que haver uma maneira.

O velho druida olhou para o fogo e ficou em silêncio por tanto tempo que Cormack começou a achar que ele havia ficado surdo também. A fumaça subia, ondulava, e o fogo começou a brilhar com cores estranhas: verde, dourado e roxo.

– Existe uma maneira – disse ele, finalmente, com foz firme e profunda. – Não para você, mas para os filhos de seus filhos, ou para os filhos dos filhos deles. O equilíbrio deve ser restaurado ou tudo se perderá.

– Como? – perguntou Cormack ansioso.

— Muitos cairão — respondeu o druida. — Muitos morrerão pela causa, como sempre. Aqueles que têm o mal no coração se fortalecerão. Sevenwaters chegará ao ponto de perder praticamente tudo, família e floresta, coração e espírito. Mas haverá uma maneira.

— Quando?

— Não no seu tempo. Haverá alguém que não será bretão ou de Erin, e ao mesmo tempo será as duas coisas. Essa criança carregará a marca do corvo e será através de sua intervenção que as Ilhas serão salvas, e o equilíbrio, restabelecido.

— E o que eu posso fazer?

— Esperar. Esperar até que chegue a hora. É o máximo que você pode fazer."

Conor ficou em silêncio. Era uma maneira estranha de terminar um conto, mas aquele era realmente o fim. Ninguém disse uma palavra. Minha mãe pegou uma garrafa de vinho e despejou um pouco em uma taça.

— Liadan, passe a seu tio Conor. Ele fez um bom trabalho por nós esta noite.

Soltei a mão de Niamh, que se mantinha fria e imóvel enquanto eu a segurava, e levei a taça para meu tio.

— Obrigado — ele disse, com um leve gesto. — Agora me diga, Liadan: o que essa história lhe diz? Se tivesse que tirar dela uma lição, qual seria?

Olhei em seus olhos.

— Que até mesmo um fianna, um mercenário sem lei pode ser um homem bom e de confiança desde que alguém lhe dê uma chance — respondi. — Não devemos julgar apressadamente, influenciados apenas pelas aparências, pois somos descendentes de um homem assim.

Conor riu.

— É verdade. E você, Sean? Que lição essa história lhe trouxe?

Sean fez cara de contrariado.

— Sem dúvida, essa história me diz que não posso ignorar a profecia — ele respondeu.

— Ah — fez Conor, sentando-se, a taça nas mãos. — Uma história não *tem* uma única verdade. Ela simplesmente conta o que o ouvinte escolhe ouvir.

— Já para mim — disse minha mãe — ela diz que agora é a hora. Ou que está muito perto. Sinto com toda clareza.

— Você está certa — disse Liam, com um dos cãezinhos dormindo sobre sua perna e o outro espalhado aos seus pés. A cena o fazia parecer mais majestoso e lembrava que ele ainda era um líder. — Conor escolheu bem a história para esta noite. Quando estivermos em Tara, não podemos nos desviar de nosso foco. Muitos irão querer nos convencer a ajudá-los em outras batalhas. Mas não podemos esquecer qual é nossa batalha mais importante. E, sim, se Sorcha estiver certa, devemos considerar todas as opções para conseguir o que desejamos o mais rápido possível.

Achei que Seamus Readberd estivesse dormindo, mas ele estava escutando, confortavelmente espichado em sua cadeira.

— Acho difícil — disse Fionn, com um meio sorriso — aceitar a maneira como você fantasia. É uma forma bem diferente de ver o mundo. Mas seja como for, há um lado prático nisso tudo. As ilhas deram um porto seguro aos de Northwoods. Se tirarmos isso deles, sua vantagem diminuirá bastante. E quanto às nossas terras, as suas estão seguras agora, e Liam é muito bem conceituado em Ulster e muito além. Ninguém é tolo a ponto de não querer o povo de Sevenwaters como aliado.

— Ainda assim — disse meu pai — como diz a história, muitos homens morreram pela causa, e não apenas os de Erin. Há viúvas e crianças sem pai nos dois lados do mar. Creio que devemos prestar atenção à profecia se não quisermos perder mais vidas ainda. A profecia não fala de batalhas.

Fionn ergueu as sobrancelhas.

— Você é muito próximo do povo de Northwoods, não? Isso lhe dá uma visão diferente. É inevitável que você considere a questão sob outro ponto de vista.

— Sim, o líder de Northwoods é meu parente — respondeu meu pai. — Um primo distante. Assumiu com sucesso a liderança do Estado após a morte de meu tio Richard. Não é segredo meu parentesco com aquela família. E uma vez que você se casou com minha filha, também pode considerar que tem certo parentesco com eles.

Conor se levantou, bocejando.

— Já está tarde — ele disse.

— Realmente — disse Liam, levantando-se e desalojando o cãozinho sem cerimônia. — Hora de dormir. Levantamos cedo amanhã e nem todos aqui são tão jovens.

— Venha, Niamh — Fionn esticou a mão para minha irmã, mas olhando para mim, com expressão de desafio. Ela foi até ele sem dizer uma palavra. Ele a pegou pela cintura e os dois subiram as escadas. Virei-me para pegar minha vela, mas Eamonn estava logo atrás de mim e a pegou primeiro, acendendo-a em uma tocha próxima. Colocou-a em minha mão.

— Não irei vê-la durante algum tempo — ele disse.

A luz fraca da vela dava um aspecto estranho ao seu rosto. Ele estava pálido.

— Espero que tenha uma boa viagem até Tara — eu disse, imaginando por que ele ainda se dava ao trabalho de falar comigo depois de tudo que eu havia lhe dito. — E... peço desculpas.

— Não... não precisa se preocupar comigo. Fique bem até eu voltar, Liadan.

Tocou de leve minha mão e subiu as escadas.

# Capítulo 9

A casa de Eamonn tinha um nome majestoso, daqueles que se coloca em mapas. E significava fortaleza negra. Mas todos a chamavam de Sídhe Dubh, como se fosse um forte de fadas e não o lar de um líder de Ulster, ou como se o líder não pertencesse à raça humana. Segundo a história, aquela misteriosa colina, envolta pela névoa, surgiu dos pântanos ao redor, que também já tinham sido residência de seres do Outro Mundo, como os Seres da Floresta ou, mais provavelmente, dos que vieram antes deles. Deviam ser duendes ou algo parecido. Mas desapareceram com a vinda dos ancestrais de Eamonn, que logo marcaram sua presença naquele território estranho. E que continuava estranho. Havia alguns pântanos em nossas terras, assim como nas de Seamus Readberd, que forneciam bom material para as lareiras. Mas nas terras de Eamonn era diferente. Ali, os pântanos eram imensos, assustadores, cobertos por uma misteriosa névoa, pontilhados por pequenos conglomerados de árvores disformes cujas raízes se agrupavam todas nas pequenas ilhas daquele oceano negro e perigoso. Em alguns lugares havia água, mas também era uma água estranha, escura até sob o sol, e tinham um brilho oleoso. Em um lugar tão inóspito não havia muito espaço para se construir habitações seguras. Os morros mais altos e isolados tinham algumas casas aqui e ali, com celeiros ou galpões no meio. E havia também algumas apoiadas em palafitas, sobre o brejo. Estas pequenas ilhas, construídas com pedras, galhos e paliçadas para manter afastados os intrusos, eram ligadas à terra seca por precários passadiços. Nas épocas mais quentes do ano, nuvens de insetos se juntavam no ar e o cheiro do lugar era adocicado e desagradável. Ainda assim, as pessoas moravam no mesmo lugar, geração após geração. Eamonn era um líder forte, e seu povo, leal. Mesmo porque não se conhecia outra realidade ali. Mais ao norte, Eamonn tinha terrenos de pastoreio, plantações de grãos e diversos usos. Mas preferia morar ali, como seus antepassados, bem no meio do pântano. Para chegar às suas terras havia apenas uma maneira: uma travessia estreita em que não passavam mais de três pessoas a cavalo ou uma carroça puxada por cavalos ou bois. Sob esse aspecto, Sídhe Dubh era bem mais segura que Sevenwaters, pois a entrada podia ser facilmente vigiada e nenhum humano seria louco suficiente para tentar se aproximar pelos pântanos. Aquele era um território perigoso, cheio de armadilhas. Quem tivesse que trabalhar, carregar sua carroça e transportá-la, devia fazer tudo antes do entardecer. Pois bastava um erro de cálculo, um passo a mais para a direita ou para a esquerda, e a pessoa seria sugada pelo barro antes mesmo de conseguir invocar Dagda para salvá-la. Mas como Eamonn dizia, era um território seguro para quem conhecia os caminhos.

Desde que o Homem Pintado surpreendeu os guerreiros de Eamonn, as defesas foram redobradas. Aquela não era minha primeira visita a Sídhe Dubh, mas eu não me lembrava de haver sete postos de guarda entre a divisa de suas terras e a trilha de entrada. E nem dos portões fechados, que precisavam de três chaves para ser abertos. Ainda bem que estávamos com Aisling, a senhora daquela casa. Caso contrário, Sean, Niamh e eu seríamos barrados.

O forte de Sídhe Dubh era praticamente o mesmo desde sua construção. De longe parecia uma colina baixa, arredondada e pedregosa que se destacava na paisagem enevoada. Mas quem se aproximasse, caso não se distraísse com o barulho e as bolhas que surgiam na água escura dos dois lados da trilha, veria que a colina tinha uma imensa parede de pedra escura e inclinada circundando um forte impenetrável. Dava para notar que o muro havia sido construído de maneira estratégica; cada pedra colocada com a ponta para fora e, mesmo sendo inclinado, não havia como subir. Mesmo um homem bem treinado seria atingido por uma flecha antes de conseguir chegar à metade do caminho. A única entrada dessa fenomenal barreira de pedras era um imenso portão de ferro que parecia se abrir para dentro da colina, guardado por dois homens altos, armados com machados e dois enormes cães negros presos com correntes grossas e curtas. À medida que nos aproximávamos, os cães começaram a rosnar, a latir e a mostrar os dentes. Aisling desmontou, foi tranquilamente até um deles e lhe coçou a cabeça. A enorme criatura arfava de alegria, e a outra ao lado começou a ganir também.

— Muito bem — disse ela aos guardas. — Abram o portão. As ordens de meu irmão são para que nossos hóspedes sejam muito bem recebidos até ele retornar. E mantenham a vigilância. Ele quer que todos se sintam seguros. Alguma notícia dos fianna? O Homem Pintado e seu bando?

— Não, minha senhora. Nem um sinal. Parece que ele atravessou o mar e que está fazendo um trabalho para um rei no estrangeiro. Pelo menos é o que dizem.

— Ainda assim, mantenham a guarda. Meu irmão não perdoaria qualquer coisa que acontecesse a seus convidados.

Fiquei observando Aisling enquanto passávamos pelo portão e seguíamos pela trilha escura e coberta que se aprofundava e depois se abria, contornando a colina em espiral. Ela era doce e obediente em Sevenwaters, mas aqui assumia imediatamente o controle e todos a obedeciam, apesar de seu pequeno porte de menina. Pude ver, à luz das tochas nas paredes, que Sean sorria ao vê-la dar ordens. E Niamh não havia dito uma palavra desde que saímos de Sevenwaters. Despediu-se secamente de nossos pais e percebi que mamãe se segurava para não chorar. Papai também manteve a postura calma de sempre diante dos empregados, mas eu sabia o quanto isso lhe custava. Os segredos agora começavam a desunir nossa família. Estávamos ferindo uns aos outros, e isso me fez pensar na história de Conor, e em seu significado. Tentei não pensar no que Finbar havia me dito. Talvez não seja mesmo possível ter tudo que se deseja.

A passagem subterrânea terminou e chegamos a uma escadaria que serpenteava para a direita e para a esquerda, cheia de cantos escuros e efeitos estranhos à luz das tochas.

Finalmente, chegamos ao jardim superior, onde desmontamos à frente da construção principal. O gigantesco muro circular de pedra que impedia a visão de fora para dentro tinha, em sua borda superior, um passadiço escondido com postos de guarda. Vários homens vestidos de verde caminhavam ali, atentos e montando guarda. E do lado de dentro do forte havia estábulos, fornalhas, depósitos, engenho e produção de cerveja. E uma comunidade inteira de pessoas trabalhando, ocupadas, como se viver enclausuradas entre aquelas paredes fosse algo natural. Permiti-me lembrar, por um instante, que um ano atrás eu poderia ter me tornado senhora daquele império, caso as coisas não tivessem tomado um rumo tão diferente e eu tivesse aceitado o pedido de casamento de Eamonn. Seria necessário ter muita paciência para viver ali sem poder olhar sobre as árvores e a água, sem poder caminhar pela floresta colhendo frutas silvestres ou me sentar na colina, sob os jovens carvalhos. Eu teria que querê-lo muito para aceitar aquilo. Mas, por outro lado, Niamh não amava Fionn. Não queria deixar a floresta para viver em Tirconnell. Mas tinha ido. Não teve o privilégio de escolher.

Entramos na casa e fomos nos acomodar. Niamh saiu por um instante de sua letargia para protestar contra a ideia de dividir um quarto comigo, coisa que fez durante dezesseis anos sem se queixar. Aisling não se deixou convencer. Disse que já estava tudo organizado e que não havia mais um quarto pronto, a não ser o seu, que não se importava em dividir. Niamh olhou para mim esperando que eu me oferecesse para ficar no quarto de Aisling e deixasse o outro vago para ela. Fiquei em silêncio e ela parou de falar, torcendo as mãos e franzindo a testa.

— Esta residência Uí Néill é fina demais para o meu gosto — brinquei, tentando rir enquanto subíamos para os aposentos.

O quarto era grande, mas escuro. A pequena janela, uma fenda vertical, dava vista para o pátio. Havia duas camas arrumadas com lençóis brancos e cobertores escuros de lã. E uma mesa com um jarro d'água, uma tigela e toalhas. Tudo estava imaculadamente limpo e arrumado. E havia guardas vestidos de verde ao pé das escadas e no corredor de cima.

— Vocês podem se lavar e descansar até a hora do jantar. — sugeriu Aisling, que nos acompanhou. — Pedi para deixarem água quente para vocês. Só peço desculpas pelos guardas. Eamonn insistiu para que fosse assim.

Agradeci e ela saiu. Sean ainda estava no pátio conversando com um de nossos homens. Não ficaria conosco por muito tempo, pois na ausência de Liam ele era responsável por Sevenwaters e precisava retornar logo. Meu pai poderia cuidar de tudo sem o menor problema, mas embora nosso povo gostasse e confiasse nele, ninguém esquecia totalmente que ele era um bretão. Por isso jamais assumia o lugar de Liam, mesmo sendo tão capaz, o que era um grande desperdício. Pois se havia alguém que sabia liderar, esse alguém era Hugh de Harrowfield. Mas ele havia escolhido seu destino.

Fechamos a porta e eu tirei o sobretudo e as botas. Despejei um pouco de água na tigela e lavei o rosto, os braços e as mãos, aliviada por me livrar, em parte, do suor e da poeira da estrada. Fui então pegar o espelho e o pente em minha bagagem.

— Sua vez — eu disse, sentando-me na cama e começando a lutar com meus cachos, embaraçados com o vento. Mas minha irmã apenas tirou as botas, deitou-se na cama com roupa e sobretudo e fechou os olhos.

— Nem lavará o rosto? — perguntei. — Deixe-me pentear seus cabelos. Você dormirá melhor se tirar essa roupa. Niamh?

— Dormir? — ela respondeu, em tom frio e sem abrir os olhos. — Quem falou em dormir?

Meu cabelo estava um desastre. Precisava desembaraçar todos aqueles nós antes do jantar. Fui passando o pente mecha por mecha, começando pelas pontas e chegando, dolorosamente, à raiz. Se eu queria mesmo viver viajando, talvez o melhor fosse raspar a cabeça. Niamh continuou deitada de costas sem se mover, respirando lentamente, mas não estava dormindo. Seu corpo estava tenso.

— Por que não me conta? — eu disse, por fim. — Sou sua irmã, Niamh. Estou vendo que há algo errado e que é bem mais grave do que... do que o fato de você ter se casado e ido embora. Falar pode ajudar.

Mas ela só se moveu um pouco mais para a beira de sua cama para se afastar mais de mim. Continuei a desembaraçar os cabelos. Ouvi sons no pátio. Movimento de cavalos, homens falando e um machado cortando lenha. Uma suspeita terrível se formou em minha mente e me recusei a aceitar a possibilidade. Mas não podia perguntar a ela. Fechei os olhos, ali sentada, e imaginei que era minha irmã, deitada à minha frente. Senti a maciez do cobertor, o cansaço da viagem em meu corpo e os cabelos claros e fartos ao redor de minha cabeça, sob o véu. Deixei-me envolver pelo silêncio do quarto e me tornei minha irmã.

*Senti toda a solidão e a terrível sensação de não fazer mais parte de Sevenwaters agora que minha mãe, meu pai, meus tios e até minha irmã e meu irmão haviam me jogado fora como um trapo velho. Senti-me totalmente sem valor. Que outro motivo Ciarán, que dizia me amar tanto e para sempre, teria para partir e me abandonar daquele jeito? Fionn estava certo. Eu era mesmo um desastre, sem capacidade para ser esposa e sem capacidade para ser amante. Como dizia meu marido, eu não sabia receber convidados e era incompetente como dona da casa. E não tinha a menor imaginação na cama, apesar de todos os seus esforços para me ensinar. Um desastre completo. A única coisa que se salvava era o fato de eu ser quem era, o elo de sua aliança com Sevenwaters. Senti as dores em meu corpo, que tanto dificultavam o cavalgar; o estrago que eu não podia mostrar para não piorar ainda mais as coisas. Não podia deixar que vissem mais essa minha falha. Se ninguém percebesse, tudo aquilo pareceria menos real. Se eu conseguisse manter as aparências, talvez pudesse aguentar mais algum tempo.*

Obriguei-me a voltar para minha consciência. Meu corpo suava e meu coração batia descompassado. Niamh continuava deitada, imóvel, sem perceber que eu havia lido seus pensamentos. Maldito tio Finbar! Como desejei, naquele instante, jamais descobrir que também tinha aquele dom. Queria muito poder devolvê-lo a quem o deu a mim e trocar por algo mais prático, como a habilidade de pescar ou de fazer cálculos. Não queria poder ler os pensamentos das pessoas; sentir a dor que elas sentiam. Ninguém merece ter um dom perigoso assim.

Depois de alguns instantes, percebi que estava sendo injusta com meu tio. Ele tinha feito bem ao me prevenir. Além do mais, não era a primeira vez que eu fazia aquilo. Lembrei-me da noite em que Bran agarrou meu braço com tanta força que quase o quebrou. Ouvi uma criança chorando, com medo de ser abandonada. Senti sua dor e tentei ajudá-lo. E, apesar de ele me rejeitar, acendi a vela e vigiei nas noites mais escuras, com sua imagem em meus pensamentos. Eu tinha o dom de captar e sentir as dores ocultas, reprimidas. E tinha a capacidade de curar. Os dois se completavam, exatamente como mamãe e Finbar haviam me dito. O que eu não daria para jamais ter que saber o que mais se escondia na mente de Niamh, por trás de sua expressão fria e distante. Só de pensar me arrepiava. Mas eu precisaria saber se quisesse ajudá-la.

"Entre devagar. Entre com a suavidade de uma brisa muito leve, que nem faz barulho nas folhas das árvores. Vá bem aos poucos", pensei, "ou ela pode se despedaçar, pois está frágil demais. Em pouco tempo, uma lua no máximo, Fionn retornará com Eamonn, e Niamh terá que nos deixar novamente. Mas será tempo suficiente para...", para que mesmo? Eu nem queria imaginar. Meu plano era descobrir a verdade primeiramente e, depois, tomar providências. Mas não podia agir rápido demais e colocar minha irmã em risco. Então, quando ela pediu licença, logo após o jantar, e subiu correndo para o quarto, dei a ela um bom tempo para ficar sozinha. Senti que era necessário. Minha mente estava tão distante, pensando em tudo aquilo, que nem ouvi quando Sean falou comigo. Aisling fora para as cozinhas e ficamos só ele e eu à mesa, tomando cerveja. As pessoas da casa já haviam se levantado.

— Viajo pela manhã, Liadan — ele disse. — Liadan?

— Desculpe, não ouvi.

— Hum. Já me disseram que as mulheres ficam assim durante a gravidez. Com a mente distraída, sem prestar atenção às coisas — era a primeira vez que ele mencionava o assunto, e seu tom era tranquilo, embora houvesse mil perguntas em seus olhos.

— Você será tio agora — respondi em tom sério. — Tio Sean. Que tal? Você já está ficando velho.

Ele riu e depois ficou sério.

— Não estou contente com essa situação. Acho que mereço saber a verdade. Mas recebi ordens para não questioná-la, e não o farei. Liadan, irei para o norte amanhã. Ainda não voltarei para casa. Estou lhe contando porque sei que guardará segredo. Alguém precisa saber para onde vou caso eu não volte.

— Norte? Em que lugar?

— Farei uma proposta a um homem e ouvir o que ele tem a dizer. Você já deve imaginar do que se trata.

— Ah — murmurei, o coração disparado. — Não é uma boa ideia, Sean. É se arriscar demais só para ouvir um "não".

Os olhos de Sean me fitaram com intensidade.

— Você parece ter muita certeza disso. Como pode saber?

— Você estará em grande perigo se for até lá — completei, sem pensar.

Sean coçou a cabeça.

— Um guerreiro está sempre em perigo.

— Se precisa mesmo falar com ele, envie outra pessoa. É muito arriscado você ir até ele, especialmente sozinho.

— Pelo que me disseram, esta é a única maneira de encontrá-lo, indo direto à cova do lobo, por assim dizer.

Um arrepio percorreu meu corpo.

— Será perda de tempo. Ele não aceitará. Você verá que estou certa.

— Um mercenário só recusa um trabalho se o preço for baixo demais, Liadan. Eu sei negociar. Quero as Ilhas de volta. Esse homem pode conseguir isso para mim.

Balancei a cabeça.

— Não se trata de mera transação ou contratação de serviços. É bem diferente. Envolve muitas mortes e perdas, Sean. Eu vi.

— Talvez sim, talvez não. Deixe-me ao menos testar minha teoria. E, Liam, nem preciso dizer que isso é segredo. Até Aisling pensa que eu vou direto para casa. Não diga a ela, caso contrário... já sabe qual será sua reação.

— Sean... — eu hesitei, sem saber direito o que dizer.

— O quê? — disse ele, a testa franzida.

— Guardarei segredo, é claro. Mas preciso lhe pedir... pedir que, caso encontre esse homem, converse com ele apenas sobre negócios e nada mais... nenhum outro assunto.

Sua expressão se tornou ainda mais séria, os olhos me encarando, tentando decifrar o que eu dizia.

*— Por favor, Sean. Sou sua irmã. Por favor, faça o que peço. E não... não tire conclusões.*

Ele parecia ter vontade de me sacudir e me obrigar a contar a verdade. Mas Aisling se aproximou e ele só fez que sim com a cabeça.

*— Não posso evitar tirar conclusões disso, mas não quero crer que estão corretas. São absurdas demais.*

No dia seguinte, ele partiu sem dizer uma palavra, mas eu temia por ele, sabendo que procuraria o Homem Pintado e seu bando para contratar seus serviços. Depois de tudo o que Bran havia me dito, repudiando a mim, minha mãe, meu pai e tudo que mais prezo, não acreditava que ele fosse sequer ouvir a proposta de Sean. Era mais provável que meu irmão acabasse caindo em uma armadilha. Ou mesmo que jamais os encontrasse. Onde quer que ele fosse, aqueles homens estariam sempre um passo à frente. Além do mais, o guarda não havia nos dito que Bran estava além-mar? Em minha visão, ele estava em um lugar distante, com vegetação estranha ao redor. E provavelmente todos estavam com ele: Gull, Snake, Spider e todo o resto. Eu só esperava que ficasse tudo bem e que meu irmão retornasse a salvo, apenas desapontado.

E também havia o problema de Niamh. Não sabia como dizer a ela o que tinha visto em seus pensamentos. Mas as coisas aconteceram tão rapidamente que nem precisei dizer, pois tudo veio à tona em poucos dias, apesar de todos os esforços para ela esconder a verdade.

Já estava para escurecer e eu estava inquieta, incomodada com aquele ambiente fechado de Sídhe Dubh. Sentia falta de espaços abertos, de árvores e de água. Deixei Niamh ficar sozinha por alguns instantes e subi até a passarela que ficava sobre o muro da fortaleza. Era alta suficiente para eu poder olhar em volta e ver um pouco além do que estava dentro dos muros. Na direção leste podia-se ver um pouquinho da floresta de Sevenwaters, uma mancha cinza-azulada no horizonte. Fui subindo, devagar, parando de vez em quando para olhar pelas brechas entre as pedras, fendas deixadas propositalmente para que um arqueiro pudesse disparar suas flechas sem se expor ao inimigo. Eu não conseguia enxergar acima do parapeito, feito para proteger um homem em pé, pois sou bem pequena, mesmo para uma mulher. Já os postos de guarda, com degraus altos, me permitiriam olhar ao redor. Fiz um pouco de charme e eles acabaram me deixando subir. O responsável pela guarda logo veio me explicar quais eram as ordens de Lorde Eamonn. Eu sorri, dizendo que eles eram realmente corajosos por estarem ali, fazendo um trabalho tão perigoso, e que Eamonn com certeza não se importaria se eles me mostrassem rapidamente a paisagem ao redor. Mas que, se estavam preocupados que ele soubesse, eu não contaria se eles também não contassem. Os três guardas riram e foram me mostrar a vista.

— Olhe para o norte, *milady*. Perto daquelas colinas há terra seca. Sim, ali mesmo. Mas não se pode ir direto até lá. E muito perigoso. Há brejos que sugam quem pisa neles. Muito perigoso mesmo.

— Por isso é preciso dar a volta — disse o outro. — Vir por onde vocês vieram, pela encruzilhada ao leste, depois seguir na direção norte e voltar. Demora meio dia a mais, a pé, até chegar aqui. Mas claro, há um caminho direto, mais rápido.

O primeiro riu.

— Sim, é bem rápido. Basta pisar nele e você desaparece. Não iria por ali nem que minha vida dependesse disso.

Então, o terceiro guarda, um pouco mais jovem, falou:

— À noite é possível ouvir as vozes dos demônios vindo do pântano, chamando, insinuantes, os tolos que caem em sua armadilha. Ficam só esperando mais uma morte; mais uma alma para se apoderarem.

— Mas não há mesmo um caminho direto? — perguntei, olhando para aquele lamaçal infinito que se estendia até às colinas ao norte.

— Ah, sim. Direto e secreto. Lorde Eamonn o usa, e também alguns dos homens. Mas só há uma maneira de seguir por ali, e é passo a passo, um pé à direita, outro à esquerda, lembrando-se muito bem do lugar certo para pisar, caso contrário...

— E foi por esse caminho que aquele mercenário, sabem? Aquele a quem chamam de Homem Pintado...?

— Que veio e matou nossos homens como coelhos? Não, *milady*. Usou outro caminho, bem parecido. Mas como aprendeu a chegar até aqui, só o deus Morrigan sabe. Maldito seja aquele desgraçado.

— Mas pegamos um deles, afinal — disse o primeiro. — Estripamos o maldito.

— Não me dou por satisfeito enquanto todos eles não estiverem mortos e bem enterrados — disse o outro. — Se bem que enterrar ainda não é suficiente, especialmente para aquele que eles chamam de Chefe. Um demônio, ruim como ninguém. Vou lhe dizer uma coisa: se ele for louco suficiente para pôr um pé que seja nas terras de meu Lorde novamente, será um homem morto.

— Com licença — eu disse, passando por entre eles e descendo os degraus.

— Perdão, *milady*. Espero que não a tenhamos assustado. Homens sempre acabam falando assim, desse jeito direto.

— Não, claro, está tudo bem. Obrigada por me explicar.

— Cuidado ao descer, *milady*. As pedras são desniveladas. Não é exatamente um lugar feito para mulheres andarem.

Quando cheguei à porta do quarto, ela estava fechada. Tentei abrir, mas algo a estava bloqueando. Empurrei com mais força e ela se abriu um pouco. Vi que a pequena cômoda havia sido arrastada até ali para bloquear a entrada. As moças haviam deixado água de manhã, para o banho. Niamh ouviu o barulho da porta e pegou rápido uma toalha para se cobrir, mas já era tarde. Eu tinha visto. Entrei em silêncio, fechei a porta e olhei para as manchas e escoriações que cobriam todo o corpo de minha irmã. E o que antes eram belíssimas formas, tinham agora se transformado em um esqueleto à vista. As costelas apareciam e os ossos dos quadris saltavam diante da magreza da cintura e da barriga côncava. E seus cabelos, que antes desciam em cascata por suas belas costas, estavam cortados, ou melhor, haviam sido toscamente decepados na altura do queixo como se alguém tivesse simplesmente passado uma faca neles em um instante de raiva. Era a primeira vez que eu a via sem o véu desde que chegara de Tirconnell.

Sem dizer uma palavra, me aproximei, peguei a toalha de suas mãos trêmulas e a coloquei sobre seus ombros, protegendo sua esquálida figura da luz. Peguei sua mão, ajudei-a a sair da tina e a se sentar na cama. Ela começou a chorar, aos poucos, e, por fim, soluçava convulsivamente como uma criança. Não tentei abraçá-la. Ela não estava pronta para aquilo, não ainda.

Peguei roupas limpas e a ajudei a se vestir. Ainda estava chorando quando terminamos. Peguei um pente e comecei a desembaraçar cuidadosamente o que havia sobrado dos belos cabelos de minha irmã.

Depois de algum tempo, ela se acalmou um pouco e começou a falar de maneira mais coerente. Mas só dizia:

— Não conte a eles! Prometa-me, Liadan. Você não pode contar à nossa família, nem mesmo a papai ou mamãe. Nem a Sean. E, principalmente, a nossos tios.

Segurou meu pulso com tanta força que eu quase deixei cair o pente.

— Prometa, Liadan!

Olhei diretamente em seus grandes olhos azuis, cheios de lágrimas. Ela estava pálida e muito assustada.

— Foi seu marido quem fez isso, Niamh? — perguntei, em tom calmo.

— Por que você acha isso? — ela respondeu rapidamente.

— Bem, alguém fez. E se não foi Fionn, quem mais poderia ser? Com certeza, ele a protegeria de quem quer que tentasse machucá-la.

Niamh prendeu a respiração.

— É culpa minha — murmurou. — Fiz tudo errado, tudo. É um castigo.

Olhei para ela, sem acreditar.

— Mas Niamh... que motivo Fionn teria para fazer uma coisa assim? Por que machucá-la desse jeito? Para que cortar seus cabelos, seus lindos cabelos? Esse homem é louco.

Niamh deu de ombros. Estava tão magra e ossuda quanto nossa mãe.

— Eu mereci. Cometi um erro após o outro. Sou tão... tão burra e desajeitada. Desapontei meu marido, sou um fracasso total. Não é à toa que Ciarán... — sua voz estava falhando. — ...que Ciarán foi embora e não voltou. Não mereço ter um homem.

O que ela dizia era tão absurdo que fiquei tentada a brigar com ela, como teria feito no passado. Que deixasse de ser tola e agradecesse por tudo de bom que tinha. Mas agora era diferente e, pior ainda, ela realmente acreditava no que estava dizendo. As cicatrizes e ferimentos não estavam apenas em seu corpo; estavam marcados profundamente em seu espírito. E não era com poucas palavras que seriam curados.

— Por que ele cortou seus cabelos? — perguntei novamente.

Ela passou a mão pelas mechas tosquiadas como se não acreditasse no que seu tato lhe mostrava.

— Não cortou. Fui eu.

Fiquei boquiaberta.

— Mas por quê?

Eu não conseguia acreditar. Niamh sempre havia cuidado tão bem de seus cabelos. Sabia que eram um dos pontos fortes de sua beleza. Embora às vezes reclamasse de se parecer com nosso pai, que era bretão, e não com nossa mãe, gostava de ver seus cabelos brilhando ao sol ou esvoaçando ao seu redor quando ela dançava, atraindo a atenção de todos os rapazes. Lavava-os com camomila e os enfeitava com flores e fitas de seda.

— Acho que não posso lhe contar — ela murmurou, em voz baixa.

— Eu quero ajudá-la — respondi. Lembrei-me de tudo que havia lido em seus pensamentos. Mas era bem melhor ouvi-la dizer por vontade própria. Lembrei-me também de que ela me considerava uma espiã na época em que se casou. — Mas não há como se você não me disser o que está acontecendo. Seu marido ficou sabendo de Ciarán? Foi isso? Ficou zangado por saber que você já tinha se deitado com outro homem?

Ela balançou a cabeça, negando.

— O que foi então? Niamh, um homem não pode bater desse jeito em sua esposa e ficar impune. Segundo as leis, você pode pedir o divórcio. Liam pode ajudá-la a fazer isso. Papai ficará furioso. Temos de contar a eles.

— Não! Eles não podem saber!

Ela tremia.

— Isso é loucura, Niamh. Você tem que deixar sua família ajudá-la.

— E por que eles me ajudariam? Eles me odeiam. Até papai me odeia. Você ouviu o que ele me disse. Sean me bateu. Eles me mandaram embora, Liadan.

Ficamos em silêncio por alguns instantes. Esperei. Ela torcia os dedos, nervosa. Pegou uma ponta do vestido e começou a torcer também. E quando falou, foi com tom firme e decidido.

— Vou lhe contar. Mas, primeiro, você tem que me prometer que não contará a papai, a Liam ou a qualquer membro de nossa família. Nem mesmo a Eamonn ou a Alisling. Eles são praticamente da família. Prometa, Liadan.

— Como eu posso prometer uma coisa dessas?

— Você irá. Por que tudo deu errado até agora e, se você contar, isso destruirá a aliança e eu terei falhado mais uma vez, desapontarei a todos novamente e eles irão me odiar mais ainda e não haverá mais motivo para eu continuar, e será mais fácil eu pegar uma faca e cortar meus pulsos, acabar logo com isso e, se você contar, é o que farei, Liadan. Prometa! Jure!

Ela estava falando sério. E enquanto jogava as palavras para fora sem parar, seus olhos mostravam pânico.

— Prometo — suspirei, percebendo que aquela simples palavra havia me deixado completamente sozinha, sem ter como recorrer a qualquer tipo de ajuda. — Diga, Niamh. O que está acontecendo?

— Eu pensei — disse ela, tentando recuperar o fôlego. — Eu pensei que tudo acabaria bem. Até o último instante acreditei que Ciarán viria me buscar. Parecia impossível que ele fosse deixar eu me casar e ser levada embora sem nem tentar impedir. Eu tinha tanta certeza. Tanta certeza de que ele me amava da mesma maneira que eu o amava. Mas ele não veio. Não veio. Então eu pensei... eu pensei...

— Calma. Vá devagar — eu disse carinhosamente.

— Papai estava furioso comigo — ela disse, a voz falhando novamente. — Papai, que jamais havia se alterado. Quando eu era pequena, ele estava sempre ao meu lado, me ajudava a levantar quando eu caía e protegia a todos nós. Quando eu tinha algum problema, era a ele que eu procurava e sempre recebia um abraço e uma palavra de consolo. Quando as coisas não iam bem, ele sempre dava um jeito. Mas naquele dia não. Ele foi tão frio comigo, Liadan. Não quis me ouvir, nem a Ciarán. Simplesmente disse "não", sem qualquer razão. E me mandou embora para sempre. Parecia nunca mais querer me ver. Como ele pôde fazer isso?

— Não é bem assim — eu respondi. — Ele está muito preocupado com você, e mamãe também. Se pareceu zangado é porque talvez quisesse proteger nossa mãe de tudo isso. E você está errada. Eles ouviram o que Ciarán tinha para dizer. Conor disse que foi ele quem escolheu deixar a floresta. Disse que partiria em uma... jornada em busca de seu passado.

Niamh suspirou.

— De que adianta buscar o passado e jogar fora o futuro?

— Bem, você ficou arrasada com o que papai fez e foi para Tirconnell. E depois?

— Eu... não consegui. Tentei fazer as coisas direito. Pensei: que pena para Ciarán. Já que ele não me ama o suficiente para vir me buscar, me casarei com outro homem, começarei uma nova vida e lhe mostrarei que não me importo mais. Mas não consegui, Liadan.

Esperei ela continuar. E ela prosseguiu, e com tantos detalhes que eu praticamente a vi com o marido na cama. Aconteceu muita coisa depois do casamento. Depois que ela descobriu que não conseguia fingir.

Fionn estava nu, observando minha irmã enquanto ela penteava os longos cabelos, mecha por mecha. Eu sentia seu medo, o bater descompassado de seu coração e o arrepio que percorria sua espinha. Estava usando uma fina camisola sem mangas que deixava visíveis os ferimentos recentes e as cicatrizes mais antigas.

Ele olhava para ela com a mão entre as pernas, acariciando a si mesmo, e dizendo:

— Venha logo! Um homem não pode esperar tanto.

— Eu... — disse ela, parecendo um animal enjaulado. — Eu não quero agora... não estou com vontade.

— Hum — Fionn foi até ela, deixando bem claro seu desejo. Ficou parado ao seu lado, pegou uma mecha de seus cabelos dourados e disse:

— Temos que fazer alguma coisa a respeito, não? Uma esposa tem que sentir vontade, Niamh, pelo menos de vez em quando. Se estivesse esperando uma criança, seria diferente. Teria até uma desculpa. Mas nem isso parece que você consegue fazer por mim. Um comportamento desses faz qualquer marido começar a olhar ao redor. E não me faltam ofertas. Muitas jovens nesta casa já sentiram meu peso sobre elas e ficaram agradecidas. Mas você — ele puxou os cabelos dela com força, fazendo-a grunhir de dor. — Você não parece se importar, não é? Parece não ter vontade de me aquecer.

Ele puxou mais uma vez e ela abafou um grito. Então ele soltou seus cabelos de repente e a agarrou, levantando a camisola com brutalidade, trazendo-a para si e penetrando-a com violência. Desta vez, ela não conseguiu segurar o grito de dor e indignação.

— Garota má — disse ele, grunhindo de prazer. — Para que serve uma esposa senão para satisfazer ao marido? Se bem que nem se pode chamar isso de satisfação. Parece mais que estou segurando um cadáver. Uma mera... vazão para ...os desejos do corpo... aahhh.

Ele então a empurrou, estremecendo, e pegou uma toalha para se limpar.

— Talvez lhe falte um pouco de prática, minha querida. Tenho algumas amigas que teriam prazer em lhe ensinar algumas... coisinhas. Algumas brincadeiras para variar. Podemos tentar, uma noite dessas. Vou adorar ficar assistindo.

Niamh continuou de costas para ele, olhando para frente como se ele não estivesse no quarto.

— Não tem o que me dizer? — ele a pegou novamente pelos cabelos, na altura da nuca, e a girou, fazendo-a olhar para ele. — Por Deus, se eu soubesse com o que estava me casando, jamais teria aceitado, com ou sem aliança com Sevenwaters! Eu devia ter escolhido sua irmã, aquela miudinha. Apesar do tamanho, deve ter alguma vida ali. Já você não tem forças nem para me responder. Agora vá. Vista-se. E quero vê-la bonita, se não for pedir demais. Tenho convidados para o jantar e quero que você pelo menos finja ser civilizada com eles.

Ele saiu e Niamh ficou ali sentada um bom tempo, olhando seu reflexo no espelho de bronze pendurado na parede. Pegou o pente mais uma vez e o deslizou do topo da cabeça ao final das madeixas, na altura do quadril. Olhou então para o gancho na parede onde o marido pendurava o manto e, ao lado, o cinto com uma adaga na bainha. Não tomou uma decisão. Simplesmente pegou a faca e foi cortando mecha por mecha, puxando e cortando, puxando e cortando, até todo o seu belo cabelo estar no chão, aos seus pés, como folhas de outono. Colocou a adaga de volta na bainha e pegou um vestido de gola alta e mangas longas que não deixava à mostra as marcas em sua pele. E sobre os cabelos tosados colocou um fino véu, prendendo-o entre as têmporas e o pescoço para que ninguém visse sua cor ou comprimento.

— Sabe, pensei que não valia mais a pena — ela disse. — Tudo tem uma razão, caso contrário eu nem estaria viva. Por que estaria sendo castigada se não tivesse culpa de alguma coisa? Se estou sendo tratada assim, é porque não tenho valor. Por que me importar com aparência? Para que tentar me embelezar? As pessoas me diziam que eu era bela, mas era mentira. Amei Ciarán mais do que tudo no mundo, e ele simplesmente virou as costas e me abandonou. Minha própria família me expulsou. Não mereço felicidade, Liadan. Nunca mereci.

O ódio tomou conta de minha mente. Se eu tivesse uma faca ao meu alcance e Fionn Uí Néill surgisse em minha frente, ninguém conseguiria me impedir de enfiá-la em seu coração e girar. Ou se tivesse como arranjar dois ou três mercenários e um saco de moedas de prata para pagá-los, teria imenso prazer em encomendar a execução. Mas eu estava em Sídhe Dubh, e Fionn era aliado de meu irmão e de Liam. E estava ali com minha irmã, que me olhava com tanta fragilidade e tristeza que a raiva não me ajudaria; pelo menos não naquele instante. Minha vontade era pegá-la pelos ombros, sacudi-la com força e dizer: por que você não se defendeu? Por que não cuspiu naquela face arrogante e não lhe deu um chute certeiro entre as pernas? Ou, se não conseguia fazer isso, por que simplesmente não foi embora? Em seu lugar, eu jamais teria aceitado aquilo. Preferiria ser pedinte na beira da estrada a ser tratada daquela maneira. Mas, de alguma maneira, na mente de Niamh, as coisas não funcionavam assim. Algo a fazia acreditar em tudo que Fionn dizia. Ele dizia que era culpa dela e ela aceitava. Tinha sido engolida por tudo que lhe tinham feito. Nós éramos os culpados pelo que estava acontecendo. Os homens de nossa casa decidiram seu destino ao mandá-la embora de Sevenwaters. Eu também tinha culpa. Podia ter lutado por ela, mas não lutei.

— Deite-se, Niamh. Quero que descanse agora, mesmo que não durma. Você está em segurança aqui. O lugar é tão bem guardado que nem o Homem Pintado conseguiria entrar. Ninguém lhe fará mal. E eu lhe prometo: você jamais terá que voltar para seu marido. Vai ficar tudo bem. Prometo, Niamh.

— Como... como você pode prometer isso? — ela perguntou, resistindo ao meu toque enquanto eu tentava ajeitar o travesseiro. — Sou esposa dele. Devo-lhe obediência. A aliança, Liadan. Não tenho escolha... Liadan, você prometeu não contar...

— Shhhh. Calma. Vamos encontrar um jeito. Confie em mim. Agora descanse.

— Não consigo — ela disse, trêmula, deitando-se e colocando o rosto sobre a mão magra. — Basta fechar os olhos e tudo volta à minha mente. Não posso.

— Vou ficar com você — respondi, tentando segurar as lágrimas. — Irei lhe contar uma história ou simplesmente conversar. Posso cantar também, se você quiser.

— Não, isso não — ela disse, agora no tom áspero que costumava ter antes.

— Apenas falarei, então. Quero que escute minha voz e pense em minhas palavras. Pense somente nas palavras e veja somente o que elas descrevem. Deixe-me segurar sua mão. Muito bem. Estamos na floresta, você, eu e Sean. Lembra-se daquela trilha sob as faias, que não parecia ter fim? Gostávamos de correr nela, e você ia sempre na frente. Era sempre a mais rápida. Sean fazia de tudo para alcançá-la, mas nunca conseguiu. Até que, um dia, você decidiu que estava crescida demais para aquela brincadeira. Eu sempre ficava para trás porque ia parando para olhar as frutas, pegar uma folha seca, ouvir os pássaros ou as vozes do povo das árvores, nos galhos mais altos.

— Você e o seu povo das árvores — ela disse, ainda sem acreditar. Mas ao menos estava prestando atenção.

— Imagine agora que você está correndo naquela trilha, descalça, com a brisa em seus cabelos e as folhas secas sob seus pés; correndo e observando os raios de luz atravessando os galhos, iluminando o verde e o dourado das últimas folhas de outono, prestes a se soltar e cair. Então, você chega ao lago. Seu corpo está quente com a corrida, e você entra na água, sentindo o frescor nos tornozelos e a lama macia sob os pés. Depois, você se deita nas pedras com Sean e comigo. Colocamos os dedos na água e observamos os peixes passarem; figuras prateadas semiocultas pelo brilho do sol na superfície do lago. Esperamos os cisnes se aproximarem da água, voando em formação, um por um, pousando delicadamente e recolhendo as asas brancas. Flutuam como fantasmas sobre as pequenas ondas, enquanto a tarde chega ao fim e o céu se escurece.

Continuei falando e Niamh ficou ali, quieta, sem dormir. Eu tinha captado o suficiente de seus pensamentos para saber que seu desespero estava à espreita, só esperando que ela relaxasse para vir à tona novamente.

— Liadan — ela disse quando eu fiz uma pausa para tomar fôlego. Abriu os olhos, mas não vi calma neles.

— O que foi, Niamh?

— Você fala do passado, de coisas que eram boas e simples. Mas aqueles tempos não voltam. Ah, Liadan, sinto tanta vergonha. Sinto-me tão... suja. Tão sem valor. Fiz tudo errado.

— Você não acredita de verdade no que está dizendo, acredita?

Ela se encolheu e abraçou o corpo com um dos braços.

— É a verdade — sussurrou. — Não tenho escolha a não ser acreditar.

Alguém bateu na porta. Era Aisling, que veio ver se estava tudo bem, pois já era quase hora do jantar e nós não tínhamos descido. Falei com ela, explicando que Niamh estava muito cansada, e perguntei se era possível alguém trazer um prato de comida e água, caso não fosse inconveniente.

Logo depois, uma criada trouxe pão, carne e cerveja. Peguei a bandeja, agradeci e fechei a porta novamente.

Niamh não comeu nem bebeu, mas eu sim. Estava com fome. A criança estava crescendo. Eu já percebia claramente meu ventre aumentando, e também meus seios. Logo todos veriam. Mas Niamh não sabia. Provavelmente ninguém havia lhe contado.

— Liadan? — ela chamou, mas com voz tão fraca que eu mal ouvi.

— Mm?

— Eu magoei nossa mãe. Magoei-a muito quando ela... quando ela... e eu nem sabia. Ah, Liadan, como é que eu não percebi...

— Calma — eu disse, controlando-me para não chorar também. — Mamãe a ama muito, Niamh. Sempre irá nos amar, independentemente do que possa acontecer.

— Eu... eu queria falar com ela, mas não consegui. Papai estava tão frio. Ficou muito zangado por eu tê-la deixado triste e...

— Shhh. Ficará tudo bem, você verá.

Que bobagem a minha, pensar que estava tudo tão bem. Como eu faria se agora aqueles que sempre haviam sido tão fortes estavam fracos e desunidos como folhas ao vento do Meán Fómhair? Talvez isso fosse parte do grande mal de que tanto se falava; algo tão poderoso que desequilibrava tudo ao redor. Mas continuei a falar com minha irmã e, aos poucos, ela ficou quieta novamente, porém mantinha os punhos cerrados. Lembrei-me do que Finbar havia me mostrado. E de como havia preenchido minha mente com imagens de alegria e de paz para me acalmar. Ele disse que eu precisava aprender a usar o dom da cura. Talvez fosse para isso: ajudar minha irmã a relaxar e dormir. Fiz então como já tinha feito: imaginei que eu era Niamh, deitada na cama, tentando se afastar do mundo. Deixei minha mente se fundir à dela, mas desta vez me controlei para manter minha identidade, encontrar respostas e poder curá-la. Não foi como aquela noite em que Bran apertou meu braço quase a ponto de quebrá-lo e sua mente chorou para mim como uma criança assustada. Mas vi coisas que daria tudo para não ver. Vi e senti a humilhação de minha irmã, o ridículo e a violência. Antes do casamento, Fionn viu sua beleza e ouviu falar de suas virtudes. E ela tinha realmente as duas coisas. Mas ele não sabia de Ciarán e nem que ela já havia entregado a ele seu coração e seu corpo. Com um pouco de sedução e de esperteza, ela poderia facilmente ter entrado naquele casamento com o pé direito. É cruel para uma mulher ter que enganar para se proteger. Muitas fazem isso para tornar sua existência um pouco mais tolerável. Mas não minha irmã. Niamh não foi capaz de representar seu papel para sobreviver. E Fionn não era um homem paciente. Senti o golpe de suas mãos e de seu cinto através da mente dela. Senti a humilhação de ser usada à força, e também a vergonha, apesar de não ser culpada.

Comecei, então, a usar minha mente diretamente em seus pensamentos. Mostrei a ela uma Niamh mais jovem: a garota de cabelos acobreados, girando sem parar em seu vestido branco, desejando uma vida de aventura. A criança correndo rápido como uma gazela em um tapete de folhas secas. Olhos azuis como o céu, brilhando com o sol de verão. E a expressão no rosto de Ciarán ao me dar a pequena pedra branca, dizendo "diga... entregue isto a ela". Ele a amava. Podia ter ido embora, mas a amava. Disso eu tinha certeza. Eu não conseguia mostrar a ela o futuro, pois eu mesma não o via. Mas envolvi sua mente em amor, luz e ternura. E sua mão relaxou, segurando a minha, enquanto a vela queimava e diminuía mais e mais.

Ela finalmente dormiu, roncando um pouco, tranquila como uma criança. Bem devagar e com todo cuidado, soltei a mão dela da minha, puxei o cobertor sobre seus magros ombros, levantei e me estiquei, sentindo a dor da exaustão em meu corpo inteiro. Finbar tinha razão. Fazer aquilo tinha um preço alto. Fui andando, um pouco cambaleante, até a janela estreita. Precisava olhar para fora por alguns instantes para me certificar de que o mundo real ainda estava ali, pois minha mente estava cheia de imagens negativas e pensamentos confusos. Minha energia havia sido totalmente sugada e eu tinha vontade de chorar.

A lua estava minguante; um pequeno arco no céu escuro, cheio de nuvens. Havia tochas acesas no pátio e dava para ver o vulto das sentinelas montando guarda na porta e na passarela sobre o muro. Vigiavam a noite toda. Isso me fazia sentir uma prisioneira. Não entendia como Aisling e as pessoas da casa suportavam. Olhei novamente para o céu e minha mente voou para muito além daquelas paredes de pedra do forte, dos pântanos e das terras ao norte. Estava exausta e queria muito que alguém de braços fortes me abraçasse e me dissesse que eu havia feito o melhor que podia e que tudo ficaria bem. Eu devia estar mesmo muito mal a ponto de demonstrar esse tipo de fraqueza. Continuei a olhar pela janela e me lembrei de um grupo de homens ao redor de uma fogueira, cozinhando e me ouvindo, extasiados, enquanto eu contava a história de Cuo Chulainn e de seu filho Conlai; uma história de grande tristeza. E embora fossem todos fianna, eu preferia estar com eles a estar onde me encontrava agora. Fechei os olhos e senti lágrimas quentes escorrendo em meu rosto. Mas antes que pudesse tentar contê-las, minha voz interior gritou: *onde está você? Preciso de sua ajuda. Não consigo enfrentar isso sem você.*

Naquele momento senti, pela primeira vez, a criança se movendo dentro de mim. Era um movimento rápido, como se ele estivesse nadando, dançando ou as duas coisas. Coloquei a mão na barriga, sorrindo. "Logo sairemos daqui, filho", eu disse a ele em pensamento. "Primeiro temos que ajudar Niamh. Ainda não sei como, mas prometi e vou cumprir. E depois vamos para casa. Já estou farta de muros, portões e fechaduras".

Belas palavras. Não que eu acreditasse que Niamh se recuperaria tão rápido. Quando se perde a esperança, o futuro se torna apenas uma mancha negra e distante. Por sorte, eu tinha meu filho e sentia sua vontade de viver dentro de mim; caso contrário, também acabaria me entregando ao desespero.

Os dias foram passando. Logo Eamonn e Fionn voltariam para Sídhe Dubh e eu teria de retornar para casa. Niamh continuava fraca como uma sombra, comendo e bebendo apenas o suficiente para sobreviver e falando somente quando a obrigação social exigia. Mas eu já via alguns sinais de mudança. Ela conseguia dormir, embora eu precisasse segurar sua mão até que pegasse no sono. Esses momentos de mudança de consciência eram a melhor hora para eu penetrar em sua mente, iluminar e elevar o padrão de seus pensamentos.

Ela não saía comigo para andar pelo topo do muro, onde ficavam os guardas, mas às vezes descia até o pátio, coberta em vestidos de mangas longas e véus de matrona, e passeava comigo entre o arsenal, o depósito de grãos, a forja e os estábulos. Mas sempre muito quieta. Ficar na companhia de pessoas era um suplício para ela. Eu via em seus pensamentos como ela se se sentia: suja, pensando que todos a observavam e a chamavam secretamente de vadia e horrorosa. E que ficavam cochichando, dizendo ser um alívio ela não ter se casado com Lorde Eamonn. Mas, de vez em quando, concordava em passear um pouco, quieta ao meu lado, observando enquanto eu cumprimentava a todos, dando conselhos para quem se encontrava enfermo. O exercício lhe fazia bem; dava um pouco de cor a seu rosto pálido. Em dias de chuva, nós caminhávamos dentro do forte. Às vezes, Aisling vinha conosco, mas passava a maior parte do tempo ocupada nas cozinhas, nos depósitos ou em reuniões com os supervisores e guardas. Seria uma boa esposa para Sean; um complemento equilibrado e organizado para sua energia impulsiva.

Sídhe Dubh era realmente uma habitação estranha. Eu ficava pensando como deviam ser os antepassados de Eamonn, escolhendo viver bem no meio de um pântano inóspito. Deviam ter muita imaginação e astúcia, e provavelmente também eram um pouco excêntricos, pois o lugar era bem estranho. No *hall* de entrada havia pilares entalhados com pequenos dragões, serpentes do mar e unicórnios. E a própria construção do forte era inusitada, com a passagem coberta depois do portão principal e os dois andares da habitação da família, construídos próximos da parede interna. Eu jamais tinha visto uma casa com tantas passagens, aberturas escondidas, falsas saídas, alçapões e poços perigosos. Desta vez, tive a chance de descobrir ali lugares que não conhecia, pois em minha última visita ao forte eu ainda era criança e não me deixaram explorar o lugar. Mas agora que eu queria fazer Niamh se exercitar, pois o corpo precisa estar saudável para a mente estar bem. Então, levei minha irmã para caminhar no longo corredor coberto que ia da colina até o portão principal, passando por baixo de um baluarte de terra e paredes de pedra para chegar ao pátio. O caminho era todo iluminado por tochas, cheio de sombras e de pequenas saídas e passagens nos dois lados, algumas feitas de madeira e outras de pedra. Niamh não quis explorar o lugar, mas minha curiosidade falou mais alto e eu voltei sozinha no final da tarde, enquanto ela dormia. Precisei usar alguns truques que aprendi com meu pai para passar pelos guardas sem ser vista. Achei melhor que ninguém percebesse meu súbito interesse pelas saídas do forte, uma vez que podiam me impedir de continuar. Peguei um lampião e fui caminhando pelas passagens tortuosas. Acabei descobrindo um depósito de queijo e manteiga, como as cavernas que usávamos para o mesmo propósito em casa. E também um pequeno cômodo sem chão que devia ser muito fundo, pois joguei uma pedrinha e contei até cinco antes de ouvir o barulho dela caindo na água. Mais para frente encontrei câmaras sem luz, com bancos de madeira, correntes e algemas fixadas nas paredes. Por sorte não havia prisioneiros. O lugar estava cheio de teias de aranha e provavelmente não era usado há muito tempo. Talvez Eamonn não tivesse o hábito de manter prisioneiros. Foi um alívio não ter levado Niamh ali, pois as paredes pareciam exalar desespero, e a escuridão era de dar calafrios. Saí rápido, jurando conter minha curiosidade na próxima vez. Quando voltei ao corredor coberto, um pequeno barulho chamou minha atenção. Um gato passou correndo, vindo da parte escura das celas abandonadas. Um gato preto. E veio tão rápido que eu só tive tempo de ver que carregava um enorme rato de esgoto na boca. Então havia uma saída ali. Talvez uma saída estreita, suficiente apenas para uma pessoa passar. Mas era uma saída. Quis voltar e investigar, mas já estava quase na hora do jantar e eu não queria chamar atenção sem necessidade.

"Um desses dias, meu filho", eu disse em pensamento, sentindo que ele me entendia de alguma maneira, "voltaremos mais cedo e, quem sabe, conseguiremos sair, tomar um pouco de ar fresco e, se tivermos sorte, veremos pássaros e sapos. Eu preciso respirar. Preciso enxergar o horizonte além dessas paredes de pedra."

Já tinha perguntado à Aisling, da maneira mais educada possível, e recebi a resposta que esperava.

— Você nunca sai? Não enlouquece ficar trancada aqui o tempo todo?

Aisling levantou a sobrancelhas.

— As pessoas saem daqui — ela respondeu surpresa. — Não é uma prisão. Carroças chegam o tempo todo, trazendo suprimentos, e os homens saem para patrulhar. Claro, há mais movimento quando Eamonn está em casa.

— E imagino que as carroças sejam inspecionadas de cabo a rabo antes de entrar e sair — eu disse, com certa ironia.

— Bem, sim. Mas vocês não fazem o mesmo em Sevenwaters?

— Não quando são do nosso povo.

— Eamonn diz que é sempre melhor prevenir. Não se pode descuidar da segurança hoje em dia. E pediu também...

Ela fez uma pausa.

— Pediu o quê? — perguntei, olhando em seus olhos.

Ela passou a mão pelos cabelos, um tanto sem graça.

— Bem, Liadan, se quer que eu seja sincera, Eamonn prefere que você e Niamh não saiam enquanto estão aqui. Não há motivo para deixar o forte. Temos aqui tudo de que precisamos.

— Hum.

Não gostei da ideia de Eamonn estabelecer regras para mim, especialmente agora que não havia mais possibilidade de nos casarmos. Mas talvez, depois do que me aconteceu, ele achasse que eu tinha o hábito de me meter em encrencas.

— Não me leve a mal, Aisling — eu disse. — Sua hospitalidade é impecável. Mas sinto falta de Sevenwaters, da floresta e de ar livre. Não sei como você e Eamonn conseguem viver aqui.

— É nossa casa — disse ela com simplicidade.

Lembrei-me então do que Eamonn havia dito: "não será casa enquanto eu não a vir me esperando na porta com meu filho nos braços". Senti um arrepio. Que a deusa lhe arrumasse em Tara bons donos de terras com filhas casadouras assim que ele espalhasse a notícia de que procurava uma esposa. Com certeza haveria muitas moças dispostas a aquecer sua cama e lhe dar um herdeiro.

Os dias se passaram e a lua se tornou um risco ainda mais fino no céu. Quando eu chegasse em casa, precisaria fazer vestidos novos, pois os meus já estavam ficando apertados nos seios. E apesar de eu passar o tempo todo com Niamh, ela não percebeu as mudanças em meu corpo. Eu não conseguia contar a ela. Como poderia, quando ela se desesperava, em sua pobre mente confusa, por não ter concebido um filho para Fionn após três luas? Não era aquela a função básica de uma boa esposa? Expliquei a ela que era muito pouco tempo e que nem toda esposa engravidava assim tão cedo após o casamento. Além do mais, uma que ela não mais voltaria para Tirconnell, era melhor mesmo que não estivesse carregando um filho ou uma filha de Fionn no ventre.

— Queria ter dado um filho a Ciarán — ela disse com tristeza. — Mais do que tudo. Mas a deusa não me deu este presente.

— Ainda bem — repliquei, tentando não perder a paciência com ela. — Acredito que a criança não seria muito bem-vinda entre os Uí Néill, não é?

— Não brinque com isso, Liadan. Você não sabe o que é amar um homem mais que tudo no mundo. Não sabe como seria maravilhoso carregar o filho dele dentro de você mesmo que... que ele não esteja mais ao seu lado — ela disse chorando. — Você não tem ideia do que é isso.

— É mesmo — murmurei, passando um lenço a ela.

— Liadan? — ela perguntou, depois de algum tempo.

– Hum?

– Você fica dizendo que eu não preciso voltar para Fionn ou para Tirconnell. Mas para onde eu vou?

– Ainda não sei. Mas darei um jeito, prometo. Confie em mim.

– Sim, Liadan.

Ela falava com uma tranquilidade e uma confiança em mim que me assustavam. O tempo estava se esgotando. Os homens não ficariam no sul durante muito tempo, pois o inverno estava se aproximando e eles precisavam preparar tudo em suas terras e casas. Quando a lua estivesse meio cheia novamente, eles chegariam. E eu ainda não tinha um plano certo. Niamh não podia simplesmente voltar para nossa casa, não sem uma explicação. Precisava ir para outro lugar antes de Fionn chegar; ficar escondida por um tempo. Talvez depois a verdade pudesse ser dita e ela pudesse retornar a Sevenwaters. Um convento cristão seria o melhor lugar, talvez no sudoeste, longe da costa e dos ataques dos escandinavos. Um lugar onde ninguém conhecesse Sevenwaters. Todos conheciam Uí Néill, mas bastava manter segredo. Se alguém lhe desse abrigo por algum tempo, caso Fionn se convencesse de que ela não voltaria mais, se... eu perdia a paciência comigo mesma, pois não estava chegando a lugar algum. Se não conseguisse pensar em alguma coisa logo, seria tarde demais. E era óbvio que eu não conseguiria fazer aquilo sozinha.

Uma promessa era uma promessa. Não podia ser quebrada. Pensava que Niamh estava errada. Como a aliança podia ser mais importante para Liam, Conor ou meu pai do que a felicidade de Niamh? Os ferimentos em seu corpo e as olheiras em seu rosto eram um preço alto demais a pagar pelo apoio de Uí Néill, por sua riqueza e seu grande exército. Mas eu tinha dado a ela minha palavra. Além do mais, havia muito mais naquela história do que a questão da aliança. Havia um segredo que eles guardavam de nós. Algo bem maior que não entendíamos. E tão terrível que eu precisava agir com todo cuidado para não despertar o terrível mal do qual eles falavam em voz baixa e com medo nos olhos.

Uma coisa era certa: eu precisava tirar Niamh dali antes de os homens retornarem; e não havia, na casa, alguém com quem eu pudesse contar. Todos trabalhavam para Eamonn e Aisling, e não esconderiam deles um segredo assim. Ali até as carroças eram revistadas. Pensei em usarmos disfarces, mas logo desisti, pois seríamos facilmente pegas. Minha mente fazia mil planos, um mais absurdo que o outro.

Nas noites escuras, eu não podia acender minha vela especial, que havia ficado em meu quarto, em Sevenwaters. Mas depois que Niamh dormia, eu acendia uma vela comum, colocava perto da janela e me sentava ao lado enquanto durasse a escuridão. E agora, trazendo a imagem de Bran à minha mente, eu não o via mais sentado sob árvores estranhas, mas andando de um lado para outro em um cenário conhecido, com um lampião fazendo sombras nas paredes de pedra, um teto em arco e as pedras de rituais bem típicas do esconderijo que nos abrigara. Havia outros com ele, discutindo alguma coisa, e ele parecia muito impaciente. Sentia a ansiedade em sua expressão e a tensão em suas mãos. Mas não conseguia ouvir o que eles estavam dizendo. Fiz, então, o mesmo que fazia nas noites mais escuras, quando sabia que ele tentava ao máximo ficar acordado. Tentei tocar a mente dele com a minha e dizer que ele jamais estaria sozinho; jamais. E para lembrar que mesmo um fora-da-lei sem passado ou futuro podia ter uma vida decente. Mas, naquela noite, meus pensamentos mais negros tomaram conta de mim: a preocupação com minha irmã, o desespero de não ter uma solução e o tempo se esgotando. Tudo isso me atrapalhava e eu não sabia se, naquele momento, minha conexão com a mente dele estava lhe fazendo bem ou não. Passei a noite acordada. Pelo menos isso eu podia fazer. Não conseguia vê-lo o tempo todo, mas as imagens me vinham de vez em quando: Bran saindo do abrigo, deixando seus amigos lá dentro. Parado no escuro, olhando para o chão, as mãos entrelaçadas. E mais tarde, sentado de pernas cruzadas perto de onde havíamos acendido a fogueira com pinhas enquanto Evan estava morrendo e eu lhe contei aquela última história. Sentado com a cabeça raspada apoiada nas mãos e um pequeno lampião ao seu lado para afastar a escuridão.

— Estou aqui — eu disse. — Não estou tão longe. Espere só mais um pouco. O dia já irá clarear. — Mas tinha que me esforçar muito para silenciar a voz dentro de mim que gritava: "Socorro! Preciso de você! Ninguém pode me ajudar aqui em Sídhe Dubh".

Não parecia haver possibilidade de sair por ali. A menos... a menos que eu fosse um gato. Mas eu precisava tentar. Logo que o dia começou a clarear, fui, em silêncio, até o corredor coberto. As técnicas que aprendi em Sevenwaters estavam sendo de grande valia. Os guardas, pelo jeito, não tinham me visto. Precisei acender o lampião, pois o túnel era estreito, e o chão de pedras, irregular. Passei pelas celas e senti novamente o medo impregnado naquelas paredes. Segui mais para o fundo e o túnel foi ficando cada vez mais íngreme e estreito. Água brotava das paredes e corria pelo chão. Então, um pouco adiante, vi que ela caía em uma espécie de fenda e o túnel terminava. Havia uma parede à minha frente. Era um túnel sem saída. Mas o gato havia entrado por ali. Coloquei o lampião no chão e fui tocando a parede com os dedos.

De repente ouvi vozes. Vozes conhecidas, calmas e profundas; tão profundas que eu mal conseguia identificar. Era como se o som viesse das próprias pedras, pausada e lentamente. Então, eles não tinham desaparecido totalmente com a chegada do homem. Tinham apenas ido para o fundo do pântano, esperando a oportunidade de retornar. Fiquei imóvel, ouvindo.

– *Embaixo.*

Agachei, imaginando o que podia haver ali. Um alçapão? Uma passagem secreta? Um sinal?

– *Embaixo.*

"Pense, Liadan", disse a mim mesma, tremendo. Fui tateando o chão de pedra, seguindo a base da parede, procurando alguma saliência; alguma coisa que me desse um sinal.

— *Bom. Bom.*

Minha mão esbarrou em algo. Era um objeto de metal fincado na fenda de uma pedra. Uma grande e pesada chave, antiga e floreada. Levantei-me e olhei novamente para a parede à minha frente, e para os lados. Não havia sinal de porta. Peguei o lampião e fui examinando tudo com cuidado. Realmente, não havia o menor sinal de fechadura ou fenda onde eu pudesse inserir a chave. Entrei em desespero.

— *Volte* — disseram as vozes. — *Volte.*

O que eles estavam me dizendo, pensava enquanto voltava para a casa, é que eu devia ficar quieta e deixar as coisas seguirem seu curso? Foi isso que eles me aconselharam a fazer no abrigo com Bran, e veja onde as coisas tinham acabado. Sábios ou não, comecei a pensar que talvez eles não soubessem bem o que estavam dizendo. Os Seres da Floresta haviam me dito para não dar atenção a essas vozes antigas. E que elas podiam ser perigosas. Mas esses Antigos Sábios tinham me ajudado a achar uma chave. Já era um começo.

Naquela noite, Aisling me pediu, muito delicadamente, que não andasse mais pelas passagens subterrâneas.

— Meu chefe de armas está preocupado com sua segurança — ela disse, em tom formal.

Vi que ela estava sem jeito, tendo que estabelecer regras para uma amiga. Em Sevenwaters era tudo mais fácil e nos dávamos tão bem que parecíamos mais irmãs que Niamh e eu. Mas aqui ela era a chefe da casa, e eu senti que não devia discutir. Mas fiquei surpresa ao saber que tinham me visto. Eu havia tomado todo cuidado.

— É que eu me sinto tão... aprisionada — eu disse.

— Sim, mas aquelas passagens e câmaras antigas são perigosas — ela enfatizou, em tom firme. — Eamonn não quer que você corra riscos. Por favor, não desça mais lá.

Era um pedido feito com delicadeza e eu deveria obedecer. Minhas opções estavam se esgotando rapidamente enquanto o tempo passava. Eamonn e Fionn logo voltariam e eu ainda não tinha meu plano. Estava começando a duvidar de que poderia manter a promessa que tinha feito a Niamh. Mas eu era sua irmã. Não podia deixar que voltasse para Tirconnell, para um marido que a tratava daquele jeito. Eu vira em seus olhos que ela realmente preferia se matar a continuar vivendo daquele jeito. Eu precisava encontrar uma maneira.

Não sei dizer se eu mesma descobri a solução ou se foram Os Antigos que me guiaram na direção certa. Talvez tenhamos pensado juntos, por sermos da mesma linhagem.

Era bem cedo e Niamh ainda estava dormindo, encolhida sob as cobertas. Seus cabelos desfiados brilhavam com os primeiros raios de luz. Minhas noites eram bastante agitadas. Eu ficava acordada, pensando em várias possibilidades, nem todas muito práticas. Ficava pensando nos riscos de contar a verdade a Sean, a meu pai ou a Conor. Era melhor manter segredo. Talvez eles pensassem mesmo que a aliança era mais importante do que Niamh. Não podia me arriscar a contar e depois descobrir que eles preferiam não perder o apoio estratégico de Fionn. Tinha que encontrar uma solução. O que Os Antigos queriam que eu fizesse? Voasse?

Quando finalmente amanheceu, eu me levantei e escolhi um de meus vestidos mais largos para pôr. Como Niamh não percebia que minha barriga estava crescendo? Nossas roupas estavam guardadas em um baú antigo de madeira que ficava em um canto recuado do quarto. E, acima dele, havia uma peça de tapeçaria pendurada, cobrindo parte da parede forrada com madeira para diminuir a umidade. Abaixei-me para revirar o baú em busca de um xale, pois estava frio. Quando fui me levantar, senti tontura. Apoiei a mão na parede para me segurar e, nesse momento, meus dedos tocaram algo diferente. Por trás da tapeçaria havia uma marca na madeira; uma pequena fenda. Mas estava escuro demais para eu poder ver. Peguei uma vela e me aproximei. A peça de tapeçaria estava ali para diminuir o vento que entrava pela fenda. Mas se havia uma fenda, devia haver uma abertura, pensei. Fui seguindo a fenda e descobri que havia ali uma pequena porta, suficiente para que alguém passasse abaixado. O fino batente era entalhado com símbolos Ogham como aqueles do amuleto que meu tio Finbar usava no pescoço. Mas os ancestrais de Eamonn não eram druidas. Aqueles eram símbolos secretos de proteção entalhados a pedido de alguém, provavelmente dos que haviam habitado o lugar que hoje era o forte das fadas, muito antes dos humanos chegarem e reivindicarem propriedade do que, na verdade, nunca lhes coube. Os pântanos pertenciam aos Antigos. Nenhum chefe de clã com os bolsos cheios de prata e carroças com pedras de construção conseguiria mudar isso, por mais que quisesse estampar seu selo de propriedade sobre aquele solo.

Encontrei uma fechadura. Com as mãos trêmulas, fui pegar a velha chave. Tinha certeza de que se encaixaria ali. Senti a inevitabilidade das coisas naquele instante. Sabia que estava sendo conduzida e aquilo me causava mais medo do que alívio. A pequena porta se abriu, revelando uma escada em espiral descendo na escuridão. Não havia o que fazer, a não ser segurar as saias com uma mão, a vela com a outra e descer, esperando que Niamh não acordasse antes de eu voltar.

A escada era tão íngreme e estreita que eu não conseguia enxergar muito à minha frente. Era uma construção muito bem feita. Descia por dentro do morro. Em certo momento, tive a impressão de já estar bem abaixo do nível da casa e até do pátio de entrada, próximo de onde as rochas pontudas circulavam o forte. Continuei descendo e, ao final, vi luz. Mas não era fraca como a de uma vela ou de uma tocha. Era cada vez mais clara. Percebi, então, que eram os primeiros raios de sol surgindo sobre a névoa dos pântanos. Fiz a última curva da espiral e, à minha frente, a menos de cinco passos do final de um estreito túnel nas rochas, estava uma abertura para fora. Eu havia encontrado a saída.

Era uma pequena fenda, com espaço apenas para alguém miúdo como eu; estreita demais para um homem, especialmente armado. Por sorte, minha barriga ainda não havia crescido muito, pois, caso contrário, nem eu passaria ali. Achei muito estranho encontrar aquela abertura em um forte seguro como Sídhe Dubh. E mais estranho ainda o fato de não ser vigiada. Olhei então ao redor e comecei a entender. Eu estava logo abaixo do círculo de pedras pontudas. Atrás de mim e do outro lado, os guardas caminhavam em seus postos vigiando os muros, aparentemente sem perceber minha presença. E, ao norte, estavam as colinas distantes que eu tinha visto de cima do muro. À minha frente estava o pântano, um lugar tão perigoso que só aqueles que conhecessem muito bem o caminho podiam tentar cruzar. Podíamos escapar por ali, mas não havia como seguir em frente. Abaixei-me ao lado das rochas para que os guardas não me vissem. Eles não se dariam ao trabalho de identificar um invasor antes de disparar suas flechas. A abertura que eu descobrira era invisível; apenas uma irregularidade na parede de pedras no lado da encosta. Parecia mesmo coisa de fadas. Fui mais para o lado, tomando o máximo de cuidado, pois não tinha intenção de ser descoberta ali, sozinha e sem uma boa explicação.

Sentei-me, pensativa. Eu tinha metade da solução, mas nenhuma ideia de como completá-la. Era uma manhã fria e as nuvens no céu indicavam que choveria mais tarde. Havia alguns pássaros de pernas longas caminhando à minha frente, caçando estranhos insetos que pulavam. Enquanto eu os observava, senti meu filho se mexer.

— Queria que você pudesse ver estes pássaros — disse a ele. — Você verá muitos pássaros quando voltarmos para Sevenwaters. Há um chamado cambaxirra. É o menor e mais mágico de todos. Muitos contos o descrevem. E também há corujas, corvos e cotovias, que cantam tão bonito que dá vontade de chorar. A grande águia que voa sobre a floresta e os cisnes que pousam sobre o lago. Você verá todos eles.

Enquanto olhava para aquela vastidão, pensei na fragilidade de Niamh. Mesmo que eu conseguisse trazê-la até ali sem que ninguém percebesse (se é que ela concordaria), o que eu faria em seguida?

Não sabia o caminho para atravessar aquele pântano. Podia usar um barco, mas não havia barcos por ali, e os trechos de água eram poucos e afastados uns dos outros. Além disso, seríamos facilmente vistas. E uma coisa que eu não conseguia entender era como os guardas não me viam ali. Continuavam sua ronda, passando de um lado para outro. Voltei, então, pelas escadas até o quarto. Cheguei esbaforida, com as pernas doendo e sem respostas. Fechei a porta, escondi a chave, coloquei a tapeçaria no lugar. Niamh continuava dormindo.

Na manhã seguinte, desci mais uma vez. Ainda era bem cedo. A névoa cobria toda a região e as nuvens escondiam os primeiros raios do sol. Folhas e pequenos galhos de arbustos voavam com o vento e estalos estranhos vinham do brejo. Não eram barulhos de sapo. Sentei-me abaixo das pedras e puxei o xale para me cobrir melhor do frio. Eu precisava encontrar uma solução. As pistas do mistério estavam todas à minha frente, mas eu não conseguia encaixá-las. Os Antigos haviam me guiado até ali. Tinha que haver uma maneira de continuar. E àquela hora era mais seguro explorar o local. A névoa era tão forte que não se via o pântano, apenas algumas plantas salientes e mais próximas que, por milagre, conseguiam sobreviver naquele lugar. Ninguém iria me ver. Mas como eu me arriscaria sem a ajuda de um guia que conhecesse o caminho? Seria tolice. Se as coisas fossem diferentes, eu não pensaria duas vezes: pegaria minha irmã pela mão e sairia pelo brejo, pedindo a orientação das forças antigas e torcendo para encontrarmos um lugar seguro antes que os homens dessem por nossa falta. Mas agora não. Eu arriscaria, sem pensar, minha vida e até a de minha irmã, mas não a de meu filho.

É estranho como a velocidade do tempo é instável. Os dias agora passavam cada vez mais rapidamente. Niamh parecia confiar cegamente em mim, mas parecia estar no limite. Falava sozinha durante o dia e acordava aos pulos à noite, chorando e assustada com pesadelos que não queria me contar. Então, quando a lua entrou no quarto crescente, Aisling recebeu uma mensagem.

Sentamo-nos para o jantar. Ela nos passou o carneiro assado ao molho de alecrim e disse:

— Tenho boas notícias. Um mensageiro veio hoje. Eles já saíram de Tara e estão perto de Knowth, onde ficarão para uma reunião com os chefes do distrito. Depois seguem para Sevenwaters e devem chegar aqui em quatro dias.

Minha irmã empalideceu. Eu não sabia o que dizer.

— Você ficará feliz ao ver Eamonn.

Pelo menos era verdade.

— Com certeza — disse ela sorrindo. — Não posso negar que é um pouco difícil ficar aqui sem ele. Tenho homens capacitados e de confiança, mas meu irmão tem sua própria maneira de administrar, bem rígida, o que me força a ficar controlando tudo de perto em sua ausência. E também estou preocupada com ele. Estava... estava tão estranho antes de partir. Espero que esteja melhor quando retornar.

Eu não tinha resposta. Fiquei em silêncio. Mas Niamh acabou falando sem pensar e me colocando em uma situação delicada.

— Quatro dias! Não pode ser. É cedo demais. Quatro dias não é tempo suficiente...

— Não se preocupe, Niamh — eu a interrompi, olhando séria para aqueles olhos desesperados.

— Está tudo bem — continuei, olhando para Aisling. — Niamh não tem passado muito bem. Acho melhor nos recolhermos mais cedo hoje. Ela precisa descansar.

O rosto pequeno e sardento de Aisling ficou sério. Olhava fixamente para Niamh, observando seus gestos e sua expressão.

— Você devia ter me dito, Liadan — ela disse, medindo um pouco as palavras. — Eu posso ajudar. E Eamonn com certeza também fará de tudo para que ela fique bem.

Eu duvidava muito disso.

— Obrigada, Aisling. Não precisa se preocupar.

Quatro dias. Pela deusa; tínhamos apenas quatro dias. Passei a noite pensando em todas as alternativas impossíveis que surgiam em minha mente, eliminando uma por uma. Quando o sol finalmente começou a iluminar o céu, eu me levantei, aliviada, calcei as botas, pus um vestido bem quente e um manto pesado por cima, desesperada para sair um pouco e ficar longe daquelas paredes de pedra que pareciam me aprisionar e aumentavam ainda aquele dilema que agora se tornara um quebra-cabeça sem solução aparente. Antes de amanhecer completamente, eu desci as escadas e saí pela fenda. Fiquei olhando para o norte. Meu estômago se revirava com o nervosismo, e a ansiedade fazia minha cabeça doer. A ideia que passava em minha mente era tão assustadora que me dava vontade de chorar. Mas parecia ser a única opção. Eu precisava pegar minha irmã e tentar atravessar aquele pântano. Era loucura.

De repente, senti uma mão tapando minha boca e um braço me segurando por trás.

— Calma. Está tudo bem. Só não faça barulho. Os guardas não podem nos ver aqui, mas podem nos ouvir. Fique em silêncio, está bem?

Ele soltou o braço e vi a mão com o delicado padrão tatuado. Mas não precisei ver a mão para identificar a voz.

Mantendo a reputação, o Homem Pintado tinha, mais uma vez, penetrado as defesas de Sídhe Dubh.

— Sem pancada na cabeça desta vez? — perguntei baixinho, sem me virar. Meu coração estava disparado.

— Sente-se — ele disse, em voz baixa, mas em tom de ordem. — Estamos em um ponto cego, mas limitado. Não queremos atrair atenção.

Sentei-me e agora pude ver Bran, que se afastou em direção às rochas e se sentou a três passos de distância de mim. Usava uma antiga túnica e calças de um tom indefinido. A parte de baixo de suas botas estava coberta de lama preta. Mas ele estava lindo. Ficou me olhando, sério, e eu senti meu rosto corar. Franziu então a testa.

— O que está fazendo aqui? — perguntei, minha mente tentando imaginar todas as possibilidades.

Ele respondeu pausadamente.

— Estranho. Pensei que tivesse respostas prontas para tudo que você fosse me perguntar. Mas agora que você está sentada ao meu lado todas elas desapareceram.

— É muito perigoso para você aqui, sozinho e desarmado — respondi, a voz trêmula. Seus olhos, fixos em mim, tinham uma expressão que eu não esperava mais ver. — Por que veio até aqui? Há um prêmio por sua cabeça, você sabe.

— E isso a preocupa? — ele parecia realmente surpreso.

— Foi você que colocou um ponto final para nós dois, não eu.

Entrelacei os dedos, segurando as mãos, para não ceder ao ímpeto de abraçá-lo.

— Se acredita que não me importo com sua segurança é porque realmente não me conhece bem. Agora, responda minha pergunta.

— Estava passando e pensei que você poderia precisar de alguma coisa.

— Não é a verdade. Como poderia saber que eu estava aqui? E acredito que o acaso não faça parte de sua existência ou da de seus homens.

A expressão dele era sombria.

— Poderia lhe contar a verdade, mas você não acreditaria. — ele respondeu sem rodeios.

— Experimente. Não tem nada a perder.

— Acha mesmo?

— Por Brighid, Bran! Você está no meio do território inimigo! Para quê se arriscar desse jeito?

— Shhh. Fale baixo. Não estou sozinho nem desarmado. Vim para lhe dizer que vá para casa. Não quero você aqui em Sídhe Dubh.

Terei que acertar contas com aquele homem em breve. E não quero você no meio disso.

Abri e fechei a boca, sem conseguir falar.

— Eu disse que você não acreditaria.

— Mas...

— Ouvi uma espécie de... um pedido de socorro ou algo assim durante a noite, quando estava muito longe daqui. Não consegui esquecer e, quando voltei, soube que você estava aqui, na casa desse homem. Estamos vigiando este forte, Liadan. E vi você aqui várias vezes, ao nascer do sol, olhando em volta como se quisesse escapar. As coisas chegaram a tal ponto que eu vim avisá-la.

— Bem — eu disse, com cautela — depois das últimas palavras que trocamos, é estranho que você esteja aqui, falando comigo. E mais estranho ainda que me peça para voltar para Sevenwaters, uma vez que repudia tanto aos que vivem naquele lugar.

— É de sua segurança que estamos falando, não do caráter de seu pai. Eu realmente o desprezo. Mas isso não importa agora. O forte de seu tio é bem guardado; por isso a quero lá. Você deve fazer o que estou dizendo, Liadan. Vá para casa. Vá assim que puder. Não é seguro para você aqui.

— E menos ainda para você. Sabe que Eamonn jurou que o mataria se você pusesse os pés em suas terras ou ameaçasse tomar o que é dele novamente. Estes guardas não pensarão duas vezes se o virem. Os homens de verde são ágeis e cruéis. Não quero que você tenha o mesmo destino terrível de Dog. Ninguém merece acabar daquela maneira.

Percebi que tinha falado demais. Seus olhos se estreitaram e ele foi se aproximando.

— Como você sabe o que aconteceu com Dog? — ele perguntou, em voz baixa, mas intensa. — Como pode saber?

Gelei enquanto as imagens vinham, nítidas, à minha mente. A escuridão na estrada, os sons deles indo embora. A voz fraca de Dog, dizendo: "faca".

— Eu sei porque estava lá — disse com voz fraca. — Sei porque assisti a tudo, escondida, sem poder ajudá-lo. Sei porque... porque — minha voz fraquejava cada vez mais.

— Por que, Liadan? — ele perguntou, com a voz mais suave.

— Porque ele me pediu uma faca, no final, e eu estava sozinha ali com ele. Pediu que você o ajudasse a acabar logo com aquilo, mas a mão que cortou sua garganta com uma faca foi a minha.

Ele soltou a respiração e ficamos em silêncio por algum tempo. Eu tentava controlar as lágrimas. E me controlar para não esticar a mão para tocá-lo.

— Eu me acreditava forte — ele disse, finalmente, olhando para frente, para o pântano enevoado. — Sempre pensei que poderia fazer algo assim. Mas ainda não passei por esse teste de coragem.

Aquilo não fez o menor sentido para mim. E o tempo estava se esgotando.

— Você está me pedindo para ir para casa. Eu não vejo a hora de fazer isso. Estou aqui só como visita até Eamonn voltar de Tara. Ele chegará logo, dizem que em quatro dias. Então eu voltarei para Sevenwaters. Mas não posso sair antes. Minha irmã está aqui.

— E por que vocês duas não vão? Para que esperar até aquele homem voltar? Se precisarem de escolta, eu mesmo providencio. Discretamente. Será uma presença eficaz e invisível.

— Não vejo por que você tenha que tomar parte nessa decisão — eu disse, respirando fundo. — Além do mais, não é tão simples. Estou com um... um grande problema. E não tenho a quem recorrer, a quem pedir ajuda.

Ficamos em silêncio.

— Pode pedir a mim — ele disse, então, com certa timidez na voz.

E ficou esperando para ver minha reação.

— Sim, é o tipo de tarefa típica para o Homem Pintado — admiti. — Mas eu não tenho como pagar por seus serviços.

— Você me ofende — ele respondeu, mas com voz tranquila, sem negar que era um profissional.

— Não sei por quê. Você é um mercenário, não? Um homem sem consciência. Não se discute os termos de pagamento com um homem ao contratar seus serviços?

— Você pode descrever o serviço primeiro e discutiremos os termos depois — ele respondeu em tom frio.

— Nem sei como começar. Mas serei direta, pois não tenho tempo. Se demorar muito aqui, podem notar minha ausência. Minha irmã se casou no verão. Seu marido é um homem influente.

— Sim, do clã Uí Néill.

— Como você sabe?

— Eu me mantenho informado. Prossiga.

— Ela não se casou por vontade própria. Estava apaixonada por outro homem. Mas foi para Tirconnell. Foi uma união para nos aliar aos Uí Néill e obter vantagens estratégicas.

Bran fez que sim com a cabeça. Seu rosto foi ficando cada vez mais sério e a máscara de corvo dava a ele um aspecto assustador.

— Mas seu marido... a maltrata. É extremamente cruel. Niamh está acabada; parece apenas uma sombra da mulher que já foi. Mas mantém a situação em segredo. Descobri por mero acidente, e ela me fez jurar que não contaria à família. Não posso deixar que o marido a leve de volta para Tirconnell. Será o fim para ela. Disse que prefere cortar os pulsos a se submeter a ele novamente. E eu sei que é verdade. Prometi... prometi que não a deixaria voltar.

— Entendi. E agora você tem quatro dias para fazer o impossível.

— É isso, basicamente — eu respondi, percebendo o tamanho de minha insensatez.

— Qual é o seu plano? — Bran perguntou.

— Metade de um plano. Não consigo imaginar o resto. Pensei em descer com Niamh até aqui logo cedo, enquanto a névoa nos protege, e atravessar o pântano seguindo para o norte. Depois tentaríamos pegar carona com alguma carroça na estrada e levá-la até algum lugar seguro.

— Ainda bem que estou aqui, então — ele disse. — Para onde quer que a leve? E por quanto tempo? O que dirá para justificar seu desaparecimento?

Meu coração estava apertado.

— Creio que um convento seria o mais apropriado. Talvez mais ao sul, em Munster. Um local seguro onde minha família não seja conhecida. Mas você provavelmente não tem contatos assim...

— Você não faz ideia dos contatos que tenho. Mas o que dirá ao Uí Néill? E à sua família?

— Melhor seria se Fionn acreditasse que ela morreu. Não teria que ir atrás dela e poderia se casar novamente. Assim, a aliança não seria desfeita. Mas não posso esconder uma coisa dessas de minha família. Terei que acabar contando a eles.

Bran balançou a cabeça.

— Você quer que ela desapareça para que ninguém vá atrás dela. A melhor maneira de fazer isso é esconder a verdade de todos, a não ser daqueles que podem ajudar. Muito poucos. E terá que ser muito coerente. Repetir exatamente a mesma história para todos que perguntarem. Invente algo que faça sentido. Sua irmã resolveu sair para caminhar, escorregou e caiu no pântano ou algo assim. E você veio atrás, mas não teve tempo de salvá-la. Finja que está desesperada, confusa. O marido e a família ficarão arrasados, mas com o tempo se recuperam. E sua irmã ficará a salvo, no convento, pelo tempo que quiser. Talvez para sempre. Mas e quanto ao rapaz por quem ela estava apaixonada? Não será informado?

— Não, ele foi embora. Minha família proibiu a união.

— Qual o nome dele?

— Ciarán. Um druida. Mas por que você precisa saber disso?

— Quando vendo meus serviços, sou eu quem estabelece as regras e faz as perguntas. Sua irmã está disposta a isso? Virá por vontade própria?

— Creio que sim. Está muito... fraca, debilitada. Confusa. Mas desesperada para fugir do marido. Esse casamento terrível a destruiu completamente.

— E quando o Uí Néill quiser outra noiva, não pensará em você? — disse ele, em tom seco.

Dei uma risada nervosa.

— Pode ter certeza que não — respondi, enquanto a criança se mexia em minha barriga.

— É mera questão de lógica. Se a família a quem vocês são tão devotados forçou sua irmã a se submeter a essa aliança monstruosa, por que o mesmo não pode acontecer com você?

— Prefiro viver como pedinte na estrada a me aliar a um homem como aquele — eu disse. — Posso lhe assegurar que isso não acontecerá.

Ele esboçou um leve sorriso.

— Além disso, você sabe como se defender — ele disse.

— Sei e usaria todo o meu conhecimento.

— Não duvido.

— Bran.

— Sim?

— Minha mãe está muito doente, lembra-se? Está para morrer. Seria crueldade dizer a ela que Niamh está morta. Não queria fazer isso.

— Bem, quanto a isso, o máximo que posso fazer é aconselhar. Pergunte a si mesma: quer realmente que sua irmã fique em segurança? Se quiser, deve se preparar para fazer as coisas da maneira mais difícil.

Concordei, engolindo em seco.

— E qual é o seu preço para um trabalho assim? — perguntei.

— Você confia em mim para esse trabalho?

A pergunta me pegou desprevenida, e eu respondi sem pensar:

— Claro que sim. Confio totalmente em você, Bran. Não poderia pedir algo assim a qualquer outra pessoa.

— Este é o preço, então.

– Como assim? – perguntei confusa.

– Confiança. Este é o meu preço.

Aquela estava sendo uma conversa cheia de armadilhas.

– Pensei que não acreditasse em sentimentos como confiança. Deixou isso bem claro para mim certa vez.

– E não acredito mesmo. Mas é da sua confiança que estou falando. E vejo que está me pagando adiantado.

– E quando quer começar? – perguntei trêmula, sentindo que as lágrimas podiam surgir em meus olhos a qualquer instante.

– Preciso de dois dias para tomar algumas providências. Não tenho como me organizar antes disso. Tem certeza de que não prefere que esse Uí Néill seja simplesmente removido da situação? Permanentemente? Isso pode ser feito facilmente e sem demora. Jamais chegaria aqui.

Tremi mais ainda.

– Não, obrigada. Não estou preparada para carregar um assassinato na consciência, embora confesso que tenha pensado muito nisso. Além do mais, você já tem muitos inimigos. Não precisa de mais um.

Ele ficou em silêncio por alguns instantes.

– É melhor você voltar, agora – disse ele, em tom comercial.

– Não entendo – eu disse, ainda com a voz um tanto trêmula. – Não entendo por que você nos ajudará quando nos odeia tanto. Por que treme de raiva toda vez que ouve o nome de meu pai? O que ele lhe fez de tão grave? Meu pai é um homem de bem.

Sua expressão se fechou.

– Não falarei sobre esse assunto – ele disse, levantando-se e olhando para os guardas.

– É. Eu sei. Melhor eu voltar mesmo.

Mas não me movi.

– Posso apertar sua mão para fechar negócio? – ele perguntou com timidez.

Estendi a mão.

Ele não me olhava nos olhos. Senti aquele toque em minha mão como se fosse em meu corpo inteiro. Tive que lutar muito comigo mesma para não pular sobre ele, abraçá-lo e revelar meus sentimentos. Tentei lembrar a mim mesma que ele tinha um código de conduta que o ajudava a manter o controle. E sabia usá-lo bem. Apertou minha mão como se estivesse fazendo uma transação com um aliado. E soltou sem demora.

– Traga sua irmã depois de amanhã, antes de o dia clarear. Estaremos prontos. Mas não corra riscos, Liadan. Quero que fique em segurança. Não se arrisque.

– E eu lhe diria a mesma coisa se acreditasse que você me ouviria – eu disse, virando-me antes que ele visse as lágrimas em meus olhos. Como eu lhe diria que carregava seu filho no ventre; o neto de seu odiado Hugh of Harrowfield? Como lhe dar mais uma preocupação? Se bem que vontade não me faltou.

Só quando estava no quarto lembrei-me de que não perguntei a ele se Sean o havia encontrado e lhe feito uma proposta.

# Capítulo 10

Meu comportamento, depois daquilo, se tornou exemplar. Não saí mais para explorar as câmaras subterrâneas e os guardas não me viram mais andando pelo forte. Só ficava ajudando Aisling a inspecionar a produção de cerveja ou com os herbalistas, dando sugestões sobre como estocar para o inverno. Não disse a Niamh exatamente o que aconteceria ou quando, pois não sabia se ela iria manter segredo. Disse apenas que estava tudo certo, e ela ficou satisfeita. Por fora eu estava calma, mas, por dentro, tensa como a corda de uma harpa.

Fiquei me lembrando de tudo que Bran havia dito e do que não havia dito. E tive que admitir que, durante aquele tempo todo, eu queria muito ter a ajuda dele. Tentei não pensar nas coisas que queria muito dizer e não tive coragem. Coisas impossíveis como "fique comigo" ou "você será pai antes de Beltaine". Mas, ao final, simplesmente agradeci aos Antigos, do fundo do coração, por trazê-lo até ali para me ajudar quando eu já tinha perdido as esperanças e por eu poder vê-lo mais uma vez, pois achava que ele já havia se esquecido de mim e de tudo que me dizia respeito. Não entendia aquela mudança de comportamento. Não era tão tola a ponto de pensar que algum dia o teria nos braços novamente, ou ouvir dele palavras de amor. Não podia me dar ao luxo de ser tão romântica. Mas falei com nosso filho:

— Ele é o seu pai; o melhor naquilo que faz, sempre. Um homem em quem se pode confiar totalmente.

A noite anterior ao prazo acordado entre nós finalmente chegou. Expliquei a Niamh somente o necessário. Que deveria se levantar sem fazer barulho quando eu a chamasse, antes do amanhecer, e vestir as roupas quentes e escuras que eu havia separado para ela. Que precisaríamos sair rápido e em silêncio por uma passagem secreta até a beira do pântano. E que um homem estaria lá para levá-la a um lugar onde estaria em segurança. Disse também que poderia levar muito tempo até nos encontrarmos novamente.

— Um homem? — ela perguntou, depois de vestir a camisola. Ela parecia surpresa. — Que homem?

— Um amigo — eu disse. — Não se assuste com sua aparência. Com ele você estará completamente a salvo.

— Como você... como você conseguiu... — suas palavras eram confusas, mas eu entendi o que se passava em sua mente. Ela nunca foi boa em esconder o que pensava. Estava imaginando como uma menina tão caseira como eu podia conhecer alguém que fizesse um serviço como aquele.

— Não importa — eu disse. — Você só precisa se lembrar de ficar em silêncio e fazer o que eu disser, não importa o que aconteça. Há vidas em jogo, Niamh. E, quando chegar ao local, siga as ordens dele. Faça isso e logo você estará longe daqui e a salvo antes que seu marido volte com Eamonn.

— Liadan? — seu tom agora era de criança.

— O quê?

— Você não pode vir comigo?

— Não, Niamh. Mas você ficará bem, acredite. Não posso ir porque, se nós duas desaparecermos, eles virão atrás de nós. Eamonn nos perseguirá até o fim do mundo. Devo ficar e inventar uma história para eles não desconfiarem que você fugiu. E depois irei para casa.

— Uma história? Que história?

— Não se preocupe. Agora você deve dormir. Precisará de todas as suas forças amanhã.

Tudo bem até então. Depois de uma noite sem sono, acordei Niamh antes de o dia clarear e nos vestimos à luz de uma vela. Como ela estava demorando muito, eu acabei fazendo quase tudo: fechei seu vestido, penteei seus cabelos, coloquei o manto cinza sobre seus ombros e pedi a ela que usasse o capuz quando saíssemos, pois ela não estava usando o véu, e o tom claro de seus cabelos podia chamar atenção. Abri então a porta secreta e expliquei mais uma vez para onde ela levava. Ela fez que sim com a cabeça e parecia ter compreendido.

— Estou pronta — ela disse. — E... obrigada, Liadan.

— Não pense nisso agora — eu respondi, a voz um tanto trêmula. — Agradeça a mim e... a meus amigos quando estiver em segurança na casa das freiras. Agora...

Naquele momento ouvimos barulho no pátio e vimos o brilho de tochas pela estreita janela. Sem fazer barulho, peguei um banquinho e subi nele para ver melhor. Eram cavaleiros chegando pela entrada principal, homens de verde e homens com o símbolo dos Uí Néill em suas túnicas vermelhas e brancas.

Ouvimos então suas vozes e o som de portas se abrindo. As pessoas da casa haviam acordado. Pude ver Eamonn descendo do cavalo e dando ordens. E a figura ereta e autoritária de Fionn Uí Néill entre seus homens. Eles obviamente não tinham parado em Sevenwaters. Vieram direto e chegaram dois dias antes.

*Bran*! Foi a primeira coisa que me veio à mente enquanto eu empurrava minha irmã por baixo da tapeçaria e para a escada. *Bran está aqui e Eamonn chegou. Se Eamonn o matar, a culpa será minha.* As coisas mais horripilantes passavam por minha mente enquanto eu descia os degraus íngremes à frente de minha irmã, guiando-a enquanto ela se queixava, em pânico:

— Liadan! Liadan! Eu não consigo! Está escuro. A escada é muito estreita!

— Fique quieta! — eu sussurrei, apertando sua mão com mais força. — Mantenha sua promessa e faça o que eu digo.

Ela não parecia ter percebido o que estava acontecendo no pátio, e eu não tentei explicar. Ela já estava aterrorizada e a viagem nem havia começado. Melhor que não soubesse o risco que corríamos.

Demoramos muito. *Venha, Niamh, venha.* Finalmente chegamos ao pé das escadas e seguimos pela passagem.

— Tenha cuidado — eu sussurrei. — O chão é molhado. Não vá escorregar.

Provavelmente ninguém iria até nosso quarto tão cedo. Os homens com certeza iriam querer comer e descansar um pouco. Isso nos daria tempo.

Silêncio lá fora. Só se ouvia o ruído de pássaros do pântano, cantando com a chegada do dia. A névoa espessa, amarelo-acinzentada, cobria o brejo e tudo ao redor. Imaginei que nem o Homem Pintado nos veria ali. Fomos para o ponto mais seguro, abaixo das pedras pontudas. Lá em cima, no muro, os guardas patrulhavam como sempre, andando de um lado para outro. Então Niamh soltou um gritinho agudo e eu imediatamente tapei sua boca com a mão.

— Shhh — sussurrei. — Quer nos matar? Estes homens estão aqui para nos ajudar.

— Ah... mas... mas...

— Você pode fazê-la ficar quieta?

— Os olhos arregalados de minha irmã se fixaram primeiro no homem que falou; que surgiu diante dela com sua cabeça raspada e pele tatuada. E depois no outro que veio atrás dele, de pele negra e um grande sorriso ao me ver. Cumprimentou-me com um gesto de cabeça. Ela não sabia qual deles era mais assustador.

— Bran — eu o chamei para o lado, falando baixinho. — Eamonn chegou agora há pouco com o marido de minha irmã. O lugar está cheio de homens armados.

— Eu sei.

— Você precisa ir. E tome muito cuidado. Eamonn jurou matá-lo e não perderá a oportunidade se o encontrar aqui. Por favor, vá rápido.

Ele franziu a testa.

— Não se preocupe com isso. Não valho tanto assim. Além do mais, você já tem problemas o bastante.

— Eu me preocupo com você, sim. Será que não pode ouvir um bom conselho, pelo menos uma vez na vida?

— Vamos — chamou Gull, em voz baixa, pegando a mão de Niamh e a levando, devagar para a beira do brejo.

— Você me considera um mercenário sem consciência, um homem sem sentimentos — disse Bran, os dedos tocando suavemente meu rosto. — E ao mesmo tempo se preocupa com minha segurança. Não faz sentido.

— Você tem uma opinião muito negativa sobre as mulheres e detesta minha família — respondi, com lágrimas nos olhos, pois seus dedos em minha pele despertaram uma mistura de sofrimento e alegria. — E ainda assim arrisca sua vida vindo até aqui só para me dizer para ir para casa. E volta para salvar minha irmã, outra mulher. Também não faz sentido.

Olhamos um para o outro e uma lágrima rolou em meu rosto.

— Não. Não chore — ele disse, em um ímpeto, e passou a mão em minha pele, para secá-la.

— Obrigada por vir — sussurrei. — Não sei o que teria feito sem você.

Ele não respondeu, mas seus olhos cinzentos estavam claros, sem o escudo de frieza que ele sempre mantinha. Pude ler neles as palavras que ele não se permitia dizer.

Coloquei a mão sobre a dele.

Ouvimos então um grito no alto do muro, e uma flecha passou zunindo bem atrás de Gull, que puxou a trôpega Niamh para se esconder na névoa, xingando. Niamh soltou um gritinho e ficou paralisada, sem conseguir se mover.

— Que Brighid nos ajude — eu disse, pegando as saias para ir empurrar aquela tola para fora da visão dos guardas. Mas Bran disse:

— Não. Fique aqui onde eles não podem vê-la. Adeus, Liadan.

Ele se virou e correu na direção das flechas, transformando-se em alvo para desviar a atenção deles. E eu fiquei quieta. Ele havia aceitado o serviço e ele é quem estabelecia as regras. Ouvi gritos no alto do muro e a voz de Eamonn. As flechas eram em número cada vez maior, mas Bran corria rápido, desviando-se, gingando com agilidade e, antes de desaparecer na névoa, virou-se e fez rapidamente um gesto vulgar, desafiando os homens que tentavam acertá-lo. Podia ter ido bem mais rápido, mas queria dar uma vantagem de distância a Gull e à aterrorizada Niamh, que havia deixado cair o capuz, deixando à vista os brilhantes cabelos.

Os três se foram.

Tudo aconteceu muito rápido, então. Ouvi as vozes dos homens, no alto. E outros logo vieram, com espadas, adagas, lanças e machados, correndo pelos lados da fortaleza, parando na beira do pântano. E eu fiquei ali parada. Eamonn estava com eles e foi o primeiro a me ver. Eu não precisava fingir surpresa. Meu rosto obviamente mostrava choque e medo.

— Liadan! Graças à deusa você está bem!

Dava para ver a fúria em seus olhos, além de certo alívio e preocupação. — Pensei... o que aconteceu, Liadan? Diga rápido. Precisamos ir atrás deles.

— Eu... eu...

— Está tudo bem. Você está a salvo agora. Respire e tente me contar.

Ele me segurou firme pelos ombros e eu sentia em suas mãos a ânsia de persegui-los e matá-los.

— Niamh... Niamh foi — engoli em seco. — Ela foi...

— Foi para onde?

— Eu... eu não sei — nem tive que mentir naquele instante. Aliás, não era boa em mentir. E Eamonn me conhecia bem. Esperava que sua fúria não o deixasse perceber que minha história seria mal contada. Teria de inventar algo diferente, já que eles tinham visto não apenas Niamh, mas Gull e Bran. — Para o norte, pelo pântano. Mas eu não sei para onde ou por quê.

Eamonn se irritou.

— Diga-me tudo que sabe, Liadan. E rápido. Cada instante conta. Como você e Niamh desceram até aqui sem meus guardas perceberem?

— Há uma passagem escondida. Você não sabia? Uma escada em espiral, uma porta no quarto.

Ele mal conseguiu disfarçar o palavrão.

— Mas... mas aquela passagem sempre esteve trancada. Não há chave. Como vocês entraram ali?

Mostrei o bolso onde a chave estava. Agora seria necessário mentir.

— Eu não sei. Acordei e Niamh havia sumido. Deixou a passagem aberta e eu entrei. Quando cheguei aqui, ela estava... estava...

— Está tudo bem, Liadan — ele disse, agora em tom suave. — Não precisa me contar essa parte. Quantos homens você viu? Só dois?

Respondi que sim com um gesto.

— E sabe o que eles são, não?

Mais um gesto.

— Por quê? Não consigo entender o motivo — dizia Eamonn, andando de um lado para outro. — Por que ele a levaria? Para nos desafiar? O que acha que ganhará com isso? Não faz sentido.

Perguntei, receosa:

— Você... você acha que pode alcançá-los e trazê-la de volta?

A névoa estava começando a se dissipar à medida que o sol nascia. Já era possível ver uma parte do pântano, com seus pontos de vegetação esparsa. Não era possível pular de um ponto seco ao outro. Quem tentasse, cedo ou tarde pisaria em falso e afundaria. Era preciso conhecer muito bem o caminho. Mas aqueles homens eram muito bons. Se disseram que conseguiriam levar Niamh, é porque podiam.

— Eamonn! Pelo amor de Deus, o que aconteceu? Eles disseram que Niamh...

Fionn veio andando em nossa direção como um louco, as botas batendo firmes no chão, o rosto sério e pálido.

— Não sei como me desculpar — disse Eamonn, com formalidade.

Percebi que aquilo diminuiria a confiança que seus aliados lhe depositavam. Uma falha como aquela em seu sistema de vigilância, sob seu nariz, era algo muito grave. Não era à toa que o Homem Pintado tinha reputação de insolente e desaforado.

— Parece que foi raptada, e não há dúvida de quem fez isso. Meus guardas viram muito bem. Um homem de pele negra e outro tatuado no rosto e no braço. Os mesmos fianna que assassinaram meus homens na minha frente. Por sorte, meus arqueiros atiraram antes que eles levassem Liadan também.

— Em que direção foram? — Fionn perguntou, o semblante mostrando claramente que ele era um Uí Néill e um líder. — Arrancarei os membros desse homem quando encontrá-lo! Para que lado foram?

— Você não pode ir — respondeu Eamonn, de pronto. — Só eu e alguns de meus homens podemos atravessar o pântano. Farei o meu melhor para trazer sua esposa de volta e juro que não descansarei enquanto não puser as mãos nesses criminosos para fazer justiça. Agora devo partir. E rápido.

— Justiça? — o tom de Fionn era selvagem. — Justiça é pouco para eles. Deixe-me a sós com esses malditos um instante e eu faço com a machadinha os desenhos mais bonitos em suas partes íntimas. Não venha falar em justiça para mim ou para a irmã de Niamh.

— Vá para dentro, Liadan — disse Eamonn, virando-se e seguindo para o pântano.

Dois de seus homens já o aguardavam. No lugar da túnica estavam usando roupas de um tom parecido com o da lama, botas de sola flexível e capuz. Carregavam adagas e facas no cinto e esperaram enquanto ele rapidamente tirava o sobretudo, vestia uma camisa como a deles e trocava as botas. Pegaram, então, grandes sacolas, mais altas que eles e puseram nas costas.

— Muito bem — disse Eamonn. — Eu vou na frente. Fiquem perto e estejam preparados para disparar. Eles não podem estar muito à nossa frente e podemos alcançá-los antes que cheguem à terra seca. A moça os fará andar mais devagar. Oran, você será encarregado da segurança dela. Traga-a de volta e deixe o resto conosco. Venha com cuidado. Ela está assustada. Conn, você pega o homem negro. O outro é meu.

Não é por acaso que dizem que as mulheres têm uma paciência muito maior que a dos homens. Passamos boa parte de nosso tempo esperando. Esperamos as crianças nascerem, esperamos os homens voltarem do trabalho, do mar e das batalhas. E esperamos notícias. Essa é a pior parte, pois o medo atravessa o coração e nos faz sofrer muito. A mente fica imaginando coisas terríveis enquanto se espera.

Aisling era realmente uma ótima pessoa. Senti isso como nunca naquele dia. Não me deixou ficar abalada. Providenciou bebida, frutas e um lugar confortável para mim perto da lareira, ficou me fazendo companhia e me disse palavras gentis.

— Sente-se, Liadan — disse ela, os olhos azuis mostrando preocupação. — Sente-se aqui comigo. Tenho certeza de que Niamh logo estará de volta e em segurança. Eamonn conhece esse pântano como a palma de sua mão. E é muito competente. Se há alguém capaz de encontrá-la neste momento, com certeza é meu irmão.

Mal sabia ela que suas palavras me arrepiavam.

— Não consigo me acalmar — eu disse. — É tão fácil errar um passo no meio da névoa, tentando andar depressa, Aisling. Quanto tempo pode levar até termos notícias?

Minhas mãos tremiam e eu as segurava com força.

— Pode levar algum tempo — ela respondeu. — Fionn enviou seus homens pela estrada para cercá-los pelo outro lado. Eamonn precisa ir com cuidado. Qualquer erro pode ser fatal nesses caminhos. Mas não se preocupe. De um jeito ou de outro aqueles homens serão capturados.

Enquanto conversávamos, Fionn andava de um lado para outro, sério e em silêncio. Preferiu ficar em Sídhe Dubh esperando notícias em vez de ir com seus homens. Parecia um animal enjaulado, os olhos cheios de ódio, os punhos cerrados. Fiquei imaginando se ele temia pela esposa; se sofria como eu estava sofrendo por Bran, sabendo que os homens de verde estavam logo atrás dele, loucos para matá-lo. Ou se estava simplesmente revoltado porque haviam lhe tirado o brinquedo que ele maltratava a seu bel-prazer.

O tempo foi passando e ninguém trazia notícias. Não consegui mais ficar sentada e pedi licença para voltar ao quarto. Quando passei por Fionn, ele colocou a mão em meu ombro.

— Fique tranquila — ele disse. — Acabará tudo bem.

Olhei para ele, fiz um pequeno gesto com a cabeça e subi para o quarto. Sua expressão era a de um marido aflito esperando ansiosamente para saber se sua esposa ainda estava viva. Não fosse pelos ferimentos, que agora já saravam, ninguém desconfiaria do que Niamh sofria. E eu, a única testemunha depois do que tinha visto em seus pensamentos, estava proibida de contar. Pedi que a deusa Danah nos ajudasse. E se eles não conseguissem escapar? E se o Homem Pintado não fosse assim tão eficiente quanto eu pensava e Eamonn o pegasse? Eu nem queria imaginar. Se isso acontecesse, eu não teria escolha a não ser quebrar a promessa que havia feito à minha irmã e contar a verdade.

— *Confiança. Este é o preço.*

Fiquei relembrando e ouvindo a voz de Bran em minha cabeça enquanto entrava no quarto e fechava a porta. A única coisa que eu podia fazer agora era esperar. E confiar nele. E eu confiava. Mas então por que meu coração estava tão apertado, minha pele, suada e fria, e eu me sentia vazia e sem energia, como se tivesse perdido uma parte de mim mesma?

Deitei-me e fiquei olhando para o nada. Quando me aquietei um pouco mais, senti a criança se mexendo. *Você será pai antes de Beltaine*. Eu não tinha contado. Como contaria? Isso só seria mais uma preocupação para ele. Um homem não pode ser pai se não tem passado nem futuro. E não pode aceitar um filho que tem o sangue da família que ele mais despreza. Seria melhor ele não saber mesmo. E ninguém mais.

Filho do corvo. Filho da profecia. Não queria associar isso ao meu bebê. Mas não se pode manter segredos para sempre, muito menos escondê-los de um irmão gêmeo. Sean já tinha suspeitas e logo descobriria. E agora as coisas estavam ainda mais complicadas. Qualquer que fosse o resultado da caçada no pântano, isso só faria aumentar a reputação do Homem Pintado, se é que ele iria sobreviver. E atingiria de tal forma os homens de minha família e da aliança que eles jamais concordariam em contratar o mercenário. A menos que eu contasse a verdade. Mas tinha prometido a Niamh manter segredo.

Pobre Niamh. Do jeito que estava, em pânico, podia pisar em um lugar errado ou ficar paralisada de medo e não querer seguir adiante. Forcei-me a respirar mais devagar. E abri a mente, com cuidado.

— *Sean?*

Sem resposta. Talvez eu não tivesse aberto o suficiente.

— *Sean? Responda. Eu preciso de você, Sean!*

Nada. Esperei, com a mente aberta. Demorou tanto que eu comecei a pensar coisas terríveis, sabendo onde ele tinha estado e com quem. Confie, pensei. O preço é a confiança.

— *Liadan? O que foi?*

Respirei aliviada.

— *Sean! Onde você está?*

— *Em casa. Onde mais estaria? O que aconteceu?*

— *Não posso dizer ainda. Mas é algo muito ruim e não conseguirei resolver sozinha. Você precisa vir para Sídhe Dubh. Venha agora, Sean. E traga uma escolta. Eu... nós voltaremos com você.*

— *É melhor me contar, Liadan. Aconteceu alguma coisa com Niamh?*

— *Por que você pergunta?*

Ele respondeu com certa cautela.

— *Não sou tão cego quanto você pensa. Irá me contar o que aconteceu ou não? Devo levar papai ou Liam?*

Sentei-me na cama, tremendo. Não conseguia esconder dele o medo. Meus pensamentos estavam carregados de medo.

— *Não. Venha sozinho. Traga apenas alguns homens. Não quero que os homens de Eamonn nos levem para casa. Venha rápido, Sean.*

— *Já estou indo.*

Por sorte, ele não fez mais perguntas. E quando chegasse o assunto já estaria resolvido, de um jeito ou de outro.

Já estava quase escurecendo quando Eamonn chegou. Estávamos na sala principal, onde havia uma lareira gigantesca. A luz do fogo iluminava os pilares e realçava seus estranhos entalhes. Os olhos das pequenas criaturas pareciam brilhar, dando a sensação incômoda de que nos observavam. Estávamos em silêncio. Os únicos sons eram os dos criados, trazendo comida e bebida, e levando de volta os pratos e copos cheios como vieram. Aisling dava algumas instruções, discretamente. Estava pálida e cansada. Fionn estava à mesa conosco. Ficou sentado sem falar, com a cabeça entre as mãos. Quando finalmente ouvimos um barulho lá fora, os guardas se movimentando e vozes no pátio, ninguém se levantou correndo para olhar pela janela. Ficamos os três paralisados, imaginando que as notícias não seriam boas depois de tanto tempo e tentando adiar um pouco o momento de recebê-las.

Eamonn não era do tipo que perdia o controle com facilidade. Só quem o conhecia bem sabia quando ele estava zangado ou triste. Até para me pedir em casamento ele tinha sido formal. Mas naquele momento, quando ele entrou na sala e um pequeno gesto de sua mão fez com que todos os criados desaparecessem rapidamente, ficou claro que ele estava além de seus limites. Seu rosto estava pálido, e ele parecia envelhecido. Aisling foi até o irmão e tentou pegar seu braço para levá-lo até uma cadeira, mas ele recusou com um movimento violento. Isso só mostrava como ele estava descontrolado. Suas botas e roupas estavam sujas de barro.

— É melhor nos contar logo — eu disse sem muita paciência.

Eamonn foi para a frente da lareira e ficou de costas para nós.

— Você não trouxe minha esposa — disse Fionn, tentando controlar a voz, mas com os punhos cerrados.

Aisling veio se sentar ao meu lado e ficou em silêncio.

Eamonn colocou a mão sobre os olhos e era possível ver que tremia. Disse em voz baixa:

— Que a deusa me ajude. Como darei a notícia?

Levantei-me, fui até ele e peguei suas mãos. Ele não se esquivou, mas não teve opção a não ser olhar para mim.

— Eamonn — eu disse, tentando aparentar tranquilidade, mas reprovando o que vi em seus olhos. — Fionn quer notícias da esposa e eu de minha irmã. Sabemos que não são boas, mas você precisa nos contar.

— Ah, Liadan. Ah, Liadan. O que eu não daria para não ter que ser o portador dessas notícias.

— Diga, Eamonn.

Ele respirou fundo.

— São as piores notícias. Sua irmã está morta. Afogou-se no caminho.

— Mas... mas...

Aisling levantou-se de um salto e veio segurar meus ombros.

— Sente-se, Liadan. Venha, sente-se.

Tremi dos pés à cabeça. Não conseguia acreditar. Eu havia criado uma armadilha para mim mesma.

— O quê? — Fionn foi se levantando devagar. — O que você está dizendo? Como deixou isso acontecer? Dentro de suas terras!

— Fizemos tudo o que era possível. Enviamos homens pela estrada junto com os seus para bloquear a passagem deles. Seguimos o mais rápido que pudemos pelo pântano. A neblina estava muito cerrada e nos atrasou. Mas eu sabia que isso também iria fazê-los ir mais devagar. Niamh não tinha como avançar rápido. Eles precisaram orientar cada passo dela.

"E nisso eu estava certo. Nós os alcançamos, porém bem mais longe do que eu esperava. O homem deve ser protegido por seres malévolos ou algo assim. Já tínhamos cruzado mais da metade do pântano quando a névoa diminuiu um pouco e finalmente pudemos vê-lo. Lá ia ele, olhando para trás enquanto pulava de um ponto seguro para o outro. Conhecia muito bem o caminho. Seguia olhando para frente. Não olhou para o chão uma vez sequer.

Cheguei a ver, de relance, os cabelos de Niamh e seu manto cinza. Mas não vi o homem que a guiava. Alertei meus homens, peguei uma faca do cinto e fui cada vez mais rápido até ficar a uns sete passos dele. O maldito é silencioso e ágil como um cervo. Um pouco adiante ouvi Niamh perguntar alguma coisa e uma voz de homem respondeu. Ajeitei a faca na mão para lançá-la e calculei a distância entre as costelas dele. Precisava acertá-lo primeiro."

Fui ficando cada vez mais tensa enquanto ele falava.

— A distância foi diminuindo. O Homem Pintado tinha uma faca no cinto, mas não fez menção de pegá-la. Era como se estivesse esperando que eu o atingisse. Levantei a faca e estava pronto para atirá-la quando ele se virou, rápido como um raio, fez um movimento sutil com a mão e algo pequeno e brilhante passou voando ao meu lado. Ouvi o homem atrás de mim gemer e o barulho de seu corpo caindo na água. Quando olhei para frente, o Homem Pintado havia desaparecido. A fúria tomou conta de mim, perdi o equilíbrio e quase caí. Gritei: assassino! Maldito! Colocarei um fim a essa sua vida inútil! Você está condenado, bandido! Ele deu uma gargalhada fria e escancarada e então Niamh gritou. Ouviu minha voz e provavelmente tentou se libertar, sabendo que eu estava próximo.

Meu coração estava disparado. Eu quase conseguia ver a cena: Niamh ouvindo a voz dele e ficando desesperada com a possibilidade de não conseguir se libertar do marido; entrando em pânico em um caminho perigoso como aquele.

— Continue, Eamonn — minha voz estava trêmula.

— Não sei o quanto devo lhe contar.

— Tudo. Para o seu bem e para o nosso.

— Conte logo, homem! — Fionn estava mais impaciente do que eu.

— Está bem. Niamh gritou "não" e pareceu que alguém estava lutando. A névoa ainda não tinha se dissipado muito e não deu para ver claramente. Avancei ainda mais rápido, mesmo correndo o risco de cair. Conn, que vinha por último, também acelerou e me alcançou. Porém, não fomos rápidos o suficiente para salvar sua irmã. O homem que ia à frente gritou e eu ouvi novamente a voz de Niamh pedindo socorro. Por um instante, via a mão negra do homem pegando alguma coisa, depois algo vermelho, os cabelos de Niamh enquanto ela escorregava, saindo da trilha segura e o som de... não, não vou contar isso. Não deu para ver tudo, Liadan. Quando alcançamos o lugar em que eles estavam quando aquilo aconteceu não, havia sinal dela, apenas a marca do escorregão e... a marca na lama, onde ela tinha afundado. E isto.

Ele segurava um pequeno cordão trançado, cinza, rosa e azul com pontas de couro e uma pequena pedra branca, com um furo no meio, pendurada nele. Era o cordão que eu havia feito para ela. Quando vi aquilo, senti o sangue desaparecer de meu rosto. Era algo que ela jamais deixaria para trás. Jamais, mesmo que recebesse ordens para isso. Aquele cordão era tudo que havia restado para ela do amor de sua família e de Ciarán.

— On... onde estava isto, Eamonn? — perguntei aos trancos.

— Boiando na água. Enroscado em um galho de planta. Sinto muito, Liadan. Muito mais do que você possa imaginar.

Fionn limpou a garganta.

— E depois? Os fianna. Foram capturados?

Eamonn olhou novamente para o fogo.

— Logo adiante ele mostrou de verdade quem realmente é. Continuamos a persegui-los, na direção norte, e eles riam, me ridicularizando. "Surpreso?", ele gritou para mim. "Não achou que eu iria tão longe, achou? Pense bem, Eamonn Dubh. Minhas ações não são governadas por suas noções do que é correto ou honorável. Jogo somente para vencer e uso todas as táticas necessárias. Se quer me pegar, aprenda que não sou como os outros por aí. Peguei a mulher só para mostrar a fraqueza de suas defesas. Agora você terá que melhorá-las. Viu? Acabei lhe fazendo um favor". Eu aumentei a velocidade para alcançá-lo. Fomos nos aproximando da terra seca onde os homens de Fionn estavam esperando. Mas a névoa ali estava mais cerrada e eu acabei perdendo os dois de vista. Ouvi então um som à esquerda da trilha, como se fosse um sapo coaxando, e um barulho à direita, que parecia ser outro, respondendo. Segui em frente, apressando o passo o quanto pude. Quando cheguei à terra seca, a névoa diminuiu. Os homens de Fionn estavam aguardando, em silêncio. Mas não havia o menor sinal do Homem Pintado ou do outro que estava com ele. De alguma maneira, conseguiram sair do pântano sem passar pelo lugar onde estava a emboscada. Mas como fizeram isso, eu não sei, pois não há outro caminho.

— Com licença — disse Fionn, virando-se de repente e saindo da sala. Poderia ter sentido pena dele naquele instante, não fosse a forma como tratava minha irmã. Se a tinha perdido, merecia.

— Perdoe-me, Liadan — disse Eamonn novamente. — Palavras não são suficientes. Mas fique tranquila, pois agora é questão de honra. Encontrarei esses homens e farei que sofram as mais duras penas. Será um pequeno consolo para você diante de uma perda tão grande.

Aisling estava chorando.

— Ah, pobre Niamh. Que morte horrível! Nem consigo imaginar. Temos que mandar a notícia a Sevenwaters. Chamarei um mensageiro...

— Não precisa — respondi, a voz ainda trêmula. Respirei fundo e me forcei a ficar calma. — Sean já está a caminho. Pedi a ele para vir.

Os dois olharam um para o outro e para mim, mas não fizeram comentários. Sabiam que Sean e eu não precisávamos de palavras para nos comunicar, mas era algo que ainda lhes causava estranheza.

— Ele chegará amanhã — completei. — Eamonn, devo perguntar: você tem mesmo certeza de que Niamh... de que ela... tem certeza? Você disse que não viu direito. Ela não pode ter ido para o outro lado? Alguma chance de você ter se enganado?

Eamonn balançou a cabeça.

— Temo que não. Não há outra trilha no pântano, apenas aquela. Niamh não tinha como escapar deles e sobreviver, Liadan. Sei que será horrível dar a notícia à sua mãe.

Fiz um gesto, concordando. Horrível mesmo. O pior era não saber se aquilo era verdade ou não. Levaria muito tempo para eu saber.

E o mais absurdo: ter de esconder a verdade que eu sabia e contar a todos uma história cruel que podia não ser verdadeira. Porque, caso Eamonn estivesse errado, caso o Homem Pintado tivesse feito mais uma vez o impossível, levando minha irmã para um local seguro, eu tinha que manter minha parte no acordo. *Confiança,* eu repetia para mim mesma sem parar. *Confiança mesmo sem lógica. É o preço. Eu devia estar louca.*

No dia seguinte, Sean chegou e eu lhe contei o que tinha acontecido. Ele ouviu em silêncio, provavelmente já esperando o pior. Eu disse que queria retornar imediatamente a Sevenwaters e estava pronta para partir assim que o dia amanheceu. Sean recusou a escolta de Eamonn dizendo que os cinco homens que tinha trazido seriam suficientes.

— Estou preocupado com a segurança de Liadan — ele disse. — Esse homem não tem limites. Ficarei mais tranquilo se meus homens forem com vocês, pelo menos até a divisa de minhas terras.

Sean olhou para mim, as sobrancelhas erguidas.

— Agradecemos, Eamonn — eu disse. — Mas não precisa se preocupar. O Homem Pintado com certeza não atacará tão cedo. Sabe que vocês estão em alerta. Chegaremos em casa com tranquilidade.

Eamonn movia as mãos sem parar como se estivesse pronto para sacar uma arma.

— Sua tranquilidade me surpreende, Liadan, diante de tudo que aconteceu. Eu mesmo irei acompanhá-la, pelo menos até a divisa.

Não pude recusar. Despedimo-nos de Aisling e saímos de Sídhe Dubh sob um céu cinzento. Quando chegamos à divisa, Eamonn me chamou de lado enquanto Sean conversava com seus homens.

— Queria que você ficasse mais um pouco — ele disse. — Ou me deixasse ir para Sevenwaters com você. Sinto-me culpado pelo que aconteceu. Creio que deveria ir até lá para dar a notícia pessoalmente, talvez ajudar a explicar...

— Eamonn, você não tem culpa. Não se torture com isso. Deixe-me voltar para casa e esqueça o que aconteceu. Sua vida tem que continuar.

Seus olhos brilhavam, febris, e algo neles me incomodou.

— Você está sendo muito forte neste momento — ele disse. — Mas sempre foi forte. Isso eu sempre admirei em você. Poucas mulheres falariam assim ou demonstrariam tanta coragem após perder uma irmã.

Achei mais seguro não responder.

— Então é aqui que nos despedimos — ele continuou. — Por favor, diga a seus pais que eu queria... queria muito...

— Eu direi — respondi com firmeza. — Até logo, Eamonn.

Pensei que ficaria aliviada saindo de Sídhe Dubh e de seus pântanos enevoados. Mas quando olhei para trás e vi a figura solitária de Eamonn voltando para casa naquele território inóspito, a sensação que me veio foi a de que eu o havia abandonado e condenado a viver naquele lugar sombrio. Parecia absurdo e tentei esquecer, mas a imagem continuou em minha mente enquanto cavalgávamos pela estrada. Estávamos em um trecho com mais vegetação e rochas, mais próximo da floresta.

Sean parou o cavalo de repente e fez um sinal para os outros pararem também.

— O que foi? — perguntei.

— Shhh!

Sean levantou a mão e ficamos todos em silêncio. Eu ouvia apenas o som dos pássaros e de algumas gotas de chuva. Depois de algum tempo, Sean soltou as rédeas do cavalo, mas devagar, esperando eu alcançá-lo.

— O que é? — perguntei novamente, mas já suspeitando do que se tratava.

— Tenho certeza que ouvi alguma coisa — ele disse, me olhando de lado. — E mais de uma vez. É como se alguém estivesse nos seguindo. Mas quando paramos não ouvi mais. Seus ouvidos são bons. Você não ouviu?

— Só os pássaros cantando. Não há como alguém nos seguir aqui. Nós o veríamos.

— Será? Eu devia ter aceitado a escolta de Eamonn. Estamos em número pequeno. Uma emboscada seria um problema.

— E por que alguém nos faria uma emboscada? — perguntei, evitando olhar para ele.

— Por que eles pegaram Niamh? — perguntou Sean. — Não faz sentido. Por que ele faria isso logo depois de...

Ele fez uma pausa.

— Logo depois de quê? Não me diga que ele aceitou trabalhar para você.

— Não exatamente — ele respondeu, escolhendo as palavras. — Disse que pensaria. Que avalia com calma todas as propostas que recebe. E que me responderia quando tivesse um preço.

Fiquei boquiaberta. Qual era o jogo de Bran? Meu irmão, o filho de Hugh de Harrowfield seria a última pessoa com quem ele iria querer fazer negócio. Seria uma parceria perigosa para ambos. O fato de ele ter dito que pensaria me alarmou.

— Seria um golpe decisivo para mudar nossa situação com os bretões. Ele podia ter estabelecido qualquer valor. Eu pagaria. Por que razão estragaria tudo desse jeito? É tão louco a ponto de fazer isso com minha irmã por mero... mero capricho?

— Ele nunca age por mero capricho — falei sem pensar.

Sean esperou para responder.

— Liadan.

— Hum?

— Não acha que podemos sofrer uma emboscada agora, no caminho?

— Acho pouco provável — respondi com cuidado.

— Liadan, nossa irmã está morta. E eles foram vistos levando-a pelo pântano. Há várias testemunhas. Você está protegendo o assassino de Niamh?

— É claro que não, Sean.

— Diga-me, Liadan. Diga-me a verdade. Está lidando com algo mais perigoso do que imagina.

Mantive a mente fechada. Não contaria a ele.

Quando entramos em uma trilha da floresta, coberta pelas folhas de outono, senti uma presença cavalgando ao meu lado, mas desta vez não ouvi o barulho de cascos. Ouvi, então, a voz solene da Dama e vi, sem virar a cabeça, seus olhos sérios e profundos.

– *Você agiu por impulso. Deixou que eles a guiassem novamente. Não pode mais cometer erros, Liadan.*

– *Não me parecia um erro salvar minha irmã de uma vida de maus--tratos* – eu estava zangada com eles. Será que nada importava aos Seres da Floresta, a não ser seus planos mirabolantes que ninguém conseguia entender? Meu irmão e seus homens continuavam cavalgando, sem perceber a presença ao meu lado. Olhei para Sean e depois para a Dama.

– *Seu irmão não está ouvindo; só você. Não quero que ele ouça. Você tem sido muito tola. Se soubesse o que suas atitudes causaram, veria o quanto está errada. Está colocando seu filho em risco* – ela me olhava com frieza. – *Está colocando o futuro em risco.*

– *Que risco? Não corri risco algum. E estou voltando para Sevenwaters. Esta criança nascerá lá. Não é o que vocês queriam?*

– *Sua irmã pode estar morta* – ela falou como se aquilo não fosse grande coisa. – *Afogada. E você arriscou muita coisa por nada.*

– *Ela não está morta. Eu sei. O homem que a levou é de confiança.*

– *Ele? Não significa coisa alguma. É apenas uma ferramenta. O papel daquele homem nessa história já acabou, Liadan. Há apenas duas coisas com as quais você deve se preocupar agora. A primeira é que não se pode colocar em risco a aliança. Sem ela seu tio não terá forças para vencer. Sem os Uí Néill ele não conseguirá reconquistar as Ilhas. Sua insensatez quase pôs tudo a perder. E a segunda é que esta criança precisa ser protegida a qualquer custo. Ela é nossa esperança. Portanto, sem erros daqui por diante. Nem pense em agir por conta própria e não me desobedeça mais. Se ela descobrir a existência de seu filho, fará de tudo para destruí-lo. O menino deve ficar na floresta, onde podemos protegê-lo.*

– *Ela? Quem é ela?*

A Dama simplesmente balançou a cabeça como se não pudesse dizer e desapareceu lentamente. Logo depois chegamos a Sevenwaters. E com terríveis notícias para dar.

Foi um segredo difícil de guardar em família, que exigiu um grande esforço de todos. Tive de usar todas as minhas forças para encarar os olhos tristes de minha mãe e os longos silêncios de meu pai. O inverno chegou e passávamos mais tempo dentro de casa. Mais tempo do que gostaríamos. Era impossível evitar a dor e a sensação de que nossa família estava desmoronando. Ninguém sabia como evitar ou consertar todo aquele estrago. Sean e Liam discutiam a portas fechadas. Liam falava em vingança. E Sean pedia cautela. Dizia que devíamos nos organizar em segredo e aguardar até que todos os membros da aliança pudessem atacar juntos as defesas de Northwoods. Talvez até o verão ou o outono já estivéssemos prontos. Para que desperdiçar homens e armas perseguindo o Homem Pintado? Além do mais, segundo informantes, ele já estava fora de alcance. Podia estar em Gaul ou até mais longe. Niamh já estava morta. Derramamento de sangue não iria trazê-la de volta. Era um discurso estranho, vindo de alguém como meu irmão. Mas, com o tempo, ele acabou conseguindo convencer Liam.

Quase não tínhamos notícias de Eamonn, mas eu sabia que ele não havia desistido da vingança. O que vi em seus olhos gelou meu sangue. Morte e violência.

Queria voltar à lagoa secreta, onde Conor havia me levado. Eu poderia encontrar ali algumas respostas de que tanto precisava. Queria falar com Finbar, que parecia saber tanto e ao mesmo tempo não me julgava, como se fosse guiado pelos instintos, e não pelas noções de certo e errado. Meus segredos estavam me corroendo por dentro. Precisava proteger minha irmã e jamais trairia Bran. Mas como não podia revelar o que pensava ser a verdade, tinha de assistir minha família carregar aquele grande fardo e acompanhar seu sofrimento. Nada me aliviava da culpa e do arrependimento que eu sentia.

A Visão é tanto um dom como uma maldição. Vai e vem, agindo independentemente de nossa vontade. Principalmente quando mais precisamos dela. Eu tentava muito ver Niamh, com quem ela estava, em que lugar e como estava se sentindo. Tentava tocar Bran com minha mente, mas ele estava muito longe e eu só sentia sua presença nas noites sem lua.

E quanto a Sean, nem parecíamos mais irmãos gêmeos. Eu imaginava que ele sabia. Nunca falou, mas seu comportamento era claro para mim. Por que motivo faria nosso tio desistir da vingança? Por que não comentava com todos sobre suas suspeitas de minha ligação com o Homem Pintado? Ele provavelmente sabia, mas percebeu que eu guardaria meu segredo até mesmo dele. Ainda assim, devia ser muito difícil para ele assistir ao sofrimento de nossos pais e não me julgar.

Mas tínhamos um motivo para nos alegrar e para aguardar ansiosamente. Todos comentavam o quanto minha barriga estava crescendo. Sean fazia piadas sobre minha circunferência, mas estava sempre ao meu lado quando eu precisava de ajuda para subir as escadas e tentava me dissuadir de ir ao vilarejo toda vez que alguém me chamava. Minha mãe, apesar de estar bastante debilitada, não se descuidava de mim, administrando chás fortes e insistindo para que eu descansasse todas as tardes enquanto o tempo melhorava e agora já se viam os primeiros sinais da primavera, com as delicadas folhas verdes nascendo nos galhos das faias e plantas. E meu pai era o pior: obrigava-me a comer tudo que colocava em meu prato, perguntava todos os dias se eu havia dormido direito e fazia questão de me acompanhar cada vez que eu saía pela porta. Dizia que eu não podia me cansar demais. Mamãe ria dele, com seu jeitinho delicado, lembrando que ele tinha feito a mesma coisa com ela nas duas vezes em que esteve grávida. E depois ficava em silêncio, provavelmente porque lhe vinha à mente a imagem da menininha de cabelos louro-avermelhados que dançava pela floresta em seu vestido branco.

Apesar da grande extensão das terras de Sevenwaters, a comunidade era pequena e unida. E por isso era difícil evitar fofocas. Aquilo me preocupou. Na primeira vez em que fui ao vilarejo visitar um doente, já no final da gravidez, várias pessoas esticavam a mão para tocar minha barriga e sorriam. "Para dar sorte, *milady*", diziam. No início eu não entendi o motivo. Mas depois ouvi a estranha história que estavam contando a meu respeito; um conto bem mais absurdo do que a verdade.

O conto explicava o motivo de eu haver desaparecido de maneira tão estranha e retornado com uma criança na barriga. E também de meu pai e meu tio não terem me expulsado de casa, terem me deixado ficar e ainda ajudarem a criar meu filho. Os Seres da Floresta haviam me escolhido para ter aquela criança para que a profecia finalmente se cumprisse, as Ilhas fossem recuperadas e a floresta e o lago fossem salvos. Afinal, eu não era exatamente como descrevia a história antiga que se contava, a filha que eles chamavam de coração de Sevenwaters? Quem melhor do que meu filho para fazer cumprir a profecia dos antigos sábios? Eu não revelava quem era o pai justamente por aquela criança ser filha de alguém do Outro Mundo com uma mortal. Quem poderia dizer que poderes esse ser teria? Era essa a história que estavam contando. Eu podia ter dito a eles algumas verdades que logo acabariam com aquela fantasia, mas preferi não dizer. Quem acreditaria que a boa menina de Sevenwaters, que cuidava com tanto carinho dos doentes; a confiável e domesticada Liadan tinha escolhido se deitar com um fora-da-lei e voltou para casa com o filho dele no ventre? Quem acreditaria que ela inventara tantas mentiras para proteger o homem que poderia ser o responsável pela morte de sua irmã? É assustador pensar que uma única mentira pode desencadear uma série de mentiras ainda maiores. E quando essa teia de mentiras se estabelece, é quase impossível desfazê-la.

As estações foram se passando e eu não tive mais notícias de Niamh. Mamãe começou a ensinar a Janis técnicas de parto. Era incrível como aquela mulher magrela parecia não envelhecer. Eu não conseguia imaginá-la gorda como minha mãe e Liadan diziam que ela era, quando jovem. Os invernos difíceis na época em que a feiticeira dominou nossas terras tiveram seu preço. Mas Janis tinha mãos habilidosas e eu sabia que podia confiar nela. O bebê parecia determinado a ficar com a cabeça para cima. Mas mamãe dizia que ainda havia espaço para ele se virar antes do final da gravidez. Por causa da minha pequena estrutura, um parto invertido não era exatamente aconselhável.

Eu me cansava facilmente agora e passava a maior parte dos dias mais quentes sentada na pedra coberta de musgo do jardim de ervas, absorvendo a luz do sol de primavera e falando silenciosamente com meu filho.

— *Você gostará deste jardim* — eu dizia. — *Tem cheiro gostoso e muitas coisas interessantes para você descobrir. Só precisa tomar cuidado com as abelhas. Elas são amarelas, com faixas pretas e asas. Quando está mais quente surgem os gafanhotos. E também besouros de vários formatos e cores. Alguns brilham como pedras preciosas. E há ainda as lagartas, que comem as plantas se você não tomar cuidado. É por isso que plantamos alho perto dos pés de couve. Quando o Meán Fómhair chegar, você poderá se sentar aqui na grama e assistir.*

Às vezes, eu também lhe falava de seu pai. Mas só de vez em quanto, pois não me permitia ter falsas esperanças.

— *Ele é muito forte, tanto no físico quanto na maneira de ser. Só que acabou se perdendo. Eu o chamo de Bran, por causa de Bran, o Viajante. O nome é mais adequado do que eu imaginava. Pois Bran Mac Feabhail, o herói da história, jamais voltava para casa de sua longa e estranha viagem. Quando velejou para a costa de Tirconnell e um de seus homens pulou do barco para a terra, todos vieram ver, pensando que ele havia morrido há muito tempo. Talvez aquela viagem mágica tenha durado mesmo centenas de anos, embora, para Bran e seus marinheiros, tenha sido somente de um verão para o outro. Ele não teve os braços carinhosos de uma esposa para recebê-lo ou mesmo a alegria de ver um filho crescer.*

Nesse instante, meu filho chutou com força. Tinha pouco espaço para se movimentar agora. Talvez estivesse tentando me dizer alguma coisa, à sua maneira.

– *Está bem* – eu disse, mudando de posição no banco de pedra. – *Se houver um fim para esta viagem, nós o encontraremos. Ele não nos agradecerá. E você terá que ajudar. Não posso fazer tudo sozinha.*

O dia estava se aproximando. Eu sentia isso observando as flores de primavera que começavam a surgir, os pálidos narcisos, os galantos e o calor no ar, que surgia apesar da garoa insistente.

As cerejeiras começavam a se cobrir de flores. Era uma época boa para um nascimento. Minha atenção agora estava voltada somente para meu corpo. Eu acompanhava cada pequena mudança dentro de mim e mal percebia o que acontecia ao meu redor. Sabia que Sean tinha viajado, mas não me disse para onde.

As mulheres viraram minha criança. Como a gravidez já estava adiantada, foi um processo bem desconfortável, mas necessário para um parto seguro. Quando terminaram, eu pedi que me deixassem sozinha, pois me pareceu ser o momento de oferecer meu filho às mãos da deusa.

Alguns dias depois, eu estava sentada, em meu quarto, fazendo vigília em uma noite escura e olhando para a chama de minha vela. Já tinha queimado e feito várias velas, sempre enfeitadas com pequenas coroas de ervas fortes, circundadas pelo colar de garras de lobo e a pena negra presa na tira de couro. Aquilo podia ajudá-lo. Ou não. Mas nessa noite, em especial, estava tão cansada que meus olhos iam se fechando sozinhos e eu precisava fazer um grande esforço para me manter acordada, pois não podia deixá-lo sozinho no escuro. No final, porém, o cansaço foi maior e eu acabei dormindo sentada na cadeira.

Acordei com uma dor aguda e, ao me levantar, senti líquido correndo por entre as pernas. Daquele momento em diante foi só dor, confusão e o maior trabalho que já tive na vida. Por sorte, Janis me ajudou, pois minha mãe estava tão fraca que só pôde ficar sentada ao meu lado enquanto eu segurava com força sua mão, e enxugando meu rosto com um pano úmido. Mas apesar de toda a debilidade do corpo, sua mente estava lúcida como nunca. Orientou Janis e as outras mulheres com segurança e precisão. Ou talvez aparentando segurança, pois a criança parecia ter se virado novamente nos últimos dias, determinada a nascer de cabeça para cima. Ainda assim, ela me disse que não havia com que me preocupar. Eu era jovem, saudável e o bebê não era tão grande. Daria tudo certo.

"Eu tenho que conseguir", repetia para mim mesma. "Se não expulsá-lo, morreremos os dois. Tenho que conseguir. E tomara que o cordão não esteja preso ao redor de seu pescoço".

Levou muito tempo. A vela queimou até o sol começar a tingir de rosa e laranja a janela estreita do quarto que eu já havia dividido com minha irmã. Uma das mulheres foi apagá-la, mas eu gritei para que ela a deixasse acesa. Era a única coisa que lembrava a presença do pai no nascimento do filho.

A luz foi aumentando, e também o trabalho das mulheres ao meu redor. Ouvi vozes de homens do lado de fora. Em determinado momento, minha mãe saiu, provavelmente para acalmar o grande Iubdan, que já devia estar andando de um lado para o outro, impaciente e frustrado por não poder ajudar.

— Pode gritar, menina. Não tem problema — disse Janis, depois de algum tempo. — É uma tarefa cruel. Ninguém espera que você fique em silêncio. Xingue e chore o quanto quiser.

Mas, para mim o silêncio significava controle, e pensava, no intervalo entre os terríveis espasmos de dor, como Evan, o ferreiro, tinha sido corajoso por suportar uma agonia bem maior que aquela. Afinal, as mulheres não passavam por aquilo desde o início dos tempos? Eu tinha uma tarefa a cumprir e era preciso ir até o fim. Imaginei, então, uma pequena voz dizendo, ao meu ouvido: "muito bom. Assim mesmo".

Muito tempo depois, enquanto a luz no céu já começava a adquirir um tom violeta-acinzentado e até Janis demonstrava exaustão, minha mãe pediu que fizessem outro chá. Quando senti o cheiro da infusão, ergui as sobrancelhas, pois além da consólida e do hissopo, havia calamita e outra erva, que não reconheci.

— Não preciso disso — eu disse irritada. — Consigo me virar muito bem sozinha.

Mamãe sorriu. Se estava preocupada, conseguiu esconder bem. Não havia sinal de cansaço em suas feições. Estava pálida, mas nada diferente de seu estado habitual.

— O anoitecer é uma boa hora para essa criança nascer — ela disse, a voz tranquila. — A hora certa. Não se esqueça que eu sou a curadora aqui, filha.

Fiz cara feia e tomei o chá, sentindo outra onda de dor pelo corpo. Desta vez não consegui me manter em silêncio. Foi uma dor diferente, mais forte e vigorosa, seguida de uma necessidade muito grande de fazer força. Uma necessidade imperiosa.

Depois disso, tudo foi rápido. Rápido até demais. Fiz mais barulho do que queria. Mamãe me disse para parar de fazer força, mas eu não conseguia. Alguém me segurou pelos ombros e Janis disse: "bom, muito bom, menina". Fiz então um último esforço lancinante e finalmente fiquei em silêncio outra vez.

— Rápido — Janis disse. E todas se movimentaram. — Vire-o de cabeça para baixo. Assim. Limpe a boca dele. Bom. Agora...

Eu me joguei no travesseiro, completamente exaurida. Mas quando ouvi o primeiro som de meu filho, sentei-me imediatamente, o rosto cheio de lágrimas e os braços estendidos para pegá-lo. Ah, ele era perfeito. Tão pequeno, o rostinho vermelho todo enrugado, mas já com a cabecinha coberta de pequenos cachos castanhos, molhados de resíduos e sangue. Era meu filho, e de Bran. *Ah, como eu queria que ele estivesse ali para vê-lo. Para ver a criança maravilhosa que havíamos feito.*

— Você está chorando, menina — disse Janis, com as mãos no rosto. — Não precisa chorar. É um belo menino que você tem aí. Pequeno, mas forte. E berra alto, mesmo depois de tanta luta. Já é um pequeno guerreiro.

Havia muita limpeza a ser feita, como é comum depois de um parto. Elas foram arrumando tudo enquanto meu filho descansava, quentinho e acomodado em meu peito. Estava quieto agora, a boquinha se preparando para mamar e os dedinhos firmemente agarrados a um dos meus. Não queria soltar.

Mamãe estava estranhamente silenciosa. Pensei que poderia ser o cansaço da noite inteira e mais um dia acordada, mas quando olhei em sua direção ela estava pensativa, observando a criança.

As mulheres terminaram e desceram para fazer uma mais que merecida refeição. Mamãe pediu a Janis que também descesse para comer e que depois descansasse pelo tempo que fosse necessário.

— E, Janis, diga a Red para subir, por favor. Só por um instante.

Quando todos saíram e o quarto estava em silêncio, ela falou novamente:

— Liadan?

— Sim.

Eu estava quase dormindo. A pequena lareira aquecia bem o quarto e uma suave fragrância de lavanda se espalhava no ar. Elas haviam deixado algumas flores secas queimando, por suas propriedades curativas.

— Não sei bem como lhe dizer. Mas deve ser dito. Liadan, acho que sei o nome do pai desta criança.

— O quê?

— Calma, calma. Deite-se. Você irá assustá-lo. Posso estar errada. Temos que esperar até seu pai chegar. Há uma grande possibilidade. Red me contou... me contou que seu homem tem ligação com Harrowfield. Não fosse isso, eu nem pensaria no que estou pensando.

Ouvimos o som de botas nas escadas, subindo apressadamente dois ou três degraus de cada vez, depois andando rapidamente pelo corredor. A porta se abriu.

— Liadan! — disse meu pai, atravessando o quarto com dois passos. — Minha querida, você está bem?

Então ele viu a criança em meus braços, sua boca se curvou com um grande, doce e maravilhoso sorriso. Fazia muito tempo que eu não o via sorrir.

— Pode segurar, se quiser, vovô — eu disse.

Minha mãe disse, então, o que estava pensando enquanto meu pai estava em frente à lareira, segurando seu neto, e eu me apoiava no cotovelo para tomar o vinho com ervas que ela havia preparado para mim.

— Este parto — ela disse. — É muito parecido com outro que eu ajudei a fazer há muito tempo e não consigo acreditar que se trata de mera coincidência. Ele é a exata imagem do menino que eu ajudei a nascer na noite de Meán Geimhridh, em Harrowfield.

Papai olhou para ela, surpreso.

— Como? Como pode ser? — ele perguntou, olhando para aquele pequeno embrulho, que parecia ainda menor entre suas mãos grandes. — Bebês não são todos parecidos?

— Creio que estou certa — respondeu mamãe. — E você concordará. O parto e o nascimento tiveram o mesmo padrão: a criança virada, o parto longo e muito difícil. Liadan é muito mais jovem e forte do que Margery era na época. E bem mais determinada, por isso precisou de menos ajuda. Mas o processo foi exatamente o mesmo.

— Todos os partos de crianças invertidas são difíceis — eu disse, sentindo o coração disparar. — Quem era aquela criança?

Mas ela não respondeu.

— Olhe este bebê — disse para Iubdan. — Veja os cabelos encaracolados e os olhos cinza. Os contornos do rosto e o formato das sobrancelhas. Vejo nitidamente os traços de John neste menino, mesmo ainda estando avermelhado e enrugado. Não me diga que não vê isso, Red.

Meu pai se aproximou da vela, olhando bem para o rosto do bebê, que começou a chorar.

Coloquei de lado a caneca, estendi os braços e meu pai o entregou para mim. Passei a mão em suas costas e comecei a cantar baixinho uma antiga canção de ninar que certa vez ajudou seu pai a dormir, para minha surpresa.

— Red?

Meu pai concordou com um gesto.

— Sim, Jenny. Eu vejo. — ele sempre a chamou de Jenny, desde que se conheceram e ela não podia dizer seu nome verdadeiro. — E confere com o que você me disse, Liadan. Que o pai já morou em Harrowfield. O menino devia ter menos de um ano quando Jenny saiu de lá.

— Quem... quem era ele? — perguntei, com certa cautela, fazendo as contas e imaginando se Bran podia ter menos de 21 anos. O que tinha dito mesmo? *Que quando tinha 9 anos decidiu que já era um homem. Talvez fosse verdade.*

— Seu home era John, como o do pai. Mas todos o chamavam de Johnny.

— Ele não tem esse nome agora. Mas um nome pode ser facilmente trocado.

— Seu homem tem olhos acinzentados?

— Sim.

— E seus cabelos? Aquela criança tinha cabelos castanhos e cacheados, exatamente como o seu filho.

Senti minhas faces se enrubescendo e fiquei aliviada por eles não poderem ler meus pensamentos.

— São iguais — respondi hesitante.

— Ele é bretão? — meu pai perguntou. — Se for, entendo sua relutância em revelar sua identidade. Mas não se esqueça que também sou. E me adaptei bem aqui.

— Não sei ao certo. Mas é possível. Você pode me contar a história daquele bebê?

Meu pai franziu a testa.

— Sua mãe está muito cansada.

— Então conte você. Por favor, papai.

Ele se sentou na cama. Já havia anoitecido.

— Eu tinha dois grandes amigos em Harrowfield. Um era Ben, meu irmão adotivo e mais jovem. Um homem rápido com a espada e muito inteligente. E o outro era John, que também era um parente próximo. Era meu guia, meu confidente e meu companheiro constante. Um amigo a quem se podia confiar qualquer segredo e até a própria vida. John se casou com uma moça do sul, chamada Margery. Os dois se amavam muito. Perderam um filho e temíamos que fossem perder o segundo também. Mas sua mãe estava lá e, depois de uma longa noite, a criança nasceu com vida.

— Nunca houve uma criança tão amada e querida quanto Johnny — minha mãe continuou. — Margery tinha muito orgulho dele. Mostrava isso claramente. Estava sempre com ele nos braços, cantando e falando. Fazia lindas batas para ele, bordadas com pequenas flores, folhas e bichinhos. John era do tipo reservado, mas adorava e cuidava de sua família.

— E... algo aconteceu? Não consigo imaginar como uma criança tão amada pôde se tornar o homem que é o pai do meu filho. Ele não é... não é do tipo que foi criado com amor. Disso eu tenho certeza.

— John morreu — disse meu pai com tristeza nos olhos. — Foi morto; esmagado sob uma rocha que caiu enquanto protegia Jenny. Foi um ataque de Northwoods. Abalou a todos, principalmente a Margery. Mas quando eu deixei Harrowfield, ela estava conseguindo criar bem o bebê, mesmo sozinha. Estava protegida na casa de meu irmão.

— O filho de John tinha tudo para ser um grande homem — disse Sorcha, olhando séria para mim. — Um homem bom.

Lágrimas me vieram aos olhos.

Meu pai se levantou.

— Estamos cansando você — ele disse. — Precisa dormir. Aliás, vocês duas precisam. Trabalharam muito bem, minhas mulheres fortes.

Antes de os dois saírem, ele me disse:

— Se meu neto também é neto de John, fico muito feliz, filha. John ficaria muito contente com isso. Gostaria muito de conhecer o pai deste menino. Espero encontrá-lo um dia.

Respondi apenas com um gesto de cabeça. Janis entrou logo em seguida com uma bandeja e eu descobri que estava com muita fome.

— Espere só até seu leite vir — disse Janis com ironia, sentando-se perto da lareira, com sua caneca de cerveja. — Comerá como um cavalo.

Adormeci com o bebê deitado em meu peito, enquanto, na janela, a vela se mantinha acesa e firme por mais uma noite.

# Capítulo 11

Meus tios decidiram fazer uma reunião. Logo percebi que não se tratava apenas de curiosidade de conhecer o sobrinho, e sim de algo mais sério. Minha mãe estava enfraquecendo muito rapidamente agora, como se tivesse mesmo esperado o nascimento do neto para se despedir de Sevenwaters.

Eu queria tomar conta de meu bebê o tempo todo. Dispensei a ama de leite. Preferia eu mesma alimentá-lo, segurá-lo e cantar para ele. Tinha uma criada para me ajudar porque papai insistiu muito, mas ela acabava não tendo muito o que fazer. Antes mesmo de completar uma lua neste mundo, meu filho já ouvira a história completa de Bran, o Viajante. O quanto havia entendido, não sei dizer.

Mamãe passava agora a maior parte do tempo deitada na cama ou em um colchão de palha especialmente montado para ela no jardim coberto, onde podia descansar quando o tempo estava bom, sentindo o aroma das ervas terapêuticas. Gostava de ficar com o pequeno Johnny deitado ao seu lado, afagando seus cabelos cacheados, ouvindo os sons graciosos que ele fazia e contando histórias para ele, baixinho. Meu pai ficava o tempo todo por perto, sempre sério, cuidando dela o tempo todo. Liam mandou alguns homens avisarem Sean, que tinha viajado para o norte.

Conor chegou primeiro, com alguns druidas, em seu manto branco e silencioso como sempre, passos leves como os das criaturas da floresta. Chegou e se instalou como se fosse ficar durante um bom tempo. Foi direto ver minha mãe e conversou com ela a sós. Depois, veio falar comigo e ver meu filho. Eu estava lhe dando banho em uma pequena tina de cobre.

— Ouvi dizer que as mulheres quase se digladiaram para decidir quem ajudaria no nascimento desta criança. Fala-se muito dela por aí. Todas queriam estar presentes.

— É mesmo? — perguntei, tirando o bebê da água e embrulhando-o em uma manta que pendurara perto do fogo para que ficasse aquecida.

— Fofocas demais, não acha? — disse ele, os olhos mais sérios que o tom de voz.

— As histórias que contam servem para explicar o que eles não querem ou não conseguem entender — eu disse, aconchegando Johnny, agora todo embrulhadinho, em meu ombro. — Verdades difíceis demais de aceitar.

— Algumas histórias, ou contos, são para isso. Mas nem todos.

— Sim, nem todos. É como você mesmo me disse, certa vez. As maiores histórias, se bem contadas, despertam os medos e os desejos dos ouvintes. Cada um ouve uma história diferente. Cada um é tocado por algo em especial. As palavras chegam aos ouvidos, mas a mensagem vai direto ao espírito.

Meu tio concordou com um gesto de cabeça. E perguntou, casualmente:

— Por que deu a ele um nome bretão?

Eu estava cansada de mentir. Papai provavelmente contaria a ele sobre suas suspeitas. E não havia como estabelecer uma conexão com a verdade.

— É o nome do pai — eu disse, afagando os cabelos ainda úmidos do bebê e esperando que Conor saísse antes de ele querer mamar.

— Entendo — disse ele, sem parecer se alterar.

— Com todo respeito — eu disse — porém nem mesmo um astuto druida consegue saber tudo. Mas este é o nome dele.

— E quais são os seus planos para o futuro, Liadan?

— Planos?

— Sim. Você pretende envelhecer aqui, cuidando de seu pai e de Liam? E ficar no lugar dela?

Olhei para ele. Estava sério demais. A conversa tinha objetivos além do que eu imaginava.

— Não há como substituí-la — respondi. — Todos sabemos disso.

— Mas você é a que mais se aproxima — respondeu Conor. — O povo a respeita. E já reverencia esta criança. Além disso, você sempre foi uma filha predileta da casa.

— Disso eu sei. Vocês foram muito cruéis com Niamh quando a mandaram embora. Cruéis e injustos.

— Pode parecer mesmo uma decisão injusta — ele disse, ainda em tom calmo. — Mas acredite. Não havia outra escolha. Alguns segredos jamais podem ser revelados. Algumas verdades são terríveis demais. Agora ela se foi e você quer que alguém tenha culpa por seu trágico fim. Mas o casamento não foi a causa e não adianta simplesmente culpar a seu pai, a Liam ou a mim. Essa história é muito mais antiga do que você imagina.

Eu estava furiosa, mas não podia responder à altura, pois minha promessa me obrigava a manter silêncio. Estava ficando muito difícil manter o escudo ao redor de meus pensamentos. E ele estava tentando lê-los, sem sombra de dúvida. Muito sutilmente, mas estava.

— Peço licença agora — eu disse, dando-lhe as costas. — Preciso alimentar o bebê. Podemos conversar mais tarde, durante o jantar, tio.

— Ele pode esperar um pouco. Parece mais interessado em brincar com as mãos neste momento. Você é muito forte, Liadan. Consegue guardar muito bem seus pensamentos. Poucos conseguem impedir que eu penetre em suas mentes.

— Estive praticando.

— É difícil guardar tantos segredos, não? Pois tenho uma sugestão para você. Algo para você pensar.

Não respondi.

— Suas habilidades são... impressionantes. Você já tem um controle mental avançado e bom domínio de lógica e de argumentação. Mas há outros dons que você mal começou a exercitar. Espere até o menino ficar um pouco mais velho, desmamar e poder andar. Um ano, talvez. Então venha até nós, no solo sagrado, e traga-o também. Podemos usar e desenvolver suas habilidades. Será um desperdício permanecer em casa, como está. E quanto a Johnny, quem sabe o que ele pode vir a se tornar com treinamento adequado? O que dizem sobre ele pode muito bem ser verdade.

Virei-me e olhei direto para seus olhos tranquilos e profundos.

— Você decidiu a vida de Niamh. Fez a escolha por ela e errou. Errou muito mais do que pode imaginar. E agora parece estar procurando um substituto para Ciarán. Um pupilo à altura. Deve ter sido uma perda e tanto. Mas não vou deixar que decida sobre meu futuro, como fez com minha irmã. Johnny e eu faremos nossas próprias escolhas. Não precisamos de alguém para nos guiar.

Ele não pareceu se ofender, apesar de meu tom ríspido. Era como se eu tivesse dito exatamente o que ele esperava.

— Não precisa decidir isso agora — ele respondeu. — A proposta continua de pé. Mas a criança deve permanecer na floresta. Independentemente de sua decisão, esta é a única coisa de que você não pode se esquecer.

Alguns dias depois, outro tio chegou, e ao seu típico estilo. Apesar do pássaro falante em seu ombro, dos três marinheiros e da bela jovem que o acompanhava, Padriac passou pela guarda de Liam sem ser detectado. Isso o irritou muito, mas a alegria do reencontro depois de tanto tempo foi maior. A pele bronzeada de Padriac, seus olhos profundamente azuis, os cabelos castanhos queimados de sol e a covinha no queixo, que aumentava mais com seu belo sorriso, atraía os olhares das mulheres, apesar de seus 36 anos. E sua companheira fazia as más línguas se retorcerem de tanto falar. Era bem mais jovem que ele, tinha um bronzeado dourado e belos e sedosos cabelos negros, presos em longas tranças. Usava colares de contas brancas, verdes e vermelhas, uma túnica listrada e tinha os pés descalços. Padriac a apresentou como Samara, mas não especificou se ela era sua esposa, sua namorada ou apenas um membro da tripulação. Ela não falou, apenas sorriu e seus dentes brancos me lembraram os de Gull.

A lembrança me deixou entristecida. Eu ainda não tinha notícias. Minha irmã desaparecera, junto com os que a resgataram, sem deixar qualquer rastro. Havia apenas uma pessoa que eu achava que podia me ajudar, e era meu tio que não estava ali. Não sabia se ele viria, ainda que fosse para ver pela última vez sua irmã. Finbar era uma criatura que vivia entre os dois mundos. E desde a noite em que foi para o lago, jamais retornou. Nem mesmo para o funeral de seus dois irmãos, Diarmid e Cormack, ambos mortos na grande batalha pelas Ilhas. Nem quando Niamh, Sean e eu nascemos. E nem quando seu pai morreu e Liam se tornou senhor de Sevenwaters. Provavelmente, não viria agora, pois podia ver Sorcha e falar com ela sem precisar estar presente. Era muito ligado à irmã. Mas eu desejava que ele viesse, pois tinha muitas perguntas a lhe fazer. Se soubesse que Niamh e Bran estavam a salvo, poderia me despedir de minha mãe com menos peso na consciência. Pois se minhas mentiras não tinham libertado minha irmã e meu silêncio não havia protegido o homem que arriscou a vida para me ajudar, eu podia ter simplesmente contado tudo à minha família e acabado logo com aquilo.

A casa estava cheia, mas Sevenwaters estava em silêncio. Era como se até as criaturas da floresta tivessem se calado, esperando a passagem de minha mãe. Na hora do jantar, a atmosfera parecia ter um pouco mais de vida. Éramos um grupo estranho à mesa: os druidas, calmos e sérios, falando baixo e comendo pouco, e os marinheiros, demonstrando todo o seu bom apetite diante da boa comida e, principalmente, da boa cerveja. E contando piadas, uma atrás da outra, que faziam as criadas se enrubescerem e rirem escondido enquanto nos serviam. À cabeceira estavam os tios: Liam, sério como sempre, mas aparentando grande desgaste; Conor, à sua direita, quieto e pensativo e; à esquerda, o irrepreensível Padriac, com sua encantadora e silenciosa companheira. Padriac era o que mais falava. Tinha muitas aventuras para contar. E nós ouvíamos com entusiasmo, pois suas histórias sobre terras distantes e o estranho povo que as habitava nos distraíam um pouco da tristeza que se abatia sobre nossa casa. Sean ainda não tinha retornado.

Papai não comia mais conosco. Acredito que não queria perder um instante sequer do tempo que tinha com minha mãe. E quanto a Sorcha, estava ciente de que aquela seria sua última primavera nesta vida. Mas não estava em paz. Uma preocupação a perturbava.

Uma tarde, eu estava sentada ao lado de sua cama, lutando comigo mesma em silêncio, segurando sua delicada mão enquanto meu pai a observava, sentado em um canto.

— Red — ela disse, a voz fraca.

Estava poupando suas forças; usando seus conhecimentos de curadora para estender um pouco mais seu curto tempo.

— Estou aqui, Jenny.

— Está chegando a hora — sussurrou. — Estão todos aqui?

Meu pai não conseguiu responder.

— Sean ainda não chegou, mãe — minha voz oscilava. — Todos os seus irmãos estão aqui. Bem, todos exceto...

— Finbar? Ele virá. Sean precisa estar aqui até amanhã, antes do anoitecer. Diga a ele, Liadan.

A certeza em suas palavras me silenciou. Não adiantava lhe dizer que ela teria mais tempo. Ela sabia. Meu pai veio até a cama, ajoelhou-se e colocou sua grande mão sobre as dela. Nunca o tinha visto chorar, mas agora havia lágrimas em seu rosto forte.

— Meu querido — disse Sorcha, olhando para ele com seus grandes olhos verdes, agora ainda mais ressaltados em seu pequeno rosto abatido. — Não é para sempre. Continuarei aqui, na floresta. Não importa a forma corpórea que eu use. Estarei sempre perto de você.

Fui me levantar para deixá-los a sós, mas mamãe disse:

— Ainda não, Liadan. Preciso falar com vocês dois. Será rápido.

Ela estava muito cansada. Sua pele estava muito pálida, e sua respiração, mais difícil. Nenhum dos dois lhe disse para parar de falar e poupar forças. Ninguém na família jamais disse a Sorcha o que fazer.

— Há muitos segredos — ela disse, fechando os olhos por um instante. — A velha magia está de volta; a velha feitiçaria que já nos atacou uma vez. Está tentando nos dividir, destruir tudo que está bem guardado aqui em Sevenwaters. Talvez nem todos os segredos possam ser contados. Mas o que quero lhe dizer, filha, é que, independentemente do que possa vir a acontecer, confiamos em você. Você sempre poderá escolher seu caminho e algumas escolhas poderão parecer erradas. Mas eu sei que você segue o caminho das velhas verdades, sempre. Vejo isso claramente em você e em Sean. Tenho fé em você, Liadan.

E olhou para meu pai.

— Nós temos fé em você.

Iubdan demorou um pouco a falar e imaginei que, pela primeira vez em sua vida, ela pudesse estar enganada a respeito de Iubdan. Mas ele respondeu:

— Sua mãe está certa, querida. Por que outro motivo eu a deixaria sempre tão à vontade para tomar suas próprias decisões?

— Agora vá, Liadan — ela sussurrou. — Tente falar com seu irmão. Ele deve vir rápido para casa.

Saí e fui caminhando até a margem da floresta, pois a casa estava carregada de tristeza e eu precisava de ar e de contato com as árvores. Precisava ter a mente limpa e tranquila, não apenas para falar com meu irmão, mas para tomar uma difícil decisão. Sorcha estava morrendo. Merecia saber a verdade. Os dois disseram que confiavam em mim, mas com certeza ficariam horrorizados se soubessem o que eu fizera. Se papai contasse a Liam, todas as mentiras que contei tentando protegê-los de nada serviriam. Se minha irmã ainda estivesse viva, seria caçada, trazida de volta e muito provavelmente devolvida a seu respeitado marido. A verdade toda viria à tona e a aliança estaria ameaçada. E quanto ao Homem Pintado, Eamonn o encontraria e o exterminaria como a um animal. E seus homens, sem ele, teriam que voltar à vida de fugitivos que tinham antes de ele lhe dar nomes, um propósito para viver e o dom da dignidade.

Meu filho jamais conheceria o pai, a não ser pelas histórias que o descreviam como um monstro. Então nossa família seria, realmente, destruída. A simples ideia de que tudo aquilo podia acontecer gelou meu sangue.

E também havia os Seres da Floresta. "Você não pode colocar em risco a aliança", a Dama havia me dito. Eu não podia ignorar aquilo. Mas minha mãe merecia a verdade e, à sua maneira, ela havia me pedido isso. A questão agora não era se eles confiavam em mim, e sim se eu confiava neles. Bran certa vez havia dito que confiança é um conceito sem sentido. Mas quem não consegue confiar nas pessoas vive sozinho, pois não existe família ou aliança sem o conceito de confiança. Sem ela todos viveriam afastados uns dos outros, perdidos e à mercê dos ventos, sem ter onde se segurar.

Chegando à beira da floresta, sentei-me nas pedras do muro que delimitava o campo e tentei aquietar a mente. Era difícil, pois estava agoniada. *Precisava de um sinal, de algo que me desse uma pista. Por que Finbar não está aqui? Com ele eu poderia falar, sem medo.* Acalmei a respiração e deixei os sons da floresta encherem minha mente. O som das folhas de primavera se movendo com o vento, o da roda do moinho e o da água na fonte. As vozes das ovelhas e a de um rapaz conduzindo seus gansos: "Levantem-se, seus teimosos, ou vou lhes dar motivo para sair correndo". E a reclamação dos gansos, em resposta. O barulho do lago passando pela margem, o som do vento nos grandes carvalhos.

E as vozes ao alto e ao longe que pareciam dizer "Sorcha, Sorcha. Ah, irmãzinha".

Somente quando estava totalmente calma chamei meu irmão.

– *Sean?*

– *Sim, Liadan. Estou a caminho de casa. Como está nossa mãe?*

– *Você está muito longe?*

– *Não muito. Será que chegarei a tempo?*

– *Você tem que estar aqui amanhã, antes do anoitecer.*

Até a voz da mente pode chorar.

– *Acredita que consegue chegar?*

– *Estaremos aí.*

Ele passou mentalmente os braços ao meu redor e me abraçou forte. E eu enviei a ele a mesma imagem.

— *Liadan?*

Não era a voz de meu irmão.

– *Tio?*

Meu coração disparou. Onde ele estava?

— *Estou bem aqui.*

Levantei-me lentamente e olhei para a trilha que dava para a floresta. Estava difícil vê-lo, pois ele parecia fazer parte da luz e das sombras, do acinzentado, do verde e do marrom dos troncos, folhas, musgo e pedras. Mas estava ali, descalço na terra macia, em seus trajes rotos, parcialmente cobertos pelo manto escuro. Os cachos negros desciam, cobrindo parte do rosto pálido como giz. Mas seus olhos brilhavam, sem cor definida, cheios de luz.

– *Que bom que você veio. Ela pediu que viesse.*

– *Eu sei. E aqui estou. Mas acho que precisarei de sua ajuda.*

Senti seu medo e imaginei o quanto foi difícil para ele vir até ali.

– *Sim, posso acompanhá-lo. De que você precisa?*

– *Tenho medo de ser... tocado. De ser... preso, confinado. E há os cães. Se me ajudar, poderei ficar tempo suficiente. Até o anoitecer, amanhã".*

— Fico honrada com sua confiança — eu disse, em voz alta. — Acredito que não seja fácil para você.

– *Minha fraqueza me envergonha. A maldição da feiticeira me atingiu em cheio. Claro, há um lado bom em tudo isso. Mas não gostaria de expor minha fragilidade diante de minha irmã e de meus irmãos. Mas não quero que sinta pena de mim. Apenas que me ajude, para eu estar forte ao lado dela.*

– *Você é forte* — respondi. – *Outro homem jamais teria sobrevivido tanto tempo. Não suportaria.*

– *Você também é forte. Por que não me pergunta o que quer perguntar?*

– *Porque acho que a pergunta é... egoísta.*

– *Somos todos egoístas. É nossa natureza. Mas você também é muito generosa, Liadan. Cuida daqueles que ama com toda dedicação. Mais tarde irei mostrá-la como ver o que você tanto quer saber. Mas agora penso que é melhor entrarmos.*

– *Tio* — disse, em voz alta. Eu estava um pouco sem graça.

– *Sim?*

– *Por que revela seus medos a mim, mas os esconde de todos os seus irmãos?*

– *Ninguém gosta de expor seus medos. Só que, no meu caso, minha fraqueza também é meu dom. O que é comum em um mundo pode ser motivo de terror em outro. Uma porta fechada, o latido de um cão. Mas, ao mesmo tempo, o que parece misterioso neste mundo é simples e claro no outro. É uma questão de imagem e reflexo, de realidade e de visão. Este mundo e o Outro. Revelo a você os meus medos porque sei que você pode compreendê-los. Você também tem o dom. Não carrega o peso de uma maldição como eu, mas seu espírito reconhece a dor e a força que meu conhecimento acarreta. Você conhece o poder dos Antigos e sabe que ele ainda age sobre nós.*

– *Esse dom que temos, a Visão, a capacidade de curar com a mente. Isso vem deles? De nossos ancestrais? Da mulher de Fomhóire, Eithne?*

Sentia que isso podia ser verdade desde que comecei a pensar no assunto.

– *É um dom muito antigo. E tão profundo quanto um poço infinito. Como o fundo do oceano. E sempre escolhe o momento certo para se manifestar.*

Senti um arrepio.

— Venha — ele disse, experimentando a voz, que demonstrava falta de uso. — Sejamos fortes e entraremos naquela casa.

Fomos caminhando, cruzando o campo até a entrada. Então aconteceu algo estranho. Os criados das cozinhas e dos estábulos foram saindo para nos observar. Um cão latiu e meu tio se comunicou mentalmente comigo, mas não era fala. Era uma onda avassaladora; um estado de alerta tão intenso que chegava a paralisar. Algo que despertava o instinto de fugir desesperadamente. Enviei, rapidamente, uma mensagem mental.

– *Conor? Tio, precisamos de você.*

As pessoas foram se reunindo e cochichando. Um homem segurava o cão pela coleira, mas o animal rosnava e lutava para escapar, louco para atacar. Eu não sabia como aquietar um cão com a mente. Finbar parou ao meu lado, paralisado de medo.

— Vejam! É o homem com a asa de cisne! — disse uma criança, em tom de inocência e surpresa. — O homem da história!

— Ele mesmo. Meu irmão — disse uma voz calma, porém autoritária, vindo da porta da cozinha. Era Conor, caminhando para fora e olhando para nós como se aquilo fosse algo muito comum. — Todos ao trabalho. Mais visitas chegarão entre hoje e amanhã e Lorde Liam ficará muito irritado se os vir aqui parados.

A multidão se dispersou e o cão foi arrastado pela coleira, lutando ferozmente. A tensão diminuiu. Senti em meu peito a respiração de Finbar voltando ao normal. E percebi que aquela visita seria um suplício pare ele.

— Venha — disse Conor. — Acredito que queira vê-la logo. Eu o levo.

— Falarei com Liam — eu disse. — Há várias coisas a serem organizadas. E preciso ir ver meu filho. Ele deve estar com fome. *Pedirei que os cães sejam afastados. Você está bem?*

*— Sim, Liadan. Obrigado. Quem sabe mais tarde você não me mostra seu filho?*

Para minha surpresa, Liam foi extremamente compreensivo apesar de eu interrompê-lo durante uma reunião com seus capitães, para falar com ele. Deu ordens imediatas para que todos os cães fossem levados para os canis ou mantidos nos estábulos durante aquela noite e o próximo dia, e que os criados fizessem seu trabalho e deixassem a família em paz. Até seus dois cãezinhos foram presos em coleiras com guias e levados enquanto ele dava as ordens; os olhinhos tristes não pareciam entender o motivo do confinamento.

— Você é uma boa menina, Liadan — disse Liam, voltando para a reunião. Vindo dele, um elogio assim era um raro privilégio. Liam não era do tipo que elogiasse. Fiquei imaginando o que ele diria se eu lhe contasse toda a verdade.

— Obrigada, tio.

Estava ficando tarde, quase anoitecendo. Tínhamos apenas mais um dia e eu queria muito ficar ao lado de mamãe, aproveitando cada instante com ela. Mas como a roda do destino gira, a vida de alguns acaba e a de outros começa, com energia renovada, força de vontade e urgência. Meu filho não podia esperar. Estava acordado e com fome. Deixei a criada descer para jantar e me sentei para alimentá-lo. A tigela de cobre estava pronta com água morna, mas ela não havia dado banho no menino, pois sabia que eu mesmo gostava de fazer isso. Abri o vestido e lhe dei de mamar. Ele sugava com força, batendo com suavidade o punho em meu peito enquanto seus olhos acinzentados me olhavam fixamente. Cantei baixinho, obedecendo ao forte instinto que surge quando o leite sai, que faz com que a mãe fique quieta enquanto a criança se sacia. Mais tarde, se minha mãe ainda estivesse acordada, eu o levaria para vê-la. Agora era a vez de Finbar ficar com ela, e de preferência a sós. Ela tinha muitas despedidas a fazer, mas aquela era, provavelmente, a segunda mais difícil.

Depois de algum tempo, eu comecei a andar com Johnny pelo quarto. Ele começou a chorar, mas depois voltou a mamar. Para alguém tão pequeno, ele tinha um apetite voraz. Pensei no convite de Conor para eu ir até o solo sagrado de modo que eu e, com o tempo, meu filho, nos filiássemos à comunidade dos sábios. Pensei também nas instruções dos Seres da Floresta: *sem erros ou desobediência dali por diante. O menino deve ficar na floresta.*

Em nenhuma dessas possibilidades de futuro se encaixava a figura do pai de meu filho.

Johnny adormeceu. Não quis acordá-lo para dar banho. Janis dizia que eu o banhava demais. Que não era natural para uma criança ficar tão limpa ou passar tanto tempo na água. "No que quer que ele se transforme?", ela brincava. "No filho de Manannácan mac Lir, o deus do mar?" Eu ria muito dos comentários dela. Mas Johnny adorava água. Gostava de boiar, de se entregar ao abraço das águas mornas e de mover seus pequenos membros em sua superfície. Eu não podia negar a ele esse pequeno prazer. Tinha até prometido que, no verão, iríamos nadar no lago. E que, quando ele estivesse mais velho, eu lhe ensinaria como pular das pedras e nadar até a margem, como havia feito tantas vezes com Sean e Niamh. Mostraria como é bom deitar-se ao sol, sentindo o corpo acolhido pelas imensas pedras centenárias, mergulhando os dedos na água e observando os peixes passarem. Ele iria adorar.

Fechei novamente o vestido e me levantei para colocar o bebê no berço. Mas quando passei pela tigela, vi que algo brilhou rápido na água, desaparecendo instantaneamente. Será que eu tinha visto mesmo? Voltei para olhar, com Johnny calmo e adormecido nos braços. Fiquei olhando para a tigela, imóvel, tentando esvaziar a mente.

A água começou a se mover, então, como se estivesse prestes a ferver, mas já estava praticamente fria. Percebi que a porta se abriu devagar e se fechou, atrás de mim, mas não me virei para olhar.

– *Que bom. Você não precisa de mim, afinal.*

Eu sabia que era Finbar, mas me mantive imóvel.

A água começou a girar no sentido horário, como se estivesse perseguindo a si mesma, em círculos. Senti como se minha mente estivesse flutuando. Então, o movimento parou, tão de repente quanto havia começado. Continuei olhando fixamente para dentro da tigela.

A imagem era pequena, mas nítida. As mãos de uma criança fazendo desenhos na areia. E de repente aumentou. A criança agora estava em uma caverna, com a luz vindo de cima, dando à cena tons de cinza e azul. Era uma caverna perto do mar. A água entrava e saía com as ondas e se ouvia, ao longe, o barulho dos golfinhos. Era um lugar secreto. Dentro da caverna havia uma pequena praia de areia macia, onde a criança brincava e uma mulher a observava. Não dava para ver se era um menino ou uma menina. Devia ter cerca de 2 anos, cabelos castanho-avermelhados e pele bem clara. A mulher disse alguma coisa e, quando a criança levantou a cabeça, pude ver seus olhos, escuros como amoras e de olhar profundo. A mulher era tão magra e frágil que se podia ver os ossos sob a pele. E tinha longos cabelos dourado-avermelhados. Estava cuidando da criança para que ela não se aproximasse da água. Depois de algum tempo, foi se sentar junto dela e começou a desenhar na areia também. Seus olhos azuis eram tristes, mas ao observar a criança se encheram tanto de alegria e orgulho que eu senti lágrimas escorrerem em meu rosto. Era minha irmã Niamh.

Então, de repente, alguém mais estava ali. Uma força; um poder tão grande que eu jamais tinha sentido. A mulher e a criança continuaram a brincar, sem perceber. Mas algo começou a me pressionar como se alguém tivesse colocado a mão na minha frente, fazendo uma barreira para bloquear minha visão. "Não", disse uma voz. "Fique longe". E a imagem desapareceu. Continuei ali, olhando como uma boba para a água do banho de meu bebê.

Tremia inteira. Não quis largar meu filho. Sentei-me em minha cadeira e o ajeitei em meu ombro. Ele fez alguns sons suaves, parecendo querer me acalmar. Finbar me observava do outro canto do quarto.

— Você viu? — perguntei a ele.

— Não diretamente. Como você deixou a mente aberta para mim, vi através dela — ele disse, em voz alta, mas oscilante. Precisava praticar, agora que estava entre pessoas.

— O que era aquilo? Foi como se um punho de aço tivesse me empurrado. Como seu um... feiticeiro estivesse me impedindo de ver seus segredos. Os contos antigos falam de paredes invisíveis desse tipo.

— Com certeza. E acho melhor você não comentar sobre esta visão com Conor. Mas pensei que era outra pessoa que você queria ver com urgência; não sua irmã.

— Os dois estão interligados Vendo um, fico sabendo do outro neste momento. Mas esta visão não mostrou o momento presente. Não há como ser agora. A criança era dela. Vi isso em seus olhos. Com certeza é algo que ainda está para acontecer.

— Ou uma visão do que você gostaria que acontecesse.

— Isso é crueldade — eu disse, segurando as lágrimas.

— A Visão é cruel. Mas você já sabia disso. Olhará novamente?

— Eu... não sei. Não sei se quero ver.

— Você não sabe mentir bem.

Coloquei Johnny no berço, cobrindo-o com a manta de retalhos que havia feito quando estava grávida e voltei para olhar a tigela. Finbar não tentou me guiar, mas sua presença ali me deu forças.

Durante algum tempo, pensei que nada fosse acontecer. A água permaneceu escura, anuviada e sem movimento.

Confiança. Confiança. Tentei me fixar apenas nessa palavra e esvaziar a mente. Confiança. Confiança.

Fechei os olhos por alguns instantes e, quando os abri, havia outra imagem na superfície brilhante.

Eram pequenas figuras que mudavam constantemente. Os dois estavam lutando em uma terra estranha, sob um sol causticante. Bran tinha a expressão contraída enquanto se desviava de uma machadinha que passou a pouca distância de sua cabeça. Eles estavam em um barco, viajando rapidamente sobre ondas agitadas. Gull estava ao timão, sorrindo diante da água salgada que o salpicava, enquanto a vela rangia e se movimentava rápido ao vento. Bran se curvou sobre um homem deitado no *deck* que tinha o pescoço e o ombro cobertos com uma atadura empapada de sangue.

— Não dá para ir mais rápido? — gritou Bran.

— Se você quiser terminar a viagem no fundo do oceano, eu posso conseguir — ele respondeu. — Que tal a ideia de viver entre os monstros marinhos?

Então os vi já em terra, cavando um buraco perto das árvores. Colocaram nele um corpo embrulhado. Outros homens estavam em volta, observando em silêncio. A terra foi jogada por cima e nivelada.

— Você devia ter deixado Liadan ficar — alguém disse. — Ela saberia o que fazer. Teria salvado a vida dele.

Ouvi então o barulho de uma pancada e a voz de Bran, em tom ameaçador:

— Cale essa boca!

A água escureceu novamente e imaginei que a visão acabara. Mas havia mais. Vi os dois no esconderijo antigo onde havíamos nos abrigado, o lugar dos Antigos. Era uma noite quente, provavelmente de primavera, e eles estavam montando guarda enquanto os outros dormiam, no abrigo de pedra. Talvez fosse no momento presente. A lua estava cheia e dava para ver claramente seus rostos.

— Você foi injusto — disse Gull. — O que Otter disse é verdade. Você não devia tê-la mandado embora.

— Não ouse me dar conselhos — respondeu Bran, em tom ríspido. — Ela teve sorte de eu não silenciá-la com a faca. E você sabe que não há lugar para mulheres aqui.

— Mas ela é diferente. Não é?

— Como seria? Ela viveria como nós? Além do mais, ela é a filha de Sevenwaters. O pai virou as costas para suas terras e seu povo. Por motivos extremamente egoístas, ele não estava lá para protegê-los quando foi necessário. Muita ironia, não? Devo a ele todas as condições que me impedem de ser um partido à altura para sua filha. Ele não tem ideia do que fez ao sair de Harrowfield.

— Então você não se importa com ela, é isso?

— Não preciso de sermões — disse Bran.

— Mas quando você pensou que ela estava em perigo, fez que saíssemos correndo, lembra-se?

Ele não respondeu.

— Lembra-se?

Gull não estava disposto a desistir.

— Você pensa demais. Tínhamos um trabalho a fazer e fizemos. Nada mais.

— Ah... E quanto ao trabalho que o irmão dela lhe ofereceu? Você só pode estar louco se aceitar. É uma missão suicida.

— Seria um bom desafio, devo admitir. Nada que esteja além de minha capacidade.

Os dois ficaram em silêncio durante algum tempo.

— Você está se enganando se acredita que esqueceu tudo aquilo — disse Gull, finalmente.

— Não quero falar disso de novo — disse Bran, em tom autoritário. — Não houve qualquer relacionamento entre mim e... e aquela mulher. Ela era muito intrometida e falava demais. Fiquei aliviado ao vê-la partir.

Gull não respondeu, mas vi seus dentes brancos rindo na escuridão. Então, a imagem desapareceu.

Minhas pernas bambearam e eu me deixei cair sobre a cadeira, chorando sem me importar que meu tio visse.

— Como eu disse, você não conseguirá manter esse homem em Sevenwaters. Além do mais, está planejando um futuro para seu filho aqui, mesmo sem perceber. Já consegue visualizar Johnny com o avô, aprendendo a plantar árvores. Já se vê ensinando seu filho a nadar no lago de Sevenwaters. E imagina a cena do menino se escondendo furtivamente na cozinha para pegar um pedaço de bolo que Janis acabou de preparar; igualzinho ao que fazíamos na época em que éramos crianças, quando o mundo era tão cheio de aventuras que os dias eram curtos demais para nós. Você já consegue ver Conor mostrando ao garoto os símbolos de Oghan na caverna de pedra. A criança é a chave. Em seus pensamentos, você já reconhece isso como verdade.

— Como você pode dizer isso? Ele é o pai do menino.

— Ele já teve serventia. Tenho certeza de que foi isso que Conor lhe disse.

Não consegui responder. Por mais que aquilo me enfurecesse, precisava reconhecer a sabedoria de suas palavras.

— Isso quem me disse foram os Seres da Floresta. Mas e você? O que tem a me dizer?

— *Ah... que chegará o momento em que você terá de fazer uma escolha. E só você poderá decidir. Não pense que sou cruel, Liadan. Mas é que vejo mais do que você pensa. Vejo a ligação entre você e esse homem. Ele é o seu companheiro. Mas como escolher sabendo que terá que abrir mão de algo que tanto ama?*

---

Mamãe não quis desperdiçar sua última noite dormindo. Pediu a Liam que reunisse os criados para que pudesse agradecer a eles e se despedir. E que a levassem para baixo, para uma das salas. Muitas velas foram acesas e o ambiente ficou aquecido e iluminado.

Todos choraram e muitos ramalhetes de prímulas e narcisos foram deixados aos seus pés e ao lado de seu travesseiro, no colchão macio improvisado para acolhê-la. Mesmo fraca e debilitada, encontrou palavras carinhosas para cada um deles.

Sabíamos que ela sentia muita dor. Nos últimos dias, Janis e eu preparávamos doses diárias de infusões para evitar que ela sofresse ainda mais à medida que a doença silenciosa devorava seu organismo. Mas naquele momento ela queria estar desperta para poder ouvir e falar, e, portanto, recusou-se a tomar os chás. Era mesmo uma mulher muito forte. Disfarçava tão bem os espasmos que poucos ao seu redor percebiam. Meu pai sabia. Seu rosto parecia uma máscara sem expressão. Só se modificava quando olhava diretamente para ela. E não falava comigo, com Liam ou com qualquer pessoa além do estritamente necessário. Se dependesse dele, mandaria todos embora para ficar a sós com sua amada. Mas era o desejo dela, então ele obedeceu.

Finalmente, a longa despedida terminou e os criados se recolheram para dormir. Sentei-me perto da lareira com Johnny nos braços. Meu pai se sentou em um banquinho, perto da cama, as longas pernas de lado, passando um pano úmido pela testa dela. Os olhos de mamãe estavam fechados. Parecia até dormir, mas suas mãos tremiam levemente a cada espasmo de dor.

— *Já pode contar a eles. Se estiver pronta.*

Olhei para Finbar, em pé no canto mais escuro da sala, com a mão na parede ao lado da janela e de costas para mim, observando o jardim iluminado pela lua. Entendi perfeitamente o que ele quis dizer.

— *Estou pronta. Não pode haver momento melhor que este.*

— Sean já chegou? — perguntou minha mãe.

— Vou ver se tenho notícias dele — disse Liam. — Venham, meus irmãos. Vamos deixá-los sozinhos um pouco.

Estavam todos na sala, perto da porta, tentando entrar e sair sem fazer barulho. Liam saiu, levando Conor e Padriac, mas Finbar ficou. Para ele, um quarto fechado e uma cama com cobertor não eram sinônimos de conforto. Nem o alívio temporário da cerveja. Eu não o tinha visto comer ou beber desde que chegara.

— Mãe. Pai. Há algo que preciso lhes contar.

Sorcha abriu os olhos e sorriu levemente.

— Isso é bom, filha. Deixe-me... deixe-me...

Ela não conseguia falar muito, mas eu sabia o que ela queria. Arrumei um cantinho sob sua manta e ajeitei Johnny em seu braço. Meu pai a ajudou a encontrar uma posição para segurá-lo. Ele logo abriu os olhos acinzentados como os do pai e olhou em volta, tentando entender as sombras que as velas faziam nas paredes. Estava crescendo rápido.

Finbar, ainda perto da janela, não se movia. E eu não conseguiria me sentar. Estava muito ansiosa. Fiquei em pé, ao lado da cama, com as mãos entrelaçadas.

— Não vou insultá-los, pedindo que confiem em mim. Mesmo porque não há tempo para isso. Vocês sempre disseram ter fé em mim e eu acredito. Preciso dizer que menti para vocês e peço que ouçam enquanto eu explico. É um assunto muito sério e grave, e que causa muita tristeza. Mas que talvez tenha terminado de maneira bem melhor do que esperávamos. Sua confiança em mim agora será testada ao máximo, da mesma maneira que a minha tem sido esse tempo todo.

Meu pai agora me observava atento, os olhos azuis fixos nos meus. Mamãe continuava tranquila, olhando para o bebê.

— Continue, Liadan.— disse Iubdan, tentando manter um tom neutro.

— Niamh... Niamh... — tentei começar.

— *Coragem, Liadan.*

— Todos percebemos que havia algo errado quando ela chegou em casa. Você até me pediu para descobrir o que era. Mas ninguém imaginava que pudesse ser tão grave. Enquanto estávamos em Sídhe Dubh, eu descobri o que era. O... o marido a espancava e abusava dela como um animal. Ela já estava muito deprimida pelo que tinha lhe acontecido aqui. Acreditava que todos a quem amava agora a desprezavam. Pensou que poderia se casar e iniciar uma nova vida. Mas a crueldade do marido acabou com suas esperanças. Ainda assim, ela me fez jurar que manteria segredo; que não contaria à nossa família. Estava emocionalmente exaurida. Acreditava que até mesmo Ciarán a havia abandonado. Ficou arrasada quando você a mandou embora e passou a se ver como uma pessoa sem valor. Não queria nos contar sobre os maus-tratos que recebia de Fionn por medo de que a aliança se desfizesse. Acreditava que seria mais um fracasso de sua parte.

Os dois ficaram em silêncio por um instante e depois meu pai disse:

— Se isso é verdade, e eu sei que é, pois você jamais inventaria uma história dessas, nós devíamos ter sido informados imediatamente. Este é o tipo de promessa que não se pode cumprir.

— Eu... eu não sabia se você iria querer ajudar. Afinal, insistiu para que ela se casasse com Fionn e se mudasse para Tirconnell. Foi muito intransigente. E Sean até bateu nela. Liam sempre fez questão da aliança. Jamais entendi o motivo de ela não poder se casar com Ciarán. E de você sequer considerar a possibilidade. Você nunca agiu assim, sem pesar todos os argumentos e todas as opções antes de se decidir sobre uma questão. E jamais escondeu a verdade sobre qualquer assunto que fosse. Até hoje eu não entendo seus motivos e por isso não me arrisquei a contar.

Meu pai olhava para mim, visivelmente magoado.

— Como você acreditou que eu toleraria uma situação dessas? Permitir que minha filha fosse maltratada?

— Espere — sussurrou mamãe. — Deixe Liadan contar.

— Eu... então eu...

— *Devagar. Conte como se fosse uma história de fadas. Bem devagar.*

— Eu não sabia o que fazer ou a quem pedir ajuda. O tempo era curto. Mas eu sabia que não podia deixá-la voltar para Tirconnell.

Tinha medo que tentasse se matar. Pedi, então, a um... a um amigo que a levasse embora. Que a levasse para um abrigo seguro.

Mais um instante de silêncio.

— Acho que não entendi — disse Iubdan, escolhendo as palavras. — Sua irmã não foi sequestrada pelos fianna e não se afogou? Pensamos que tinha sido vítima de mais de uma demonstração de arrogância e barbaridade daqueles homens.

— Não, pai — eu disse, com um fiapo de voz. — Aqueles homens a levaram a pedido meu. Vieram a Sídhe Dubh por minha causa, para levar Niamh até um local seguro. Uma casa cristã de oração, onde ela poderia ficar escondida, a salvo da crueldade dos homens.

Quando meu pai conseguiu falar, disse:

— Parece que você escolhe muito mal seus amigos. Eles obviamente falharam em sua missão, já que a deixaram morrer em vez de chegar ao seu destino em segurança. Espero que não tenham lhe cobrado um preço muito alto.

Aquilo foi como se ele tivesse me dado um soco no estômago. Finbar se pronunciou, então, em voz alta e clara.

— A história ainda não terminou. É uma história complexa, cheia de detalhes. Suas palavras ferem sua filha. Ela precisou reunir toda sua coragem para vir lhes contar isso. Além do mais, ela não é a única nesta sala a deixar de contar a verdade. Deixe-a terminar em paz.

— Conte, filha — disse mamãe, em voz calma.

— Eu tenho... alguns contatos... de que não falei. Amigos, por assim dizer. Um deles é o homem que tirou Niamh de Sídhe Dubh e a levou para um lugar seguro onde não será mais tratada como brinquedo de Uí Néill, e sim com dignidade. Para um lugar onde a família não a obrigará a se casar sem amor, simplesmente para estabelecer uma aliança estratégica. Não posso lhe dar provas de que ela esteja a salvo. Também não sei dizer exatamente onde ela está, mas não diria se soubesse. Mas já a vi pelo dom da Visão e estou certa de que meu amigo fez o que lhe pedi. O afogamento; o escorregão na névoa foi mera encenação para convencer a Eamonn e aos outros de que ela estava morta. Para que não a caçassem como uma presa. Assim conseguiriam levá-la em segurança.

Uma corrente de ar fez as chamas das velas balançarem. Depois de alguns instantes, minha mãe perguntou:

— Você sabia que Niamh estava viva e não nos contou?

— Peço perdão — respondi, a voz oscilante. — Quando este homem aceita um serviço, estabelece algumas regras. E ele disse que ela estaria mais segura se ninguém soubesse a verdade. Acabei concordando. E... também não sei exatamente. Acredito que ela esteja bem. Confio no homem que nos ajudou quando ninguém mais nos ajudaria.

— Como eu disse — papai continuava com expressão fria e distante. — Você escolhe muito mal seus amigos. Como pode saber se esse homem está dizendo a verdade? Ele vive do crime. Tudo que ouvimos dele até agora é que não é confiável, que muda de lado a todo instante. Que é violento ao extremo. Um louco que age de acordo com sua vontade. Não acredito que confiou a ele a vida de sua irmã. O que se passou em sua cabeça? E agora você tem a ousadia de vir aqui dar falsas esperanças à sua mãe, justo esta noite, quando...

Ele silenciou, talvez por ter notado que ela o olhava com muita intensidade.

— Não, Red — ela disse. — Não se zangue. Não temos tempo para isso. Você precisa ouvir o que Liadan tem a dizer.

Respirei fundo, sentindo a força de Finbar enquanto ele conectava sua mente à minha, não para pensar por mim, mas para me emprestar sua coragem.

— Como eu disse, cheguei a vê-la. Com vida, feliz e com uma criança ao seu lado, que com certeza é seu filho. Uma visão do futuro, e de um futuro de alegrias. Mas ainda que não tivesse visto, sei que ela está em segurança. Sei disso porque posso confiar no pai de meu filho. É o mesmo homem. Você olhou para esta criança e disse que ele tem os olhos de John. Olhos confiáveis. Os olhos do pai de meu filho têm a mesma expressão confiável, porém estão em um rosto que tem o desenho de um corvo, destemido, feroz e ameaçador. Ele é o líder dos fianna, aquele a quem chamam de Homem Pintado. Já causou muito mal, não se pode negar. Mas também é capaz de atos de coragem, de força e de lealdade inimagináveis. Não é de fazer promessas, mas quando as faz, cumpre. Como Conor descreve em sua história até mesmo um fora-da-lei, quando tem uma chance, pode se mostrar um bom homem; de confiança. Esse fora-da-lei salvou sua filha. Esse homem lhe deu um neto. Ele conquistou meu coração para sempre. Jamais me entregarei a outro homem. Agora que lhes contei a verdade, confio em vocês. Pois esta verdade, se cair em ouvidos errados, colocará muitas vidas em risco.

— *Muito bem, Liadan* — Finbar fez um gesto com a cabeça.

Meus pais ficaram me olhando por algum tempo.

— Meu silêncio está garantido — disse Iubdan.

Mamãe passou a mão na cabeça de Johnny.

— Então Niamh está viva. Esta é uma notícia maravilhosa, Liadan. Nunca consegui acreditar mesmo que ela estava morta. Algo sempre me dizia o contrário.

— Peço desculpas — disse papai de repente. — Você falou com clareza e coragem, e eu respeito isso. Fui duro demais com você. Mas é que isso nos causou muita dor. Não esperava algo assim de você, Liadan.

— Também peço perdão, pai — tive vontade de abraçá-lo e de dizer que tudo ficaria bem, mas algo em seus olhos me disse que ainda não era o momento.

— Eu tinha duas vidas para proteger. E ambas ainda estão em risco.

— Não posso acreditar que você escolheu aquele homem.

— Acha tão ruim assim que eu tenha escolhido o filho de seu amigo John?

— John não era um fora-da-lei. Não era um matador de aluguel.

— Você descreve muito bem os defeitos do Homem Pintado, pai. Mas é a você que ele acusa de tudo isso ter acontecido. É a você que ele acusa de ter abandonado suas responsabilidades em Harrowfield. E de não ter hoje o perfil adequado para ser o marido de sua filha.

Ele não respondeu.

— Red.

— Sim, Jenny?

— É isso que você deve fazer agora. Voltar para lá. Voltar para sua casa.

Papai olhou surpreso para ela.

— Voltar para Harrowfield? — fiz a pergunta no lugar dele.

Mamãe confirmou, com um gesto, olhando para meu pai.

— É uma missão — disse ela. — Voltar e descobrir o que aconteceu com Margery e seu filho. E como foi que o menino de John se tornou esse... esse jovem infeliz.

Papai se levantou e andou pelo quarto.

— Então você pensa que minha estadia aqui terminou, é isso? Que quando... depois... não mais haverá lugar para um bretão aqui em Sevenwaters? Eu entendo. É compreensível.

Finbar, que até então permanecera em silêncio em um canto, usando apenas a voz da mente, se pronunciou rápido. Em menos de um segundo, estava ao lado de minha mãe, falando em voz alta.

— Você terá coragem de magoar Sorcha justamente esta noite? — ele perguntou. — Está falando desse jeito por pura mágoa. Ela está lhe dando essa missão para que você não se perca depois dela partir.

Parece que meu tio não tinha medo de usar as palavras.

— Pede que vá pelo bem de sua filha e de seu neto. Descubra a verdade e volte para contar a eles. Há feridas a serem curadas aqui, e algumas parecem estar relacionadas a você.

— E também... — Sorcha falava com dificuldade. Meu pai foi obrigado a se aproximar para poder ouvi-la. Jamais o tinha visto tão abatido. Foi difícil segurar as lágrimas, pois minha história tinha sido um golpe forte demais para alguém que já estava tão enfraquecido. — Você também precisa ver seu irmão. Precisa contar a Simon sobre minha partida. Ele tem que saber. Red...

Ele se ajoelhou ao lado da cama novamente e ela passou a mão em seu rosto. Ele colocou a mão sobre a dela e a segurou, mantendo-a sobre seu rosto.

— Prometa — ela sussurrou. — Prometa que irá até lá e voltará a salvo.

Ele respondeu que sim com um gesto.

— Diga.

— Prometo.

Ela suspirou.

— Está tarde. Liadan, você já deveria estar dormindo. Sean já chegou?

— Não sei, mãe. Verei, está bem?

— Sim. Leve o bebê. Ele pode sentir sua falta e chorar.

Ela passou suavemente os dedos pela orelha e pelos cabelos de meu filho antes de eu pegá-lo. Vi em seus olhos que ela sabia. Era a última vez que pegava o neto no colo.

— Liadan, você contou a Sean tudo isso?

— Não, mãe. Mas ele desconfia, pelo menos de uma parte. Ao menos manteve segredo até agora e não contou a Liam, a Fionn ou a Eamonn. Nem mesmo a Aisling.

— Detesto segredos. Detesto mentiras — disse meu pai. — Deveríamos ter falado sobre isso desde o início. Mas está claro que é uma verdade que precisa ser escondida por mais algum tempo. E quanto a Conor? Ela sabe dessa história?

— A única maneira de saber é perguntando diretamente a ele — disse Finbar. — E mesmo assim, pode ser que ele não diga.

— Então ficaremos sem resposta, pelo menos até eu voltar de Harrowfield — disse papai. — Uma mentira leva a outra e a confiança se quebra.

— A confiança se quebrou quando Niamh foi forçada a se casar com o Uí Néill e a ir embora — respondi de pronto. — Essa história já vem acontecendo há um bom tempo.

— Ah, há bem mais tempo do que você imagina, Liadan — disse Finbar. — Há muito mais tempo.

Eu não conseguiria dormir. Aliás, ninguém na casa provavelmente conseguiria, a não ser o pequeno Johnny, que não conhecia ainda o peso de uma partida. Fui levando o bebê pelo corredor, mas era com o pai dele que eu falava, em pensamento:

— *Preciso de você. Queria ter você aqui comigo, me abraçando, me ajudando a lidar com essa tristeza. Será que faria diferença se você ouvisse as palavras deles? Se os ouvisse dizer "ele já teve serventia"? Será que lutaria por nós se ouvisse isso? Ou ficaria com medo do que essa luta poderia revelar? Talvez fosse melhor mesmo você simplesmente ir embora.*

Mas quando entrei na sala principal, precisei proteger rapidamente meus pensamentos. Sean tinha acabado de chegar, exausto após a longa cavalgada. E senti que o desgaste não era apenas físico.

— Liadan! Acabei de entrar. Como está mamãe?

Fiquei imaginando por que ele havia falado usando palavras e com tanta formalidade. Só então vi que Aisling estava com ele. Vinha andando, tirando o manto e esfregando as costas e o rosto, para aliviar o cansaço. Fui até eles, tentando não demonstrar surpresa.

— Aisling, você deve estar exausta. Venha, sente-se. Deixe-me trazer um pouco de vinho...

Mas interrompi a frase no meio.

— Creio que não esperava nossa visita, Liadan — disse Eamonn, saindo do canto mais escuro da sala. — Peço desculpas pelo inconveniente.

— Ah, eu... — fiquei gaguejando, pois tinha sido realmente pega de surpresa.

— Eu estava viajando ao norte — disse Sean, agora com voz mais suave. Apesar de seu cansaço, percebeu imediatamente minha reação. — Passei por Sídhe Dubh na volta. Aisling e Eamonn estavam ansiosos para prestar solidariedade, sabendo do estado grave de nossa mãe. Preciso ir vê-la agora.

— Ela não para de perguntar de você. Ficará contente ao ver que chegou em tempo. Irei com você.

— Não se preocupe. Sente-se e descanse. Você parece cansada. Por que não coloca o bebê para dormir e toma uma taça de vinho?

— Eu...

Não tive como recusar o pedido delicado de meu irmão. Mas não esperava que ele simplesmente pegasse a mão de Aisling e a levasse com ele, deixando-me sozinha com Eamonn.

Os homens que vieram com eles certamente já tinham ido para as cozinhas ou direto para dormir. Ficamos só os dois ali, e o bebê. Eu tinha muitas coisas melhores a fazer naquele instante do que ficar conversando com Eamonn. Mas ele era um convidado. Eu não tinha escolha.

— Você parece mesmo muito cansada, Liadan — ele disse, em tom preocupado. — Venha, sente-se.

Coloquei Johnny sobre as almofadas perto da lareira e me sentei. Ele mesmo pegou duas taças, encheu-as com vinho e me entregou uma. Depois, ficou parado perto de minha cadeira, observando o bebê.

— Então, este é seu filho. Ele parece... saudável. E, afinal, um filho não pode escolher o pai.

Senti um calafrio de medo percorrer minha espinha. O que ele queria dizer com aquilo?

— Obrigada — respondi. — Ele é pequeno, mas forte.

— Gostaria de falar com sua mãe antes... gostaria de falar com ela de manhã. E com seu pai também. Se houver tempo.

Fiz que sim com um gesto. Minha garganta parecia fechada.

— Quero apresentar minhas desculpas e meu arrependimento... pelo que houve com sua irmã. Não há como consertar o que houve, eu reconheço. Mas quero que saibam que não deixei o assunto pendente.

— Eamonn.

— Sim, Liadan.

— Talvez seja melhor você apenas expressar seus pêsames. Meu pai está muito abalado, e minha mãe, extremamente fraca. Creio que já superaram o... acidente de Niamh. Não creio que seja o momento para falar de vingança. Ou de raiva.

— Qualquer momento é certo até eu varrer aquele verme da face da Terra — disse ele.

Eu não queria mais ouvi-lo falar. Sentia nuvens negras ao redor. Será que ele sabia que o pai de meu filho era Bran? Mas como? Eu não queria ser envolvida naquele tipo perigoso de conversa. Além disso, estávamos no meio da noite e eu me sentia cansada demais para manter controle absoluto de meus pensamentos ou palavras. Mas queria estar acordada caso minha mãe precisasse de mim. Levantei-me e fui me sentar nas almofadas espalhadas no chão, perto da lareira, para colocar a mão em meu filho e sentir seu calor. E também para olhar para as chamas e sonhar, pois há momentos em que os sonhos são mais seguros do que a vida real.

Eamonn me observava com intensidade. Sentia o peso de seu olhar mesmo não estando de frente para ele.

— Eu queria ter vindo mais antes — ele disse. — Vindo ver seus pais, vindo falar com você. Estive... viajando. Fiz uma longa jornada inutilmente. O homem é difícil de seguir, esperto e inteligente. Mas seria muito tolo se tentasse me subestimar. Minha rede de informantes é muito ampla. Eles me trazem notícias impressionantes às vezes. Coisas terríveis.

Olhou para a criança adormecida e franziu a testa.

— Mas encontrarei aquele fora-da-lei. Todo homem tem sua fraqueza. É simplesmente uma questão de descobri-la e usá-la para pegá-lo. Encontrarei esse maldito e o farei pagar por seus atos de selvageria. Pagará com sangue por tudo que roubou e destruiu, pode estar certa.

Não respondi. Simplesmente continuei a afagar meu filho e tomei mais um gole de vinho. Na última vez em que estive exausta e bebi com um homem, as consequências foram desastrosas. Por isso, continuei quieta, fingindo ignorar as indiretas de Eamonn.

— Desculpe-me, Liadan. Não vim aqui para falar disso.

— Eu sei, Eamonn. Você veio para prestar sua última homenagem à minha mãe.

Ele fez uma pausa.

— Não exatamente. Na verdade, já planejava vir falar com você. Faltam poucos dias para Beltaine.

Gelei. Não respondi.

— Você não esqueceu, eu imagino.

— Eu... não, Eamonn. Não esqueço facilmente as coisas. Mas pensei que este assunto já tivesse sido encerrado quando conversamos, antes de você ir para Tara. Com certeza não há mais o que dizer.

Eamonn começou a andar de um lado para o outro, como fazia quando precisava encontrar palavras.

— Foi isso que você pensou? Imaginou que eu deixaria tudo para trás e voltaria do sul comprometido com uma parente do Grande Rei? Acreditou que eu seria tão fraco a ponto de desistir fácil assim?

Olhei para ele.

— Não entendi — eu disse lentamente.

Ele não podia estar falando sério. Johnny suspirou e continuou a dormir.

Eamonn parou de andar e se ajoelhou perto de mim de uma maneira estranha. Uma mecha de seus cabelos caiu sobre seus olhos e eu resisti à tentação de afastá-la de seu rosto.

— Não quero outra mulher, Liadan. Quero você. Com ou sem esta criança. Não quero outra.

— Não... — comecei, mas ele me interrompeu.

— Não — disse ele, com foz firme. — Ouça. Você ficou aqui para cuidar de sua mãe, e isto é admirável. Escolheu criar seu filho sozinha. É um gesto de coragem. Será a melhor das mães, tenho certeza. Por que motivo protege com seu silêncio o pai deste menino, eu não consigo entender. Provavelmente vergonha. Mas isso é o que menos importa. Ele terá de prestar contas. Perdoe-me, mas sei que sua mãe tem pouco tempo de vida. Niamh se foi. Sean e Aisling em breve se casarão e uma nova família surgirá nesta casa. Você estará sozinha e vulnerável, Liadan. Não precisa ser a irmã solteira que vive a vida dos outros. Já se desgasta tanto tentando fazer tudo sozinha. Precisa de um bom homem para cuidar de você e protegê-la. Precisa de uma casa que seja sua, onde possa ver sua própria família crescer. Case-se comigo e terá tudo isso.

Levei algum tempo para conseguir falar.

— Como você... como pode me fazer uma proposta dessas quando eu tenho um filho de outro homem? Como pode assumir a responsabilidade por... por...

— Infelizmente, o bebê é um menino. Se fosse uma menina, eu poderia criá-la como se fosse minha filha. Seu filho não poderá ser herdeiro, é claro. Mas com certeza haveria um lugar para ele em minha casa. Como eu disse, um menino não pode escolher seu pai. Mas posso fazer algo por ele.

Ele olhou para Johnny, que continuava a dormir calmamente.

— Seria um... desafio interessante.

O que vi em seus olhos me arrepiou.

— As pessoas diriam que você enlouqueceu — consegui dizer, finalmente. — Você pode escolher qualquer mulher que quiser. Precisa me esquecer e continuar sua vida. Já era para ter feito isso desde nossa última conversa.

Ele se sentou bem perto de mim, no chão. Sempre foi do tipo que segue as formalidades e faz tudo da maneira correta. Mas desta vez estava quebrando todas as regras, ali, sentado como nunca o vira fazer, estranhamente próximo de Johnny e de mim. Olhando em seus olhos castanhos, vi que estava à beira do desespero.

— Olhando-a assim — sua voz agora era pouco mais que um sussurro — com os cabelos brilhando à luz do fogo e sua mão suave e delicada sobre este pequenino, sinto que só há uma escolha para mim. Falarei da maneira mais clara e espero que minhas palavras não a ofendam. Quero-a em minha casa, esperando para me abraçar quando eu chegar cansado das batalhas. Quero-a em minha cama. Quero que seja minha esposa, minha amante e minha companheira. Quero que crie meus... filhos. Não tenho medo de envelhecer se você estiver ao meu lado. Não há neste mundo outra mulher a quem eu queira. Quanto ao que você fez... ao seu erro, podemos... podemos simplesmente esquecer. Ofereço-lhe proteção, segurança, minha riqueza e meu nome. Darei um nome a seu filho. Não me recuse, Liadan.

Tentei encontrar as palavras, mas nada me veio à mente.

— Vejo que hesita. Claro, falarei com seu pai novamente. Mas acredito que ele não recusará minha proposta, diante das circunstâncias.

— Eu... eu não posso...

Eamonn olhou para suas mãos, cruzadas em seu colo.

— Ouvi dizer que você ficou... muito inquieta em Sídhe Dubh. Que se sentiu confinada diante de toda a liberdade que sempre teve em Sevenwaters. Liberdade demais, talvez. Mas eu não a manterei presa ali, como um pássaro cativo. Tenho muitas terras ao norte. Se você não se sente bem em Sídhe Dubh, posso construir uma nova casa para você, da forma que mais lhe agradar. Árvores, um jardim, tudo que você gosta. Claro, tudo com muita segurança.

— Tem certeza... — eu disse com cuidado. — Tem certeza de que esse seu gesto não é uma tentativa de compensar minha família por algo que você considera uma falha terrível; o fato de não ter conseguido manter minha irmã a salvo? Ainda não consigo crer que um homem em sua posição possa querer tomar uma atitude dessas.

Escolhi as palavras erradas. Seu rosto se tornou feroz.

— Será que preciso lhe mostrar?

Antes que eu pudesse responder, ele me puxou pela nuca, seus dedos envolveram meus cabelos e ele me beijou. Mas não foi o beijo polido de um homem que gosta de fazer tudo da maneira certa. Quando me soltou, meu lábio estava sangrando.

— Desculpe — ele disse. — Estou esperando há muito tempo. Você me prometeu uma resposta em Beltaine. Pois eu quero a resposta, Liadan.

Pedi ajuda a Brighid. Por que Sean não voltava para a sala? Respirei fundo e olhei em seus olhos. Ele percebeu, antes mesmo que eu falasse.

— Não tenho como fazer isso, Eamonn. Sua oferta é mais do que generosa. Mas preciso ser honesta. Não sinto a mesma coisa por você.

— Como assim? Explique.

Aquilo estava sendo mais difícil do que eu imaginava.

— Conheço-o há muito tempo e sempre o respeitei. E também o quero muito bem como amigo. Desejo de verdade que seja feliz. Mas não consigo vê-lo como... — não consegui usar o termo amante. — Como marido.

— Meu toque a desagrada tanto? Sou assim tão repulsivo?

— Não, Eamonn. Você é um homem admirável e com certeza outra mulher ficará muito feliz em ser sua esposa. Tenho certeza absoluta. Mas seria errado nos casarmos. Seria errado para você, para mim e mais ainda para meu filho e para o pai dele.

— Como você pode dizer isso? — ele disse, levantando-se e começando a andar novamente de um lado para o outro, como se estivesse tentando dar vazão aos sentimentos para não explodir.

— Como pode se manter leal a esse... esse selvagem que simplesmente encheu sua barriga com um filho e partiu para a próxima vítima, a próxima garota inocente em seu caminho? Ele jamais voltará. Não tem noção de responsabilidade. Será bem melhor para você ficar livre dele.

— Pare, Eamonn. Não piore ainda mais as coisas.

— Você tem que me ouvir, Liadan. Está tomando uma decisão muito tola. Não creio mesmo que esteja em condições de se decidir neste momento. Mas em uma coisa está certa: esta é a melhor oferta que receberá assim, solteira e com um filho sem pai. Posso até vir a ser ridicularizado por minha decisão; por não escolher a filha de um algum chefe de clã do sul, com linhagem impecável e garantia de virgindade. Mas nada disso me importa. Não tenho mais orgulho quando se trata de você. É a única mulher que desejo neste mundo. Liadan, pense em sua família. Liam com certeza irá querer vê-la bem casada, assim como seu pai. E quanto à sua mãe? Imagine como ficaria feliz ao ouvir a notícia antes...

— Pare! Chega!

— Pense com calma, se quiser. Está cansada e sentindo a perda que se aproxima. Ficarei aqui alguns dias; tempo suficiente para discutir o assunto com sua família. Você verá tudo com mais clareza quando...

— Já vejo tudo muito claramente — eu respondi, pegando meu filho e me levantando. — É muito triste para mim ter que magoar um bom amigo como você, mas vejo que não há outra maneira. Devo recusar sua proposta. Meu filho e eu... pertencemos a outro homem, Eamonn. E sua opinião a respeito dele não muda isso. Nem hoje, nem nunca. Negar a ligação que temos com ele é algo inútil e perigoso. Uma escolha assim traria somente dor e amargura. Prefiro passar o resto da vida sozinha a fazer isso. Sinto muito mesmo. Como disse, sua oferta é mais do que generosa e o admiro muito por isso.

— Você não pode recusar, Liadan — ele disse, fazendo um grande esforço para se controlar. — Esse casamento é a atitude certa a tomar. Sua família sempre esperou que eu e você... Sei que Liam nos dará apoio e...

— Discussão encerrada, Eamonn — minha voz tremia. — Não é uma decisão para ser tomada em família, e sim entre mim e você.

E minha resposta é não. Você deve seguir sua vida. Agora me dê sua palavra de que não irá mais tocar neste assunto.

Ele se afastou de mim e da luz do fogo. Foi para um canto mais escuro.

— Não tenho como lhe dar minha palavra sobre este assunto — ele respondeu, a voz firme.

— Então não poderei mais vê-lo, a não ser na companhia de outras pessoas — eu disse, tentando encontrar forças para não chorar.

Ele deu um passo em minha direção. Seu rosto agora estava muito pálido.

— Não faça isso, Liadan.

Era ao mesmo tempo um pedido e um aviso.

— Boa noite, Eamonn.

Virei-me e segui para as escadas. Johnny começou a chorar e eu subi para o quarto, sem olhar para trás. Quando entrei, acendi uma vela e troquei as fraldas molhadas de meu filho.

Algum tempo depois, deitada e com ele em meu peito, deixei cair todas as lágrimas que havia segurado e, olhando para a vela que queimava diante do céu noturno, vi novamente a imagem dos dois lutando. Eamonn com as mãos no pescoço de Bran, apertando até fazê-lo perder o fôlego, e sua faca atravessando as costelas de Eamonn, girando e fazendo escorrer seu sangue pela túnica verde. Como pude pensar que algum dia Bran e eu ficaríamos juntos? Que ele era mais do que mero... instrumento, como os Seres da Floresta o chamavam; um simples mercenário que serviu apenas para conceber um filho e agora seria descartado da história, sem importância alguma? Ele jamais voltaria. Chegar perto de mim seria morte certa. Melhor seria se eu jamais o tivesse conhecido, pois trouxe apenas perigo e dor para sua vida. E agora a sombra não se espalhava apenas sobre ele, mas sobre meu filho também. Vi isso claramente nos olhos de Eamonn. Eu deveria fazer o que os Seres da Floresta me pediram: ficar na floresta e esquecer Bran. Para o bem de todos, era isso que eu precisava fazer.

Chorei e chorei até minha cabeça doer e meu travesseiro encharcar. Mas Johnny mamava tranquilo, a mão apertando suavemente minha pele e o corpinho quente e relaxado encostado no meu. A perfeita imagem da confiança.

Enquanto o observava, percebi que, mesmo nas noites mais escuras, havia sempre uma pequena luz brilhando que jamais se apagaria.

# Capítulo 12

Quando amanheceu, minha mãe oscilava entre os estados de consciência e inconsciência. A família se reuniu ao seu redor e os criados na cozinha, falando em voz baixa. Ninguém trabalhou. Concentraram-se apenas nos preparativos para sua partida e depois saíram. De tempos em tempos, Liam, Conor ou Padriac saíam e voltavam, sem fazer barulho. A atmosfera era calma no quarto. Uma suave brisa entrava pela janela, trazendo o cheiro de flores. Coloquei uma pequena tigela sobre a mesinha com um pouco de manjericão e manjerona frescos, que dão ânimo em momentos de tristeza.

— Ainda bem que ela está dormindo em sua passagem — disse Janis, no corredor. — A dor seria grande demais para ela aguentar em silêncio. E quanto a ele — apontou para meu pai — sente as dores junto com ela, a cada espasmo. Será muito difícil para ele.

— Ela pediu a ele que vá para Harrowfield. Para ver sua família. Fez que ele prometesse.

— Sim. Sempre foi muito sábia, minha Sorcha. Sabe que ele precisará de um objetivo, de uma tarefa quando ela se for. Ele só viveu para ela desde que pôs os pés nesta casa. Com certeza, ninguém mais ocupará o espaço em seu coração.

E olhou para mim, estreitando os olhos.

— Machucou o lábio, menina? Melhor colocar remédio. Mas não preciso lhe ensinar, certo?

— Não se preocupe. Já está sarando — eu disse, entrando no quarto.

Não me prolongarei na descrição. Mamãe não estava mais muito consciente do que se passava ao seu redor. Seu espírito já estava de partida para uma nova viagem. Não viu o olhar vazio de meu pai, que parecia ainda não acreditar que iria perdê-la. Não ouviu Conor cantando suavemente ao pé de sua cama, nem percebeu a presença de Finbar olhando pela janela em silêncio, o rosto tão pálido quanto sua branca asa. E também não viu o sofrimento no rosto sempre forte de Liam ou as lágrimas nos olhos de Padriac.

Janis entrava e saía, e também a ágil mulher de pele bronzeada, Samara. Graciosa e sempre em silêncio, ajudou a levar e trazer travesseiros, bacias, roupas, acendeu velas e espalhou ervas.

Sean estava sentado no lado oposto, e meu pai, segurando a mão de nossa mãe. Aisling estava ao seu lado, os cabelos presos com uma fita e postura solene. De vez em quando, colocava a mão no ombro de Sean, para confortá-lo. Ele agradecia, olhando para ela com um leve sorriso.

Mas Eamonn não ficou muito tempo, apenas o suficiente para se recuperar da viagem. Cumprimentou a todos, prestou uma última homenagem à minha mãe, desculpou-se discretamente pelo que aconteceu com Niamh e saiu. Pediu uma montaria descansada e voltou para Sídhe Dubh, deixando seus homens em Sevenwaters. Estranho, disseram. Uma atitude quase rude. Deve ter recebido notícias urgentes para ter que retornar tão rápido. Abstive-me de fazer comentários. Meu lábio doía e estava visivelmente inchado, mas me senti aliviada por não precisar vê-lo mais.

Quando o sol estava alto no céu, mamãe recuperou a consciência. Tossiu e teve dificuldade de respirar por algum tempo, além dos espasmos agora difíceis de conter. Desta vez, quem a acalmou foi Finbar, não fisicamente, mas penetrando em sua mente e a preenchendo com boas lembranças, cenas de sua infância e vagas imagens do que estava por vir. Deixou de propósito a mente aberta para mim e pude ver como ele usava sua habilidade para aliviar e curar. Não podia, claro, eliminar as dores em seu corpo, mas lhe dava forças para suportá-las. Era a mesma técnica que eu havia utilizado para ajudar Niamh, mas Finbar era mestre naquilo. Fiquei maravilhada, assistindo enquanto ele tecia uma rede de imagens para ela, transmitindo seu amor, celebrando a vida de sua irmã e anunciando sua partida daquele estado para outro. Ela foi se aquietando e respirando melhor.

— Está tudo pronto? — ela perguntou. — Tudo preparado, como planejamos?

— Tudo pronto — disse Conor.

— Bom. É importante. As pessoas precisam se despedir. Esta é uma coisa que os bretões nem sempre entendem.

Olhou para meu pai.

— Red?

Ele pigarreou e sua voz não saiu.

— Conte-me uma história — ela disse, a voz baixa e suave.

Meu pai olhou angustiado para meus tios, para Janis e Samara, que cuidavam do fogo, depois para Sean, para Asling e para mim.

— Não sei se consigo...

— Venha — disse Sorcha, como se estivessem apenas ele e ela no quarto perfumado com ervas. — Sente-se aqui na cama. Abrace-me. Isso, meu querido. Lembra-se do dia em que estávamos naquela praia, só nós dois na companhia das gaivotas, das focas, das ondas e do vento do oeste? Você me contou uma linda história. É minha história predileta.

Percebi então, como nunca, o quanto meu pai era forte. Ele sabia, enquanto estava ali com Sorcha em seus braços, contando a história com lágrimas correndo pelo rosto, que a cada palavra sua ela ficava mais longe. Que no momento em que terminasse aquele conto, ela teria partido. E que estava dividindo aquele momento tão íntimo de despedida com todos nós. Mas sua voz se manteve forte como os carvalhos da floresta. E sua mão, afagando os cabelos dela, estava firme como o sol que se move no céu.

Era uma história realmente bela. A história de um homem solitário que se casa com uma sereia; como a atraiu com o som de sua música, fazendo-a deixar o mar para segui-lo. Durante três anos ela vive com ele e lhe dá duas filhas. Mas a saudade do mundo sob as águas é mais forte, a deixa doente, e ele a leva de volta para o mar porque a ama demais.

Em determinado ponto da história, a voz de meu pai oscilou. Foi no momento em que Sorcha suspirou levemente, seus olhos se fecharam, e sua mão, que segurava uma dobra da túnica dele, soltou-se e caiu sobre seu joelho. Houve um grande silêncio. Foi como se todos no quarto, na casa e os animais do lago e da floresta tivessem prendido a respiração por um instante. Então meu pai continuou a história.

— As filhas de Toby se tornaram belas mulheres, que se casaram, e hoje há várias pessoas naquele povoado com cabelos negros que lembram algas, olhos que enxergam muito longe e um talento natural para nadar. Mas essa é outra história.

Ele parou mais uma vez, olhando para frente, para o nada. E percebi sua mão apertando o ombro de minha mãe.

— E Toby — eu disse, pois sabia que ele não conseguiria terminar — achou que sua vida estava acabada ao perder sua amada. Achou que seria o fim. E foi o final, de certa maneira. Mas a roda do destino gira, gira e todo fim também é um começo. E foi um começo para ele também.

— Todos os dias, ele ia até a praia e se sentava sobre as rochas para observar o mar — continuou Conor, com sua voz suave e expressiva. — E, às vezes, tocava algumas notas, um pedacinho de alguma antiga música que vinha à sua mente.

Padriac, que estava ao lado do irmão, abraçado a Samara, disse:

— E ele sempre cuidava dela e a protegia com seus pensamentos. Mas o povo do mar raramente se mostra aos humanos. Ainda assim, de vez em quando, ao anoitecer, ele via formas graciosas nadando à meia-luz, braços, longos cabelos e uma comprida cauda brilhando como joias. Imaginava então que ela o olhava, com seus olhos belos como os de suas filhas. Olhos belos como o mar.

— Então, ele se levantava e ia embora — disse Liam, indo para o outro lado, perto de Sean. — E, ao chegar em casa, em vez de acender o pequeno lampião, deixava a porta aberta para que a luz da lua inundasse a pequena cabana onde ele vivia. E, às vezes, ele se sentava nos degraus em frente à porta, imaginando como devia ser viver no fundo do grande oceano, como um filho de Manannác mac Lir.

— Ninguém sabe o que aconteceu com ele, no final — disse Sean, com a voz chorosa, mas firme como a dos outros. Meu irmão havia amadurecido muito. — Alguns dizem que ele foi visto andando pela orla no escuro, à noite. Outros dizem tê-lo visto nadando no mar, na direção oeste, bem além da área segura. Suas filhas estavam com a avó. A cabana estava perfeitamente arrumada, com tudo em seu lugar. Mas ele havia desaparecido.

— Mas dizem que quem visita aquele lugar — completou Finbar, ainda olhando pela janela, de costas para nós — pode vê-lo por volta da meia-noite, quando a lua está cheia. Basta se aproximar da margem e se sentar sobre as rochas para ver o movimento na água e as formas do povo do mar, nadando e brincando entre o mar e a terra. Dizem que Toby está com eles, o corpo alvo à luz da lua, a água brincando em seu corpo como se estivesse deslizando, suavemente, sobre lisas escamas. Mas se ele é agora um homem ou uma criatura dos oceanos, ninguém sabe.

Ela se fora. Todos sabíamos. Mas ninguém se moveu. Ninguém falou. E meu pai continuou segurando-a nos braços como se pudesse preservar aquele último instante de sua vida mantendo-se imóvel. Encostou os lábios em seus cabelos e fechou os olhos.

Lá fora, uma brisa soprou e o ar fresco entrou pela janela, movendo os cabelos de Finbar e as penas de sua asa. Só então, nas árvores, os pássaros voltaram a cantar, cumprimentando e se despedindo, celebrando e lamentando. Era a voz da floresta saudando o momento da passagem de Sorcha.

Ela não esperou até o anoitecer. Provavelmente de propósito, pois, quando finalmente conseguimos nos mover, ou melhor, quando nos obrigamos a nos mover, cada um se aproximou dela, beijou seu rosto, tocou seus cabelos e saiu silenciosamente do quarto, deixando meu pai sozinho com ela. Ainda faltava algum tempo antes de o céu escurecer. Houve tempo para eu pegar meu filho, que estava com minha ajudante, e alimentá-lo, imaginando o quanto conseguiria chorar até ficar sem lágrimas. E tempo para Sean e Aisling saírem discretamente, e talvez encontrar conforto um nos braços do outro. Tempo para meus tios se reunirem na sala reservada da família, beber um pouco e se lembrar das histórias que viveram na infância, em Sevenwaters, os seis meninos e sua pequena irmã. Agora só restavam quatro.

Fizemos tudo como ela pediu. Ao anoitecer, nos reunimos à beira do lago, onde crescia um belo vidoeiro. Tochas foram acesas nos postes, iluminando os rostos de meus tios, que fizeram um círculo ao redor do tronco. Liam fez sinal para Sean, que foi se juntar a eles.

– *Venha, Liadan* – chamaram Conor e Finbar.

Fui e fiquei entre os dois. O círculo estava quase completo.

Um pequeno barco estava parado na beira da água. Meu tio Padriac, especialista no assunto, havia construído a embarcação com todo carinho. Ela tinha o tamanho exato para seu propósito. Na proa havia uma tocha, esperando para ser acesa, e em toda a extensão havia flores, folhas, penas e pequenas lembranças da floresta para acompanhá-la em seu caminho. Minha mãe já estava deitada nele, sobre almofadas, pálida e imóvel, com um vestido branco. E Samara fez uma pequena coroa de urze, pilriteiro, trevos e várias flores, que agora enfeitava seus cabelos. Sua aparência era de uma jovem de dezesseis anos.

Meu pai ficou na beira da água sozinho, observando o lago.

— Iubdan — chamou Liam.

Ele não respondeu.

— Iubdan, está na hora — chamou Padriac, em voz mais alta. — Precisamos de você aqui.

Meu pai não respondeu. Continuou imóvel, recusando-se a vir. Mas Liam não era o senhor de Sevenwaters por acaso. Saiu do círculo, foi até Iubdan e colocou a mão em seu ombro. Meu pai se moveu levemente, derrubando sua mão.

— Venha, Iubdan. Está na hora de ela partir. O sol já está se pondo.

Meu pai se virou para ele, e seus olhos eram pura aflição. O resto de seu autocontrole havia se esgotado ao final da história que contou.

— Façam sem mim — ele disse, com uma tristeza que jamais havia visto em seu rosto. — Não há lugar para mim aqui. Acabou. Não sou um de vocês, e jamais serei.

Liam o pegou novamente pelo ombro, mas desta vez com firmeza, sem deixar que ele se esquivasse.

— Você é nosso irmão — ele disse. — Precisamos de sua ajuda. Venha.

O círculo agora estava completo. Fizemos nossa despedida segundo a velha tradição. Os druidas e os criados fizeram um círculo ao redor do nosso, repetindo as palavras solenes de Conor. Mas havia outras vozes também. Vozes que sussurravam ao vento, vindo das árvores, do lago, das pedras e do próprio chão. E quando olhei para o lado, onde a grama terminava e os grandes carvalhos, freixos e faias se mesclavam à paisagem, vi algumas figuras extremamente altas, meio escondidas entre os galhos. Uma mulher de pele clara e cabelos negros, usando um manto azul. Um homem com cabelos de fogo. E outros seres com asas, brilhantes e disfarçados entre a folhagem.

Ritual terminado, Conor caminhou até a beira da água e nós o seguimos. Ele juntou, então, as mãos em concha e assoprou nelas. Uma pequena chama se acendeu entre seus dedos e ele entrou no lago, apesar do longo manto branco que usava, e tocou a tocha que estava na proa do barco de Sorcha. A tocha se acendeu e uma luz mais forte pareceu iluminar o caminho à frente da pequena embarcação. Um gaitista estava a postos e senti um formigamento na espinha quando ele começou a tocar e o som se espalhou pelas árvores e por todo o céu aberto.

— Chegou a hora — disse Conor.

Todos, inclusive meu pai, que estava entre Liam e Conor, colocamos a mão no pequeno barco, empurrando de leve para que ele seguisse a correnteza. Mas quase nem foi necessário, pois ele já se movia, como se estivesse ansioso por partir. E enquanto se distanciava da margem, vi mãos pálidas emergindo da água e guiando a embarcação, e ouvi vozes suaves cantando seu nome: *Sorcha, Sorcha.*

— Siga em paz, corujinha — disse Conor, com uma voz estranha, que mal reconheci.

Finbar jogou o manto para trás e abriu a grande asa. As penas brilharam à luz da tocha, em tons de rosa e laranja, compondo um belo estandarte de despedida. Mas meu pai permaneceu imóvel e em silêncio, paralisado pela tristeza, ouvindo o gaitista tocar seu canto de adeus.

Forcei os olhos para enxergá-la o mais longe que pude, pois também sofria, embora entendesse que minha mãe não havia deixado de existir. Tinha apenas partido para outra vida, seguindo o inexorável girar da grande roda. E queria partir. Por que não descansar no coração da floresta, o lugar a que você sempre pertenceu? Conor lhe perguntou. Por que não ficar aqui em Sevenwaters?, quis saber Liam. Você é a filha da floresta. Mas Padriac pediu que a deixassem decidir. E ela respondeu que o que mais queria era seguir o curso do rio, renascer em sua corrente, longe do lago, como já havia feito uma vez. Pois aquelas águas a tinham levado para os braços de um bretão de cabelos acobreados que se tornou seu grande amor e companheiro. Queria seguir novamente aquele caminho e ver onde ele a levaria agora.

Fiquei olhando até o barco desaparecer na escuridão, enquanto a música tocava. Uma coruja piou na escuridão.

As pessoas começaram a voltar para a casa. Meu pai, de cabeça baixa, foi conduzido por meus tios. Sean foi andando de mãos dadas com Aisling, e Janis e suas assistentes se apressaram, pois queriam cuidar dos detalhes finais da festa. Uma reunião festiva com música e boa comida é essencial para a despedida de quem parte para uma nova jornada de vida. Fui agradecer ao gaitista. Sua música era mágica; havia ecoado fundo em meus pensamentos. O ritmo da melodia resumia todas as qualidades de Sorcha: sua coragem, sua força de espírito e seu grande amor pela floresta e por seu povo.

Ele agradeceu com um gesto elegante, enquanto guardava a gaita de fole em uma sacola de couro. Era um homem magro, de barba escura e uma pequena argola dourada na orelha. Seu assistente o ajudava, segurando a sacola aberta para ele.

— Queria mesmo agradecer — eu disse. — Não sei quem o convidou para tocar aqui hoje, mas foi uma excelente escolha. Sua música parece vir de dentro de seu coração.

— Eu é que devo agradecer, *milady*. Uma grande contadora de histórias como sua mãe merece uma despedida honrosa.

Ele arrumou a sacola e a colocou no ombro.

— Está convidado a se juntar a nós na casa, para comer e beber conosco — eu disse. — Veio de muito longe?

Ele sorriu.

— Um pouquinho. E uma boa cerveja com certeza cairá bem. Mas...

Ele olhou, então, para seu companheiro silencioso. Só então percebi, na semiescuridão, o grande pássaro negro empoleirado em seu ombro, olhando fixamente para mim. Era um corvo.

— Ainda assim — disse ele, indo em direção à casa — um pouco de cerveja não fará mal. E ainda tenho que falar com minha velha tia.

Não posso visitar essas terras sem lhe fazer uma visita. Ela jamais me perdoaria.

— Tia? — perguntei, andando rápido para conseguir acompanhar seus passos rápidos.

Atrás de nós, o homem encapuçado caminhava em silêncio. Percebi então que aquele gaiteiro era um dos muitos parentes de Janis. Um viajante a que chamavam de Danny Walker. Era muito estranho. Ela não tinha dito, certa vez, que ele era de Kerry? Era uma viagem muito longa, mesmo para um evento como aquele.

Chegamos à trilha que levava à porta principal da fortaleza. Lá dentro já se ouviam vozes e os lampiões iluminavam a entrada.

— Seu amigo também está convidado — eu disse ao gaiteiro, e olhei para trás.

O homem encapuzado, com o corvo no ombro, parou a certa distância. Obviamente não queria entrar.

— Pode entrar — eu disse.

— Acho que não.

Gelei. Conhecia aquela voz. Estava muito mudada. Tinha perdido o tom forte e jovial. Parecia agora a voz de um homem muito mais velho. Mas era a mesma voz. E disse:

— Entre, Dan. Aproveite para visitar seus parentes e descansar. Eu falarei com a moça de manhã.

Virou-se, foi andando pela trilha e desapareceu na escuridão.

— Ele não entrará — disse Dan.

Talvez tivesse sido impressão minha.

— Ele se referiu a mim? — perguntei hesitante. — A moça de quem falou... sou eu?

— Ah, você terá que perguntar a ele. Se eu fosse você, estaria aqui em baixo logo de manhã. Ele não ficará muito tempo. Não gosta de deixá-la sozinha, sabe?

Não pude estender o assunto. Como dona da casa, precisava ajudar a recepcionar os convidados, oferecer apoio aos que estavam sofrendo e participar dos cantos e das histórias que acompanhariam minha mãe com honras e amor. Naquela noite haveria muita cerveja, hidromel, bolo, música, conversas e amizade. Haveria sorrisos e lágrimas. Quando a festa terminou, fui para meu quarto, pensando no estranho homem encapuzado. Logo de manhã, ele iria embora e eu veria que minha má impressão era apenas coisa de minha cabeça ou da Visão me pregando peças.

Quando amanheceu, eu já estava no jardim de ervas, sentindo que aquele seria um dia muito difícil sem minha mãe. Mas ir até lá, ver as coisas dela, ficar um pouco naquele lugar tão marcado por sua presença, me ajudaria a seguir meu caminho, mesmo sem o seu conforto ou os seus sábios conselhos. Johnny havia ficado com minha ajudante, pois estava muito frio para ele, ali fora. Fui andando pela trilha, arrancando uma ou outra erva daninha no caminho, mas ciente de que o estava aguardando. Ainda não tinha amanhecido totalmente.

Senti a presença dele antes mesmo de vê-lo. Um arrepio percorreu minha espinha enquanto eu me virava em direção ao arco da entrada.

Ele estava ali, imóvel nas sombras. Uma figura alta, ainda usando capuz. O pássaro em seu ombro parecia mais uma escultura de pedra.

— Quer entrar? — perguntei, agora duvidando se realmente havia reconhecido a voz na noite anterior.

Ele avançou e jogou para trás o capuz, revelando a pele clara, os olhos escuros e os cabelos que lembravam a cor de um pôr do sol de inverno.

— Ciarán. É você. Por que não veio ficar conosco ontem? Conor está aqui. Ficará contente ao vê-lo. Venha, entre. Vamos falar com ele.

— Não — disse ele, em um tom tão frio e forte que me calei.

O pássaro baixou seu bico afiado e ajeitou a plumagem. Tinha um olhar feroz.

— Não vim para isso. Não tenho ilusões sobre encontros de família e não acho que um abismo tão grande possa ser transposto assim facilmente. Trago uma mensagem.

— Que mensagem?

— Para a mãe dela. Niamh pediu para eu dizer que ela a ama e que lhe pede perdão. Mas cheguei tarde.

Não tive palavras para responder.

— Ela ficará muito triste por eu não ter conseguido — completou ele.

— Mamãe saberá. Não importa se ela já... ela saberá. Niamh... ela está bem? Está melhor, em segurança? Como você...?

— Está melhorando. Mudou muito.

Ele falava em tom calmo, mas havia muita tristeza em sua voz. Tristeza demais para alguém tão jovem ter que suportar. Não consegui ler direito o que vi em seus olhos.

— A garota sorridente que tanto nos encantou no Imbolc não existe mais. E a que existe agora ainda não se encontrou. Mas ela está a salvo.

— Onde? Aonde é esse lugar? O que você...?

— Está a salvo. O *lugar* não importa.

Ele ainda falava como um druida.

— Ela está com você?

Ciarán fez que sim com a cabeça.

— Ela precisa de proteção. Já falhei uma vez. Mas agora ao menos isso eu posso lhe oferecer.

Ficamos em silêncio por um instante. Os pássaros começavam a cantar, anunciando um novo amanhecer e uma nova estação.

— Sou irmã de Niamh — eu disse. — Quero saber, ao menos, onde ela está e se poderá voltar quando todos souberem a verdade. Contei a meu pai. Ele reconhece que eles cometeram um grande erro ao escolher um marido para ela. Seria possível... você poderia trazê-la até aqui e...?

Sua gargalhada me surpreendeu. Era um riso frio, amargo.

— Trazê-la de volta? Como?

Eu não respondi. Será que não havia uma maneira de tudo ficar bem com o tempo? Eu me recusava a acreditar que meus esforços, e os de Bran, haviam sido inúteis.

— Eles nunca lhe contaram? — ele perguntou.

— Nunca me contaram o quê? — perguntei, sentindo um frio percorrer meu corpo e um medo intenso, como se algo terrível tivesse acontecido ou estivesse para acontecer.

— A verdade. O motivo de terem me proibido de me casar com Niamh. De terem nos separado. De nunca mais voltarmos e nem desejarmos voltar. E que fomos amaldiçoados, em dobro, pelos segredos. Eles não lhe contaram. Claro. É por isso que você nos ajudou, escondido de todos. Se soubesse a verdade, nos desprezaria.

Assustei-me com aquele tom de voz, tão cínico, tão diferente daquele que antes era capaz de contar uma história tão bela de amor.

— É melhor você me contar, então — eu disse. — Meus amigos colocaram a vida em risco para ajudá-la. Diga-me a verdade, Ciarán. Todos estão falando de um mal antigo que despertou, de algo que pode nos destruir. O que é esse mal? Diga-me.

Fui me sentar no banco de pedra e ele se aproximou. O pássaro grasnou e pulou para um galho do arbusto ao lado do banco, quase se desequilibrando.

— Foi terrível — disse Ciarán, pálido. — Foi muito cruel eles terem escondido a verdade dela. Não é para menos que se sentiu abandonada. Não tinha como saber porque eu tinha ido embora; qual havia sido o motivo. Não sabia que nossa união era... amaldiçoada.

— Amaldiçoada? — eu repeti, tolamente, sem saber o que ele queria dizer.

— Proibida. Proibida por razões consanguíneas. Somente naquela noite em que eu vim até aqui em desespero, preparado para lutar por meu amor, é que Conor se dignou a me dizer, finalmente, quem eu era. Escondeu a verdade durante todos aqueles anos. Eu me julgava uma criança abandonada que teve a sorte de ser adotada pelos sábios e criada no paraíso da floresta. Meu único sonho era seguir os passos de Conor e me dedicar às tradições da irmandade. Até conhecer Niamh. Até descobrir o segredo.

As coisas começaram, então, a fazer sentido para mim. Um sentido terrível e inevitável.

— Conor lhe contou quem você é?

— Sim. Que eu jamais poderia me casar com Niamh. Que aquilo que tínhamos feito era errado e vergonhoso. Que havíamos quebrado as leis da natureza, um ato absurdo, embora cometido de maneira inocente. Nossa união jamais poderia se concretizar. Pois eu sou filho de Colum de Sevenwaters com sua segunda esposa, *Lady* Oonagh. Sou meio-irmão de Conor e de Liam. Meio-irmão de Sorcha, sua mãe. A mulher que me deu à luz foi a feiticeira que quase destruiu sua família e tudo que vocês mais prezam. Com simples e poucas palavras, Conor extirpou meu amor, meu futuro, minha alegria e meu propósito de vida. Eu não fui apenas proibido de me casar com Niamh. Fui banido da irmandade. Fiquei como um barco à deriva, sem ter sequer uma estrela para me guiar. Ele me tirou tudo o que eu tinha.

— Não foi o que ele disse...

— Ah! O filho de uma bruxa não pode ser druida. O que tenho nas veias é um sangue maldito. Jamais poderia sequer sonhar com a sagrada arte dos sábios, com a luz ou com a inspiração do verdadeiro conhecimento. Agora eu sei que tudo isso estava longe demais para mim. Se sou filho dela, então sou o filho das sombras, condenado a vagar na escuridão. O que não entendo é como ele pôde me criar desde pequeno escondendo tudo isso de mim. Jamais o perdoarei por mentir dessa maneira.

— O filho de *Lady* Oonagh — eu disse pensativa. — Nunca se falou dessa criança. Achei que tivesse simplesmente desaparecido de Sevenwaters junto com ela quando o feitiço foi quebrado.

— Muito conveniente — disse Ciarán com amargura. — Meu pai me encontrou e me trouxe de volta. Vivi no local sagrado durante dezoito anos, Liadan. Tinha certeza de que era um druida. Imagine como foi, para mim, ficar sabendo de tudo naquela noite. Senti vergonha. Fugi. Deixei Niamh à mercê do desespero, das críticas e dos maus-tratos. É um peso que carrego dia após dia. Por mais que eu a mantenha envolta em um escudo de proteção agora, não posso esquecer o que aconteceu naquela noite. É uma dor que corrói a ela e a mim.

Envolta em um escudo de proteção. Isso me dizia algo.

— E para onde você foi quando saiu daqui, naquela noite? Conor disse que você foi descobrir seu passado. Foi sua mãe... que você foi procurar? Ela está...?

Não consegui terminar. Algumas coisas eram perigosas demais para serem pronunciadas.

— Eu disse a ele — a voz de Ciarán agora tinha um tom ainda mais estranho. — Eu disse a Conor que um homem não pode fugir ao sangue que corre em suas veias. Não importa se ele descobre a verdade ainda na infância ou depois de adulto, achando que poderia vir a ser um homem de bem. Não importa, pois cedo ou tarde a semente germina e passa a controlar suas ações. Talvez, se eu nunca tivesse sabido a verdade, poderia ter envelhecido e só então meu lado malévolo me faria dar as costas à luz. Mas agora eu sabia. E disse a ele que descobriria meus poderes e como utilizá-los. Bem, agora provavelmente você não irá querer me chamar de irmão. Então eu me afastei, mais em espírito do que em corpo. Foi uma jornada perigosa. Minha mãe domina muito bem a arte de se esconder. Não queria ser encontrada ainda. Mas eu consegui. Penetrei o mundo onde ela se esconde. Onde está à espera.

— Mas como? Como você conseguiu?

— Faz parte do treinamento druida, ir para outro mundo e voltar. É um teste de fogo e de água, pela terra e pelo ar. Eu já tinha feito isso antes, mas desta vez foi diferente.

Sua voz oscilou. Naquele momento, eu o vi não como um homem frio e amargo, mas como alguém jovem e vivo como eu.

— Você disse que ela está à espera. Mas... à espera de quê?

Ciarán cruzou os braços e olhou para o céu.

— Você tem muitas perguntas a fazer — ele disse.

— Fiquei muito tempo sem notícias — respondi. — Mas também tenho um recado. Ou melhor. Tenho algo para devolver à minha irmã. Ela deve estar precisando.

Abri a pequena bolsa presa ao meu cinto e peguei o cordão que havia feito com tanto carinho para Niamh, entrelaçado com as lembranças da família. Era um talismã muito forte. Ciarán o segurou e passou os longos dedos pela pequena pedra branca, pendurada no cordão. Sorriu e eu vi diante de mim, por um instante, aquele mesmo jovem do Imbolc, orgulhoso e radiante, acendendo a tocha da primavera.

— Ela achou que tinha perdido. Mas você guardou. Obrigado.

— Nós a amamos — eu disse, quase chorando. — Você não parece entender. Tem mesmo que levá-la embora? Escondê-la como uma princesa de contos de fadas, como algo precioso demais para ser visto pelos mortais? Nunca mais a veremos? Jamais teremos contato com seu filho, a não ser em visões?

Foi como se o tempo parasse, ou nossa respiração cessasse por um instante.

— Filho?

Algo naquela palavra fez meu coração se comprimir como eu nunca havia sentido.

— Tenho essas visões de vez em quando — comecei a contar, pois não via outra saída agora. — É algo que acontecerá, ou que pode vir a acontecer. Vi Niamh com uma criança de cabelos escuros, cacheados e olhos como os seus. Na areia, em uma caverna. Parece haver um caminho para vocês dois. Não o caminho que meu pai ou meu tio escolheram, nem o que Conor o faria trilhar, pois ele queria que você voltasse para o lugar sagrado, acredite ou não. Mas não quero crer que jamais verei minha irmã novamente, ou...

– Há perigos que você nem imagina – ele disse, em voz baixa. – É um caminho para o qual eu fui... encaminhado. Um caminho que ela, minha mãe, quer que eu siga. Está aguardando minha resposta e me ofereceu algo muito grande; um poder além da imaginação. Um poder que vai muito além das habilidades dos druidas ou da magia negra praticada pelos maiores bruxos. Ela quer me ensinar tudo e eu quero aprender. Vou mostrar a meu irmão tudo que eu posso ser e fazer.

– Isso é... uma ameaça? Conseguir o que *Lady* Oonagh não conseguiu?

Eu estava tremendo e não conseguia parar. Via apenas a figura de minha irmã desaparecendo, afastando-se, cada vez mais distante de mim.

– Será o que tiver de ser. Niamh e eu... você entende... o passado não pode ser mudado por mais que desejemos. Algumas mágoas não são esquecidas. Ainda assim, quando eu lhe contei a verdade, ela abriu os braços para mim como se não houvesse o que perdoar. Pois agora eu desprezo as leis dos homens, que dizem o que podemos ou não sentir um pelo outro. Nessa teia de escuridão e tristeza, os laços entre nós são a única luz que brilha, e com força demais para ser apagada. Irei mantê-la em segurança. Farei tudo que estiver ao meu alcance para protegê-la. Isso vem em primeiro lugar. Mais do que isso, não posso lhe dizer, pois ainda não sei como será meu caminho. Meu destino é incerto. E quanto à nossa família, não me importo com ela. Todos aqui nos trataram com desprezo. Perderam o direito a ela quando a expulsaram de Sevenwaters. Mas a você devemos um favor. A você e ao homem que a tirou daquele lugar e fez com que eu soubesse. Por esse motivo, eu lhe trouxe um presente.

– Que presente...? – fui perguntar, mas não houve tempo.

Ciarán só olhou de relance para o pássaro, pousado no galho da planta e, com um pequeno movimento das asas, causando uma onda de vento no ar, ele deu um salto preciso, pousando direto em meu ombro. Não era exatamente leve. Seu bico estava perigosamente perto de meu olho e suas garras atravessaram o manto, o xale e o vestido.

— Ah — foi só o que eu consegui dizer.

— Um mensageiro — ele disse. — Mais que um simples presente. Você pode precisar. Mas lembre-se: só deve ser usado em casos extremos, quando tudo mais falhar e você estiver totalmente sem forças físicas ou espirituais. É um recurso de emergência.

— Entendo — respondi, porém sem compreender. O que era aquela criatura, afinal? Um animal de estimação de alguma bruxa? Eu tinha muitas, muitas perguntas a fazer.

— Tenho que ir — disse ele, parecendo inquieto, como se sua mente já estivesse em outro lugar. — Não posso me ausentar por muito tempo.

— Realmente. É uma longa viagem até Kerry — arrisquei. — Leva o tempo de uma lua a outra ou mais, não?

— Sim, pelo caminho que Dan prefere usar, a cavalo ou a pé — ele respondeu. — Mas há outras maneiras.

— Entendo — disse novamente, lembrando-me dos contos sobre druidas e magos. Fiquei imaginando o quanto ele não teria aprendido naqueles dezoito anos e no tempo em que não nos vimos.

— Adeus, então — ele disse, em tom sóbrio.

— Eu teria ajudado, acredite — eu disse. Queria muito que ele e minha irmã soubessem que eu não era tão fria quanto eles pensavam. — Mesmo que me tivessem me dito quem você é e porque seu relacionamento com ela é proibido, eu a teria ajudado. Amo minha irmã. Se ela decidiu ficar com você mesmo assim, pode ser que esteja certa. Talvez, por algum motivo, as coisas tivessem que acabar dessa maneira, independentemente do que estabelecem as leis.

Ciarán fez um gesto, concordando.

— A história seguirá seu curso, de uma forma ou de outra. — ele respondeu, falando novamente como um druida.

Então, parecendo obedecer a um chamado, embora eu não tivesse ouvido ou percebido qualquer sinal, Dan Walker apareceu sob o arco no jardim, assobiando baixinho e com a sacola de couro pendurada no ombro.

— Já vamos, então? — perguntou, como se já soubesse.

Antes mesmo que eu pudesse me despedir, Ciarán se moveu rápido como uma sombra e os dois se foram. Fui até o arco, sentindo o peso do presente que ele havia deixado sobre meu ombro e suas garras em minha pele. Mas quando cheguei à trilha e olhei pelo campo, na direção da margem da floresta, eles haviam desaparecido.

O pessoal da casa logo se acostumou com o corvo.

— Melhor tomar cuidado com o bebê — Janis dizia, provavelmente se sentindo um tanto responsável, já que seu sobrinho havia tomado parte naquilo. — Não se pode confiar em uma criatura com um bico desses. Sabe o que dizem sobre os corvos.

Mas ela estava completamente enganada. O corvo se comportava de maneira exemplar, principalmente perto da criança. Enquanto Johnny dormia, ele se empoleirava por perto, vigiando em silêncio. E quando estava acordado e chorava, pedindo o jantar, o pássaro juntava sua poderosa voz à dele, gritando junto para garantir um rápido atendimento. Quando eu saía para andar perto do lago e admirar os novos cisnes ou as jovens árvores que cresciam, carregando meu filho nos braços, ele sempre acompanhava, seguindo como uma sombra negra, pulando de um galho para outro, sempre perto de nós. Comecei a me acostumar com sua presença. Era como um cão de guarda bem treinado; alertava-me da aproximação de animais ou de lenhadores com um pequeno grito. Passei a chamá-lo de Fiacha, que significa "pequeno corvo". Mas não fazia a menor ideia de como utilizar seus serviços. Tentei falar mentalmente com ele algumas vezes, sem resultado. Talvez, se um dia eu realmente precisasse, descobriria como fazer. Se é que viria a precisar. Havia tantos comentários e teorias sobre o que poderia acontecer que era difícil imaginar como seria o futuro. Aqueles que haviam tocado minha barriga durante a gravidez para ter sorte e achavam que Johnny era filho de um ser do Outro Mundo olhavam Fiacha com uma mistura de medo e respeito, comentando timidamente sobre a profecia. Diziam ser um sinal. Minha família não tentava refrear a imaginação deles. O fato de as pessoas acharem que eu era consorte de um *Túatha Dé* lhes poupava explicações.

Ouvi muitas histórias em minha vida e contei muitas também. E se elas me ensinaram uma coisa é que há fatos que mudam a sequência dos acontecimentos e alteram a ordem da vida de maneira muito mais séria do que podemos imaginar. É como jogar uma pedra em um lago. Ela faz que se formem círculos que se espalham e alcançam toda a superfície. Nesse caso, a pedra foi uma mentira, ou melhor, uma verdade escondida por Conor e Liam. Até meus pais sabiam desse irmão secreto. A família inteira mentiu. Ninguém teve como contar a verdade porque era algo tão terrível e tão perigoso que nem eu ainda entendia totalmente e que Niamh, cuja vida foi totalmente modificada, também não podia saber. No entanto, depois disso, eu já não sabia se conseguiria confiar totalmente neles. Tudo teve origem naquela mentira: amor verdadeiro, esperança perdida, crueldade, abuso e fuga. E para Ciarán, a queda em um abismo e uma escuridão que pareciam ameaçar a base de nossa existência.

Para mim e para minha família, aquilo trouxera a perda da confiança. Despedidas tardias, despedidas para sempre e até mesmo o despertar de um mal antigo que fazia tudo sair de sua ordem.

Finbar não ficou depois de Sorcha ter partido. Na manhã seguinte, voltou para dentro da floresta e só eu fui me despedir dele.

— Você sabe onde me encontrar — ele disse. — E pode precisar de ajuda daqui a algum tempo. Basta me chamar e eu virei.

— Obrigada.

Fiacha se moveu em meu ombro e inclinou a cabeça, observando meu tio enquanto ele se afastava.

— Tio?

— Sim, Liadan.

— Preciso lhe dizer uma coisa. Preciso lhe contar que descobri a verdade sobre Ciarán; sobre quem ele é e o motivo de ter ido embora. E quero lhe perguntar: se eu quisesse saber sobre o antigo mal de que vocês tanto falam e o que ele significa... você me contaria? Alguém me contaria? Já tive tantos avisos, ouço vozes que me levam em uma ou outra direção, mas ninguém me explica. Se é verdade que estamos sob ameaça, como podemos combatê-la se não a entendemos?

Finbar ficou me olhando.

— Você devia ter sido minha filha, pois parecem ser minhas as palavras que saem de sua boca. Eu mesmo gostaria de ter contado tudo a você há muito tempo, mas Conor nos fez prometer segredo. É melhor você perguntar diretamente a ele. Acredito que lhe contará, agora que nossa irmã partiu. Nosso silêncio era para protegê-la de mais sofrimento. Para evitar que o mal ressurgisse e destruísse a vida de nossos filhos e filhas como destruiu a nossa. Ao vencer a feiticeira, Sorcha acreditou que o mal estaria extinto para sempre. Mas ele não se extinguiu; fez apenas uma pausa para recuperar as forças. Converse com Conor. Fale sobre seus receios e peça que lhe conte a verdade.

— Falarei. Obrigada mais uma vez, tio. Você sempre fala de maneira direta e aberta, e eu o respeito muito por isso.

— Até logo, Liadan. Mantenha sua luz brilhando.

E foi embora. Algumas horas depois, os cães da casa foram soltos.

Meu pai partiu no mesmo dia, pegando a todos de surpresa. Eu sabia que ele cumpriria sua promessa. Sempre foi um homem de palavra. Mas ninguém imaginava que fosse tão cedo, especialmente porque seria uma viagem perigosa. Ele podia ser bretão, mas tinha vivido em Erin durante mais de dezoito anos. Não se sabia como seria recebido. Além do mais, para chegar lá, teria que cruzar uma costa cheia de escandinavos e um mar cheio de assaltantes e piratas, além do mar bravio. Para Iubdan, fazer aquela viagem sozinho era um desafio ainda maior que a dor da perda que havia sofrido. Mas Sean achava que fazia sentido.

— Sozinho ele pode passar pelas fronteiras sem ser percebido e obter informações no caminho — ele disse. — Há muito tempo atrás esse tipo de aventura seria algo comum para ele. Hoje ele partirá em viagem porque deu sua palavra. Mas ainda tem as habilidades de antes.

Senti orgulho em sua voz. E eu mesma não duvidava das habilidades de meu pai. Janis estava certa. Vi o vazio nos olhos dele e percebi que, sem aquela missão, ele poderia vir a se perder em seu luto e seu desespero.

Papai veio se despedir de Sean e de mim no pequeno jardim de ervas, onde o carvalho que havia plantado para minha mãe, no outono em que Niamh nasceu, agora oferecia sombra e proteção a seus filhos. Estava usando roupas simples e carregava, em uma sacola, apenas os suprimentos básicos.

— Vou a pé — ele disse. — Tenho alguns negócios a resolver no caminho que requerem discrição. É melhor não chamar atenção. E há muito tempo não tenho notícias de Harrowfield. Não sei o que me espera por lá.

— Papai? — quis manter a voz firme para parecer forte para ele. Mas a partida de mamãe ainda era muito recente para mim. Não tive tanta força.

— Sim, querida.

— Você... você volta, não?

— Que pergunta mais boba — disse Sean. Mas ele também estava à beira das lágrimas.

— Seu irmão tem razão, Liadan — papai disse, me abraçando e tentando sorrir. — Não há motivo para você me perguntar isso. É claro que eu volto. Há muito trabalho me esperando aqui, família e amigos. Pelo menos é o que Liam me garante. Estou indo porque prometi.

— Não se preocupe, pai. Cuidarei de tudo — disse Sean, tentando demonstrar tranquilidade, mas sem muito sucesso.

— Obrigado, filho. Agora preciso dizer até logo. Sei que vocês são fortes e corajosos. São os filhos de sua mãe.

Ele me abraçou e eu chorei. Depois, segurou Sean pelo ombro durante um instante e partiu.

Algum tempo depois, Padriac reuniu seu cortejo e foi para o oeste fazer uma visita cordial a Seamus Readberd.

— Afinal — disse ele — quem sabe? Sempre se pode descobrir novos horizontes e experimentar novas aventuras. Pode-se passar a vida inteira viajando e investigando e ainda assim deixar muito para seus filhos e netos descobrirem.

— E filhas — eu completei, com sarcasmo.

Meu tio riu, mostrando as covinhas do rosto.

— E filhas — concordou. — Já me disseram que você é boa com o arco, tem boa mira para atirar facas e se vira bem em uma luta. Em minha próxima visita, quero lhe ensinar a velejar. Nunca se sabe quando será necessário.

Decidi esperar algum tempo e escolher o momento certo. A casa ainda estava se reestruturando. A morte de minha mãe havia entristecido a todos e a partida de meu pai também foi muito sentida. Sem sua presença forte e constante, as pessoas pareciam um pouco perdidas, como se o trabalho com as terras e fazendas já não tivesse a mesma energia. O grande Iubdan ajudava em tudo, desde a arrumação dos telhados até a criação de gado. Conor e seu grupo de druidas continuavam em nossa casa, sem parecer ter muita pressa de partir. Só Liam andava muito retraído. A morte de Sorcha o tinha abalado mais do que imaginamos. Parecia, então, que Conor havia ficado mais um pouco para lhe dar apoio. Mas eu suspeitava de outro motivo, também. O chefe druida estava sempre por perto enquanto eu trabalhava em meu jardim ou brincava com Johnny na grama. E me acompanhava quando eu ia até o povoado, dando bons conselhos ao povo e abençoando aos que vinham falar com ele enquanto eu cuidava dos doentes. Pensei que não era a mim que ele observava, mas sim a Johnny. Eu sempre confiara neste tio; tão sábio, tão equilibrado, tão sereno e seguro de si. Mas agora não conseguia olhar para ele sem ver os olhos tristes de Ciarán e os ferimentos no corpo de minha irmã. A confiança pode ser muito perigosa quando depositada na pessoa errada. Comecei a perceber como é perigoso fazer uma escolha baseada em confiança ou naquilo que outra pessoa nos diz ser o correto. Estava claro o que Conor queria para mim e para meu filho. Era o mesmo que os Seres da Floresta queriam. Parecia mesmo ser a solução ideal. Talvez a floresta fosse o único lugar onde meu filho estaria a salvo. Mas eu não tinha como saber. As únicas escolhas de que eu tinha certeza naquele momento eram as minhas.

Sentamo-nos no jardim enquanto Johnny descansava deitado em sua manta, sob as árvores. Estávamos sozinhos ali. Eu estava costurando, pois Johnny crescia rápido, e eu precisava fazer novas camisas e túnicas para ele. Conor estava sentado ao meu lado, olhando para o lago.

— Tio — comecei, cautelosamente. — Não sei como lhe perguntar, mas tenho ouvido falar muito de um antigo mal, algo que todos já achavam estar extinto, mas que despertou novamente. Tenho pensado muito nisso, especialmente depois que minha mãe morreu. Lembro-me sempre de sua história sobre Fergus e Eithne. Nela, os Seres da Floresta dizem que não haverá paz em Sevenwaters enquanto as Ilhas não forem resgatadas, e o equilíbrio, restabelecido.

E parece mesmo que as coisas não estão dando certo. O que aconteceu com Niamh foi terrível. Tenho que lhe contar que descobri o motivo pelo qual vocês não permitiram o casamento dela com Ciarán. Agora sei quem ele é. Mas não consigo entender por que você não lhes contou a verdade. Escondeu-a duas vezes, primeiro de Ciarán, deixando-o crescer sem saber de sua verdadeira identidade; e depois deixando Niamh acreditar que ele a tinha abandonado. Disse a ela que sua união era proibida, mas não explicou o motivo. Isso foi cruel. Não entendo por que esconder a verdade dessa maneira. Nunca fizemos isso em Sevenwaters.

— Foi Finbar quem lhe contou tudo isso?

A voz dele estava calma, mas as mãos mexiam, inquietas, em um ramo de castanheira que havia apanhado do chão.

— Falei com ele sobre isso, sim — eu não podia contar que Ciarán havia retornado. Ele não podia saber que Niamh estava viva, embora eu me sentisse mal escondendo a notícia. Mas ao escolher se tornar seu protetor, Ciarán a havia afastado definitivamente da família. — Mas Finbar não quebrou sua promessa, tio. Disse que havia se comprometido a manter silêncio sobre o assunto. Eu é que fui juntando os fatos a partir de visões e de tudo mais.

— Entendo.

— Peço-lhe então que me explique. Você me pediu para manter meu filho aqui na floresta como se ele fosse o filho da profecia; aquele que poderia consertar o que está errado. E me parece que o mal está se aproximando cada vez mais de nós. Estamos sofrendo muitas perdas, inclusive a da confiança uns nos outros. Entendo o que os Seres da Floresta me disseram, que Johnny é a chave de tudo. Mas ele é ainda tão pequeno.

Olhei para ele ali, brincando e se esforçando para pegar os próprios pezinhos.

— Se o que eles dizem está correto, meu filho tem... um papel muito importante em tudo isso. E sou mãe dele. Como posso tomar qualquer decisão se não sei de toda a verdade?

Conor olhou para mim.

— Você está me dizendo toda a verdade? — ele perguntou sério.

Senti meu rosto enrubescer.

— Não, tio. Mas não estou escondendo um grande mal. Estou apenas tentando proteger aqueles a quem amo. E contei toda a verdade à minha mãe antes de ela partir.

Ele fez um gesto, aparentando concordar.

— Também fiz tudo que fiz apenas para proteger aqueles a quem amo, Liadan. Mas cometi um grande erro. Acreditei que seria forte suficiente para desfazer o trabalho do mal; para contra-atacar usando minhas próprias estratégias. Porém, sou apenas humano; uma pequena peça no grande jogo. Ela está muito além. Tem mais poder do que imaginávamos. É sorrateira e inteligente. Pensamos que havia se afastado para sempre, mas estávamos enganados.

— Ela? Você está falando de *Lady* Oonagh, não? A mesma feiticeira que os transformou em cisnes e que teria tomado conta de Sevenwaters não fosse a intervenção de minha mãe?

Ele suspirou.

— Você diz que ela teria tomado conta de Sevenwaters, mas não é tão simples. Ela queria que tudo ficasse para seu filho. Através dele é que teria poder e influência. Seu filho tinha o mesmo sangue que ela, de uma longa linhagem de feiticeiros. Mas ele também era filho de Colum de Sevenwaters e tinha direito a uma parte da túath. Conosco fora do caminho, ele seria o único herdeiro. Então, tendo-o como instrumento e usando seus poderes de feitiçaria, ela poderia mudar os destinos dos reis, Liadan.

— Sei que você o criou em solo sagrado — eu disse. — Seu pai o encontrou, tirou-o da mãe e você o criou como druida. Posso entender tudo isso, mas por que não contar a ele a verdade? Por que esperar até ser tarde demais; até esta verdade ser tão destrutiva a ponto de acabar com ele?

— Meu pai jurou encontrar Ciarán e trazê-lo para casa — disse Conor. — *Lady* Oonagh não se importava com o bebê. Esperaria apenas até que ele crescesse o suficiente para poder ser treinado e se tornar um feiticeiro. Deixou-o, então, para ser criado por pessoas que julgava inofensivas: um casal no sul que ficou muito feliz em receber dinheiro para cuidar dele. O casal morava em um vale distante. A bruxa achou que ele estaria seguro ali por alguns anos. Não contava com a determinação de meu pai. Então, Ciarán foi encontrado e trazido para a floresta. Aqui foi criado dentro das tradições, com a paz e a disciplina do grupo. E aqui também viveu Lorde Colum pelo resto de seus dias, em estudo e contemplação, e teve uma morte tranquila. Ciarán era como um filho para mim, Liadan. Era um bom menino. Sério, inteligente, perspicaz, aprendia rápido e tinha muita autodisciplina; todas as características de um líder druida. Eu estava muito confiante. Tinha certeza de que conseguiria frustrar as intenções dela e transformar aquele menino em um homem que seguiria o caminho da luz, dos bons propósitos, da fé e da dedicação aos mistérios. Não revelamos sua identidade. Só minha família sabia de sua existência. O rapaz não merecia crescer sabendo de suas origens tão obscuras. Preferi que fosse simplesmente um de nós; que fizesse parte do grupo dos sábios.

– Mas ele não fazia – eu disse. Embora a voz de Conor continuasse firme, seus olhos revelavam uma profunda tristeza. – O filho de uma feiticeira não pode se tornar um druida.

Conor estava pálido.

– Cometi um erro terrível. O garoto tinha o sangue da mãe, e isso cedo ou tarde se manifestaria. Pensei que conseguiria dominar a situação. Ele queria sair um pouco, conhecer a vida fora do local sagrado. E como já tinha se mostrado à altura de ser meu assistente na cerimônia do Imbolc, eu o trouxe para Sevenwaters. Tinha tanta certeza de que não havia perigo. Jamais imaginei que ele seria tentado... jamais.... não percebi que poderia estar trazendo o mal para o seio de nossa família novamente. Bastou ele colocar os olhos em Niamh e a mão de *Lady* Oonagh passou a comandar nossas vidas novamente.

Através do filho, ela conseguiu espalhar sua força destrutiva sobre nossa família e sobre todos a quem protegemos. Não havia escolha, Liadan. Naquela noite nos reunimos, Liam, seu pai e eu. E tomamos uma decisão. Fiz que prometessem guardar segredo. Para Sorcha aquilo foi um golpe fatal. Temia pela segurança de vocês. Temia que pudessem acabar sofrendo a influência maligna da feiticeira. Por isso não lhes contamos. Pensamos que seria melhor para Niamh se ela não soubesse o pecado que havia cometido. Sem o peso na consciência, poderia esquecer mais facilmente aquele relacionamento e recomeçar sua vida. E, realmente, depois de algum tempo fez um bom casamento, foi para longe e ficou a salvo. Quanto a Sean, não queríamos vê-lo saindo de espada em punho, procurando vingança. Ele tem um bom perfil de líder e com o tempo se tornaria mais equilibrado e mais sensato como o tio e como o pai. Era melhor que também não soubesse. E se ele não soubesse, você também não saberia.

— Mas e quanto a Ciarán? Ele parece ser a maior vítima. Sua vida toda foi uma mentira.

— Contamos a ele a verdade naquela noite — olhando para ele, eu via agora um homem velho, triste e cansado. — Não tínhamos como não contar. O que ele e Niamh fizeram foi abominável, totalmente contra as leis da natureza.

— Mas eles não sabiam. Foi um ato inocente — eu respondi, a voz trêmula.

— Sim, reconheço que foi — ele disse. — Mas ainda assim foi errado e não podíamos aceitar aquela situação. Foi bem melhor para Niamh se casar e começar uma vida nova. Quanto a Ciarán, ele escolheu seu caminho. Nisso tenho de reconhecer a influência de sua mãe se estendendo sobre nós mais uma vez.

Olhei para Fiacha, pousado em um galho acima de nós, alisando as penas. Finalmente meu tio havia me contado a verdade. Mas eu não tinha como fazer o mesmo. Não naquele momento, e talvez nunca.

— Você sabe para onde Ciarán foi quando saiu de Sevenwaters? — perguntei com cautela. — Pensa que *Lady* Oonagh ainda está viva e que ele foi procurá-la?

— Algumas coisas são terríveis demais para serem ditas em voz alta. Sim, é possível. Ele saberia como encontrá-la, se quisesse. Ciarán tem os conhecimentos de um druida. Poderia ir atrás dela, embora seja uma viagem muito perigosa. Mas não tive mais notícias dele, Liadan.

— Mandou-o embora mesmo sabendo que ele poderia ir atrás dela?

— Não o mandei embora. Ele podia ter continuado conosco. Era... era um excelente aluno, capaz de grandes feitos. Dominava com destreza as artes de mente e da magia. Não havia necessidade de partir. Mesmo porque, a ameaça de sua herança negativa poderia ser mais facilmente controlada dentro do círculo sagrado e de nossa comunidade. Mas ele escolheu assim. Escolheu deixar tudo para trás. Eu falhei, Liadan. Eu o desapontei, e também à minha família.

— Você me disse uma vez para não me sentir culpada quando as coisas acontecessem como devem acontecer. Isso foi há um bom tempo, antes de essa história começar. E agora o ouço dizer que foi tudo por sua culpa. Talvez você esteja enganado. Talvez tudo isso faça parte de um grande plano, que não entendemos e do qual somos pequenas peças. Foi isso que os Seres da Floresta me disseram. Que não conseguimos entender as coisas e por isso acabamos fazendo escolhas erradas. Às vezes, penso que somos meros fantoches em suas mãos, manipulados de acordo com suas vontades. Mas também acredito que temos mais poder do que eles querem admitir. Caso contrário, por que se importariam com o que eu faço ou deixo de fazer? Por que tanta insistência para que Johnny seja protegido? Talvez seja apenas por meio de nós, os meros mortais, que a profecia possa se realizar, apesar do que eles nos dizem.

— E também — disse Conor concordando — foi através da força e da paciência humanas que o feitiço de *Lady* Oonagh foi quebrado, não pela poderosa intervenção dos *Túatha Dé*. Quer dizer, então, que eu posso estar errado sobre Ciarán?

— Pelo que você me diz, ele não é fraco nem ignorante. E apesar da raiva que está sentindo, ainda é perfeitamente capaz de fazer suas escolhas com clareza e habilidade. Não consigo crer que, só pelo fato de ser filho dela, deverá se transformar em um bruxo malévolo e cometer atrocidades. Afirmar isso é como afirmar que não temos escolha naquilo que fazemos e na maneira como vivemos. Não acredito em algo assim, tio. Podemos ter uma vida curta neste mundo, como os Seres da Floresta afirmam. Podemos ter muitas limitações. Mas dentro de nossos limites temos o poder de mudar as coisas, de fazer escolhas e de ir onde precisamos ir. Se há algo que aprendi sobre mim mesma é que não quero ser instrumento de algum Lorde ou Dama, ou dançar conforme a música deles. Não quando meu coração me pede para seguir outro caminho. Você criou Ciarán para ser um homem sensato e equilibrado. Pois então, ele carrega dentro de si essas qualidades tanto quanto o sangue da feiticeira. Tudo o que você transmitiu a ele com tanto carinho durante os longos anos de treinamento com certeza o tornaram forte. Provavelmente, mais forte do que você imagina.

Não falamos mais sobre o assunto. Quando o verão deu lugar ao outono e Johnny já conseguia se sentar sozinho e engatinhar Conor partiu com seu grupo. Disse apenas:

— Cuide dele, Liadan. Pelo bem de todos nós, mantenha-o em segurança.

# Capítulo 13

Não tivemos mais notícias de Eamonn. Apenas uma escolta veio buscar sua irmã. Isso me deixava aliviada, pois a última conversa que tivemos ainda estava gravada em minha mente, bem como o beijo. No meio do outono já estava convencida de que ele tinha finalmente aceitado o não como resposta e decidido seguir em frente. Lamentava o fato de minha decisão ter tornado as coisas um pouco mais difíceis para Sean e para Liam, pois sua ligação com Eamonn não apenas ajudava a defender nosso território, mas também seria importante no caso de um ataque a Northwoods. Ambos comentavam sobre o silêncio dele. Mas ainda era cedo. Com o tempo, a aliança voltaria a se fortalecer, afinal Aisling não se casaria com meu irmão na primavera? Isso ajudaria a curar as feridas.

Em uma tarde quente, perto do Méan Fómhair, quando a colheita já estava no fim e as maçãs estavam maduras no pomar, levei meu filho até uma parte reclusa da margem do lago. Ali os galhos e as folhas dos salgueiros quase tocavam a água e a curva na borda oferecia abrigo e privacidade. Era um dia ensolarado. A superfície da água brilhava com a luz, e a floresta começava a vestir as cores do outono.

Tons de laranja, vermelho e amarelo tingiam o verde sombrio dos pinheiros sobre os morros e as montanhas. Tínhamos passado dias muito felizes nadando e mergulhando ali, subindo nas árvores e inventando jogos e aventuras. E agora meu filho brincava no mesmo lugar, nu na areia, criando formas engraçadas ao engatinhar. Tirei o vestido e o levei para a água, torcendo para que o trabalho intenso nas plantações mantivesse todos ocupados e sem intenção de aparecer por ali. Johnny ria, deliciando-se com a água fresca sobre a pele e mostrando os dois dentinhos novos. Eu o mergulhava e erguia, mergulhava e erguia.

— No próximo ano irei ensiná-lo — eu disse. — Você nadará bem como um salmão ou uma foca. Dirão que seu pai era um tritão; um deus do mar.

Brincamos até ele se cansar, então embrulhei-o na manta e coloquei-o para descansar à sombra. Ele não dormiu. Estava se divertindo, olhando para as sombras dos galhos e falando em sua língua infantil. Fiacha estava empoleirado logo acima, vigiando. Ficou agitado quando entramos na água. Bateu as asas, soltando pequenos gritinhos de preocupação, e depois veio andando até a beira, deixando marquinhas na areia com seus pés. Mas agora estava calmo. Voltei para nadar, observando Johnny antes de mergulhar e subindo rápido, jogando os cabelos para trás e sentindo a água em meu rosto. Era bom sentir o abraço dos elementos e me esquecer por um instante das complicações de minha vida, das decisões, dos segredos, da duplicidade e dos riscos, desfrutando da liberdade inocente da infância.

Depois de algum tempo, comecei a sentir frio e fui voltando para perto de Johnny, que agora dormia. Logo estaria com fome. Tirei a cabeça da água e abanei os cabelos para secá-los. Não captei sons ou movimento, mas algo me fez olhar para trás. Os cabelos de minha nuca se arrepiaram e percebi que estava sendo observada.

Havia um homem parado sob os salgueiros, imóvel como se fizesse parte da paisagem. Se não o conhecesse, pensaria que o padrão complexo desenhado em sua pele era um efeito da luz passando por entre as folhas. Estava usando roupas simples, em tons de cinza e marrom, típicas de quem desejava andar pela floresta sem ser visto. Se estava armado, não se via. Parecia que o Homem Pintado considerava a floresta mística de Sevenwaters um desafio tão simples quanto o imenso pântano de Sídhe Dubh. Ou talvez o tivessem deixado entrar.

Ele não se mexeu. Vi que teria que sair da água só com a roupa de baixo que estava usando e pensar na coisa certa para dizer. Saí andando em direção à margem com toda a dignidade possível, mas é difícil estar no controle da situação tendo que abaixar para tirar o excesso de água da anágua com braços, ombros e boa parte do peito expostos, os pés cobertos de areia e nenhum pente ou espelho por perto. Fui direto para onde estavam meu vestido e meu xale, mas ele foi mais rápido do que eu. Atrás de nós, sob a sombra dos salgueiros, o bebê continuava a dormir profundamente.

Bran segurava o xale e o abriu para colocar sobre meus ombros. Não consegui escolher as palavras. Na verdade, mal conseguia respirar, quanto mais dizer qualquer coisa que fizesse sentido. O xale caiu na areia, seus braços me envolveram e eu o abracei também. Seus lábios se encostaram nos meus em um beijo tão doce que quase deixei as lágrimas correrem. Depois, ele colocou as mãos em meu rosto, deslizando os dedos em minhas têmporas, como se não acreditasse que eu estava ali, em seus braços. Mas o desejo em seus olhos era muito maior que a discrição de seu toque.

— Ah, Liadan — ele sussurrou. — Liadan.

— Você está em segurança — consegui dizer, enquanto acariciava sua nuca e meu coração batia tão rápido que eu nem sentia mais. — Mas não devia estar aqui, Bran Os homens de Liam vigiam tudo o tempo todo. E ele ainda acha... não contei a verdade sobre minha irmã e como você a ajudou. Tenho uma grande dívida com você pelo que fez.

— Não tem — ele disse ofegante. — Já pagou, lembra-se? Agora venha. Vamos seguir o código de regras antes que percamos o controle. Sente-se aqui comigo.

Ele se abaixou, pegou o xale e o colocou em meus ombros.

— Venha — ele disse, respirando fundo. — Temos que nos sentar a três passos de distância, pois tenho novidades para lhe contar.

— Já sei que minha irmã está em segurança — eu disse, me sentando. Ele se sentou na grama. — Um... mensageiro veio no dia em que minha mãe morreu.

— Entendo. Sua mãe... isso deve lhe ter causado muita tristeza.

Fiz um gesto indicando que sim. Mal conseguia falar, respirar ou me manter imóvel.

— Mas há outras notícias que lhe interessarão — ele continuou. — Ouvi enquanto vinha para cá, e com certeza ainda não caíram nos ouvidos de seu tio ou de seu irmão. O Uí Néill está morto. Foi estrangulado enquanto dormia, em um acampamento ao norte. Foi antes da metade do verão, pelo que me disseram. Mas o acontecimento foi mantido em segredo por razões estratégicas. O assassino não foi identificado. Fugiu e os guardas só descobriram o ocorrido no dia seguinte. Com certeza era um homem de mãos fortes e que sabia se esconder e andar na floresta sem ser notado.

Fiquei pensando e todas as possibilidades me assustavam.

— Entendi... — sussurrei.

— Teria como algum de seus parentes saber a verdade? Alguém que não tivesse medo de puni-lo pelo que fez com sua irmã?

— Talvez Sean tenha associado as coisas — eu disse devagar. — Mas ele não saiu de Sevenwaters desde a morte de minha mãe.

— Você não contou mesmo?

— Você parece surpreso. Mas você mesmo me deu essa sugestão. Fica surpreso ao ver que uma mulher pode ter tanta força de vontade?

— Na verdade, não. Já cheguei à conclusão de que não posso classificá-la simplesmente como mulher. Em todos os aspectos, você é diferente.

— Mas eu acabei contando a eles, no final. A meu pai e a Sorcha. Não podia deixá-la morrer sem saber que Niamh estava viva. Contei a eles o que você fez por mim.

Ficamos em silêncio e eu pensei na possibilidade de que Iubdan, o defensor da liberdade, o árbitro de tantas disputas, pudesse estrangular Fionn Uí Néill com suas próprias mãos.

— Mas não se preocupe — disse Bran. — Como em tantos casos, esta morte será muito provavelmente atribuída ao bando do Homem Pintado. Com tantos crimes em nossa lista, que diferença fará mais um? Pelo menos seu pai tomou alguma atitude para compensar seus erros do passado.

Aquilo me irritou.

— Quer dizer que um homem precisa matar e mutilar para ter o seu respeito?

— Um homem, ou uma mulher, tem ao menos que saber tomar decisões e segui-las até o fim. Se um homem tem responsabilidades, não pode abandoná-las de uma hora para outra. Se escolhe cuidar das terras, da família e da comunidade, tem que ser fiel à sua escolha. Não pode jogar tudo para o alto só para seguir uma mulher que nem conhece.

Suspirei.

— Gostaria que você tivesse conhecido minha mãe. Bastaria conversar com ela uma única vez e você mudaria de opinião. E quanto a meu pai, fez uma escolha muito difícil ao vir ficar com ela. Não abandonou suas responsabilidades, simplesmente as transferiu para outra pessoa. Ela precisava muito dele, Bran. Precisava dele tanto quanto eu... — parei. Não podia completar a frase.

Ficamos em silêncio por um instante e então ele disse:

— Não posso demorar. Preciso ir falar com seu irmão, pois metade de minha missão já está concluída. Há outras mulheres por aqui ou você está sozinha?

— Ninguém virá aqui. Por que pergunta?

— Eu... eu prometi a mim mesmo me controlar quando a visse novamente, mas...

Ele não terminou de falar, pois nossos braços foram mais rápidos, apertando nossos corpos um contra o outro e o desejo reprimido nos dominou. Não conseguíamos mais nos segurar. Foi muito bom sentir a rigidez de seus músculos e suas mãos percorrendo, afoitas, meu corpo coberto apenas com a anágua molhada. Foi como se tudo ao meu redor desaparecesse e ficassem apenas aquelas sensações. Como se não houvesse homem ou mulher ali, sob as árvores; nem Bran, nem Liadan. Eram apenas duas metades de algo que havia se quebrado e agora se unia novamente. Gemi e o apertei mais contra meu corpo. Ele sussurrou alguma coisa, se moveu mais e mais, e eu respirei com força. Então ouvimos um pequeno gemido do outro lado e o grasnar de um pássaro. Ficamos imóveis. O gemido se transformou em choro. Eu me levantei, fui pegar meu filho e Bran ficou parado. Seu rosto empalideceu.

— Desculpe-me — eu disse, sem graça. — Eles não conseguem esperar nessa idade.

O bebê estava faminto e irritado. Não tive escolha a não ser me sentar na frente de Bran, baixar a alça da combinação e lhe dar de mamar. O choro parou instantaneamente e o corvo silenciou, pousado no galho acima. Fiacha não me avisou da chegada de Bran. Era estranho, considerando-se que nos vigiava sempre tão bem.

Bran não se moveu. Ficou olhando, em choque, sem expressão.

— Parece que você não perdeu tempo — ele disse. — Por que não me falou disso antes? Que espécie de jogo está fazendo?

Imagens de outra conversa voltaram à minha mente e meus olhos se encheram de lágrimas.

— Como assim, não perdi tempo? — sussurrei zangada.

— Meus informantes costumam ser muito bons. Ninguém me falou que você tinha se casado e que teve um filho. Fui um idiota em vir até aqui.

Eu não sabia se ria ou se chorava. Como um homem com uma reputação daquelas podia ser tão burro?

— Pensei que veio aqui para ver meu irmão — eu disse trêmula.

— Sim. É verdade. Mas também pensei... também esperava... mas me enganei tremendamente. Como pude pensar que você... Não acredito que me permiti enganar uma segunda vez.

— Com certeza — eu disse. — Seu julgamento foi equivocado se pensou isso de mim. Que eu sou como uma qualquer da estrada que se entrega a qualquer um que passa.

Ainda assim, ele se aproximou e agachou, sem conseguir tirar os olhos da criança.

— Imagino que eles tenham encontrado um marido decente para você, como fizeram com sua irmã — ele disse, com tristeza na voz. — Pelo menos não foi Emonn Dubh. Tenho prestado muita atenção nele e saberia. Quem foi o chefe de clã que eles escolheram, Liadan? Você descobriu, depois de se deitar comigo, que não podia mais esperar para ter um homem na cama?

— Se não estivesse com a criança nos braços, seu rosto agora estaria com a marca de minha mão — eu disse, mudando meu filho para o outro seio. — Parece que você ainda não aprendeu mesmo a confiar, não é?

— Como posso confiar depois disso? — ele resmungou.

— Seu preconceito o cega — eu disse, tentando manter a calma. — Você já se perguntou por que eu continuo aqui em Sevenwaters em vez de estar com meu marido?

— Nem quero adivinhar o motivo — ele disse. — Sua família tem regras muito diferentes.

— Olha só quem fala.

Maldito. Não merecia saber a verdade. Como podia me julgar daquele jeito?

— É melhor você me dizer, Liadan. Quem é ele? Quem é seu marido?

Respirei fundo.

— Estou aqui em Sevenwaters porque não tenho marido. E não que tenham me faltado propostas. Tive oportunidade, sim, mas recusei. Não daria o nome de outro homem ao seu filho.

Ele ficou mudo. Só se ouvia o som da criança mamando. Johnny mamava rápido. Um instante depois já tinha terminado, desceu de meu colo e se virou para Bran. Pegou seus dedos e ficou observando, aparentemente fascinado, o desenho em cada um deles.

— O que você disse? — ele perguntou, ainda imóvel, sentado na grama como se estivesse com medo de se mexer, pensando que o mundo poderia desabar ao seu redor.

— Você ouviu. Ele é seu filho, Bran. Já lhe disse que não teria outro homem. Jamais menti para você e jamais mentirei.

— Como você pode ter certeza?

— Desde que só me deitei com um homem até hoje, e apenas durante uma noite, não me parece haver motivo para ter dúvidas. Ou você já se esqueceu o que aconteceu entre nós?

— Não, Liadan — ele moveu os dedos na grama e Johnny se sentou, mostrando surpresa com um gritinho. Olhou para o rosto do pai, fascinado.

— Não me esqueci. Aquela noite e aquela manhã ficaram marcadas em minha mente para sempre. Mas isto... eu não consigo acreditar. Devo estar sonhando. Só pode ser fantasia; imaginação.

— Bem, não me pareceu muito fantasioso na hora do parto — respondi.

Ele olhou para mim, com expressão séria.

— Por que você não me contou? Como pôde esconder isso de mim?

— Estive muito perto de lhe contar em Sídhe Dubh. Mas não era o momento. Além do mais, parece-me que você já tem problemas demais. Não quis lhe dar mais um. E, ao mesmo tempo, desejei muito que você estivesse lá. Queria dividir com você o momento em que seu filho veio ao mundo.

Outro silêncio. Johnny se cansou de explorar a tatuagem e foi engatinhar na areia. Bran ficou observando e o que vi em seus olhos fez meu coração amolecer. Mas quando ele falou, sua voz estava firme.

— Você sabe o que eu sou. Sabe que tipo de vida levo. Não sou do tipo que serve para pai ou para marido. Como você mesma disse, meu negócio é matar. Não quero que meu filho se torne alguém como eu. Ele ficará melhor sem mim, assim como você. Não entendo sua família, mas apesar dos erros de seu pai, seu irmão é um bom homem. Poderá protegê-la e sustentá-la. Temos que nos despedir agora, Liadan. Não posso me tornar o homem que você precisa. Sou... um mercenário, um condenado. É melhor esta criança nem saber quem foi seu pai.

Eu mal conseguia falar.

— Então você quer repetir a história de Cuo Chulainn e Conlai, é isso?

— Uma história triste — ele disse. — Mas parece que é exatamente assim.

Ficamos os dois em silêncio, observando o bebê engatinhar na areia com uma determinação maior que o controle sobre seu corpinho. Tropeçava, caía, mas se levantava e continuava.

— Eu estava errado, agora sei — ele disse, então. — Pensei que isso seria um peso. Mas não é um peso. É um presente; um presente maravilhoso. Só que um homem como eu não merece algo assim.

— Ah, mas este presente não veio exatamente de surpresa. Nós dois o aceitamos na noite em que nos deitamos juntos. Seu filho não o julga, e nem eu. Para ele, você é uma página em branco em que se pode escrever qualquer coisa. E quanto a mim, jamais pedi que você mudasse. Você é o que é. Tenho força dentro de mim, Bran. Nas noites mais escuras, vigio por você. Nas noites sem lua, minha vela fica acesa na janela para iluminar seu caminho. Você pode recusar esse presente, mas eu não vou desistir dele assim tão fácil. Você está em meu coração, goste disso ou não.

— Faz sentido. Eu senti algo. Às vezes, tinha a impressão de vê-la na escuridão. Mas pensei que fosse bobagem de minha mente. Liadan, você não pode se prender por minha causa. Merece coisa melhor, muito melhor. Uma vida honrada ao lado de um homem que não lhe cause vergonha. Meu mundo é cheio de perigos, de fugas, de sombras e de privação. Isso não mudará. E não quero uma existência assim para você ou para... para meu filho.

— Se você não consegue ver um futuro para nós, por que veio me ver?— perguntei sem rodeios. — Por que não foi direto falar com Sean, mantendo sua visita em segredo? Um dia você me pediu para que eu ficasse ao seu lado. Provavelmente já esqueceu isso. Mudou de ideia assim que descobriu meu sobrenome. Ainda assim, aceitou o trabalho que meu irmão lhe ofereceu. Qual é o preço dessa missão? Por que trabalhar para o filho de Sevenwaters quando você rejeita a filha? Não faz sentido.

— Acredito que eu esteja como Hugh de Harrowfield, que foi envolvido na rede de sua mãe a tal ponto que cedeu ao desejo e abandonou suas responsabilidades para segui-la. O simples fato de pensar em você me faz dizer e fazer coisas em que não consigo acreditar. A falta que você me faz me deixa alucinado. Eu lhe disse, certa vez, que suas histórias eram perigosas. Que faziam meus homens querer o que não podiam ter. Desde que a conheci, sou atormentado por visões de uma existência diferente; uma existência na qual não consigo mais viver sozinho. Mas um homem como eu só pode viver sozinho. Viver comigo... ao meu lado... é sentença de morte. Você tem que seguir com sua vida sem mim, Liadan.

Ouvir aquilo foi terrível, mas tentei me controlar.

— Então você acha que eu deveria ter me casado com Eamonn quando ele me pediu? — eu disse, as sobrancelhas erguidas. — Ele insistiu diversas vezes. Mesmo depois que o bebê nasceu, ele me pediu para ser sua esposa e foi difícil convencê-lo de que eu não queria.

— O quê? — ele se levantou, de um salto. — Aquele homem quis tomar minha mulher e meu filho? O filho de um traidor da pior espécie? Pelos poderes do inferno, eu devia ter cortado aquela garganta quando tive chance.

Mas, de repente, seu tom de voz mudou.

— Ele pode comer aquilo? — perguntou, olhando para a criança.

O menino havia encontrado um inseto na areia e já ia colocá-lo na boca.

— Não, Johnny! — gritei, e corri para libertar o inseto de sua mãozinha. Sentei-me, então, ao seu lado para distraí-lo, fazendo um castelinho na areia enquanto o pobre bichinho escapava.

Bran havia emudecido.

— O que você disse? — conseguiu dizer, depois de algum tempo.

Mais uma vez, ficou claro para mim que a intuição de minha mãe não falhava.

— Chamei meu filho pelo nome.

— Mas por que escolheu este nome para o bebê? — disse ele, a voz oscilando.

— Dei a ele o nome de seu pai e de seu avô, um homem muito bom e íntegro — respondi, ainda ocupada, fazendo um castelinho com a areia úmida. Assim que terminei, Johnny estendeu a mão e destruiu a pequena construção.

— Mas... como você soube? Este nome... este nome não é usado há tantos anos que quase havia me esquecido dele.

Havia tanta dor em sua voz que me partiu o coração.

— Mas em Sevenwaters o nome John não foi esquecido — respondi séria. — Seu pai era o amigo mais querido do meu. Os dois cresceram juntos. E quando lhe contei, ele ficou feliz ao saber que seu neto também é neto de John.

— Como ele pode saber? Não uso o nome de meu pai. Não mais. Ele morreu. Morreu antes que eu o conhecesse, tentando defender sua mãe, que foi se meter em Harrowfield e afastar Lorde Hugh de suas responsabilidades. Talvez meu pai tenha sido um bom homem, como você diz. Não tive chance de descobrir.

Suspirei.

— É óbvio que quem lhe contou essa história mudou um pouco as coisas. Talvez você fosse ainda muito pequeno para entender a verdade. Quem lhe contou tudo isso?

Ele ficou pálido.

— Não quero falar disso.

— Acho que lhe faria bem falar — eu respondi, escolhendo as palavras. — Pode me contar.

— Há coisas que não se deve desenterrar. Este assunto é um peso tão grande que não vale a pena ser dividido.

— Mas talvez se você dividir, ele possa deixar de pesar em seus ombros.

— Não posso, Liadan.

Depois de algum tempo, continuei:

— Não respondi a sua pergunta. Contarei um pouco mais de sua história; pelo menos a parte que conheço. Está vendo aquela manta no chão, sob as árvores, onde Johnny estava dormindo? Traga-a até aqui.

Bran pegou a manta e começou a passar a mão nela, retalho por retalho.

— Isto é...

— Sim. Tomei a liberdade de fazer alguns ajustes em seu manto para poder usá-lo. Esta manta reúne todas as lembranças da família de Johnny e o aquece com carinho enquanto ele dorme. Tem pedaços de um vestido cor-de-rosa de minha irmã, de meu vestido de montaria e de uma camisa de meu pai, manchada pelo uso no trabalho. E também de seu manto, que me cobriu enquanto eu dormia sob as estrelas. E...

Mas seus dedos pararam ao tocar um retalho azul pálido e antigo, com um bordado delicado de folhas e de um pequeno inseto. Ele virou o braço, olhou em seu pulso e verificou que era exatamente o mesmo desenho que ele tinha tatuado em sua pele. A primeira tatuagem que fez quando tinha 9 anos e decidiu que já era um homem.

— Este aí é retalho de um vestido que minha mãe usou muito e que adorava — eu expliquei. — Ela tinha uma amiga em Harrowfield, a esposa de John. Margery era seu nome. Esta amiga fez o vestido para ela. Dominava muito bem a arte da costura. Fez com todo carinho. Foi um presente dado com muito amor, pois quando o filho de Margery nasceu, o parto foi extremamente difícil e, no final, foi minha mãe quem salvou sua vida. Quando meu Johnny nasceu, minha mãe disse que o parto teve exatamente as mesmas características e que o bebê era muito parecido com o filho de Margery. Não podia ser coincidência. Ela sugeriu que eu desse ao bebê o mesmo nome do pai. Iubdan, quer dizer, Lorde Hugh, também gostou muito da ideia. E assim eu fiz, pois queria lhe dar de volta o seu nome. Seus pais com certeza não iriam querer que você sentisse tanto ódio, Bran. Eles a amaram e a acolheram com todo carinho.

— Você não sabe — ele disse, em voz baixa.

— Deixe-me dizer uma coisa: você disse que meu irmão é um bom homem. E acredito que você também não me odeie, já que temos uma ligação. E nem à minha irmã, pois correu um grande risco para ajudá-la. Mas nós somos os filhos de nossos pais, Bran. Talvez seja o caso de você considerar a possibilidade de que Hugh de Harrowfield tenha agido por amor e por se sentir responsável quando decidiu vir para Sevenwaters. Pode não ter simplesmente abandonado seu povo, sem deixá-los em boas condições de vida.

— Você não entende. Mas é melhor assim. Melhor que jamais saiba.

— O que aconteceu com sua mãe? O que aconteceu com Margery?

Silêncio. A ferida estava funda demais para ser alcançada com facilidade. Estava bem escondida.

— Vou lhe fazer mais uma pergunta e daremos o assunto por encerrado. Suponhamos que eu estivesse em um lugar perigoso com meu filho e você tivesse providenciado alguém para nos proteger, como Gull ou Snake. Mas e se alguém nos atacasse e nosso protetor morresse? Você acharia que agiu de maneira irresponsável por deixá-lo cuidando de nós?

— Ele não morreria. Meus homens são os melhores. Além disso, não seria assim. Se você e... e Johnny estivessem em risco, eu mesmo os protegeria. Jamais deixaria esta tarefa para alguém. Totalmente fora de questão. Eu não permitiria que algo assim ocorresse. Se eu fosse... responsável por vocês, jamais ficariam expostos ao perigo.

— Mas e se acontecesse?

— Meus homens se arriscam todos os dias — ele disse relutante. — Vidas são perdidas, mas seguimos com nosso trabalho. É por essa razão que não temos esposas ou filhos.

— Hum — murmurei.— Bem, você já quebrou o código pelo menos duas vezes até agora. Contará isso a eles quando voltar?

Ele fez uma pausa.

— Não voltarei até ter cumprido esta missão — disse. — E disse a verdade. Estou aqui para falar com seu irmão. Aliás, já está ficando tarde. Preciso ir.

Ele se levantou com a manta nas mãos.

Johnny estava ocupado com a areia. Tinha as mãos mergulhadas nela até os pulsos. Eu também me levantei.

— Não adianta eu lhe pedir para voltar para mim, e em segurança, certo? — perguntei, tentando manter a voz firme. — Na verdade, talvez nem adiante eu lhe pedir para voltar. Mas continuarei a acender minhas velas enquanto você está em sua missão. Por favor, tenha cuidado.

— Preciso ir, Liadan. Não precisa temer por minha segurança. Tanto seu irmão quanto eu estamos cientes dos riscos. Eu... eu tenho mesmo que ir — ele disse, pegando-me em seus braços novamente. — Acho que pagaria qualquer preço para passar a noite em sua cama. Está vendo o que acontece comigo quando... — e me beijou, desta vez com mais intensidade. Parecia ser um último beijo; aquele de um guerreiro que vai para a batalha sabendo que não retornará. Eu podia simplesmente recuar um passo e deixá-lo ir. Mas meus braços pareciam ter vontade própria e não queriam largar. E os dele também me seguravam com força.

— Você ainda acredita que isto é algum tipo de feitiço de mulher que eu joguei sobre você contra sua vontade? — sussurrei.

— E o que mais seria? O simples toque de sua mão me faz esquecer quem sou, o que sou e o que não sou.

— É um fenômeno bem conhecido — eu respondi, tentando sorrir. — Quando um homem e uma mulher estão juntos e seus corpos se comunicam... é isto que acontece.

— Não. Isto é diferente.

Não o contradisse porque concordava com ele. O desejo da carne era uma coisa, e eu já o conhecia bem. Mas o que acontecia entre nós era infinitamente mais forte. Parecia uma força muito antiga e secreta. Jamais me esqueci das vozes que me chamavam na visão, dizendo "pule".

— Liadan. — ele disse, beijando meus cabelos.

— Sim?

— Diga: o que você quer de mim?

Respirei fundo e me afastei só o suficiente para olhá-lo de frente. Por trás da máscara de corvo ele agora estava muito sério e, pela primeira vez, muito jovem. Não tinha mesmo mais de vinte e um anos. Era difícil de acreditar.

— Que seu espírito se cure de todas as feridas — respondi baixinho. — Que você encontre seu caminho. É isso o que eu quero.

Ele pareceu não saber o que dizer. Sua testa franziu.

— Não é a resposta que eu esperava. Aliás, você sempre tem respostas que me fazem ficar sem palavras.

Meus dedos foram deslizando sobre os desenhos em seu rosto. O círculo ao redor de seu olho verde, os padrões em sua face e em seu queixo.

— Já ouvi isso — respondi. — Foi meu tio Conor quem disse. Ele me convidou para ir ao local sagrado e me tornar druida, junto com meu filho.

— Não vá embora — ele respondeu de imediato, no mesmo tom da criança que ouvi em sua mente, gritando na escuridão. E me apertou tanto que eu quase não conseguia respirar. — Não o leve embora.

Meu coração disparou. Ele me assustou com suas palavras.

— Fique tranquilo. Manterei a chama acesa para você. Já lhe disse isso, e jamais irei mentir para você.

Encostei a cabeça em seu peito, pensando como faria para suportar o momento em que seus braços me soltassem e ele fosse embora, desaparecendo na floresta.

— Você me disse o que quer para mim. Mas o que quer para si mesma?

Olhei em seus olhos para que ele lesse em mim a resposta. Não queria dizer aquilo em palavras; não ainda.

— Darei a resposta quando você voltar — eu disse, a voz oscilante. — Você ainda não está pronto para ela. Agora vá, antes que eu lhe dê mais desculpas para argumentar que as mulheres choram quando lhes é conveniente, só para convencer os homens.

Foi muito difícil, mas conseguimos desfazer o abraço. Bran se ajoelhou perto do filho, na areia. Johnny olhou para cima e disse algo em sua língua de criança.

— Concordo — respondeu Bran. — Ainda bem que você acordou aquela hora. Caso contrário, podíamos ter feito outro filho ou filha para nascer neste mundo de sombras e incertezas.

Passou delicadamente a mão pelos cabelos cacheados de Johnny e se levantou.

— Não tenho respostas para você — ele disse, em tom sombrio, mantendo agora três passos de distância de mim, como se fosse perigoso se aproximar.

Estava ficando cada vez mais difícil conter as lágrimas.

— Não tenho expectativas — eu respondi. — Apenas desejos e esperança para nós três. Só isso.

— Adeus, Liadan.

Ele pegou sua pequena sacola e foi embora, por entre os salgueiros. Mas antes de entrar na mata, parou, virou-se e olhou para Johnny e depois para mim. Neste momento, vi sombras em seus olhos e ao seu redor.

— Até logo, meu amor — eu disse, pegando meu filho, que já estava todo coberto de areia. Estava ficando tarde e era hora de voltar para casa.

Bran continuou a nos olhar, e sua expressão me tocou o coração. Era uma mistura de amor e dor.

Então, ele se virou e desapareceu entre as árvores.

Depois disso, tive mais visões, e muito intensas. Sempre me considerei uma pessoa forte, mas esse foi um teste difícil para mim. Entendia a natureza enganadora e volúvel de meu dom, pois nem sempre as visões mostravam algo literal, do passado ou do futuro, e sim uma mistura aleatória. Essa consciência foi o que me impediu de enlouquecer, algo que já aconteceu com muitos que têm esse poder.

As imagens foram chegando sem aviso, todas escuras. E mesmo quando não tinha visões me sentia vigiada, como se tudo que eu fizesse estivesse sendo observado e julgado.

Às vezes era uma sensação rápida. Uma tarde, enquanto voltava do vilarejo com minha cesta pendurada no braço, senti uma leve tontura e, bem à minha frente, vi os pilares entalhados de Sídhe Dubh e o rosto de Eamonn, pálido e enfurecido. Suas mãos apertavam a garganta de Bran, mas desta vez ele não usou a faca. Vi sua mão perdendo a força, a faca caindo no chão e seu rosto arroxeado e destorcido. Senti em meu peito a falta de ar, o desespero, e minha vista escureceu.

Em outro dia, estava em casa, sentada perto da lareira enquanto Johnny brincava no chão com bichinhos de madeira que meu pai havia feito para Niamh. Uma ovelha, uma vaca e uma galinha com pintinhos. E como eu também havia aprendido a entalhar madeira, fiz mais alguns: um lobo com expressão feroz, uma cobra enrodilhada e uma lontra. Pensei em fazer um corvo, mas não era necessário. Tínhamos Fiacha, que estava sempre por perto, montando guarda.

Observava meu filho brincando quando, de repente, os brinquedos tomaram vida. Um deles era um cavalo, montado por um cavaleiro com o símbolo de Sevenwaters na túnica, dois colares estilizados se entrelaçando. Era meu tio Liam em algum lugar fora da floresta, seguindo por uma trilha entre rochas inclinadas. Ouvi então um zumbido, uma pancada, e ele caiu da montaria, atravessado por uma flecha com uma pena vermelha. A imagem se desfez antes que eu pudesse ver mais alguma coisa, e voltei a enxergar a sala novamente.

— Uh! — fez Johnny, brincando.

— Sim, este é um cãozinho — eu respondi, a voz trêmula.

Liam estava em casa e com boa saúde. Esse era o maior problema das visões. Eu podia tentar avisar as pessoas do que via. Mas não havia garantia de que isso fosse alterar o curso das coisas. Podia também me calar para não preocupá-las. Mas se algo acontecesse, morreria de culpa.

Decidi, ao menos por algum tempo, mantê-las em segredo. E também não perguntei a Sean que missão ele dera ao Homem Pintado ou quanto ele havia cobrado por seus serviços. Sabia que ele não me contaria. Andávamos muito cautelosos um com o outro. Era uma situação bem incômoda, como as informações separadas que tínhamos sobre Bran não pudessem se juntar, por precaução. E também não tínhamos notícias de meu pai, embora o outono estivesse se transformando em inverno e a colheita tivesse acabado. Já havia passado da hora de estocar a safra, a manteiga e o queijo para a época mais fria. O trabalho estava desorganizado e, no vilarejo, as pessoas começaram a ter uma tosse estranha e aguda.

— Onde está Iubdan quando mais preciso dele? — disse Liam, um dia, cercado de trabalhadores, todos fazendo perguntas ao mesmo tempo.

Passou-se então mais um ciclo da lua, mais outro e as noites ficaram mais frias. Eu continuava acendendo minha vela, observando meu filho crescer e sentia um frio no ar que não era apenas o da chegada do inverno. Pensava muito no Homem Pintado, provavelmente agora longe da floresta ou mesmo de Erin, fazendo um trabalho perigoso. Uma missão suicida. Meu irmão andava mais quieto do que de costume e eu sentia sua ansiedade. Falava muito a sós com Liam e até com Seamus Redbeard, que veio e foi embora em menos de dois dias. Algo estava acontecendo, mas eles não comentavam sobre o assunto. Ninguém mencionou a morte de Fionn. Eu também mantive a boca fechada. Porém, temia por Bran e prometi a mim mesma que, da próxima vez que o encontrasse, diria tudo que penso. Aquilo não era vida, ficar tanto tempo esperando para passar alguns poucos instantes com ele e ter que me despedir às pressas. Eu iria fazê-lo escolher: mudar de vida e usar suas habilidades de outra maneira ou desaparecer de minha vida para sempre. Mas no fundo eu sabia qual seria a resposta, e temia ouvi-la.

Uma noite tive tantas visões, e tão fortes, que me vi forçada a compartilhá-las. Pensei que estivesse dormindo, mas aquilo não era só um pesadelo. As imagens eram fragmentadas, como se minha mente estivesse juntando diversos tempos e lugares ao mesmo tempo e jogando todos à minha frente de uma só vez. Vi um ancião caminhando sozinho pela casa, em Sevenwaters; os dedos nodosos e retorcidos se apoiando nas paredes. Falava sozinho, reclamando: "Todos se foram... os filhos, as filhas... como a floresta será salva sem os filhos de Sevenwaters? A visão ficou mais nítida e vi que o ancião era Sean. Então tudo ficou escuro, a imagem mudou e agora eu estava presa em um espaço pequeno, meus braços e pernas encolhidos e amarrados. Eu não conseguia respirar. O lugar era quente, muito quente e abafado. Alguém tentava gritar, mas era tão difícil respirar naquele lugar em que o grito saiu na forma de um sussurro: "Onde você está?"

Meus olhos se abriram de repente, e eu estava arfando e tremendo, deitada em minha cama. E quando me acalmei um pouco, vi que não estava totalmente escuro. A chama da vela ainda iluminava meu quarto. Meu coração estava disparado e eu suava frio.

Mas as visões não tinham acabado. Vi então duas pessoas brigando: Aisling e seu irmão. Atrás deles, as criaturas nos pilares da sala pareciam se divertir com a cena. "Você não pode fazer isso!", ela gritava, os olhos inchados de tanto chorar. "Já deu sua palavra! Já deu permissão!" Mas o rosto de Eamonn estava frio como o de um juiz, informando seu veredicto. "A aliança já não me interessa mais", ele disse. "A decisão está tomada". Aisling soltou uma mistura de grito e gemido, seu rosto empalideceu e a imagem mudou. Ela agora estava no alto da torre de vigia, e os guardas, de costas para ela. Subiu no parapeito e alguém gritou: "Não!" Mas ela pulou e caiu em silêncio, sem emitir um único som, sobre as pedras agudas. A Visão não me poupou de um detalhe sequer. Gritei, desesperada. Johnny acordou assustado com meu grito, começou a chorar também e Fiacha se juntou ao coro, com seus pios agudos.

A reação no forte foi imediata. Primeiramente, chegou minha ajudante, bocejando. Pegou a criança para acalmá-la. Atrás dela entrou Janis, a testa franzida e um lampião na mão. E logo em seguida Sean, captando rápido meus pensamentos, que não tive como ocultar naquele instante. Dispensou rápido as duas e eu abracei meu filho até nós dois estarmos mais calmos. Meu irmão trouxe uma caneca de vinho e eu tomei um pouco. Na janela, a vela continuava acesa, pois agora eu a acendia todas as noites, com ou sem lua.

— Está melhor? — perguntou Sean, depois de algum tempo.

Respirei fundo.

— Eu... ah, Sean... eu vi...

— Calma — falou de um jeito que lembrou meu pai. — Quer me contar o que foi?

— Não... não sei se quero. Foi... foi horrível, não apenas isso, mas...Sean, acho que não conseguirei lhe contar.

A imagem continuava em minha mente: ossos quebrados, olhos sem vida, cabelo, sangue e... coisas terríveis. Ergui uma barreira ao redor de meus pensamentos para que ele não os visse.

— Estou preocupado com você, Liadan — ele disse, segurando sua caneca de vinho e olhando para a vela. Estava sério, diferente. A ausência de papai havia alterado o equilíbrio de nossa casa de uma maneira que ninguém esperava. – Venho sentindo que essas visões a estão incomodado muito. Talvez seja melhor você falar com Conor. Ele virá se eu mandar buscá-lo.

– Não – respondi rápido, pensando: Johnny já está mais crescido agora. Conor pedirá novamente que eu vá para a floresta com ele, e não tenho desculpa para recusar. – Sean, preciso que você diga o que está acontecendo. Sei que é segredo, mas a Visão está me alertando de um desastre e temo por... por todos ao meu redor, mas não sei que tipo de aviso dar. Que missão é essa que você deu ao Homem Pintado? Quem mais sabe disso? Eamonn sabe?

Não quis mencionar o nome de Aisling, pois ele me forçaria a contar sobre a visão e eu não sabia se aquilo viria realmente a acontecer. E a reação dele poderia causar um desastre ainda maior.

– Você não precisa saber.

– Sim, preciso, Sean. Vidas estão em risco. Aliás, mais do que vidas. Acredite.

– Liadan? Este menino é filho dele, não é?

Não havia por que fugir do assunto agora que ele finalmente havia falado de sua suspeita. Mas eu também não tinha como contar toda a verdade. Ele não podia saber sobre Niamh, seu druida e o esconderijo em Kerry. Respondi apenas com um gesto de cabeça.

– É tão óbvio assim? – perguntei, tentando sorrir.

– E ficará cada vez mais óbvio com o passar do tempo – disse ele, a testa franzida lembrando muito a de Liam. – É tarde demais para falar de sua insensatez, e da dele. Tarde demais para explicar que foi um ato egoísta. E quanto a Eamonn? Ele já sabe?

– Não contei a ele – eu disse, tentando não deixar que aquela repreensão me magoasse. – Mas ele sabe, sim. Acabou... concluindo ou obtendo informações de suas fontes.

– Ele tem andado estranho ultimamente – Sean disse, um tanto hesitante, depois de verificar se a porta estava bem fechada. –

Marcamos algumas reuniões, mas ele não quis vir. Enviei mensagens, mas não tive resposta. Isso está me incomodando. Até de seu avô, Seamus, ele tem se esquivado.

— Todos na aliança concordaram com o fato de você contratar os serviços do Homem Pintado?

Johnny já tinha dormido, mas seu calor me confortava tanto que não o coloquei de volta no berço. Fiquei com ele no colo.

— O que você acha?

— Suspeito que tenha sido um pacto só entre vocês dois, pessoal e secreto.

— Pois acertou. Dei a ele uma chance de provar a si mesmo. E a mim, uma proveitosa parceria, sem nada a perder.

— Como assim? — perguntei, sentindo um frio na espinha.

— O acordo é o seguinte: se ele for capturado, eu não tenho que arcar com a responsabilidade. O risco é todo dele. Ou aquele homem não tem amor à vida ou confia demais em sua capacidade. Talvez ambos.

— Ele é o melhor naquilo que faz. Mas você tem razão. Ele não parece ter noções de autopreservação. E isso o torna uma ferramenta útil para você, imagino.

— Estou sentindo uma ponta de crítica em sua voz, Liadan. Não se esqueça de que somos homens, que isso é uma guerra e que esse tipo de barganha acontece todos os dias. Eu não podia deixar passar a oportunidade. Se ele conseguir, eu o pagarei e lhe darei mais serviços.

— Mas se ele morrer, como você se justificará diante de mim e de meu filho? — perguntei, a voz trêmula.

— Se ele morrer é porque acreditou ser invencível — Sean respondeu calmamente. — Aceitou o acordo e estabeleceu as regras.

— Sean, por favor. Diga qual é a missão. Conte-me o que você, Liam e Seamus estão fazendo. Já estou farta de segredos. Preciso saber.

Penso que só naquele instante ele percebeu meu desespero. O choque da visão deve ter ficado claro em minha expressão.

— Muito bem. A missão envolve dois elementos e ambos favorecem a aliança neste momento. Um ano atrás estávamos em boa posição e podíamos pensar até mesmo em um ataque pelo mar a Northwoods. As forças de Fionn tornavam isso possível. Mas Fionn está morto.

— Eu sei.

— Sabe? Como?

— Bran... o Homem Pintado me contou. Já sei faz algum tempo. Achei melhor não comentar até Liam receber oficialmente a notícia.

— E por que ele lhe contaria?

— Não há segredos entre nós, Sean.

Meu irmão ficou me olhando surpreso.

— Ele já me ajudou muito. Nosso encontro não foi casual. O futuro dele está ligado ao meu e vice-versa. Mas você não sabia disso quando contratou seus serviços para uma missão que ninguém mais estava preparado para aceitar. Qual foi o preço que vocês combinaram?

— Bem, deixe-me continuar. Fionn morreu e, para ser sincero, não lamentamos muito. Todos acham que foi seu amigo quem o matou, e não se falou mais sobre o assunto. Mas nos deparamos com um problema. O apoio de Fionn era essencial para nossos planos. Além disso, o Uí Néill de Tirconnell mantém a disputa com seus parentes no sul. O Grande Rei e o pai de Fionn não eram exatamente grandes amigos. Assim, Sevenwaters e seus aliados acabaram ficando estrategicamente posicionados entre os dois. Os parentes de Fionn mantiveram sua morte em segredo por um bom tempo. Ele morreu logo no início do verão, menos de uma lua depois de papai sair daqui, tão de repente.

Fiz um gesto para que ele continuasse, mas não me pronunciei.

— Então, por um lado é vital renovarmos a aliança com os Uí Néill do norte, mas de maneira sutil, sem despertar a ira do Grande Rei. A melhor maneira de estabelecer esse tipo de aliança é através de um casamento, mas Niamh está morta e não se oferece uma moça com um filho sem pai, por mais nobre que seja sua família, a um chefe de clã como aqueles. Ainda temos outra forma de barganha: oferecer homens e armas a eles no caso de um ataque vindo do sul. E, no futuro, poderemos oferecer... serviços altamente especializados, do tipo que o Homem Pintado oferece: inteligência, tática e entradas e saídas invisíveis. E também os truques da navegação e de ataques pelo mar. Assim seu amigo e eu poderemos nos auxiliar mutuamente. Mas esses são planos para o futuro. O que importa agora é que Liam, Seamus e eu marcamos uma reunião com o Uí Néill em um local secreto. Estamos confiantes de que ele irá cooperar. A ausência de Eamonn me preocupa, como eu disse, mas Seamus provavelmente já conversou com ele sobre o plano, e com certeza nos apoiará. Não seria tolo de recusar, pois suas terras estão bem no meio do caminho, no sentido norte, próximo de Tirconnell.

— Mas você só me contou a metade — eu disse, levantando-me para colocar Johnny no berço e cobri-lo com a manta.

— Ah, sim. A missão. No começo fiquei imaginando como aqueles homens, com sua aparência chamativa, conseguiam fazer tão bem serviços de espionagem e infiltração. Queria enviar alguém para observar de perto o acampamento dos Northwoods, na Ilha Grande, e me trazer informações sobre sua fortaleza, seus pontos fracos, detalhes sobre o número e o movimento dos homens e sobre suas operações no mar. Achei que não fosse possível, pois o bretão tem uma boa rede de inteligência. Uma criatura como aquela, de aparência tão estranha, não teria chance. Mas, dada sua reputação, apresentei a ideia. Como você sabe, fui até lá sozinho. Nenhum dos aliados sabe desta missão, embora Seamus soubesse que eu estava considerando o projeto. Caso dê certo, contarei a eles.

— Você disse que o plano envolve dois elementos — eu disse. — Qual é o outro?

— Eu queria a informação, mas também um foco de distração. Algo que chamasse a atenção dos Northwoods, desconcentrando-os daquilo que estão fazendo. Nosso homem teria que deixar escapar, fingindo ser sem querer, a informação da morte de Fionn. Assim eles achariam que nossa aliança com os Uí Néill está desfeita. O informante também diria que isso deixou nossas forças de ataque debilitadas neste momento. Então, no próximo outono, faríamos ao bretão uma surpresa da qual ele jamais se recuperaria e resgataríamos as Ilhas.

— E Bran concordou?

— Não no início. Ele me ouviu e disse que pensaria. E quando veio falar comigo, já havia modificado o plano. Como é muito conhecido, pode ir a qualquer parte. Sua ideia era ir até os Northwoods e lhes fazer uma proposta irrecusável: oferecer-se para levar a eles informações sobre Sevenwaters e sobre a aliança para que pudessem fortalecer ainda mais suas estratégias de proteção nas Ilhas e ter mais oportunidades de nos atacar. Claro, as informações seriam falsas. Mas isso lhe daria tempo suficiente para enganar os Northwoods até obter os dados necessários e trazê-los para mim antes de o bretão descobrir a verdade. Seu amigo é muito conhecido por mudar de lado com a mesma facilidade que troca de botas. Poderia simplesmente ir até lá, ficar algum tempo e dar a desculpa de que está voltando para obter mais informações para eles. Em nossa última conversa, combinamos que ele teria um barco para ir até os Northwoods e que, enquanto eles estivessem distraídos com sua visita e sua proposta, nós estabeleceríamos a nova aliança e planejaríamos o ataque.

— Mas que motivo os bretões teriam para confiar nele? — perguntei, observando a chama da vela oscilar com a brisa que entrava pela janela.

— Ele tem informações falsas, mas interessantes para eles — Sean respondeu franzindo a testa. — E pode espalhá-las para os agentes deles também. Mas não mentirei, Liadan. Estou ficando preocupado. Ele está demorando demais para voltar e me dar informações.

— Sean, eu também tenho motivos para me preocupar. Já que estamos sendo honestos um com o outro, sugiro que você convide

Aisling para passar algum tempo conosco. Ou vá pelo menos vê-la — tentei manter a voz calma, mas é difícil esconder algumas coisas de um irmão gêmeo.

— O quê? O que você viu? — ele empalideceu de repente.

— Não vou lhe contar, Sean. Mas é algo sério. Vá buscá-la assim que puder.

— Não posso — disse ele agoniado. — Não agora. Liam viajou hoje para discutir os termos de nosso plano com o Uí Néill. A reunião está marcada para o dia depois de amanhã em um local secreto ao norte da floresta. Seamus estará lá também. Tenho que ficar em Sevenwaters durante a ausência de nosso tio. Liadan, Liadan, o que você viu?

— Você tem que trazer Liam de volta — minha voz saiu estranha, truncada. — Não o deixe ir até lá. Mande homens atrás dele imediatamente.

Mas eu tinha sentido a morte na notícia que meu irmão acabara de me dar e sabia que já era tarde para impedir a tragédia.

Alarmado, Sean enviou Felan, o chefe da guarda de Liam, com toda urgência atrás dele no mesmo instante. E, embora não tivesse me dito uma palavra, vi a mensagem na mente de meu irmão: "Você devia ter me avisado".

Quando Felan retornou não houve tempo para chorar. Ele deu a notícia a meu irmão em particular. Logo em seguida, quando reuniu todos na casa, a expressão de Sean era calma e controlada. Com menos de dezoito anos de idade, ele teria que assumir a responsabilidade pelo maior túath de Tara; pelas terras, pelos rebanhos, pela guarda, pelas defesas, pelas alianças e por todo o povo que ali habitava. E como senhor de Sevenwaters, ele também era o guardião da floresta. Liam já o vinha preparando. Mas a hora chegou antes do que se esperava.

— Tenho notícias nada agradáveis para dar — disse Sean.

Todos os guardas, criados, cavalariços e aldeões reunidos no salão ficaram em silêncio. As portas estavam trancadas.

— Lorde Liam está morto. Foi atingido por uma flecha dos bretões há menos de dois dias, a caminho de uma reunião secreta. Ele foi traído e não descansarei enquanto o traidor não for identificado e devidamente punido.

Uma onda de horror percorreu o salão. Depois da morte de minha mãe e da partida súbita de meu pai, aquilo foi um golpe para todos; um golpe do qual Sevenwaters poderia não se recuperar.

— Sei que tenho o apoio de vocês e de nossos aliados — continuou ele, mantendo o tom de voz tranquilo e controlado. — Iremos todos sentir a morte dele e sei que não será fácil retornar às nossas tarefas, seja na plantação, no trabalho da casa ou na defesa de nosso território. Mas meu tio iria querer que continuássemos a manter as defesas, a proteger a floresta e seus habitantes, como nossa família se comprometeu a fazer há tanto tempo. As campanhas de guerra serão atrasadas, mas não por muito tempo. Vamos nos recuperar. Não podemos chorar a morte de Lorde Liam como gostaríamos. Não podemos dar a ele a cerimônia de despedida que um líder como ele merece porque os tempos são difíceis e é melhor que a notícia de traição seja mantida somente entre nossa comunidade por enquanto. Por esste motivo, iremos velar seu corpo nesta casa por um dia e uma noite e depois enterrá-lo sob os carvalhos. No momento certo celebraremos o ritual adequado para lembrar seu nome e dar-lhe uma despedida adequada. Por enquanto, peço que guardem a imagem dele em seus corações e mantenham o assunto em segredo. Está entendido?

— Sim, *milorde* — todos responderem.

E depois de expressar seu choque e sua tristeza e prestar condolências a meu irmão e a mim, voltaram imediatamente ao trabalho. Os homens retomaram o trabalho nas terras e as mulheres continuaram a secar e preparar frutas, a cuidar da casa e Felan saiu com três homens, todos de preto, e um cavalo extra.

Meu irmão havia começado bem. Manteve diante de todos a voz firme e uma postura muito semelhante à de Liam; de um líder sério e autoritário. Mas depois, quando trouxeram o corpo de meu tio, prepararam-no para o enterro e o deixaram descansar no salão, rodeado de velas, a reação foi diferente. Uma por uma, as pessoas vieram se despedir de seu líder, que agora tinha feições suaves em seu sono de morte. Seu corpo praticamente não sofreu danos. Quem quer que tivesse atirado aquela flecha era perito na arte. Os cães de Liam não o deixaram um instante sequer. Ficaram deitados, um à sua cabeceira e outro aos seus pés, estranhamente silenciosos enquanto os homens e as mulheres passavam, com os rostos pálidos, a murmurar: "Vá em paz, meu senhor", ou "tenha uma boa jornada, Lorde Liam".

— Quem imaginaria? — perguntou Janis, com expressão carrancuda, servindo cerveja a todos e enxugando escondido o rosto. — Primeiro Sorcha e agora ele, menos de uma estação depois. Não está certo. Há algo de muito estranho nisso. Quando o senhor Iubdan volta?

Johnny ficou com minha ajudante enquanto Sean e eu fomos para a sala privativa onde Niamh havia tentado desafiar os homens da família, sem resultado. Sean estava muito quieto e quando olhei para ele vi que, depois de um longo dia se controlando, lágrimas lhe caíam dos olhos.

— Sinto muito, mesmo — eu nem sabia exatamente o que dizer. — Sei que ele era como um pai para você. Mas ficaria orgulhoso hoje. Você se saiu muito bem.

— Você devia ter me dito antes. Ou dito a ele. Podia ter evitado isso, Liadan — seu tom era de tristeza e aflição, e suas palavras me magoaram. — Por que decidiu se calar? Será que há alguma conspiração aqui que eu não consigo ver? Alguém o entregou aos bretões. Alguém disse quando e onde ele estaria, e também que estaria sozinho.

— Pare, Sean — minha voz também começava a falhar. — Isso não faz o menor sentido, e você sabe.

— Não faz sentido? Então me diga: quem sabia do encontro ao qual Liam estava indo a não ser nossos aliados e o Homem Pintado? Ele recebeu esta informação pelo motivo oposto, que era distrair o líder dos Northwoods para que eles não descobrissem essa reunião. Foi até lá justamente para isso. Como não acreditar, agora, que cometi um grande erro ao confiar no seu amigo? Esse assassinato só prova que ele é exatamente o impostor de que tanto o acusam, um homem que muda de lado de acordo com sua vontade. E meu engano matou meu tio.

— Por que Bran faria isso?

— Talvez Edwin de Northwoods tenha lhe oferecido um preço melhor. A oportunidade de tirar meu tio do jogo e ao mesmo tempo atrapalhar nossa negociação com o Uí Néill valia um bom preço.

— Bran não faria isso, Sean. A missão dele era com você. Ele demonstrou grande respeito ao falar seu nome. Isso não foi obra dele, tenho certeza.

— Como pude confiar em um homem assim? — ele continuou. — Fui um tolo, e você mais ainda, por acreditar em suas palavras. Agora nosso tio está morto e a aliança corre grande perigo. Não percebe que isso pode atrasar nossa estratégia em anos? E você tem parte na culpa, Liadan. Não consigo acreditar que você preferiu não me contar.

Fiquei quieta ali, sentada, enquanto suas palavras caíam sobre mim como lanças afiadas. O que Janis havia dito era verdade. Algo muito errado estava acontecendo.

— Quero Aisling — ele disse, de repente, parecendo perder o controle. — Preciso dela aqui. Mas ela não responde minhas mensagens e não posso ir buscá-la. Não tenho como sair de Sevenwaters até que meu povo se recupere deste golpe. O que sua visão mostrou, Liadan? Que tipo de perigo Aisling corre?

Não respondi. Estava profundamente magoada com ele.

— Liadan. Diga.

— Não. E também não ficarei me defendendo. Digo apenas que você está se deixando dominar pela dor. Suas palavras me machucam. Também sinto a perda de Liam. Também o amava. Sua força também me confortava. Não preciso lhe dizer que a Visão nem sempre mostra imagens verdadeiras do que está para acontecer. Se toda vez que visse algo eu saísse anunciando, criaria um tumulto tão grande que ninguém mais viveria em paz. E você está errado sobre Bran. Ele é um homem de confiança. Jamais faria algo assim. Deposita muito valor em mim e também não deixaria o filho exposto entregando nossa família aos inimigos. Quem quer que tenha contado esse segredo, não foi o Homem Pintado.

— Sua confiança nele não tem lógica. Parece estar mais ligada aos desejos do corpo do que ao bom-senso. Devia ter se casado com Eamonn, que lhe daria estabilidade, em vez de se unir a um fora-da-lei que obviamente não a respeita, e nem ao próprio filho.

— Jamais me casaria com Eamonn. E, espero, com ninguém mais. E quanto a seus argumentos, pare de acusar sem ter provas e comece a investigar seus homens, pois parece haver realmente um vazamento de informações por aqui. Com certeza alguém nos traiu e causou a morte de nosso tio. Mas não foi Bran, posso lhe assegurar. Acredite em mim. Comece a procurar o informante.

— Liadan — ele disse, no mesmo tom que nosso pai costumava falar.

— O que é? — perguntei, irritada.

— Você pode me fazer um favor?

Por Brighid, pensei. O que ele ainda queria depois de despejar sobre mim toda a sua amargura e de me admoestar daquela maneira?

— O que é? Diga.

— Não posso ir buscar Aisling. E quando envio mensageiros a Eamonn, ele nem os atende. Mas a você ele atenderá. Você pode falar com ele, fazê-lo entender. Pode ir a Sídhe Dubh por mim? Pode ir ver Aisling e tentar trazê-la para cá?

Meu coração quase parou.

— Não acho que seja...

— E assim você também poderia reparar seu erro — disse ele.

— Não há erros a serem reparados — rebati. — Eamonn é a última pessoa que quero ver agora. Não desejo mais pôr os pés em Sídhe Dubh, Sean. Há um... um clima desconfortável entre Eamonn e eu neste momento. Ter que falar com ele seria constrangedor para mim. Além do mais, também sou necessária aqui. Há pessoas que dependem de mim. E quanto a Johnny?

— Por favor, Liadan.

Por um instante, sua voz e seus gestos lembraram exatamente os de Niamh quando queria me induzir a lhe fazer um favor e eu não concordava.

— Não sei, Sean. Você também parece não confiar mais em mim. Talvez seja melhor pedir a outra pessoa. Se acredita que Bran se viraria contra você tão facilmente, quem lhe garante que eu não faria a mesma coisa?

— Então você ainda confia nele.

— Ele não nos trairia, Sean. Isso iria contra a missão que você deu a ele. Se ainda não voltou para lhe dar notícias é porque... porque...

Tive uma visão e tudo ficou escuro; tão escuro que eu não sabia se as paredes estavam longe ou perto de mim. Estava confinada em um canto ou buraco, com os joelhos encostados no queixo e os braços dobrados sobre a cabeça. Tentei me mover e descobri que as paredes estavam realmente ao meu redor, e o local era tão estreito e fechado que eu mal conseguia me mover ou respirar. E sabia que não podia fazer qualquer som, gritar ou chamar por socorro, pois quando eles me soltassem, me puniriam severamente. Então minha voz gritava dentro de minha cabeça enquanto as lágrimas escorriam em meu rosto, saíam pelo meu nariz e eu não podia sequer fungar ou eles me ouviriam. "Onde você está? Por que me abandonou?"

— Liadan — disse Sean. — Liadan!

Eu voltei a mim, tremendo toda.

— Você está chorando, Liadan.

— Eu não pedi para ter o dom da Visão — respondi descontrolada. — Acredite. Daria qualquer coisa para saber que podia evitar a morte de Liam. Mas não é assim que as coisas funcionam. Eu podia tê-lo avisado, ele podia ter pegado outro caminho e ainda assim ser assassinado. Não há como saber.

Sean fez que sim com um gesto.

— Perdoe-me. É difícil não culpá-la. Fico pensando se essa sua aliança com o Homem Pintado não a fez perder o juizo.

Suspirei.

— Você está preocupado com Aisling, e com razão. E eu estou preocupada da mesma maneira com Bran. Parece difícil para você entender que eu posso amar tanto quanto você.

— Mas podia ter escolhido melhor. Aquele homem jamais poderá fazer parte de Sevenwaters. Ele é... selvagem.

— Eu sei. Mas a escolha está feita. E agora você o envia para uma missão perigosa, o acusa de traição e a mim de ser fraca. E ainda vem me pedir um favor.

Ele fez uma pausa.

— Você sabe o que viu. Acha que Aisling pode estar em perigo iminente?

Fiz que sim com um gesto, relutando.

Ele empalideceu.

— Não posso ir até lá, Liadan. As pessoas aqui precisam de mim. Por favor, faça isso por mim e por ela. Eamonn não recusará sua visita ou qualquer pedido seu. Irá com uma boa escolta. Pode partir de manhã. Leve Johnny e sua ajudante com você, caso queira.

— Pensarei no assunto — respondi, com o coração apertado só de pensar em me sentir novamente enclausurada entre as paredes do forte de Sídhe Dubh. E pior ainda: tendo que pedir um favor a Eamonn. — Mas não será amanhã. Tenho que preparar Johnny.

— Mas tem que ser logo.

— Eu sei.

Levantei-me para ir para meu quarto, e ele usou a voz da mente para falar comigo.

— *Desculpe-me, Liadan. Liam tinha razão. Não estou pronto para isso. Mas não tenho escolha. Tenho que engolir minha insegurança e ser forte pelo bem de Sevenwaters. Você é minha irmã e sempre estarei ao seu lado, independentemente de suas escolhas.*

— *Eu sei* — respondi. Ele não me olhava. Continuava sentado, mas agora inclinado para frente e com a cabeça entre as mãos. — *Você será um líder forte e sensato, Sean. Seus filhos com Aisling encherão esta casa de alegria, novamente.*

Com estas palavras eu estava me comprometendo a fazer o que ele pediu. Mas aquela viagem me preocupava. Pensei que nada me assustasse, mas precisava reconhecer que estava com medo de Eamonn, de sua estranha casa no pântano e das visões confusas que se passavam entre aquelas paredes de pedra. Preferia mil vezes ficar em casa com Johnny, ajudando as mulheres nas cozinhas e cuidando dos doentes no vilarejo, segura dentro dos limites da floresta. Os Seres da Floresta tinham me alertado. Conor tinha me alertado. Era perigoso sair de Sevenwaters.

Mas não foi a ansiedade de Sean que acabou me convencendo, no final, e sim algo bem mais terrível. A lua estava entrando no quarto minguante e o céu estava encoberto. Um vento forte vindo do sudeste balançou as árvores e soprou as folhas lá fora enquanto eu me preparava para dormir. Já estava bem tarde. Minha ajudante tinha ido se deitar e Johnny estava no berço, dormindo profundamente, enrolado em sua manta multicolorida. Quando acordasse para mamar, eu o levaria para minha cama, pois sua presença quentinha ajudaria a acalmar os pensamentos que me torturavam a mente. Fiacha estava empoleirado no encosto de uma cadeira, mas não dava para saber se estava dormindo ou acordado. "Eu devo ser forte", pensei, enquanto apagava as velas do quarto e acendia a minha, que ficava perto da janela. Muito forte, pois havia pessoas que dependiam de mim para ficar em segurança.

A chama da vela oscilou e apagou. Ainda tentei pôr a mão para protegê-la do vento, mas não adiantou. Teria que acendê-la novamente. Senti como se uma mão gelada tocasse minha nuca. Peguei a vela devagar, com o suporte, e a levei para o baú de madeira perto da cama. Acendi um palito na lareira, e sua fraca luz fazia sombras estranhas na parede enquanto eu me aproximava da vela. Não havia corrente de ar perto do baú, mas a vela não queria acender. Estendi o pavio e tentei novamente. Mais uma vez, senti algo estranho. O pavio estava reto e até pegava fogo, mas apagava assim que eu afastava o palito. Achei que estava imaginando coisas. Respirei fundo e tentei novamente. Fiquei ali um bom tempo, tentando e tentando até que minhas mãos começarem a tremer, e minha visão, a ficar embaçada. Estava muito escuro lá fora. As nuvens encobriam totalmente a lua. E eu não conseguia acender a vela. Naquela noite, a luz dela não iluminaria a escuridão.

Sentei-me na cama, trêmula, enrolei-me no cobertor, mas não consegui dormir a noite toda. Johnny acordou duas vezes. Eu o alimentei e fiquei com ele. Queria muito ver algo, mas a Visão não se manifestou. Nem a criança gritando na escuridão eu ouvi. Naquela noite quem gritou mentalmente fui eu. *Onde está você? Mostre-me. Mostre-me.* Mas nada aconteceu. Esperei até os primeiros raios de sol surgirem no céu.

Avisei minha sonolenta ajudante que passaria o dia fora e que levaria Johnny. E também que, caso alguém perguntasse, para ela dizer que eu havia saído com uma escolta para fazer uma visita, mas que voltaria em tempo para ver meu tio Liam ser enterrado. Que não queria ficar em casa e que resolveria algumas coisas.

Usei um método que desenvolvi para transportar Johnny em minhas caminhadas pela floresta. Coloquei-o em uma espécie de mochila que o deixava encostado em minhas costas, passei as pontas do tecido por sobre os ombros e amarrei ao redor da cintura. Ele adorava quando eu saía com ele assim, pois, além de continuar recebendo o calor de meu corpo, podia observar as pedras, o céu e todas as cores dos carvalhos, freixos, vidoeiros e castanheiras ao redor. Assim, quando crescesse, pensei enquanto seguia pela trilha que Conor havia me mostrado, meu filho teria na lembrança todas as formas e tons daquele cenário e, como todos os filhos de Sevenwaters, não conseguiria passar muito tempo longe da floresta.

Fui andando rápido. Já que a Visão não me mostrava as coisas justamente no momento que eu mais precisava, tinha que obter informações de outra maneira. E agora que minha mãe tinha partido, havia apenas uma pessoa que poderia me ajudar sem me julgar e sem ficar me dizendo o que fazer ou não fazer.

Começou a chover um pouco, mas os grandes carvalhos nos protegiam e, quando cheguei à colina da sétima corrente de água, as nuvens já haviam desaparecido e o sol voltara a brilhar. Fiacha ia voando aos poucos, às vezes atrás de nós, às vezes um pouco à frente, mas sempre alerta, vigiando tudo. Comecei a sentir calor, andando toda aquela distância a passos rápidos e com Johhny nas costas. Precisei parar para descansar com frequência. Talvez as visões tivessem me enfraquecido um pouco ou talvez meu corpo ainda não estivesse totalmente recuperado do parto. Seja forte, Liadan. Você tem que ser forte.

Finalmente me aproximei do grupo de sorveiras, agora cheias dos frutos de outono, e passei sob os galhos dos salgueiros. Ali estavam a fonte secreta e a pequena lagoa natural cercada de pedras lisas; um local de profundo silêncio. Desamarrei a mochila de Johnny. Estava dormindo e o ajeitei cuidadosamente sobre as plantas, entre as raízes das árvores. Ele não se mexeu. Fiacha pousou em um galho próximo.

— *Tio?* — chamei mentalmente, sentando-me sobre as pedras, perto da água. — *Preciso de ajuda.*

— *Estou aqui, Liadan.*

E lá estava ele, no outro lado, o rosto pálido, os cabelos escuros emaranhados e as roupas sem forma, que não escondiam muito as penas brancas da asa. Tinha expressão calma.

— *Meu tio Liam morreu. Uma flecha dos bretões o acertou.*

— *Eu já sei. Conor está indo para Sevenwaters. Mas desta vez eu não irei.*

— *Tio, tenho tido visões horríveis. Vi a morte de Liam, mas só os avisei quando já era tarde. Meu irmão disse... disse que...*

— *Eu sei. É horrível mesmo. Não há como escapar dessa culpa, filha. Vivo com ela há muito tempo. Seu irmão aprenderá, assim como os meus aprenderam, que a Visão não é algo que se possa controlar. E que tentar avisar as pessoas pode causar estragos ainda maiores do que simplesmente deixar os acontecimentos seguirem seu curso natural. Seu irmão é jovem. Com o tempo será tão forte quanto Liam. Ou mais.*

— *Concordo. Também vejo isso, e já disse a ele. Mas também o vi no futuro, velho e sozinho. Um futuro em que Sevenwaters será uma terra vazia. Vi ruínas e desolação. Sou capaz de qualquer coisa para mudar isso. Sou capaz de desafiar todos aqueles que moldam nosso futuro, por mais fortes que sejam.*

Finbar riu.

— *Ah, Liadan. Se meu caminho fosse outro e eu tivesse sido abençoado com uma filha, gostaria que ela fosse exatamente como você. Além do mais, não é isso que você sempre fez? Questionar e desafiar o destino a cada passo que dá? Agora venha. Você parece estar precisando de uma visão que a ajude; que mostre a verdade. Parece ter chorado muito, e eu penso que sei o motivo.*

— *Minha vela; minha chama no escuro... Não consegui acendê-la, por mais que tentasse. E estou sem notícias. É um silêncio terrível. As visões pararam, e eu não o vejo; não ouço sua voz. E também vi Aisling... vi...*

— *Irei ajudá-la. Se a verdade tiver que ser mostrada a você, será aqui, entre estas pedras centenárias. Seu filho está dormindo. Leve o tempo que precisar. Agora abra a mente para mim e olhemos juntos para a água.*

Sentamo-nos nas pedras e uma sensação confortadora nos envolveu, como um abraço de mãe. Finbar estava em um lado da piscina, e eu, no outro. Baixei a guarda de minha mente e ele também. Nossos pensamentos foram se unindo, calmamente. E o tempo foi passando; provavelmente um bom tempo, ou nem tanto. Os únicos sons que ouvíamos eram os dos insetos na grama, dos pássaros voando no céu e do vento nas árvores.

A superfície da água começou a ondular. Vimos um brilho prateado iluminando rapidamente a escuridão. Prendi a respiração. Era um cantil todo ornado, com tampa de âmbar na forma de um pequeno gato, o mesmo que eu havia dividido com o Homem Pintado em um dia de morte e renascimento. Vimos uma mão pegando este cantil e retirando a tampa. E levando o frasco à boca. Era Eamonn. A piscina escureceu novamente.

*— Respire devagar, Liadan. Calma.*

Meu tio me enviou uma imagem de águas calmas, de folhas de faia caindo ao sol de primavera, de uma criança dormindo. Forcei meu coração a bater mais devagar e afastei o medo de minha mente. Olhei para a água mais uma vez.

Agora as imagens iam se unindo umas às outras, mas pareciam ser atuais. Aisling, de bruços na cama, chorando até não poder mais. Uma criada entrando no quarto com uma bandeja de comida e tirando outra, intocada. E trancando a porta. Trancando minha amiga. Então a imagem muda e estamos no andar de baixo, no salão principal de Sídhe Dubh. Provavelmente à noite, pois as tochas estavam acesas e os pequenos seres entalhados nas colunas pareciam ferozes com o efeito da luz: olhos abertos, observando tudo, mandíbulas ávidas, dentes afiados. Havia dois homens ali: Eamonn, sentado em uma cadeira de carvalho entalhada, os cabelos bem penteados, espalhando-se pelos ombros e bem arrumados. Somente seus olhos mostrando euforia. E Bran, com o lado liso do rosto todo machucado, inchado, um corte sangrando sobre o olho e uma marca roxa no pescoço, como se tivessem tentado estrangulá-lo. Os olhos de Eamonn brilhavam, triunfantes.

— Conhecendo sua fama de decepar extremidades — ele disse, em tom calmo —, decidi começar pelo dedo mínimo e ir aumentando progressivamente. É interessante observar quanta dor um homem pode suportar. Mas talvez um homem negro não sinta tanta dor quanto nós.

Bran respondeu, com voz tranquila e controlada:

— Não negociarei a segurança dele, nem ele a minha.

Eamonn riu.

— Quem falou em negociar? Você não negociou comigo quando assassinou um por um de meus homens bem na minha frente. Só estou dizendo isso para lhe informar sobre o que acontece com seu amigo. Você precisará ter com que ocupar a mente no lugar para onde será levado. Sim, tenho muitos planos. Vocês irão me proporcionar muito divertimento antes de seu fim. Ouvi dizer também que você tem horror a lugares confinados e sem luz. Quem diria, hein? O Homem Pintado tem medo do escuro.

Um breve silêncio.

— Você me enoja — disse Bran. — É um grande traidor, como seu pai. Ele não entregou seus aliados, como você? Dizem que era odiado em toda parte. Não foi à toa que Liam arranjou logo seu fim antes que ele causasse ainda mais problemas. Você conhece esta história, não? É um segredo bem público. Até seu avô tomou parte na empreitada, ao lado do questionável Hugh de Harrowfield. Eles acreditaram que você seria um homem de bem; melhor que seu pai. Esperança fútil, como se pode ver. Quanto você pagou por nós dois, Eamonn Dubh?

— Não mencione este nome — Eamonn se levantou e foi em direção ao prisioneiro. Andou devagar, como se estivesse ferido. Algo na altura das costelas, coberto pela camisa. Disferiu um golpe no rosto de Bran. As mãos dele estavam amarradas, e os joelhos, presos, mas ainda assim seu corpo balançou com a força da pancada.

— Liam está morto — ele continuou. — O novo chefe de Sevenwaters é jovem e inexperiente. A posição deles é delicada.

— Morto? Como?

Os olhos de Bran se estreitaram. Ele ainda não sabia da notícia.

— Isso não faz diferença para você, fora-da-lei, já que não irá mais sair daqui. Você e o selvagem negro a quem chama de amigo irão me divertir bastante e depois... serão descartados. Desaparecerão sem deixar rastro. Estão dizendo por aí que você traiu Sevenwaters e os entregou aos bretões. Logo, dirão que o povo de Liam resolveu se vingar e deu sumiço em você. Jamais associarão o desaparecimento a mim. Mas o que um homem como você entende de alianças e lealdade? Provavelmente nem conhece o significado dessas palavras.

— Se não tenho alianças — disse Bran, olhando direto nos olhos de Eamonn — não tenho a quem trair.

Ele parecia estar raciocinando, tentando decifrar um enigma.

Eamonn deu uma gargalhada.

— O que aconteceu foi... uma pena. Mas pode ser usado a meu favor. E se meu avô e os Uí Néill descobrissem que o jovem Sean fez um pacto com o Homem Pintado? E se descobrissem que sua irmã se deitou com um fora-da-lei, que abriu as pernas para ele no mato, em um acampamento? A reputação de Sevenwaters pode ser manchada para sempre.

Bran elevou a voz:

— Você se arrependerá disso. Posso estar prisioneiro agora e parecer indefeso, mas cada palavra que você disse agora o levou para mais perto da morte.

— Você é um tolo. Não percebe porque eu paguei um bom preço para tê-lo em minhas mãos. No momento em que você destruiu meus homens, assinou sua sentença de morte. Mas quando descobri que foi você quem tomou Liadan de mim; quando descobri que foram suas mãos sujas que a tocaram, decidi pagar um preço ainda maior por sua cabeça. O que será que a mãe dela pensou ao ouvir, em seu leito de morte, que a filha havia jogado a si mesma no lixo se entregando a você? Quando descobri a verdade tudo passou a ser mera questão de tempo. Eu pagaria qualquer valor para ter o prazer de vê-lo sofrer até morrer. Você parece abatido, não? Seu homem sofrerá muito esta noite. O toque do ferro em brasa sobre ferimentos abertos faz bons estragos. Mas ele não gritou sequer uma vez. É surpreendentemente forte.

Bran não respondeu. Seus olhos estavam distantes, como se sua mente estivesse em outro lugar. Eamonn andava agora de um lado para outro.

— Pelo jeito, você não gostou de me ouvir falar de Liadan e da criança. Mas é estranho, considerando-se a maneira como você a tratou.

— Veja como fala.

— Ah! Você foi fraco. Aliás, é mesmo muito fraco. Um homem que não consegue passar uma noite no escuro sem um lampião ao seu lado; um homem que tem medo dos próprios sonhos. Sua arrogância me diverte, fora-da-lei.

— Eu já avisei. Cuidado ao falar dela.

— Falarei o quanto quiser, cafajeste. Você está em minha casa e é meu prisioneiro. Direi tudo que está há muito tempo engasgado em minha garganta. Você pensa que tem algum direito sobre a filha de Sevenwaters porque a desonrou, porque se aproveitou de sua inocência e a fez se voltar contra mim. Mas ela não é sua, e nunca será. Se lhe disse isso, estava mentindo. Mulheres só falam a verdade quando lhes convém. Liadan foi prometida a mim há muito tempo, quando ainda éramos crianças. E ela é uma mulher generosa. Conheci seu corpo, cada deliciosa parte dele antes de você colocar suas mãos nojentas nela.

Fez uma pausa, para dar efeito ao discurso.

— Surpreendente, não? Nem há como saber se o filho é seu ou meu.

Silêncio. Bran agora não conseguia controlar a fúria e a respiração ofegante.

— Não... Não — eu disse.

Mas Finbar me enviou um pensamento:

— *Não se agite, Liadan, ou perderá a concentração e deixará de ver a imagem.*

— Você está mentindo — disse Bran, perdendo o controle da voz.

— Estou? Acho que você não tem como provar. Tem alguma evidência?

Bran respirou fundo e mexeu os ombros. Parecia estar machucado em mais partes do corpo. Olhou novamente para os olhos de Eamonn.

— Não preciso de evidências — ele respondeu, agora tentando se controlar novamente. — Liadan não mentiria para mim. Confio cegamente nela. Você não conseguirá destruir o que existe entre nós com suas palavras venenosas. Ela é minha luz na escuridão e Johnny é meu futuro.

Lágrimas escorriam em meu rosto enquanto eu via Eamonn chamar os guardas e ordenar que Bran fosse levado.

— Tirem este animal da minha frente — ele disse, com voz fria. — Coloquem-no no escuro, que é onde ele merece ficar. Que apodreça lá.

Mas quando Eamonn ficou sozinho, sua postura deixou de ser calma. Encheu uma taça de cerveja, tomou-a de um só gole e a atirou longe com tanta força que o metal se partiu nas pedras da lareira.

— Você engolirá essas palavras antes de eu acabar com você — sussurrou.

E a imagem despareceu.

— *Respire fundo, Liadan* — senti seus pensamentos reconfortantes me abraçando. A luz se refletindo na água, os carvalhos vestidos com a cor do outono, a tocha no barco de minha mãe, uma vela acesa, os raios do sol da tarde iluminando meu filho adormecido sob os salgueiros.

— *Está mais calma? Eu sei, foi muito difícil. O que você irá fazer?*

— Não tenho escolha — respondi em voz alta. — Sean me pediu para ir buscar Aisling. Tenho que sair agora, e ao chegar lá preciso...

Minha mente nem quis completar o raciocínio. Eu não podia contar a Sean o que tinha visto. Suas palavras não me saíam da cabeça: "aquele homem não é de confiança. Quem mais passaria essas informações aos bretões?" Além do mais, quem acreditaria nas palavras do Homem Pintado contra as de Eamonn de Marshes? Quem aceitaria visões como evidência?

Sean dissera que a culpa também era minha. Eu não podia contar a ele. Queria muito que papai estivesse em casa. Mas ele não voltava de Harrowfield e eu não tinha notícias suas. E também não havia tempo para tentar me comunicar com ele. Não pediria ajuda a Conor. Já sabia o que ele iria dizer. Ele já serviu a seu propósito. "Não desperdice seu tempo com ele. A criança é o que importa".

— O que você fará? — perguntou Finbar, em tom compassivo. Não tentou me aconselhar.

— Neste momento — eu respondi — alimentar a criança, trocá-la e voltar para Sevenwaters. E partir logo cedo para Sídhe Dubh. Espero que, ao chegar lá, eu descubra o que irá acontecer.

— Já imaginava — disse Finbar. — Eu já imaginava. Há muito tempo deixei de habitar o mundo das alianças, estratégias e traições. Mas sentia que havia algo escondido nessa história.

— Ele falou de algo que podia ser usado a seu favor.

— Realmente. Você e eu pensamos a mesma coisa, então.

— É difícil crer que Eamonn seja capaz de um ato de traição como esse — eu disse. Mas me lembrei do que vi nos olhos dele no dia em que recusei seu pedido de casamento. Ele era do tipo que só vê o que quer; que não aceita ser contrariado.

— É melhor ir com cuidado. Eu ajudaria mais, se pudesse. Mas vejo que você já tem um mensageiro do Outro Mundo — disse Finbar, olhando para Fiacha, que estava pousado em um galho de sorveira perto de Johnny.

— É um mensageiro, sim.

Abaixei-me para trocar a fralda molhada de Johnny. Ele estava acordado, mas quieto, sem chorar de fome. Era como se a paz do lugar tivesse se impregnado em sua consciência infantil.

— E um mensageiro poderoso. Não preciso lhe perguntar quem o enviou a você.

— Ele veio até Sevenwaters — eu disse, pois Finbar era o único com quem eu podia falar sobre aquilo. — Ciarán. Na noite da morte de mamãe. Deixou o pássaro e me contou a verdade sobre quem é. Tio...

— O que a preocupa, Liadan?

— Foi horrível o que fizeram, não nos contando a verdade quando souberam que minha irmã e Ciarán se amavam. Se tivessem dito, ela saberia que ele não a abandonou. Poderia ter se apegado a isso e ter tido mais forças quando precisou. E eu teria entendido mais cedo que tipo de ameaça paira sobre meu filho.

— Mas você tem medo de Ciarán, apesar de ele ter lhe dado este presente?

— Eu não sei. Não sei se ele é amigo ou inimigo. Ele disse que sua mãe havia lhe oferecido muito poder. Que estava só esperando ele se decidir. Ciarán está muito revoltado — eu disse, sentindo um arrepio. — Revoltado e amargo.

Finbar fez que sim com um gesto de cabeça.

— Ele ainda é jovem. Os anos de disciplina que teve com certeza ajudarão. Como Conor diria, tudo acontecerá como deve acontecer.

— Foi exatamente o que Ciarán disse.

— Tal pai, tal filho. É realmente uma pena. Mas tivemos um bom motivo para manter segredo, Liadan, tanto na época quanto depois, quando a criança foi trazida para a floresta. Nenhum de nós queria ver nosso meio-irmão sendo criado por *Lady* Oonagh e transformado em uma arma de destruição apontada para nossas cabeças. Conor tentou proteger o menino das más influências, mas o velho mal é muito forte. Oonagh é apenas um instrumento. Talvez haja, no espírito de Ciarán, um lado malévolo que age mesmo contra sua vontade e que deseja ardentemente destruir os inimigos de sua mãe. O que aconteceu não foi simplesmente por acaso. Todos nós percebemos que aquilo que julgávamos ter destruído estava vivo novamente, e entre nós. Duvidamos, então, de nossa força para combatê-lo. Foi terrível para nós sentir o despertar de um medo incontrolável que já tinha feito parte de nossas vidas. Para muitos, o mal que Oonagh causou aos filhos de Sevenwaters se tornou lenda; uma história mágica que se perdeu no tempo. Mas para mim, basta fechar os olhos para vê-la à minha frente, rindo, os cabelos brilhantes como o fogo e os olhos escuros como frutas venenosas. Basta fechar os olhos para ter a sensação de estar novamente me transformando. Tremo só de relembrar como era ver minha consciência humana se esvaindo. Jamais serei o mesmo. O caminho que havia decidido para minha vida jamais poderá ser trilhado. Em tudo que aconteceu com Niamh e Ciarán, vejo a crueldade de *Lady* Oonagh e a dor de minha irmã. A maldição que aquela feiticeira jogou sobre nós é para a vida toda. O medo, a culpa e a dor continuarão conosco até o fim de nossos dias. Como compartilhar algo tão terrível com nossos filhos? Como suportar a ideia de ver um mal tão grande destruindo novas vidas? Talvez tenhamos negado a verdade até de nós mesmos.

— Você viu o que eu vi. Se eu não for ajudar Bran, ele morrerá, e outros também. Isso será uma vitória para o mal. Mas estou com medo. Não por mim, mas por Johnny. Os Seres da Floresta me alertaram para não tirá-lo da floresta. E também há a profecia. Mamãe não me deixaria agir contra tudo que foi previsto há tanto tempo.

— Você é forte. Mas o que quer fazer é muito perigoso, pode estar certa.

— Não estou me sentindo forte neste momento — coloquei meu filho para mamar e me obriguei a respirar mais devagar. — Estou com medo. Medo de que seja tarde demais.

Ficamos em silêncio por um instante; depois, a voz de Finbar voltou a falar em minha mente.

*– Acho que não a verei durante um bom tempo, Liadan. Mas não se esqueça de mim, pois meu futuro depende do futuro desta criança. Vejo isso. É importante, minha querida. Não se esqueça. Haverá muitos obstáculos.*

*– Não me esquecerei. E agradeço por sua ajuda. Essa sua habilidade de manter as visões sob controle; de acalmar o terror da mente, é algo maravilhoso.*

*– Sua habilidade também é considerável. E você está aprendendo a utilizá-la da maneira certa. Você é uma jovem de grande valor. Seu homem estava certo quando a chamou de uma luz na escuridão. Ah, você está chorando. Pois chore. Deixe todas essas lágrimas correrem, pois daqui por diante não terá mais tempo para chorar.*

# Capítulo 14

Seria uma longa viagem. Sean já havia coberto a mesma distância em menos de um dia, desesperado para atender meu pedido de ajuda. Mas com um bebê era necessário parar com frequência para deixá-lo mamar e descansar. E eu também me cansaria mais rápido, carregando-o nas costas. Usar uma carroça era impensável. Seria lenta demais e difícil de manobrar nos caminhos estreitos.

Enterramos Liam ao anoitecer, sob os grandes carvalhos de Sevenwaters. Discretamente, enviamos mensageiros. Conor estava voltando de uma viagem e não conseguiu chegar a tempo. Padriac já tinha saído da casa de Seamus Readberd, em Glencanargh. Provavelmente já havia embarcado em uma nova viagem a terras distantes. Suas visitas eram raras. Nunca se interessou muito em ser guardião das terras e da comunidade.

Foi triste não haver irmão ou irmã presente para ver aquele grande líder partir.

Acendemos uma fogueira e queimamos acônito e pinhas. Sean falou sobre a força e a coragem de nosso tio, e de sua dedicação à família e à túath. Todos se reuniram ao redor, em silêncio. Não foi uma despedida à altura de um líder como aquele. Talvez no futuro pudéssemos celebrar sua vida e sua passagem com as festividades que ele merecia. Mas não podíamos agora. O momento era perigoso, e a notícia de sua morte súbita não podia ser transmitida indiscriminadamente.

Mais tarde nos reunimos nas cozinhas, perto do fogo. Lá fora a atmosfera era pesada. Dor e perda ecoavam nos corações de todos. Os cães uivavam sem parar; um lamento agudo de cortar o coração. Aquilo foi me agoniando de tal maneira que não pude mais segurar as lágrimas. Sean se levantou, saiu e gritou:

— Neassa! Broc! Chega. Para dentro, os dois!

O uivo cessou e os dois cães de meu tio entraram, cabeças baixas e rabos entre as pernas. Sean se sentou, os dois foram até ele e se sentaram, um à sua esquerda e o outro à sua direita. Acho que foi naquele momento que meu irmão se tornou senhor de Sevenwaters.

Johnny e eu já estávamos prontos ao amanhecer e Sean estava nos esperando para se despedir. Montei a pequena égua do Homem Pintado e ela mostrava uma grande impaciência para sair. Parecia ser bem mais que a simples necessidade de exercício e de ar fresco. Fiacha esperava, em uma coluna próxima. Os cavalos ficavam incomodados com sua presença.

— Fico-lhe muito grato por isso, Liadan — disse meu irmão. — Traga-a, se puder. E diga a Eamonn que eu preciso falar com ele. Dê a notícia da morte de Liam. Ele perceberá que precisamos nos reunir com urgência. A aliança precisa se recompor, e rápido. Tenho que estabelecer minha posição, agora. Deixar claro que assumi a liderança. Peça a ele que venha falar comigo. Mas, primeiro, assegure-se de que Aisling esteja bem.

— Farei o que puder. Agora precisamos ir. É uma longa viagem. Até logo, Sean. Que a deusa ilumine seu caminho.

— Boa viagem, Liadan.

Levamos um dia, uma noite e parte da manhã seguinte para chegar. Eu tentava apressar o passo e tentava controlar a ansiedade cada vez que meu filho acordava e chorava, e precisávamos parar para atender suas necessidades. Fiquei irritada quando meu chefe de armas disse que Lorde Sean tinha ordenado que parássemos para dormir, pelo menos por algumas horas, e que me preparassem uma boa refeição. Uma dama não podia viajar sem paradas, como um guerreiro. Improvisaram um pequeno abrigo para mim e para meu filho e montaram guarda enquanto eu me deitei, observando as pequenas nuvens que passavam, encobrindo parcialmente a lua minguante. Na manhã do segundo dia, cruzamos, finalmente, a entrada de Sídhe Dubh, com Fiacha voando sobre nós.

Passamos pelo primeiro posto de vigia sem problemas. Os guardas me conheciam e reconheceram a túnica com o símbolo de Sevenwaters de meus homens. Deixaram-nos passar com um gesto de cortesia, enquanto Fiacha voava em círculos, piando.

Também não fomos barrados na entrada, sobre a ponte. Mas um dos guardas balançou a cabeça, dizendo:

— Creio que ele não permitirá a entrada de vocês. Não está recebendo visitas e provavelmente não irá abrir exceção, mesmo para a senhora.

Pelo tom de sua voz, ele parecia desconfortável com a situação. Mas obviamente estava cumprindo ordens.

Então passamos e seguimos até o portão que dava passagem para o longo e sinuoso túnel que levava ao pátio interno. Como sempre, havia dois guardas fortes e armados com machados nas mãos e dois grandes cães pretos, rosnando.

— Identifique-se!

Os guardas avançaram, e os cães também, fazendo esforço para se libertar de suas guias.

— *Lady* Liadan de Sevenwaters vem ver a filha da casa — disse o líder de meu grupo. — Somos da casa. Surpreendo-me que não me reconheça, Garbhan. Há menos de uma estação tomamos cerveja juntos ali no hall. Abra os portões. A dama está cansada da viagem.

— A entrada está proibida. Sem exceções.

— Acho que você não entendeu — disse meu homem, com voz firme, já colocando a mão sobre o punho da espada. — Ela está aqui para visitar a amiga. E traz uma criança, como se pode ver. É a irmã de Sean de Sevenwaters. Se há dúvidas, por favor, avise *Lady* Aisling. Com certeza ela virá nos receber.

— Sem exceções. Ordens de Lorde Eamonn. Agora é melhor irem, ou terei que soltar os cães.

E os cães estavam mesmo ansiosos para serem soltos, pois Fiacha os desafiava, voando à altura de seus narizes, piando em tom de brincadeira. Johnny acordou e começou a chorar.

Avancei meu cavalo.

— Deixe que eu resolvo — disse a meus homens.

Usei o mesmo tom que Liam costumava usar.

— Chamem Lorde Eamonn. Ele virá me receber. Digam que Liadan está aqui e precisa falar com ele. Que tenho informações importantes e não admito recusa.

— Não tenho certeza, *milady*. Lorde Eamonn deixou claro que não queria ser perturbado sob qualquer pretexto.

Fiacha voou baixo e passou tão perto do rosto do guarda que seu bico afiado podia ter-lhe arrancado um olho.

— Diga a ele.

— Sim, *milady*.

Esperamos. Eamonn não desceu, mas após algum tempo o guarda retornou, a corrente foi tirada, os portões, abertos, e nós entramos. Havia muitos guardas em toda a extensão do túnel. Guardas suficientes para deter até o mais perigoso prisioneiro, pensei. Sabia que Bran estava ali, em algum lugar. Ainda devia estar vivo e podia escapar, caso contrário por que a presença de tantos homens armados? Quando finalmente saímos à luz, o pátio estava cheio deles. E na entrada da casa estava Eamonn, com postura fria e distante. Veio me ajudar a desmontar. Johnny estava chorando e o corvo ajudava a aumentar o barulho com sua voz aguda.

— Liadan — disse ele, a testa franzida. — O que faz aqui?

— Que tipo de recepção é esta para uma amiga? — perguntei. — Estamos cansados e eu preciso cuidar da criança.

— Mas por que veio?

Meus homens desmontaram e ficaram esperando.

— Trago notícias, Eamonn. Muito importantes. Mas precisamos falar a sós. E preciso ver Aisling. Por favor, providencie descanso para meus homens e um lugar para eu cuidar de meu filho. E quando puder, venha falar comigo.

Quando ele se virou para dar ordens, percebi que se movia de maneira estranha, como se estivesse se recuperando de um ferimento. Uma criada veio me acompanhar até uma sala reservada para eu poder trocar e alimentar meu bebê. E outra trouxe uma bandeja com bebida e comida. Não vi Aisling e não perguntei dela.

O tempo foi passando. Johnny mamou e dormiu. A criada voltou, depois de algum tempo, com mais duas que se deliciaram ao ver o bebê e se ofereceram para cuidar dele para eu descansar.

— Eu gostaria de ver Aisling. Onde ela está?

— *Milady* não está muito bem. Acho que não receberá visitas — disse a mais velha, segurando Johnny nos braços.

— Talvez eu possa ajudar — arrisquei. — Tenho certo conhecimento de cura. O que ela tem?

— Melhor perguntar a Lorde Eamonn.

— Mas...

— Melhor perguntar a ele.

Deixei, relutante, que ela levasse Johnny para as cozinhas, pois ele ficou feliz na companhia delas. E eu estava realmente cansada. Fiacha as acompanhou, o que as deixou um tanto assustadas. Mas o bebê estaria em segurança com o pássaro ao seu lado. Olhei pela janela, para o pátio, procurando ver se havia algo diferente, que sugerisse a presença de prisioneiros no forte. Mas além da presença de muitos homens armados, nada parecia irregular.

Eamonn finalmente mandou me chamar. Estava na sala principal, sentado em sua cadeira de carvalho. A criada que havia me acompanhado saiu, nos deixando sozinhos.

— Bem, Liadan, sente-se. Aceita uma taça de vinho? É uma safra especial, de Armorica. Muito boa. Mas eu não esperava visitas neste momento. Não é exatamente uma hora boa.

— As notícias que trago não têm hora. Meu tio Liam está morto. Foi em uma emboscada de bretões a caminho de uma reunião com os Uí Néill. Alguém nos traiu e agora a aliança está enfraquecida. Sean me pediu que lhe trouxesse a notícia pessoalmente e que levasse Aisling comigo, pois gostaria muito de ter seu apoio neste momento. E quer falar com você também, com urgência.

— Entendo — ele disse, com uma expressão de choque que pareceu até real. — Isso é muito grave. Quando aconteceu?

— Há alguns dias. Sean quer manter a notícia em segredo, por razões óbvias. Enviou mensageiros a seu avô e pediu que eu viesse até você. Ninguém mais está sabendo, mas assim que os Northwoods anunciarem seu golpe, os inimigos da aliança podem decidir nos atacar.

Ele ergueu as sobrancelhas.

— Não sabia de seu conhecimento de estratégia e alianças, Liadan.

— Estou aprendendo rapidamente — respondi.

— Aisling não pode ir a Sevenwaters. Está um tanto... indisposta.

— Posso vê-la? Se estiver doente, com certeza posso ajudar.

— Não desta vez. Temo que não poderá vê-la, e ela com certeza não está em condições de viajar.

— Então deve estar muito doente. Sou curadora, Eamonn. Deixe-me cuidar dela. Quero ajudar, se puder.

— Você não ficará aqui tempo suficiente para ajudar. Não tenho como receber hóspedes neste momento. Aisling ficará bem mesmo sem sua ajuda, não se preocupe. Tem se mostrado um tanto... obstinada e acabou adoecendo em consequência disso. Você não poderá vê-la.

Não respondi. A conversa estava se transformando em uma espécie de jogo. Perdia-se um pouco aqui, ganhava-se um pouco lá. Mas é difícil fazer movimentos estratégicos quando não se conhece as regras.

— Diga a Sean que Aisling não poderá fazer a viagem. E transmita a ele meus pêsames.

Ele se levantou, como se fosse sair da sala, e houve um silêncio desconcertante.

— Você precisará de uma noite de sono antes de ir para casa, imagino. Estou surpreso que tenha trazido seu filho, Liadan. Mas ele parece bem, apesar da longa viagem.

— Você logo descobrirá que pessoas da raça dele têm uma grande força interior — eu disse baixinho. — Uma capacidade de resistência além do comum.

Ele pareceu não entender.

— Como? O que você disse?

— Estou aqui para negociar com você, Eamonn. Vim comprar seus prisioneiros.

Se ele já estava pálido, agora parecia um cadáver.

— Sim... entendo — ele disse, escolhendo as palavras. — E seu irmão sabe disso?

— Ele não sabe — eu disse, o coração disparado. — Mas sabe que estou aqui e aguarda meu retorno imediato, com ou sem Aisling.

— E de quais prisioneiros você está falando, especificamente?

— Não precisa jogar comigo, Eamonn. Estou falando do Homem Pintado e do outro, de seu bando, que você capturou. Estou aqui para negociar com você a libertação deles e nossa saída, a salvo, de Sídhe Dubh.

— Negociar? Negociar como?

— Uma troca. Tenho certeza que você já fez várias deste tipo antes.

Ele se levantou e começou a andar de um lado para outro.

— Você me surpreende, Liadan. Mesmo depois de tudo que aconteceu, mesmo depois do que se passou entre nós, eu ainda acreditava que você tinha bom-senso. Aquele homem é um fora-da-lei. Representa um grande mal. Não pode mais ser solto. E não será. Agora me conte — ele disse, parando à minha frente e colocando as mãos em meus ombros. Respirei fundo, lutando para não me afastar. — Como você sabe? Como descobriu que ele está aqui? Ninguém poderia ter descoberto.

— Pelo menos você não nega que ele está preso aqui. Penso que seu orgulho é maior do que isso. Minha fonte de informações é confidencial. Mas alguém mais em Sevenwaters sabe o que eu sei, e tornará a notícia pública se algum mal me acontecer.

— Mal? Por que eu lhe faria algum mal? Você não é uma ameaça para mim, e além do mais... Não. Vamos evitar sentimentalismos. Direi exatamente o que penso. Ninguém se importa com a vida desse homem, Liadan. Pode dizer ao mundo todo que ele eu capturei, torturei e que pretendo executá-lo. Nenhum ser humano irá levantar um dedo para ajudá-lo. Ele não tem amigos.

— Você se engana — eu disse, em tom suave. — Está muito enganado. Ele tem amigos leais, e você logo descobrirá, para seu azar.

— Ah! A lealdade de outros bandidos como ele, e mulheres perdidas que se excitam nos braços de um monstro depravado. Não acredito que tenha se entregado a ele quando poderia ter...

— Quando poderia ter você? Lamento que não possa acreditar, Eamonn, pois isso lhe encheu tanto o coração de tristeza que você nem consegue enxergar o que está fazendo agora. Este ódio o corroeu por dentro a tal ponto que você está ferindo sua família, seus amigos e escolhendo um destino negro para si mesmo. Mas ainda há tempo para recuar. Ainda está em tempo.

— Se você tivesse me aceitado, meu caminho seria diferente — ele disse em tom frio. — Se não gosta daquilo em que me transformei, a culpa é totalmente sua.

— Suas ações são só suas — eu disse, tentando controlar a raiva. — E suas escolhas também. Cada um de nós carrega o peso da culpa e das decisões que tomamos ou deixamos de tomar.

Vi diante de mim a imagem de meu tio Liam caído na estrada com uma flecha no peito.

— Você pode deixar essa mágoa reger sua vida ou simplesmente deixá-la para trás e seguir em frente. Somente um louco deixa o ciúme determinar o curso de sua existência. E somente um fraco culpa os outros por seus próprios erros. E agora, negociará comigo ou não?

— Não posso imaginar o que você tenha a me oferecer. Mas uma mulher sempre pode ter serviços úteis para um homem. Já houve um tempo em que eu pagaria um alto preço para possuir seu corpo. Estava disposto a pagar com meu orgulho, com minha reputação e com tudo que possuo. Mas agora não. Agora eu o tenho nas mãos. Vê-lo sofrer me dará um prazer infinitamente maior do que uma noite em sua cama. Se bem que seria bastante interessante possuí-la também, somente para vê-lo se contorcer de agonia. Mas infelizmente ele já não está mais em condições para tal.

— O que você quer dizer?

Não pude controlar o tremor em minha voz e creio que ele percebeu.

— Você sabia que o seu herói tem medo do escuro? Que vira geleia quando passa muito tempo preso? Pois eu descobri. Levei muito tempo para descobrir seu ponto fraco. Ele esconde bem seus segredos. Mas você irá perceber que ele já não é o mesmo desde a última vez que o viu. Está com uma aparência péssima.

"Respire, Liadan."

— Acho que você não entendeu o sentido da palavra barganha — eu disse, tomando um gole do vinho para ocupar as mãos trêmulas. — Não se trata exatamente de algo que eu tenha a lhe oferecer em troca da liberdade deles, mas sim do que você estiver disposto a me dar para comprar meu silêncio.

— Silêncio? Que silêncio? Do que você está falando?

— Tenho informações que podem ser muito perigosas para você, Eamonn. Informações que, caindo nos ouvidos de meu irmão ou de Seamus, podem excluí-lo da aliança e ainda fazê-lo passar o resto de seus dias olhando em volta para não ser atacado pelas costas. Ou que, se caírem nos ouvidos do Uí Néill, farão que você jamais se sente à mesa do conselho novamente. Suas terras estão em um lugar perigoso, bem na trilha do tráfego de Tirconnell. Acho melhor você me ouvir com atenção.

— Não acredito no que estou ouvindo.

Ele se sentou, olhando para mim.

— Como você pode ter informações que seu irmão não tenha? Uma garota da floresta, em casa, cuidando de uma criança não tem como saber dessas coisas. Você está blefando.

— Um blefe. Muito bem, vamos a alguns detalhes. E não se esqueça de que o bando do Homem Pintado sabe de muitos segredos e tem bons informantes. Minhas fontes podem ser diferentes das de Sean, mas são muito precisas, posso lhe assegurar.

— Continue — ele disse, em tom frio.

Nesse instante, um homem entrou trazendo uma bandeja com outra garrafa de vinho e um prato com pão, queijo e fatias de carne. Colocou-a sobre a mesa e Eamonn o dispensou com um gesto de cabeça. Quando o homem saiu, ele foi até a porta e a trancou.

— Muito bem. Que informação é essa?

O sol começava a descer. Já passava do meio-dia; dois dias desde que eu havia tido a visão de Bran sendo arrastado do salão e Eamonn ordenando *que ele fosse preso no escuro*. Só imaginava se que o que Finbar e eu tínhamos visto era realmente verdade.

— Eu sei qual o preço que você pagou aos Northwoods — eu disse, a voz firme. — E sei que a informação que você deu a nosso inimigo causou a morte de meu tio. Você traiu a aliança, Eamonn. Sacrificou Liam por seu desejo insano de vingança. Por seu ódio insensato. Eu contarei tudo a Sean e a Seamus caso você não me dê o que eu quero.

— Mas que absurdo! — ele gritou enfurecido. — Você não tem provas disso. Não posso imaginar como criou esta história. Ninguém acreditará em uma coisa dessas.

— Tenho provas. E uma testemunha de grande credibilidade, que sabe do propósito de minha visita aqui. Se recusar meu pedido, seu segredo será revelado mesmo que eu não chegue em casa a salvo. Você estará perdido, Eamonn.

Ele ficou em silêncio por um instante.

— Que garantias você me dá de que esta informação não será revelada mesmo que eu concorde com esse seu pedido ridículo? — ele disse, e senti uma pequena chama de esperança se acendendo dentro de mim. — Você pode conseguir o que quer e ainda assim contar a todos. E quem garante que essa outra pessoa continuará em silêncio?

— Eamonn, você me conhece. E não faz muito tempo, disse que eu era a única mulher a quem desposaria. Tive a impressão de que você estava sendo honesto. Mas vejo que já perdeu todo o respeito por mim. Ainda assim, já fomos amigos um dia. Se lhe dou minha palavra, pode ter certeza de que cumprirei. Garanto o meu silêncio e o da outra pessoa. Mas não colocarei em risco a vida de meu irmão. Ficarei em silêncio contanto que você cumpra sua parte.

— Não consigo crer. Parece que você se transformou em um... um monstro, exatamente como o homem que quer proteger. Quais são suas condições?

"Não, eu continuo a mesma", pensei. "Você é que se tornou um monstro; um homem que trai, tortura e assassina por conta de um ciúme doentio. Você, alguém com quem eu poderia ter me casado".

— Muito bem — eu disse. — Você se compromete a respeitar a aliança. A honrar seu compromisso com meu irmão no futuro, a ser honesto com ele e a compartilhar suas forças de defesa, como fez com Liam.

— E?

— Essas são minhas condições em longo prazo. No instante em que trair minha confiança, contarei a eles.

— E quais são as de curto prazo?

— Primeiro, traga Aisling aqui, imediatamente. Meus homens irão levá-la para Sevenwaters agora. Ela ficará em minha casa até a primavera e se casar com Sean. Não retornará a Sídhe Dubh. Você irá ao casamento, sorrirá e dará a eles sua bênção.

— Aisling não está bem. Não pode viajar.

— Quem decide isso sou eu. E ela irá. Meus homens sabem muito bem como escoltar uma dama e cuidar dela.

— Você fala como se não fosse acompanhá-la. Qual é a outra parte dessa sua barganha demoníaca?

— Ficarei aqui até Aisling estar longe e em segurança. Será breve. Então você libertará os dois prisioneiros e providenciará escolta para nós três e meu filho até a divisa de suas terras.

Ele riu, a expressão fria.

— Você deve me achar mesmo muito fraco.

— Acho que tem bom-senso suficiente para saber que está sem saída — eu disse, escolhendo bem as palavras. — Fará o que estou pedindo?

— Você não me deixa muita escolha. Mas tenho meu orgulho, embora você esteja tentando me humilhar. Seria um tolo se não aceitasse a primeira parte da barganha. Mas você ficará mesmo me vigiando o tempo todo, ano após ano, para ver se eu quebrarei o pacto? Pode ser uma tarefa bem maçante.

— Eu sou a filha de Sevenwaters. Meu irmão merece toda minha lealdade e meu apoio. E terá. Se sua família não entende a importância disso, a minha entende.

— É melhor você ir com cuidado. Ainda não concordei com a segunda parte da barganha.

— É tudo ou nada. Se não soltar os prisioneiros, não temos acordo.

— Preciso de tempo.

— Mas eu não tenho tempo a perder. Se quiser, posso dar agora mesmo a notícia a meu irmão enquanto você pisca os olhos. Basta abrir minha mente e ele saberá. E se tentar qualquer coisa que seja contra mim, ele também saberá. Não vou lhe dar chance de agir.

— Maldita seja, Liadan! Você e suas bruxarias!

— Soltará os homens ou não?

Estava ficando cada vez mais difícil manter o controle.

— Muito bem — ele disse, de repente. — Leve seu amante e o companheiro dele. Não sei se terão muita utilidade para você depois do tempo que passaram sob minha custódia. Mas não haverá salvo-conduto. Não há um homem sequer em minha fortaleza ou em minhas terras que aceite conduzir o Homem Pintado até a divisa sem lhe enfiar uma faca nas costas. Assim que passarem pela porta, vocês estarão por conta própria.

— Você está dizendo que irá nos deixar sair para que seus arqueiros nos acertem assim que dermos o primeiro passo para fora? Não. Tente algo melhor. Ou quer que eu fale com meu irmão? Devo chamá-lo para vir me buscar?

— Não. Vamos brincar um pouquinho, então. Assim que Aisling sair, se é que ela conseguirá, iremos começar um jogo de esconde-esconde. Primeiro, você encontra seu mercenário. Então você o liberta. Vamos ajudar, claro, caso contrário você poderá levar uma noite inteira. Mas ninguém pisa na estrada. Deixe-o sair por onde entrou certa vez: pelo pântano. Não dizem que não há missão impossível para ele? Será fácil, então. Quero vê-lo cruzar a trilha secreta com uma mulher, um bebê e um homem com as mãos praticamente inutilizadas. Só então você verá que espécie de herói ele é. Mas creio que será interessante estabelecermos um prazo para você fazer tudo isso. Terá que sair com eles daqui ao anoitecer. Assim que escurecer, descerei com tochas e armado. Meus homens não têm tido muito entretenimento ultimamente.

— Isso é sórdido — sussurrei, olhando para ele. — É este o homem com quem dancei no Imbolc e que até considerei uma boa escolha para marido, faltando apenas ensiná-lo a sorrir? Será que fui eu mesma quem o modificou tanto assim simplesmente por negar seu pedido? Não aceitará a barganha dentro de minhas condições?

Meu coração estava gelado.

— Não mesmo. Você pode contar seu segredo agora, tentar convencer seu irmão daquilo que sabe. Pode fazer isso e destruir minha vida. Mas assim que fizer, o Homem Pintado morre. Não irá salvá-lo dessa maneira. Além do mais, seu irmão não se importa com o fora-da-lei. Para ele, esse bandido é apenas uma peça de tabuleiro, que se ganha ou perde no jogo.

Passei a língua pelos lábios secos.

— Muito bem. Parece que chegamos a um acordo. Chame Aisling.

— Mas você não pode contar a ela. Isso tem que ficar claro.

— Está claro, Eamonn. Agora chame Aisling e meus homens.

Aisling estava doente e abalada. Seu rosto sardento estava pálido como a neve, e seu corpo, tão magro que se podia ver os ossos. Seus olhos estavam roxos e inchados, e os cabelos, desgrenhados.

— Liadan — ela sussurrou, ignorando o olhar rigoroso do irmão, e dos seis homens de minha guarda que estavam presentes. — Ah, Liadan, você veio! Onde está Sean?

— Esperando por você em Sevenwaters — eu disse, em voz calma, embora minha vontade fosse de chorar ao ver minha amiga naquele estado. — Seu irmão lhe deu permissão para ir. Estes homens a levarão em segurança. Pedi à criada para pegar suas coisas, e seu cavalo já está pronto. Você parte agora mesmo.

— Oh, Liadan. Muito obrigada. Obrigada, Eamonn!

Pelo estado em que encontrava, ela sequer pensou em fazer perguntas, o que acabou sendo bom. Mas com certeza muitas questões surgiriam em sua mente quando estivesse a caminho.

— *Milady*... — disse o chefe de armas, preocupado.

— Estas são as ordens — eu o interrompi com firmeza. — Partam imediatamente. Sigam para Sevenwaters o mais rápido possível, lembrando apenas que *Lady* Aisling esteve adoentada e precisa descansar, como eu fiz. Diga a meu irmão que irei em seguida.

— Nossas ordens são para protegê-la — ele disse, estranhando e parecendo um tanto confuso. — Não podemos partir e deixá-la sem proteção.

— Lorde Eamonn irá providenciar a proteção de que preciso — respondi. — Ficarei mais um pouco. Diga a meu irmão que Lorde Eamonn entrará em contato com ele em breve. Agora vão. Quero que estejam em Sevenwaters ao anoitecer de amanhã.

— Sim, *milady*.

Subi os degraus e fui até onde os sentinelas montavam guarda. Olhei por sobre o muro, observando a única saída segura de Sídhe Dubh. Acompanhei Aisling e meus homens até onde minha vista alcançou. Fui então até as cozinhas pegar meu filho e o alimentei. Prendi-o então às costas com a mochila, pronta para viajar. Eamonn esperava no pátio.

— Gostaria de assistir a esse jogo — ele disse. — Mas não tenho estômago para isso. Não se preocupe. Meus guardas têm ordens para deixá-la andar à vontade. Se precisar de chaves ou que alguém a ajude a abrir portas, é só pedir. Mas acho que você gosta deste tipo de brincadeira, não, Liadan? Disseram que você passeou como uma gata no cio da última vez que esteve aqui. Agora pode ir. Não falta muito para o fim da tarde, afinal. Ah, e controle aquele seu pássaro. Se ele voar sobre meus guardas mais uma vez, estará presente à mesa no jantar, dentro de uma torta.

Atravessamos o pátio enquanto ele falava. Fiacha passou voando sobre nós e pousou em uma carroça.

— Pode ir agora — repetiu Eamonn, como se estivesse dando ordens a uma criança.

Eu sabia onde procurar, mas tinha medo do que encontraria. Tomei uma decisão rapidamente e olhei para Fiacha.

— Vá, eu disse. Traga ajuda. Vá agora. Preciso de ajuda antes do entardecer.

Ele saiu voando no mesmo instante, rápido como uma flecha, na direção sul. E eu levantei um pouco as saias e segui para o túnel subterrâneo.

Devia ser difícil para os guardas, pensei. Haviam recebido ordens e tinham que cumpri-las. Mas olhavam uns para os outros, perplexos, enquanto eu procurava em uma por uma das celas escuras, esforçando-me para segurar as lágrimas e para manter a respiração calma.

— Onde eles estão? — eu perguntava. — Digam!

Mas eles ficavam em silêncio. O Homem Pintado não podia esperar do povo de Eamonn senão medo e desprezo.

No fundo de uma cela que eu já conhecia havia uma porta de ferro trancada. Pedi ajuda, e um homem alto, de cabelos grisalhos e músculos imensos veio abri-la para mim. Havia uma escada que descia.

— Preciso de um lampião.

Johnny começou a se mexer, cansado de ficar na mesma posição. Como estava aprendendo a engatinhar, queria sair e explorar tudo sozinho. Eu não queria pensar em Johnny e no caminho pelo pântano. Tinha que me concentrar apenas no momento presente.

— Lorde Eamonn não mencionou lampiões.

— Preciso de luz aqui. Posso cair e quebrar o pescoço da criança. Irá querer contar essa história à sua esposa hoje à noite?

Ninguém se mexeu. Irritada, segurei minhas saias e comecei a descer os degraus. Um. Dois. Estava tão escuro que eu não conseguia ver sequer as paredes.

— Aqui está, *milady*.

O homem de cabelos grisalhos desceu atrás de mim e me estendeu um pequeno lampião aceso.

— Vou acompanhá-la. Desça devagar. Cuidado com a criança. Os degraus são velhos e irregulares.

Havia dez degraus e uma estreita passagem subterrânea. Mas o lugar era silencioso. Se ratos ou insetos se alojavam ali, não havia sinal deles. A luz fraca do lampião foi mostrando argolas de ferro presas às paredes cobertas de teias de aranha. Ao final do pequeno túnel havia uma grade presa com uma grossa corrente. O lugar estava abafado, sufocante.

— *Milady* — disse o guarda, preocupado. — Esses homens são bandidos. Não valem o que comem. Deixe-os aí. Salve-se e leve seu filho. Jamais conseguirá cruzar o pântano. Irá morrer e matar a criança. Venha conosco. Vamos levá-la para casa em segurança. Nenhum de nós aqui quer ter esse peso na consciência.

— Dê-me a chave — eu disse.

Ele me obedeceu sem retrucar.

Atrás da grade havia um pequeno espaço e ali estava Gull. Ouvi sua respiração antes mesmo de ver seu rosto, agora cinza em vez de negro, os olhos brilhando, febris, e as roupas rasgadas e manchadas. Seus pulsos estavam presos por algemas acima de sua cabeça e ele não podia se mexer. Ataduras improvisadas e sujas cobriam suas mãos.

Avancei, prendendo a respiração.

— Solte este homem, e seja rápido!

— Liadan — ele sussurrou enquanto o guarda se aproximava.

Ao serem soltos, seus braços caíram para os lados, sem controle.

— Doerá até o sangue voltar a circular — eu disse, enquanto ele caiu no chão, arfando. — Mas não há tempo. Precisamos sair daqui. Onde está Bran? Onde está o Chefe?

Gull mexeu a cabeça, indicando não saber.

— Você tem que saber! Alguém tem que saber! Temos só até o pôr-do-sol para sair daqui!

— Posso... andar. Posso... ir.

Ele fez um esforço imenso, ficou de quatro, depois de joelhos e finalmente se levantou, oscilando.

— Pronto... para ir.

— Muito bom, Gull. Muito bom. Veja se consegue colocar o braço em meus ombros. Isso. Cuidado com o bebê. Venha. Vou ajudá-lo.

Virei-me para o guarda.

— Diga onde ele está. Por favor, diga. Quer nos ver morrer aqui?

Mas ele ficou em silêncio, olhando friamente para Gull, que agora tremia, tentando andar.

O ar estava quente e úmido. Era difícil respirar. Johnny começou a reclamar. Se saíssemos rapidamente ainda teríamos chance. Mas eu podia acabar demorando demais para achá-lo e aí seria tarde.

— Deixe o vagabundo aí no escuro, onde ele merece ficar. Volte comigo — resmungou o guarda.

— Ainda não — eu disse. — Esperem. Ouçam.

Foi um som bem claro. Um gemido no escuro; um chamado de alguém que já não estava suportando mais. Onde você está? Não sabia se tinha sido minha imaginação ou se tinha ouvido o choro daquela criança que habitava meus pensamentos desde que eu comecei a conhecer melhor o Homem Pintado.

A voz em minha mente sussurrou na escuridão. "Estou aqui. Estique a mão".

Silêncio. Um terrível silêncio.

— Estenda a mão para mim, Johnny. Eu irei ajudá-lo. Mostre onde você está.

Não era com meu filho que eu estava falando. A criança, por sorte, havia se acalmado. Gull continuava apoiado em meu ombro. Eu sentia o imenso esforço que ele estava fazendo para se manter de pé e controlando a respiração para que eu pudesse ouvir.

— Onde você está? Dê-me sua mão. Estique um pouco mais.

Nenhum som. Nada que eu pusesse ouvir, nem fora nem dentro de minha mente. Mas, de repente, eu soube. Eu senti. Passei pela grade com Gull trôpego, apoiando-se em mim, e o guarda logo atrás, com expressão contrariada. Na metade da passagem subterrânea, eu parei. Praticamente não dava para ver. Era uma tampa tão bem feita que não se destacava do chão. Os únicos sinais eram linhas tênues nas bordas e uma pequena depressão na pedra. Os ancestrais de Eamonn eram estranhamente engenhosos.

— Abra este alçapão.

— É muito pesado para um homem só.

— Abra isto já, maldito! Chame outro homem, se precisar. E rápido!

Eles pareceram demorar uma eternidade enquanto eu aguardava, trêmula.

— Calma. Só mais um instante. Eu estou aqui.

A tampa era realmente pesada; uma laje sólida de pedra de mais de um palmo de espessura. E bem ajustada na abertura. Os dois guardas precisaram usar toda sua força para erguê-la. Depois de muito esforço, o alçapão finalmente se abriu.

— Dê-me o lampião — eu disse.

Coloquei-o próximo à abertura retangular no chão e olhei para dentro.

Era um lugar muito pequeno, suficiente talvez para um homem não muito alto com os joelhos dobrados sob o queixo e os braços levantados acima da cabeça. Entrava ar, mas não muito. E não havia luz ou espaço para alguém se mexer ali dentro. Era praticamente um túmulo, uma caixa estreita em que a pessoa sobreviveria por muito pouco tempo dependendo exclusivamente de sua força interior e sua resistência. Se fosse tirada de vez em quando, alimentada e a deixassem respirar algum tempo antes de colocá-la de volta, poderia dar a seu algoz algum tempo de entretenimento.

— Bran?

Seria bobagem esperar resposta. Ele parecia morto. Estava muito pálido e não se mexia.

— Tirem este homem. Rápido.

Eles obedeceram, pois tinham ordens de me ajudar até certo ponto. Mas ninguém lhes disse que tinham que ser delicados, e quando finalmente o retiraram e jogaram aos meus pés, ele tinha mais alguns ferimentos. Ajoelhei-me e Gull agachou-se, fazendo grande esforço e soltando um palavrão.

— Está vivo — eu disse, colocando os dedos em seu pescoço para sentir a pulsação e aproximando o ouvido de seu rosto para ouvir sua respiração, que estava muito fraca.

O lampião era fraco, mas pude ver que ele estava bem ferido e tinha sangue seco na cabeça, onde agora os cabelos cresciam na metade antes raspada, cobrindo um pouco a tatuagem.

— Pancada na cabeça — sussurrou Gull. — Forte. Quase o matou. E agora?

— Agora saímos daqui. Depois decidimos o que fazer — respondi com firmeza, enquanto as lágrimas começavam a surgir em meus olhos e minha mente dizia "respire, Liadan. Seja forte. Seja forte".

Virei-me para os guardas.

— Peguem-no e nos ajudem a levá-lo. E não o machuquem.

— Machucar? Nenhum estrago que possamos fazer é suficiente para este vagabundo — disse o segundo guarda, enquanto eles o erguiam de qualquer jeito e o levavam para cima. Fui ajudando Gull e carregando o lampião até sairmos da passagem subterrânea, onde a luz das tochas acesas feriu meus olhos após tanto tempo na escuridão. Gull colocou uma das mãos na frente do rosto e os guardas ficaram nos observando.

— Nossas ordens são para levá-los até a saída e deixá-los.

— É melhor fazerem isso logo, então — eu disse.

O corpo de Bran parecia mais um saco de grãos, suspenso entre os guardas que seguravam seus ombros e o outro que o levantou pelos joelhos. Sua cabeça balançava, solta. Havia cortes e ferimentos por toda parte. E o que restou de suas roupas estava cheio de sangue e sujeira. Johnny era o único que parecia estar se divertindo agora, pois começou a rir ao ver as luzes e ouvir nossas vozes.

— Venha — eu disse a Gull. — Por aqui. Você conhece o caminho. Depois daquele trecho, do outro lado, estaremos por conta própria.

— Conta própria — ele repetiu.

Fiquei imaginando o quanto ele havia entendido, entre a febre e a agonia da dor que sentia nas mãos. Tinha perdido dedos das duas, pelo que eu podia ver entre as bandagens. Mas não dava para saber quantos haviam restado.

— Do outro lado — ele completou. — Outro lado.

Fomos andando como podíamos pelo túnel subterrâneo, depois passamos pelos cães e subimos a pequena colina por uma trilha estreita, não muito acima da água, e eu ia considerando mentalmente todas as possibilidades. Se Bran voltasse a si e pudesse andar... se Gull encontrasse o caminho sem a febre atrapalhar seu raciocínio... se Johnny ficasse em silêncio e não nos distraísse... se a ajuda chegasse antes do escurecer talvez pudéssemos sair com vida, sem ser atingidos por flechas como bandidos em fuga.

Mas não adiantava fazer conjecturas. Acabou me ocorrendo, quando paramos no lado norte do morro, com o sol já bem baixo no céu, que aquela era a realidade da vida de Bran e de Gull; que sua existência era feita de momentos como aquele, quando as chances pareciam mínimas e era preciso fazer o melhor e encontrar solução para os piores problemas, usando uma força interior quase que do Outro Mundo, simplesmente para continuar sobrevivendo.

— Tem certeza de que quer mesmo fazer isso? — eles perguntaram, jogando Bran de qualquer jeito no chão.

Os guardas se juntaram no alto do muro para observar. E o mais alto, que havia me ajudado, disse:

— Não é tão tarde ainda. Deixe esses infelizes aí e vá embora com seu filho.

— É melhor vocês irem — eu disse.

Abaixei-me e coloquei a cabeça de Bran em meu colo.

— Lorde Eamonn desejar receber notícias, pode ter certeza.

— Salve pelo menos a criança. Vocês não irão sobreviver à travessia. Este idiota está quase morto e o outro nem consegue andar em linha reta. Se entrarem no pântano, morrerão. Deixe a criança conosco, ao menos. Podemos cuidar dele e levá-lo em segurança para casa.

Uma coisa me veio à mente então. Algo que meu tio Finbar tinha me dito há muito tempo: "A criança é sua. E você também quer o homem... Já lhe ocorreu que talvez você não possa ficar com os dois?"

— Vamos todos juntos — eu disse, passando a mão devagar pela cabeça de Bran, agora com pequenos cachos suavizando a tatuagem. — Todos juntos.

O guarda não respondeu. Todos eles entraram e ficaram apenas os dois com os cães, que patrulhavam a área externa. Ficamos ali, na beira do pântano negro. Bran continuava estirado no chão, sem se mover, eu sentada ao lado dele com a criança nas costas, e Gull em pé, olhando para o pântano, na direção norte. Balançava um pouco devido à tontura.

— Snake — ele murmurou. — Otter. Os outros. Outro lado.

— Acha que eles estarão lá, se conseguirmos atravessar?

— Outros. Atravessar.

Ele oscilou entre um pé e outro e se sentou, de repente.

— Cabeça. Desculpe-me. Mãos.

— Cuidaria de você agora mesmo, se pudesse. Quando chegarmos; quando estivermos em segurança, aliviarei essa dor para você e lhe darei uma infusão para baixar a febre. Já pedi ajuda, mas não sei se eles virão, Gull. Você está entendendo?

— Entendendo — ele disse, a voz fraca.

— Temos até o pôr-do-sol para sair. Assim que escurecer, os arqueiros de Eamonn começarão a atirar e virão atrás de nós com tochas. Temos apenas um caminho para sair. Se Bran; se o Chefe não voltar a si em tempo, não sei o que faremos.

Naquele instante, Johnny decidiu marcar presença. Começou a chorar e não tive escolha, a não ser tirá-lo das costas e abrir o vestido para amamenta-lo. Gull não parecia estar variando totalmente com a febre, pois veio rápido apoiar a cabeça e os ombros de Bran em seu colo enquanto eu cuidava da criança.

Então, enquanto eu amamentava meu filho, o sol se punha no horizonte, com seus tons de lavanda, ao som de garças distantes, e Bran continuava ali, sem reagir, e não pude mais conter as lágrimas. O que eu havia feito? Por que não ouvi os avisos dos Seres da Floresta? Achei que podia salvar aqueles homens, que podia dar um futuro a eles e a mim também. E agora parecia que iriamos todos perecer, inclusive o pequeno Johnny. Poderia tê-lo salvo, mas meu orgulho impediu.

— Morrendo — disse Gull triste. — Pancada na cabeça. Não acorda. Pediria que o matássemos, se pudesse.

— Só que não pode — eu respondi, de imediato, esquecendo as lágrimas. — Esta decisão não está nas mãos dele. Não morrerá. Não permito.

Ele esboçou um sorriso.

— Quebraram o código, vocês dois. Espere até eu contar a Snake... — disse, e depois gemeu de dor.

— Gull, teremos que tentar.

— Entendi. Andar. Carregar. Sou forte.

— Disso eu sei. E você também conhece o caminho, pois já levou minha irmã. Só que desta vez está ferido, exausto, e ele não poderá ajudá-lo.

— Forte suficiente. Carrego.

— Então temos que ir agora, assim que a criança terminar de mamar. O céu escurecerá logo e, pelo jeito, a ajuda que pedi não chegará em tempo.

Gull soltou uma espécie de grunhido e rolou Bran, deixando-o de lado.

— Pronto — ele disse. — Você precisa ajudar. Mãos, não boas. Não agora.

Ele não conseguiria mesmo pegar o braço de Bran ou agarrá-lo pela roupa para colocá-lo nas costas; não com as mãos daquele jeito. O mínimo toque o fazia estremecer de dor.

Passo a passo. Era a única maneira de seguir por ali. Aos poucos, tentando não pensar muito à frente, caso contrário a coragem desapareceria. Coloquei Johnny nas costas e amarrei a mochila o mais apertado que pude. Ele estava quieto agora. Peguei Bran pelos ombros, erguendo-o, enquanto Gull se enfiava por baixo para que pudéssemos tirá-lo do chão. Ele realmente não tinha como usar as mãos; só os braços e as pernas. Comecei a me arrepender. Como ele iria carregá-lo daquele jeito? E se escorregasse? Derrubamos Bran umas três vezes antes de Gull conseguir, finalmente, ficar de joelhos e, aos poucos, se levantar com o amigo equilibrado entre os ombros, cabeça para um lado, pernas para o outro e braços soltos, balançando. Virou então os próprios braços para trás para se equilibrar, as mãos machucadas apontando para o alto. No alto da muralha, os guardas aplaudiram, com sarcasmo.

— Muito bem. — eu disse, encorajando-o. — Muito bom mesmo, Gull. Agora precisamos ir.

Alguns pássaros passaram voando, procurando seu pouso naquele lugar desolado. O sol dava às poças de água um tom de vermelho sangue.

— Ir agora — disse Gull.

Olhamos um para o outro e depois para frente. Vi em seus olhos febris a verdade: estávamos caminhando para a morte.

— Precisaremos de uma bebida bem forte ao chegar do outro lado — eu disse. Minhas palavras eram de ânimo, mas o tremor em minha voz revelava medo.

Então Gull pisou na superfície do pântano, com todo cuidado, os pés descalços se movendo de um aglomerado de grama para o outro, e depois para o outro: direita, direita novamente, e esquerda. Fui seguindo seus passos, com a saia levantada e presa no cinto e a criança nas costas, abençoadamente quieta. Sentia meu corpo inteiro suar. Ouvia o som de minha própria respiração e o bater forte do meu coração. Um passo, outro passo. Fomos avançando lentamente, e eu não ousava olhar para trás para não medir a distância e não ter noção se um arqueiro conseguiria nos acertar à luz das tochas. Chegamos então a um trecho em que os pontos de vegetação eram mais escassos. Exigiam apenas passos mais largos de homens mais altos ou mulheres de pernas longas, como Niamh. Mas eu tinha que pular. Hesitei e parei, enquanto Gull seguiu em frente. Não podia pedir que esperasse, pois ele poderia se assustar e perder o equilíbrio. Rápido, Liam, eu disse a mim mesma. Rápido ou ele se afastará demais e... Pulei e pousei de mau jeito, a bota escorregando na folhagem úmida. Estiquei os braços e fui cambaleando até recuperar o equilíbrio. Ao meu redor, o barro escuro expulsava bolhas de ar, fazendo um assustador barulho de sucção. Gull seguia em ritmo estável, mas lento. Um passo, uma pausa, outro passo. Estava um pouco arcado para a frente, com o peso morto de Bran. Devia estar tendo dificuldade para enxergar o caminho.

— Liadan? — ele chamou, a voz se perdendo no vazio.

— Estou aqui.

— Quase escuro, já.

— Eu sei.

Quando anoitecesse, não teríamos muita luz. A lua estava em seu quarto minguante.

— Temos que ir o mais rápido possível — completei.

Ele não respondeu e continuou caminhando. Dava para ver o esforço e o cuidado dele a cada passo; os dedos dos pés se ajustando à superfície irregular e se acomodando para aguentar o peso. Apesar da dor e da febre, ele mantinha um bom controle, gingando para a esquerda ou para a direita, para frente ou para trás para se ajustar. Mas depois que escurecesse, ele provavelmente não conseguiria mais encontrar o caminho. Toda a técnica e todo o esforço seriam em vão.

À medida que foi escurecendo comecei a sentir picadas agudas nas mãos, nos tornozelos, no rosto e no pescoço. Um enxame de insetos começou a subir da lama, feliz ao descobrir uma refeição fresca.

Johnny começou a chorar, aflito. Mas não havia o que fazer naquele momento. Sua pequena voz continuou sozinha, sem resposta. De repente, pensei ter ouvido outro choro. Um som estranho; algo entre grito e canção. Talvez fosse um aviso de morte, como me disse certa vez um jovem chefe de armas. Tentei convencer a mim mesma de que era impressão. Mas o som continuava em minha mente e vibrando no ar ao meu redor. Era o uivo do demônio. Johnny começou a chorar mais alto; um choro de irritação. Era a primeira vez, em sua curta vida, que chorava e ninguém corria para satisfazer suas necessidades: roupas secas, mãos carinhosas ou loção de plantas para afastar os insetos que o perturbassem.

— Está tudo bem, Johnny — eu disse, lutando para me equilibrar sobre um pequeno círculo de terra seca. Como Gull esperava que eu desse o próximo salto até o ponto onde ele estava? A distância era muito grande. Não era justo. Se ao menos Johnny parasse de chorar; só por um instante...

Olhei para frente. Gull estava parado. Ficou imóvel e parecia estar com os olhos fechados. Disse algo, mas eu não consegui ouvir por causa da distância. Eu estava com medo de dar aquele salto e cair na lama. O pântano engoliria a mim e a meu filho, e tudo estaria acabado. Minha garganta secou e meu corpo suava. Minha cabeça começou a latejara. Não consigo... não posso. Então Gull falou novamente, e desta vez consegui ouvir.

— Liadan? Ainda aí?

— Estou aqui. Mas acho que não consigo...

— Preciso de ajuda. Mãos. Não consigo segurar.

Pedi ajuda a Danah. Ele não pode soltar, não pode.

— Já estou indo — gritei e pulei, jogando-me contra o espaço impossível. Caí com os pés fora da área seca onde Gull estava. Eles afundaram na lama macia enquanto a parte de cima de meu corpo, na grama, lutava para escapar da sucção. Johnny soluçava em sua língua de criança, dizendo que o mundo estava estranho agora, diferente, e que eu deveria consertar aquilo imediatamente. Agarrei a folhagem úmida com todas as forças e puxei até que, com um ruído desagradável, a lama finalmente me soltou. Fui me arrastando para cima da grama e me levantei ao lado de Gull. Já estava escurecendo e eu quase não enxergava seu rosto.

— Coloque as mãos para cima — ele sussurrou, e sua voz mostrou a dor que eu não conseguia ver em sua expressão facial. — Pegue o peso para mim. Pouco tempo. Descanso. Mãos.

Fiquei atrás dele e coloquei as mãos no corpo de Bran. Então Gull tentou baixar os braços, mas a câimbra foi tão forte que ele não conseguia mexê-los. Ainda assim, segurando um grito de dor, ele forçou os braços a descerem lentamente. Agora que havíamos parado, Johnny achou que seria atendido e começou a chorar ainda mais alto e agudo.

Gull se mexeu para um lado e para o outro e conseguiu se equilibrar novamente. Eu tinha que segurar Bran sobre seus ombros, pois qualquer erro agora poderia fazer que ele caísse e rolasse para dentro da lama.

— Não temos como continuar, não é? — perguntei.

— Continuar.

Ele tentou flexionar os dedos e inspirou forte, segurando um gemido. Dobrou então os cotovelos, desta vez gemendo.

— Seguir... não há outra escolha. O que mais?

— Não dá para enxergar o caminho. E não sei quanto tempo você aguentará segurá-lo.

— Não podemos ficar. Homens. Tochas. Ir para o outro lado.

Mas estava escuro e não tínhamos como ir

— Talvez seja melhor você colocá-lo no chão.

Meu coração não queria, mas me forcei a sugerir aquilo, embora soubesse que era o mesmo que admitir que havíamos falhado. Seguir em frente estava fora de questão. Se Gull caísse, o que era bem provável dali por diante, os dois morreriam. E também seria o fim para Johnny e para mim.

Sem Gull para nos guiar, não tínhamos como avançar e nem retornar.

— Não posso colocar no chão... Nunca mais erguer novamente.

— Está bem. Pensemos por um instante. Talvez haja uma saída.

— Homens... tochas — repetiu Gull, em voz quase inaudível.

— Eles não viriam no escuro atrás de nós. Ou viriam?

Eamonn disse apenas "acenderemos tochas" e "atiraremos". Nada sobre virem atrás de nós.

— Ouça — disse Gull.

Entre o choro de Johnny e os sons estranhos do pântano, dos sapos e dos insetos, ouvíamos agora vozes de homens, ainda distantes, mas se aproximando. E olhando na direção dos sons já era possível ver luzes vindo em nossa direção.

— Coloque-o no chão — eu disse. — Não temos como seguir.

Se tivéssemos que morrer, pelo menos eu estaria com os dois em meus braços, Johnny e seu pai, e com seu melhor amigo ao meu lado.

E mais uma vez ouvi aquele som: um chamado distante, que gelava a espinha.

— Forte — sussurrou Gull. — Forte. Carregar. Aguentar.

Ele levantou novamente os braços para apoiar o corpo de Bran.

E Johnny ficou em silêncio, de repente.

— Desculpe-me — eu disse. — É claro que não desistirei. Como eu podia ter pensado aquilo. Nossa missão estava só na metade.

Então ouvimos mais um som. Era um som agudo, agora vindo do outro lado, à nossa frente. O som de um pio. Um corvo. Meu coração disparou.

— Talvez nossa ajuda tenha chegado — eu disse, baixinho. — Talvez estejam aqui, finalmente.

Agora víamos, ao norte, uma bola de fogo voando em nossa direção, piando com voz igual à de Fiacha. Foi se aproximando, voando sobre a superfície negra e fazendo um rangido estranho, como se estivesse modificando o lugar por onde passava. Gull ficou mudo ao meu lado. E Johnny continuava quieto, mas suas mãos agarraram meus cabelos. Era sua maneira de dizer que já tínhamos nos movimentado e pulado mais do que o suficiente para ele.

Gull exclamou algo em sua língua e eu fiz uma pequena oração em voz baixa. Danah, mãe da terra, proteja-nos. A luz era como uma tocha no formato de um corvo; uma bola de fogo do Outro Mundo. E por onde passava, estranhas plantas de galhos longos saiam da lama e se enganchavam umas nas outras, formando uma trilha estreita sobre a superfície; uma trilha que seguia reto para o norte, direto para a terra seca e segura. E a luz, que podia ou não ser Fiacha, voava logo acima e nos mostrando o caminho.

Limpei a garganta e disse:

— Ainda bem que você não o colocou no chão. Venha.

— Em frente — disse Gull, pisando no estranho emaranhado de folhagem, que não devia ter mais de dois palmos de largura.

Os galhos rangiam com o peso, mas se mantinham firmes. Fui atrás dele e Johnny começou a protestar novamente. Cantei para ele, baixinho, para não distrair Gull, pois ainda havia um longo trecho à frente e ele precisava se concentrar para não errar o passo e manter o equilíbrio com o peso. Cantei uma velha canção de ninar, tão antiga que ninguém mais sabia o que as palavras significavam. Mas talvez fosse uma língua que alguém ainda entendesse: aqueles que moravam entre as pedras entalhadas, observando enquanto Bran e eu nos deitávamos na chuva, fazendo aquela criança.

Ou talvez os que moravam no coração dos carvalhos que cresciam nos lugares mais secretos da floresta de Sevenwaters. Johnny se aquietou e nós fomos avançando. A bola de fogo voava de um lado para outro, às vezes atrás, às vezes à frente, mas sempre próximo. Era Fiacha, com certeza. Olhei para trás, pois ainda ouvíamos as vozes dos homens de Eamonn na escuridão. No entanto, a trilha de galhos e folhas que tínhamos acabado de pisar ia se desfazendo à medida que avançávamos. Atrás de nós ficava apenas uma fileira de bolhas na superfície da lama. Aos poucos, as vozes foram ficando mais distantes, até desaparecer, juntamente com a luz das tochas, e ficamos sozinhos com nosso estranho guia.

A ajuda tinha vindo exatamente como prometido, em um momento de extrema urgência, quando nossas forças haviam se exaurido e não víamos mais solução. Eu estava cansada e minha cabeça latejava, mas agora eu podia pensar no que faríamos quando pisássemos em terra seca. Gull havia dito que Bran estava ferido demais para voltar a si. E que, se pudesse, pediria que alguém o matasse. Se eu fosse recusar isso a ele, teria que ter certeza de uma possibilidade de cura. Tinha agido errado no caso de Evan e só fiz prolongar seu sofrimento. Desta vez, se eu me comprometesse a curar, teria que cumprir. Teria que fazê-lo se recuperar.

— Outro lado — disse Gull, mantendo passo firme.

A bola de luz voadora, Fiacha, me deixava ver sua silhueta curvada e as pobres mãos apontadas para o alto, com o amigo inconsciente sobre seus ombros largos. Esses homens tinham uma força e uma resistência fora do comum. Não era à toa que o povo os considerava seres do Outro Mundo. E sua irmandade era tão forte que a lealdade uns aos outros os fazia arriscar qualquer coisa se um deles estivesse em perigo. E nem tinham consciência de que agiam assim.

— Sim — eu respondi. — Temos que seguir em frente até chegar ao outro lado. E esperar que haja ajuda ao chegarmos, pois os homens de Eamonn podem usar a estrada e nos cercar.

— Não — ele disse. — Outro lado. Veja.

Olhei para frente e meus lábios secos se abriram em um grande sorriso. Lágrimas me vieram aos olhos. A menos de dez passos de nós estava um pequeno morro coberto de vegetação e alguém parado com um lampião. Tínhamos chegado ao outro lado. Tínhamos conseguido.

# Capítulo 15

Foi difícil, muito difícil manter o passo firme naquela misteriosa trilha estreita; difícil não ceder à alegria que tomou conta de meu corpo e de meu espírito e não sair correndo, gargalhando de alívio. Mas Gull manteve o ritmo, calculando cada passo com precisão, e eu segui logo atrás, contendo-me ao máximo, pois o que carregávamos era precioso demais e não podíamos parar enquanto não tivéssemos absoluta certeza de que estávamos em segurança.

A figura com a lanterna não se mexia. Era um homem alto usando túnica e capuz pretos. Depois do que Gull havia dito, eu achava que devia ser Otter, Snake ou Spider e mais alguns do bando com cavalos de prontidão. Subimos finalmente em terra seca e só se ouviu o barulho da trilha se desfazendo atrás de nós. Ninguém mais poderia usá-la. Gull foi subindo e cambaleando até chegar ao alto do pequeno morro, onde se abaixou para colocar Bran no chão. Caminhei logo atrás dele e olhei para cima.

Fiacha, ainda em forma de uma bola de fogo, voou para o ombro da figura encapuzada. Mas no instante em que pousou, a luz desapareceu e ele voltou à forma de um corvo comum, se é que corvos podem ser chamados de comuns.

— Bem, você está aqui e ele está vivo — disse Ciarán. — Foi um gesto muito corajoso.

Ele olhou para Gull e para mim.

— E já estão chegando outros para ajudar.

— O... obrigada — eu gaguejei, tocando a testa de Bran para avaliar sua temperatura e quanto tempo ainda tínhamos.

— Fiacha o encontrou, então. Não esperei que você mesmo viesse. Nós quatro lhe devemos a vida.

— Fiacha. Bem apropriado.

— Mas por que nos ajudou? — perguntei. — Isso não vai contra o que ela... contra o que sua mãe deseja?

Ele me olhou de um jeito que lembrou meu tio Conor.

— Tínhamos uma dívida para com você, Niamh e eu. Isto é um pagamento, ao menos em parte. E quanto ao pássaro, sou seu guardião, mas ele toma suas próprias decisões.

— Você não respondeu.

— Chamaremos ajuda. Este homem está à beira da morte. Vocês têm que levá-lo daqui antes que seja tarde.

Assobiou, e Fiacha o imitou.

— Têm de agir rápido se quiserem salvá-lo.

— Eu sei. Como você fez aquilo? Como conseguiu...? — apontei para o pântano, onde já não havia sinal da trilha que tínhamos usado.

— As habilidades de um druida consistem em manipular os elementos que já existem — disse ele. — Vento, chuva, terra, fogo. Envolvem o conhecimento dos limites entre este mundo e o Outro; de tudo que cresce e se desenvolve. O que fiz aqui não é especial, apenas algo que aprendi no local sagrado. Não envolve grandes truques de magia. Mas não sou mais um druida. E Conor irá perceber, um dia, que tudo aquilo que me ensinou foi apenas o início. Descobrirá que posso fazer muito mais.

— Vocês são irmãos — sussurrei.

— Se ele tivesse me contado isso logo no início, quando começou a me ensinar, as coisas podiam ter sido diferentes. Mas agora não faz diferença.

— Está dizendo que decidiu seguir o caminho de *Lady* Oonagh? Descer aos mais baixos níveis do mal somente para ter poder? Ainda assim, guarda Niamh como um tesouro e veio salvar a mim... e à criança.

Suas feições endurecidas se suavizaram por um instante, esboçando um leve sorriso. Ouvimos vozes a distância e vimos a luz de uma tocha.

— Minha mãe acha que sou útil a seus propósitos — ele disse, em tom calmo. — E, realmente, tem muito a me ensinar. O próprio Conor despertou em mim a sede de aprendizado. Mas o que é tudo isso senão um grande jogo de estratégia? Bem, seus homens chegaram e eu tenho que ir. Não posso deixar Niamh sozinha por muito tempo.

Senti um nó na garganta. Ele era meu único elo com minha irmã, e eu imaginei que aquele poderia ser nosso último contato em muito tempo.

— Desejo-lhe tudo de bom — eu disse. — Desejo-lhe sorte e alegrias. E... e que não escolha o caminho da escuridão.

— Minha preocupação é proteger sua irmã, acima de tudo.

— Diga a Niamh que a tenho em meu coração — eu disse, sem ter muita certeza de que ele contaria a ela que tinha estado comigo ou visto meu filho.

A voz dele se tornou mais séria. Parecia não falar por si mesmo.

— Não sei se devo lhe dizer, mas se pretende manter seu filho a salvo é melhor levá-lo embora. Tão longe quanto puder. Há muitos que desejam impedir que ele cresça e se torne um líder. Se bem que o que não falta a você e a ele são protetores.

Enquanto ele falava, um bando de homens com aparência exótica e estranha surgiu por entre os arbustos. Suas peles tatuadas, suas roupas excêntricas feitas de pele de lobo e metal e seus colares e brincos lhes conferiam um aspecto de seres do Outro Mundo, meio humanos, meio animais. Senti um sorriso bobo se espalhando em meu rosto. Sentei-me, apoiando a cabeça de Bran em meu colo e Gull desabou no chão, ao meu lado. Quando olhei de volta para Ciarán, ele já tinha desaparecido.

— Jesus Cristo! — disse Snake, o de roupas de pele e tatuagens nos pulsos e testa. — O que aconteceu com ele?

Abaixou-se ao lado de Bran, tocando com os dedos o ferimento em sua cabeça. — Pancada bem forte, há vários dias. Você sabe o que ele diria sobre isso.

Os homens, ao nosso redor, se agitaram.

— Pergunte a ela — disse Gull, a voz fraca. — Pergunte a Liadan.

Snake me olhou com sua expressão agressiva.

— Acha que pode salvá-lo?

Todos ficaram em silêncio.

Agora que estava sentada eu me sentia fraca e exausta. A voz de Snake parecia estar longe e até a minha parecia estranha.

— É claro que posso — eu disse, fingindo certeza. — Mas temos de correr. Precisamos levá-lo para um local seguro primeiro. Bem longe das terras de Eamonn. Quero ir para aquele lugar onde acampamos. Aquele das pedras grandes onde nos escondemos no subsolo.

Snake balançou a cabeça.

— É uma viagem longa — ele disse.

— Eu sei. Mas é o melhor local. E Gull precisa de ajuda também. Suas mãos estão muito machucadas. E...

Johnny começou a chorar, agora mais baixo, como a dizer: "Por que ninguém me dá atenção? Já disse várias vezes que estou cansado, molhado e irritado".

Todos começaram a falar ao mesmo tempo e um até assobiou.

— Um bebê! — Snake disse surpreso.

— É seu? Você veio até aqui com uma criança nas costas?

— Meu filho.

Outro assobio.

— Onde está o pai, então? — alguém perguntou.

— Não é da sua conta — respondeu uma voz, e percebi que era a de Spider.

— Aqui está o pai dele — eu disse, achando melhor revelar de uma vez para evitar complicações. — Mas ele pode ficar órfão se não corrermos. Temos muito pouco tempo. É melhor amarrar o Chefe a um de seus homens mais fortes para evitar que ele chacoalhe muito no caminho. Vocês têm um cavalo para mim?

Por um instante, ninguém se mexeu. Ainda estavam em choque. Então, Snake se levantou e foi dando as ordens. Spider se aproximou, tocou a cabeça do bebê com seus longos dedos e se ofereceu para carregá-lo para mim.

— Obrigada — eu disse. — Mas ele está acostumado comigo e neste momento está cansado e assustado. Talvez mais tarde.

Achei que ainda tivesse forças para cavalgar. Mas quando dois homens vieram, levantaram Bran cuidadosamente e Otter me deu a mão para me ajudar a ficar de pé, minhas pernas amoleceram, minha cabeça girou e vi estrelas coloridas dançando à frente de meus olhos. Começou então uma disputa para ver quem me levaria, e à criança, até que Snake, que parecia estar no comando, indicou Spider, que veio todo contente, nos colocou em seu cavalo e montou na garupa.

Foi uma viagem longa e cansativa. Paramos duas vezes em locais escondidos entre as rochas e, depois de descansar um pouco e de muita atenção, Johnny se acalmou como se toda aquela aventura fosse apenas uma quebra em sua rotina diária. "Este é mesmo o filho de Bran", pensei, sentindo uma ponta de tristeza e me lembrando do conto de Cuo Chulainn e Conlai. Minha missão era garantir que aquilo não fosse se repetir na vida real.

Bran foi amarrado às costas de Otter, como eu fiz com Evan, o ferreiro. Quando paramos, pedi que o encostassem ao tronco de uma árvore e tentassem fazê-lo beber um pouco d'água. Fiquei com vontade de chorar ao vê-lo largado, parecendo morto. Sabia muito bem o que ele diria se pudesse falar. "Este homem não tem mais serventia". Snake limpou cuidadosamente o ferimento em sua cabeça, removendo a sujeira e o sangue coagulado e Otter o cobriu com um manto. Fiz uma oração para Díancécht, o grande curador de *Túatha Dé Danann*. "Dê-me forças e capacidade para curá-lo. Não posso perdê-lo. Não vou deixa-lo partir".

Gull não conseguia cavalgar sozinho. Foi colocado em um grande cavalo negro de um homem silencioso a quem eles chamavam de Wolf.[8] Quando paramos para descansar, examinei os ferimentos em suas mãos. Não havia muito que fazer sem minha sacola de ervas, unguentos e instrumentos, ou mesmo sem ataduras limpas e tempo. Comentei com Snake que precisaria de algumas coisas quando chegássemos e ele disse que tudo que eu pedisse seria providenciado de uma maneira ou de outra. Achei melhor não perguntar que maneira seria aquela.

Gull tinha perdido três dedos de uma mão e dois da outra. Os ferimentos haviam sido cauterizados com precisão. Gelei mais uma vez ao pensar que aquilo era trabalho de Eamonn, alguém com quem eu poderia ter me casado. Não importava quem causara os ferimentos, se ele ou outro. Sua mente havia concebido aquele sofrimento.

— Selvagem — murmurei, enquanto envolvia a mão de Gull em um pedaço que tirei de minha roupa. — Um ato de vingança insana.

Ainda me lembrava de suas palavras: "se não gosta do que eu me tornei, a culpa é sua". Um arrepio percorreu minha espinha.

— Isto me fez lembrar o ferreiro — disse Gull. — Quando o Chefe cortou seu braço e você cauterizou o ferimento com ferro quente. Ele quase desmaiou. Isso foi semelhante.

8. Lobo, em Inglês. (N.T.)

— Você enfrentou muita coisa por ele.

— E você? É uma mulher excepcional, Liadan. Não é à toa que ele quebrou o código por você.

— Com certeza ele já tinha quebrado o código antes. Um homem daquela idade não pode ter se controlado assim a vida toda — eu disse, prendendo a atadura.

— Conheço o Chefe desde que era um menino. Nunca o vi ir com uma mulher. Nunca. Autocontrole é o mais importante para ele. Talvez importante demais. Mas você é diferente. Enfrentou o Chefe. Quando pôs os olhos em você, foi só uma questão de tempo.

Não respondi, mas fiquei pensando. Será que aquela noite encantada também tinha sido a primeira para ele? Com certeza não. Essas coisas são diferentes para um homem. Além do mais, a alguém como ele não devia faltar oportunidades. Percebi que meu rosto estava corando e olhei para outro lado.

— Liadan? — Gull disse, em voz baixa. — Estamos todos com você. Não podemos perder o Chefe. Sem ele não temos chance.

— Você foi muito forte — eu disse, a voz demonstrando meu cansaço. — Sem sua ajuda, eu teria desistido.

— Não teria, e sabe disso.

Então tom de voz mudou.

— Quais são minhas chances? Lutar é a única coisa que sei fazer. Se não puder mais lutar, pegar em armas ou usar as mãos, estou perdido. Diga a verdade. Quais são minhas chances?

— Por que você estava lá? Pensei que fosse uma missão para apenas um homem.

— Você sabia disso? Sim, ele foi sozinho e preferiu nem nos dar informações, o tolo. Parecia até querer que os Northwoods acabassem com ele. Quando soubemos, ele já estava voltando para Erin em um pequeno barco manobrado por homens de verde. Mas achamos aquilo estranho. Não devia fazer parte do plano. Tentei bancar o herói. Missão de resgate. Fui mais tolo do que ele. Quase morri. Eamonn é bem esperto, até para nós. Jogou-nos uns contra o outro. Este é o resultado. Agora me diga.

— Você poderá usar o arco com a mão esquerda. É uma questão de reaprender. E também pode voltar a cavalgar, desde que exercite as mãos enquanto elas saram. Mas provavelmente não poderá usar uma espada ou escalar paredes e lugares íngremes, nem usar as mãos para enforcar alguém. Mas pode ensinar a outros a arte do combate. Ou aprender a ser um curador. Eu mesma posso ensiná-lo. Este bando precisa de alguém com este tipo de conhecimento.

— Achei que talvez você... — ele começou, mas se calou.

— Isso depende — eu disse. — Depende dele. Do que ele deseja.

Gull ficou quieto por um instante, olhando para as mãos enfaixadas.

— O que o Chefe diria? Como me trataria ao ver meu estado?

— Imagino que ele vá querer mantê-lo no grupo. Especialmente depois que eu contar como você salvou a mim e a seu filho. E que atravessou o pântano com ele nas costas.

Gull olhou para mim sério.

— Foi você quem nos salvou. Não fosse por sua coragem, teríamos morrido nos calabouços de Eamonn. Tem certeza? Tem certeza de que consegue curá-lo?

— Você é que não me deixou perder as esperanças, lembra-se? — sussurrei.

Fomos andando por trilhas escondidas como da última vez e, de vez em quando, alguns dos homens se afastavam e voltavam algum tempo depois trazendo pequenas sacolas ou embrulhos que não tinham antes. Ninguém fazia comentários ou perguntas. Já estava quase escurecendo quando chegamos ao esconderijo de pedra e desmontamos sob as imensas faias que escondiam a entrada. Spider me ajudou a desmontar. Johnny fez a última parte da viagem nas costas de um jovem chamado Rat[9] e pareceu gostar, pois seus olhos acinzentados foram observando as cores e as formas ao redor e tentando entendê-las.

— Certo — disse Snake, enquanto todos se organizavam sem necessidade de ordens, cuidando dos cavalos, acendendo fogo para cozinhar e estabelecendo os turnos de guarda. — Onde você quer que coloquemos o Chefe? Lá dentro, para ficar abrigado?

— Não — eu disse, olhando para as pequenas faces entalhadas na entrada. — Lá dentro não. Você sabe como ele... melhor deixar que os homens descansem lá. É seco e seguro. Será que eles podem fazer um pequeno abrigo para nós sob as árvores, talvez do outro lado, perto da água? É seco, mais reservado e ele poderá ver o céu quando acordar. Precisarei de uma pequena fogueira, de um lampião para usar mais tarde e, com certeza, de um guarda que possa me ajudar, também.

— Sim. Iremos organizar turnos.

Eles foram desamarrando Bran e o tiraram com cuidado do cavalo de Otter, que esticou pernas, braços, coluna e desmontou bem devagar.

— Preciso pegar algumas ervas. Tenho que fazer um cataplasma para o ferimento na cabeça e um chá forte. Gull também pode usar as duas coisas. Precisarei de prunela e de arruda, que ainda está florindo, e sei que cresce bastante por aqui. Se puderem me ajudar a achar tomilho e calamita, picarei as folhas em uma tigela e deixarei ao seu lado. Ajudam a dissipar a tristeza. Temos que lembrá-lo das boas coisas que está deixando para trás caso não queira voltar.

Snake concordou com um gesto e deu ordens aos homens. Bran foi colocado sobre uma tábua e levado para o outro lado, sob as árvores. Os cavalos foram tirados da entrada e levados para se alimentar. E os suprimentos, trazidos e desembrulhados. Tudo com ordem e agilidade. Johnny começou a falar em sua língua incompreensível.

9. Rato, em Inglês. (N.T.)

— Preciso ver meu filho — eu disse, lembrando-me de orientar quem quer que fosse ficar com ele sobre o que os bebês podem ou não comer e o que é ou não seguro para eles. — Será preciso preparar um banho para ele com folhas de escrofulária para curar as picadas de insetos e...

— Não se preocupe — Snake riu. — Rat ficará tomando conta dele. O rapaz vem de uma família bem grande. Será um ótimo ajudante para você. Deixe que eu falo com ele sobre a escrofulária. Agora é melhor você explicar o que vai querer para o Chefe e descansar um pouco com a criança. Foi uma viagem bem longa para uma moça.

— Foi mesmo. Parece que faz uma eternidade desde que saí de Sevenwaters. Devemos muito a você, Snake. Mas como soube a hora em que chegaríamos, e onde?

— Eu sabia onde os dois estavam. Vigiamos Sídhe Dubh constantemente desde que Eamonn deu as costas a um amigo. Ele tinha um aliado ao norte que conhecia o Chefe e que já tinha nos feito alguns favores, dando-nos abrigo e salvo-conduto, coisa que quase ninguém faz por nós. Este homem fez um trato com Eamonn para comprar um lote de suas terras, ou pelo menos achou que tivesse feito. Pagou com gado de primeira linha e acertou tudo que havia sido combinado. Então, certa noite, os homens de verde invadiram o terreno e queimaram o posto de vigia com os guardas dentro. E para piorar, a esposa e as filhas pequenas de um desses guardas estava lá, fazendo uma visita. Morreram todos queimados. Quando o Chefe soube disso, disse que um filho acaba sempre sendo igual ao pai. E Eamonn pai tinha vendido seus aliados aos bretões.

— Eu sei.

— Imaginei. Bem, o homem pediu nossa ajuda e nós aceitamos. Atacamos as tropas de Eamonn de uma maneira que pudesse meter medo nele. O Chefe não resistiu e acabou dando um toque pessoal ao ataque, cortando mãos e dando aos homens uma morte longa. Algo eficaz, porém não exatamente belo. Mas é o estilo do Chefe.

— Mas... — eu não pude evitar dizer — as histórias que se ouve de vocês e do Chefe... atribuem a vocês atos de crueldade extrema. Como podem julgar Eamonn se fazem a mesma coisa?

Snake franziu a testa.

— Somos profissionais. Não matamos mulheres e crianças. Não cometemos erros e não queimamos inocentes com os inimigos. Além do mais, não se pode acreditar em tudo que se diz por aí. Se fossemos realmente responsáveis de tudo que nos acusam, teríamos que estar em cinquenta lugares ao mesmo tempo. Pergunte a Rat o que ele pensa de Eamonn Dubh. Foram sua mãe e suas irmãs que morreram naquele incêndio.

Olhei para onde haviam acendido uma fogueira. A fumaça subia no ar da manhã. Rat estava sentado com Johnny no colo, fazendo alguma brincadeira com os dedos que deixou o menino feliz, balançando os bracinhos e rindo muito. A pele dele ainda estava toda marcada pelas picadas dos insetos, mas Rat o estava distraindo com a brincadeira para que ele não esfregasse os pontos vermelhos, aumentando a coceira. Entendi porque Rat tinha este apelido. Seus olhos eram bem juntos no rosto, seu nariz, longo e pontudo, e os dentes irregulares eram proeminentes em seu grande sorriso.

— É um bom rapaz — disse Snake. — Aprende rápido, apesar da aparência de tolo. Agora vá ver o Chefe e deixe Johnny conosco. Vamos chamá-la quando o café da manhã estiver pronto.

— Você ainda não respondeu a minha pergunta. Como soube em que momento chegaríamos?

— Um homem estranho, de cabelos vermelhos, veio nos avisar. Já estávamos por ali, pois sabíamos que eles estavam presos, mas não tínhamos ideia de como tirá-los de lá, já que Eamonn havia fortalecido suas defesas. O homem nos disse para seguir pela trilha à nossa frente e esperar no mato até que ele desse um sinal. Logo depois, vocês chegaram. Foi como um passe de mágica.

— Realmente — respondi, obrigando meu corpo cansado a se levantar e ir para o outro lado do abrigo, perto das rochas lisas e da água. Naquelas rochas havia inscrições tão antigas que mesmo um druida não conseguiria decifrar seu sentido. Eram protegidas pelos guardiões silenciosos dos mistérios da terra. Enquanto eu me aproximava, ouvi vozes dizendo "bom. Muito bem.". Aquela terra não pertencia aos *Túatha Dé* e a seus deuses e deusas de rara beleza e terrível poder. Era um lugar bem mais antigo e escuro. Pertencia aos Antigos, meus ancestrais, se é que a história do fora da lei Fergus e sua esposa Fomhóire fosse verdadeira. Mas eu acreditava que sim. Sentia que era verdadeira cada vez que tocava aquelas pedras. Era uma vibração suave e lenta que vinha da parte mais profunda da terra e que, naquele momento, me dizia: "Muito bem".

O tempo era curto, muito curto. Pecisava trazê-lo de volta à consciência antes que ele perecesse pelos ferimentos, por desespero ou simplesmente por sede. Não conseguia tomar água. Os homens haviam feito um abrigo para ele entre as rochas, colocando uma lona para servir de teto e deixando uma abertura na frente para que se pudesse ver a água da pequena piscina natural ou o fogo aceso entre as pedras. Ele continuava imóvel, deitado sobre a cama improvisada.

— Cuidado com a criança perto do fogo — um deles me disse. — Acendemos uma fogueira alta.

Mas no final nem precisei me preocupar com Johnny. Eles o trouxeram para mamar e para dormir. Fizeram também um bercinho improvisado com folhas e me deram uma manta de pele de raposa para cobri-lo. Seu manto de retalhos, feito com tanto amor, tinha ficado em Sídhe Dubh. Mas ele estava sendo bem cuidado. Desde que acordou foi passando de um colo para o outro, de um par de braços tatuados para outro, vestido em roupas de couro, depois para outro deitado em uma rede, então para outro que brincou com ele um tempão e finalmente para Rat, que se sentou com ele em um tapete de folhas e lhe deu um pedaço de pão para exercitar os dentinhos que despontavam. As picadas de inseto estavam desaparecendo. Alguém tinha encontrado a erva e dado um banho nele. Rat me disse depois que o menino estava bem avançado para sua idade, e eu concordei.

Percebi que ele tinha arrumado muitos tios, talvez mais do que o necessário, e o deixei aos seus cuidados, mas olhando para ele de tempos em tempos. Ele era tão pequeno e ao mesmo tempo tão destemido.

Quanto ao estado de Bran, não deixei transparecer que estava muito assustada. Tinha feito um novo cataplasma para o ferimento, e agora ele tinha uma atadura em torno da cabeça, onde agora os cachos cresciam rápido. Gull não quis ir descansar. Ficou me ajudando. Snake também ficou o tempo todo por perto. Colocamos Bran sentado, eu ergui sua cabeça e espremi uma esponja molhada em seus lábios. Mas, em vez de entrar na boca, o líquido escorreu por seu queixo. Parecia que ele tinha perdido a vontade de se ajudar.

— Quanto tempo ele consegue viver sem água? — perguntou Gull.

— Um dia, no máximo.

Tentei disfarçar o nervosismo, mas minha voz tremia. O rosto de Bran estava extremamente pálido, um tanto flácido, e os ossos do corpo todo apareciam. Até suas mãos estavam magras, e seu pulso, tatuado com um pequeno inseto, estava muito fraco. Sua respiração era quase imperceptível agora. Quanto tempo ele tinha passado naquele alçapão, não sabia dizer, pois havia perdido a conta dos dias.

— Preciso que me faça um favor — eu disse a Snake, que estava do lado de fora da barraca.

— Qualquer coisa.

— Preciso que envie alguém para encontrar meu pai. Ele hoje é conhecido como Iubdan de Sevenwaters, mas seu nome verdadeiro é Hugh de Harrowfield. É um bretão muito alto, de porte grande e cabelos ruivos. Difícil passar despercebido. Viajou no verão passado pelo mar e já está demorando demais para voltar. Pode até mesmo estar a caminho de casa neste momento, caso tenha recebido os recados que lhe enviamos. Sei há alguém que pode encontrá-lo neste momento é um de vocês. Mas tem que ser rápido.

— Considere feito.

— Obrigada. E depois gostaria que os homens se reunissem aqui comigo. Vamos tentar chamar o Chefe. Ele tem que entender que não é hora de partir. Que precisamos dele aqui.

— Irei reuni-los. Peça tudo o que precisar, Liadan. Não se canse. Deixe que sejamos fortes por você.

— E vocês são, Snake. Todos vocês — respondi, tocando seu pulso, tatuado com uma espécie de pulseira de serpentes entrelaçadas.

Não quis mostrar a eles que estava apreensiva. Fiquei imaginando se aquela era a tarefa que Finbar havia mencionado; uma tarefa de cura que exigiria todas as minhas forças. Bran estava ali, quase sem vida, fechado, como que por vontade própria, na prisão em que Eamonn o havia confinado. Parecia acreditar que merecia estar ali. Enquanto eu observava o sol avançando pelo céu, sentia que ele se distanciava cada vez mais. Descreveu a si mesmo para mim, certa vez, como um cão vagabundo, destinado a viver preso e na escuridão. E agora parecia estar fazendo exatamente isso, levando a prisão para dentro de si mesmo e trancando a porta. Só que, para destrancá-la, precisaria fazer uma longa viagem por suas lembranças e segredos mais terríveis, aqueles que dizia ser melhor deixar enterrados.

Mas eu não estava sozinha. Talvez juntos pudéssemos ter forças para chamá-lo de volta. Todos ali o amavam. Aquele seria o primeiro passo. Já quanto ao segundo, eu precisaria de outro tipo de ajuda, pois era uma missão assustadora até para os mais destemidos.

Snake tinha saído e Gull continuava sentado ao lado de Bran. Fui me sentar nas pedras perto da água, o mesmo lugar onde Bran e eu havíamos nos deitado sob a chuva. Olhei para a água escura e fui me acalmando; sentindo-me mais segura. Chamei, em silêncio, meu tio Finbar.

— *Tio? Preciso lhe fazer uma pergunta.*

Ele surgiu imediatamente, embora a imagem estivesse um tanto turva e indistinta. Parecia mais um efeito da luz sobre a superfície da água.

– *Liadan. Você está a salvo, então.*

– *Eu estou. Mas ele ainda não. Fechou-se em si mesmo e preciso saber se estou certa; se posso realmente trazê-lo de volta. Acredito que seja esta a missão da qual você me falou e irei cumpri-la. Mas estou com medo, tio. Medo do que posso encontrar.*

Ele fez um gesto de concordância.

– *Tome cuidado, filha. Ele usará toda sua força contra você, e tem muita força. Lutará contra todas as suas tentativas até o fim. É uma tarefa cruel. Você terá que expor cada uma das amarras do coração dele. Há muita dor ali; dor que ele não deseja partilhar com você. É uma criança paralisada pelo medo, presa em sonhos perdidos. Encontre-a, pegue-a pela mão e tire-a daquele lugar escuro.*

Fiquei gelada. Ele falava como se fosse um ser de outro mundo.

– *Farei isso.*

– *Se pudesse, eu a ajudaria. Mas é uma tarefa sua. E você deve iniciar agora. Quanto mais o tempo passa, mais longe ele fica, até não ter mais volta.*

A água se movimentou e ele desapareceu.

Chamei Snake e ele veio até o abrigo falar comigo e com Gull.

— Bem, há duas tarefas a serem cumpridas. Uma é nos reunirmos para trazê-lo do lugar onde ele se esconde. E então poderemos curá-lo juntos para que ele fique conosco. Nesta primeira parte, vocês podem me ajudar. A segunda terei de fazer sozinha.

— Não há muito tempo — disse Gull.

— Sim, eu sei. Devemos terminar antes do anoitecer, caso contrário ele estará muito longe. Chamem os homens agora e eu explicarei o que deve ser feito.

— Liadan — disse Snake, em um tom estranho. — Você sabe que ele não iria querer isso.

— O que quer que eu faça? Deixe-o morrer de sede, sozinho, vagando em algum lugar que não se pode ver? Ou ajudá-lo a ir mais rápido usando uma faca? É o eu devo fazer?

— Ninguém aqui lhe diria para fazer isso, exceto o próprio Chefe. Se ele pudesse ver a si mesmo agora, seria o primeiro a cortar a própria garganta. Estamos seguindo sua orientação, Liadan. Mas nenhum de nós quer ser o primeiro a ter que explicar isso ao Chefe quando ele se recuperar. Só isso.

— Pode deixar. Eu mesma explicarei a ele. Agora traga os homens.

Sentamo-nos ao lado de Bran. Ele não se movia. O rosto continuava pálido e calmo como se ele estivesse dormindo. Não dava sinal de vida, a não ser o leve movimento de respiração. Seus dedos estavam frios. Puxei mais para cima o cobertor e segurei sua mão. Queria que ele sentisse, lá no fundo, que eu não o deixaria partir.

Os homens foram chegando aos pares, a maioria armados; cada um vestido à sua maneira, com peles, penas e itens que se orgulhavam de usar. Era sua identidade. E seus rostos estavam sérios naquele instante. Foram chegando e se acomodando, se sentando ou se agachando na tenda improvisada. Não vieram todos, pois alguém precisava manter a guarda.

— Muito bem — eu disse. — Ele pode nos ouvir, podem ter certeza. Tem um ferimento sério na cabeça, mas já vi homens se recuperarem de ferimentos piores. E ele é muito forte, vocês sabem. Mas não consegue engolir, e não se pode viver sem água. Precisamos fazê-lo recuperar a consciência.

— Mas e se ele não quiser voltar? — perguntou o homem de barbas castanho-avermelhadas, chamado Wolf. Eu nunca o ouvira falar. Tinha um sotaque gutural.

— Mas é exatamente isso — eu disse. — Ele pensa que não vale a pena voltar. Temos que persuadi-lo do contrário. Ele precisa saber que vocês o valorizam. Precisa ser lembrado de tudo de bom que já fez por vocês e de sua importância. Tem que reconhecer tudo que ainda pode fazer. E só vocês serão capazes de ajudá-lo nesse aspecto.

Eles se olharam, sem entender muito bem.

— Somos guerreiros. — disse Rat, que segurava Johnny no colo, fazendo carinho em suas costas. — Não somos poetas, nem sábios.

E outro disse, sem graça:

— Não sei direito o que podemos dizer a ele.

— Vocês se lembram das histórias que eu contei?

Todos responderam com gestos e sorrisos.

— Bem, é a mesma coisa, só que mais rápido. Cada um conta uma pequena história. Uma história do Homem Pintado. Um por vez. Suas histórias farão que ele volte.

— Parece simples — disse Gull, olhando-me de lado. Parecia ter percebido que eu estava apenas tentando aparentar tranquilidade.

No fundo, eu estava com muito medo de que aquilo não desse certo. Mas os rostos deles pareceram recuperar um pouco a esperança.

— Muito bem — um deles disse animado. — Bem pensado. Você é mesmo uma garota diferente. Posso ir primeiro?

— Sim, claro.

As histórias foram as mais variadas; algumas comoventes, algumas engraçadas e outras trágicas. Um deles contou como Bran salvou Dog do navio. E Snake comentou que, apesar de o pobre Dog estar morto, tinha retribuído o favor, pois se não tivesse me dado aquela pancada na cabeça em Littlefolds, eu jamais teria conhecido o Homem Pintado e o pequeno Johnny não existiria. E que agora que ele tinha a mim e a seu filho, seria um grande idiota se não voltasse a si.

Outros contaram histórias do sul, do norte, de Cymru, da Britânia e de Armorica. E também dos escandinavos, dos irlandeses e de gauleses. Mas todas tinham algo em comum: o Homem Pintado sempre estendia sua mão para um excluído, para alguém que não tinha mais lugar no mundo e o trazia para um grupo de grandes companheiros, de regras e de objetivos. Gull contou sua história com voz cansada, mas era uma narrativa de sangue, perdas, de aflição e desespero.

— Você me trouxe de volta para a vida quando eu acreditei que não tinha mais motivo para viver. Sua mão foi o que me segurou quando eu estava para me entregar à escuridão. Agora estou com você, em sua missão de vida. Peço que pare onde estiver e volte para nós. Seu trabalho não acabou. Precisamos de você, amigo. Venha, sou eu quem está chamando.

Passamos a tarde com as histórias. Teceu-se ali uma teia delicada e ao mesmo tempo forte de palavras, feita do mesmo material que compunha a via daqueles homens. Logo começaria a escurecer.

— Ouça o que Gull está dizendo — sussurrei, segurando as lágrimas. — Ouça a todos nós.

Eu tinha dito a eles que Bran podia nos ouvir, mas estava começando a duvidar, pois não via nele o menor sinal de reação. Se já não estivesse mesmo partindo, tinha erguido barreiras poderosas à nossa tentativa de trazê-lo de volta.

— Bran — eu insisti, passando a mão em seu rosto. — Nós o amamos. Somos seus amigos. Somos sua família. Volte. Saia da escuridão. Venha ficar conosco, meu querido.

Gull fez um pequeno gesto com a mão enfaixada e cada um dos homens foi se aproximando para tocar o braço de Bran ou seu ombro, e podia-se ver, aqui e ali, um esforço de vários deles para conter as lágrimas.

Quando todos saíram e ficamos apenas Gull, Rat e eu, peguei Johnny nos braços e fui para perto do fogo, alimentá-lo, e me permiti chorar. Enquanto isso, Snake voltou com Wolf e os dois trocaram as roupas de Bran e limparam seu corpo com uma esponja úmida, conversando animadamente sobre um ferreiro do norte que havia desenvolvido uma nova técnica de trabalhar com o ferro, que suas espadas eram excelentes, muito precisas, e sobre quanto ele poderia pedir por aquele tipo mais avançado de arma. Percebi que a conversa era para animar o Chefe. Mas eu estava tão triste e emocionalmente exaurida que fiquei ali em silêncio, de olhos fechados.

Então, de repente, tive uma espécie de pesadelo. Eram paredes ao meu redor, escuridão total, ausência de tempo e espaço e nenhum som, a não ser o das batidas de meu coração e de minha respiração. Estava com muito medo. Medo de que meu tio me batesse novamente. Ainda sentia a dor da última surra nas costas e nas pernas. E sentia a dor nos braços, por ele ter me feito segurar aquela pedra pesada acima de minha cabeça. Eu andava fraca, mas se deixasse a pedra cair e quebrasse alguma coisa, seria culpa minha. Eu seria punida se não tivesse força suficiente... Meu nariz escorria, mas eu nem me importava... não podia fazer o menor ruído. Esta era a regra. Se fizesse qualquer barulho, seria bem pior... Mas era difícil não chorar tendo molhado minhas calças, sentindo muito calor, com sede, assustada e com ninguém vindo para me ajudar... A única coisa a fazer era contar até dez inúmeras vezes... esperar e esperar até, quem sabe, uma hora ela voltasse. Talvez, se eu fosse forte, ela ainda voltasse, mesmo agora...

Voltei a mim de repente, o coração disparado e a cabeça latejando. Eu tinha me sentido mesmo confinada naquele cubículo escuro. Forcei a respiração a se acalmar, olhei para a água na piscina e para o céu azul-acinzentado. E senti o calor do corpinho de meu filho em meus braços.

— Liadan? — Gull se aproximou. — Você está bem?

— Sim. Ele está próximo, Gull. Ainda está próximo; pouco abaixo da superfície, mas assustado ou, quem sabe, envergonhado demais para subir. E nos ouviu, agora tenho certeza.

— Como pode saber? — ele perguntou, parecendo maravilhado.

— Eu... eu ouço seus pensamentos. Vejo suas lembranças e sinto o que ele sente, quando ele permite. É um dom, e ao mesmo tempo uma maldição. Mas posso chegar até ele e desfazer as barreiras que ele construiu ao seu redor. Só preciso saber o que o faz se esconder dessa maneira. Creio que... que tenha sido algo que aconteceu durante sua infância. Ele nunca lhe contou...?

— Não. Vive pelo código. Sem passado, sem futuro. Jamais disse algo assim. Parece até que nasceu velho. Gostaria de poder ajudar.

— Não faz mal — eu disse. — Tenho que tentar chegar até ele. Mas preciso estar sozinha. Colocarei Johnny para dormir e vocês precisam nos deixar a sós. Todos vocês.

— Montarei guarda do lado de fora.

— Gull, com as mãos desse jeito você precisaria estar em uma enfermaria, sendo cuidado. Precisa se dedicar um pouco mais a você. Exige demais de si mesmo. Tente ao menos dormir.

— Mas e você? Não pode aguentar para sempre.

Ele colocou a mão em meu ombro.

— Cuidaremos de você, sabe disso, não? Se ele... Iremos cuidar de você e do menino.

— Pare! — interrompi, aos gritos. — Nem diga isso! Ele viverá. Nem pense o contrário.

Ele ficou em silêncio por um instante.

— Feitos um para o outro. Incapazes de falhar, vocês dois. Este menino será mesmo um grande líder. Um grande líder. Agora pedirei que lhe tragam alguma coisa para comer e farei como você pediu. Mas alguém deve montar guarda. Qualquer um de nós. Não faz diferença, já que ninguém aqui conseguirá dormir esta noite.

Pensei em mandá-los todos para dentro do abrigo para que pudéssemos ficar em paz no lugar de nosso destino, perto da água, sob o céu sem luar. Sentia a presença dos Antigos nas sombras e algo me dizia que aquela seria uma noite de transformação. Pensei que Bran poderia me procurar agora, na escuridão, como já havia feito. Eu seguraria sua mão até o amanhecer.

Mas aquilo não era lugar ou hora para atos de desespero, e sim de companheirismo. Snake trouxe comida, bebida e insistiu para que eu ficasse perto do fogo quando comesse. Então, enquanto eu me sentava sobre uma pedra, com uma tigela de caldo na mão, outros saíram dos cantos em que estavam para vir se sentar ao meu redor, em silêncio. Passei a ver Rat de outra maneira desde que soube de sua história. O fogo ateado pelos homens de Eamonn havia causado uma grande destruição em sua vida. Spider e Otter não estavam. Tinham saído logo cedo.

— Queria lhe perguntar uma coisa — disse Snake, um pouco sem graça.

— O que é?

— Digamos que você consiga realizar esta missão difícil e ele volte a si, perguntando "onde estou?". Como acha que ele viverá com o que aconteceu? E quanto a você e à criança? Ele a quer. Você o quer. Mas ele jamais a deixaria ficar aqui conosco. Não é vida para uma moça e muito menos para um bebê. Ele jamais arriscaria suas vidas assim. Mas também jamais deixaria de fazer o que faz. É á única coisa que ele conhece; a única coisa que o faz seguir em frente. Você pretende curá-lo e simplesmente voltar para casa depois? Seria um final bem triste para ambos, com certeza.

— Você está falando sério?

— Não sei. Não consigo imaginá-la fazendo algo assim. Mas você o conhece. Ele não irá deixá-la ficar. Irá mandá-la para casa e dar um jeito de ser morto o mais rápido possível. É isso que vejo.

Ficamos em silêncio. Gull olhou para mim e depois para Snake, como se fosse dizer algo. Mas não disse.

— O que é, Gull? — perguntei.

— Estive pensando — disse ele, aparentando cautela.

— Diga logo então, rapaz — disse Snake interessado. — Se tem um plano, diga. Não há muito tempo.

— Não é exatamente um plano. Só uma ideia. Ficou passando em minha cabeça o tempo todo enquanto cruzamos aquele maldito pântano. E quando parei para pensar, ficou maior ainda. Sei que não podemos voltar a viver no mundo novamente como fazendeiros, pescadores ou algo assim. Mas temos nossas habilidades. Sabemos velejar, passar por guardas sem sermos vistos e conhecemos todos os tipos de luta e combate. Sabemos organizar ataques de surpresa infalíveis. Entrar e sair de lugares de maneiras que ninguém imagina. Temos também nosso próprio método para resolver problemas e obter informações. Muitos chefes de clãs pagariam com prata e gado de primeira se tivessem alguém para treinar seus homens com nossas técnicas.

Mais uma vez Gull me surpreendia. Wolf ouvia com toda atenção e os olhos arregalados.

— Onde? — perguntou Snake — Não há um só canto em Erin em que consigamos passar mais de uma noite. Basta acamparmos e algum lorde a quem ofendemos vem correndo com homens e tochas para nos matar. Precisamos estar sempre à frente deles. Sempre mudando de lugar. Mesmo este lugar não é seguro por muito tempo.

Limpei a garganta.

— Bran me disse uma vez... disse que tinha alguns recursos. Que tinha um lugar. Que lugar é esse?

— Não sei disso — disse Snake. — O Chefe não é do tipo que se estabelece.

Ele e Wolf olharam para Gull.

— Não precisamos guardar segredos de Liadan — ele disse. — Ela é uma de nós.

Snake pensou um pouco e depois concordou. E Wolf grunhiu, concordando também.

Gull continuou:

— Então ele lhe contou — disse, olhando para Bran, deitado imóvel do outro lado.

— Sim. Há muito tempo. Que tipo de lugar é esse, Gull?

— Uma ilha. Ao norte. Um lugar selvagem e isolado. Fácil de proteger. Difícil de chegar. Mas bonito, à sua maneira. Dá para montar um acampamento ali. As pessoas podiam ir até lá para receber treinamento.

— Como a ilha da história — disse Snake pensativo. — A ilha da guerreira, sabe? Qual era mesmo o nome dela? E você poderia viver lá também. Você e o menino. Como na história.

— Bem, quero deixar bem claro que não tenho intenção de imitar o conto de Scáthach ou de sua filha — eu disse. — Mas vocês estão certos. Independentemente do que venha a acontecer, quero ficar ao lado dele.

— Que chefe de clã pagaria a pessoas como nós? — Rat perguntou. — E quanto à nossa reputação? Esses lordes são muito cuidadosos em suas alianças. Nenhum deles iria se aventurar.

Mas apesar de suas palavras, seus olhos brilhavam de esperança.

— Mas quanto a isso — respondi — penso que existe uma possibilidade de este plano vir a dar certo. Vocês só precisam dar o primeiro passo. Conquistar a proteção de um líder bem renomado. E também de alguns recursos, que podem ser discutidos. Meu irmão poderia lhes oferecer as duas coisas.

— Seu irmão? — Gull ergueu as sobrancelhas. — O Lorde de Sevenwaters? Ele negociara abertamente conosco?

— Acredito que sim. Meu irmão já vem falando em negociar serviços especializados. Com certeza conhece o valor do que vocês têm a oferecer. Foi durante uma missão contratada por meu irmão que Bran foi capturado. Sean me deve um favor por isso e por outra... transação que fiz para ele. Acredito que concordará.

Snake assobiou.

— Vocês podem pensar em ampliar seu campo de ação — continuei. A ideia me animava. — Toda guarda precisa de cirurgiões e curadores, de astrólogos e navegadores, além de guerreiros. E é preciso aprender que não se vive apenas de matança e destruição. Além do mais, não quero ser a única mulher naquela ilha.

— Mulheres? — perguntou Wolf maravilhado. — Haverá mulheres lá?

— Não vejo por que não haveria — eu disse. — Metade do mundo é composta de mulheres.

Eles olharam para Bran, e depois um para o outro.

— Tenho trabalho a fazer — disse Snake, levantando-se. — Pensar. Planejar. Conversarei com os outros rapazes. Que virada. Mas quem dará a notícia a ele?

— Daremos um passo de cada vez — eu disse.

Os homens saíram, debatendo o assunto, e me deixaram com Gull. Mas o brilho do entusiasmo durou pouco. Antes de qualquer possibilidade de futuro, tínhamos uma batalha a vencer naquela noite.

— Gull — eu disse. — Veja. É uma noite sem lua.

Ele fez um gesto, concordando.

— Se não conseguir trazê-lo agora, será tarde demais. Peço que me deixe sozinha agora. E sem luz. Deixe o fogo apagar.

— Se quer mesmo.

— Sim. Prometo chamar se precisar. Mas mantenha todos distantes. Sem interrupções, ou podemos colocar tudo a perder.

Ele pegou o lampião e saiu, deixando-me no escuro. Johnny adormeceu. Coloquei o braço sobre Bran e deitei a cabeça próxima à dele, na cama. Sua respiração agora era irregular, com pausas, como se ele estivesse lutando contra ela. Fechei os olhos e diminuí o ritmo de minha respiração para equipará-lo ao dele. Inspirar... expirar... vida... morte. Fui voltando então no tempo, pelas trilhas secretas da lembrança. Tentei com todas as forças encontrá-lo naquele labirinto. Então, depois de muito insistir, e de atravessar diversas camadas de escuridão, ele finalmente foi me deixando entrar.

— *Sem ar. Sem respiração. Coração disparado, circulação sanguínea rápida, sem controle, sem controle... um e dois e três e quatro e cinco e seis... quanto tempo, quanto tempo até a próxima vez... quanto tempo até eu poder ver luz novamente... não procuro esse homem, aqui dentro da caixa, no escuro... ele já foi... já se foi há muito tempo...*

Os pensamentos desvaneceram e se perderam. Fui penetrando cada vez mais nas sombras. "Diga-me. Diga". Era como se minha mente estivesse se unindo à dele, tornando-se uma parte de seu ser enquanto meu corpo ficava vazio, desabitado.

*– Mostre-me.*

*História. Conte-me uma história. Uma história longa, que dure várias noites. Era uma vez um garoto que escolheu para si um caminho muito difícil... achava que sabia aonde estava indo... quatro, cinco, seis... mas estava perdido, perdido na escuridão e ninguém vinha ajudar... estava perdido e caindo... aindo e se afastando..."*

*Segurarei sua mão aonde quer que você vá; estar com você independentemente da pessoa em que você se transforme* – eu disse a ele. – *Jamais abandono a quem amo. Ficarei com você até o fim e muito depois, ainda. Olhe para cima, querido. Veja a luz e a siga. Venha para mim.*

*Dog, com as tripas para fora. Evan, tão forte e no final tão fraco. Gull preso naquele lugar como um assassino. Esses homens o seguiram e sua recompensa foi apenas sofrimento e morte. Seguiram-no pelas sombras... tantos perdidos... uma carga muito grande... conte-as... conte as pedras em Sídhe Dubh, as camadas de escuridão sobre sua cabeça, empurrando-o para baixo... cão vadio, sem esperança... livre-se dele, pois ele só traz a morte... seu amor é uma maldição...*

*Se tiver que contar, conte as estrelas, meu amor. Quantas estrelas estão no céu, olhando para nós enquanto estamos nos braços um do outro, felizes? Quantos peixes no lago observam enquanto eu brinco com ele na água, ouvindo os gritinhos de alegria se espalhando pelo ar? Fizemos um excelente nadador naquela noite, sob a chuva. Quantas vezes o coração bate, com que velocidade o sangue corre cada vez que nos tocamos e respiramos rapidamente, juntos? Conte estas coisas se tiver que contar, pois são parte da vida, e da esperança".*

*Esperança... este homem está proibido de ter esperanças. Agarre-se a ele e será arrastada para o buraco, com ele, na escuridão. Palavras são como folhas secas, voando no vazio... ele não as ouve...*

*Ele estava se afastando novamente, escapando, se escondendo cada vez mais em seu refúgio escuro. Como eu iria segui-lo, encontrá-lo se as sobras o escondiam? Reuni todas as forças e fui atrás dele. A história. Conte-me. Um menino. Um homem. Ele partiu em uma jornada. Conte-me a história dele.*

Captei então um leve fragmento de pensamento. Mas ele continha uma história: a história dele.

*Contar... contar a história... era uma vez um homem e eles acabaram batendo nele, e alguém vestido de verde o coloca em um buraco no chão e fecha a porta. Está escuro. O lugar é muito escuro e pequeno.*

*Mas ele tem que continuar porque... porque... porque... ele nem se lembra o motivo, mas tem que continuar. Ele sabe como continuar; já fez isso antes várias e várias vezes. Fica contando para manter os pensamentos distantes. Contar: um, dois, três... Há uma criança sacolejando de um lado para outro nos braços dela, e não está gostando. Ela está chorando e correndo, então ele começa a chorar também. Ela diz: está tudo bem, Johnny. Agora agache-se e fique quietinho. É por pouco tempo, filhinho. Vou voltar assim que puder. Não tenha medo. Só fique quietinho, sem fazer barulho, não importa o que aconteça.*

*Então ela o coloca em um buraco no chão e fecha a porta. Ele coloca o polegar na boca, a outra mão acima da cabeça, encolhe as pernas e seu coração dispara. Um, dois, três, vai contando até ouvir o barulho de coisas quebrando e os gritos lá fora, depois sente cheiro de queimado e de sangue. Quatro, cinco, seis. Repete os números sem parar, como uma oração para se proteger.*

*Um, dois, três... um, dois, três... Tão escuro. Tanto tempo. Tempo demais. Então... e então..."*

Os pensamentos oscilaram e desapareceram. Sentia-me cansada como se tivesse participado de uma guerra. Minha cabeça latejava, minhas mãos tremiam e meus olhos se encheram de lágrimas. Trouxe a mão fria de Bran até meus lábios.

— Está tudo bem — eu sussurrei, a voz trêmula. — Já é um começo.

Mas eu não conseguia entender. Sua mãe o tinha abandonado? A Margery da qual minha mãe falava com tanto amor e respeito? Como podia ser?

— *Mostre-me mais* — pedi com a voz da mente, tentando fazê-lo sentir, sem palavras, que qualquer que fosse o seu passado, nós o amávamos e precisávamos dele agora. Seria uma mensagem muito fácil de transmitir a Sean, a Conor ou a Finbar. Eles a captariam com a rapidez de um raio. E até meu pai, Niamh ou Gull poderiam captar algo, embora com menos intensidade, tendo apenas uma sensação boa, mas sem saber que eu é quem a tinha causado. Funcionou até com minha irmã em Sídhe Dubh, quando ela estava à beira do desespero.

Mas ficava mais difícil com Bran, ferido daquele jeito e com a força de vontade que tinha. Estava lutando contra mim, exatamente como Finbar havia previsto. Eu estava ficando exaurida.

– *Venha para fora!*

Meu coração disparou. Eram os Antigos, vindo para me ajudar. Aquelas vozes saíam do fundo da terra, suaves e ao mesmo tempo fortes.

– *Saia da escuridão. Quer deixar seu filho sem pai, sua mulher sozinha e sofrendo? Seus homens perdidos, sem propósito? Venha. Aceite o desafio.*

– *Não preste atenção a eles.*

Dei um salto e agarrei com força a mão de Bran. Esta voz era diferente, e sua dona estava parada ao pé da cama. Era a Dama da Floresta, com seu rosto alvo na escuridão e seu manto azul. O homem dos cabelos de fogo estava logo atrás, mas com sua luz menos intensa. A expressão dos dois era severa e fria. Tremi ao vê-los ali e me lembrei de sua fúria quando me recusei a ouvi-los.

Bran continuou imóvel, e meu filho também. Eu estava sozinha ali para defendê-lo.

– *Não preste atenção a essas vozes* – ela repetiu. – *Só servem para confundir. São velhas e desorientadas, de um povo antigo das rochas e dos poços profundos. Não sabem o que dizem.*

– *Peço que me perdoem* – eu disse trêmula. – *Mas penso que eles são meus ancestrais, pois o povo de Sevenwaters descende de um mortal e de uma mulher dos Fomhóire. Esses a quem você chama de velhos e desorientados estão me ajudando em minha tarefa. E temos pouco tempo. Portanto, se vocês não vieram para ajudar, peço que nos deixem em paz.*

As sobrancelhas do Lorde se ergueram além do normal. Abriu a boca para dizer alguma coisa, mas a Dama não deixou.

– *Liadan* – ela disse, a voz triste. – *Este homem está morrendo. Você não tem como trazê-lo de volta. O que está fazendo é crueldade. Deixe-o partir. Ele quer ser libertado. E não tem condições para ser o parceiro de uma filha de Sevenwaters. Não tem como proteger a criança. Deixe-o partir e leve o menino de volta para a floresta.*

Fiquei em silêncio, tentando me controlar.

– *Ouça, menina* – disse o Lorde, enquanto faíscas se desprendiam de seus cabelos e de sua túnica, envolvendo-o em um halo de luz dourada. A luz iluminou o rosto pálido de Bran e lhe deu um semblante de morte. – *Há forças malignas que desejam seu filho. Seres que farão qualquer coisa para que ele não sobreviva. Mas nós podemos mantê-lo a salvo e garantir que ele cresça forte de corpo e espírito para enfrentar a grande tarefa que o aguarda. Agora leve-o para a floresta, caso contrário...*

Captei uma ideia se formando naqueles olhos instáveis. Pulei rápido e peguei Johnny.

– *Vocês não irão levá-lo!* – uma onda de medo e fúria tomou conta de mim. – *Poderosos ou não, Seres da Floresta ou não, ninguém tira meu filho de mim! Sei que vocês têm o hábito de trocar crianças verdadeiras por falsas. E também não irão matar o pai dele. Os dois são meus e ficarei com eles. Não sou idiota. Conheço o perigo. Sei de Lady Oonagh e... e...*

Aproximei-me da cama e envolvi minha pequena família em meus braços para estabelecer um casulo de amor e nos proteger da ameaça.

– *Ficaremos bem. Protegeremos um ao outro* – eu disse, agora sem medo. – *Eu sei de toda a história. Mas temos muitos protetores aqui. E quanto à profecia, se tiver que acontecer, tudo irá se realizar independentemente de meus atos.*

Enquanto eu falava, o ar foi ficando denso e a escuridão se tornou ainda maior. Um vento gelado soprou em nossa direção e me arrepiou. Havia mais alguém ali, parado, observando. Em meio à escuridão, mal pude distinguir as formas, mas tive a impressão de ser um homem vestido com um manto, encapuzado, e no lugar do rosto apenas uma caveira, com buracos no lugar dos olhos.

– *Você pode escolher nos desafiar* – disse a Dama. – *Mas não poderá enfrentá-la. Se ela vier buscá-lo, ele irá com ela e você não poderá impedir, faça o que fizer. Desista, Liadan. Deixe este espírito arruinado se libertar do peso da vida. Tentar mantê-lo aqui desse jeito não é amor; é egoísmo e crueldade. O guardião da escuridão já aguarda. Dará a ele o descanso que ele tanto almeja.*

Seguei as lágrimas, mas minha voz saiu fraca, apenas um sussurro.

– *Não é verdade. Ele não pode ir agora. Precisamos dele. Posso ajudar a mantê-lo aqui. Sei que posso.*

A figura negra se moveu e esticou a mão, que era apenas ossos e tendões.

– *Vão embora* – eu disse, ainda sussurrando. – *Todos vocês. Saiam daqui agora. Não me importo com quem vocês são. Desafio seus poderes e suas exigências. Sou uma curandeira. Minha mãe me ensinou sua arte com amor e disciplina. Este homem nãoi morrerá, não enquanto estiver em meus braços. Enquanto eu aquecer seu coração com meu amor, ele não me deixará. Vocês não irão levá-lo. Ele é meu.*

O ser encapuzado não se moveu. Continuou com a mão estendida. Então eu comecei a cantar, baixinho e suave, como se estivesse embalando um bebê. E passei a mão pelos cachos que cresciam na cabeça de meu guerreiro.

– *Menina tola* – murmurou o Lorde de cabelos de fogo. – *Ah, o feitiço de uma mortal. Por que isso deve depender deles?*

Mas a Dama ficou me olhando, pensativa. Fiquei imaginando por que eles simplesmente não usavam seus poderes mágicos para me fazer abrir mão de meu filho, apressar a morte de Bran ou tirar os bretões das Ilhas, já que era o que eles tanto queriam. Johnny tossiu de leve, dormindo, e suspirou.

– *Como você diz* – murmurou a Dama – *tudo irá se realizar. Mas sua escolha é o que determina como isso acontecerá, se por bem ou à custa de muito sangue e escuridão. Sua visão é tão curta que você não vê em quem pode confiar, e isso faz que tome as decisões erradas. Ainda assim, a escolha é sua, e não nossa. Nosso tempo está se esgotando. É o seu povo que irá guiar o curso dos acontecimentos. Independentemente do que possa vir a acontecer, iremos envelhecer e nos retrair, como os Antigos fizeram. Seremos apenas lembranças nos contos de seus filhos e netos. O caminho que você está escolhendo agora é muito longo, Liadan. Não podemos escolher por você.*

– *Desperte* – chamou novamente a voz antiga, em uma mistura de música e sussurro. – *Desperte agora, guerreiro.*

Meus olhos se encheram de lágrimas e eu disse, dando as costas aos altos seres ali, parados:

– Vou trazê-lo de volta. Acreditem. Para mim, não há outra escolha.

– *O sangue de seu filho estará em suas mãos* – disse o Lorde, com uma fúria que fez sua voz explodir como um trovão. Mas o bebê nem sequer se moveu. – *Você quer tudo. Quer mais do que pode ter.*

E desapareceu, deixando apenas uma pequena faísca que foi se desfazendo.

– *Será uma longa história* – a Dama disse. – *Pensamos que seria mais simples. Mas os caminhos estão se ramificando. Não imaginamos que a criança deixaria a floresta. Sua irmã se perdeu. E você é teimosa ao extremo, à imagem de seu pai. Teremos que esperar muito mais do que imaginávamos. Mas você ainda verá o que está para acontecer, Liadan. Verá o que causou nesta noite.*

Chorei quando ela se foi. Chorei porque sabia o que deveria fazer. E chorei porque suas palavras despertaram em mim um medo terrível e uma culpa imensa, coisas que eu tentava ignorar desde minha partida para Sídhe Dubh; desde que senti que Bran estava em perigo e precisava de mim. E se eu estivesse errada? E se minha teimosia viesse a causar a morte de meu filho e a despertar o mal que poderia assombrar Sevenwaters mais uma vez? Quem era eu para ignorar os avisos dos Seres da Floresta?

Senti algo, então. Um pequeno espasmo na mão de Bran, que eu ainda segurava com força, como se os dedos dele estivessem tentando, embora ainda muito fracos, envolver minha mão. Será que tinha sido imaginação? Sua mão continuava fria e imóvel. Talvez fosse Johnny que tivesse se movido, deitado agora ao lado do pai. Mas a sensação foi nítida. Eu não podia desistir. Não desistiria. Tinha que começar novamente, e rápido, pois o tempo estava passando e Bran respirava ainda mais devagar, no ritmo de alguém que está a caminho da morte. O ser encapuzado não estava mais ali, porém eu ainda sentia sua presença, aguardando por perto. Era paciente, mas paciência não era seu trunfo, já que cedo ou tarde acabava levando a todos os mortais?

– Ajudem-me – sussurrei. E as vozes retornaram, profundas e firmes.

– *Saia das sombras, guerreiro. Uma missão o aguarda. Levante-se e caminhe.*

Fechei os olhos.

&

– *Conte...conte-me a história...*

– *O menino, mais crescido agora, sempre machucado por causa das surras. É porque ele não é bom. É um garoto sem valor, que merece punição. É o que seu tio sempre lhe diz. Quando fica realmente zangado, tranca o garoto na caixa. É escuro dentro dela. E fica menor à medida que ele cresce. Mas ele aprende a ficar em silêncio. Vai contando os números mentalmente. Aprende a não chorar, a não deixar o nariz escorrer e a não se mexer até que tampa se abra, a luz entre e o cegue. Ele é então arrastado, fedendo e com câimbras, para ser punido mais uma vez.*

*Há também uma mulher. Ele bate nela também e eles fazem aquela coisa, grunhindo, puxando, empurrando e suando. O tio o faz assistir. Na verdade, o faz assistir a muitas coisas. O garoto promete a si mesmo que jamais irá fazer aquilo. É algo animal, ruim e terrível como ficar preso na caixa. Se fizer aquilo, será igual ao tio.*

*Então aparece um cachorro em uma noite fria e decide ficar. Está sarnento, magro e com olhos tristes. O garoto dorme aquecido naquele inverno com o cão, sobre o colchão de palha em seu quartinho, um anexo externo à casa. Durante o dia, o cão o segue como uma sombra, em silêncio.*

*Mas quando chega a primavera, o tio espanca o cão por matar suas galinhas e o garoto o abraça enquanto ele morre. Quando o enterra, o garoto faz um juramento. Assim que se tornasse um homem, no inverno seguinte ou no outro, faria o que deveria ser feito e iria embora. Iria embora, sem jamais olhar para trás.*

Lágrimas foram rolando em meu rosto, molhando o lençol sob sua cabeça.

– *Calma, meu amor.*

Será que ele ouvia a voz de minha mente na situação em que estava?

– *Estou aqui, bem ao seu lado, abraçada a você. Precisamos de sua presença, Bran. Volte para nós. O pesadelo já acabou.*

Senti então, bem de leve, uma resposta: um sussurro, uma respiração mais profunda, um fragmento de pensamento.

– *... Liadan... não vá...*

Neste momento, uma luz surge lá fora, perto da fogueira, agora praticamente apagada, e ouço passos se aproximando. Bran silenciou e se afastou novamente.

Levantei-me furiosa. E cambaleante. Só então percebi o quanto estava exausta e o quanto meu corpo doía por ficar sentada ali, sem me mover. Já devia ser tarde. Como eles ousavam nos perturbar? Minhas instruções tinham sido bem claras. Por que estavam fazendo aquilo?

– Eu falei! – saí gritando, enquanto Gull se aproximava. – Disse para ninguém vir aqui. O que esses homens estão fazendo?

– Desculpe-me – disse Gull sem graça. Mas algo em sua voz me dizia que eu devia esperar antes de falar. – Achei que você iria querer ser interrompida agora.

A fogueira quase não emitia mais luz, no entanto, pude ver que eram quatro homens. Um deles era Snake, e o outro, Spider, que reconheci pelas pernas finas e pela forma estranha de gesticular. Ao lado deles estava Otter, com seus ombros largos e outro, de cabelos vermelhos como um pôr do sol de outono. Fui caminhando em sua direção e ele se virou para mim. Era meu pai.

Corri e ele me abraçou forte. Encharquei sua camisa com minhas lágrimas e eles ficaram parados, em silêncio, até que Gull, ainda sem graça, disse:

— Podemos voltar lá para baixo, ao abrigo, se você quiser.

— Acho que é melhor — eu disse fungando. — Tenho... tenho que agradecer muito por terem feito o que pedi, com tanta precisão e rapidez. Não imaginava...

— Não foi tão difícil — disse Otter, com sua voz ríspida. — Iubdan já estava voltando. Só precisamos pegá-lo. Tem uma mão bem pesada, se me permite dizer — reclamou, esfregando a nuca.

— Preciso falar com você a sós, Liadan — disse meu pai. — Você já deve saber que Liam se foi. Devemos voltar para Sevenwaters logo ao amanhecer.

— Como assim, *devemos*? — disparou Snake.

— Liadan não pode ir — disse Gull, em tom firme. — Precisamos dela aqui.

— Com todo respeito — disse meu pai, em um tom que nenhum homem costumava questionar — quem decide isso somos minha filha e eu. Peço que faça a gentileza de nos deixar conversar a sós por um instante.

— O Chefe está morrendo — disse Snake, estreitando os olhos e medindo meu pai dos pés à cabeça, provavelmente para avaliar sua força e seu tamanho. — Precisa dela neste momento. Ela não irá.

Entrei no meio e peguei cada um pela manga da camisa.

— Chega disso — disse, com a voz mais firme que pude. — Preciso da ajuda de meu pai agora. E quanto a partir ou não, darei a resposta ao nascer do dia. Agora vão.

— Tem certeza? — perguntou Snake, a respiração alterada.

— Você ouviu — disse Gull. — Agora saiam. Façam o que ela diz. Eles desapareceram e ficamos a sós.

— Bem — disse Iubdan, sentando-se em uma pedra e esticando as longas pernas. — Jamais esperava encontrá-la aqui. O que farei com você, Liadan? Parece mesmo gostar de quebrar regras e zombar das convenções. Não tem ideia do perigo que corre aqui?

— Esqueça isso agora — respondi rapidamente. — Temos assuntos mais importantes a resolver.

— O que pode ser mais importante do que voltar para Sevenwaters com Liam assassinado e Sean sozinho, com nossos vizinhos se acotovelando, loucos para tirar proveito da situação? Devíamos estar lá, não aqui com esse bando de selvagens.

— Sei que você precisa ir para casa, e logo — eu disse. — Sean está precisando de você mais do que ele mesmo imagina. É um momento crítico e o seu apoio agora será crucial. Ele precisa... precisa de mentes alertas ao seu redor; de homens com experiência para saber em quais aliados confiar e de quais desconfiar. Você deve ir assim que possível. Mas tenho uma tarefa difícil aqui, pai, e também preciso de sua ajuda. O que Snake disse é verdade. Bran está morrendo. Deixou de ter esperanças e não se julga digno de salvação. Sua vida está por um fio. Preciso de sua ajuda para manter este fio intacto até que eu possa pegá-lo pela mão e trazê-lo de volta. Mamãe o fez viajar para descobrir a verdade para nós. Preciso saber o que você descobriu. Conte-me agora, rápido, por favor.

— Entendo sua urgência, Liadan. Reconheço a ligação que você tem com esse homem e a confiança que deposita nele. E, acima de tudo, confio em seu julgamento. Mas você está esperando um pouco demais de mim, minha filha. Estes homens não são os mesmos que raptaram sua irmã e quase a perderam? Devo admitir, trataram-me com um respeito que eu não esperava. E falam de você como se fosse uma mistura de rainha e deusa. Mas por que não me contaram como você veio parar aqui, tão longe de casa, e tão cedo depois da perda de seu tio? Como espera que eu não tema por sua segurança?

— Estes homens dariam a vida por mim e por meu filho, cada um deles. Estamos em absoluta segurança aqui, papai.

— Seu filho? Johnny também está aqui? Mas...

— Por favor, papai. Conte-me o que descobriu. Preciso saber o que aconteceu com Bran; o que aconteceu com a mãe dele. Você soube dela?

— Sim, filha. É uma história triste. Fui ouvindo o que as pessoas me contavam em Harrowfield e juntando os fatos até chegar à conclusão do que aconteceu há mais de dezoito anos. Não temos tempo para a história toda, mas descobri em Elvington, que fica em um morro próximo de Harrowfield, uma parte de um segredo guardado há muito tempo.

— Conte-me. Ou melhor, venha se sentar ao lado dele e conte a nós dois. Ele... ele acredita que sua mãe o abandonou. É um ferimento profundo que ele carrega esse tempo todo. Mas mamãe me disse que Margery adorava o filho. Não posso acreditar que o tenha deixado sozinho de propósito.

— Contar a vocês dois?

Papai me olhou perplexo, enquanto eu o puxava para dentro do pequeno abrigo e o fiz sentar-se ao lado da figura deitada, o rosto em um tom acinzentado.

— Como ele ouvirá? Este homem não tem mais consciência do que se passa ao seu redor. Não tem salvação. Seu amor a faz esperar milagres. Mas milagres são raros, minha querida. Já vi homens nesse estado e...

— Pare! — eu disse. — Pare agora! Se tem apenas coisas ruins a dizer, era melhor nem ter vindo! Preciso de sua ajuda, não de palavras de morte. Agora conte a história.

Peguei a mão tatuada de Bran e a encostei em meu rosto.

Papai ficou me olhando, os olhos azuis brilhando.

— Percebi que os homens aqui obedecem às suas ordens sem questionar, apesar de serem o que são. E mencionam seu nome com um respeito inquestionável. Mas você deve concordar que a situação é absurda. Nenhum homem se sentiria à vontade vendo a filha em uma circunstância dessas. Desculpe-me por falar assim. Só faço isso porque não quero vê-la sofrer. Sua mãe sempre foi uma mulher inteligente. Eu jamais lhe disse o que fazer. Mas suas escolhas, filha, são... difíceis de aceitar. Mas fiz uma promessa a você e a cumprirei, embora me doa ver você assim.

— Conte a história.

— Muito bem. É uma história de perdas e desenganos; uma história que justifica o fato de este homem achar que tenho responsabilidade pelo que lhe aconteceu. Mas isso é algo que acredito poder reparar. Só não posso mudar o passado, pois já foi escrito. Tudo começou quando o filho de Margery tinha três anos de idade e ela estava viajando com amigos para Elvington, para uma feira de inverno.

Fui ouvindo, atenta. Lá fora, Gull vigiava perto do fogo, na escura noite sem lua.

Mas do outro lado, entre as sombras das faias e as grandes pedras antigas, do outro lado da piscina, uma presença encapuzada aguardava, silenciosa e imóvel, tão escura que se confundia com a paisagem.

— Bem, você já sabe que meu amigo e primo, John, morreu a meu serviço, esmagado por uma grande pedra enquanto protegia sua mãe. Ele estava ali a meu pedido, mas foi Richard de Northwoods quem encomendou o assassinato. Margery sofreu demais com a morte do marido. Os dois se amavam muito e, para ela, ficar sem John enquanto o filho era ainda tão pequeno foi terrível. Tornou-se uma pessoa quieta e fechada, e somente seu filho lhe dava forças para continuar vivendo. Ela via nele o futuro que o pai não teve. Via nele seu propósito de vida. Concentrou na criança toda sua atenção enquanto sofria a dor da perda. Como você também sabe, deixei Harrowfield um ano após a morte de John, enquanto Margery ainda se recuperava. Algum tempo depois, seus amigos a convenceram de que seria bom para ela sair um pouco e arejar a mente. Então, no inverno, quando Johnny tinha três anos, ela fez a viagem com um pequeno grupo para ver a feira de Yuletide, em Elvington. Não é muito longe. Leva no máximo um dia ou um pouco mais, quando se faz uma parada. E foi o que eles fizeram, pois levaram o menino e ele precisava descansar.

"É nesse ponto que a história fica um tanto confusa. Meu irmão me disse que o grupo sofreu uma emboscada nos morros logo acima de Elvington. Quem eram os agressores ou qual o motivo, ninguém sabe. Podem ter sido *picts* da fronteira, que vinham roubar ovelhas e encontraram aquele grupo bem-vestido no caminho. Era uma oportunidade boa demais para eles descartarem. Os corpos foram encontrados por um pastor perto de algumas edículas na beira da estrada. Todos no grupo foram assassinados, mas a criança não foi encontrada mesmo após várias buscas. Foi muito estranho. Logo descartou-se a possibilidade de que o menino tivesse sido levado como refém ou para servir de escravo, pois ainda era pequeno e daria muito trabalho ao bando. Mas seu corpo jamais foi encontrado. No fim, acreditaram que ele provavelmente tinha sido atacado por lobos. Não tinham mais onde procurar. Meu irmão soube da notícia, ficou muito abalado, mas teve de aceitar os fatos. Era um final muito triste para Margery, que tinha ido para Harrowfield recém-casada e com tantas esperanças. Este poderia ter sido o final da história.

Seis anos se passaram e os nomes de John e de Margery ficaram apenas na história de Harrowfield, assim como o meu. Lorde Hugh, que já havia sido o chefe do Estado, e que os tinha abandonado por causa de uma bruxa de olhos verdes que habitava o outro lado do oceano; uma bruxa de irmãos que eram meio homens, meio bestas. Então os anos foram passando, meu irmão se casou e a vida em Harrowfield seguiu seu curso. Edwin reivindicou Northwoods e começou a se fortificar novamente.

Então, no primeiro conflito do ano-novo, durante o inverno, apresentaram a meu irmão Simon um caso muito estranho. No início, parecia não haver relação com esta história. Um homem havia sido assassinado em uma edícula isolada no morro, logo acima de Elvington; uma criatura sádica, cruel, temida por todos no vilarejo. Parecia ter sido uma execução. Ele sofreu um ferimento preciso no coração, feito com uma faca estreita e dentada, normalmente usada para desossar aves. Levaram algum tempo até achar o corpo. Ninguém gostava de ir à casa dele. Rory parecia um monstro quando bebia. Tinha ataques violentos. Além disso, assediava as jovens das redondezas. Quando Simon me disse o nome do homem, eu me lembrei dele. Já tinha sido levado à minha presença por acusações graves, inclusive a de estuprar e engravidar a filha de um moleiro da região. E não demonstrou o mínimo arrependimento ou medo da punição, muito pelo contrário. Jamais ouvi tantas ameaças e palavrões. Exigi uma generosa reparação monetária à família da moça e o expulsei de minhas terras por cinco anos. Mas parece que ele voltou assim que soube de minha partida. E agora ele estava morto. Não tinha esposa, não mais. Segundo os vizinhos, ela simplesmente desapareceu um dia, o que já era de se esperar. Como a espancava, sempre pensaram que deve ter passado dos limites um dia e teve que acabar de mata-ála e se livrar do corpo para não levantar suspeitas. Ninguém perguntou. Ninguém ousava se aproximar dele. Então, quem o matou? Quem teria tanta coragem, ainda mais para fazer o serviço com tamanha precisão? Muitos o queriam morto, mas ninguém se candidatava."

Imaginei qual era a sequência da história, pois Bran havia me contado. "Farei o que deve ser feito e seguir em frente".

— E quanto à criança? — perguntei.

— Havia mesmo um menino — ele respondeu. — Alguns diziam que era o filho de Rory, e outros que era uma criança abandonada, algum bastardo que ninguém quis, mas que apareceu em seu quintal e ali ficou. Era útil para ele. Trabalhava de graça. Mas ninguém se lembra exatamente quando ele apareceu ou mesmo de ter visto a esposa de Rory grávida. Só se recordam de sua figura esquelética, quase fantasmagórica, sempre cheia de ferimentos e escoriações. Os garotos implicavam e caçoavam dele. Mas o menino aprendeu rápido a se defender e os atacava como um animal feroz. Com o tempo, passaram a temê-lo e o deixaram em paz.

"Então, quando Rory morreu com um pequeno buraco no coração e o garoto desapareceu, o povo de Elvington veio apresentar o caso a meu irmão na assembleia pública. Mas o que fazer? Organizar buscas para encontrar o assassino? E quanto ao pequeno lote de Rory, e suas galinhas? Quem ficaria com seus bens? Simon ordenou que fosse aberto um inquérito. Nunca teve muito contato com John ou mesmo com Margery, mas se o garoto estava vivo, precisava ser encontrado. Não era exatamente o caso de trazê-lo a julgamento, pois a morte de Rory tinha sido um alívio para o povo de Elvington. Mas, sim, de descobrir a verdade e de corrigir os erros do passado.

Fizeram uma busca na casa de Rory e nas redondezas, mas não encontraram muita coisa. O homem gastava tudo que ganhava com suas galinhas em bebida. Mas encontraram algo estranho, e isso começou a despertar a lembrança de alguns vizinhos. No chão de um pequeno anexo à casa havia uma minúscula cela; um buraco cavado no chão, coberto com tábuas. Quando viram aquilo, eles se lembraram do que viam nas rápidas visitas que faziam à casa para comprar galinhas ou ovos."

– O menino era preso no buraco, como castigo.

Meu pai ficou olhando para mim espantado.

– Como você sabe?

– Ele me contou. Não com palavras, mas me mostrando. Você diz que ele está totalmente desacordado, mas está errado. Sua mente ainda está consciente e cheia de lembranças terríveis. Há pouco tempo ele esteve preso, confinado em um espaço escuro e pequeno. E ainda está se sentindo preso. Pode ficar assim para sempre, a menos que eu consiga guiá-lo para fora. Estou usando minha habilidade de ver o que ele vê e de entrelaçar meus pensamentos aos dele. Espero conseguir antes que seja tarde. Agora me conte: o que mais eles descobriram?

— Você me deixa zonzo, Liadan. Este é um dom que nem Conor tem. É um dom perigoso.

— Conte-me, pai.

— Eles começaram a juntar os fatos. O menino desaparecia por alguns dias e Rory explicava a eles que um animal como aquele tinha que ser enjaulado até aprender a obedecer. Alguns vizinhos chegaram a ouvir sons no chão, como se alguém estivesse arranhando alguma coisa, mas Rory dizia que eram ratos. Um deles chegou a ver a mulher de Rory tirando o garoto do buraco, trêmulo e com a roupa suja e ensopada, sem ter como sair para ir ao banheiro. Ela o esbofeteou e o chamou de porco. O mais estranho, segundo a testemunha, é que ele não emitiu qualquer som, não chorou e nem tentou se defender. Aguentou calado até o fim. Isso a irritou ainda mais e ela o espancou. As pessoas não gostavam de ir até lá. Não gostavam do que viam. Mas ninguém tinha coragem de protestar ou de denunciar Rory. Morriam de medo dele. Além do mais, segundo eles, o que acontece na casa de um homem é da conta dele.

— Mas como descobriram quem era a criança?

— Ah... A busca acabou revelando. Encontraram algo escondido na casa que deixou bem clara sua identidade.

Enfiou a mão no bolso e tirou algo dobrado, feito de um tecido fino, todo bordado. Ele o desdobrou sobre o cobertor, na altura do peito de Bran. Tínhamos pouca luz ali, mas dava para ver que o bordado tinha minúsculas folhas, flores e insetos.

— Não há dúvida de quem fez isto. Margery tinha uma habilidade fora do comum com a agulha. Você provavelmente já viu estes desenhos no vestido azul que sua mãe sempre usava... — sua voz agora estava embargada. A ferida ainda era muito recente.

— Realmente — eu disse.

– A família de Margery criava abelhas, no sul – ele continuou. – Esta era uma pequena bolsa que ela sempre usava. Provavelmente carregava moedas, além de seus pertences pessoais, quando ela a levou para a festa. Claro, quando a encontraram não havia mais o dinheiro. Mas Rory não podia vender ou dar aquilo a alguém. Era uma prova da identidade da mãe do menino. Todos tinham visto seu corpo. É inacreditável o fato de Rory saber o tempo todo quem era aquele garoto e ainda assim manter segredo. Provavelmente fez parte da equipe de buscas, com meus homens. Mas por que não entregar a criança para que fosse levada de volta a Harrowfield? Preferiu dizer que tinha sido devorada por lobos e ficar com ela. Algumas pessoas são mesmo sádicas. Rory sabia que aquele menino era meu parente e, como me odiava, provavelmente preferiu se divertir mantendo-o como escravo. Acredito, então, que seja esse o motivo do ressentimento deste rapaz contra mim. Deve ter crescido ouvindo barbaridades a meu respeito.

– Havia alguma coisa dentro da bolsa? – perguntei.

Meu pai me entregou um pequeno objeto de metal pendurado em uma fina corrente. Segurei-o na mão, sentindo mais do que vendo. Era um camafeu, provavelmente de prata, com relevos delicados nas bordas.

– O que tem dentro?

– Dois cachos de cabelos. Um castanho e cacheado, e o outro, liso e fino. O primeiro é de John, e o segundo, da filha dele, que morreu logo depois de nascer. O camafeu foi um presente que ele deu a Margery logo que soube que ela estava grávida, para lhe dar forças. Ela o usava sempre. Ninguém imaginava que este pingente se tornaria um símbolo de perda e morte. E ninguém sabe como foi parar na casa de Rory.

– Ah... – eu disse. – Mas ele se lembra, agora eu sei. Porém, como pode se lembrar? Tinha apenas três anos de idade. Menciona a voz dela. As mãos. Ela o escondeu em um porão. Eles deviam estar perto dali quando foram atacados. Tentar ficar ali dentro e resistir seria bobagem. Os *picts* não respeitam propriedade. Teriam incendiado o lugar ou simplesmente invadido. Mas ela podia manter a criança a salvo se a escondesse. Deve ter pedido a ele para ficar em silêncio. Ele provavelmente se assustou com o lugar pequeno e escuro e com o barulho que ouviu, mas ficou quieto. E deve ter deixado com ele o que tinha de valor naquele instante, como a bolsa, as moedas e o camafeu com as lembranças daqueles a quem amava. Depois, deve ter saído e corrido para distrair a atenção deles, da mesma maneira que um pássaro faz barulho e voa baixo para chamar a atenção do animal que o persegue e garantir a segurança do filhote que o espera no ninho. Ele ficou ali esperando e o tempo foi passando até que alguém abriu a porta de sua pequena prisão. Mas as mãos que vieram libertá-lo não eram as de sua mãe, e sim as de um monstro. Foi naquele momento que a escuridão realmente o envolveu.

Meu pai fez um gesto com a cabeça.

— Sim. Só posso imaginar que é verdade, pois se encaixa perfeitamente na história que o povo daquela região me contou. Perguntei a meu irmão por que as pessoas não questionaram o aparecimento repentino de uma criança na casa dele, justamente na época em que outra desapareceu. Mas ninguém soube explicar. Creio que a criança foi escondida durante um bom tempo. Alguns dizem que ouviram choro na época, mas, em vez de curiosidade, o evento despertou medo. O povo é muito supersticioso por ali. Começaram a dizer que era o fantasma da criança levada pelos lobos. Todos se afastavam. Então, quando o garoto apareceu, ninguém imaginou que podia ser a mesma criança. Diziam que ele não parecia filho de alguém da elite.

— Deixaram que ele fosse espancado e maltratado durante todos aqueles anos sem tentar ajudar.

— É preciso muita coragem para interferir nos assuntos pessoais de alguém como Rory, um homem grande, forte e com uma reputação daquelas. Todos o temiam. Simon não sabia disso na época.

Se soubesse, provavelmente teria tomado uma atitude. Mas ele já tinha bastante problemas para resolver. Sinto-me responsável por isso, Liadan. É um grande peso em meus ombros. O fato de o filho de John ter sido submetido a tanta crueldade tão perto de casa é imperdoável. Seu homem estava certo ao me culpar. Se se tornou um fora-da-lei, boa parte da responsabilidade é minha. Eu não poderia ter impedido a morte de sua mãe, mas poderia tê-lo protegido.

— Não se pode rescrever o passado, pai.

— É verdade. Mas o futuro pode ser mudado. Se ele sobreviver.

— E irá. Só precisa reconhecer que já foi amado e que é filho de um homem e de uma mulher íntegros, que dariam qualquer coisa para vê-lo crescer em segurança, feliz e com uma vida digna. Se conseguir enxergar isso, se libertará.

— Não acredito que ele esteja nos ouvindo.

— Talvez você precise dizer novamente. Dizer o que isso tudo significa para você. Talvez ele ouça. Ao menos, suas palavras preenchem o silêncio. Mas continue contando. O que aconteceu depois?

— Rory foi morto, mas ninguém chorou por ele. Só quiseram a casa e a criação de galinhas. Foi o garoto quem o matou?

— Ele o puniu. E da mesma maneira eficiente com que faz tudo em sua vida. Esperou até se tornar um homem, assumiu o controle e se afastou do pesadelo. Mas a marca continuou nítida em seu espírito. E o persegue até hoje.

— Um homem? Mas ele não tinha apenas nove anos?

Concordei.

— Maduro suficiente para seguir seu caminho. Por que seu irmão não conseguiu descobrir o que houve com ele, afinal?

— Ele tentou, mas seus recursos eram limitados na época. Estava passando por dificuldades. Edwin havia assumido o controle de Northwoods e o feudo havia se reerguido. Minha deserção, como eles a chamaram, não facilitou as coisas para Harrowfield. Simon não havia sido treinado para reger o Estado como eu fui. Teve que aprender rápido. Elaine o ajudou muito. Na verdade, ela tem mais habilidade para a liderança do que ele. Mas o povo não se esquece. Eu não fui perdoado pelo que fiz, e as exigências recaíram sobre os ombros de meu irmão. Até hoje, depois de tantos anos, ele ainda sente os efeitos.

— Como assim?

— Ele ficou muito abalado com a notícia da morte de Sorcha. Embora tenha se casado e o povo o respeite muito, seu coração sempre pertenceu à sua mãe. Mas esta é uma história que nunca foi contada e jamais será. Quando dei a notícia, ele entrou em desespero. Pediu que eu ficasse em Harrowfield, mas isso obviamente não seria possível. Temo por ele, Liadan. Harrowfield não tem herdeiros e Edwin de Northwoods se mantém à espreita.

— Não tem herdeiros?

— Eles não têm filhos. Os parentes mais próximos deles agora somos Sean, eu e... este homem — ele olhou para o rosto pálido de Bran.

— Suas palavras me assustam, pai. Você voltaria? Retomaria o controle de Harrowfield?

— Meu irmão precisa de ajuda. Precisa de alguém com mão firme e de bom raciocínio; alguém que possa restabelecer as defesas e deixar claro para o Northwoods que Harrowfield não está à disposição. Se Liam estivesse vivo, seria tudo mais fácil. Mas não posso deixar Sean assumir Sevenwaters sozinho. Ainda é muito jovem e precipitado, apesar de sua força. Com o tempo, se transformará em um líder exemplar, mas agora precisa de minha ajuda para reconstruir a aliança e se estabelecer. Devemos começar novamente, com os Uí Néill. Minha primeira obrigação é para com meu filho. E também não me esqueci de minhas filhas. Quero ver você bem e em segurança. Quanto à Niamh, agi mal para com ela e quero garantir que seu futuro esteja em boas mãos.

— Mas e quanto a seu irmão? Harrowfield não corre o risco de ser invadida se você demorar muito? Se Edwin tentar tomar as terras de Simon, toda nossa luta para recuperar as Ilhas pode ter sido em vão.

— Realmente. É um dilema. Não há como eu ou Sean tentarmos comandar os dois territórios estando em lados opostos do mar. Mas há outra possibilidade — ele disse, olhando novamente para o homem inconsciente à sua frente.

— Bran? — eu sussurrei chocada. — Isso é impensável.

— Suspeito que para um homem como este nada é impensável. Não é o que dizem dele?

— Sim, mas...

— Este é o filho de meu primo. Nasceu em nosso vale. É forte e astucioso, por mais que tenha se perdido em seu caminho. Harrowfield pode ser o destino dele, Liadan. E o seu também.

— Ele ainda tem muito de que se recuperar. Não pode enfrentar aquele lugar. Não ainda.

— Pensa que ele não teria coragem de retornar ao lugar de onde surgiram seus pesadelos? Não parece ser o tipo de atitude de um homem de quem você fala com tanto respeito; alguém que enfrenta todos os desafios. Não combina com um homem a quem você dedica tanto amor e lealdade.

Engoli em seco. Suas palavras ao mesmo tempo me assustavam e encantavam. Ele estava descrevendo uma missão. Um futuro brilhante.

Mas antes, as correntes do passado tinham que ser quebradas.

— Pai — eu disse. — Preciso ficar sozinha agora; a sós com Bran. Gull irá levá-lo para descansar. Deixe-me pedir só mais uma coisa.

— O que é, filha?

— Diga-me rapidamente como era a vida de John e de Margery antes de tudo que lhes aconteceu. Como era a vida deles com seu filho?

— John considerava Margery a melhor coisa que já existiu neste mundo. A coisa mais valiosa. Conheceu-a na fazenda de seu pai, coletando mel, e a trouxe para o norte. O amor entre eles foi imediato. Ele era um homem reservado, de poucas palavras. Mas seus olhos brilhavam quando ele estava na presença dela ou quando os dois se tocavam. Era visível a intensidade do que sentiam um pelo outro. Ela perdeu uma criança logo após o parto e os dois sofreram muito. Então Johnny nasceu, e saudável. Ele ficou muito orgulhoso. Brincava o tempo todo com o menino. Jogava-o para cima e o segurava com seus braços fortes, enquanto ele gritava de alegria. Houve um incêndio na casa, certa vez, e jamais me esquecerei da expressão no rosto de John enquanto ele subia as escadas, desesperado para salvar o filho. E nem da de Margery, quando ele o trouxe a salvo. Ela amava demais aquele bebê. Diziam que ele aprendia muito rápido. Logo começou a engatinhar, depois a andar e a falar. Margery até o ensinou a contar. Colocava pedrinhas brancas no chão e brincava com ele. Um, dois, três. Jamais houve uma criança criada com tanto amor, Liadan.

— Obrigada, pai. São essas coisas que provavelmente o ajudaram a sobreviver até hoje. Direi tudo isso a ele. Mas agora você precisa ir.

— Este homem tem muita sorte, exatamente como eu — ele disse. — Ter o amor de uma mulher como você é um privilégio. Espero que ele entenda isso.

— Nós dois fomos privilegiados, tanto ele quanto eu.

— Há mais uma coisa que preciso contar, e depois irei. Margery me disse, antes de eu deixar Harrowfield, que seu filho tinha nascido exatamente na metade do inverno, pouco antes do anoitecer. É o dia mais curto do ano. Ela explicou que uma criança que nasce neste dia está sempre em busca da luz. Passa a vida inteira procurando a claridade. E estava com Johnny nos braços quando me disse isso. Sorcha também nasceu na metade do inverno, e para ela isso sempre foi verdade. Mas parece que este homem se esqueceu disso; procura somente a escuridão.

— Parece que sim, mas só na superfície. No fundo de seu ser há uma luz que ainda brilha. E hoje eu a encontrarei.

— Você está certa.

– Terceira regra de combate. Jamais duvide de si mesmo. Agora vá, pois o tempo se esgota.

– Liadan.

– Sim?

– Você faz isso parecer tão simples.

– Mas acho que o mundo é simples, em sua essência. Vida, morte. Amor, ódio. Desejo, realização. Magia. Talvez só esta última seja mais complicada.

Ele franziu a testa.

– Você quer tentar curar as feridas dele; penetrar em sua mente e mudar a visão que ele tem do passado. Isso é perigoso, Liadan. Não foi você mesma quem disse que o passado não pode ser reescrito?

– Conheço os perigos e estou preparada para eles. Preparada e repleta de amor, pai. Minha intenção não é fazer essas lembranças desaparecerem como se nunca tivessem existido. Sei que ele levará para sempre as cicatrizes. Não tenho como consertar seu caminho e torná-lo simples. Sempre haverá novas dificuldades. Mas posso pegar sua mão e caminhar com ele.

# Capítulo 16

Gull apagou o fogo e o lampião. Mas tive a impressão de que ele e meu pai continuaram ali perto, vigiando na escuridão. Tremendo com o frio do ar de outono, tirei as botas, o vestido, a combinação e as roupas íntimas e me enfiei sob o cobertor ao lado de Bran. No outro lado do colchão, Johnny continuava dormindo, quietinho, com o pai. A escuridão era tão profunda que não havia mais sensação de lugar, da tenda improvisada, de paredes ou de alçapões nos prendendo.

Somente se ouviam as vozes antigas.

— *Mais perto.*

Encostei-me mais em Bran, pele contra pele, e o abracei. Senti seu coração batendo perto do meu e minha respiração foi entrando no mesmo ritmo da dele.

— *Bem melhor* — as vozes murmuraram. — *Fique perto. Não o deixe ir. Nesta noite escura, a única luz é você.*

Desta vez ele começou a falar imediatamente, como se estivesse esperando por mim.

— *.... escuro... muito escuro... um, dois, três... muito escuro...*

– *Hoje é uma noite sem lua. Já houve noites assim, mas esta é diferente porque estou aqui com você.*

– *... muito escuro... não posso... muito tempo...*

– *Ela disse que voltaria para buscá-lo. Mas não pôde, Johnny. Não pôde voltar, embora fosse tudo que ela mais desejasse no mundo. Mas eu vim. Você já se perguntou por que ela não veio?*

O coração dele acelerou e eu comecei a deslizar os dedos em sua pele, fazendo carinho e acalmando nós dois. Sua mente estava cheia de imagens de escuridão, dor, cenas incompletas, distorcidas e confusas. Faca, sangue, gritos, mãos se soltando. Morte. Perda.

– *... ela jamais voltou... jamais...*

– *Ela o amava muito. Deu sua vida para salvar a sua. Não o abandonou, Johnny.*

– *... rato imundo... cão vadio... filho indigno... minha própria mãe não me quis... monte de lixo...*

– *Tudo isso era mentira. Deixe-me mostrar a você. Leve-me, Bran. Leve-me até aquele momento, no passado.*

– *Não há passado. Ela me deixou. Fique quietinho, Johnny... quietinho como um camundongo, querido. Não importa o que irá ouvir... espere por mim... voltarei assim que puder... suas mãos me empurrando para baixo, para o escuro. Suas mãos me soltando. Fechando a porta. Ela nunca mais voltou. Só isso. É só o que há.*

– *Ah, mas eu voltei para buscá-lo. Ela não pôde, mas o amava e queria que você estivesse a salvo. Segure minha mão, Bran. Estou aqui. Estique sua mão.*

Lá fora, perto da piscina, as árvores se mexeram como que balançadas pelo vento. Mas não estava ventando.

– *... está escuro. Não consigo vê-la...*

– *Leve-me para o passado, Bran. Para antes de tudo aquilo. Vamos, Bran. Leve-me.*

– *Já lhe disse. Não há passado. Não há antes. As mãos dela, me soltando... nada mais.*

*– Quem o ensinou a contar um, dois, três, até dez? Você foi uma criança muito inteligente. Exatamente como seu filho, louco para aprender, sedento de aventuras. Quem brincava com as pedrinhas e lhe ensinou os números?*

*– ... um, dois, três, quatro... seus dedos apontando as pedras. Suas unhas limpas, suas mãos pequenas e delicadas... Eu conto até dez e ela bate palmas. Olho para cima, orgulhoso de mim mesmo, e ela está sorrindo. Seus cabelos brilham com o sol e ela me olha com alegria. "Muito bem, Johnny. Muito bem. Que menino inteligente! Vamos contar mais uma vez? Venha. Vamos colocar os porquinhos em duas fileiras. Isso mesmo. Agora o fazendeiro vai contá-los, metade para vender no mercado e metade para engorda antes do inverno. Quantos há nesta fileira... um, dois, três..." Mas ela foi embora...me deixou.*

*– Ela jamais o deixaria de propósito. Escondeu-o ali para protegê-lo e deu a vida por você. Não ouviu a história que meu pai contou? Sua mãe foi a mulher mais corajosa do mundo. Queria uma vida de alegria e de grandes propósitos para seu filhinho. Queria que sempre buscasse a luz. E se pai demonstrava todo o orgulho que sentia de você cada vez que o segurava em seus braços fortes... você subia, pulava em direção ao céu... E sem medo, pois sabia que as mãos fortes dele sempre estariam ali para segurá-lo.*

*– Eu... não posso...eu...*

*– Ele sempre o segurava. Sempre o amparava. Tinha olhos acinzentados como os seus, olhos sempre sérios e claros, que transmitiam a verdade. Volte até aquele tempo, Johnny. Volte.*

*– Para cima e para baixo. Para o alto e para baixo. Voando no ar. Caindo em suas mãos. Ele sorri. Cabelos cacheados, rosto bronzeado. Olhos brilhando de orgulho. Eu rio, feliz. "Agora chega, filho. Papai está ficando cansado. Só mais uma vez. Para cima e para baixo." Então ele me pega e me abraça. É um abraço forte, caloroso. Eu coloco uma mão em seu ombro e o polegar da outra em minha boca. A sensação é boa. Sinto-me seguro.*

Senti uma gota de água cair em meu rosto, morna, apesar da noite fria. Mas eu não estava chorando. Não ousei sequer levantar a cabeça para verificar. Não iria me mover e correr o risco de quebrar o frágil filamento de comunicação que existia naquele instante. Respirei fundo e senti a exaustão que tomava conta de meu corpo.

Ao nosso redor, o mundo parecia se comover. A folhagem farfalhava, os ramos balançavam, a água fazia ruído de pequenas ondas e até as pedras pareciam chorar na escuridão da noite.

– *Ajudem-me* – pedi em silêncio. E comecei a cantar uma canção antiga, só o refrão melódico. O vento estranho continuava sobre a tenda, trazendo consigo uma voz poderosa, um som profundo e quase inaudível; um lamento mais antigo que a humanidade. Vinha da colina e das profundezas da terra, vibrando nas pedras. Era uma voz que não tinha como ser ignorada.

– *Venha, guerreiro! Você tem uma importante missão, uma missão de vida cujos desafios são muitos; cujas recompensas são maravilhosas. Venha agora e mostre-nos sua verdadeira coragem. Mostre-nos a força de seu espírito, como já fez, anos atrás. Pois a força daquela criança é a força do homem de hoje. A criança e o homem são um só.*

A voz se calou e o barulho da natureza lá fora foi diminuindo, como se algo estivesse sendo aguardado. Senti que esperavam algo de mim; algo mais. Bran continuava imóvel. No exterior nada havia acontecido, a não ser as lágrimas que corriam pela face dele e caíam sobre a minha fazendo com que dividíssemos a tristeza por todas as vidas das pessoas boas que foram ceifadas e por todas as oportunidades perdidas. Eu precisava fazer algo, mas estava tão cansada que poderia dormir para sempre aconchegada ali com meu homem e meu filho, que repousava tranquilo... mas não. Não podia me entregar daquele jeito. Já estava para amanhecer e eu ainda não o tinha trazido de volta. O silêncio era total, exceto pela pequena voz em minha mente. *Faça.* Mas fazer o quê? Como? Se ele não tinha acordado com aquele clarim das vozes dos Antigos, o que mais eu poderia dizer? Tinha feito tudo que estava a meu alcance e ele não havia reagido. Meu pai disse que eu fazia aquilo parecer simples. Mas não era.

Estava sendo a tarefa mais difícil de toda a minha vida... embora talvez a resposta fosse simples.

– *Venha, Johnny.*

Mentalmente, estendi a mão para a criança encolhida no cubículo. Ele não olhou para mim. Tinha as mãos sobre os olhos, tapando-os, como se o fato de não poder ver o tornasse invisível.

– *Pegue minha mão. São dez degraus, está vendo? Mas talvez você não esteja se lembrando de como se conta até dez. Consegue se lembrar? Bem, então vamos subir um por vez, contando. Quando chegarmos ao topo da escada. o dia irá amanhecer. Segure minha mão, Johnny. Estique o braço só mais um pouquinho. Sim. Isso mesmo. Bom menino. Agora vamos contar. Um, dois, três... quatro, cinco... Muito bem. Seis, sete... oito...estamos quase chegando... você consegue... nove... dez... Bom, muito bem, meu querido. Isso mesmo, uito bem.*

As vozes dos Antigos foram repetindo minhas palavras, ecoando e tornando-as mais fortes.

– *Bom. Muito bem.*

Então, de repente, a exaustão tomou conta de mim. Caí em sono profundo e tive um sonho maravilhoso. Estava deitada ao lado de Bran e senti as lágrimas em seu rosto. Ele se moveu, me abraçou, encostou os lábios em minha têmpora e ficou bem. E eu coloquei os braços ao redor de seu pescoço e senti seu corpo quente e vivo encostado ao meu. Disse então que o amava e ele respondeu "sim, eu sei".

Despertei, então, com um salto, e já era de manhã. Não eram os primeiros raios de luz. O sol já estava alto no céu. Como eu podia ter feito aquilo, permitido-me dormir daquele jeito? Estendi a mão e senti meu filho, dormindo sob o cobertor comigo na cama. Será que eu tinha acordado, zonza de cansaço, dado de mamar a ele e voltado a dormir? Como pude fazer algo assim? Fui apalpando a cama ao meu redor. Bran não estava. Minha garganta secou e meu coração disparou. Ele não tinha como acordar e se levantar. Era impossível depois de tanto tempo sem água ou alimentos. Estava fraco demais. O fato de não estar ali significava... só podia ser... Sentei-me e então me lembrei de que estava completamente nua. Estiquei a mão para pegar meu vestido no lugar em que o havia deixado. Minhas mãos tremiam. Não o achei. Só encontrei uma velha bata de homem, grande o suficiente para me cobrir até abaixo dos joelhos. Vesti-a depressa e me joguei, cambaleante, para fora do abrigo. Três homens estavam sentados em frente ao fogo: Gull, Snake e meu pai. Os três se viraram para mim.

— Onde? O quê...? — foi tudo que consegui dizer.

Meu pai entendeu minha aflição e veio rápido em minha direção. Pegou minhas mãos e falou com voz calma:

— Está tudo bem, Liadan. Respire. Ele está acordado e lúcido. Você está pálida como um fantasma, filha. Venha, sente-se conosco um instante.

— Eu... eu... onde?

— Está logo ali. Estamos cuidando dele. Gull fez um gesto com a cabeça, indicando o outro lado da piscina.

— Não nos deixou acordá-la — disse Snake, como a se desculpar. — Não está no melhor dos humores, como já se podia prever. Mas está vivo. Você conseguiu.

— Está acordado e andando?

Eu não conseguia acreditar. Aquele homem estava à beira da morte. Eu ainda devia estar sonhando.

— Não pode se levantar. Como vocês deixaram...?

— Ele não nos deu muita escolha. Queria nos matar. Mas tomou muita água e está sendo cuidado. Melhor deixá-lo sozinho por enquanto.

— Belo vestido — disse Gull, me olhando de cima a baixo.

Corei.

— Onde estão minhas roupas?

— Sendo lavadas. Vamos encontrar algo para você vestir.

— Eu tenho que ir... Tenho...

— Ainda não — disse Gull. — Ele nos deu ordens. Deixá-lo sozinho. Mais tarde, talvez.

Meu pai limpou a garganta.

— Conversei bastante com ele, Liadan. Contei a história como você me pediu. Talvez seja melhor você ouvir o conselho desses homens e dar um tempo a ele.

— Ah, de jeito nenhum — eu disse, levantando-me e indo, ainda descalça e com minha desajeitada vestimenta, para o outro lado da água, onde uma grande árvore estava caída. Seu tronco estava coberto de musgo e as fendas da madeira haviam se transformado em refúgio para inúmeras pequenas criaturas.

Só consegui acreditar realmente no que estava acontecendo quando o vi ali, sentado sobre as pedras, de costas para mim. Estava com suas velhas roupas de cor indefinida, que agora pareciam ser de um homem bem maior. Olhava para baixo e girava nas mãos o camafeu de prata. Minha vontade era correr em sua direção, abraçá-lo e me certificar de que aquilo não era uma visão. Porém, fui me aproximando devagar, sem fazer barulho. Mas ele já estava em plena posse de suas faculdades e das habilidades de sua profissão. E com a voz totalmente sob controle. Falou sem se virar, me surpreendendo a dez passos de distância.

— Seu pai parte agora de manhã. É melhor você ir com ele. Melhor para você. Melhor para a criança. Não há nada aqui para você.

Usei todas as minhas forças para não chorar e não dar a ele a oportunidade de dizer que mulheres choram quando querem para conseguir o que desejam. E também para não ir até ele e esbofeteá-lo, colocar o dedo bem à frente de seu nariz e explicar que não esperava gratidão, mas que também não admitia ser dispensada como um serviçal cuja tarefa está cumprida. Tinha aprendido muito desde que o conheci. Tinha aprendido que as presas mais difíceis e evasivas tinham que ser tratadas com muito cuidado, paciência e astúcia.

— Eu... me lembro do que você me disse uma vez — respondi, controlando o tom de voz o mais que pude. — Você disse que jamais mentiria para mim. Meu pai mencionou a promessa que me fez?

Ele demorou a responder.

— Não torne as coisas ainda mais difíceis para nós, Liadan.

Fui me aproximando e vi que suas mãos tremiam.

— Ele mencionou?

— Sim.

— Muito bem. Então você sabe que a escolha é minha, e não dele.

— Escolha? É apenas uma questão de bom-senso. Que futuro pode haver para... para...

Aproximei-me um pouco mais e parei a três passos de distância. Se alguém tivesse que quebrar a regra ali, não seria eu.

— Olhe para mim, Bran — eu disse. — Olhe para mim e diga que quer que eu vá embora. Diga a verdade.

Mas ele continuou a olhar para as mãos e não se virou.

— Você deve estar me achando um fraco — ele resmungou. — Depois disso, devo ter perdido todo o respeito.

Apesar de seus visíveis esforços, uma lágrima rolou em seu rosto, no lado tatuado.

— Gostaria de poder enxugar essas lágrimas — eu disse, agora em tom mais suave. — Gostaria de ajudá-lo a se sentir melhor. Mas não sei como.

Ele ficou em silêncio por um breve instante, e as árvores, as pedras e até o vento pareceram silenciar também. Então, de repente, pegou meu braço sem se virar e me puxou em sua direção. Fiquei ali, com sua cabeça apoiada em meu peito e meus braços ao redor de seus ombros enquanto ele deixava sair todas as lágrimas que guardava há tanto tempo.

— Isso, Bran. Está tudo bem. Está tudo bem agora. Deixe toda essa dor sair.

Passou-se um bom tempo. Ou pouco? Não sei dizer. Os homens nos deixaram a sós, as árvores continuaram em silêncio e o sol foi subindo pelo céu de outono. Não é algo assim tão terrível para um homem, chorar. Não quando tem dezoito anos de sofrimento guardados no peito; não quando, finalmente, depois de uma longa e dolorosa jornada, encontra a verdade. Então, quando se acalmou, peguei uma ponta de minha vergonhosa vestimenta para enxugar seu rosto e disse, em tom severo:

— Você não deveria estar em pé. Comeu alguma coisa ou ficou ocupado demais dando ordens?

Sentei-me ao lado dele na pedra, encostada em seu corpo.

— Foi maravilhoso acordar — ele disse, ainda trêmulo — e encontrar você ao meu lado sem qualquer peça de roupa entre nós. Maravilhoso e frustrante, uma vez que eu estava tão fraco que só pude ficar olhando. E mesmo agora mal consigo levantar o braço para colocar ao seu redor, quanto mais tirar proveito dessa roupa interessante que você está usando. Pelo visto, deve haver ainda pouco tecido entre nós.

— Ah... — eu sussurrei, sentindo o rosto corar — Já recuperou o senso de humor. Gostei. Mas haverá outras manhãs.

— Como pode ser, Liadan? Como poderemos ficar juntos? Você não pode viver entre um bando de homens, viajando escondida, sempre em fuga, sendo perseguida. Eu jamais permitira que você, ou ele, corressem esse risco. A decisão não depende de nossa vontade. Sua segurança vem em primeiro lugar. Além do mais, como você pode ficar comigo depois do que aconteceu? Eu me permiti ser preso por... por aquele homem. Permiti que Gull fosse mutilado e que você fosse tratada daquela maneira, você e meu filho. Estou reduzido a uma sombra fraca e chorona. O que pensará de mim?

— Minha opinião a seu respeito não mudou desde a última vez que nos encontramos — respondi.

— O que está dizendo, Liadan?

Ele continuava olhando para o chão, sem me encarar. Ajoelhei-me à sua frente e ele não teve opção senão me olhar. Envolvi suas mãos nas minhas e o camafeu ficou protegido por nós dois.

— Lembra-se de quando me perguntou, em Sevenwaters, o que eu queria para mim? Eu disse que você não estava preparado para ouvir. Acha que está agora? O quanto você se lembra do que aconteceu aqui?

— Lembro-me do suficiente. O suficiente para saber que caminhamos uma vida inteira. E isso é o que torna as coisas mais difíceis. O correto seria que eu a mandasse embora e que tudo terminasse aqui. Isto seria o correto. Mas... mas sinto que desta vez, depois de tudo, está além de minhas forças tomar uma atitude assim. Tenho neste instante, em minhas mãos, o símbolo maior do amor de minha mãe e sei que o amor supera tudo, até mesmo a morte. O amor verdadeiro é para sempre.

Concordei, segurando as lágrimas que ameaçavam vir aos meus olhos.

— Ela escondeu as coisas mais preciosas que tinha — eu disse. — Este camafeu com as lembranças dos que havia perdido, a pequena bolsa, símbolo de sua identidade e de suas origens, e seu pequeno filho. Margery deu a vida por você. E John deu a sua a serviço de seu amigo e primo. Esta é a verdade.

Ele fez um gesto, concordando.

— Eu estava errado sobre algumas coisas. Não posso concordar que Hugh de Harrowfield seja um herói. Mas vi nele algumas características positivas. Foi muito direto comigo. Respeito isso. E há muito mais de você nele do que eu imaginava.

— Ele é conhecido por sua honestidade.

— Liadan...

Olhei para ele. Estava pálido, exausto. Mas seus olhos tinham algo muito vivo.

— Eu ainda não respondi, não é? Não disse o que eu quero. Mas será que preciso dizer, Bran?

Ele balançou a cabeça.

— Já disse que minha opinião a seu respeito não mudou desde que você foi até Sevenwaters e quase nos esquecemos do mundo, por um instante. O que aconteceu nesses últimos dias foi uma parte de nossa jornada juntos. Juntos sofremos, resistimos, mudamos e continuamos caminhando, de mãos dadas. Acho que você é um homem de forças além dos limites; forte demais até para seu próprio bem. Vejo em você um líder, um homem de visão e de coragem. Vejo um homem que ainda tem medo de amar e de rir, mas que está começando a aprender agora que conhece a verdade sobre si mesmo. Vejo o único homem que escolheria para marido e o pai de meus filhos. Só você, Bran. Mais ninguém.

Ele levantou a mão e tocou meu rosto com todo cuidado, como se tivesse que reaprender a fazer aquilo agora que tanta coisa havia mudado.

— Isto é um... pedido de casamento? — ele perguntou, com um esboço de sorriso no canto da boca, algo que eu nunca tinha visto.

— Acho que sim — respondi, sentindo as faces enrubescer. — E, bem, como você pode ver, estou até de joelhos.

— Hum. E imagino que você esteja propondo uma parceria de direitos iguais, é isso?

— Sem a menor sombra de dúvida.

— Não consigo dizer as palavras. Não consigo recusá-lo. Mas como posso aceitar? Você está pedindo o impossível. — seu rosto ficou sem expressão novamente. — Está me pedindo para condenar aqueles a quem mais amo a uma vida de perigos e fuga constante. Como posso concordar com algo assim?

— Ah — eu disse. — Não era para eu lhe contar ainda, mas você não me deixa escolha. Parece que há um lugar para você... para nós irmos... na Bretanha. Em Harrowfield. Um lugar e uma missão. Palavras de meu pai. Seu irmão está no comando do Estado, mas se encontra enfraquecido. Edwin de Northwoods está vigiando, só esperando para expandir seu território. Meu pai não tem como voltar e ajudar o irmão, mas você tem. Não precisa ser agora, mas é algo a se pensar. Aquelas são as terras de seu pai, Bran. E aquele é o povo dele. Você julgou Lorde Hugh por dar as costas a Harrowfield para seguir o chamado de seu coração. Agora ele está lhe dando a chance de fazer o que ele não pode: ajudar Simon a unir e fortificar o povo daquela região.

Ele ficou em silêncio e eu comecei a me arrepender de ter dito. Talvez eu tivesse me antecipado. Podia ser cedo demais.

— Hugh de Harrowfield confiaria em mim para uma tarefa dessas? — ele perguntou, em voz baixa.

Olhei bem em seus olhos. Havia realmente vida neles; uma chama de esperança.

— Ele confia no filho de John — eu disse. — Assim como o povo de Harrowfield, assim que o conhecer de verdade.

— Mas como você faria isso? Iria comigo para a Bretanha? Viveria entre estranhos, longe de sua família?

— Mas eu estaria com minha família, Bran. Onde quer que estejamos, nós três, seremos uma família. E você parece ter se esquecido: eu também tenho sangue bretão. Simon de Harrowfield é meu tio. Aquele povo é tão meu quanto seu.

Ele fez um gesto com a cabeça e segurou minhas mãos com mais força.

— Não consigo acreditar — ele disse. — E ainda assim, acredito. Já consigo ver tudo que pode ser feito e como resolver os problemas. Ainda tenho receio de voltar lá. É um lugar de escuridão e terror. Mas, por outro lado, quero voltar e fazer tudo certo desta vez. Quero provar aquilo que parecia impossível: que posso ser o filho de meu pai.

Suas palavras quase me fizeram chorar. Eu ainda estava cansada da noite anterior e das mudanças tão bruscas que mal conseguia acompanhar.

— Os homens — ele disse de repente. — Mas e meus homens? Para onde irão? Não posso abandoná-los assim, sem um lugar digno e um propósito de vida.

— Bem — eu disse. — Esses homens são mais capazes do que você imagina. Vamos até a fogueira. Consegue se levantar? Venha, eu o ajudo. Assim. Apoie o braço em meu ombro. Muito bom. Ninguém espera que você seja forte como um deus, a não ser você mesmo. A pancada que recebeu na cabeça seria suficiente para matar qualquer homem. Você não come há dias e está cheio de ferimentos. Quero que tome bastante água e que coma alguma coisa. Seus homens têm uma proposta a fazer que com certeza irá lhe interessar e resolver os problemas em que você está pensando agora. Eles cuidaram e se preocuparam com você a cada instante, Bran. Não custa tratá-los com um pouco de gentileza. E eu tenho que me despedir de meu pai, pois estão precisando muito dele em casa. Outra hora conversaremos com ele sobre esses assuntos.

— Eu... — ele cambaleava, agora ainda mais pálido.

— Venha, meu amor. Apoie-se em mim e vamos seguir este caminho juntos.

Eles o conheciam muito bem. Por isso, nem Gull nem Snake nem os outros se ofereceram para ajudar enquanto nos aproximamos lentamente da fogueira. Ninguém fez comentários ou se levantou. Mas já havia um lugar aberto no círculo para nos sentarmos, água, cerveja e mingau de aveia em duas tigelas. Meu pai estava sentado, mas já vestido e pronto para partir.

— Já sei que vocês têm algo a me dizer — disse Bran, com expressão severa, enquanto se sentava. Estavam todos ali, menos os que deviam montar guarda. Seus rostos mostravam ansiedade, mas que logo se desfez quando Rat chegou com meu filho chorando.

— Continuem sem mim — eu disse, pegando o menino e me levantando. — Além do mais, acredito que é uma conversa de homens.

— Seu lugar é aqui, conosco — Bran disse. — Esperaremos até você voltar. Ele olhou para cada um deles: Gull, com as mãos enfaixadas, Snake, com o rosto tatuado mostrando sinais de cansaço depois de mais de uma noite sem dormir, para Otter e Spider, que tinham acabado de retornar de uma missão, para o grande e magro Wolf e para o jovem Rat, guardião de algo pequeno, mas precioso para nós. — Tenho algumas coisas para lhes dizer.

Enquanto alimentava Johnny na tenda, fiquei olhando para eles, esperando que a conversa agora não fosse sobre Eamonn e tudo o que ele havia feito. Estava claro que meu pai ainda não sabia a verdade. Mas era melhor que não soubesse. A aliança agora estava frágil e eu não queria perder meu tempo contando a Bran que tipo de acordo eu tinha feito com seu inimigo para libertá-lo.

Johnny terminou rapidamente e começou a se agitar em meu colo, pronto para mais aventuras. Coloquei-o no chão, observando que suas roupas não eram aquelas que eu tinha colocado nele quando saímos de Sevenwaters. Aquele dia parecia agora tão distante, como se o mundo tivesse mudado desde então. Alguém ali tinha habilidade com a agulha, pois Johnny estava usando uma espécie de colete longo de camurça e botas, também de camurça, habilmente costuradas com pequenas tiras de couro. E por baixo havia uma túnica, também longa, cobrindo-o até a altura das botas. A camurça era de retalhos azuis, marrons e vermelhos, muito bem feita. Alguém com certeza tinha sacrificado algumas de suas próprias peças de roupa para criar aquele conjunto. Johnny foi engatinhando para fora do abrigo, então eu o peguei no colo e fui em direção à fogueira.

— Deixe-me pegá-lo um pouco — disse meu pai, quando me aproximei. — Vocês provavelmente não irão me querer aqui enquanto conversam sobre seus planos.

— Penso que você deveria ficar — eu disse, olhando para Bran. — Pois os planos, se forem os que estou pensando, envolvem meu irmão e você também, pai. É melhor você participar.

Bran franziu a testa.

— Ela tem razão — disse Gull. — Ou as coisas acontecem com a ajuda de Sevenwaters ou permanecem como estão. Não há risco em comentarmos com ele.

— Não estou gostando disso — disse Bran. — É melhor dizerem logo do que se trata.

Seu tom era áspero, mas quando me sentei ao seu lado e coloquei a mão sob a dele, senti que estava trêmulo e imaginei a força que devia estar fazendo para parecer tão calmo e firme. E suas palavras transmitiam a mensagem: sou o Homem Pintado e não se arrisquem a achar que estou enfraquecido.

Então eles se sentaram diante deles, e meu pai também, com o neto entre as pernas cruzadas, brincando com pequenos galhos e folhas que havia no chão. Um por um eles foram falando. Parecia que tinham ensaiado bem. Gull apresentou a estrutura do plano. Snake especificou os detalhes. Ninguém mencionou argumentos emocionais. Não se falou de mulheres ou da intenção de se estabelecer ou criar raízes em algum lugar. Tudo transcorreu dentro da lógica, de ganhos, de lucros e de como contornar possíveis problemas. Otter também falou. Estava sabendo do plano há poucas horas, mas também deu ideias de como os serviços poderiam ser cobrados e de como meu irmão poderia ajudar. Dividiram os lucros entre todos depois que as despesas estivessem cobertas. Mencionou também que o investimento de Sean poderia ser pago com prata, gado ou serviços.

Bran não disse uma palavra e sua expressão continuou séria. Quanto a meu pai, por sorte tinha se sentado um pouco afastado, com Johnny, pois eu via a expressão de choque em seu rosto e o esforço que ele fazia para se manter em silêncio.

— Há a questão das acomodações.

Quem falou agora foi o grande Wolf, apesar de ser um homem sempre calado.

— Ouvi dizer que há um pequeno sítio nessa ilha, e uma parede de pedras para proteger as ovelhas dos penhascos. Mas vamos precisar de um pouco mais. Pode ser algo simples, baixo, para a época das chuvas. Tenho certa experiência em construções. Posso ensinar a vocês. Assim teríamos um abrigo.

Ele agachou e desenhou com um graveto no chão enquanto os outros observavam, atentos.

— ... palha bem trançada... pátio para treinamentos...

Eu estava muito cansada. Encostei a cabeça no ombro de Bran, quase sem pensar. Ele apertou minha mão e eu vi o olhar de meu pai.

Estava com expressão de tristeza, de despedida.

Eles terminaram e ficaram em silêncio. Ninguém parecia querer ser o primeiro a falar. Então Iubdan se pronunciou.

— Vocês querem que eu transmita essa... proposta a meu filho, ao chegar a Sevenwaters? Devem estar cientes de que Sean acabou de assumir a liderança da túath, que é bastante jovem e ainda está aprendendo.

— Lorde Liam era um grande líder, um homem sensato — disse Bran. — Com certeza sentirão muito sua falta. Mas seu filho pode fazer melhor do que ele, com o tempo. Tem muita visão. Contudo preciso pensar, por enquanto. Se decidir continuar com o plano, marcarei uma reunião. Tenho informações para Sean; informações que ele me contratou para obter.

— Creio que posso transmitir a ele, se você quiser — meu pai disse, porém sem muito entusiasmo.

Bran franziu a testa.

— Esse tipo de informação não deve ser compartilhada, a não ser em casos de estrita necessidade. O risco é minimizado se a transmitimos diretamente à pessoa interessada. Irei me encontrar com Sean no momento certo.

Alguém assobiou baixinho. E Gull disse, sem parecer acreditar:

— Está dizendo que a missão foi um sucesso, apesar de tudo? Que conseguiu o que precisava? Mas manteve isso em silêncio mesmo quando...

— Não há missão difícil para o Homem Pintado — interferi rapidamente. — É estranho você ainda não saber disso.

— Bem, todos de volta ao trabalho — disse Snake, levantando-se. — Há muito o que pensar. O Chefe nos dará sua resposta quando julgar conveniente. Agora preparem o cavalo de Ibdan e dos que irão acompanhá-lo. Chequem armas e suprimentos. Ele precisa partir.

— Posso? — perguntou Rat, abaixando-se ao lado de meu pai e estendendo as mãos para pegar o pequeno Johnny. O menino se esticou para ele e abraçou seu pescoço, confiante.

Meu pai se levantou.

— Muito bem — ele disse, com voz um tanto distante, tocando o rosto do neto.

Rat o pegou nos braços e saiu correndo com ele pelo acampamento. Johnny riu, soltando gritinhos de alegria. Os homens foram se dispersando. Quando Gull foi se levantar para sair, Bran o segurou pelo braço.

— Não. Você fica.

Ficamos os quatro perto da pequena fogueira. Havia tanto para falar, mas acabamos ficando quietos, sem saber por onde começar. Bran olhou para meu pai e quebrou o silêncio:

— Liadan me falou de sua proposta quanto a Harrowfield. Acredito que há muito para se fazer por lá: resgatar alianças, garantir a segurança das fronteiras e reforçar as defesas.

— Você pode querer pensar com calma — meu pai disse, demonstrando cautela. — Imagino que a ideia possa lhe parecer estranha. Mas você é meu parente, e de Simon. Tem direito de estar envolvido nas melhorias do Estado e suas habilidades são inquestionáveis.

— Não há o que pensar — respondeu Bran. — Aceitamos o desafio. Neste momento, a única coisa que quero é que Liadan e meu filho estejam em segurança. Seguiremos para o norte e ficaremos por lá algum tempo. Meus homens precisam se acostumar com a nova tarefa e com as instalações. Não é algo tão simples. Uma vez que isto estiver concluído, podemos ir para Harrowfield. Liadan, Johnny e eu. Mas deixo muito claro: não é por Lorde Hugh que estou fazendo isso, e sim por meu pai e por minha mãe, e pelo lugar em que nasci. Quero deixar algumas coisas do passado para trás e iniciar uma nova fase.

Os olhos azuis de meu pai mantinham a frieza, mas o pequeno gesto de cabeça mostrou que concordava e que reconhecia a força de Bran. Por dentro, eu sabia que ele estava ao mesmo tempo surpreso e impressionado.

— Muito bem — ele disse. — Simon será avisado, discretamente, de nossos planos. As notícias com certeza o animarão. Só estou um pouco apreensivo quanto ao futuro imediato. Pensei em pedir que mantenha minha filha e meu neto a salvo. Mas creio que aqui isso seria difícil.

Senti a mão de Bran mais tensa, e sua respiração se acelerou.

— Não é difícil, pai — eu respondi. — Como lhe disse, estes homens são peritos no assunto. Você confia em minha opinião, não?

— Liadan está segura aqui conosco — disse Gull irritado. — Muito mais do que na casa de alguns de seus amigos.

— O que você quer dizer?

— Nada, pai. Gull está se referindo à habilidade do grupo, como passar por guardas, entrar e sair de fronteiras sem ser detectado e métodos de defesa diferenciados. Não precisa se preocupar comigo. Jamais imaginei sair de Sevenwaters. Mas esta é a escolha certa. Aliás, a única escolha.

— Quer dizer que tirará minha filha de mim — disse Iubdan, observando Bran.

Bran olhou para ele com expressão calma e firme.

— Não tiro nada que não me seja dado intencionalmente.

— Bem, acho melhor você ir agora — disse Gull. — É uma viagem longa. Nossos homens irão acompanhá-lo até a entrada de suas terras.

— Não há necessidade — disse meu pai, em tom neutro. — Não estou tão velho assim a ponto de não conseguir mais me defender ou derrotar um inimigo.

— Foi o que me disseram — respondeu Bran. — Ainda assim, há perigos nesta estrada que podem ser maiores. Quem sabe que tipo de armadilha pode surpreender um viajante solitário? Meus homens irão acompanhá-lo.

— Gostaria de falar com minha filha a sós — disse Iubdan, sério. — Se for possível.

Bran soltou minha mão.

— Liadan toma suas próprias decisões — ele disse. — E como minha esposa, continuará a tomar.

As sobrancelhas de Gull se ergueram, mas ele não fez comentários. Fui caminhando com meu pai até a beira da água. Ele pegou uma pequena pedra e a atirou na água.

— Você acha que isso vai dar certo? — ele perguntou. — Uma escola de guerreiros? Um lar para os fora-da-lei?

— Tudo dependerá de Bran. Com certeza ele irá modificar e dar seu toque pessoal aos projetos. É um novo caminho em sua vida e ele tem muito o que fazer para se adaptar a isso tudo.

— Ele precisa de você. E eles precisam de você. Isso está muito claro. Mas sua escolha ainda é algo que me assusta. Penso que cometi um erro em sua criação. Você se parece tanto com sua mãe que eu não imaginava que teria surpresas. E também não imaginava que você fosse deixar a floresta. Mas não posso reclamar, já que fiz a mesma coisa, indo contra tudo e todos na época. Além do mais, você é tanto minha filha quanto de Sorcha. E o fato de decidir ir para a minha terra, para Harrowfield, me enche de orgulho e de esperança. Só queria estar lá para ver a expressão no rosto de meu irmão quando a vir. Mas não consigo imaginar Sevenwaters sem sua mãe e sem você. É como se estivessem roubando o coração, a alma daquele lugar.

— Conor lhe dará razão. Mas o coração da floresta sempre baterá forte, pai. Seria preciso bem mais que isso para fazê-lo parar.

— Mas algumas coisas ainda me preocupam. Alguns segredos não revelados. Uma parte dessa história que ainda não sei.

— É melhor que as coisas permaneçam assim, pai. Prometi manter silêncio.

— Você diz que Niamh sobreviveu e foi levada para um lugar onde está em segurança. Mas ela é minha filha, Liadan, e eu gostaria de reparar meus erros. Ficaria muito feliz se ela voltasse para casa. Iria recebê-la com todo carinho. Sua mãe queria muito que isso acontecesse. Se sabe onde ela está, diga-me.

— Desculpe-me — eu disse. — Tenho até um palpite de onde ela esteja, mas não posso lhe dizer. A única coisa que posso garantir é que ela está bem e que estão cuidando dela. Mas Niamh não quer nos ver, pai. Não tem intenção de voltar.

— Então estou perdendo todos vocês — ele disse. — Niamh, Sorcha e você. E o pequenino também.

— Haverá muitas crianças novas em Sevenwaters em breve, pai. E você nos verá de vez em quando, garanto. Mas estará bem ocupado. Ocupado até demais para ficar triste ou arrependido. E agora precisa ir para casa, dar apoio a Sean e Aisling. Vocês três terão muito trabalho pela frente para manter Sevenwaters em ordem. Logo mandaremos notícias. Dê um abraço em Sean por mim.

— Sim, filha.

— Pai.

— O que é?

— Jamais teria feito o que fiz sem você. Não importa onde eu esteja, nunca me esquecerei de que sou sua filha. Tenho muito orgulho disso.

Eles o chamaram e ele me deu um abraço, rápido, mas forte, e saiu andando, sua figura alta de cabelos vermelho-fogo indo em direção aos homens que o aguardavam, com os cavalos. Fiquei perto da piscina, olhando para a água e, de repente, uma imagem surgiu na superfície: o reflexo de um cisne branco, deslizando com sua plumagem reluzente. Mas não havia cisne ali. Pisquei, esfreguei os olhos e a imagem continuou. O belo cisne continuava a deslizar, com seu porte gracioso e seus olhos profundos, da cor da água.

— *Muito bem, Liadan* — era a voz de meu tio Finbar. — *Você dominou brilhantemente sua habilidade. Meus parabéns.*

— *Você é o verdadeiro mestre nessa arte. E me ensinou muito.*

— *Jamais conseguiria fazer o que você fez; desafiar o mensageiro da morte e resgatar um homem da mais profunda escuridão. Sua força me surpreende e sua coragem me impressiona. Irei acompanhá-los de perto. Não se esqueça de mim, Liadan. Pode precisar de ajuda. A criança pode precisar de ajuda.*

Senti um arrepio.

– *Como assim? O que você vê?*

Mas a imagem do cisne se desfragmentou e desapareceu.

Três dias depois, estávamos prontos para partir. Tive de ser bastante severa com Bran para fazê-lo se alimentar e descansar, pois se fosse por sua vontade, ele teria forçado o corpo ao máximo para voltar ao normal imediatamente, com resultados obviamente desastrosos.

Mas ele não desperdiçou um momento sequer. Mesmo sendo obrigado a descansar, não deixou de dar ordens, de fazer planos e de se incomodar com minhas recomendações. E quanto às noites, embora minha vontade fosse bem outra, eu dormia em uma cama separada com meu filho. Bran não fez comentários. Fui bastante ousada naquela noite, tirando a roupa e me deitando ao seu lado para aquecê-lo. Mas agora me sentia estranha, pois a relação que se iniciava entre nós dois era diferente, frágil, e também me incomodava a presença de muitos homens próximo de nós. Além do mais, algumas coisas podiam esperar até ele recuperar totalmente as forças.

Eles se organizaram e fizeram planos. O grupo se dividiria em três. Havia muito trabalho a ser feito. O grupo de Otter iria para o sul em uma missão sobre a qual não comentaram comigo. O grupo de Snake iria para o noroeste, em direção a Tirconnell. E nosso grupo iria para o norte, a fim de examinar o local em que nos estabeleceríamos antes de tomarmos uma decisão final. Wolf ficou de verificar a dificuldade de acesso para os homens e o material de construção. Gull iria explorar a região e descobrir o que poderia ser utilizado e quais as facilidades disponíveis. Depois, todos se reuniriam conosco em uma data marcada para decidir o futuro do bando. Bran avisou a todos que não tomaria decisões de maneira precipitada. Havia muita coisa em jogo.

Eu sabia que teria muito trabalho para segurá-lo e impedi-lo de pegar um cavalo e correr para se vingar assim que estivesse recuperado. Teria que explicar sobre o trato que fizera para tirar a ele e a Gull de Sídhe Dubh. E que havia prometido silêncio.

— Uma promessa feita a um homem daqueles não tem valor — ele disse contrariado. — Depois do que fez com você, a morte é pouco para ele. Se eu não der cabo dele, seu pai ou seu irmão com certeza o farão assim que descobrirem a verdade.

— Mas não irão — eu disse. — Não por mim, nem por você ou qualquer dos homens do grupo. Isso não pode ser comentado. Dei minha palavra a Eamonn, e por uma boa razão. Ele pode ser um vira-casaca, um homem sem noção de certo ou errado e cego pela sede de poder. Mas ninguém pode negar que seja um líder forte. É rico, influente e esperto. E que não tem herdeiros, não ainda. Se morrer, suas terras serão alvo de disputas de controle e a aliança sofreria com isso. Seamus Readbeard está velho agora, e seu filho ainda é muito pequeno. Haveria uma batalha sangrenta pela posse daquele território. É melhor que ele continue ali, por enquanto. Precisamos apenas ficar de olho nele.

Mas não revelei minha verdadeira preocupação. Lembrava-me sempre dos avisos dos Seres da Floresta e de Ciarán. Havia forças tentando impedir que meu filho sobrevivesse. E alguém que não queria que a profecia se cumprisse.

Eu vira a expressão no rosto de Bran enquanto ele observava o filho dormindo, brincando com Rat ou olhando para ele, com seus olhinhos inteligentes. Seus traços sempre rígidos e fechados se iluminavam com aquela descoberta de ser pai. Eu não podia contar a ele.

— Você não pode confiar em Eamonn Dubh — ele disse, em tom sério. — Ele pode se virar contra seu irmão a qualquer momento.

Sorri.

— Não creio. Meu irmão se casará com a irmã dele na primavera. Faz parte do trato. E Eamonn sabe que estou de olho nele. Fiz um trato bem detalhado, garantindo muita coisa em troca do meu silêncio e do seu.

— Estou vendo. Você é uma mulher perigosa, Liadan. Uma estrategista de grande astúcia. Mas me deixou frustrado. Minhas mãos irão passar o resto da vida querendo agarrar o pescoço daquele maldito. E se o encontrar cara a cara, não respondo por meus atos.

— Não se preocupe. No lugar para onde vamos, você não terá tempo de pensar nisso — eu disse.

— Então você presume que prosseguiremos com o plano.

— Só sei que você não irá querer negar a seus homens a oportunidade de realizaram seus sonhos.

Ele olhou para mim com aquele ensaio de sorriso no rosto.

— Já vi que não posso ter segredos para você — ele disse. — Mas quando vi o brilho nos olhos deles e a esperança na voz de cada um, percebi que aquela seria a única escolha. Só não podia consentir imediatamente. Demonstraria fraqueza naquele momento. Além do mais, esperar um pouco é um bom teste para eles. Faz que avaliem todos os aspectos do projeto, positivos e negativos, e antecipem soluções para os problemas.

— Eu sei — respondi.

Estava tudo organizado e faltava apenas um dia para partirmos. O tempo era estável, embora estivesse fazendo frio. Com sorte, cobriríamos a distância bem rápido, mesmo com um bebê entre nós. Aquele último dia foi para reuniões entre os líderes de cada grupo, para desmontar o acampamento e apagar qualquer rastro de nossa presença ali.

Mas tudo isso mudaria com o novo projeto. Aqueles homens precisavam se acostumar a acordar em suas próprias camas, a ter a presença de mulheres ao se reunirem diante da fogueira e a viver sempre no mesmo lugar. Seria difícil, ou nem tanto, se estivessem realmente dispostos a mudar. Pensei em Biddy, a esposa de Evan com seus dois filhos. Talvez ainda estivesse esperando seu homem em algum lugar da Bretanha. Pela descrição dele, era uma mulher forte e capaz. Eles iriam precisar de mulheres como ela. Pensei em mencionar isso quando a hora chegasse.

Sentei-me com Johnny no colo, perto da piscina, sonhando um pouco e jogando pedrinhas na água. Ele gostou do barulho e ficou quieto, observando. Enquanto isso, no resto do acampamento, o trabalho se desenvolvia com a ordem e a disciplina de sempre. Era estranho pensar que no dia seguinte eu iria embora e só retornaria à floresta para fazer visitas. E que, em breve, estaria nas terras de meu pai, criando meu filho entre os bretões. Só esperava que minha mãe não considerasse aquilo uma traição. E que os Seres da Floresta estivessem errados quanto às suas previsões.

– *É melhor partir agora.*

Era a voz dos Antigos. Não achei que eles falariam comigo novamente agora que Bran estava bem e tínhamos um plano estabelecido.

– *Mas estamos indo. Partiremos logo de manhã* – respondi mentalmente. – *E não voltaremos mais aqui.*

– *Vão agora. Agora.*

O som era lento e profundo, como sempre, mas desta vez tinha um tom de aviso.

– *Agora? Quer dizer... neste instante? Mas por quê?*

Bobagem minha perguntar. Na mesma hora tive uma visão. Um jovem guerreiro lutando. Achei que fosse Bran até que consegui ver seu rosto. Não era tatuado em um lado inteiro. Tinha apenas um desenho suave ao redor da sobrancelha e do olho, lembrando a máscara de um corvo. Estava ferido e muito pálido. Dava para ouvir sua respiração irregular. Ele se inclinou para frente e, com um movimento rápido, o oponente tirou a espada de sua mão e seus olhos cinzentos mostravam que ele via a morte diante de si. Mas se manteve firme. Abracei forte meu filho e ele gritou, reclamando. A imagem mudou e agora eu via uma menina chorando. Soluçava tanto que seu corpo todo balançava. Tinha as mãos no rosto, tentando inutilmente conter a tristeza. Seus cabelos eram cacheados e bem ruivos, e sua pele, clara como o leite. Enquanto chorava, surgiam chamas ao seu redor e eu tive a estranha sensação de que era seu choro que aumentava o fogo. Então a imagem desapareceu.

— *Melhor partir agora* — disse novamente a voz.

E depois o silêncio.

Não se pode ignorar um aviso desses. Fui até Bran e contei a ele, não tudo que tinha visto, mas que a Visão me alertava para partirmos imediatamente. Os homens ali eram muito eficientes. Antes do entardecer já estávamos cavalgando em três direções distintas e em absoluto silêncio.

Nosso grupo foi para o norte, por caminhos secretos. Paramos quando escureceu, pois Bran insistiu para que a criança e eu descansássemos. Acampamos sobre as rochas de uma colina. Alimentei Johnny. Bran e Wolf montaram guarda. Rat fez uma pequena fogueira e preparou comida. Gull foi cuidar dos cavalos. Insistia em fazer sua parte do trabalho, mesmo com as mãos feridas.

Depois de algum tempo, Bran veio e se agachou ao meu lado. Johnny já tinha terminado de mamar e dormia apoiado em meu ombro.

— Desculpe-me por mudar seus planos — eu disse. — Podíamos ter ficado ali mais um dia, provavelmente. A Visão nem sempre mostra a verdade. Essas vozes às vezes enganam.

— Nem sempre — disse ele, em um tom estranho. — Venha até aqui. Quero lhe mostrar uma coisa.

Subimos a pequena colina de rochas, de onde se podia ver o horizonte ao sul. Durante o dia provavelmente era possível enxergar até a floresta de Sevenwaters. Mas agora estava tudo escuro, com exceção de um ponto, não muito longe, onde se via um grande fogo.

— Estranho, não? — disse Bran. — Pode ter caído um raio ali. Mas o céu está claro, sem sinal de tempestade. E tem chovido todos esses dias. Árvores e plantas não queimam com tanta facilidade, a não ser durante a seca. Vê como o fogo anda rápido, devorando tudo no caminho? Mas não está ventando agora. É muito estranho.

— É o lugar onde estávamos, não é? — sussurrei arrepiada.

Bran colocou o braço ao meu redor com cuidado, como se ainda estivéssemos aprendendo o que podíamos ou não fazer.

— Não fosse por você ainda estaríamos ali — ele disse. — Seu dom é muito poderoso. Você já previu minha morte uma vez, lembra-se?

— Sim.

— Mas me parece que você conseguiu evitá-la. Que conseguiu mudar os acontecimentos. Não há muitas coisas que me assustem nessa vida, Liadan. Eduquei a mim mesmo para enfrentar tudo que surja à minha frente. Mas isso me assusta.

— Também tenho medo. Isso me deixa vulnerável a... a muitas influências, a vozes que eu não gostaria de ouvir, a visões estranhas. É muito difícil saber quando devo acreditar nelas ou seguir minha vontade. E por outro lado, não gostaria de ficar sem esse dom. Foi graças a ele que eu pude trazer você de volta.

Ele não respondeu. Ficou em silêncio por tanto tempo que me preocupei.

— Bran?

— Fico pensando... — ele disse hesitante. — Fico imaginando se você... não se arrependeu. Se não mudou de ideia. Agora que viu... que sabe todas essas coisas que eu jamais contaria... pode achar que eu não sou o homem que você conheceu. Pensei que talvez... — ele não encontrava palavras.

— Por que isso?

Aquilo me assustou.

— Por que pensar uma coisa dessas? Por que eu não iria mais querê-lo? Como iria deixar de amá-lo? Só por causa do que vi? Já lhe disse que você é o único homem no mundo que eu quero ao meu lado. Nada pode mudar isso. O que mais você quer que eu diga?

— Então...

— Então o que, meu amor?

— Por que você.... — ele disse tão baixo que eu quase não ouvi. — Por que você dorme longe de mim depois daquela noite; daquela noite tão longa em que acordei e a encontrei ao meu lado, um presente tão valioso que apagou toda uma vida de sombras. Desejo tanto ter aquele momento de novo, agora podendo abraçá-la, tocá-la e... não tenho palavras para isso, Liadan.

Ainda bem que estava escuro. Eu estava rindo e chorando ao mesmo tempo e nem sabia o que dizer.

— Se não estivesse segurando este bebê — eu disse, com a voz trêmula. — Mostraria a você neste instante o quanto meu corpo arde pelo seu. Parece que você tem mesmo memória curta. Lembro-me bem de uma tarde em Sevenwaters em que o choro de nosso filho nos trouxe de volta à realidade. O único motivo de eu ter dormido em outra cama esses dias todos foi para poupá-lo um pouco. Você passou por um desgaste grande demais. Ainda está ferido no corpo e na mente. Só não quis... não quis exigir mais de você...

Não vi, mas senti sua expressão colérica.

— Acha que estou incapaz? É isso?

— Eu... bem...eu sou uma curadora. É uma questão de bom-senso e...

Ele me interrompeu com um beijo firme e intenso, porém mais breve do que eu desejaria. Johnny estava entre nós dois e quase foi esmagado.

— Liadan?

— Hum?

— Durma comigo esta noite.

Senti as faces corando.

— Pode ter certeza que sim.

Acredito que a deusa nos protegeu naquela noite. Johnny dormiu sem acordar até o amanhecer e os homens se revezaram na guarda, mas um pouco distantes. Nem ouvíamos suas vozes. Quanto a meu homem e eu, nos deitamos entrelaçados no abrigo sob as rochas e matamos toda a saudade, sem restrições. Agarramos, gememos e choramos de desespero um pelo outro até adormecer, exaustos, dividindo um cobertor sob a abóbada de estrelas. Acordamos ao nascer do sol, mas nem pensamos em nos levantar. Ficamos nos tocando devagar, beijando os corpos um do outro e sussurrando até ouvirmos Rat colocar madeira na fogueira e Gull perguntando onde poderíamos estar.

— Haverá outras manhãs — eu disse.

— Até este momento, eu jamais acreditaria se ouvisse isso.

Ele foi se levantando, relutante, e cobrindo seu corpo ricamente decorado com suas roupas de viagem preferidas. Fiquei olhando sem o menor pudor, pensando na sorte que tinha.

— Mas agora temos que acreditar — eu disse, e Johnny acordou, pedindo insistentemente seu café da manhã. — Temos que acreditar em um futuro para ele, para esses homens e para nós mesmos. Nosso amor é forte suficiente para construir tudo isso.

Acho que disse aquilo mais para os Seres da Floresta do que para ele. E se me ouviram, não deram sinal. Eu tinha tomado uma decisão. Tinha mudado o curso dos acontecimentos. E se isso queria dizer que eu nunca mais os veria, que assim fosse.

Seguimos então para o norte sem qualquer problema ou interrupção; um bando de viajantes usando roupas que não chamavam atenção. Um homem cujo rosto era uma mistura de luz e sombra, cuja face lembrava a expressão destemida de um corvo e ao mesmo tempo um jovem belo e leal. O que se via dependia do ângulo que se escolhesse olhar. Uma mulher de longos cabelos escuros e olhos verdes e profundos. Um homem negro de mãos estranhas e uma pena de gaivota nos cabelos trançados; um jovem carregando uma criança e outro, gigantesco e silencioso, montado em um grande cavalo. Fomos cavalgando na direção norte; na direção da acidentada costa de Alba, lar das mulheres guerreiras.

Atrás de nós, a terra de Ulster despertava para a manhã com o sol de outono brilhando sobre o vale verde, o lago prateado e a bela e imensa floresta de Sevenwaters. E também atrás de nós, o fogo queimava e uma nuvem de fumaça acinzentada marcava o local da destruição, avassaladora como uma força do Outro Mundo, precisa e furiosa. Talvez a feiticeira acreditasse que tivéssemos morrido; perecido com o calor das chamas. Mas seguimos em frente, sem olhar para trás, e eu ouvi mais uma vez, embora o abrigo dos Antigos estivesse longe agora, o som profundo do vento do oeste passando pela misteriosa fenda aberta na pedra para a entrada precisa do sol de inverno. Era como a nota de um antigo instrumento em tom de saudação, reconhecimento e despedida.

– *Muito bem, filha* – sussurraram as vozes de meus ancestrais. – *Você conseguiu, com louvor. Muito bem.*

Trilogia Sevenwaters Livro 3

# Filha da Profecia

## Juliet Marillier

Fainne foi criada numa enseada isolada da costa de Kerry, sua infância dominada pela solidão. Mas o pai, um filho exilado de Sevenwaters, ensina-lhe tudo o que sabe sobre as artes mágicas. Esta existência pacífica é ameaçada pelo surgimento da avó da jovem, a terrível *Lady* Oonagh, que se impõe na vida na neta. Com a perversidade que a caracteriza, a feiticeira informa Fainne do legado que traz dentro de si: o sangue de uma linhagem maldita de feiticeiros, incutindo na jovem um sentimento de ódio profundo e, ao mesmo tempo, incumbindo-a de uma tarefa que a deixará aterrorizada. Enviada para Sevenwaters com o objetivo de destruir o belo local, Fainne irá usar todo o seu conhecimento mágico para impedir o cumprimento de uma profecia...

# Trecho do Capítulo 1

Todo verão eles vinham. Eu contava os dias pela terra, pelo céu, pelo sol e pelas pedras. Subia até o círculo e me sentava encostada a uma grande pedra que eu chamava de Sentinela, aquecida pelo sol. Gostava de observar os coelhos saindo ao entardecer para garimpar a escarça vegetação na colina árida. O sol se punha no oeste; uma bola de fogo alaranjada mergulhando atrás dos montes, em direção ao oceano. A luz da tarde alongava as sombras dos dólmens à minha frente. Todo verão eu ia até lá, desde a primeira vez que vi os viajantes. Aprendi a ler os sinais que antecipavam sua vinda. A cada dia próximo da data, o sol esticava um pouco mais as pontas agudas das sombras no topo dos montes ao norte. Quando a sombra mais longa chegava até os meus pés ali onde eu me sentava, na borda do círculo, havia chegado o momento. Eu sabia que no dia seguinte bastava voltar e olhar para a trilha, pois eles estariam lá.

Havia um padrão naquele acontecimento. Na verdade, há um padrão em tudo, basta prestarmos atenção. Aprendi isso com meu pai. O segredo está em observar as coisas de fora, sem se envolver com elas. É bobagem achar que estamos vinculados às coisas. Pessoas como nós jamais se vinculam. Esta é outra lição que aprendi com meu pai.

Eu ficava esperando perto da trilha, atrás de um arbusto de junípero, imóvel como uma pedra. Primeiro, vinha o som de cascos de cavalos e o guinchar das rodas. Depois, surgiam alguns cavaleiros em seus pôneis, cavalgando à frente, atentos a qualquer aproximação. Mas quando chegavam à colina e passavam pelo ponto onde eu ficava escondida, relaxavam e começavam a rir e conversar, pois já se aproximavam do acampamento, de um período de verão mais tranquilo, pescando, organizando e construindo seus objetos de uso diário. A temporada que passavam ali na baía era o mais perto que chegavam de deixar a vida de nômades e se estabelecer em um lugar.

Depois dos cavaleiros à frente, vinham duas carroças com os homens e mulheres mais velhos, e também as crianças pequenas, sobre a carga ou correndo ao lado. Danny Walker sempre vinha conduzindo uma dessas carroças e sua esposa, Peg, a outra. O restante do grupo vinha andado atrás, com seus xales, mantas e lenços coloridos no pescoço, dando vida à paisagem parda e cinzenta, árida até mesmo no verão. Eu os observava, imóvel, até desaparecerem ao longe. Atrás de todos vinham os pôneis e os jovens montados, guiando os animais ou cavalgando ao lado deles. Era o melhor momento do verão: ver Darragh chegando, com seu porte ereto e belo. Sua pele era pálida após o inverno no norte, e sua expressão séria, a atenção focada no grupo, alerta a qualquer tentativa de fuga. Os pôneis não domesticados tendiam a escapar facilmente. Eram trazidos dos montes, treinados durante o verão e vendidos no norte, quando o grupo retornava.

Eu nem piscava, acompanhando cada movimento. Mas Darragh sabia. Seus olhos castanhos iam olhando ao redor, brilhando de contentamento, e seus lábios esboçavam um leve sorriso que só eu entendia ali escondida, observando. Os viajantes passavam, se encaminhando para seu acampamento na enseada, e eu voltava silenciosamente pela colina, entre trilhas secretas, para o Honeycomb, onde meu pai e eu vivíamos.

Papai não gostava muito que eu saísse. Mas não me proibia. Dizia que seria mais fácil se eu estabelecesse minhas próprias regras. Que minha tarefa seria árdua e que eu logo entenderia que não teria tempo para amigos, brincadeiras, nadar, pescar e fazer o que as outras crianças faziam. Havia muito a aprender. E quando meu pai estava muito ocupado para me ensinar, eu ocupava o tempo praticando. As únicas regras eram as não verbalmente expressas. Além do mais, eu não podia ir muito longe, não com meu pé daquele jeito.

Então, havia coisas que eu tinha que fazer e coisas que eu devia evitar. Mas Darragh entrou em minha vida sem convite e acabou se tornando meu companheiro de aventuras de verão e meu melhor amigo. Na verdade, meu único amigo. Eu tinha medo das outras crianças e nem me imaginava participando de suas brincadeiras agitadas. E elas também se mantinham longe de mim. Talvez fosse por medo ou algo assim. Eu sabia que era mais inteligente e desenvolvida que elas. E que podia fazer com elas o que bem entendesse, se assim o desejasse. Ainda assim, cada vez que via meu reflexo na água e pensava nos meninos e meninas que eu via correndo na areia, brincando, pescando e consertando as redes com seus pais, desejava com todas as forças ser um deles, e não eu mesma. Queria ser uma daquelas meninas do grupo de viajantes, com seus lenços coloridos e xales de franjas longas. Queria poder subir numa daquelas carroças e seguir para as terras distantes do norte no outono.

Nós tínhamos um lugar, um lugar secreto entre as rochas na parte mais baixa da colina. Um lugar que dava vista para o sudoeste. E para o promontório íngreme do Honeycomb, próximo ao mar. Ali dentro havia um labirinto de cavernas e câmaras, cheias de passagens escondidas; um lar perfeito para um homem como meu pai.

Atrás de nós, o despenhadeiro ia se afunilando até o topo plano da colina, onde ficava o círculo de pedras e, do outro lado, a trilha por onde chegavam os viajantes. Além da trilha estavam as terras de Kerry e outros lugares cujos nomes eu nem sabia. Mas Darragh sabia e ia me contando enquanto juntava e empilhava gravetos para acender uma fogueira, e procurava uma pedra lisa e algum material inflamável para acender o fogo enquanto eu pegava um pote com ervas secas para fazer chá. Ele me contava sobre lagos e florestas, sobre penhascos e belos vales envoltos em névoa. Descrevia como os escandinavos, tão temidos em nossa costa por seus ataques rápidos e fulminantes, haviam se estabelecido em várias partes da região e se casado com irlandesas, tendo filhos que não pertenciam nem a uma raça nem a outra. Seus olhos brilhavam enquanto descrevia um grande cavalo que tinha visto no norte. Ficou tão distraído, gesticulando e falando, que se esqueceu até de acender o fogo. Então eu mesma acendi, apontando para os gravetos com o dedo e evocando a chama. A pequena fogueira se acendeu imediatamente e nossa pequena panela de água começou a esquentar. Darragh parou de falar.

— Continue — eu disse. — O velho comprou o pônei ou não?

Mas ele ficou me olhando, irritado.

— Você não devia fazer isso — resmungou.

(...)

Trilogia
Sevenwaters
Livro 1
Filha da Floresta
Juliet Marillier
BUTTERFLY
EDITORA

*Trilogia* Sevenwaters
Livro 1

# Filha da Floresta

## Juliet Marillier

O domínio de Sevenwaters é um lugar remoto, estranho, guardado e preservado por homens silenciosos e criaturas encantadas, além dos sábios druidas, que deslizam pelos bosques vestidos com seus longos mantos...

Passada no crepúsculo celta da velha Irlanda, quando o mito era lei e a magia uma força da natureza, esta é a história de Sorcha, a sétima filha de um sétimo filho, o soturno Lorde Colum, e dos seus seis amados irmãos, vítimas de uma terrível maldição que somente Sorcha é capaz de quebrar. Em sua difícil tarefa, imposta pelos Seres da Floresta, a jovem se vê dividida entre o dever, que significa a quebra do encantamento que aprisiona seus irmãos, e um amor cada vez mais forte, e proibido, pelo guerreiro que lhe prometeu proteção.

# Trecho do Capítulo 1

Três crianças deitadas sobre as pedras na beira da água. Uma menina de cabelos negros e dois meninos mais velhos. É uma imagem que ficou gravada em minha mente e me acompanha por toda a vida, como uma espécie de criatura frágil preservada em âmbar. Meus irmãos e eu. Lembro-me nitidamente da sensação da água passando entre meus dedos.

— Não se debruce desse jeito, Sorcha — disse Padriac. — Você pode cair.

Ele era apenas um ano mais velho que eu, mas fazia questão de usar toda a autoridade que essa pequena diferença de idade lhe conferia, algo compreensível, uma vez que outros cinco irmãos, em um total de seis, eram mais velhos do que ele.

Eu ignorei seu comentário e continuei a me esticar em direção à água, interessada em explorar suas profundezas.

— Ela pode cair, não pode, Finbar?

Um longo silêncio. Ficamos os dois olhando para Finbar, deitado de costas sobre a pedra morna. Não estava dormindo. Seus olhos, abertos, refletiam o tom acinzentado do céu de outono. Seu cabelo se esparramava pela rocha em um emaranhado negro. Seu jaquetão tinha um buraco na manga.

— Os cisnes estão chegando — disse ele, finalmente. — Devem chegar esta noite.

Atrás dele, uma brisa balançava suavemente os galhos das árvores e espalhava folhas em tom de bronze sobre o chão. O lago cercava três colinas cobertas de vegetação alta, protegidas da visão externa.

— Como você sabe? — perguntou Padriac. — Como pode ter tanta certeza? Podem chegar amanhã ou depois. Ou podem ir para outro lugar. Você fala como se soubesse.

Não me lembro de Finbar ter respondido, mas, naquele mesmo dia, perto do anoitecer, ele me levou novamente para a beira do lago. E com as últimas luzes do pôr do sol vimos os cisnes voltando para casa, com suas asas brancas, voando em formação na brisa fria e pousando suavemente. Passaram perto de nós e pudemos ouvir o bater das asas e a vibração no ar. Um a um, pousaram na água, com sua superfície prateada pronta para recebê-los. E quando a tocavam, o barulho lembrava o som do meu nome, repetido várias e várias vezes: *Sorcha, Sorcha*. Peguei a mão de Finbar e ficamos ali, contemplando a vista até o escurecer. Então, ele me levou para casa.

Quem tem a sorte de crescer em um lugar como o que eu cresci possui sempre muitas lembranças. Mas nem todas são tão boas. Em um dia de primavera, três de meus seis irmãos e eu fomos ao lago para caçar os pequenos sapos que apareciam com o calor da manhã, mas fizemos tanto barulho dentro da água que acabamos afastando qualquer criatura que estivesse por perto. Conor assobiava uma velha canção. Cormack, seu irmão gêmeo, seguia atrás dele, tentando se livrar de algumas folhas que haviam caído em sua gola. Depois, os dois foram para a margem e começaram a brincar, lutando e rindo. E Finbar. Finbar estava um pouco mais longe, em uma parte mais calma do lago. Não virara as pedras para achar sapos; preferia encontrá-los, permanecendo em silêncio e observando para vê-los aparecer.

Eu estava com uma das mãos cheia de flores do campo, violetas e ervas que tinha colhido. Então vi na margem do lago uma planta bonita, com flores verdes em formato de estrela e folhas que pareciam penas cinza. Cheguei mais perto e subi nas pedras para apanhar uma das flores.

— Sorcha! Não toque nessa planta! — gritou Finbar.

Parei, assustada, e olhei para ele. Finbar jamais me deu ordens. Se fosse Liam, o mais velho, ou Diarmid, o segundo filho, eu entenderia. Finbar largou os sapos e veio correndo em minha direção. Mas eu nem prestei atenção. Por que deveria? Ele não era o mais velho, e eu só queria pegar uma flor. Não havia problema. Ele gritou mais uma vez:

— Sorcha, não! — enquanto meus pequenos dedos se aproximavam do caule e agarravam os espinhos.

A dor era terrível. Sentia como se minha mão estivesse em chamas. Contorci o rosto, saí correndo e gritando, e deixei cair todas as flores que havia colhido. Finbar me alcançou, me segurou não muito delicadamente pelos ombros e olhou minha mão.

— Estrela d´água[1] — disse, pegando minha mão, que já estava vermelha e inchando. Ao ouvir meus gritos, os gêmeos vieram correndo. Cormarck, o mais forte, me segurou, pois eu estava muito agitada com a dor. Conor rasgou uma tira de sua camisa encardida. Finbar pegou dois galhinhos finos de planta e, usando-os como pinça, foi tirando um por um os espinhos da estrela d'água que haviam ficado em minha mão. Lembro-me até hoje da pressão das mãos de Cormack em meus braços enquanto eu gritava e chorava, e da voz calma de Conor falando ao mesmo tempo em que Finbar tirava os espinhos com suas mãos habilidosas.

"... e seu nome era Deidre, a Deusa da Floresta, mas ninguém jamais a viu durante o dia, somente à noite, entre as árvores. (...)

1. Startwort, *Callitriche palustris.* (Nota da Tradutora)